国家重点学科湖南师范大学英语语言文学
湖南师范大学"211工程"重点建设学科英语语言文学比较与研究

◎总主编：蒋洪新

外语教学与研究出版社
FOREIGN LANGUAGE TEACHING AND RESEARCH PRESS
北京 BEIJING

传统与发展——英美经典文学研究

TRADITION AND DEVELOPMENT: STUDIES OF ENGLISH AND AMERICAN LITERARY CLASSICS

肖明翰 著

"学学半"丛书编委会

总　主　编：蒋洪新

编委会成员：（按汉语拼音排序）

白解红　陈云江　陈忠平　邓颖玲　黄振定

蒋洪新　蒋坚松　石毓智　肖明翰

总　序

《论语》开篇云："学而时习之，不亦说乎？"《朱子语类》写道："读书，放宽著心，道理自会出来。若忧愁迫切，道理终无缘得出来。"以这两位先哲的名言作对照，我校国家重点学科英语语言文学的全体团队人员在岳麓山的美丽风景中，"放宽著心"，满腔热情地将自己教学与科研的体会变成学术成果，这无疑是件令人愉悦的事。

学者在希腊语中的意思即"忙碌的闲人"，他们在闲暇中忙碌自己的思想与智慧。《清静经》曰："人能常清静，天地悉皆归"，雷震诗云："草满池塘水满坡，山衔落日浸寒漪。牧童归去横牛背，短笛无腔信口吹。"黄昏向晚，牧童横身牛背，信口吹笛，好一幅诗意盎然的乡村图景！若学人能像牧童那般信自悠闲，定能写出像样的作品。可惜，随着工业化的脚步，世人包括学者越来越忙碌，闲暇的思考与阅读于他们弥足珍贵。亚里士多德曾说："我们工作是为了休闲"，此话对今天"能量崇拜以及行动狂热"（美国批评家白璧德语）的大学似乎成了日行渐远的理想。故美国哲人爱默生在美国现代化的进程中感叹说："迄今为止，我们的周年庆典仅仅是一种友善的象征而已，它表明我们这个民族虽然过分忙碌，无暇欣赏文艺，却仍然保留着对文艺的爱好。尽管如此，这个节日也是值得我们珍惜的，因为它说明文艺爱好是一种无法消除的本能。"这些话对当今的中国学术界以及体制化的大学具有一定的反省作用。本套丛书的出版得到了国家重点学科和"211 工程"重点学科的资助，让处于浮躁时代与重压状态的学人免于奔波与忙碌之苦，使他们得以专心自己的创作与研究，虽不能像牧童那般悠闲吹笛，但至少在整个写作与出版过程中能放宽心境，写出他们自己满意的作品。

曾国藩论读书之道时说："涵泳二字，最不易识，余尝以意测之，曰：涵者，如春雨之润花，如清渠之溉稻。雨之润花，过小则难透，过大则离披，适中则涵濡而滋液；清渠之溉稻，过小则枯槁，过多则伤涝，适中则涵养而兴。泳者，如鱼之游水，如人之濯足。程子谓鱼跃于渊，活泼泼地；庄子言濠梁观鱼，安知非乐？此鱼水之快也。左太冲有'濯足万里流'之句，苏子瞻有夜卧濯足诗，有浴罢诗，亦人性乐水者之一快也。善读书者，须视书如水，而视此心如花如稻如鱼如濯足，则涵泳二字，庶可得之于意言之表。"学者能达到涵泳境界需要长期积累，还需要道德学问的气象，此方面我校开拓者钱基博、钱钟书堪为楷模。1938

年日军大举入侵我中华内陆腹地，为培养师资与抗战军政干部，国民政府遂于湖南蓝田创立国立师范学院，是为我校前身。当时一批大学者云集我校，其中钱基博、钱钟书父子最引人注目。钱基博为我校中文系首任系主任，他有感于湖湘先贤"独立自由之思想，有坚强不磨之志节"，在国师写出《近百年湖南学风》一书，以百年变化寄托历史兴亡，唤起国人抗敌斗志。钱钟书为我校外文系首任系主任，他在湘西穷山僻壤，孤独艰辛，诚如所言"如危幕之燕巢，同枯槐之蚁聚。"但他处乱不惊，沉潜学问，构思小说《围城》，并写出大半《谈艺录》。钱氏父子在我校开创之初的垂范影响着一代又一代湖南师大人。这套丛书秉承这种涵泳精神的灵光。两位钱先生的境界，我们虽难以企及，但值得我们学习与效法，如《史记》所云："虽不能至，然心向往之。"

《学记》写道："是故学然后知不足，教然后知困。知不足，然后能自反也。知困，然后能自强也。故曰教学相长也。《兑命》曰：'学学半'其此之谓乎！"该丛书涉及英美文学、比较文学、文化研究、翻译理论与实践、语言学、英语教学等诸多领域，所收录的著作大多是教与学过程中诞生的成果，有的是各方向学科带头人多年积累的成果，有的是教师在教学实践中新的体会，有的是青年教师的博士论文扩充的论著。尽管各自研究的题目不同，但都跟教与学相关。教学相长，永无涯也，该丛书既是科研成果的汇总，又是相互的永远激励。故该丛书名"学学半"。

是为序。

蒋洪新

于长沙岳麓山，二零零九年六月

前　言

在诗作《百鸟议会》里，英语文学之父乔叟说："从古老的田野，／年年产出新谷，／从先前的典籍，／人们必将获得新知。"在很大程度上，乔叟奠定英语文学传统的文学生涯，就是运用其非凡的创造力，不断从"古老的田野"收获"新谷"，不断在传统的基础上创作出令英格兰人永感骄傲的文学杰作。在乔叟时代，可以说没有人像他那样如饥如渴、那样贪婪、甚至是那样肆无忌惮地从欧洲各国前辈和同时代文学家那里借鉴或者直接拿来或者用福克纳的话说"抢劫"来那么多宝贵财富，然而也没有人像他那样为奠定英语文学独特的传统、为未来英语文学的发展作出那么杰出的贡献。

哈罗德·布鲁姆曾说："诗的影响往往使诗人更加富有独创精神"。如果斯宾塞没能将具有特别深厚传统的史诗、寓意和浪漫传奇熔于一炉，也就不会创作出《仙后》那样的杰作；如果最具独创性而且处于西方文学"经典中心"的莎士比亚没有像"清泉边的天鹅"那样"畅饮"英格兰和欧洲的各种传统，他也就不可能创作出那些饮誉世界的传世杰作。同样，英语文学史上那些最杰出也最富创造性的文学家如弥尔顿、狄更斯、霍桑、马克·吐温、福克纳和莫里森等，都具有强烈的传统意识，都是在各种深厚的传统中创造辉煌。正如艾略特所说：杰出的西方作家都是在"感到从荷马以来欧洲整个的文学及其本国整个的文学有一个同时的存在"的"局面"中创作。

当然，遵循传统，在传统中创作，并不等于被动地"追随前一代"或"盲目地或胆怯地墨守前一代成功的方法"（艾略特）。最具活力从而能不断流传的传统的本质就是创新和发展。其实，乔叟为英国文学奠定的最重要同时也是英格兰文学家们一直遵循的传统就是像他那样不断在传统中创新。正因为如此，乔叟所有的作品，即使是"借鉴"达70%的《公爵夫人书》，或者是直接改写自薄伽丘的《菲拉斯特拉托》但又与之极为不同的《特洛伊罗斯与克瑞西达》，全都不可置疑地体现出只可能来自英诗之父本人的那种像指纹一样不可复制的鲜明的"乔叟性"。而且就未来英语文学的发展而言，也没有任何人在现代英语文学草创之初就展示出他那种为后代英语文学家们所不断发展的独特的英国性。在20世纪的文学家中，很少有人像福克纳那样具有独创性，那样终其一生都在孜孜不倦地探索和实验那些使他能尽可能准确地表现他眼中的现实和现实中的人的艺术手法，但也只有像他那样具有令人们情不自禁地赞叹其独创性的作家才敢于直言不讳地说，为了济慈的"古瓮"，他会"毫不犹豫"地"抢劫他的母亲"。

不过严格地说，这种以创造为活力的英语文学传统并非乔叟所独创，实际上他只是创造性地继承和发展了这一传统。在古英语文学诞生之时，盎格鲁-撒克逊诗人们就将祖先的日耳曼口头诗歌传统与基督教文学传统结合，创作出中世纪欧洲最杰出的史诗《贝奥武甫》、可以同任何时代的抒情诗媲美的《流浪者》、后代鲜有出其右的宗教诗篇《十字架之梦》、英语文学中深厚的寓意传统的源头《凤凰》和英语文学史上第一首很独特的"书信体"诗作《夫之书》，以及另外许多具有很高文学成就的作品。这些作品令人信服地证明，如果没有深厚的日耳曼口头文学传统和以高度发展的拉丁文学为载体的基督教文学传统的结合，古英语文学绝不可能一诞生就产生那么多杰作。

另外，英诗之父在英语文学史上创下的众多记录中，有一个至今未被打破而且特别有意义，那就是，他在《坎特伯雷故事》中使用了最多体裁，几乎囊括了中世纪欧洲叙事文学中所有的体裁。乔叟创造性地使用各种体裁的特殊意义不仅仅在于他使用了这些体裁所特有的艺术形式。每一个体裁都是一个传统的结晶，它后面都有一个深厚的文化文学传统。乔叟实际上是吸取了这些体裁的传统和它们所蕴含的文化文学精华，并将其全都融入他的创作之中。换句话说，乔叟不是在一个单一的传统中创作，也不是只属于一个单一的传统。乔叟的成就表明，每一个杰出的文学家都必须而且必然在许多传统中创作。如果一个作家只属于一个传统，如果弥尔顿只是一个清教诗人，如果狄更斯仅仅是一个现实主义作家，或者福克纳仅仅属于现代主义，那他就绝不可能成为伟大的文学家。

因此，文学拥有特别的丰富性。不过，文学拥有特别的丰富性，更在于优秀的文学作品旨在反映社会、探索人性、表现人生。其实，文学与社会生活密切相关同样也是自盎格鲁－撒克逊时代以来英语文学一个从未中断的极为重要的传统。由于社会和人无限的复杂性和丰富性，在人类所创造的一切事物中，没有一种如同文学那样包罗万象，同样也没有一种像文学那样包含那么多的传统：除了文学自身的各种传统之外，它还包含社会、生活、文化、哲学、宗教各个领域的传统。所以，除了文学反映现实、文学植根于生活的"现实主义"纽带，来自于各领域的传统在更深的层次上也将文学同人类生活的各个领域紧密联系在一起，从而在那些最杰出的文学家那里呈现出特别的丰富性。正是惊叹于《坎特伯雷故事》里难以置信、难以描绘的丰富性，想象力那么丰富的桂冠诗人德莱顿也只得"无奈"地用"上帝的丰富多彩"来描述。不过，文学毕竟在本质上还是文学，虽然《资本论》和《雾都孤儿》都是关于资本主义的著作，但对两者的研究不可能完全一样，也不可能相互取代，尽管它们能够相互促进、相互受益。

　　文学是有传统的，学习和研究文学自然也必须讲传统。本书就是以英美文学的各种传统为主线，选择作者多年来在各种学术刊物上发表的22篇文章，经适当修改，收集成册。这些论文粗略探讨了英语文学史上，特别是中世纪和现代一些经典作家和作品、一些重要流派，以及英语文学中一些重要传统。由于本书收集的是一些零散文字，其中一些是研究课题的阶段性成果，所以它们自然也就缺乏系统性。但总的来说，这些文章都有一个共同点，那就是，它们都直接或间接涉及到英语文学中一些传统及其发展；将它们收集出版的主要目的是希望能进一步引导读者在学习英语文学中对英语文学传统更加重视。

目　录

古英语与古英语诗歌

古英语（Old English）是现代英语源头，而古英语文学则是英语文学真正的源头，它们都诞生在基督教"征服"刚迁徙到不列颠不久的盎格鲁-撒克逊人的过程之中。古英语是中世纪欧洲最先出现的民族语言，它发展迅速，很快承担起从口头语到书面语的全部功能；而古英语文学是中世纪欧洲最早的民族语言文学，从7世纪到11世纪中期诺曼征服这4个世纪里，它独步欧洲文坛，取得了很高的文学成就。然而由于战争、灾难和其他各种原因，大量古英语文学作品没能流传下来。古英语文学现存作品，共约3万余诗行，其中包括许多如像英雄史诗《贝奥武甫》（*Beowulf*）、宗教诗篇《十字架之梦》（*The Dream of the Rood*）和抒情诗《流浪者》（*Wanderer*）、《航海者》（*Seafarer*）等可以同任何时代作品媲美的杰作，它们全都是英格兰民族永远的骄傲。

古英语诗歌大体可分为3大类：宗教诗篇、英雄诗歌和抒情诗；另外还有一些比较短小的以诗体写成的谜语，也很具特色。现存最早、数量最多的古英诗是宗教诗篇。根据内容，宗教诗也可分为3类：《旧约》诗篇；《新约》诗篇和宗教寓意诗。《旧约》对古英诗产生了巨大影响。从篇幅上看，现存所有古英诗里，大约三分之一取材于《旧约》，[1]其中包括对《旧约》故事、事件、人物和诗篇的使用。其中文学成就最高的是《创世记》。古英语《新约》诗是指盎格鲁-撒克逊时代那些与《新约》内容相关，特别是以基督为中心的宗教诗歌，但其情节有时不像《旧约》诗那样直接取材于《圣经》。《新约》诗里最杰出的作品是《十字架

---

1 Malcolm Godden, "Biblical Literature: The Old Testament," in Malcolm Godden and Michael Lapidge, eds., *The Cambridge Companion to Old English Literature* (Cambridge: Cambridge UP, 1991), p. 206.

之梦》。宗教寓意诗以寓意（allegory）方式表达基督教思想，流传下来的只有两首，但许多其他类型的作品里都有丰富的寓意内容或明显的寓意色彩，不仅宗教诗篇，甚至连英雄史诗如《贝奥武甫》也不例外。古英语寓意诗的代表作是《凤凰》；它既是一首优秀诗作，也开创了英语文学的寓意传统。关于世俗英雄人物和英雄事迹的古英语诗歌包括英雄传说和英雄史诗；《贝奥武甫》不仅是英语文学史上最优秀的作品之一，而且是中世纪欧洲最杰出的原初性史诗。[1]特别值得赞叹的是，得以有幸流传下来的古英语抒情诗全部都很优秀，其中最有名的当数《流浪者》和《航海者》。除此之外，一些宗教诗和英雄诗歌也具有抒情性或有一些很优美的抒情段落。

需要指出的是，在盎格鲁-撒克逊时代的英格兰，并非所有诗歌都用英语创作，其实大多数是拉丁语作品，而古英语诗歌只占少数。一般来说，所谓古英语是指在盎格鲁-撒克逊时代英格兰人所使用的民族语言。在英国历史上，盎格鲁-撒克逊时期传统上是指从5世纪中期到1066年诺曼人在征服者威廉公爵（William the Conqueror, 1028-1087）的率领下入主英格兰为止。有学者也将这一时代称作古英语时期。但严格地讲，这种说法并不太准确。

首先，作为官方语言，古英语直到11世纪70年代，也就是说在诺曼征服之后10多年，才被拉丁语代替，而在一些修道院里，用古英语编写的《盎格鲁-撒克逊年鉴》（*Anglo-Saxon Chronicles*）更持续到12世纪国王斯蒂芬（1135-54年在位）时期。不过，更重要的是，即使在那6个多世纪里，在英格兰也没有统一的古英语。在5世纪以及随后的100多年中陆续迁入不列颠的盎格鲁人、撒克逊人、朱特人以及其他一些日耳曼部落民族，虽然都讲日耳曼语，但他们的语言之间都有一定差异。不仅如此，这些部族进入不列颠后，又建立起许多独立的小王国。根据8世纪英国著名历史学家比德（Bede, 672-735）在《英格兰人教会史》（*The Ecclesiastical History of the English People*）中的记载，在公元600年以前，仅仅在提兹河（the Tees）与亨伯河（the Humber）之间，大体上相

1　原初性史诗是指在民间逐渐形成的史诗，比如荷马史诗；与之相对的是由诗人独自创作的所谓"书斋史诗"，比如《埃涅阿斯记》和《失乐园》。关于这两类史诗的区别，可看看 C. S. Lewis, *A Preface to Paradise Lost* (New York: Oxford UP, 1961), p. 13. 关于《贝奥武甫》的形成或创作时间与创作情况，学者们仍存有争议。

当于现在约克郡的区域内，就出现了10多个小王国。[1] 在亨伯河以南，还有10个这样的小王国。这些小王国往往还因地理障碍和充满敌意的不列颠原住民的阻断而相互隔绝。[2] 因此，盎格鲁-撒克逊语逐渐发展出各种方言。根据在公元700年前后留下的文献研究，在那时已经至少形成了诺森伯里亚（Northumbrian）、麦西亚（Mercian）、西撒克逊（West-Saxon）和肯特（Kentish）四种主要方言。到公元800年，英格兰只剩下诺森伯里亚、麦西亚、威塞克斯和东盎格利亚四个较大的王国，其中威塞克斯（Wessex）使用的方言是西撒克逊语。到9世纪后期，在来自北方的斯堪的纳维亚人，特别是丹麦人的不断打击下，除了威塞克斯外，其他盎格鲁-撒克逊王国都先后溃败或灭亡；而威塞克斯在阿尔弗雷德大王（Alfred the Great, 849-899）领导下绝处逢生，并逐渐统一了英格兰。

阿尔弗雷德及其继任者们在抗击外敌的同时，大力推行社会和政治改革，并开办学校，翻译典籍，发展文化教育事业，开创了后代学者们所说的英格兰"10世纪文艺复兴"的繁荣局面。阿尔弗雷德对英格兰民族和文化发展所做的重大贡献之一就是大力提倡使用民族语言和统一文字。西撒克逊语是威塞克斯王国的语言。9世纪后期以后，随着威塞克斯大体统一英格兰，以西撒克逊方言为基础的英语也逐渐成为英格兰的官方语言。阿尔弗雷德和他的后继者们组织学者（大多是修道院修士）以西撒克逊方言为基础统一英语文字，将其作为政府、学术和文学书面用语，并用来翻译了许多拉丁典籍。威塞克斯的学者们还用西撒克逊语抄录记载了大量各种古英语著作和诗歌作品，从而使盎格鲁-撒克逊时代一些十分宝贵的文学著作和其他文献得以保留至今。因此，公元1100年以前留传下来的从历史资料、政府文件到诗歌的古英语文献绝大多数都使用这种书面语。我们今天所说的或者所看到的"古英语"，其实就是这种英语。它实际上只是盎格鲁-撒克逊时代众多"古英语"中的一种。另外还需要指出的是，这种古英语，同古罗马时期的拉丁文一样，实际上主要是书面语，它同人们日常生活中实际使用的口头用语已经有相当距离。[3]

1　参看 Patrick Wormald, "Anglo-Saxon Society and Its Literature," in Malcolm Godden and Michael Lapidge, eds., *The Cambridge Companion to Old English Literature* (Cambridge: Cambridge UP, 1991), p. 2.

2　参看 Bruce Mitchell and Fred C. Robinson, *A Guide to Old English*, 6th ed. (Beijing: Beijing UP, 2005), p. 118.

3　参看 M.T. Clanchy, *From Memory to Written Records: England, 1066-1307* (Cambridge, MA: Harvard UP, 1979), p. 165.

基于以上原因，简单地认为盎格鲁−撒克逊人使用的语言就是古英语，是不准确的，因为我们所说的古英语实际上只是在盎格鲁−撒克逊人使用的多种方言中的一种的基础上发展出的书面语而已。所以，现在所说的古英语应该界定为盎格鲁−撒克逊时代（绝大多数是在9世纪到12世纪初之间）在英格兰流传下来的用盎格鲁−撒克逊语[1]记录的文献中的语言，其实主要就是西撒克逊语的书面语；而许多我们今天看到的在7、8世纪产生于英格兰各地的古英语诗作的手抄稿实际上也是大约在10到11世纪中期这一时期用这种西撒克逊语的官方书面语记录或重新抄录而流传下来的，换句话说它们并非都是"原作"。

现存的盎格鲁−撒克逊时代的著作及残篇（一些单页除外）的手稿或手抄稿大约尚有1000种。其中约三分之一是全部或部分地用古英语撰写，或者起码包含有古英语的注释（glosses），[2]其余的则是用拉丁文写成。留下这样多用民族语言写下的文献在12世纪以前的中世纪欧洲可谓绝无仅有；即使出现较早的古法语和古意大利语也是在11和12世纪才开始或者被比较多地运用于书写。所以，产生和繁荣于7到11世纪的古英语诗歌是同时期欧洲独一无二的民族语言文学。

盎格鲁−撒克逊语属印欧语系中的日耳曼语族，日耳曼语族分为东日耳曼语、北日耳曼语和西日耳曼语。盎格鲁−撒克逊语是来自西日耳曼语中的一支。所谓盎格鲁−撒克逊人（Anglo-Saxons）现在是指迁徙到英格兰的各日耳曼部族的总称，不过其原意是指"在英格兰的撒克逊人"，来同仍然留在北欧祖居地的"古撒克逊人"（Old Saxons）相区别，而非人们往往错误认为的是指盎格鲁人和撒克逊人。所以，所谓盎格鲁−撒克逊语本意是指在英格兰的"撒克逊"人的语言，正如在1066年诺曼人征服英格兰后出现的"盎格鲁−诺曼语"其实是指在英格兰的诺曼人使用的法语一样。

日耳曼人最初使用一种叫如尼文（rune）的文字。如尼字母的起源至今尚不清楚，但有学者认为是受罗马字母影响，出现在公元1或2世纪，然后传播到日耳曼各地区。这种文字可能主要是用于宗教或巫术，其语言交流的功能可能还在其次。这种文字并没有被广泛使用，它往往是被用作简短的铭语雕刻在石块、骨头、硬木或一些器物上。在日耳曼人看来，这种文字具有神秘的魔力，而rune这个词最初本来就是"秘

---

1 当时在英格兰知识界，特别是宗教界，更为广泛使用的书面语言是拉丁语。
2 Wormald, "Anglo-Saxon Society and Its Literature," pp. 26-27.

密"或"神秘"的意思。这种文字被盎格鲁-撒克逊人带到不列颠。在英国,现存或者说已经发现40多件刻有这种神秘文字的器物,其中最早的是在一座异教徒墓葬中发现的一根5世纪末的羊踝骨。即使在盎格鲁-撒克逊人皈依基督教后直到10世纪,这种神秘的文字有时还被刻在器物上,而且往往仍然带有一定的异教含义。[1]总的来说,这些铭文都很短小。不过,古英语诗歌中的名篇《十字架之梦》中的一部分在8世纪时被用如尼文刻在著名的路得维尔十字架(Ruthwell Cross)上,算是一个例外。[2]

盎格鲁-撒克逊人开始用"英语"进行书写大约是在7世纪。在9世纪初之前保存下来的古英语文献中,现在只留下很少一些对拉丁文著作所做的英语注解、两个注释词表(glossaries)和一些诗行。[3]但实际上,许多重要的古英语诗歌作品,包括被认为是英国文学开山之作的《凯德蒙圣歌》(Caedmon's Hymn)和《十字架之梦》等名篇,其实也产生于这时期;但如前面所指出,这些作品在9世纪以后都已经被威塞克斯的学者们用"古英语"整理和抄录,我们所看到的都是9世纪以后的手抄稿。

英语书写的出现和发展同基督教"征服"盎格鲁-撒克逊人的历史进程是分不开的。来自于日耳曼世界的盎格鲁-撒克逊人是异教徒。从6世纪后半叶开始,爱尔兰传教士从北向南,而罗马教皇格利高里于597年派到英格兰的以圣奥古斯丁为首的传教团则从南向北,在不列颠进行传教活动,逐渐使这些异教徒皈依基督教。这是一个长达百年、历经几代人而且屡遭反复的艰难历程。基督教还带来了拉丁语言和文化,并在盎格鲁-撒克逊人中培养神职人员和传教士。所以,正是在这期间诞生了盎格鲁-撒克逊人历史上第一代知识分子。他们既能讲英语又能阅读拉丁文和用拉丁文著述和记事。正是这些早期宗教知识分子试着用拉丁字母(另外还逐渐增加了几个拉丁语中没有的字母,如æ,œ,þ等)来记录英语语音,并以此记录人名、地名、日常事物和解释拉丁词汇,逐渐形成了英的书面文字;他们随即又用新创造出来的英语书面语在宗教活动之余从事散文和诗歌的写作。所以,早期的英语记事和文学性作品大都写在宗教书籍的空白处。由于拉丁字母是用来记录英语的语音,所以在

1　参看 C. L. Wrenn, *A Study of English Literature* (London: George G. Harrap, 1967), p. viii.

2　参看 R. I. Page, *An Introduction to English Runes* (Woodbridge, UK: Boydell and Brewer, 2006).

3　Wormald, "Anglo-Saxon Society and Its Literature," p. 26.

古英语中，每一个字母都发音，[1] 这同现代英语有一定区别。

　　古英语的特点自然影响到古英语文学，特别是古英语诗歌的格律和韵律。所有印欧语系的语言都程度不同地具有词形变化（inflexion），特别是具有复杂的词尾变化的特点。这些语言是以词形的变化而非词汇的位置来起句法作用。但日耳曼语在很早的时期就发生了一些十分重要的变化，其中之一就是词汇的重音逐渐转移到第一个音节上。这样的结果是，词尾的音节被弱化，因而词尾的变化也随之弱化，甚至在有些词里消失了；这在古英语中特别明显。虽然古英语在总体上仍然是词形变化型语言，或者说是所谓"综合性"（synthetic）语言，但其词形变化已大为减少，已经不是纯粹的或者"完全的词形变化型语言"。比如有学者指出，"古英语名词60%的主格和宾格的单数形式是一样的，而所有名词的主格和宾格的复数则全都相同。"[2] 由于主宾格的形式一样，古英语越来越多地使用固定语序（word order）和介词来起句子中的句法作用。如果我们把古英语同拉丁语或后来的法语、西班牙语、意大利语等罗曼语（Romances）在这方面进行比较，就会发现它们之间已经有很大差别。后来，英语继续朝这个方向发展，到了中古英语（Middle English）时期，英语经历了"革命性"变化，失去了绝大多数的词形变化，基本上成为如同汉语那样特别注重语序的所谓"分析性"语言（analytic language）。

　　另外，古日耳曼语将重音移到第一个音节，对古代日耳曼诗歌也产生了重大影响。对第一个音节的强调成为日耳曼诗歌的头韵体格律的一个重要根源。同样，在古英语里，除了少数几个非重读前缀外，第一个音节一般都是重读音节。古英语诗歌虽然是在英格兰创作的，但它继承了日耳曼诗歌传统，因此除一首尾韵体诗外，现存所有英诗全都是头韵体诗歌。

　　从总体上看，欧洲历史上主要有三种诗歌格律。一种是古希腊诗歌和拉丁诗歌的格律，它是以音节的长短为基础。第二种是罗曼语诗歌（包括法语诗歌、意大利语诗歌和西班牙语诗歌等，以及乔叟以后那种受到罗曼语诗歌影响的英语诗歌）的格律，它主要是以音步或者说音节的数目为基础。第三种是古代日耳曼诗歌的格律，它的基础既不是音节的长短，也不是音节的数目，而是重读音节（轻读音节与格律无关）。[3] 由于

1　这同殖民地时期欧洲人用欧洲语字母为东南亚国家，比如越南和马来西亚，创造文字的情况大体相似。

2　Wormald, "Anglo-Saxon Society and Its Literature," p. 35.

3　参看M. W. Grose and Deirdre McKenna, *Old English Literature* (London: Evans Brothers, 1973), pp. 51-52.

在古代日耳曼语言里，重读音节一般是第一个音节，所以这种格律是押"头韵"（alliteration），这类诗歌也因此而称为头韵体诗歌。

　　古英语头韵体诗歌的格律很规则。正因为如此，虽然在流传下来的古代手稿或手抄稿里，没有标点符号，诗歌像散文一样连着写，不分行，而且诗行也不以大写开始（现代版本里古英诗的分行、标点、大写乃至诗歌的标题，全都是19世纪以来现代编辑们所添加），后代学者研究古英语的格律并不太困难。

　　古英语诗歌的诗行分为两个大体相等的半行（verses），[1]中间由一个停顿（caesura）分开。每一个半行里一般有两个重读音节（有时也可能有一个次重读音节）和数目不等的弱读音节。重读音节被叫作"升音"（lift），而那一组弱读音节则被称为"降音"（fall）。这两个半行由押头韵而连接在一起。所谓押"头韵"并不是指押重读音节的元音，而是指重读音节需要用相同的声母（比如s, sc, b, d, w等等）来押韵。如果重读单词的第一个音节是元音，那它就可以和任何以元音开头的重读音节押韵（比如able就可以同interesting或effort押韵）。但也不是两个半行里所有四个重读音节都必须押韵。一般来说，只是前半行里的两个和后半行里的第一个重读音节才押韵，第四个重读音节可押也可不押，但它有时可以同下一行的前半行里的重读音节押韵，这样就可以把这两行更紧密地连接在一起。另外需要指出的是，古英语诗歌很少押尾韵（rhyme）。

　　古英语诗人为了避免呆板和单调，他们在格律上有时也用一些变化来使诗歌更为生动活泼。由于古英语诗歌很规则而又注意变化，特别是因为重读音节很突出，因此朗读起来铿锵有力，很有音乐感。下面从著名的《贝奥武甫》里引用一段作为例子：[2]

> wæs se grimma gæst　　Grendel haten,
> mære mearcstapa,　　se þe moras heold,
> fen ond fæsten;　　fifelcynnes eard
> wonsæli wer　　weardode hwile
> siþðan him Scyppend　　forscrifen hæfde

1　以下对古英语诗歌的格律的叙述主要参考了Grose and McKenna, *Old English Literature*, pp. 51-56和Donald G. Scragg, "The Nature of Old English Verse," in Godden and Lapidge, eds., *The Cambridge Companion to Old English Literature*, pp. 58-63.

2　转引自W. F. Bolton, *The Middle Ages* (London: Sphere, 1970), p. 15.

in Caines cynne   Þone cwealm gewræc
ece Drihten   þæs þe he Abel slog. (ll. 102-108)

这恶魔名叫葛婪代，
茫茫荒原，全归他独占，
戚戚沼泽，是他的要塞。
他借了怪物的巢穴潜伏多年，
从来不知道人世的欢乐——
造物主严惩了他那一族，
该隐的苗裔（因那第一桩血案，
永恒的主施加的报复）；亚伯的凶手。[1]（第102-108行）

　　虽然这段引文远不能反映古英语诗歌格律的全貌，但也包括了其中最基本的原则和特征，而且也表现出格律上的一些变化。从这段引文还可看出，古英语诗歌里的重音往往在名词和形容词上。另外，数词、分词和动词不定式也通常是重音所在。如果诗行中这些词不够，动词和副词也可以重读。一般来说，代词、介词、连词和感叹词都不重读。不过，在特殊情况下，为了强调或者其他原因，这些词也可以重读，比如第106行中的 him（them，他们）就因强调而重读。

　　另外，前面提到古英语诗歌把每个诗行分为两个半行。这个规则在格律上也有相当意义。它使两个半行在格律上既能相互照应，又能有一定变化，而中间短暂的停顿可以使后半行的变化更为自然。除了格律上的作用外，很重要的是，短暂的停顿还可以使诗人不必受在一行中意义必须连贯的束缚，从而有了更多变化的自由。他可以在两个半行中巧妙地使用平衡、重复、并置、对照、反衬等手法来加强诗歌的艺术效果，比如造成递进、张力、悖论等，进而深化诗歌的意义。

　　除了上面提到的基本格律外，古英语诗歌还有一些十分突出的语言风格和艺术手法。虽然现存最早的古英语诗歌大约创作于7世纪中期，而且如前面所指出的，古英语很可能也是在7世纪才开始被用于书写，但毫无疑问，盎格鲁-撒克逊人同其他日耳曼人一样，绝不是带有敌意的罗马人所说的"野蛮人"。他们实际上已经拥有很高的文明，而他们的文明就包含很悠久、很成熟的口头诗歌传统。他们的口头歌谣记录了他们的英

---

1 译文引自冯象译：《贝奥武甫》，北京：三联书店，1992年，第6-7页。

雄事迹和艰难历程。他们在移民之时自然也把自己民族的歌谣和诗歌传统也带到了不列颠。否则，盎格鲁-撒克逊人不可能在那么短的时期内就创造出那么成熟的诗歌形式和那么优秀的诗歌作品。其实正如斯克拉格所指出，古英语的"诗歌形式是所有日耳曼民族所共有的"，而且"它深深植根于口头诗歌传统之中"。[1]

　　由于古英语诗歌植根于口头诗歌传统，因此它的一些最具特色的艺术手法和最突出的风格与其口头传统都有密切关系。这方面最突出的是大量使用所谓的"程式语言"（formulae）。其实，程式语言是各民族口头诗歌，特别是口头传说歌谣的根本特点。可以说，所有印欧语系的口头诗歌都是"程式性"（formulaic）的。口头诗歌的程式性质是密尔曼·巴利（Mill Parry）和他的学生阿尔巴特·罗德（Albert B. Lord）两位学者的研究成果。他们通过对南斯拉夫一些不能读写的现代口头歌谣诗人的创作或者说演唱进行深入研究后发现，这些歌手在演唱或吟颂时并不是在背诵已经创作好的传说故事，而是根据故事情节，从他们在长期的学习和演唱中积累起来的格律性程式诗歌语言中熟练地选用语言材料，即兴创作。也就是说，创作和演唱是同时的。这些诗人之所以能即兴创作歌谣，完全得力于他们长期积累起来而且能得心应手地运用的程式语言库。[2]在此研究成果之上，他们建立起现在已被学者们广为接受的关于口头诗歌的程式理论，并把这种理论用来研究荷马史诗，令人信服地揭示了史诗的程式语言性质。1949年罗德以此研究成果为基础完成了哈佛大学比较文学系的博士论文，后来经过修改充实，该论文于1960年以《故事歌手》（The Singer of Tales）为书名正式出版。

　　在书里，罗德把程式语言划分为"程式语"（formula）、"程式表达法"（formulaic expression）和"意义组合"（theme）。他在书中对这些术语进行了界定。他说，程式语是指"'在同样格律中被经常用来表达一个特定的核心意义的词组'。这是巴利下的定义。我说的程式表达法是指在程式语范式上建构的一个或半个诗行。我说的意义组合是指歌谣中反复出现的事件或描写性段落"。[3]换句话说，所谓程式语是指那些有节奏被用来表达某种特定意思的固定短语或复合词。同一个意思（比如重要的人、物或情景）往往有许多不同的程式语来满足格律的需要。所谓"程式表达法"是按程式语范式（formulaic pattern）组成的诗行，而"意义组合"

1　Scragg, "The Nature of Old English Verse," p. 55.
2　参看 Albert B. Lord, The Singer of Tales (Cambridge: Harvard UP, 1964), pp. 3-138.
3　Lord, The Singer of Tales, p. 4.

则是指那些经常被放在一起来表达某种意义或情景的多个程式语或诗行的组合。每当诗人要表达某种意义或描绘某种情景时，他脑海中就会立即浮现出与之相应而且他经常使用的各类程式语言供他选择和运用。

格罗斯和麦肯纳指出，"程式化语言存在于所有口头歌谣中，它既是荷马史诗的特点，也是《贝奥武甫》的特点。"[1]这种在诗歌中普遍使用的语言，一方面十分有利于行吟诗人记忆，同时也因为被反复使用而可以按押韵需要脱口而出，诗人用不着在吟诵或表演中费心劳神地去寻找表达方法。这种程式化语言是行吟诗人智慧的结晶，是他们在几个世纪甚至更长的时间中代代相传并不断积累而逐渐形成的。它是口头诗歌，特别是古代口头英雄诗歌的基本特点。我们在这里研究的古英语诗歌，虽然它们中有些是由诗人笔头创作，但归根结底它们都根源于盎格鲁-撒克逊人的口头歌谣，根源于4至6世纪欧洲民族（主要是日耳曼民族）大迁徙时代，即所谓"英雄时代"的日耳曼民族的口头英雄传说歌谣传统。不仅盎格鲁-撒克逊人那些英雄诗歌直接从民间口头传说发展而来，而且古英语抒情诗和宗教诗篇从内容到形式也都深深植根于口头文学传统。

在古英诗里，有一种十分生动形象的程式化语言，那是古代日耳曼语言所特有的所谓"隐喻语"（kenning）。隐喻语原是一个冰岛语词，而且也是在冰岛语言里最发达。但在古英诗里，隐喻语也十分丰富而且使用广泛。比如，hronrad (whale-path, 鲸鱼之路)，swanrad (swan's road, 天鹅之路) 和 yþa ful (cup of waves, 波浪之杯) 等都是指海洋；wægflota (floater on the waves, 伏波之物)、sægenga (sea goer, 海洋的行走者)，merehengest (horse of the sea, 海上之马) 和 brimwudu (wood of the sea, 海上之木) 等都是指海船；banhus (bone-house, 骨之房) 和 feorhhus (life-house, 生命之房) 都是指身体；sinces brytta (distributor of treasure, 财宝的分赏者)，beaga brytta (distributor of rings, 戒指的分赏者)，goldgyfa (gold-giver, 黄金的赏赐者)，sincgyfa (treasure-giver, 财宝的赏赐者)，beaga-gifa (ring-giver, 戒指的赏赐者)，goldwine gumena (generous lord of men, 慷慨的主人)，folces hyrde (his people's shepherd, 臣民的牧羊人) 和 wigendra hleo (protector of warriors, 武士的保护者) 等全都是指国王或领主；tires brytta (distributor of glory, 光荣的赏赐者)，heofonrices weard (guardian of heaven's kingdom, 天国的保卫者)，moncynnes weard (guardian of mankind, 人类的保护者) 等则是指上帝。

1　Grose and McKenna, *Old English Literature*, p. 57.

　　与隐喻语密切相关的是复合词（compounds），恐怕没有一种现代语言的诗歌拥有像古英诗那样丰富多彩的复合词。上面关于隐喻语的例子几乎都是复合词或词组，比如banhus是由ban（骨头）和hus（房屋）组成的复合词、feorhhus是由feorh（生命）和hus（房屋）组成的复合词。另外还有大量复合词，如stanhliðo（石崖，由stan"石头"和hliðo"悬崖"组成）anpaðas（羊肠小道，由an"单人能过"和paðas"小道"组成）nicorhusa（水怪巢穴，由nicor"水怪"和husa"房屋"组成），wynleas（哀愁的，由wyn"欢乐"和leas"没有"组成），fyrgenstream（山溪，由fyrgen"山"和stream"溪流"组成）等，则往往是诗人为了一定目的，比如简洁、生动、押头韵，或为了尽量减少弱读音节而特别创造的。它们中大量的词只用于诗歌，甚至只出现在某一首诗里。[1]但同隐喻语类复合词一样，它们具有很强的修辞意义和在格律上满足押头韵的作用。复合词在古英语诗歌中多得惊人。斯克拉格指出，"《贝奥武甫》里三分之一的词汇都是复合词，其中大多数都只用于诗歌，甚至只出现在这首诗里。"[2]尽管如此，由于复合词都是由常用词汇组成，再加上语境，因此其意义不难理解。

　　其实，不仅复合词，还有许多其他词汇也只出现在诗歌里。这也是古英诗的一个重要特点。弗兰克指出，"大约有400个诗歌词汇从来没有或者极少被用于散文（如果被用在散文里，其意义不同）"。他以史诗《马尔顿之战》（*The Battle of Maldon*, 991）为例，在诗人所用的全部535个词汇中，97个（占18%）从未在散文中出现过（如果出现过，其意义不同）；在这97个词汇中，有47个是复合词。在那些复合词里，只有3个在散文里出现，而有16个甚至没有在其他任何现存的古英诗里出现过，其中有些可能是诗人为这部诗作专门创造的。[3]从这也可以看出，古英语诗人在创造复合词方面是比较自由的；之所以能如此，其主要原因就是复合词易于理解。

　　古英诗的诗歌专用词汇里特别多的是一些十分常用的名词，比如君王、男人、女人、各种武器和战斗的名称等。从上面的隐喻语和复合词的例子也可以看出，古英诗里有大量的同义词。比如上面那些指称

1　这也有可能是因为其他用过这些词汇的诗作已经散失；尽管如此，隐喻语和复合词主要属于诗歌语言则是显而易见的。

2　Scragg, "The Nature of Old English Verse," p. 65.

3　Roberta Frank, "Old English Poetry," in Carl Woodring and James Shapiro, eds., *The Columbia History of British Poetry* (Beijing: Foreign Language Teaching and Research Press, 2004), p. 5.

国王或领主的词汇和短语就是如此。此外，指称国王或领主的同义词还有 cyning, þengel, fengel, þeoden, aldor, brego, eodor, þeoden, landfruma, ordfruma, ræswa，等等。由此可见，古英诗里同义词是多么丰富。有这么丰富的同义词，在格律上使诗人有更多的选择来满足押头韵的要求。同时，在选词上也可以不断变换，避免呆板。还有很重要的一点是，这些同义词，特别是那些具有同义词性质的隐喻语和复合词，往往都是在好几个世纪中形成的，蕴含丰富的历史、文化信息，往往反映了盎格鲁-撒克逊人的价值观念和文化传统。比如，称国王为"财宝的分赏者"、"黄金的赏赐者"、"财宝的赏赐者"、"慷慨的主人"，等等，显然表现出财产的赏赐和分配在维系盎格鲁-撒克逊社会方面至关重要。关于这一点，史诗《贝奥武甫》里有十分突出的表现。另外，这些同义词、复合词和隐喻语由于长期用于诗歌创作并常常被运用在不同场合，它们已经同古英诗传统密切联系在一起，在它们的字面意思之下是深厚的古英诗传统，它们能给听众以及后来的读者带来美妙的诗意和丰富的联想。正如弗兰克所说，这样的词汇就像一个内涵丰富的"包袱"（baggage），诗人需要做的是在特定的场合"打开"它。[1]

　　古英语诗歌的另一个重要特点是句子不太受诗行束缚。诗行主要关注的是韵律，而句子的核心是意义的完整与意蕴的丰富。虽然古英诗的语言是高度诗化的语言，但它同时又保持甚至加强了口头语言的自然语流而且力图使每一个句子的内容和意义完整并易于理解，因为口头歌谣的吟唱稍纵即逝，听众不能像后代的阅读者那样悠闲地面对书上的诗行慢慢甚至反复阅读。所以盎格鲁-撒克逊时代的吟唱诗人们力求在遵循古英诗格律的同时使句子意义完整并且简单明了，而不强行将句子增删扭曲来适合诗行的长度。这样，古英诗里大量的句子与诗行并不同步，它们有时长达好几个诗行，这与现代英语诗歌也有相同之处。因此，古英诗的诗行读起来铿锵有力，节奏感很强，但其内容和意义也不难为听众所把握。

　　盎格鲁-撒克逊诗人为了帮助听众听懂诗歌所采取的另一种手法是重复，特别是对句子中某个重要成分的重复。重复显然有助于听众的理解与记忆。但古英诗诗人并不是简单的重复，相反他的每一次重复都是在强调他所表现的人或事物的不同品质或侧面。所以重复也是变化。前面讲到，古英语诗人对同义词的大量使用实际上也是有一定变化的重复。这显然还有助于听众更全面更深入地把握他所描绘的人或物。

1　Frank, "Old English Poetry," p. 7.

比如在《贝奥武甫》里，在丹麦老国王罗瑟迦及其随从带领贝奥武甫前去找魔怪格伦代尔的母亲报仇的路上，诗人在讲到"所有的丹麦人"（Denum eallum，即 all the Danes）后，先后用了 winum Scyldinga (friends of Scyldings,[1] 丹麦人的朋友），ðegne monegum (many a thegn,[2] 众多的贵族随从），eorla gehwæm (each of the warriors，每一位勇士）来指国王和他的随从，同时又分别强调了他们之间密切的关系、随从对国王的忠诚和每一位武士的勇敢等不同方面。[3]

从上面的简单介绍似也可以看出，古英诗在长期的口头创作中形成了一个十分突出的传统。一方面，这种传统有利于诗人即兴创作或再创作口头诗歌，同时也有利于听众能尽可能容易地欣赏口头歌谣。古代口头歌谣的真正价值并不在创新，而在于在听众心中引起共鸣。但口头歌谣也绝不可能是完全的重复，因为没有任何诗人的吟唱会同其他人或者他自己以前的表演完全一样，而且他总是会根据当时的气氛和自己的状态做一些符合传统的即兴发挥，包括增删情节。所以有学者认为，"一个口头诗人较他人更为杰出，并非因为他为表达其思想找到了更为精彩的手法，而是因为他能更好地运用传统。"[4]

上面提到的古英诗的许多特点和风格都与盎格鲁–撒克逊人丰富而悠久的口头歌谣传统相关。不仅那些反映日耳曼历史与神话、歌颂日耳曼英雄的诗歌是这样，而且那些在基督教文化影响下发展起来的宗教诗歌同样也深深植根于口头歌谣传统，因为很多古英语宗教诗歌实际上是对没有文化的普通信徒进行宗教教育的口头教材。虽然古英语文献流传下来的不太多，但仅从这些文献中，我们也能发现许多关于专业的行吟诗人演唱传说故事以及其他各类人士吟诵歌谣的记载。这方面也许最突出的是《贝奥武甫》。任何读过这部史诗的人都不可能不注意到，它描写甚至记录下了许多行吟诗人在王宫和其他各种场合中丰富多彩意义深远的演唱。这些演唱不仅成为史诗内容的重要组成部分，而且往往还揭示出作品的现实意义。这也反映出口头歌谣及其演唱在盎格鲁–撒克逊人社会和文化活动中极其重要的地位。

---

1 Scyldings 是指 Scyld 的后代，Scyld 是传说中丹麦人的祖先，所以 Scyldings 用来泛指丹麦人。参看《贝奥武甫》的开头部分。
2 Thegn 是指作为君主的随从的贵族。
3 参看 Scragg, "The Nature of Old English Verse," p. 65.
4 转引自 Michael Alexander, "Introduction" to *The Earnest English Poems*, tran. by Michael Alexander, 2nd ed. (New York: Penguin, 1977), p. 19.

　　需要注意的是，在盎格鲁-撒克逊人或者说日耳曼人中，并不仅仅是职业的行吟诗人才演唱和表演。如同当今人们唱歌一样，在古英语时代，吟唱诗歌似乎也是一种大众化的文化活动，许多人都能即兴演唱。特别有意思的是，在《贝奥武甫》里，在贝奥武甫诛杀了魔怪格伦代尔后，前去深潭查看的武士们在凯旋回归的路上，心情"欢快"地将"贝奥武甫的壮举""一遍一遍"的"称颂"。其中甚至还专门有一段关于国王的一位扈从如何即兴将贝奥武甫的英雄事迹编唱成新故事的生动描述：

> 一会儿，一位歌手，
> 国王手下通晓历史、极富诗才的扈从，
> 回想起一支支古代歌谣；
> 挑出曲子即兴填词，
> 配合音律发为新声，
> 他开始琅琅地赞扬贝奥武甫的业绩，
> 将优美的词句巧妙交织，
> 说出一篇动人的故事……（第867-74行）

这是一段不可多得的记述古代口头歌谣的创作过程和创作方式的文字，是研究古代口头文学传统的重要资料。它生动地告诉我们，古代歌手和行吟诗人是如何用古代的传说故事、传统的诗歌技艺与英雄的事迹结合起来创造出新的歌谣传说和史诗。首先，它们的内容是关于英雄事迹；其次，它们是有曲谱的吟唱；第三，口头歌谣和史诗有深厚的传统，它们是从已有的"古代歌谣"中"挑出曲子来即兴填词"；第四，它们也有创新，因为歌手或诗人必须"将优美的词句巧妙交织"才能"说出一篇动人的故事"。另外我们还获知，这个歌手并非职业的行吟诗人，而是国王手下"通晓历史、极富诗才的扈从"。这表明在那个时代（也就是人们通常说的英雄时代），不仅吟唱而且创作歌谣都比较普遍，当然那也需要知识和才能。

　　另外一段关于古英诗创作的记述是在比德的历史书《英格兰人教会史》里。比德用非常文学性的语言生动地描写了生性木讷，没有文化，更不会吟唱诗歌的牧牛人凯德蒙群众性歌谣演唱会上，在快轮到自己演唱时，如何逃离仆人们的演唱现场，在草堆上睡去，然后在梦中受到上帝启示，醒来后竟然能随口创作出美妙诗篇的奇迹。这样的描述和人物塑造本身就是文学创作。比德还记录下现存最早的盎格鲁-撒克逊诗歌，即著名的《凯德蒙圣歌》中的9行。它虽然只有短短9行，但却被视为英语诗歌的开山之作。不过，对于现代研究者，这段记载中真正有意义的并不是凯德蒙受上帝启示的奇迹，而是它告诉我们，在盎格鲁-撒克逊时代，演唱或者吟诵诗歌这样的娱乐活动即使在下层人中也十分普遍，而且像凯德蒙这样没有文化的牧牛人也可能创作歌谣。另外，国王阿尔弗雷德也曾讲到，一个叫奥德海姆（Aldhelm, 709 年去世）的著名修道院院长常常以演唱诗歌来吸引人们前来听他布道。[1]这也表明，口头歌谣对人们很有吸引力。

上面这些例子或许可以说明，口头歌谣和诗歌在盎格鲁-撒克逊时代十分普遍，而且在人们的生活中发挥着重要作用。它不仅是人们娱乐的重要文化形式，而且也是人们的信仰和价值观念的载体，是社会对民众进行教育的方式。因此，在古英语时期一定产生了大量诗歌，然而很遗憾的是，由于各种原因，只有其中极少一部分流传下来，而且所有流传下来的诗歌几乎全都是孤本。现存的古英语诗歌几乎全都装订在4部偶然保留下来的手抄稿里。这些珍贵的手抄稿产生于诺曼人征服英格兰之前。这4部手抄稿及其收藏地点分别是：

1. "科顿·维特留 A XV"（Cotton Vitellius A XV）手抄稿，又称"《贝奥武甫》手抄稿"（因为里面包含著名史诗《贝奥武甫》），现存大英博物馆；
2. "朱尼厄斯XI手抄稿"（Junius XI，朱尼厄斯在17世纪曾是该手抄稿的拥有者和整理出版人），现存牛津大学波德雷安图书馆；
3. "埃克塞特书"（The Exeter Book），现存埃克塞特大教堂的图书馆；
4. "维切利书"（The Vercilli Book），现存意大利维切利市的大教堂（这部古英诗手抄稿自中世纪起就保存在那里，原因不详）。[2]

经学者们研究确定，这4部古抄稿是在975年至1050年之间由8个誊抄者抄写的。[3]它们能流传下来绝不是因为这些作品更优秀，所以受到人们更精心的保护。它们能流传下来，完全具有偶然性。比如，1731年科

---

1 参看 Scragg, "The Nature of Old English Verse," p. 55.
2 Bolton, *The Middle Ages*, p.19.
3 Frank, "Old English Poetry," p. 4.

顿爵士拥有的著名图书馆发生灾难性火灾时，许多极为珍贵的古代手稿和手抄稿都化为灰烬，而"《贝奥武甫》手抄稿"能在烈焰中奇迹般地保存下来，完全是因为一阵风碰巧吹来，改变了烈火的方向，使人们能把已经着火的手抄稿抢救下来。不然的话，人们永远也不会知道盎格鲁－撒克逊时代居然产生了那么一部让英国人倍感自豪的优秀史诗。

还需要指出的是，这4部手抄稿并不是4部著作，其实每一部手抄稿里都包含许多长短不一、相互之间没有联系的作品。虽然绝大多数现存古英诗作品都包含在这4部手抄稿里，但那并不等于说，这4部手抄稿里全都是诗作。其实严格说来，只有"埃克塞特书"才算一部诗集，里面包括各种题材和体裁，从宗教圣诗到粗俗的谜语，长短不一，共130来首。其他3部里都既有诗作也有散文，比如训诫词和圣经故事等。另外，不论是诗作还是散文，它们都包括宗教性和世俗性作品。由于这些古英语诗作都是10世纪后期到11世纪中期的手抄稿，而且它们在语言和形式上都很统一（因为盎格鲁－撒克逊时代的抄写者往往按他们当时的标准随意对文稿进行修改），所以几乎无法确定这些诗作真正产生的年代。不过有几首诗的时限大体上能确定。一首是《凯德蒙圣歌》，它可能是现在知道的最早的古英语诗歌。[1]比德在他的历史书中记载了它产生的年代，即7世纪后期。还有一首是前面提到的《十字架之梦》，它的一些诗行曾用如尼文刻在8世纪（也有人认为是7世纪末）的路得维尔十字架上。另外，9世纪诗人基涅武甫（Cynewulf）碰巧在他的4首诗稿上签了自己的名字。[2]由于无法确定绝大多数作品的创作时间，因此也就难以探讨它们之间的承传关系。另外，同样因为这个原因，古英语文学史的编写一般都只好按体裁分，而不能按时代划分。

现存的3万多行古英语诗歌已经全部整理出来，收集在6卷本《盎格鲁－撒克逊诗全集》[3]里正式出版。在所有这些诗歌里，我们都能看到日耳曼文化传统和基督教传统之间程度不同的并存与融合。正是在这两大传统的并存与融合中，古英语诗歌逐渐形成了自己的诗歌传统。虽然诺曼征服中断了古英诗的发展，但古英诗传统中的一些基本成分后来仍然被融汇进中古英语诗歌，并最终成为英语文学传统的核心组成。

1　但有学者发现或者认为另有几份诗歌残篇可能早于凯德蒙的《圣歌》。

2　参看 Scragg, "The Nature of Old English Verse," pp. 56-57.

3　G. P. Krapp and E. V. K. Doubie, eds., *The Anglo-Saxon Poetic Records*, 6 vols. (New York: Columbia UP, 1931-42).

从古英诗《创世记》对《圣经·创世记》的改写看日耳曼传统的影响

  文艺复兴之前1,500年是英国历史上剧烈变革的时期，也是英格兰民族形成的时期。这个时期的一个极为重要的特点，甚至是历史发展的一个主要动力，是外族频繁入侵。其中最重要的有三次，每一次都改变了不列颠历史的发展方向。它们是公元1世纪中期罗马人的入侵，5世纪中期盎格鲁-撒克逊人的侵占和11世纪中期的诺曼征服。这三次入侵在不列颠历史上具有里程碑意义，它们分别开辟了罗马-不列颠时代、盎格鲁-撒克逊时代和盎格鲁-诺曼时代。

  虽然这三次入侵都改变了不列颠历史发展的方向，都开辟了新的时代，但它们并没有造成历史的空白，历史也不是重新开始。先前的历史和文化并没有消失，而是融入了新的发展，新来的民族又注入新的精神和新的活力。所以，尽管每一次入侵都带来巨大破坏，造成了历史暂时的停滞甚至倒退，但不同民族的每一次交融、不同文化的重新组合，都为历史的发展带来了新的生机，都拓宽了民族的视野，都丰富了民族的文化，都进一步提升了民族的精神。英格兰民族丰富的文化、顽强的生命力、开阔的视野和对外不断开拓的精神，在很大程度上就是这些外族融入的结果。追溯英国这1,500年的历史，就是追溯英格兰民族及其社会和文化在不列颠岛上的人民同外来民族的冲突、并存与交融的动态关系中逐渐形成和发展的历史。

  在这三次改变历史进程的民族大冲突中，特别重要的是5世纪中期盎格鲁-撒克逊人的大规模迁入。正是在盎格鲁-撒克逊人入主英格兰之后在同本地不列顿人（Briton）的冲突与融合中逐渐形成了未来英格兰民族的主体，而在此期间基督教对来自异教文化的盎格鲁-撒克逊人的"征服"过程中，在基督教和日耳曼两大文化传统的冲突与融合中，诞生了英格兰民族的语言古英语和英格兰的民族语言文学古英语文学。

基督教对盎格鲁-撒克逊人传教开始于6世纪中后期。597年，罗马教庭派出以奥古斯丁为首的传教使团到达英格兰南部的肯特；使团随后以此为基地向北传教。在此之前，爱尔兰传教士已经在563年来到苏格兰建立修道院并派出传教士向南到英格兰传教。经过近百年的传教，盎格鲁-撒克逊人逐渐皈依了基督教，不列颠重新回归基督教世界。[1]然而，那并不意味着盎格鲁-撒克逊人从祖先那里继承下来的日耳曼文化传统的终结。实际上，在随后几个世纪里，日耳曼文化在盎格鲁-撒克逊社会一直保持着强大影响。在那漫长的历史时期里，不仅基督教一直在努力对日耳曼文化传统进行斗争和改造，而且日耳曼思想观念反过来也在深刻地影响着基督教文化。在很大程度上，我们可以说，后来的英国文化实际上是基督教和日耳曼两大传统的融合与发展。

在中世纪，由于基督教占据统治地位，所以基督教对日耳曼文化的斗争与改造总是旗帜鲜明。相反，日耳曼价值观念对基督教的"侵蚀"有时却是打着基督教的旗号在不知不觉中进行，那是一种集体无意识的自然流露，因此往往不易被觉察和阻止而进入权威意识形态。在很大程度上，流传下来的古英语文学（即盎格鲁-撒克逊时代的文学）主要是宗教文学，原因很简单，当时能进行创作、记录和抄写的所有知识分子几乎全都是教堂的神职人员或修道院的修士。然而在几乎所有古英语文学作品里，包括那些以宣传基督教思想为主旨的宗教诗篇里，日耳曼思想文化的影响，日耳曼价值观念的表现可以说比比皆是。即使是在讲述《圣经》故事的诗篇里，日耳曼传统观念也以各种形式十分突出地表现出来。

《圣经》对古英语文学产生了巨大影响。古英语诗歌里有大量诗篇直接取材于《圣经》。盎格鲁-撒克逊诗人对《旧约》故事似乎特别偏爱，从篇幅上看，在现存所有3万余行古英诗里，大约有三分之一程度不同地取材于《旧约》。[2]在这些涉及《旧约》的诗里，有4首是直接讲述《旧约》

---

1 在盎格鲁-撒克逊人到来之前，基督教已经在罗马统治下的不列颠南部有很大发展。

2 Malcolm Godden, "Biblical Literature: The Old Testament," Malcolm Godden and Michael Lapidge, eds., *The Cambridge Companion to Old English Literature* (Cambridge: Cambridge UP, 1991), p. 206.

故事的长篇叙事诗。诗人们用喜闻乐见的口头诗歌形式[1]向大众讲述《圣经》故事，给他们灌输基督教思想，教育他们成为虔诚的基督徒。这些诗歌体现了基督教精神，在情节事件上与《圣经》故事大体一致，所以它们往往被看作是对《旧约》故事的"意释"（paraphrase）。但诗人们在不违背基督教基本教义的前提下，经常自由发挥想象力，增添了许多十分生动的细节和场面，甚至塑造出原故事中没有或不同的人物形象。往往正是这些超越了意释的部分最为精彩，艺术成就最高。同时也正是在这些部分，日耳曼文化传统表现最为突出。在相当长时期内，人们把这些《旧约》诗仅仅看作是对《圣经》故事的意释，是为那些没有文化的民众创作的宗教普及教材而已，没有什么文学价值。这显然是没有认真研究过这些《旧约》诗而下的轻率结论。

　　在古英语《旧约》诗篇里，《创世记》最受人们重视。这部2,396行的诗作大约创作于8世纪，叙述的主要是《圣经·创世记》从第1章到22章的内容，也就是从上帝创造世界到亚伯拉罕遵照上帝旨意，用独子以撒祭献上帝。然而这只是就主要情节事件而言，在细节上诗人做了相当多增删，在人物塑造上更是尽情发挥想象力。诗人所做的增删和在人物形象上的大胆改动不仅表现出他的想象力和诗歌艺术，也表现了日耳曼传统对他的深刻影响。

　　诗人的增删往往是为听众考虑。比如，《圣经》详细记述了亚当和儿子该隐的代谱和寿命，诗人对此大幅度删节，那显然是因为冗长的代谱枯燥无味，听众不感兴趣。更有意义的是他对《创世记》第14章的处理。在《圣经》里，第14章的开头关于"四王与五王"作战那一大段包含大量陌生的人名和地名，不仅没有文化的听众，就是有文化的阅读者也往往会一头雾水。所以除了所多玛和罗得等几个必需的地名和人名外，诗人把其他所有的专用名词全都删去，而代之以"北方人"和"南方人"，使听众易于理解。[2]相反，对于部族之间的冲突和战斗场面，诗人则浓墨重彩，尽情发挥。诗里许多最精彩的细节描写和具体的战斗情节全是诗人的妙笔。比如，"许多面色苍白的女人／不得不浑身战栗地走向陌生的怀抱"（1969-70），[3]战场上"死亡的游戏，致命枪矛的相互刺杀，／震

1　吟唱诗歌是盎格鲁-撒克逊社会里很普遍的娱乐形式和传教方式。

2　古英诗《创世记》里关于"四王与五王"之战的描写见 Georege Philip Krapp, ed., *The Junius Manuscript* (New York: Columbia UP, 1931)，第1960-2017行。

3　本文中对古英诗《创世记》的引文，均引自 Krapp, ed., *The Junius Manuscript*，译文参考了几种现代英语译本。诗行数码随文注出，不再加注。

耳欲聋的喊杀声，惊心动魄的打斗"（1989-90），等等，都是《圣经》中所没有的。另外，这样精彩地描写战斗场面，显然是受到日耳曼英雄史诗传统的影响，是日耳曼民族尚武精神的表现。

在表现盎格鲁-撒克逊人的价值观念和尚武精神方面，《创世记》里特别突出的是关于亚伯拉罕[1]率兵报仇，打败北方四王，救回侄儿罗得那一部分。在《圣经》里，整个事件十分简略，仅有4句（《创世记》14：13-16），至于战斗，只用了半句："便在夜间，自己同仆人分队杀败敌人"（14：15），没有任何细节。但在古英诗《创世记》里，诗人根据日耳曼英雄诗歌传统，任由想象力驰骋，好像是在讲述日耳曼英雄的事迹。他增加了大量细节，把这场战斗写得惊心动魄，生动地表现出亚伯拉罕和勇士们的英勇和机智，这段故事因此而长达78行（2018-95）。这是诗中最精彩的部分之一，亚伯拉罕和他那些忠心耿耿的部下英勇杀敌的英姿更像是日耳曼首领和武士。如果我们忽略人物名字，那么不论从情节描写还是从语言和叙事风格上看，这一段都更像《贝奥武甫》或《芬斯堡之战》（*Fight at Finnsburg*）那样的日耳曼英雄史诗。

除忠诚和勇敢之外，日耳曼文化传统另外一个十分重要的方面是财产观念。盎格鲁-撒克逊人极为重视财产和财产的赏赐，把那看作是社会地位的体现和维系部族关系的纽带。史诗《贝奥武甫》和其他许多古英诗作品都十分突出地表现了这一传统的日耳曼价值观念。古英诗《创世记》里，武士们被称作"新娘与财物的卫士"，君王被尊为"黄金的赏赐者"和"财物总管"等，这些都是英雄史诗中带有日耳曼价值观念的话语。相比之下，基督教则更重精神而轻物质财富。《圣经》在记述亚伯拉罕的这场战争时，只是在战争结束后顺便提到胜方"掳掠"了败方的"财物"。然而在古英诗《创世记》里这一部分，不仅财物被提到多达11次，而且这些词汇出现在从战前到战后的全过程中，其重要性大为增加，显然已不仅仅是《圣经》里一笔带过的战利品。在《圣经》里，战争的原因是：南方五王"已经侍奉基大老玛十二年，到十三年就背叛了"。[2]但在古英诗里，"侍奉"被具体化为"向北方人纳税朝贡"，而"背叛"更被明确地说成是"再也不愿"交纳"财物"。这样，"财物"实际上成为了战争根源。在另一首《旧约》诗《出埃及记》里，诗人以死里逃生的犹太人分配战利品的日耳曼习俗来结束诗作，而这是《圣经·出埃及记》

---

1 《圣经》中为亚伯兰。亚伯兰在99岁时上帝赐名，改为亚伯拉罕。见《创世记》17：1-5。

2 《创世记》14：4。

中完全没有的。在这些作品里，诗人有时似乎忘了他是在写《旧约》故事，所以在不知不觉中用日耳曼人代替了犹太人。这显然也是日耳曼价值观念不自觉的流露。盎格鲁－撒克逊诗人对财物如此重视，明显和基督教精神不一致。这表明，宗教诗人们在创作中受日耳曼价值观念影响，有时会不自觉地偏离宗教原则。

但这还不是古英诗《创世记》最具原创性的地方。这首诗里最具原创性也最吸引人的部分是诗中关于撒旦的反叛和人类的堕落这两个核心事件的描写以及在这两部分里对撒旦和夏娃这两个关键人物的塑造。正是这些偏离《圣经》最远的部分，特别是对撒旦和夏娃的塑造，最充分地反映出诗人的高超诗艺和日耳曼文化传统对他的重大影响，从而也使这部讲述《圣经》故事的诗作成为英国文学发展史上一部重要作品，很可能还直接影响了英国文学后来的发展，特别是弥尔顿对《失乐园》的创作。

在古英诗《创世记》的开篇，诗人用了一百多行的篇幅来讲述撒旦的叛乱和天堂之战，而这些都是《圣经·创世记》里所没有的。诗人运用日耳曼英雄史诗的风格叙述基督教传说，生动地讲述了天堂之战：那些本来在天堂享受永恒幸福的天使因为撒旦的骄傲而同他一道反叛，上帝发"雷霆之怒"，"高举他至高无上的手"，用他"无穷之威力"，"摧毁了他的仇敌"，"剥夺了这些行恶者"的"光荣与幸福"，将他们"赶出天堂"，抛入地狱，"淹没在永恒黑暗之中"，"遭受灼热和突降的严寒，/烟雾和熊熊烈焰无尽的折磨"（41-64）。

不过在这首诗里，最令人赞叹的是从第235到851这617行。以前，人们一直以为《创世记》是一首统一的诗，但在1875年，德国著名学者西维尔斯经过仔细研究和考证，认为不论从格律、风格还是从词汇上看，这些诗行同其他部分都大为不同；不仅如此，它们甚至和其他古英诗也有差别。[1]因此他认为，这部分实际上是从一首已经散失的古撒克逊语[2]诗歌翻译过来，嵌入这首诗中。他的推测在19年后奇迹般地得到证实。1894年，梵蒂冈图书馆的管理员在一部古手稿里发现了一个9世纪的诗

1　其实，在内容上这部分也与其他部分有相当重复，而在情节发展上这部分却与前后直接相连部分缺乏连贯。这些也都表明，这很可能是有人将两首关于创世记的诗作合并在一起。
2　人们称已经移居英格兰的撒克逊人为盎格鲁－撒克逊人；以示区别，而称那些仍居住在北欧大陆的撒克逊人为古撒克逊人（Old Saxons），古撒克逊语就是指那些在北欧大陆的撒克逊人的语言，属古日耳曼语。

歌爱好者抄写在书中空白处的一些古撒克逊语诗歌段落，其中一段正好与古英诗《创世记》里第790-817行相符。[1]

　　现在，古英诗《创世记》已被公认为是由两首诗组成：由古撒克逊语译过来的这600多行被称为《创世记B》，而其余部分则被命名为《创世记A》。在这两部分中，《创世记B》一直是学者们关注的重点。它从上帝吩咐亚当和夏娃不可偷吃禁果开始，进而叙述撒旦的反叛、失败和他决心复仇的阴谋，接着讲述亚当和夏娃在魔鬼引诱下偷吃禁果、失去乐园的故事。除上帝的禁令、魔鬼的诱惑和人类祖先偷吃禁果这一主干情节外，这部分绝大多数内容和几乎全部细节都是《圣经·创世记》里所没有的。在创作几乎等同于翻译、改写和意释的中世纪，《创世记B》充分反映出诗人超乎寻常的想象力。更重要的是，它还表现出诗人一些十分独特的观点。可以说，它是所有古英语《圣经》文学里最富想象力、最具特色的诗篇。

　　在《创世记B》里，特别值得称道的是诗人塑造了唯一一个在所有中世纪欧洲文学中十分特殊的叛逆英雄的形象。这个"英雄"不是别人，正是基督教世界天字第一号的罪魁：撒旦。当然诗人并没有也不会称撒旦为英雄，他是用撒旦自己的话语来表现他不愿屈从神权、誓与上帝一争高下的大无畏气概：

> 我不需要主人，我的双手
> 同样能创造出各种奇迹，我拥有
> 伟大的力量，可以在天堂建造
> 更辉煌的宝座，我为什么要
> 期待他的恩赐？我和他一样
> 能成为上帝。坚定的战友，
> 勇敢的武士们，他们将和我共同战斗，
> 永不背叛，我是这些无畏英雄之领袖。(278-85)

即使在地狱的煎熬中，他仍然决心继续他与上帝之间的斗争，宁愿统治地下"王国"，也"决不俯首称臣"(288-91)，并迅速策划出如何向上帝复仇的阴谋，充分反映出他不屈不挠的反叛性格。在这里，撒旦与其说是罪恶的化身，不如说更像一个在争夺王位中失败了的日耳曼英雄。这

---

[1]　参看 W. P. Ker, *The Dark Ages*, repr. (Westport, CT: Greenwood, 1979), p. 257.

样的冲突不论在《贝奥武甫》和其他英雄史诗中还是在盎格鲁-撒克逊社会现实里都屡见不鲜。他身上体现出来的主要并非基督教所谴责的各种罪恶，而是日耳曼价值观念和日耳曼英雄气质。

撒旦在地狱里那长达86行（356-442）的独白是英国文学史上的经典段落。任何一个熟悉英国文学史的读者在读到那些表现其坚强的叛逆性格的诗句时，都会不由自主地联想到弥尔顿在《失乐园》里塑造撒旦那令人称道的高大形象的著名诗行。弥尔顿的撒旦在被打入地狱之后同样表达了永不向上帝屈服的英雄气概：

> ……我们损失了什么？
> 并非什么都丢光：不挠的意志、
> 热切的复仇心、不灭的憎恨，
> 以及永不屈服、永不退让的勇气，
> 还有什么比这些更难战胜的呢？
> 他的暴怒也罢，威力也罢，
> 绝不能夺去我这份光荣。
> ……
> 这时候还要弯腰屈膝，向他
> 哀求怜悯，拜倒在他的权力之下，
> 那才是真正的卑鄙、可耻，
> 比这次的沉沦还要卑贱。[1]

同古英诗里的撒旦一样，他不愿做上帝的奴仆，要做自己的主人。他说："与其在天堂里做奴隶，/倒不如在地狱里称王"。[2]不仅在语气上，而且在词汇的选择和使用上，弥尔顿的撒旦都与古英语诗人笔下的撒旦很相近。

弥尔顿的《失乐园》和古英诗《创世记B》之间的相似之处还不仅仅在撒旦的塑造上。虽然《失乐园》长达12卷，它的基本内容乃至其情节安排的走向也与《创世记B》大体一致：它们都是从反叛的天使被打入地狱开始，进而描写魔鬼为复仇到乐园引诱亚当和夏娃背叛上帝，最后人类因为违反上帝禁令而遭受惩罚，被逐出乐园。[3]另外，在一些细节

1　弥尔顿：《失乐园》，朱维之译，天津：天津人民出版社，1996年，第8页。
2　弥尔顿：《失乐园》，第14页。
3　《失乐园》中以撒旦为中心的前两章是诗人在创作过程中后来添加的。这也有可能是受到古英诗《创世记》的影响。

上，它们也不无相似之处。比如，《创世记B》为了表明地狱的恐怖和深不可测，特别说明反叛的天使们从天堂到地狱掉了3天3夜，而弥尔顿只是将其改为9天9夜而已。

关于弥尔顿的《失乐园》与《创世记B》之间的关系问题，许多评论家都曾提及。他们认为，虽然没有记载表明弥尔顿读过《创世记B》，但在17世纪中叶，也就是在弥尔顿成为清教革命积极活动者的时期，古英语《旧约》诗篇手抄稿的拥有者朱尼厄斯（Franciscus Junius, 1591-1677）正好在伦敦，而且他于1654年编辑出版了手抄稿中全部4部古英语诗。[1]因此，弥尔顿很有可能认识他甚至读到过《创世记B》。[2]弥尔顿塑造的撒旦那具有英雄气概的叛逆形象后来对英国文学产生了重大影响，不仅在那些同样具有叛逆精神的浪漫主义诗人的思想和作品里，而且在英美哥特小说里那些超乎寻常人的所谓"恶棍英雄"（villain-hero）身上，都明显地闪现着这个叛逆者的影子。如果弥尔顿读过《创世记B》，那么古英诗塑造的撒旦身上那种叛逆精神很可能在同样具有叛逆精神的这位革命诗人心中产生了共鸣，他因此受到这部古英诗的影响，而这种影响后来又在英国文学的发展中发扬光大并进一步推动了英语文学的发展，形成了英语文学中一个特有的传统。[3]

《创世记B》另一个特别值得称道之处是对撒旦内心世界的展示。撒旦的长篇独白是英国文学中心理表现的早期经典。其中最突出的是，诗人通过撒旦的话语揭示出，叛乱的天使们虽然在地狱里受到烈焰和其他酷刑的折磨，但撒旦最不能忍受的还不是被赶出天堂打入地狱，甚至也不是地狱里的煎熬，而是上帝新创造的人类享受着他认为本该属于他的荣誉和幸福。他说："我最大的悲痛是，那个用泥巴捏的/亚当将居然坐在我那高贵的宝座，/生活在极乐之中，而我们/却在这地狱里遭受苦难和折磨"（364-367）。所以，他最难以忍受的是无法平抑的愤怒，是吞噬着他心灵的嫉妒，是因为当他想到上帝的新宠，那个为他所瞧不起的"泥巴捏的"亚当，竟然在享受着本该属于他的幸福而遭受的内心折磨。

诗人强调撒旦的这种难以忍受的内心折磨并非来自《圣经》或基督教神学，而是来自对人的内心世界的体验和认识。撒旦的这种满怀嫉妒

1　James Holly Hanford, *A Milton Handbook,* rev. ed. (New York: Crofts, 1933), p. 227.

2　弥尔顿早年曾计划创作一部关于亚瑟王的史诗，清教革命后改为创作《失乐园》，本文作者猜测，那可能与他读过这部古英诗有一定关系。

3　关于这一传统，可参看本书中《撒旦式人物——英国文学一个重要传统之探讨》一文。

的心态使他更像一个现实中的普通人。这是中世纪文学中少有的对人的心理和人性的展现，是诗人的独到之处。不仅如此，撒旦引诱人类堕落还因此而具有了新的意义。基督教通常认为，魔鬼引诱亚当和夏娃背叛上帝主要是为了复仇，因为他无法直接向上帝挑战，只能靠毁灭上帝所喜爱的人类来间接打击上帝。但在《创世记B》里，由于诗人特别强调了撒旦因那个"用泥巴捏的"卑贱的亚当和夏娃夺走了并享受着本该属于他的幸福和荣耀而产生的愤懑之情，因此引诱人类犯罪就不仅仅是向上帝复仇的手段，人类本身也成为他打击的对象。如果人类违背上帝禁令，他们就会失去上帝的宠爱，也将到地狱里来和魔鬼们一道受折磨。这样，撒旦在心理上自然也会感到好受一些。这也是这位中世纪诗人特别值得称道的深刻之处。所以对撒旦来说，引诱人类犯罪就具有了双重的意义。他对追随者们说，他们必须设法

> 使他们[亚当和夏娃]抛弃对上帝的忠诚，
> 让他们违背其谕令。
> 他就会怒不可泄，赶走他们，
> 他们就会寻找地狱，来到
> 这可怕的深坑，追随我等。(402-406)

还有一点很有意思，那就是关于引诱者的身份问题。《圣经·创世记》只是提到，引诱者是那比"一切活物更狡猾"的蛇，[1]而基督教通常认为那就是撒旦本人，蛇也因此而成为撒旦的化身。弥尔顿在《失乐园》里也是这样写的：撒旦飞过万千里的浩瀚宇宙，来到伊甸园，变成蛇进行引诱。但在《创世记B》里，实施诱惑的却不是撒旦，而只是他的一个"使者"。这或许是因为，撒旦这个曾经是天上最尊贵的大天使不屑于屈尊去引诱一个泥巴捏出的人。如果是这样，这也从另一个侧面表现了撒旦的骄傲性格和内心世界，同时也可能是另外一个重要的日耳曼价值观念荣誉观在作品中的无意流露。

《创世记B》另外一个特别值得称道之处是对夏娃这个形象的塑造，这一点同样也与《圣经·创世记》和基督教正统思想有相当距离。无论是《圣经》还是《创世记B》，无论是基督教的传统说法还是《失乐园》这样的文学作品，在一点上它们是惊人的一致，那就是，虽然夏娃先吃

---

1 《圣经·创世记》3：1。

禁果，但那本身似乎并没有多大意义，魔鬼是否成功，人类是否坠入万劫不复的深渊，完全取决于亚当是否吃禁果。夏娃似乎仅仅是被作为诱使亚当犯罪的工具而已，这显然是男权文化的产物。但有意思的是，不论是《圣经》里简短地叙述还是《失乐园》里高度艺术化的创作，相比之下，夏娃的形象都比亚当更为生动、有趣、复杂和丰满。在大多数宗教和文学作品里，亚当更像一个宗教观念的体现，[1] 而夏娃则给了人们更多的想象空间和艺术创作的余地。

　　不论是《圣经》还是基督教教会，历来都谴责人类，特别是夏娃，因虚荣作祟而犯罪，因为蛇告诉夏娃，如果吃了智慧果，"你们便如神能知道善恶"（《创世记》3：5）。他们犯罪，是因为想变得和神一样。虚荣也因此而位列基督教"七大重罪"（Seven Deadly Sins）之首，被看作是使人类失去乐园、到尘世受罪的根本原因。夏娃自然也遭教会同声指责，并殃及所有女人。在中世纪男权社会里，在基督教意识形态统治之下，女人被看作是魔鬼的工具和人类堕落的原由而备受责难。每一个教堂的布道坛上都发出对女人无穷无尽的谴责之声，"女人被看作是地狱之门、万恶之源。她应该一想到自己是女人就感到羞耻，她应该为把各种诅咒带给了这个世界而不断忏悔，她应该为自己的服饰感到羞愧，因为那是她堕落的纪念。她特别应该为自己的美丽感到可耻，因为那是魔鬼最厉害的工具。"[2] 当然，所有的指责最终都指向夏娃这个"邪恶"的原型女人，人们把人世间一切苦难都归咎于她。

　　然而《创世记B》的作者不同。他实际上是在尽量为夏娃辩护，而且他的辩护系统、全面，很有说服力。他辩护的中心思想是，夏娃绝不是出于任何目的（当然也不是出于虚荣）而有意违背上帝旨意，她仅仅是因为受到蒙骗，她的过失是没能认清引诱者的真面目。而且就连她没能认清魔鬼的真面目也不完全是她的错，因为诗人特意不止一次地指出，是"上帝给了她更为贫弱的心智"（590，649），而引诱者又自称是上帝使者，难怪她不能认清其真面目，这自然为她减轻了责任。同时，撒旦的使者非常雄辩，他用了近40个诗行（552-87）来"征服"夏娃。他威

1　在《失乐园》里，弥尔顿以奥古斯丁关于人的自由意志和文艺复兴人文主义思想为基础，让亚当独立做出愿意与夏娃一道沦落、共同赎罪的痛苦而勇敢的选择，使他超越了传统局限而成为一个光辉的艺术形象。然而即使在《失乐园》里，夏娃也是一个刻画得更为细腻、性格更为复杂、内心更为丰富的人物。

2　William E. Leck, *History of European Morals from Augustus to Charlemagne*, 3rd ed., Vol. I (New York: Appleton, 1900), p. 338.

逼利诱，动之以情，晓之以理，逻辑严密，很有说服力，使那个"心智贫弱"而且从来没有被告之为什么不能吃智慧果的夏娃实在难以招架。

由于亚当已经拒绝其诱惑，引诱者才转而去找夏娃。所以这个以上帝使者身份出现的诱惑者首先恐吓她说，由于他们不执行他带来的上帝旨意，定将招来全能的上帝雷霆之怒，现在只有她才能救他们俩。他告诉夏娃，如果她按上帝旨意吃了智慧果，她就会眼明心亮，看见天堂之主，得到他的恩惠。这其实是很巧妙地向夏娃提供他是上帝使者的证据：只要她吃了智慧果，就能得到证据（看见上帝）。她吃禁果之后，如引诱者所说，她的确看到了上帝和天堂的美好，因此确信来者是上帝使者。她这才开始劝说亚当，这个证据也因此而成为她说服亚当的重要理由；当然她那"贫弱的心智"无法识破那只不过是魔鬼的魔法。她告诉亚当，"如果不是上帝，天堂之主，/赐我眼力，我如何能有这般领悟？"（654-55）在她劝说亚当的整个过程中，夏娃强调了引诱者是上帝使者，并特别生动地描绘了她吃智慧果后的美好感受：她看到了上帝无边的创造，听到了美妙和谐的天堂之乐，更瞻仰了上帝的容颜和感受到天使们在上帝身边的幸福与美满。诗人显然是在竭力表明，夏娃完全是真诚地以为她是在执行上帝旨意。另外，引诱者还利用了她对亚当的爱情。他说，如果她吃了禁果，"我将不会向你们的主告状，/那个亚当如此无理，竟然对我恶语相向"（580-81）。这也使她的形象更为可爱，她的错误也就更容易得到人们谅解，因为她是在为亚当着想，她的过失中没有丝毫个人利益，更不用说虚荣。

或许是怕人们不理解他的弦外之音，当夏娃劝说亚当之时，诗人甚至直接出面明确地为她开脱说：

> 她完全出于忠诚意愿，全然不知
> 无穷的伤害、可怕的灾难
> 将随之降临到人类头上……。
> 她听信那罪恶使者的规劝，
> 还自以为是在蒙取天主的恩典。（708-13）

由此可见，在《创世记B》里，夏娃充其量只是好心犯错误：她以为自己是在执行上帝使者带来的上帝旨意。她那由上帝赐予的"贫弱的心智"（这当然不是她的错）显然无法理解上帝玄奥的天道（Providence）或魔鬼那险恶的阴谋诡计，因此她实际上成了她无法理解的上帝与魔鬼之间那种你死我活的斗争的无辜牺牲品。

特别值得注意的是，在整个劝说过程中，我们只能感受到她对上帝的爱和虔诚，而没有丝毫虚荣。这显然不是因为诗人不知道基督教关于虚荣的教义。他在前面表现撒旦和天使的反叛和堕落之时已经用了大量篇幅和超常的语言来突出地表明，虚荣是天使们因而也是随后人类堕落的最终根源。因此，他在表现人类的堕落，特别是在表现夏娃这个关键人物时，在虚荣问题上令人惊讶的沉默显然另有原因。

不仅如此，除了为夏娃开脱，诗人还尽力表现她痛悔的心情，进一步突出她人性的一面，从而使她更能博得人们的同情。在吃禁果之后，亚当把一切过失推给夏娃并后悔曾请求上帝为他造出夏娃。这使亚当的形象大打折扣。在亚当责骂之后，诗人让这个"最美丽的女人，最漂亮的妻子"（821）说出最动人的话："亚当，你尽可以用你的语言责怪我；/然而你胸中的苦痛却远不及／我的心正为此遭受的折磨"（824-26）。其实，亚当的责任更大。首先，他的"心智"更强；其次，在此之前他拒绝了使者的诱惑，那表明他本来已经认识到那指令并非来自上帝；但最重要的是，无论如何是他自己吃下的禁果。但亚当把一切责任全推给夏娃，而夏娃却没有任何抱怨，只是在内心自责和悔恨；相比之下，夏娃的形象显然更为可爱。

这样，《创世记B》呈现给读者的夏娃与那个因虚荣而犯罪、长期遭到人们谴责的传统的夏娃形象可以说有天壤之别。这个人性化的甚至是凄美的夏娃是一个平凡而可爱的女人，而不是宗教观念的体现者。她诚实、善良，深深地爱着自己的丈夫，并为自己的过失痛感悔恨，她向往天堂而无虚荣，因天真而易受欺骗，因虔诚而背离神意，显然很能博得人们的同情。夏娃这个形象在英国文学发展史具有相当重要的意义。她不仅是第一个独特的夏娃形象，而且有可能是英国叙事文学作品中第一个主要从人的角度而非从宗教教义出发而塑造的具有相当内心深度的人性化了的女性形象。[1]

从上面的分析可以看出，诗人虽然是在讲述《圣经》故事，但他对夏娃的塑造实际上在很大程度上背离了正统的基督教教义。诗人显然是一个教士或修士，如果他在一些细节上稍微偏离正轨，那不足为奇，但在事关人类堕落这样的核心问题上走那样远，则很不寻常。有些学者已

---

1 古英语英雄史诗《沃迪尔》（*Waldere*）可能塑造了一个重要的女性形象，然而它只剩残篇，仅两个段落，共63行，使人难以看清她的形象。不过，下面将提到，古英语抒情诗中倒是塑造了一系列比较人性化的女性形象。

经注意到诗人的"离经叛道"（heterodoxy），并试图解释其原因。希尔认为，《创世记B》的作者虽然不能说是"离经叛道"者，但他在"处理人类堕落的事件"上所享有的"思想和想象自由"的确大得"有点令人吃惊"。他的解释是，诗人不是用拉丁这种运用广泛的"国际语言"和宗教界的正统语言，而是用英语这种"范围相对狭小的民族语言"写作，因此不必担心遭到正统宗教人士的攻击。[1]

这种可能性也许有，但却没有找出产生这种思想的根源，而且这种设想意味着作者清楚地知道自己在做着为基督教教义所不容的事，在发表异端思想。也就是说，他是有意识地在"离经叛道"；否则他就不必为了避免遭到正统人士的攻击而有意识地使用主流宗教界人士不能阅读的英语。很难想象，一个教士会有意识地发表异端思想。[2]所以，更有可能的是，这个教士兼诗人并不是有意识地发表为教会所不容的异端思想，而是他并没有真正意识到他的思想与正统有多大矛盾。[3]也就是说，他是在按照自己对《圣经》故事的理解，发挥自己的想象力来叙述人类堕落的故事和塑造在其中起了重要作用的夏娃。这里的关键是他的理解，而他的理解是以他的思想为基础。那么，这部诗作反映出作者什么样的思想呢？在很大程度上，那是仍然十分强大的日耳曼传统文化的影响。

在8世纪，许多来自刚皈依基督教不久的英格兰地区的传教士前往北欧日耳曼地区，成为当地传教活动的主要力量。那些地区是盎格鲁-撒克逊人的祖居地，虽然盎格鲁-撒克逊人的语言已经有了较大变化，但他们与当地人的交流不应该有太大困难，这也可能是为什么盎格鲁-撒克逊人的传教活动在当地特别活跃的一个重要原因。《创世记B》这部被学者们认为产生于8世纪的诗作很有可能就是这场传教活动的产物。如果是这样，它要么是盎格鲁-撒克逊传教士为了向当地人传教而用当地的撒克逊语创作的普及性《圣经》故事，要么是深受盎格鲁-撒克逊传教士影响、刚皈依基督教的当地撒克逊教士为同样目的而创作的作品。它随后被带回英格兰，翻译成盎格鲁-撒克逊语，并被嵌入《创世记A》里。

1　Thomas D. Hill, "The Fall of Angels and Man in the Old English Genesis B," Lewis E. Nicholson and Dolores Warwick, eds., *Anglo-Saxon Poetry: Essays in Appreciation* (Notre Dame: U of Notre Dame P, 1975), p. 290.
2　基督教史上许多发表所谓"异端"思想的人，从不认为自己的思想是"异端"，而且他们几乎总是利用一切可能的公开场合宣扬自己的观点。
3　其实，希尔自己就指出，像比德那样著名的神学家和学者也常常被指责为散布异端邪说。比德恰恰是用拉丁语写作，他显然不会认为自己是在散布异端邪说，他的所谓"异端邪说"也只能是不自觉地流露。

但不论怎样，它都是包括英格兰在内的日耳曼世界早期基督教时代的作品。不仅在刚皈依的北欧日耳曼地区，即使在英格兰，日耳曼异教传统都还保持着强大影响，基督教的控制还没有完全巩固，更不用说确立和普及正统的基督教教义。另外，基督教内部也存在许多不同流派和思想的冲突，这自然也影响到教义的统一。比如在英格兰地区，罗马教廷和爱尔兰教会之间的冲突在7、8世纪就一直很激烈。因此在相当长时期内，在英格兰，更不用说在北欧的日耳曼地区，很难说什么是正统的基督教神学思想，教士们往往是根据各自的教派和自己的理解来传布基督教思想。所以，教士们相互指责为异端的情况屡见不鲜，甚至像当时英格兰最杰出的神学家、学者和修道士比德（Bede, 672-735）也常遭指责，说他散布异端邪说。至于后来，随着基督教神学思想的发展，正统教义逐渐确立，基督教早期的许多流派和思想，特别是那些受到异教文化影响的思想，被指责为离经叛道，就更不足为奇了。

所以，与其说《创世记B》的作者是有意识地在利用所谓正统神学家们不能阅读的英语来表达异端思想，还不如说他根本就没有意识到自己的思想背离正统。其实，《创世记B》虽然是在讲述《圣经》故事，它所讲述的绝大多数内容却没有经文可依。比如，关于撒旦和天使们叛乱的故事，《圣经·创世记》里根本没有，它只是在《圣经》其他地方偶尔简略提及。它实际上是后来历代犹太注经家、基督教神学家和文学家们集体想象的创作。由于它是经外传说，没有太多束缚，所以成为人们发挥想象力的绝好题材。《创世记B》里撒旦的形象就是一个突出例子，诗人的想象力使这个叛逆者更像一个日耳曼英雄。虽然诗人根据基督教教义，着意突出撒旦的高傲并加以谴责，使之成为天使堕落的根源和世间一切罪孽之"原罪"，但在日耳曼价值观念里，高傲或者虚荣以及与之相关的对名声、荣誉和地位的渴望并非像在基督教教义里那样是罪孽，相反却是值得赞颂的美德，是英雄们渴求实现的人生目的。所以，当诗人在无意间"赞美"撒旦身上的"英雄"气质之时，实际上是他自己身上的日耳曼文化传统影响的流露。在对待虚荣或名声上的不同态度反映出基督教和日耳曼两大传统在对待人上的根本区别。基督教谴责人妄图变得和"神一样"的虚荣，将其斥为万恶之源，那不仅在人和神之间划了一条绝对不可逾越的界限（耶稣除外），而且无情压制了人试图超越自身的一切企图或努力。与之相反，日耳曼人追求名声，通过英雄业绩扬名四海，流芳百世，使自己超越时空，那实际上是对人的价值的肯定。许多古英语英雄传说，特别是史诗《贝奥武甫》，都十分突出地表现了这一观念。

实际上《创世记B》在讲述人类堕落的故事和塑造夏娃的形象时所表现出来的背离正统基督教教义的倾向在很大程度上也是根源于日耳曼文化（特别是其中崇尚人的价值方面）的影响。诗人在讲述人类堕落的整个过程中突出强调的是魔鬼对夏娃的蒙骗，相反却对虚荣这个在正统基督教教义看来是人类堕落的核心根源表现出令人吃惊的沉默，正是这种影响不自觉的流露；那也许表明，他在潜意识中并没有把它看作是特别严重的罪孽。至于把夏娃人性化的倾向，则更明显地反映出日耳曼文化中的人文思想的影响。传统的日耳曼文化在本质上是世俗文化，相对于基督教，它更关注的是现实世界、现实生活中的人和人的价值。所以，诗人致力于把夏娃塑造成一个更接近于现实生活中的女人形象，有着现实中的女人身上常有的品质、缺点和思想情感，而不是把她塑造成具有象征意义的观念体现者，从而把她同撒旦的高傲和耶稣的谦卑寓意性地联系在一起。

在古英诗里，《创世记B》塑造的夏娃并不是一个孤立形象。虽然大量古英诗已经散失，但现存的盎格鲁–撒克逊诗歌仍然为我们展现了一些动人的女性人物。需要指出的是，这些女性人物主要出现在世俗诗歌里，[1]其中最动人的形象是抒情诗《武尔夫与伊德瓦塞》（*Wulf and Eadwacer*）、《妇怨》（*Wife's Lament*）、《夫之书》（*Husband's Message*）里的主人公。她们思想感情丰富，历尽艰辛而对爱情忠贞不渝。这些女性形象显然是日耳曼传统文化的产物，她们体现的主要是日耳曼价值观念。所以，夏娃这个形象是有深厚文化传统的。尽管夏娃在许多方面与她们不同，但在突出她的人性和她的女性特点方面，《创世记B》的作者显然受到了日耳曼文化传统的影响。从夏娃的形象，我们可以看到，日耳曼传统对现实中的人的关注在一定程度上平衡了基督教文学中的宗教倾向，从而使人物更加生动丰满、真实动人。

当然，古英诗《创世记》首先是宗教文学作品，讲述的是《圣经》故事，其主旨是表达宗教思想，目的是教育广大听众。因此，宗教精神在作品中明显占据主导地位。然而即使在这样的宗教诗歌里，我们也清楚地看到日耳曼文化传统的深刻影响。诗人所表达的日耳曼习俗和价值

---

1 古英语宗教诗歌也塑造了一系列女性人物，比如圣徒传《朱丽安娜》（*Juliana*）和《爱伦娜》（*Elene*）里的主人公。但需要指出的是，朱丽安娜和爱伦娜与其说是女性人物，还不如说是被非性化了的圣徒。至于在古英诗残篇《朱蒂丝》（*Judith*）里，朱蒂丝倒更像一个日耳曼女英雄。

观念使诗中的世界更接近于日耳曼或盎格鲁-撒克逊社会现实，也使其中的主要人物更像现实生活中的人。在反映日耳曼传统的影响方面，古英诗《创世记》远不是个别现象，几乎所有古英语宗教文学作品都受到日耳曼文化程度不同的影响，正如那些直接根源于日耳曼传统的世俗诗歌，比如《贝奥武甫》等英雄诗歌，也几乎全部受到基督教思想的重大而深刻的影响一样。从古英语文学中的这一重要现象可以看出，在盎格鲁-撒克逊时代的几个世纪里，基督教和日耳曼两大传统一直处在共存、冲突与融合的动态关系中，并将最终发展成为后来英国文化的核心组成。

《贝奥武甫》中基督教和日耳曼两大传统的并存与融合

公元800年前后，由于英国的林迪斯坊（Lindisfarne）修道院院长西格博德（Higbald）竟然容许在修道院吟唱古代日耳曼英雄英叶德（Ingeld）的传说故事，阿尔昆（Alcuin，735?-804）立即写信怒斥："英叶德与基督何干？厅堂窄小，它容不下双方。那些所谓国王，乃受诅咒之异教徒，上天之主不想与之扯上关系。永恒之王统辖天堂，而受诅咒的异教徒在地狱呻吟。"[1]阿尔昆出身英国贵族，长期担任法兰克帝国查理曼大帝的宫廷教师，是当时欧洲最负盛名的学者和神学家之一，在宗教界极有影响。他的斥责绝非出于一时或一己之义愤，而是代表了中世纪教会对待非基督教的日耳曼乃至一切异教文化（paganism）的正统立场。许多著名宗教领袖，比如德尔图良（Tertullian，160?-220?），圣哲罗姆（St. Jerome，347-420），教皇扎迦利亚（Zacharias，?-752），埃尔弗里克（Ælfric，955?-1020?）等，都说过类似的话。[2]当然最具权威的还是《圣经》。圣保罗说："光明与黑暗有什么相通呢？基督和彼列[即撒旦]有什么相和呢？信主的和不信主的有什么相干呢？神的殿和偶像有什么相同呢？"[3]阿尔昆和其他许多宗教领袖对异教文化的谴责甚至在行文风格上都与这段经文相似。一般地说，在中世纪，特别是在10世纪以前，天主教会对异教徒和异教文化采取了相当极端的态度。

1　Alcuin, *Epistola* (Duemler, n.p., 1895), p. 183.

2　参看 Fred Robinson, "Appositive Style and the Theme of *Beowulf*," in Nicholas Howe, ed., Beowulf: *A Prose Translation: Backgrounds, Contexts, Criticism*, 2nd ed. (New York: Norton, 2002), pp. 78-79.

3　《哥多林书》II, 6：14-16。

　　然而，阿尔昆和其他教会领袖对异教文化的反复禁止和谴责恰恰从反面表明，在中世纪英国和欧洲，那些来自北欧的日耳曼人的后裔在皈依基督教后，并没有遗忘或放弃自己祖先的文化传统。尽管屡遭教会反对和禁止，古代日耳曼英雄的传说故事不仅仍在民间广为流传，甚至还进入修道院，为教士们所喜爱。学者们发现，"7、8世纪的材料表明，英国修士们极其喜欢竖琴歌手的吟唱和世俗故事，"但却"遭到教会上层嘲笑和敌视"。[1] 同时，盎格鲁-撒克逊文化中也明显保存着大量日耳曼风俗习惯和价值观念。因此，在盎格鲁-撒克逊人于7世纪逐渐皈依基督教后的几百年里，英国大部分地区实际上并存着两大传统：基督教传统和日耳曼传统。这两大传统一直处在矛盾、冲突、相互影响并逐渐融合的动态关系之中。[2] 这种冲突和融合在很大程度上决定了未来英国的社会、政治、文化和民族意识。

　　盎格鲁-撒克逊社会中这两大传统的并存、冲突与融合自然也不可避免地深刻影响了当时和未来英国文学的成就与发展。实际上，英国文学也积极地参与了这一冲突与融合的过程并对两大传统的融合做出了重大贡献。现存最早的古英语重要诗歌《凯德蒙圣歌》（*Cædmon's Hymn*，约7世纪中期）就已经参与了这一过程。特别值得指出的是，或许是为了使人们能更容易理解和接受，凯德蒙在叙述创世故事时，并没有直接使用圣经中对上帝的称谓，而是用古英语（盎格鲁-撒克逊语）里对日耳曼异教神的称谓，比如meotodes, weard, drihten等，来指称基督教的上帝，从而有助于盎格鲁-撒克逊民众接受；同样他还直接借用古英语中一些宗教词汇，把它们用于圣歌之中，使它们获得了基督教含义。凯德蒙使日耳曼异教术语基督教化的成功尝试，实际上在英国乃至欧洲[3]文学史上开了两大文化传统融合的先河。而且从这个角度上审视《贝奥武甫》，对我们理解这部史诗也很有启发意义。

　　古英语文学中，《贝奥武甫》在反映和体现基督教和日耳曼两大文化传统的并存、冲突与融合方面，是无与伦比的。这部3,182行的古英语第

1　Roberta Frank, "The *Beowulf* Poet's Sense of History," in Harold Bloom, ed., Beowulf: *Modern Critical Interpretations* (New York: Chelsea, 1987), pp. 56-57.

2　在西欧，基督教文化和异教文化（包括日耳曼文化）的冲突与融合一直没有中断，并在文艺复兴和宗教改革运动中达到新的高潮。特别值得注意的是，宗教改革运动的中心正是北欧从德国到英国那片主要受日耳曼文化影响的广大区域，而天主教的势力范围则主要为曾经是罗马帝国的南欧地区。

3　8世纪时，大量英国传教士到欧洲大陆日耳曼人地区传教，把凯德蒙的这一方法带去，促进了当地宗教诗的发展。

一长诗占现存全部3万多行古英语诗歌约十分之一。它不仅是盎格鲁－撒克逊文学的骄傲，而且是所有日耳曼民族乃至中世纪欧洲最杰出的英雄史诗。在基督教意识形态占统治地位的语境中，史诗作者为了在两大传统之间保持相对的平衡并促进它们的融合，表现出了高度的宽容、深刻的历史意识和十分高超的艺术技巧。

　　由于《贝奥武甫》中两大传统并存的状况，自19世纪它开始受到注意并被研究以来，基督教和日耳曼传统在诗中的关系一直是人们探讨的重点。学者们见仁见智，发表了大量不同甚至完全相反的观点。有些学者看到诗中系统表达的基督教思想，认为它是一首"基督教拯救故事的寓意诗（allegory）"或者"模仿赎罪的神圣奇迹的寓意诗"。[1]另外一些学者则针锋相对地指出，诗中的所谓基督教成分只不过是为一首异教英雄史诗添上少许"基督教色彩"（Christian coloring）而已。其中最有影响的是布莱克邦的论文《<贝奥武甫>的基督教色彩》。布莱克邦发现，诗中没有使用耶稣、圣母、三位一体、十字架、圣徒、赎罪以及其他任何具有不容置疑的基督教含义的术语。他经过仔细统计和分析后指出，在诗中那"68处""似乎暗示"基督教的地方，我们只要用"一些异教神灵的名字"稍微做些"替换"，在"许多地方"甚至根本"不用替换一字"，"只要恢复那些词汇的原意"，我们就能"使它们成为不折不扣的异教"诗行。所以，《贝奥武甫》本质上是"荷马或维吉尔"所写的那样的异教史诗，只不过由一个"基督教修士"为"基督教读者"稍微做了一点"加工"（editing）而已。[2]对这种看法，后来又有学者著文，以《<贝奥武甫>的异教色彩》为题反唇相讥。[3]

　　虽然并不是所有评论家都那样极端，但相当多的人都程度不同地倾向于其中一个阵营。同时，另外一些批评家发现诗中存在一些难以自圆其说的矛盾。比如，故事的叙述者明明告诉读者，诗中人物是崇拜偶像的异教徒，却又让他们向上帝祷告，并让他们讲出像基督教布道词一样

1　M. B. McNamee, "*Beowulf*: An Allegory of Salvation?" in Lewis E. Nicholson, ed., *An Anthology of* Beowulf *Criticism* (Notre Dame: U of Notre Dame P, 1963), pp. 331-352. 另外请参看Gerald G. Walsh, *Medieval Humanism* (New York: McMillan, 1942), p. 45.

2　F. A. Blackburn, "The Christian Coloring in the Beowulf," in Nicholson, ed., *An Anthology of* Beowulf *Criticism*, pp. 1-22. 另外请参看H. Munro Chadwick, *The Heroic Age* (New York: Cambridge UP, 1912), pp. 47-56.

3　Larry D. Benson, "The Pagan Coloring of *Beowulf*," in Peter S. Baker, ed., Beowulf: *Basic Readings* (New York: Garland, 1995), pp. 35-50. 这是一篇很有分量的文章，并非仅仅针对Blackburn。

的劝诫语。人们只好解释说，那要么是诗人"打盹"，要么是誊抄者[1]按自己意愿所添加。人们对所有文学作品都持有不同甚至相反的观点，那本属正常。但《贝奥武甫》在批评家中造成这样大的分歧却有特别的原因，那主要是因为许多批评家往往脱离当时的社会文化语境，完全用现在的观点对这部中世纪前期的作品进行解读。

一般来说，中世纪作家缺乏历史意识。法兰克指出，历史学家认为缺乏历史意识"是中世纪思维的特点"，所以在中世纪作家笔下，亚历山大大帝成了一位封建骑士。[2]然而令人惊奇的是，《贝奥武甫》的作者却具有深刻的历史意识，从不犯常识性历史错误。《贝奥武甫》的故事大约发生在5、6世纪的北欧。[3]尽管作者或者说史诗的最后加工和定稿人是一位具有强烈爱国心的盎格鲁-撒克逊诗人（比如诗中有一些段落对英国人在北欧的祖先奥法一世大加赞扬），但他在诗里从没有提到或者暗示过任何英国的地点或事件。所以有人说，如果他不是用古英语写作，我们完全可以怀疑他是否到过英国。那么，他为什么会犯让异教徒讲出基督徒的话语那样的常识性错误呢？

其实，不论是我们认为他犯下常识性时代错误，还是把《贝奥武甫》简单地看作是基督教寓意诗，或者异教徒的英雄史诗，那都是因为我们没有真正理解诗人的历史意识和他高超的诗歌艺术。不论人们对这部作品的解读分歧多大，在一点上，批评家们的观点还是比较统一，那就是，《贝奥武甫》的故事发生在前基督教的英雄时代或异教时代，而诗人或者说使故事最后成型者，却无疑是一个基督徒。作为一个具有深刻历史意识的基督徒诗人，他必然会遇到并且必须解决如何塑造异教英雄和如何处理异教素材这个十分棘手的问题，使之既不犯明显的时代错误，也不违背自己的信仰并为广大基督徒读者所接受。

《贝奥武甫》的作者十分巧妙地利用凯德蒙将异教词汇基督教化这一方法以及已经被基督教化了的异教词汇解决了这个问题，从而使诗中提到的神灵、人物、事件乃至价值观念都可以同时在基督教和异教两个不同层面上进行解读。[4]因为在古英语中，乃至其他日耳曼语言中，"这种

1　根据学者对古抄稿的研究，《贝奥武甫》的现存稿由两人抄写。

2　Frank, "The *Beowulf* Poet's Sense of History," p. 51.

3　根据《法兰克年鉴》记载，高特国王赫拉依，即史诗中贝奥武甫的舅舅，于521年入侵费西时战死。参看冯象译：《贝奥武甫》，注17，第167页。

4　在这点上，本文受益于 Fred C. Robinson, "Apposed Word Meanings and Religious Perspectives," in Bloom, ed., Beowulf, pp. 81-109.

对词汇的基督教化并非是用基督教意义来取代其前基督教意义，而是延伸其意义来包含基督教观念"。[1] 所以这些词汇能产生作者所需要的歧义。很可能正是为了造成和利用歧义，诗人在诗中避免使用"基督"、"三位一体"、"救世主"等等明白无误的基督教术语。当指称上帝时，他从不用没有被基督教化、只能指称异教神灵的 woden, tiw, thunor 等词汇，也不用当时《圣经》和罗马教会通常用的 Yahweh（这个称谓仅在《旧约》中就出现 6823 次），[2]Jehovah, El Shaddai, Elohim, Deus 等称谓，而是使用来自盎格鲁–撒克逊语里那些指称异教神灵但已经被基督教化了的称谓：god, metod, œlmihtiga, waldend, dryhten, frea，等等。这样，诗中的异教人物使用这些称谓时就显得合情合理，而作者同时代的基督教读者则既可以从诗中人物的角度理解这些称谓的原来含义，即把这些称谓所指称的神灵看作异教神祇，也可以从"更高"的角度知道那些"可怜的"异教徒所无法获知的"真理"：那就是"全能的上帝"！其中特别有意思的是 dryhten（主人，相当于现代英语的 lord）这个称谓，它在诗中出现了 29 次，根据语境，其中 15 次用来指称诗中人物，如贝奥武甫，另外 14 次则指称神灵，[3] 这同现代英语使用 lord 这个词的情况差不多，区别只是在于大小写。

　　而古英语的专用名词没有使用大写的习惯正是被《贝奥武甫》的作者巧妙地利用来解决基督教和异教两大传统之间的矛盾的另一个手法。在古英语《贝奥武甫》原稿里，所有神灵的称谓，包括出现了 23 次的 god 这个词，全都没有使用大写。不仅如此，古英语中也没有一定要在可数名词前加冠词的规则，这样 god 既可以指上帝（God），也可以指某一个神灵（a god）。现代各种版本的《贝奥武甫》里，God, Lord, Almighty 以及其他类似的称谓的大写全是现代编辑们加上的。也许《贝奥武甫》的作者在提到神灵时，心里的确想的是基督教的上帝，但经现代编辑们这样一改，史诗也就失去了那些绝妙的歧义，而基督教和日耳曼两大传统之间的矛盾和冲突也随之被凸显出来。这也是造成批评家们分裂为两大阵营并指责诗人犯下常识性时代错误的原因之一。

　　更重要的是，《贝奥武甫》的作者巧妙使用基督教化了的盎格鲁–撒克逊语言，使之能同时指称基督教的上帝和异教神祇，这实际上等于在

1　Robinson, "Apposed Word Meanings and Religious Perspectives," p. 87.

2　参看 "God," in Charles F. Pfeiffer, et al., eds., *Wycliffe Bible Dictionary* (Peabody, MS: Hendrickson, 1998).

3　参看 Robinson, "Apposed Word Meanings and Religious Perspectives," p. 89.

暗示两者之间并非水火不容，而是存在某种联系，并以此来促进基督教和日耳曼两大传统的融合。基督教的上帝和异教神祇之间存在某种联系的观点既非《贝奥武甫》作者的独创，也和基督教神学思想在本质上没有太大矛盾。基督教认为，不论人们知道与否，上帝自创世以来，就一直统治世界。换句话说，不论是基督教社会还是异教社会，都是在上帝的治理之下。《贝奥武甫》的叙述者说："千真万确／全能的主永远统治着人类"（700-701）。[1]另一方面，人是上帝按自己的形象所造，虽然因原罪而堕落，但上帝在"人心上"写下的"律法"不可能消失，人总是向往着上帝。因此，尽管异教徒还无幸得到启示而获知上帝的"律法"，但他们仍可按心上的律法行事。正如《圣经》所言，"没有律法的外邦人若顺着本性行事，他们虽然没有律法，自己就是自己的律法。这是显出律法的功用刻在他们的心里"。[2]另外，中世纪最著名的神学家圣奥古斯丁（St Augustine, 354-430）在《上帝之城》里也指出，"所有民族里"都有像柏拉图那样的"智者和哲学家"，他们能够通过心灵的智慧"感知上帝"，从而能"最接近基督教的信仰"。[3]所以异教徒也能多少感知到上帝的存在，尽管他们可能使用不同的称谓。因此中世纪流行一种观点，认为"在形形色色的希腊和罗马神祇名字后面是一个唯一的神"，在公元900年时还有人专门为此写过文章。[4]另外，第二届梵蒂冈神话搜集会议也表明，"索尔[Sol，太阳神]、阿波罗、戴安娜[月神]以及其他异教神祇都来源于一个唯一的神"。[5]《贝奥武甫》的作者似乎也持这种观点，所以他能用同样的称谓来指称基督教的上帝和异教神祇，而不感到那是对上帝的亵渎。

这样，《贝奥武甫》的作者就在诗歌语言和神学两个层面上解决了基督教和异教之间的矛盾和冲突，并促进了他所信仰的宗教和他从祖先那里继承来的日耳曼传统之间的共存与融合，而这种共存与融合又为他带着同情甚至赞美的心情塑造贝奥武甫这个异教英雄，讲述他的英雄故事打下了基础。

《贝奥武甫》大体上分为两部分，分别展现主人公一生中两个短暂而光辉的时刻。前一部分共2,199行，篇幅超过全诗三分之二，主要叙述年

1 本文中对该史诗的引文，若无其他说明，均引自冯象译：《贝奥武甫》，北京：三联书店，1992年版，诗行数码随文注出，不再加注。
2 《罗马书》2：14-15。
3 St. Augustine, *City of God* (Bk viii-9), tr. by Marcus Dods (New York: Hafner, 1948), pp. 318-19.
4 Frank, "The *Beowulf* Poet's Sense of History," p. 58.
5 Robinson, "Apposed Word Meanings and Religious Perspectives," p. 92.

轻的贝奥武甫诛杀魔怪格伦德尔及其母亲的两场殊死搏斗；后一部分描写半个多世纪后，他为保护自己的人民勇斗火龙，献出了生命。虽然全诗的时间跨度长达半个多世纪，但诗中叙事的现在时间只有几天。诗人高度掌握了详略技巧，重点突出贝奥武甫的两件英雄事迹来塑造他的高大形象，并以此为中心来展现日耳曼民族的英雄时代及其价值观念。不过，诗中还有大量比如以行吟诗人吟诵等方式展示的历史事件和日耳曼民族的社会状况，为贝奥武甫的英雄事迹提供了历史背景，也为后世读者解读贝奥武甫的英雄形象建构了很有意义的文化语境。这种将几件重大事件放到广阔的社会背景之中、把短暂的现实看作是深厚的历史的延续的手法同现代文学中意识流小说中短暂的现在与大量的回忆之间的对照与关联的手法颇有相似之处；只不过现代意识流小说中现在发生的极为平凡的事件缺乏贝奥武甫的宏伟事迹的英雄性而已。

当人们提到贝奥武甫时，首先想到的无疑是他同格伦德尔的搏斗。那不仅是因为诗人对搏斗场面的精彩描写使人难以忘怀，而且还因为诗人精心设计，使贝奥武甫和格伦德尔的搏斗具有了深刻的象征意义，并为全诗确定了主题思想。英雄斗魔怪的传说世界各地都有，其中古希腊英雄赫拉克勒斯的故事或许最为著名。在贝奥武甫的故乡斯堪的纳维亚地区，特别是在冰岛民间故事里，也流传着许多这样的传说。近代发现的《魔怪之书》（*Liber Monstrorum*）就记载了许多北欧的魔怪故事，而且这部书有可能就出自英国。[1]英雄斗魔怪的传说反映了在险恶的生存环境里人民对英雄的渴求和对最终战胜各种危及人类生存的力量的信心。尽管英雄和魔怪的斗争最初不一定带有道德色彩，但它很容易就被赋予道德意义，并被建构成善恶冲突的原型体现。《贝奥武甫》的作者正是通过把格伦德尔同《圣经》里的该隐联系在一起，从而把贝奥武甫同格伦德尔的搏斗纳入基督教神学体系里善与恶的永恒冲突之中。

该隐是亚当和夏娃"堕落"后生下的第一个儿子。他给上帝的祭献遭到冷落，上帝喜欢他弟弟亚伯的祭献，他因嫉妒而生恨，杀掉了亚伯。他因而遭到上帝的诅咒和惩罚，被打上记号，驱逐出人类社会。[2]该隐被认为是原罪的继续和第一个体现。由于他是人类史上第一个杀人者，而且是出自邪恶的用心，他逐渐被看作是凶杀、战争、叛乱、械斗、暴力以及其他许多血腥罪孽的始作俑者。由于该隐的滔天罪恶，有些古希伯

1　参看 Benson, "The Pagan Coloring of *Beowulf*," p. 39.
2　该隐和亚伯的故事，见《创世记》第四章。

来注经家甚至认为他不是亚当的儿子，而是撒旦与夏娃所生。[1]不仅如此，注经家还说《圣经》里那些与上帝作对的巨人是他的后代。到了中世纪，"所有魔怪……都被认为是该隐的后代"。[2]

正是根据这种传说，《贝奥武甫》的作者或者最后的修订者在诗里称该隐为杀"亚伯的凶手，/亲弟弟的屠夫"，并说"从该隐孳生出一切精灵魍魉，/借尸还魂的厉鬼"和"同上帝抗争的巨人"，而格伦德尔则是"该隐的苗裔（Cain's clan）"（108-14）。他后来更明确地说，该隐"生下一族/十恶不赦的魔鬼，葛婪代[格伦德尔]即其中一员"（1265-66）。为了突出格伦德尔与该隐和撒旦的关系，表明他是恶的代表，作者还反复称他为"恶魔"（86，102）、"来自地狱的顽敌"（101）、"地狱的妖怪"（1274）、"上帝的对头"（1682）、"人类的仇敌"（1274）等等，并说他居住在像地狱一样"燃烧"着的深渊里（1366），只能在黑夜出没。不仅如此，诗人还在诗里提及上帝创世（91-98）和用大洪水消灭巨人（1688-93）的故事，这样就进一步把贝奥武甫和格伦德尔的搏斗同上帝与魔鬼之间永恒的斗争联系在一起。由于格伦德尔无可置疑地是魔鬼的代理人，贝奥武甫自然就是上帝阵营里的人，是善的代表，是与恶作生死斗争的英雄。所以，贝奥武甫诛杀格伦德尔的战斗实际上成为上帝与魔鬼之间永恒斗争的组成部分和在人世间的表现。

当然贝奥武甫自己和他那个世界里的人没有也不可能认识到他与格伦德尔搏斗的"真正"意义。在这些还无幸得到上帝"启示"的"可怜"的异教徒眼里，格伦德尔"仅仅"是危害丹麦人的魔怪，他们无法知道他的"真正"来历。比如，丹麦国王罗瑟迦在向贝奥武甫介绍格伦德尔及其母亲时，就表明他们并不知其来历："谁也不知道他的父亲是谁/或者他们母子还有什么妖孽前辈"（1354-55）。但这一点也不会改变贝奥武甫同格伦德尔的斗争的"真正"意义，因为在《贝奥武甫》的基督徒定稿者和基督徒听众或读者们看来，不论人们认识到与否，世界上一切善与恶的冲突都是上帝与魔鬼的斗争的表现。所以，正如神灵的称谓在诗里可以在两个不同层面上理解一样，格伦德尔以及贝奥武甫同他的搏斗也可以而且应该在两个层面上进行理解：在异教时代的人看来，那是英雄为民除害的英雄事迹；而在诗人和基督徒们看来，那却是上帝与魔鬼的斗争的表现和组成。但无论怎样，它都值得歌颂。因此，诗人把贝奥

1　参看David Williams, *Cain and* Beowulf: *A Study of Secular Allegory* (Toronto: U of Toronto, 1982), p. 20.

2　Williams, *Cain and* Beowulf, p. 32.

武甫诛杀格伦德尔的战斗放到上帝与魔鬼斗争的大背景中，不仅深化了史诗的意义，而且还促进了基督教和日耳曼两大传统的融合。同时，史诗利用人物之口巧妙点明他们自己的异教性质，避免了时代错误，表现出诗人深刻的历史意识和高超的艺术技巧。

同时，在这样的大背景中，诗人在塑造贝奥武甫这个人物时，也就不会太受基督教意识形态的束缚。因为尽管贝奥武甫是异教徒，但他也是和魔鬼的代理人作斗争的英雄。这样，由于贝奥武甫是异教徒，诗人可以大胆地在他身上表现英雄时代的价值观念；另一方面，由于他代表善同恶作斗争，实际上是不自觉地站在上帝一边，因此诗人也不必过分担心因美化异教徒而遭受指责。所以，他对贝奥武甫寄予同情，进行歌颂，但却没有把他描写成某些批评家所说的"基督教骑士"。实际上，贝奥武甫是中世纪欧洲文学中最高大的异教英雄形象，他身上体现的基本上都是异教美德和异教价值观念，但这些美德和价值观念，如同人类的一些基本美德和价值观念一样，同基督教的信仰和美德在本质上并不矛盾或者并非不能相容。

史诗英雄最突出的品质和最高尚的美德就是为民族或部族的生存而战。《贝奥武甫》的作者并没有试图表现贝奥武甫的一生，而是只选择了他漫长生涯中两个短暂但却最能体现其英雄品质的时刻。这两个时刻都是贝奥武甫同魔怪搏斗。第一次是他为拯救丹麦人而同格伦德尔及其母亲的殊死战斗。贝奥武甫并非丹麦人，而是邻邦高特国王赫依拉的外甥。当时丹麦人在英明的老国王罗瑟迦统治下，过着和平安宁的生活，并修建了雄伟的鹿宫。这座"万宫之宫"闪现着伊甸园的影子，但格伦德尔难以容忍宫中祥和欢快的生活，正如撒旦不能容忍伊甸园里的天真与幸福一样。他每到夜里就到宫里屠杀生灵。在 12 年里，老国王及其臣下对此束手无策，许多丹麦武士也死于非命。贝奥武甫听到丹麦人的不幸后，率武士来到丹麦，除掉了魔怪。所以，贝奥武甫的高尚还在于他为了别国人民的苦难也冒死相救。正因为如此，他的形象特别高大，甚至有学者认为他是耶稣的化身，是从"外面"来的救世主。

在第二部分里，贝奥武甫本人已经成了罗瑟迦那样年老而英明的国王，并且也为人民缔造了 50 年的和平生活。但一个仆人盗取了地下宝藏中的一只杯子，于是守护财宝的火龙每到夜晚就出来喷火焚烧宫殿房屋，荼毒高特人民。虽然年老的贝奥武甫已经预感到自己的末日："他心中忧伤，/预感到了死亡"(2420-21)，但他仍然"发出最后的誓言"："年轻时代我曾无数次搏击凶顽。/如今两鬓如霜，高特人的王/我仍然盼望着战斗。/不夺荣誉，誓不罢休"（2510-14）。诗里反复指出，国王是人民和国家的"保护者"，保护人民是他的天职。所以他毅然挺身而出，仗剑同火龙搏斗。虽然在武士威拉夫帮助下，他杀死了火龙，但他也身负重伤，最后为保护人民牺牲了生命。在贝奥武甫身上，有评论家看到了一个基督教骑士的形象，甚至还看到了耶稣的影子。

　　毫无疑问，贝奥武甫为人民而战斗和牺牲的精神同基督教精神是一致的，但这并不足以使他成为基督教骑士，更不能使他成为耶稣。因为任何一个基督教骑士首先是为上帝、为基督而战，而贝奥武甫甚至从未表达要为神灵而战的信念。相反，他却多次自豪地宣布他是为个人的荣誉而战。上面的引言也表明，他出战火龙，既是为了拯救人民，也是为自己赢得"荣誉"。不仅如此，他还曾对丹麦国王说："匆匆人生，无非一场拼斗，/死期未卜，唯有荣誉不移，/壮士捐躯，舍此还有什么奢望？"（1386-88）所以他在临死前留下遗言，要臣民把他的坟墓建得像灯塔一样：

> 高高耸立在大海的肩胛，鲸鱼崖上
> 留作给我的人民的永久纪念。
> 让那些远道而来，迎着波涛上
> 昏昏迷雾的水手，从此就叫它
> "贝奥武甫陵"吧。（2084-8）

最后，诗人在史诗的结尾对贝奥武甫盖棺定论说："世上所有国王当中，他/最和蔼可亲，彬彬有礼，/待人最善，最渴求荣誉"（3180-82）。

　　这种把声誉作为最终目的来追求，这种把声誉视为使自己永恒的观念，这种想通过建立高耸的坟墓而流芳百世的企图是日耳曼文化中极为突出的观念，是日耳曼英雄的终极追求，[1]但这种价值观显然同基督教的信仰相去甚远。而且这样对个人荣誉的崇拜十分危险地接近被基督教列为七大重罪之首的虚荣（vanity）。正是虚荣造成了撒旦的叛乱和人类的堕落。基督教还认为，人在这个世界上的任何所谓英雄业绩都微不足道，因为人从伊甸园来到这个世界本身就是堕落的结果。所以，正如布鲁姆所指出，"你[指诗人]最后的话还说这个英雄比任何人都更渴望颂扬，更

1　古英语诗歌，特别是所有那些直接根源于日耳曼文化传统的英雄诗歌，十分突出地描述了日耳曼人或者说盎格鲁-撒克逊人对声誉的渴望和追求，并极为强烈地表达了他们试图以获得声誉来得到永恒的观念。

渴望同胞们赋予的荣誉，那实际上等于在暗示，按基督教的标准他并不是英雄。"[1]

由于基督教思想和日耳曼传统在对待个人荣誉上存在极大差别，《贝奥武甫》的作者既不能不顾历史地不表现贝奥武甫作为日耳曼英雄所必然信奉的价值观念，也不能不在不伤害其英雄形象的情况下对这个明显的异教观念表明态度。如果诗人直接出面，他必须鲜明地表明观点并严厉批评这种异教思想，那必然会损害贝奥武甫的形象。诗人非常巧妙地解决了这个难题。他让丹麦国王在感谢贝奥武甫的宴会上，在致辞赞扬贝奥武甫的无私援助和丰功伟绩以及各种高尚品质的同时，对这位"誉满天下"（1761）的青年勇士提出"劝告"，希望他"万不要骄傲"（1760）。罗瑟迦这篇充满智慧的致辞被许多评论家称为"基督教的劝诫词"（Christian homily），因为它在反对骄傲方面同基督教思想完全一致。正如这部史诗的大量内容都可以在不同层面上进行解读一样，罗瑟迦的讲话虽然可以从基督教精神上来理解，但我们同样也应该看到，老国王并不是直接以基督教的教义为指导原则，而是从生活和历史经验中获得的智慧出发来反对骄傲。这位老人以丹麦前代暴君海勒摩的沉浮和他自己长达50年的统治经验为例，向贝奥武甫说明命运无常，世事难料，今天的成功很可能明天就会化为乌有，所以人世间的声誉毫无意义。这是智慧的结晶，任何民族的智者都会有这样的见解，因此由这个自认为"饱经沧桑的"的老人来讲再合适不过了。

其实，罗瑟迦的劝告同日耳曼文化传统里的命运观更直接地联系在一起。命运无常也是日耳曼文化传统的一个核心观念；大量古英诗，从英雄诗歌到《流浪者》和《航海者》等所有抒情诗，都十分突出地表达和极为生动地体现了尘世间命运无常的观点。在《贝奥武甫》里，特别是在决定贝奥武甫命运的关键时刻，诗人反复提到命运而且全都使用盎格鲁–撒克逊词wyrd，这也表明罗瑟迦和史诗里的命运观同日耳曼传统之间的关系。但十分有意义的是，诗人在提到命运时，又往往同时提到神。如上面所指出，神在这首诗里可以在两个层面上理解，即可以被认为是指上帝，于是这里的所谓命运自然也可以被理解为上帝的意志，即天命（Providence）。也就是说，命运实际上是天命的表现。日耳曼人认为命运无常，那是因为他们对上帝对天命无知。这样，日耳曼传统里极为重要的命运观就同基督教信仰结合起来。命运无常的观念不仅存在于

1　Harold Bloom, "Introduction," in Bloom, ed., *Beowulf*, p. 3.

日耳曼文化传统，而且广泛存在于希腊、罗马等各异教文化中。用天命来解释命运，把异教的命运观基督教化，是基督教神学思想的重大发展。但这并非《贝奥武甫》作者的首创。圣奥古斯丁在《上帝之城》里已经系统地阐述了基督教的天命观，使之成为正统的基督教神学中极为重要的组成。随后，被称为古典哲学的最后传人、中世纪经院哲学第一人的波伊提乌（Boethius, 480-524）在他那部在中世纪影响深远的著作《哲学的慰藉》里，比较全面地用古典哲学和天命观来探讨命运这个重要问题。但《贝奥武甫》的作者很可能是中世纪文学中第一个将异教命运观如此巧妙地基督教化的重要诗人，他在这方面的开拓性功绩和所取得的成就都不可忽视。

虽然基督教从没有把日耳曼传统的荣誉观像命运观那样最终纳入自己的神学体系，但它最后也不得不容忍日耳曼传统中这个极为重要的价值观念，并使之成为被基督教思想改造过的中世纪骑士精神和骑士美德的核心组成之一。也就是说，荣誉观虽然没能进入基督教神学，但它成了基督教世界里的世俗文化的重要观念。[1]另一个没有被基督教化但最终也被基督教所容忍并成为骑士美德的日耳曼传统价值观念是"慷慨"（largess）。

任何读过《贝奥武甫》的人都不会不注意到赏赐和礼物或者说物质财富在日耳曼社会里不同寻常的作用和在史诗中十分突出的意义。诗中描写或提到赏赐、礼物、财宝的例子多得不胜枚举。当罗瑟迦听说贝奥武甫来到丹麦，他立即宣布："如此英雄气概，/我定要重重犒赏"（384-85）。贝奥武甫除掉格伦德尔后，诗人用大量篇幅细致描写国王和王后赠送他的各种礼物。国王还对贝奥武甫的随从也慷慨赏赐，他甚至没有忘记那个被格伦德尔吃掉的武士。贝奥武甫也对国王的礼物极感兴趣。在跳进湖里去诛杀格伦德尔的母亲之前，他担心自己会死掉，于是向丹麦国王交代了两件事："假如战斗攫走了我，/你就是我这些扈从，这些战友的护主。/你还要把你赏我的全部财富转交赫依拉"（1480-83）。赫依拉是他舅父，高特国王。从这里可以看出，贝奥武甫是如何看重那些礼

---

1 英国文学史上第一个在文学作品中系统而深刻地探讨声誉的性质和表现声誉的价值的文学家是英语文学之父乔叟，他在这方面的代表作品是《声誉之宫》。对声誉的肯定在本质上是对人的肯定。因此，在一定意义上说，《声誉之宫》预示着英国文艺复兴既将到来。实际上，《声誉之宫》这部在15世纪被称之为《英语之但丁》（Dante in Inglissh）的重要诗作正是在意大利文艺复兴、在但丁、彼得拉克和薄伽丘等人文主义文学家的直接影响下创作出的成果。

物。后来在临死前，他还吩咐威拉夫快去从火龙的洞穴里搬来一些宝物，他要"好好端详那些珍贵的黄金"。他说，这样"我可以坦然/交出生命，离开我多年统治的臣民"（2749-51）。有评论家认为贝奥武甫犯下了基督教七大重罪之一的贪婪，而且他去杀火龙也是为了夺取宝藏，所以最后是贪婪造成了他的毁灭。

这明显是误读贝奥武甫，而且也是在没有认真阅读史诗的情况下用基督教观点去套作品。古英诗诗人显然比这些评论家高明许多，而《贝奥武甫》也远比他们想象的更为深刻。首先，史诗清楚表明，贝奥武甫是为保护他的人民才去挑战火龙。其次，他从丹麦回国后，立即慷慨地把他得到的礼物中的绝大部分献给高特国王和王后，自己只留下一匹带鞍的马。特别值得指出的是，他杀掉格伦德尔的母亲后发现，她的洞穴里藏有大量宝物，但他一件也没要；也许诗人料到有人会认为贝奥武甫贪婪，所以特意这样巧妙地附上一笔，但还是有人辜负了作者的良苦用心。

对贝奥武甫来说，格伦德尔母亲洞穴里的宝藏同火龙洞穴里的宝藏意义明显不同。贝奥武甫同火龙的生死搏斗本身就因宝藏而起，所以那宝藏是他的战利品，象征他的胜利和荣耀。而他同格伦德尔及其母亲的战斗与宝藏无关，他与他们搏斗并非为了夺取宝藏，所以他对它毫无兴趣。格伦德尔及其母亲的宝藏和国王的赏赐更不是一回事，因为后者体现着一个人的地位、价值、荣誉和与他人的关系。

在《贝奥武甫》里，在许多情况下，特别是在一些关键时刻，诗里都会提到赏赐或礼物。另外，诗里还至少15次把国王称为"赏赐者"（ring-giver, gold giver, treasure-giver 等），甚至比称为"保护者"的次数还多。有学者指出，"在古英语里，一个'国王'或'君主'最通常的绰号之一就是'赏赐者'（ring-giver）。"[1]换句话说，对臣下慷慨的赏赐是一个国王必须具备的品质。而一个吝啬的国王绝对得不到臣下的爱戴和拥护。比如，罗瑟迦在把暴君海勒摩作为一个"反面教材"时，专门指出其两大"罪状"：嗜血成性和再也不赏赐臣下（1711-20）。另一方面，臣下或武士也把自己赢得的财物慷慨地敬献给国王或主人。

慷慨的赏赐和敬献在古代日耳曼部落中如此重要，因为那其实是一种财产分配的形式，是"一根维系社会的纽带"。[2]它既是经济利益上的纽带，也是感情纽带。当贝奥武甫将他从丹麦国王那里得到的礼物敬献给

1　J. D. A. Ogilvy and Donald C. Baker, *Reading* Beowulf (Norman: U of Oklahoma P, 1983), p. 99.

2　John Leyerle, "The Interlace Structure of *Beowulf*, in Donald, ed., Beowulf, p. 149.

高特国王时，国王反过来又赏赐他一把"镶金的古剑"（2194）和"七千户采邑"（2196）。这样互赠礼物实际上也是相互尊重。正因为如此，这些礼物或赏赐的意义已经超越它的物质价值，它实际上体现着受礼者在赠送者眼中的价值和地位以及双方之间的关系。所以当贝奥武甫得到丹麦国王前4件宝贵礼物后，我们看到诗人意味深长的评语："于是贝奥武甫才放心地喝下酒，/在勇士们面前，他决不会/因为这份厚礼而蒙羞"（1024-26，本文作者译）。言下之意，贝奥武甫似乎曾担心，怕得到的礼物不够贵重而在人们面前丢人。另外，贝奥武甫及其随从在离开丹麦时，赠送给他们看管船只的武士一柄镶金的剑，"让他在蜜酒的宴席上，从此/因这古代的珍宝而倍受尊重"（1901-2）。因此，赏赐和礼物在古代日耳曼社会实际上也是地位和荣誉的象征。另一方面，由于受到主人的慷慨赏赐，日耳曼武士必须对主人忠心耿耿，赴汤蹈火。比如，在贝奥武甫同火龙搏斗的危急时刻，他手下的武士吓得逃到林中躲了起来，而威拉夫却"记起往日自己领取的恩典"（2606），于是勇敢地同主人一道并肩战斗。

从上面可以看出，赏赐与馈赠在古代日耳曼以及盎格鲁-撒克逊社会里起着极为重要的作用。威廉斯指出，"分享或者馈赠……是盎格鲁-撒克逊社会里最重要的价值观念之一。仪式般的财富分配表现出文明的本质，它是交流的一种形式，是成为文明基石的那种人与人之间的本质关系的表象。"[1]尽管这种重视物质财富的日耳曼传统价值观念与基督教思想有很大距离，但基督教最终还是不得不容忍了它的存在，同荣誉一样，慷慨也进入了骑士精神，成了骑士美德之一。在一定程度上，《贝奥武甫》的作者在史诗里对荣誉观的表现和对慷慨精神的赞颂可以说是11世纪以后在"十字军"运动中逐渐形成的基督教骑士精神的先导之一。

如果说，荣誉和慷慨在不同程度上得到了基督教的容忍的话，复仇和仇杀（feud）则一直受到基督教的谴责，而且也是《贝奥武甫》着重表现和批判的日耳曼观念和习俗。这部史诗的主要情节虽然是贝奥武甫同三个魔怪的战斗，但所有读者都会发现，在这个主要情节之外还有大量被评论家们称为"离题话"（digressions）的部分。这些"离题"部分主要是在各种场合对历史事件或历史传说的述说或回忆，与贝奥武甫同魔怪战斗的主要情节没有直接关联。然而它们却占去大量篇幅，有评论家因此而认为它们成为这部史诗的"次情节"（sub-plot）。但它们没有也

1　Williams, *Cain and Beowulf*, p. 63.

不可能成为"次情节",因为这些历史事件或回忆是孤立的片段,在情节发展上,它们不仅与主要情节无关,而且相互之间也无联系。古典史诗里也有对过去的回忆,比如维吉尔的《埃涅阿斯记》里就有主人公对特洛伊战争的长篇回忆,但那既交代了前因后果,而且同史诗情节的发展也直接相关。相反,《贝奥武甫》里大量"离题"部分不仅与情节发展无关,而且还不时打断情节的发展。因此有评论家认为,《贝奥武甫》结构松散,并以此作为《贝奥武甫》是由许多不同的民间传说所组成的证据。

然而事实并非如此,虽然在情节上这些离题部分同贝奥武甫与魔怪的搏斗无关,但在主题思想上却与之有深刻的内在联系。它们极大地深化了史诗的主题思想,体现了诗人的匠心。如果没有这些"离题"部分,《贝奥武甫》充其量只是许许多多的英雄战魔怪的传说故事或者宗教寓意故事中的一个而已,加上这些巧妙安排的"离题"事件,它就成了一部关于日耳曼民族的历史与命运、现实意义十分深刻的英雄史诗。

很有意义的是,在《贝奥武甫》里,不论是"现实"中的国王,比如罗瑟迦和赫依拉,还是离题事件里的主角,除了贝奥武甫本人和那些魔怪外,几乎全都是历史人物,或者是传说中的历史人物。他们大都能在各种记载中找到,比如法兰克年鉴里就有关于高特国王赫依拉的记载。[1]而且这些离题事件几乎都是历史事件,或者起码是作为可能在现实中发生的历史事件来陈述的,这和贝奥武甫战魔怪的那种超自然的英雄业绩显然不同。这样,在《贝奥武甫》里就形成了贝奥武甫战魔怪的"虚构"故事和离题部分里众多的"历史"事件两个在宏观结构上平行的层面。前面讨论过,贝奥武甫同魔怪的战斗由于同《圣经》中该隐的故事相衔接而成为上帝与魔鬼之间永恒斗争的体现和组成部分,它因此而具有了善与恶的冲突和善终将战胜恶的象征意义。这个具有象征意义的层面为我们解读另一个层面上的那些历史事件提供了意义的框架。也就是说,史诗中现实层面上的事件的真正意义只有通过和象征层面的对照才能被理解,而史诗的真正意义就产生于现实层面和象征层面的交互作用。同时,正是这两个层面的交互作用深刻地揭示出基督教和日耳曼两大传统的共存与融合对史诗产生时代的英国盎格鲁–撒克逊社会重大的现实意义,因此这部英雄史诗也升华为一部盎格鲁–撒克逊社会的变迁史。

如果我们要用一个词来概括史诗中现实层面上的各种事件最突出的特点,那就是"仇杀"。《贝奥武甫》里的日耳曼社会在本质上是部落社

1　参看 Ogilvy and Baker, *Reading* Beowulf, pp. 93-94.

会。因此比起财产的分配和馈赠，维系社会更重要的纽带是血缘关系。只要一个部落成员或家族成员被其他部落或家族的人杀害，不论其原因，其他成员将责无旁贷地为他报仇，这与正义与否毫无关系。如果他们报了仇，杀了另一个部落或家族的成员，对方反过来又将报仇。威廉斯指出，复仇在"早期盎格鲁－撒克逊社会"里是一种"神圣的义务，因为它是群体保护的最终保证"。[1] 当然双方可以采用钱财或婚姻的方式来解决，但这种解决方法往往只是暂时的，仇杀迟早还会爆发。比如，罗瑟迦把女儿嫁给髯族国王英叶德，希望化解因丹麦人杀死其父亲而产生的仇恨，但贝奥武甫预见道："报复的欲望，将占据英叶德的心；/旧恨新仇之中，他将淡忘了/新婚的妻子"（2064-66）。英叶德后来率军复仇，入侵丹麦，并烧掉了贝奥武甫从格伦德尔的蹂躏中救下的鹿宫。这个英叶德就是本文开头，阿尔昆在信中提到的那个日耳曼英雄。

这种仇杀往往十分血腥。在庆祝贝奥武甫战胜格伦德尔的宴会上，国王罗瑟迦宫中的诗人吟诵的丹麦人祖先同费里西人之间的仇杀故事就是如此。在该故事中，包括双方国王在内的许多人都死于非命。高特人和瑞典人之间几代人的仇杀也同样血腥，双方各有两个国王被杀，至于死伤的将士和人民更是不计其数，而且史诗的结尾预示，在贝奥武甫死后，瑞典人将灭亡高特国。另外与高特人有仇的法兰克人也在伺机报复。这些仇杀往往还同部族内的冲突，特别是王位争夺联系在一起，比如瑞典、丹麦和高特等国都分别有几位国王和不少王族成员在内乱和外部冲突中先后被谋杀。

在一个描写英雄战魔怪的故事里，诗人为什么要安排如此众多而且与主要情节几乎无关的仇杀和战争？为什么要表现兄弟、叔侄、翁婿、堂兄弟、姻亲、郎舅之间大量的杀戮？严格地说，作者真正的目的也许并不在于描写贝奥武甫同魔怪的搏斗，而更在于展现日耳曼社会。他是用英雄战魔怪的象征层面来关照日耳曼异教世界。所以，当他用该隐的故事解读格伦德尔时，他实际上是在巧妙地用这个杀亲弟弟的基督教原型故事来解读日耳曼民族的历史和现实。当他说一切魔怪都来自该隐时，他更是在说日耳曼社会里的仇杀、战争以及一切争权夺利和流血冲突都是人类大家庭内的兄弟相残，而且都起源于该隐，起源于基督教所说的原罪。格伦德尔只是一个象征，该隐的真正"苗裔"是人自己，他的遗产是人身上根源于原罪的为恶倾向。所以在象征层面上，善恶分明，贝

---

1 Williams, *Cain and* Beowulf, p. 6.

奥武甫能战胜格伦德尔，也就是说，善能战胜恶。但在现实层面上，善恶都在人身上，只要人存在，该隐的流毒就不会消失，善和恶的斗争就不会停止。

但这并不表明《贝奥武甫》的作者是悲观主义者，相反贝奥武甫对格伦德尔的胜利表现了诗人的信心。作为基督徒，他坚信上帝将最终战胜魔鬼，并且认为人能在善恶的永恒冲突中不断战胜恶。他的信心还在另外两个方面表现出来。第一是他对贝奥武甫这个异教英雄的塑造。贝奥武甫真正战胜的"格伦德尔"也许并非抽象的魔怪，而是人类社会中，特别是他自己身上的"该隐"。尽管作为一个英雄时代的异教徒，他身上必然有一些异教的"缺陷"，但他从没有争权夺利，从没有直接参与仇杀，从没有发动一场战争。所以他在临终前回顾自己一生时，能自豪地说：他"从不挑起阴谋和争端"，因此"当生命告别肉体之际，/人们的上主不会责怪我/戕贼亲随"（2738-43）。这无疑是对该隐的遗产直截了当的否定。贝奥武甫虽然是异教徒，但他体现了日耳曼人在战乱中对和平的美好追求，对兄弟部族之间友好相处的渴望。贝奥武甫的基本品质和他身上的许多美德与基督教精神并不冲突；他的英雄形象表明基督教和日耳曼两大传统共存与融合的可能。

第二，诗人以各种方式强调史诗中的日耳曼社会是异教社会。那等于在暗示：如果在"黑暗"的异教社会，贝奥武甫都能给他的子民带来50年和平的话，那么以爱和平为宗旨的"光明"的基督教信仰自然能把人们带入更美好的社会。史诗以叙述丹麦王室的创立者希尔德英雄的一生开始，特别强调了他神秘的来历和他的异教徒葬礼，并说无人知晓装载他遗体的丧船驶向何方。象征性地暗示，这些异教徒生活在无知的黑暗里，既不知道自己来自何方，也不知道自己的灵魂归宿何处。在惨遭格伦德尔蹂躏时，丹麦人无计可施，只得乞求偶像。诗人说"他们不知我主上帝"，所以"他们不时前往异教神庙，/向偶像献上牺牲，连声祈祷"（175-76）。在史诗里，异教气氛最突出的是后部分，特别是贝奥武甫的葬礼。诗人如此表现《贝奥武甫》世界的异教性质，因为那本身就是异教社会，而且这样才能更恰当地展示诗中如此众多的冲突、仇杀和战争。另外，《贝奥武甫》和其他英雄诗史不同，这部以葬礼开始也以葬礼结束的史诗更像一首英雄时代的挽歌。诗的结尾以大量篇幅描写贝奥武甫的葬礼更加突出了挽歌的气氛，而贝奥武甫在临终前也惋惜自己没有继承人（2729-32）。诗人这样强调日耳曼社会的异教性质和作品的挽歌特点，其实是在为旧时代送行，是在间接表达对基督教性质的新时代的向往。

尽管贝奥武甫是一个英雄时代理想的国王，但他也只能给人民带来50多年的安宁与和平，并且这样的和平也将随他而去，接着又将是战火与杀戮。《贝奥武甫》的作者通过该隐和格伦德尔的象征意义谴责了古代日耳曼世界无休止的争夺、仇杀和战争，但正如他在描写贝奥武甫与魔怪战斗时的真正着眼点是现实社会一样，他在表现英雄时代的日耳曼世界时，他真正的着眼点也许是他生活在其中的盎格鲁-撒克逊社会。盎格鲁-撒克逊社会同《贝奥武甫》里的日耳曼社会一样，也是一个四分五裂、战乱频繁的世界。盎格鲁人、撒克逊人、朱特人和其他日耳曼部落建立的许多小王国之间连年战争，后来斯堪的纳维亚人又不断入侵。《贝奥武甫》的作者把战乱看作是魔怪，是该隐的遗产。他希望能有一个贝奥武甫那样的君主带来和平，但他知道英雄时代已经一去不复返，而且英雄带来的和平也不可能持久。所以，他也许希望通过对战争的谴责来加强人们对和平的渴望，通过对英雄战胜魔怪的描写来增强人们对未来的信心，通过强调盎格鲁-撒克逊人以及斯堪的纳维亚人共同的日耳曼祖先来呼吁民族团结，这一切的基础是通过基督教精神和日耳曼传统的融合来创建新的民族精神和开辟新的时代，而基督教精神同贝奥武甫所体现的爱好和平的日耳曼优秀传统和价值观念的融合正是对当时肆虐盎格鲁-撒克逊社会的战争与杀戮的否定和建立新的社会秩序的精神指导。

虽然我们无法确定《贝奥武甫》的创作或者最终定稿的年代，[1]但这位基督教诗人对日耳曼传统的高度宽容，他的胸怀和远见，也许反映了

---

1 关于《贝奥武甫》的创作时期，在20世纪80年代以前，学者们还有大体一致的看法：同荷马史诗一样，《贝奥武甫》曾以一个或几个口头故事的形式在民间流传了相当长的时间，后来大约在7世纪末或8世纪初由某个基督教修士记录、加工而成，随后可能又经过多次修改，最后在10世纪时由两个誊写工抄写，只有这份手抄稿碰巧流传下来，而以前所有的手抄稿都已散失。对这个观点，自19世纪末起，就有人零星地提出质疑。20世纪80年代初发表的两本书：蔡斯编辑的多伦多会议（1980年）的论文集《〈贝奥武甫〉的创作时期》(Colin Chase, ed., *The Dating of "Beowulf,"* Toronto: U Of Toronto P, 1981) 和克尔南的《〈贝奥武甫〉和〈贝奥武甫〉手抄稿》(Kevin Kiernan, *"Beowulf" and the "Beowulf" Manuscript,* New Brunswick, NJ: Rutgers UP, 1982)，从语言、诗艺、文化、历史、古抄稿等各个方面对诗作的创作时间进行全方位探讨，认为它不是像荷马史诗那样逐渐形成的作品，也不是创作于7、8世纪，而是一次性创作，并且就大约创作于现存手稿产生的时期，即10世纪或11世纪前期。这些研究产生了深刻影响，学者们随即又发表了不少文章和著作，使《贝奥武甫》的创作时期成了讨论的热点。学者们至今没有取得一致意见，但早期的观点已得不到多数人认可，于是《贝奥武甫》的创作时期被定在7世纪末到11世纪前期的三个半世纪里。关于这部作品产生于何时的观点无疑会极大地影响对它的理解。

当时的时代精神。在《贝奥武甫》里，在基督教和日耳曼两大传统的并存与融合中，我们可以看到英格兰民族形成的开始和英格兰民族意识的萌芽。在这方面，《贝奥武甫》同阿尔弗雷德大王（Alfred the Great，849-899）开创的英格兰"10世纪文艺复兴"的思想和精神十分合拍。[1]实际上，贝奥武甫身上有可能就闪现着阿尔弗雷德的影子。[2]然而11世纪中期的诺曼征服暂时中断了英格兰民族形成的历史进程，也结束了古英语文学的繁荣，《贝奥武甫》也被令人惋惜地束之高阁。英格兰民族的形成和民族意识的成熟也要等到几个世纪后的百年战争时期。

---

1 阿尔弗雷德曾亲自翻译波伊提乌的《哲学的慰藉》并赞扬日耳曼传统文化。
2 本文作者倾向于《贝奥武甫》经几个世纪的流传和加工，最终定型于10世纪的观点。

旧传统的继续与新传统的开端——诺曼征服之后早期中古英语文学的发展

　　历史的发展有阶段性，但历史更像河流一样绵延不断地流动。特别是文学的发展，由于继承与创新、本土传统与外来影响，以及政治、社会、文化和语言等各种因素总是交织在一起，因此往往是一个渐进、漫长而且是由多种因素共同作用下的极为复杂的过程，在一些特定时期文学也可能会呈现比较突然的繁荣或衰落甚至中断。尽管古英语文学向中古英语文学的发展经历了深刻而巨大的变化，但那也是一个漫长的过程，而非像许多学者认为的那样在诺曼征服之后产生了突变。虽然学者们通常而且不无道理地把改变了英格兰历史进程的诺曼征服作为古英语文学和中古英语文学之间的分水岭，但古英语诗歌实际上早在诺曼征服之前就已经开始衰落，而诺曼人也没有像许多人认为那样，如同结束盎格鲁－撒克逊时代一样立即结束古英语文学。古英语文学不仅继续存在了相当长的时间，而且它在过去几百年中发展起来并在当时欧洲民族语言文学中取得了无与伦比的成就的文学传统，从文学形式、艺术手法到思想主题，在很大程度上融入了中古英语文学，甚至成为中古英语文学乃至现代英语文学传统的重要组成。

　　在英国文学史上，的确没有比发生在1066年的诺曼征服更为明显、更为重要的历史分界。在那之前，在几百年战乱不断的盎格鲁－撒克逊历史上，类似的王位更替多得不胜枚举，然而没有一次像诺曼征服那样改变了英格兰的历史进程和发展方向，也没有一次像诺曼征服那样全面而深刻地影响了英格兰的社会、政治、文化和语言，其中自然也包括文学。

　　诺曼征服能那样全面而深刻地影响英格兰和英格兰文学，有许多重要原因。首先，征服者威廉在黑斯亭斯战场上和在随后几年镇压叛乱的战争中，以及通过为巩固统治而采取的各种严厉手段，系统地消灭了盎格鲁-撒克逊贵族，用诺曼人和他在欧洲各地招募的追随者在英格兰制造出一个控制了政治权力和经济命脉的新的统治阶级。这个阶级凭借在战场上赢得的无可争辩的权力使自己从欧洲大陆带来的思想观念和文化习惯成为英格兰的主流意识形态和主流文化，法语史诗《罗曼之歌》（*Chanson de Roland*）也随着凯旋军队的吟唱而传入英格兰。其次，来自欧洲大陆的王室和贵族们并没有放弃他们在大陆的财产和利益。他们中的许多人，包括前几任国王，时常往来于海峡两岸。因此，在英格兰的文化发展上特别有意义的是，诺曼征服把原来不仅在地域上，而且在文化上也多少是孤悬于欧洲大陆之外的岛国更为紧密地同欧洲大陆联系在一起，在海峡两岸形成一个统一的王国。因此，大陆上的文化文学潮流都能更快更直接地进入英格兰，并被更积极地提倡、学习和模仿。这对英格兰文学的发展极为重要也极为有利，特别是在12世纪，当法国新诗运动兴起后，那将深刻地影响中古英语文学的发展。

　　诺曼征服对英格兰产生的第三个重大影响是在语言上。文学是语言的艺术，因此英语语言在这期间发生的深刻变革对中古英语文学的发展具有决定性意义。英国文学史上大的分期，如古英语文学和中古英语文学，归根结底是英语发展史的分期，由此可见英国文学发展同英语语言发展之间的密切关系。然而英语并没有因为诺曼征服而发生突变，其影响是逐渐显现出来的。讲法语的征服者们其实并没有立即废除英语的官方地位，威廉的许多诏书和一些重要政府文件，包括他的登位诏书，都是用英语或者用英语和拉丁语一同撰写。虽然他后来逐步用拉丁语取代了英语的官方书面语言地位，但直到他于1087年去世之前，他有时还为诏书或政府文件附上英语文本。[1]

　　不过，由于诺曼统治阶级的许多政治、文化和社交活动主要是在他们内部进行，加之诺曼贵族们，特别是他们中的上层，同欧洲大陆保持着广泛而密切的联系，他们中许多人实际上长期居住在欧洲大陆，而且往往是同大陆上，特别是法国的贵族联姻，[2] 每一位新王后或夫人总是带

---

[1] 参看 Thomas Hahn, "Early Middle English," in David Wallace, ed., *The Cambridge History of Medieval English Literature* (Cambridge: Cambridge UP, 1999), p. 63.

[2] 一般诺曼人和中下层贵族，特别是男人，同当地人通婚则比较普遍。所以，许多中下层诺曼人的第二代能讲双语，而且英语往往还是他们的母语。

来一大批讲法语的随从，因此法语在随后几个世纪里一直能保持英国官方语言的优势地位。在12世纪法国新文学繁荣之后，法语更进一步取代拉丁语成为英格兰的政府书面语言和主要文学语言。所以从11世纪末到15世纪末，英语所经历的巨大变化首先同法语的影响密切相关，其次拉丁语和其他一些语言也对英语产生了重大影响。

在诺曼征服之前，不列颠群岛就是一个多民族、多文化和多语言共存的地区。除了盎格鲁–撒克逊人外，该地区原住民凯尔特人的后裔威尔士人、苏格兰人、爱尔兰人、康沃尔人都有各自的语言，都保持和发展了自己的文化。从8世纪末起，以丹麦人为主体的北欧人大批入侵和移民，又带来了斯堪的纳维亚语言和文化。当然，特别重要的还有当时同基督教联系在一起的欧洲超级语言拉丁语以及拉丁文化。因此，当诺曼人作为征服者入主英格兰后，该地区本来已经十分复杂的语言和文化状态变得更加丰富多彩。所以克莱恩说，在诺曼征服之后的几个世纪里，"除西西里的诺曼王国之外，不列颠群岛是西欧多种语言和多元文化最突出的地区"。[1] 在这样复杂的环境中，而且要同分别以基督教的宗教权威和统治阶级的政治权力为依靠的拉丁语和法语竞争，显然处于劣势的英语能在长达几个世纪的艰难处境中胜出，在15世纪成为最终在百年战争中形成的统一的英格兰民族的民族语言，是很不容易的。但从另一方面看，这种多语言并存和竞争的环境也为英语的发展提供了极为有利的条件，使它能直接而大量地吸收各种语言的词汇和表达法。正是在中古英语时期，英语经历了英语史上最深刻的变化和发展，逐渐发展成为表现方式特别丰富，适应力特别强的现代语言，为未来英语文学的大繁荣创造了极为重要的条件。

英语最终能成为英格兰的民族语言，自然有诸多因素，其中最根本的显然是因为占人口绝大多数的盎格鲁–撒克逊人继续使用自己的语言。毕竟追随威廉公爵来到英格兰的冒险者不过两千来人，加上后来陆续到来的8千余人，在当时英格兰约150万的总人口中，仅占百分之零点六、七而已。其次，盎格鲁–撒克逊时代的威塞克斯王国政府十分重视教育和文化发展，大力推行标准语言，古英语也发展成为当时欧洲最高度发展的民族语言，其书面语承担着从历史记录、政府文件到诗歌创作的所有书写功能，这在当时欧洲民族语言中是独一无二的。这也是在诺曼征服

1　Susan Crane, "Anglo-Norman Cultures in England," in Wallace, ed., *The Cambridge History of Medieval English Literature*, p. 35.

之后的几个世纪里，英格兰原住民在主流社会中已丧失话语权的情况下，英语书面语仍能顽强存在和发展的重要原因。

　　英语及其书面语能顽强存在和发展的一个根本原因是，诺曼人虽然消灭了盎格鲁-撒克逊贵族，但当时知识分子的主体实际上是宗教界人士，特别是修道院里的修士。虽然教会上层，特别是各地主教和大修道院院长，逐渐被诺曼人或大陆人取代，但从总体上看，这个受教会保护的阶层并没有受到太大冲击。由于这个知识分子阶层的存在，在诺曼人入主英格兰之后相当长时期内，古英语继续被用于书写，并逐渐发展成为中古英语。在中世纪，特别是在12世纪新的宫廷文化兴起之前，修道院不仅是宗教场所，同时也是文化中心，当时西欧绝大多数图书资料都保留在修道院。有学者指出，在当时的欧洲，"修道院是仅有的图书馆"。[1] 至于文学作品，那也主要是由修士们所创作或者记录、抄写。特别值得一提的是《盎格鲁-撒克逊年鉴》（*Anglo-Saxon Chronicles*）的撰写。那是阿尔弗雷德（Alfred the Great, 871-899在位）开创的一个在英国历史上值得大书特书的文化事业。即使在诺曼征服之后，《年鉴》的撰写也没有中断，而是在4个修道院里继续进行，其中在彼得堡（Peterborough）修道院，一直持续到1145年。

　　修士和教士们在相对来说比较独立于王权之外的修道院和教堂里坚持使用英语书面语，对于英语语言的发展和英语文学的承传，都做出了不朽贡献。除了用于宗教目的（因为绝大多数教民只懂英语）和《年鉴》的撰写之外，英语还被继续用于诗歌创作。实际上，当时的诗人主要就是修道士和神职人员，他们熟悉古英诗传统诗艺。他们的一些诗歌作品有幸得以保存下来；比如，1087年征服者威廉去世之时，彼得堡修道院的《年鉴》撰写者就写下一首现在被命名为《威廉国王之歌》（*The Rime of King William*）的英语诗。在同时或稍后的年代里，还出现了《杜尔翰》（*Durham*）、《坟墓》（*The Grave*）、《灵魂对肉体之演讲》（*Soul's Address to the Body*）、《阿尔弗雷德的谚语》（*The Proverbs of Alfred*）、《末日》（*Latemest Day*）和《圣女》（*Holy Maidenhood*）等诗歌作品。特别重要的是，在1200年前后，由于12世纪法国新诗运动的辉煌成就，法国文化在西欧的影响空前强大，法语在英格兰的政治文化领域（除宗教和学术外）迅速取代了拉丁的统治地位而法语诗歌已经引领着英国文坛之时，英格兰出现了两部用英语创作的划时代作品：拉亚蒙（Layamon，生卒

1　R. M. Wilson, *Early Middle English Literature*, 3d ed. (London: Methuen, 1968), p. 6.

年不详）的《不鲁特》（*Brute*）和无名氏的《猫头鹰和夜莺》（*The Owl and the Nightingale*）。在一定程度上，这两部诗作代表了中古英语诗歌未来发展的两个方向：头韵体和音步体。

在这些诗作中，除了《威廉国王之歌》和《不鲁特》可以被看作是"历史"诗外，其他所有作品都是宗教诗，而且从内容到形式都大体继承了古英语宗教诗歌传统，同时也表现出英诗发展的新方向。其中《坟墓》、《末日》和《灵魂对肉体之演讲》把灵魂拟人化，通过灵魂之口谴责肉体的堕落来表达基督教思想。灵魂对肉体的独白或者它们之间的对话在中世纪文学中十分普遍，这类作品与基督教的末日思想有关。[1] 拉丁作家们写了大量这类作品，古英语诗人也留下了这样的诗作。现存的一首古英诗《灵魂与肉体》（*Soul and Body*）主要是灵魂对腐烂的肉体的独白，或者说谴责。受到诅咒的灵魂责骂肉体，因为它生前的罪孽使它们现在共堕苦难深渊。特别值得一提的是，为了震撼沉溺于罪孽中的人们，诗人对腐烂尸体的描写十分恐怖甚至令人恶心，后代英语文学作品，甚至自然主义作品，都无法与之相比。另外，在古英诗《最后审判II》（*Last Judgment II*）里，灵魂也在斥责肉体，说它因为曾经沉浸于尘世的荣华而现在躺在黑暗中让虫子们饱餐。

早期中古英语诗歌继承了古英诗这一传统，细致描写腐烂的尸体躺在低矮、阴冷、黑暗、恶臭、密闭的"房子"（棺材或坟墓）里的恐怖状况。灵魂谴责肉体生前沉浸于尘世的糜烂生活，现在只能在这里腐烂和遭受永恒的折磨。灵魂对肉体的申斥为进行道德探索，为表达关于尘世生活、灵魂获救和精神永生的宗教观念提供了十分方便的艺术形式，因此在中世纪文学中形成了一个重要传统，并且在文艺复兴时期乃至近现代得到进一步发展，产生了许多优秀作品。另外，虽然这些作品是独白式的，灵魂使用的语言和论说方式对后来由《猫头鹰和夜莺》在英语文学中开创的辩论体诗歌也有一定影响。

在世俗文学中，早期中古英语文学也继承了古英语诗歌的传统，在继续传诵着从盎格鲁-撒克逊时代流传下来的英雄们的故事。许多古英语英雄诗歌里的历史或传说人物如奥法（Offa）、瓦德（Wade）、维兰（Weland）、韦希洛司武夫（Hrothwulf）、匈拉夫（Hunlaf）等，在中古英语文学时期仍然很有名。他们的事迹仍然在四处传唱，而且流传到中世

1　参看 Greenfield and Calder, *A New Critical History of Old English Literature*, pp. 235-36.

纪后期，比如乔叟在其作品中至少两次提到瓦德。而那个在盎格鲁–撒克逊时代广为传诵的日耳曼传说中十分著名的铸剑师维兰在中古英语时期似乎更为有名，蒙莫斯的杰弗里（Geoffrey of Monmouth, 1100?-1155?）的拉丁文历史著作《不列颠君王史》（*Historia Regum Britanniae*，大约1135-38年完成）、拉亚蒙的《不鲁特》、13世纪的浪漫传奇《霍恩王》（*King Horn*）和其他一些作品都提到他。[1] 从这里我们也可以看到中古英语文学和古英语文学之间的传承关系。同样重要的是，中古英语文学家和民间游吟诗人不仅是在继续讲述古代日耳曼英雄们的故事，而且也不可避免地在继承和传递着英雄们和他们的故事所体现的盎格鲁–撒克逊文化传统和价值观念，使之在新的历史和文化语境中进一步发展，成为新的英格兰民族精神、英格兰文化和英语文学的重要组成。

不过，虽然古英语在诺曼人入侵之后仍然在继续使用，古英诗传统仍然在产生新的作品，但不论是英语语言还是英语文学都处在前所未有的变化之中，而且英语语言的变化也影响着英语诗歌的发展。修道院里保留下来的文献，特别是《盎格鲁–撒克逊年鉴》，为今天研究当时英语的变化与发展保存了不可多得的宝贵材料。这些材料表明，英语的一些变化在诺曼征服之后不久就开始表现出来；但严格地说，那并非主要来自法语的影响。英语发生变化的一个主要原因还是在英语自身。学者们发现，早期中古英语发生的一些变化其实在口语中已经长期存在；也就是说，在诺曼征服之前，盎格鲁–撒克逊人的语言已经处在变化之中，[2] 诺曼征服对英格兰社会、政治和文化产生的重大影响以及诺曼底法语进入英格兰都只是加速了这一语言发展的进程。我们今天所说的古英语，或者说从流传下来的绝大多数政治、宗教、法律文献、文学作品以及《盎格鲁–撒克逊年鉴》里所看到的古英语实际上并不完全是当时人们在日常生活中使用的语言，而是一种由威塞克斯王国政府以西撒克逊方言为基础推行的书面语，它同古罗马时期的拉丁语一样，同人们日常使用的语言已经有了相当距离。我们今天看到的古英语文学作品几乎全是在10至11世纪使用这种标准书面语誊写的手抄稿。然而当这个最后的盎格鲁–撒克逊王国覆灭之后，特别是在诺曼王朝用拉丁语取代英语的官方地位之后，英语书面语失去了政治权威的支持，其标准性也随之失去了权威。

1　参看 R. M. Wilson, *The Lost Literature of Medieval England* (London: Methuen, 1970).

2　J. A. Burrow, *Medieval Writers and Their Work: Middle English Literature and Its Background 1100-1500* (Oxford: Oxford UP, 1982), p. 3.

一方面，那使英语的地位大为降低；但另一方面，书面英语反而因祸得福，减少了束缚，能向生活中的英语靠近。因此在修道院里继续使用英语的修士们在遵循古英语传统的同时，也逐渐开始使用一些更接近日常生活的用语和语言形式。所以，英语中发生的这些早期变化很可能是因为书面英语向日常生活用语靠近的原因。

由于日常英语同书面英语之间的差异，也因为修道院同世俗社会之间的距离，诺曼征服之后修士们使用的书面英语（也就是我们今天看到的早期中古英语）的变化是逐渐的。学者们通过对《盎格鲁-撒克逊年鉴》的研究认为，直到 1121 年，也就是诺曼征服之后大约半个世纪，《盎格鲁-撒克逊年鉴》里的英语"还大体上可以算是古英语"，但到 12 世纪中期《年鉴》的撰写终止之时，那些后期记载里的语言已经与古英语相去太远而更靠近现代英语。[1]

中古英语的变化是多方面的，其中一个特别突出的方面是吸收外来词汇。英语吸收外来词之多，为欧洲语言之冠。它从斯堪的纳维亚语、拉丁语和许多其他欧洲语言吸收了大量词汇。当然，为英语词汇贡献最多的还是法语。由于大量吸收外来词，英语词汇特别丰富，这对中古英语文学的发展十分有利。另外，对英语和英语文学的发展具有同样深远意义的是词法和句法的变化。中古英语最突出的发展是日耳曼语言的词尾变化迅速消失，其语法作用被更为严格的词序所取代，形成了主——谓——宾这样的基本句子结构；而介词短语大量出现，使比较严格的词序避免了僵化，在保持句子基本结构的情况下使英语句子灵活多变，富有更强的表现力，而且介词短语本身特有的轻、重读变化也增强了英语的节奏感。同时，具有特指功能的定冠词"the"的出现也有重大意义，它使句子意义更为明晰清楚。在发音上，重读音节也并不像古英语那样几乎总是在第一个音节上，而且还出现了次重音节。这些重要发展和其他许多变化都使中古英语大幅度"现代化"，而英语失去许多主要的日耳曼语言特征，对英语诗歌从古英语时期的日耳曼诗歌的头韵体传统向以法语诗歌（以及后来的意大利诗歌）为中心的罗曼语系诗歌传统转向具有重大意义。

与英语的变化和发展基本同步的是英语诗歌艺术的变化。这方面最明显的是尾韵以及同尾韵相关的诗歌格律在英语诗歌中的使用逐步增加。在诗艺上，这时期的许多诗歌的一个共同特点是头韵与尾韵结合。在语

1　Burrow, *Medieval Writers and Their Work*, p. 2.

言方面，它们尽管还更接近古英语，但已包含了越来越多新的语言现象。因此，在这个英语语言和英语文学史上的过渡阶段，这些诗歌既可以被看作是古英语诗歌的继续，也可以被看作是新型的中古英语诗歌的早期发展。

在现存的早期中古英语诗歌中，《威廉国王之歌》最早。它产生于威廉去世的1087年。负责撰写《彼得堡年鉴》的修士在该年的记载中用了大量篇幅总结征服者威廉在英格兰的统治。《威廉国王之歌》其实是记载中的一部分，与其他部分并没有分开。现代学者们发现，这部分使用了头韵体和其他古英诗的诗艺，具有相当文学价值，所以把它抽出，按诗歌体编排，并加上《威廉国王之歌》的标题，就成了我们现在看到的这首最早的中古英语诗歌。[1]

《年鉴》的撰写者也许是有史家秉笔直书的精神，也许是出于被征服的盎格鲁-撒克逊人的立场，也许是因为在修道院内（《年鉴》没有在外面流传），似乎不用担心王室的迫害，所以他在记载中，从史家的角度严厉地批评了国王对人民的压迫和剥削。诗中说威廉强迫穷人服劳役、修城堡，横征暴敛，抢夺人民的黄金白银。诗人特别不满的是，国王把大量森林划为禁地，不准人们打猎，如果有人伤了一只鹿，就会受到挖眼的处罚。他说，国王"爱林中野鹿，/犹如它们的父亲"（第14-15行），[2]远胜过爱他的子民。最后在诗的结尾，他从道德上批判威廉，说他太骄傲，把自己置于万人之上。他把基督教认为是"七大重罪"之首的骄傲放到威廉头上，是很严厉的批评。

从英诗发展的角度看，这首诺曼征服之后现存最早的英语诗歌里最值得注意的是，诗人在遵循古英诗头韵体传统的同时，比较突出地使用了尾韵。下面是该诗的开头：

> Castleas he let wyrcean,
> and earme men swiðe swencean.
> Se cyng wæs swa swiðe stearc,
> and benam of his underþeoddan manig marc

1　有些版本是按散文编排的，比如Charles W. Dunn and Edward T. Byrnes, eds., *Middle English Literature* (New York: Harcourt Brace Jovanovich, 1973) 就是按散文编排，所加的标题是《征服者威廉》。见该书第36页。

2　引文译自 Charles Plummer and John Earle, eds., *Two Saxon Chronicles: Parallel*, rev. ed. (Oxford: Clarendon, 1892), pp. 220-21.

…. (ll. 1-4)
（他大批修建城堡
对穷人残酷压榨。
国王十分严厉，
从子民手中夺走大量
[黄金]……。）

仅在这几行里，我们也可以看出一些重要特点。首先，同古英诗里大量程式语（formulae）相比，诗中的语言比较口语化，诗行比较随便，虽然诗人仍然使用了头韵体，但也在很大程度上摆脱了古英诗的套式，而且也没有像古英诗诗行那样用中间停顿（caesura）来分为两个半行。更重要的是，这里系统地使用了尾韵，而且是每两行押韵，成为一组对句。里勒尔说："这是英语中第一首押韵对句诗。"[1]

现在无法得知，诗人是否受到了诺曼人带来的法语口头诗歌的影响，但深受拉丁文化熏陶的修士，对拉丁诗歌肯定是熟悉的。在古英语失去权威之后，古英诗传统诗艺的权威显然也大为降低，诗人能更自由地借鉴仍然具有权威的拉丁诗歌的诗艺以及与拉丁诗歌接近的法语诗歌的韵律，也许是合理的解释。而且他并非在刻意写诗，而是在撰写《年鉴》，他可能只是一时兴之所至，使用诗歌语言记载和评述历史，因此不必太拘泥于古英诗套式，而把自己熟悉的拉丁诗歌的诗艺或法语诗歌的韵律运用其中。然而正是这种随意性恰恰反映出一种必然性，那表明英语诗歌在新形势下已经到了寻求新的发展方向的时候。有学者指出，在诺曼征服之前，古英诗由于过分拘泥于套式，显得做作，已经处于没落之中，诺曼征服提前结束了它没落的痛苦过程，反而是幸运的。[2]因此，《年鉴》撰写者的偶然之作代表了新的方向，标志着英语诗歌发展的一个重要开端。

《威廉国王之歌》反映出英语诗歌新的发展方向的观点，也可以从其他现存早期中古英语诗歌中得到印证。在同时代或稍后时期到12世纪末的英语诗歌，比如《杜尔翰》、《坟墓》、《灵魂对肉体之演讲》、《末日》、《阿尔弗雷德的谚语》、《道德诗》（*Poema Morale*）里，我们可以明显看到一些相似变化。诗人在基本遵循头韵体的同时，大量减少了古老陈旧

---

1 Seth Lerer, "Old English and Its Afterlife," in Wallace, ed., *The Cambridge History of Medieval English Literature*, p. 18.
2 Wilson, *Early Middle English Literature*, p. 16.

的词汇和程式化套语，增加了一般性常用词汇，同时程度不同地使用了尾韵，有时甚至还使用了音步。比如，大约产生于1175年的《道德诗》的开头4行就反映出所有这些特点：

> Ich em nu alder thene Ich wes
> A winterand a lare.
> Ich welde mare thene Ich dede;
> Mi wit ahte bön mare. (ll. 1-4)[1]
> （不论学识与年龄
> 我比从前大有增进。
> 我现在有丰富阅历，
> 也自然更有见识。）

如果把第一和第二行、第三和第四行分别连在一起，可以看出，这首诗使用的是拉丁诗歌的七步体（heptmeter）押韵对句。这是现在知道的英语诗歌里最早使用七步体的诗作。以音步为基础的韵律后来经乔叟探索与实验，最终将取代头韵体成为英诗的基本格律。除此之外，这首诗里的词汇除了拼写还比较接近古英语书面语外，已经没有多少古英诗套语。

　　早期中古英语诗歌发展上最突出的作品是大约产生于12世纪末的《猫头鹰和夜鹰》（*The Owl and the Nightingale*）。这首在14世纪英语文学繁荣之前最杰出的中古英语诗作在英语文学史上保持着几项很有意义的记录。它是英语文学中第一首辩论体诗歌（debate poem），开了英语辩论诗之先河。在诗里，诗人系统使用法语诗歌的四步尾韵对句。这种诗行成为乔叟奠定英诗基本诗行五步抑扬格之前，中古英语音步体尾韵诗歌里最通行的韵律。即使在乔叟之后，在抒情诗和田园挽歌等诗体里，它还作为主要诗行形式继续使用到17世纪。《猫头鹰和夜莺》给英语诗歌带来的另外一个重要开端是在诗歌的外在形式上。所有的古英语诗歌，以及包括从《威廉国王之歌》到《不鲁特》的所有早期中古英语诗歌，同所有高地日耳曼诗歌一样，都是像散文一样连续排列，不分诗行。古英语和早期中古英语诗歌现在按诗行排列完全是现代编辑们所做的改动。与之相反，拉丁诗歌，以及属于拉丁诗歌传统的罗曼语系诗歌，包括法

1　引文译自 Charles W. Dunn and Edward T. Byrnes, eds., *Middle English Literature* (New York: Harcourt Brace Jovanovich, 1973), p. 46.

语诗歌，则分诗行排列。《猫头鹰和夜莺》是英语诗歌里第一首分诗行排列的诗歌。就它自身而言，那表明它深受法语诗歌影响，而对于英语诗歌，那是一个重要开端，预示着新的方向。它象征性地表明，在诗歌形式上，在诗歌艺术方面，英语诗歌都将进一步远离日耳曼诗歌传统而更紧密地融入罗曼语诗歌传统之中。当然那还只是开端，还要经过长期摸索和实验，要到一百多年后在乔叟时代，现代英语诗歌的传统才能奠定，现代英语诗歌的形式和诗艺才会逐渐成熟。

当然，早期中古英诗里的这些发展并不是直线型的，它往往取决于诗人的爱好和创作倾向。比如，虽然《杜尔翰》、《坟墓》和《灵魂对肉体之演讲》等诗里也有这些发展和变化，但比起更早的《威廉之歌》来，它们反而更为传统和保守，甚至带有一定复古倾向。不过，复古倾向最突出的要算12世纪末期拉亚蒙创作的长篇叙事诗《不鲁特》。早期中古英语时期，叙事诗是英语诗歌中的一个空白。从流传下来的英语诗歌看，自产生于10世纪末的史诗《玛尔顿之战》之后，[1]直到12世纪末那两个世纪里，没有流传下长篇叙事作品。因此，拉亚蒙的《不鲁特》在英语文学史特别是叙事文学史上具有特别重要的意义。

这部16,095行的宏编巨制之所以重要，除了它是中古英语文学的第一部长篇叙事诗和它自身的文学价值外，还因为它是英语亚瑟王浪漫传奇的开端，对中古英语叙事文学，特别是浪漫传奇产生了重大影响。它的另一个重要意义是，诗人显然是有意识地遵循古英语诗歌传统。他不仅使用头韵体，连语言也尽量使用古英语诗歌语言。在风格上，他也尽量模仿古英语英雄史诗，特别是对战场的描写更是如此。拉亚蒙采用史诗风格，很可能是想把诗中两位主人公——传说中的不列颠缔造者不鲁图和传奇英雄亚瑟王——塑造成史诗英雄。然而在英格兰，创作《贝奥武甫》那类"民间"史诗的时代已经过去，而创作像弥尔顿的《失乐园》那样的"书斋"史诗的时代还没有到来。诺曼征服后的一百多年里，英格兰在政治、社会、文化，特别是文学的发展上，都处于非常不确定的时期。从英语语言的发展上看，产生了《贝奥武甫》的古英语已经离拉亚蒙的时代太远，而正处在发展初期的中古英语显然承担不起创作史诗的重任。因此，拉亚蒙的《不鲁特》最终只能成为中古英语时期最有意识地继承古英诗传统、最具复古性的长篇叙事诗。但《不鲁特》在中世

1　不过有学者认为，《贝奥武甫》有可能产生于10世纪末或11世纪初。其实，《玛尔顿之战》也仅有325行（略有残缺）。

纪有相当影响，它对头韵体诗歌传统在中古英语时期的承传起了一定作用，对后来 14 世纪头韵体诗歌的复兴运动也做出了贡献。

然而即使在这样一部明显具有复古倾向的作品里，拉丁诗歌，特别是法语诗歌的影响也明显存在。其实，《不鲁特》本身就是按瓦斯 (Wace, 1115?-1183?) 的盎格鲁–诺曼语（即在英格兰使用的法语或诺曼底法语）同名作品创作的，其中大量篇幅甚至是直接对瓦斯作品的翻译和改写。所以拉亚蒙对法语诗歌的韵律十分熟悉，在诗里也不时使用音步和押尾韵的诗行。因此，有学者把《不鲁特》看作是"半头韵–半尾韵体诗作"。[1]

拉亚蒙的《不鲁特》通过瓦斯的《不鲁特》而受到法诗诗艺影响的情形反映出英国文学发展史上一段重要而特殊的时期。诺曼征服之后，诺曼人在英格兰创造了一种特殊"民族语言"和"民族文学"，即盎格鲁–诺曼语和盎格鲁–诺曼文学。盎格鲁–诺曼语是指在英格兰使用的诺曼底法语。它虽说是法语，但它是英格兰的"本土"法语，也就是《坎特伯雷故事》里女修道院院长讲的那种受到乔叟善意嘲讽的法语。它"主要以诺曼底法语为基础，混合了其他法语方言、英语和弗莱芒语的形式和词汇而形成的语言"。[2] 盎格鲁–诺曼文学则是指英格兰人（特别是在英格兰的诺曼人及其后裔）用盎格鲁–诺曼语创作的文学。盎格鲁–诺曼文学大约在 12 世纪初开始出现，在 13 世纪进入全盛期，并在 12 和 13 世纪同法国北部和南部地区的法语文学一道引领欧洲文坛，但到 14 世纪上半叶却随着英语文学开始繁荣而没落。从 12 世纪中期到 14 世纪中期，盎格鲁–诺曼文学不论在数量还是总体质量上，都远远超过英语文学。必须指出的是，它可以说是法语文学，但不是法国文学，而是英国文学的重要组成部分，但又同法国文学有着密切联系，特别是它的诗歌艺术直接根源于法语诗歌。盎格鲁–诺曼文学是一种特殊的英国文学和特殊的法语文学，或者说是"盎格鲁–法语文学"。在一定程度，它是法国文学和英语文学之间的桥梁，也为英语文学从古英语文学向中古英语文学的发展做出了重要贡献。如果没有盎格鲁–诺曼文学的促进，英语文学的发展和繁荣很可能推迟。

盎格鲁–诺曼文学在英格兰的产生、发展和繁荣有其自身的必然性，也是当时统治阶级在政治上和意识形态上的要求。讲法语的盎格鲁–诺

1　Dunn and Byrnes, eds., *Middle English Literature*, p. 49.
2　Wilson, *Early Middle English Literature*, p. 55.

曼人用自己的语言从事文学创作十分自然；而把自己的政治和文化扎根于英格兰，把自己同英格兰的历史联系起来，对诺曼王朝及其继任者们则具有"至关重要的意识形态方面的意义"，因此"虚构岛国光荣的过去成为王室压倒性的兴趣"。[1]特别是在1204年，英格兰失去诺曼底之后，统治阶级更进一步与英格兰认同，因此盎格鲁-诺曼文学在13世纪也更为本土化。具有悖论意义的是，当"外来的"王室和统治阶级在竭力与本土历史和传统认同、竭力表明自己是英格兰王室和贵族的时候，在长达几百年的时间里，他们却仍然坚持使用法语，尽管他们中大多数人程度不同地都懂英语。一方面，那是因为12世纪以后，法国宫廷文化、文学、艺术、建筑大繁荣，领导欧洲文化潮流；另一方面，等级制是中世纪社会的核心，使用广大民众听不懂的法语能拉开同他们的距离，显得高高在上，有助于在英格兰社会保持自己的权威和尊贵，那正如中世纪教士们能使用拉丁语使普通民众望而生畏一样。

　　特别有意义的是盎格鲁-诺曼语作家们对英格兰本土历史和文化的强烈兴趣。在流传下来的盎格鲁-诺曼语文献中，除大量宗教内容外，很多是关于不列颠或英格兰的历史或当时发生的事件。即使在宗教作品中，相当大一部分还是关于英格兰圣徒的传记。至于在所谓"纯文学"中，比如在浪漫传奇里，盎格鲁-诺曼诗人们更感兴趣的明显不是"法国题材"（Matter of France），也不是当时在欧洲大陆非常流行的以特洛伊战争和亚历山大大帝为中心的"古典题材"（Matter of Antiquity），而是"英格兰题材"（Matter of England）和亚瑟王系列的"不列颠题材"（Matter of Britain）。[2]在那时期产生的许多用盎格鲁-诺曼语创作的著名传奇故事往往是关于不列颠或英格兰历史上或传说中的英雄。盎格鲁-诺曼文学的发展表明，诺曼统治阶级越来越英国化，越来越认同英格兰本土的历史和文化传统。另一方面，盎格鲁-诺曼文学对后来中古英语文学的发展产生了极为重要的影响，几乎每一部盎格鲁-诺曼语浪漫传奇都有一部或多部中古英语的译本或改写本。在很大程度上，许多中古英语浪漫传奇可以说就是对其盎格鲁-诺曼语浪漫传奇"前辈"的模仿。更重要的是，甚至

1　Crane, "Anglo-Norman Cultures in England," in Wallace, ed., *The Cambridge History of Medieval English Literature*, p. 42.

2　不过需要指出的是，在亚瑟王传奇系列中，盎格鲁-诺曼语文学家更为关注的是骑士历险题材，而非宣扬王权的以亚瑟王为中心的所谓"王朝题材"，这很可能与更为英格兰化的贵族们与王室之间的长期冲突有关。关于这一点，本文作者在拙著《英语文学传统之形成》里有所涉及。

在古英语时代开始形成的英格兰本土文学传统的一些核心组成，比如对政治、历史和道德等"重大"题材的极度关注，在很大程度上也是由盎格鲁-诺曼文学传承给中古英语文学。[1]

瓦斯的《不鲁特》所起的作用可以表明盎格鲁-诺曼文学的特殊意义。瓦斯的《不鲁特》全名为《不鲁特传奇》（*Roman de Brut*，约1155年），是对12世纪初期英格兰历史学家蒙莫斯的杰弗里的拉丁文历史著作《不列颠君王史》的翻译和改写。杰弗里的书是根据7世纪盎格鲁-撒克逊历史学家比德（Bede, 673-735）的拉丁文《英格兰人教会史》（*The Ecclesiastical History of the English People*）、各种民间传说以及很显然还有他自己的想象用散文写成。除了关于不鲁图创建不列颠的传说外，特别有意义的是，亚瑟王、李尔王、圣杯的传说故事也第一次比较系统地出现在这部"历史"书里。瓦斯的《不鲁特传奇》使用法诗里十分流行的八音节对偶句诗体，长达15,000余行。瓦斯在"翻译"杰弗里的书时，也自由地增加传说和想象，比如关于圆桌骑士的传说就首先出现在这部作品里。

通过拉亚蒙的《不鲁特》，亚瑟王的传说第一次出现在英语文学中。拉亚蒙主要以瓦斯的《不鲁特》为"蓝本"，当然也根据自己的喜好进行了增删，特别是对亚瑟王的传说增加了情节描写，使之更为丰富，也更具文学性。从杰弗里的拉丁文《不列颠君王史》，经瓦斯的盎格鲁-诺曼语《不鲁特传奇》，到拉亚蒙的中古英语《不鲁特》，在这一发展过程中，从题材、主题到语言在一定程度上都可以说是早期中古英语叙事文学发展的一个缩影。

从三部"不鲁特"的演变，从诺曼征服后中古英语文学第一部最杰出的作品《猫头鹰和夜莺》的艺术成就，乃至整个早期中古英语诗歌的发展，都表现出早期中古英语文学的一个突出特点：它们都既体现了旧传统的继续也体现了新传统的开端。尽管诺曼征服也许推延了英语文学的发展，但诺曼征服之后新的社会和文化环境促使英格兰本土的古英语文学传统同欧洲大陆上的主流文学传统相结合，不仅催生了早期中古英语诗歌，而且也为英语文学未来的发展与繁荣注入了活力和开辟了新方向。

1　一个很有意义的现象是，与欧洲大陆有深厚渊源的盎格鲁-诺曼文学家们对英格兰本土的历史、政治等题材的关注远胜于当时法国文学家们对法国的历史、政治等题材的关注。

诺曼征服后英格兰民族性之发展——评阿舍新著《虚构与历史：1066-1200年之英格兰》

　　一个民族的发展与形成往往是漫长而曲折的历程。英格兰民族及其民族性（Englishness）的发展与成熟尤其如此。英格兰民族发展史上一个极为重要的特点是外族频繁入侵，其中最重要的有三次，每一次都改变了不列颠历史发展的方向。它们是公元1世纪中期罗马人的入侵、5世纪中期盎格鲁-撒克逊人的迁入和11世纪中期的诺曼征服。这三次具有里程碑意义的事件分别开辟了罗马-不列颠时代，盎格鲁-撒克逊时代和盎格鲁-诺曼时代。

　　虽然这三次入侵都开辟了新的时代，但先前的历史和文化并没有消失，而是融入了新的发展进程；而新来的民族也带来新的活力，注入了新精神。所以，尽管每一次入侵都造成了历史暂时的停滞甚至倒退，但不同民族的每一次融汇，不同文化的重新组合，都拓宽了民族视野，丰富了民族文化，提升了民族精神，为历史的发展带来了新的生机。英格兰民族丰富的文化，顽强的生命力，开阔的视野和对外不断开拓的精神，在很大程度上正是得益于外族的融入。追溯英国这一千多年的历史，就是追溯在不列颠岛上的人民同外来民族的冲突、并存与交融的动态关系中，英格兰社会和文化，英格兰民族与民族性逐渐形成发展的历史。

　　现代英格兰民族和民族性，或者说英格兰民族身份，主要发展和成熟于诺曼征服（1066年）之后。在那之前，在同来自北方的入侵者维京人（Vikings）的长期冲突中，英格兰已经逐渐建立起当时欧洲最高效最完备的社会、法律、军事、经济和税收制度，并大力发展文化和教育，已基本上形成了英格兰民族。[1]然而，诺曼底公爵威廉在黑斯庭斯战场上取得的决定性胜利中止了这一进程。

诺曼征服能那样全面而深刻地改变英格兰，其中最重要的原因是，征服者威廉在黑斯庭斯战场上和在随后几年的平叛战争中，以及通过为巩固统治而采取的各种严厉手段，系统地消灭了盎格鲁－撒克逊贵族，用诺曼人和欧洲各地的追随者在英格兰制造出了一个控制政治权力和经济命脉的新的统治阶级。操法语的诺曼王室和贵族们不仅不屑于讲被他们征服了的盎格鲁－撒克逊人的英语，而且凭借他们在战场上赢得的无可争辩的权力使自己从欧洲大陆带来的思想观念和文化习惯成为英格兰的主流意识形态和主流文化。统治阶级和广大民众之间的巨大差异意味着，在很大程度上，形成英格兰民族的历史进程又得重新开始。

不仅如此，外来王室和贵族们并没有放弃他们在大陆的财产和利益，他们中许多人，特别是其中的上层，并不只是甚至不主要是住在英格兰。比如，诺曼征服之后的前7位国王更多的是住在诺曼底或大陆上其他地方。这种状况显然不利于统治阶层同英格兰民众的融合和英格兰民族的形成，但也为英格兰民族的发展注入了更多活力、为英格兰民族性的形成带来更多复杂因素。然而或许也正因为如此，探讨英格兰民族性的发展特别令学者们着迷，他们在各自的领域，从不同的角度对这个问题进行深入研究，发表了大量成果，提出了不少观点。特别是在20世纪80年代以后，受后结构主义、新历史主义等许多新理论影响，一些似乎已为人们所接受的观点又受到质疑，涌现出许多新的争论，英格兰民族形成的时间也从以前比较统一的13世纪，向前移至12世纪30年代或向后推到16世纪亨利八世时期，从而变得更为不确定。[2]

不论英格兰民族形成的时间被定位在什么时代，值得注意的是，英格兰民族性的发展几乎与诺曼征服后英格兰文学的转型和发展同步。诺曼征服不仅结束了盎格鲁－撒克逊时代，暂时中断了正在形成中的英格兰民族的发展进程，而且还改变了英格兰文学的发展方向，使在过去400年

1　参看Hugh M. Thomas, *The English and the Normans: Ethnic Hostility, Assimilation, and Identity 1066-1220* (Oxford: Oxford UP, 2003)。该书第2章综述了许多学者在这方面的研究成果和观点。

2　本文作者的观点是，现代英格兰民族形成于14世纪至15世纪的英法百年战争期间。本人在其他一些著述中，比如《英语文学传统之形成——中世纪英语文学研究》（北京：社会科学文学出版社，2009年）里已有简单提及。英格兰民族性的发展与形成是一个非常复杂的问题，本文在这里不做探讨，但将是本人下一个课题的重要内容之一。

中独步欧洲民族语言文坛的古英语文学成为历史。诺曼征服后逐渐发展的新的英格兰民族意识需要新的民族文学来表达和弘扬。因此，探讨和追溯英格兰民族性的发展历程对于研究和理解英格兰文学的发展与成就很有意义；同时，产生于那个时代的英格兰文学文本中自然也保留了大量关于英格兰民族意识发展的信息，成为研究英格兰民族性发展的重要材料。

正是在英美学术界研究英格兰民族发展与形成的新热潮中，劳娜·阿舍（Laura Ashe）推出新著《虚构与历史：1066-1200年之英格兰》（*Fiction and History in England, 1066-1200*），为研究英格兰民族性的发展与形成提出了新的视角、新的思路、新的方法和新的观点。阿舍把探寻英格兰民族发展历程的目光聚焦在诺曼征服后到12世纪末那一个半世纪。她认为，在那期间英格兰"以令人吃惊的速度发展了文学性文化（literary culture）"，其中包括拉丁文历史著作"史无前例的涌现"，但特别是产生了"用俗语（vernacular）撰写的历史、当代纪年史和浪漫传奇——最早的真正虚构性长篇叙事"（1-2）。[1] 在这些文本中，尤其是在俗语作品里，她觉察到"意识形态的演化"（ideological evolutions）和"英格兰民族身份"的体现。她特别关注的"关键时期"是12世纪70年代，她确信统治阶层在那期间"完成了与英格兰的认同过程"（11），成为真正的英格兰人。她所分析的文本大多产生于或是关于那一时期。她认为，它们"对英格兰民族性和英国文学的性质和特征都做出了至关重要的贡献"（11）。

的确，英格兰民族性在12世纪获得长足发展。12世纪是一个特殊时代，欧洲处于历史十字路口，正经历深刻的历史性变革。在罗马帝国灭亡700年后，欧洲社会、经济、城镇和科学技术都得到比较迅速的发展，不仅改变着封建社会结构，而且带来新的思想意识和价值观念。同时，11世纪末开始的"十字军"东征运动对欧洲的进步也起了巨大的推动作用。东征为欧洲和阿拉伯两大文明的直接接触和交流提供了契机，使欧洲从当时远为更高的阿拉伯文明那里大为受益，促进了欧洲社会的变革和经济与科学技术的巨大发展。同人类历史上几乎所有十字路口一样，

1　Laura Ashe, *Fiction and History in England, 1066-1200* (Cambridge: Cambridge UP, 2007). 本文对该书的引用，均出此版本，引文页码随文注出，不再加注。阿舍这里所说的"俗语"是指盎格鲁–诺曼语，它被称为俗语是与当时天主教会和西欧各国学术界通常使用的拉丁语相对而言。本文下面将对盎格鲁–诺曼语进行说明。

12世纪的欧洲也产生了思想文化的大繁荣，出现了包括牛津、巴黎大学在内的第一批大学。在欧洲思想史上具有划时代意义的经院哲学也迅速盛行，改变着人们的思维方式。在文学领域，以人的情感为中心的新型抒情诗以及表达宫廷爱情（courtly love）和骑士精神的浪漫传奇大量出现，开创了欧洲文学的新纪元，可以说是欧洲现代文学的开端。人文主义在宗教领域也得到回应：耶稣原先那令人敬畏的神的形象也演化为现代人"所熟悉的人格化了的赤裸的受难者形象"。[1]12世纪经历的这些以及其他更多的变革和发展使欧洲开始摆脱中世纪而向现代历史迈进。14世纪初发轫于意大利并波及整个欧洲的文艺复兴运动，在一些学者看来，只不过是"12世纪文艺复兴"的继续。霍华德认为，12世纪文艺复兴带来的变革是"如此之伟大"，以至14世纪以后的文艺复兴"似乎只是"其"余震"而已。[2]著名学者克拉克对欧洲12世纪的"文艺复兴"给予了高度评价。他在《文明》一书中认为，人类历史经历了三次"在通常渐进发展状况下难以想象的飞跃"，这三次飞跃发生在公元前30世纪，公元前6世纪和公元12世纪，[3]它们都开辟了人类历史的新时代。

正是在12世纪文艺复兴时期，在欧洲经历历史性变革的大环境里，法兰西、意大利、西班牙等西欧主要现代民族都处于形成过程中。因此，英格兰民族在12世纪的重大发展实际上是西欧各现代民族发展这一历史潮流的组成部分。

阿舍运用她在当代文化文学理论方面的修养和其他学者的研究成果，在诺曼征服后英格兰的社会、政治、文化、经济、战争以及民族矛盾和国际冲突的广阔语境中，对那些她认为"至关重要"的文本进行深入的"考古发掘"，把文学的"虚构"与物质的"历史"结合起来，相互印证，细致地考察英格兰民族性的发展。她的著作一个特别值得称道之处是，她把探讨英格兰民族形成的重点放到一些盎格鲁-诺曼语文本上。正是在这些不太被学者们重视的文本中，她发掘出英格兰民族发展和形成的重要信息。

盎格鲁-诺曼语是指在英格兰使用的诺曼底法语，它在12世纪成为英格兰官方书面语。它"主要以诺曼底法语为基础，混合了其他法语方

---

1 Donald R. Howard, *Chaucer: His Life, His Works, His World* (New York: Dutton, 1987), p. 28.

2 Howard, p. 27.

3 Kenneth Clark, *Civilization* (New York: E. J. Brill, 1964), p. 33.

言、英语和弗莱芒语的形式和词汇而形成的语言"。[1]用盎格鲁–诺曼语创作的文学被称为盎格鲁–诺曼文学。盎格鲁–诺曼文学大约在12世纪初出现，在13世纪进入全盛期，到14世纪上半叶随着英语文学开始繁荣而没落。盎格鲁–诺曼文学取得很高成就，甚至还曾引领欧洲浪漫传奇。必须指出的是，虽然从广义上说它属于法语文学并深受法国文学影响，但严格地说它不是法国文学，而是英国文学的重要组成。

盎格鲁–诺曼文学在英格兰的产生有其自身的必然性，也是当时统治阶级在政治和意识形态上的要求。讲法语的盎格鲁–诺曼人用自己的语言从事文学创作十分自然；而把自己的政治和文化扎根于英格兰，把自己同英格兰的历史联系起来，对诺曼王朝及其继任者们具有"至关重要的意识形态方面的意义"，因此"虚构岛国光荣的过去成为王室压倒性的兴趣"。[2]盎格鲁–诺曼文学的产生、发展和繁荣反映了诺曼统治阶级与英格兰民众逐渐融合的历史进程，盎格鲁–诺曼语作品记录了英格兰民族意识在新历史语境中的重新组合与发展。阿舍选用"俗语"也就是当时英格兰的统治阶级在现实生活中实际使用的盎格鲁–诺曼语的文献而非拉丁语文献来研究诺曼征服后英格兰民族性的发展，的确有其独到之处，然而也正是这种本质上是外来而且并没有被百分之九十以上的广大民众所接受、基本上还专属于统治阶级的语言会颠覆她关于英格兰民族性在12世纪中期或者说70年代最终形成的观点。关于这一点，本文后面将提到。

阿舍在《虚构与历史》中考察的主要就是这类盎格鲁–诺曼语作品。该书分为4章，第一章《英格兰的诺曼人：关于位置问题》（The Normans in England: A Question of Place）重点探讨诺曼征服后所谓"诺曼性"（Normanitas）在英格兰的命运。她认为，失去诺曼底根基的诺曼性在英格兰迅速消失。她从分析在诺曼征服后到12世纪中期出现的3部关于盎格鲁–撒克逊王室最后一位国王爱德华（1042-66年在位）[3]的传记的演变开始。这3部《爱德华传》分别写于1067、1137和1163年。阿舍指出，

---

1 R. M. Wilson, *Early Middle English Literature*. 3d ed. (London: Methuen, 1968), p. 55.

2 Susan Crane, "Anglo-Norman Cultures in England: 1066-1460," in David Wallace, ed. *The Cambridge History of Medieval English Literature* (Cambridge: Cambridge UP, 1999), pp. 35-60.

3 爱德华国王无后，在他之后，在位不到一年就战死在黑斯廷斯战场上的最后一位盎格鲁–撒克逊国王哈罗德并非来自威塞克斯王室，而为爱德华写传记的诺曼人更没有把他看作王位的合法继承人。

隐藏在它们演化背后的"意识形态"是为诺曼人的入侵辩护，把诺曼王朝看作是爱德华的合法继承者。随即，作者把目光投向英格兰历史上一件十分著名的艺术品，贝叶挂毯（Bayeux Tapestry），来与之对照。阿舍研究方法上的一个突出特点正是使用对照比较。

贝叶挂毯因保存于法国贝叶市博物馆而得名。据学者们考证，挂毯在诺曼征服后不久就开始在英国肯特制作，大约于11世纪70年代完成。挂毯高约50厘米（20英寸），长达70米（230英尺），是一幅气势恢宏的历史画卷。它虽然名为挂毯，实际上是刺绣，上面以爱德华国王、征服者威廉和哈罗德国王为中心人物，以诺曼征服为主要内容，绣出了从1064到1066年黑斯廷斯战役的许多重大历史事件。

在英国历史上，没有一件艺术品像贝叶挂毯那样引起学者们广泛的争论。不过，学者们的主要兴趣并不在其艺术价值，而是在于如何对上面看似清晰的"叙事"进行解读。其中争论最多的核心问题是：挂毯的叙事究竟是批评威廉的入侵，还是为他征服英格兰辩护？威廉出兵英格兰是否合法取决于没有继承人的爱德华国王的旨意是传位于他还是哈罗德。尽管挂毯上的许多场面都有拉丁文说明，然而恰恰在这个关键问题上，挂毯保持了令人吃惊的沉默。挂毯开始的画面是，哈罗德在聆听爱德华训示，然后起程去诺曼底。但爱德华的话并没有表现出来。支持诺曼一方的解读是，爱德华吩咐哈罗德前往诺曼底，传达他指定威廉为继位人的旨意；相反，支持盎格鲁－撒克逊一方的人则认为，爱德华是在警告哈罗德，叫他别去诺曼底，以免中威廉的奸计。

与这些观点不同，阿舍认为，挂毯的叙事"没有政治偏见"(38)。它只是叙述已经发生的即成"事实"，而不偏袒任何一方。但那并不等于说它没有包含意识形态，相反"那是一种绝妙的——而且几乎是不动声色的——意识形态"(38)。不过，这种意识形态既不属于盎格鲁－撒克逊一方，也不是为诺曼人服务。由于爱德华、威廉和哈罗德等人会面时的话语都没有记录在画面上，因此有利于诺曼人或盎格鲁－撒克逊人的解读似乎都有可能，然而也正因为如此，任何一种解读也完全可以被解构或颠覆而实际上失去了意义。所以阿舍认为，挂毯叙事的真正意义，或者说它那暗含的"绝妙"而"不动声色"的"意识形态"，正是要使任何偏向诺曼人或盎格鲁－撒克逊人的解读不可能，从而消除双方之间的敌意。在诺曼征服之后动荡的社会环境中，这种意识形态实际上是在呼吁或预示新的英格兰民族的出现。不论这种解读是否符合挂毯叙事的原意，阿舍的观点显然十分新颖。

阿舍进一步阐释说，挂毯的意识形态表明英格兰民族在诺曼征服后的新发展意味着诺曼人必须融入英格兰，而诺曼人融入英格兰的过程，或者说新的英格兰民族形成的过程，也就是他们失去诺曼性的过程。正是遵循这一思路，阿舍在分析了贝叶挂毯体现的意识形态后，跨越一个多世纪，把探讨的目光投向12世纪中期一位十分著名的盎格鲁-诺曼诗人瓦斯（Wace，12世纪初-1180？）。瓦斯的名作是盎格鲁-诺曼语长篇诗作《不鲁特传奇》（*Roman de Brut*，1155年）。根据传说，不鲁特是罗马创建者、特洛伊人埃涅阿斯的曾孙，他开创了不列颠。这部诗体不列颠"历史"中特别重要的部分是关于亚瑟王的传说，其不朽贡献是对中世纪亚瑟王浪漫传奇系列产生了广泛影响。但阿舍考察的不是《不鲁特》，而是瓦斯的一部不太成功也没有多少名气，但却包含有重要文化和政治信息的诗作，即关于诺曼人发展史的《卢之传奇》（*Roman de Rou*）。

诺曼人的原意是"北方人"（Northman），指从北方迁徙到后来称为诺曼底的丹麦人。卢即罗洛（Rollo，860？-932？），是诺曼底公国的创始人。其实，《卢之传奇》是受命之作。国王亨利二世（1154-89年在位）受《不鲁特传奇》启发，吩咐瓦斯同样撰写一部歌颂诺曼人的英雄业绩和征服英格兰的史诗性著作，其政治目的十分明显。瓦斯大约于1160年开始创作，前后达10余年，但未能完成，大约于1174年放弃。他在书中谈到，由于国王另派他人撰写诺曼人历史，他只好放弃。国王显然对他的诗作不满意。现存《卢之传奇》包括并不连贯的4部分，是一部长约1万7千行的巨著。瓦斯为完成国王之命，10余年中殚精竭虑，然而终未成功。

阿舍认为，《卢之传奇》之所以不成功，得不到亨利二世和当时其他受众认可，其主要原因是瓦斯企图在书中创造一种"虚幻的民族政治"（illusory racial politics）："诺曼统治者和英格兰贵族过去是，而且一直是一个独特的民族（a distinct race）"（50），而"实际上诺曼性已经成为过去"，"特别是已经被英格兰国王们所抛弃"（54-55）。她甚至认为，诺曼性正是在诺曼人取得最辉煌胜利——征服英格兰——之时遭到"决定性的解构"：他们因为征服英格兰而离开诺曼底，失去了诺曼身份（55）。因此，《卢之传奇》作为一部"宣传性""历史"著作，它宣传的却是一种在现实中已不存在的意识形态，它所竭力歌颂的诺曼民族性已经消失。那意味着，瓦斯是在把他为之效命的国王及其王朝同一种并不存在的价值体系联系在一起；难怪他的主子感到不快。

的确，在诺曼征服已经过去一个世纪，诺曼贵族已经比较深入地融入英格兰社会（特别是中下层），新的英格兰民族正在形成中的形势下，瓦斯过分突出诺曼性无意中突显了诺曼统治阶级与英格兰民众的距离，显然不合时宜；那既脱离英格兰现实，或许也有悖于国王意图。然而阿舍认为英格兰民族已经形成，诺曼性已经成为过去，已经被英格兰国王们所抛弃的观点似乎也值得商榷。亨利二世一再指派人撰写诺曼人的"历史"这一事实表明，英格兰国王们和贵族并没有真正抛弃诺曼性。实际上，一个很少住在英格兰（斯蒂芬国王除外），在生活方式和风俗习惯上竭力同民众保持距离，甚至不屑于讲他们的语言[1]的王室和上层贵族很难说已经完全英格兰化、已经同英格兰民众认同并与之融合成统一的民族。

特别是具有广阔国际背景的亨利国王本人，他同时还拥有安茹伯爵、诺曼底公爵、阿奎泰尼公爵等6个爵位和欧洲各地大片领土。他首先是诺曼底公爵，后来才成为英国国王。亨利是安茹（Anjou）伯爵和英王亨利一世的女儿玛蒂尔达的儿子，他出生在法国安茹，于1150年成为诺曼底公爵，1151年继承父亲的伯爵爵位，1152年同比他大11岁的艾琳诺（Eleanor）结婚，成为阿奎泰尼（Aquitaine）公爵。这样，他在1154年登上英国王位之前就已经拥有大约相当于现代法国一半的领土；而且即使在他继任英国王位后，他也经常长期住在大陆各地。同时代人沃特·马普形容说，亨利二世不断到各地巡游，"随意惊动几乎半个基督教世界"。[2]他最后也是死在安茹。

所以严格地说，盎格鲁-诺曼王朝，特别是亨利二世统治下的所谓"安茹帝国"（Angevin Empire），与其说是在大陆上拥有大片领土的海岛王国，倒不如说更像拥有英格兰的大陆王国。如果说具有这样背景的王朝已经完全英格兰化，的确很难令人信服。亨利二世是很聪明有为的国王，正是因为认识到诺曼王朝同英格兰臣民之间仍然存在相当距离，所以他才一再吩咐人写"历史小说"，试图把诺曼国王们描写成不鲁特和亚瑟王的继承人。然而书生气十足的瓦斯却不能胜任这一使命，那要么是因为他错误领会了国王的意图，要么是这个在讲述不鲁特和亚瑟王那种虚无缥缈的传说故事上得心应手的诗人，却在对付现实性很强的政治任务时感到力不从心。至于亨利二世为何另选他人撰写诺曼人的"历史"，也就是说他为什么对瓦斯的著作感到失望，由于文献中没有记载，人们

1　英语逐渐成为官方语言是在百年战争期间（1337-1453）；亨利五世（1413-22年在位）是第一个用英语写手谕的国王。

2　转引自 M. T. Clanchy, *England and Its Rulers: 1066-1272* (Oxford: Blackwell, 1983), p.114.

同阿舍一样也只能猜测。

在指出诺曼性已经"消失"之后，阿舍在第二章《"我们英格兰人"：战争、编年史与新英格兰人》（"Nos Engleis"：War, Chronicle, and the New English）里，把目光转向凡托斯默（Jordan Fantosme, ?-1185?）的《编年史》（*Chronicle*）。她认为，凡托斯默的叙事反映出已经形成的英格兰民族意识和民族主义态度。《编年史》记述的是亨利二世一生遭遇到的最大挑战，同时也是英格兰历史上一次重大危机。亨利二世的儿子小亨利与法国国王结盟谋反，诺曼底、不列塔尼、英格兰的许多贵族加入叛乱，法国、弗莱芒、苏格兰也乘机入侵，加之广受尊敬的坎特伯雷大主教贝克特被亨利二世的骑士杀害而招致罗马教廷的强烈谴责和制裁，亨利国王处境极为严峻。亨利一方面积极组织抵抗，同时亲自前往坎特伯雷沉痛忏悔，最终取得全面胜利，并活捉了苏格兰国王威廉。

凡托斯默是亨利二世同时代人，他的《编年史》以诗歌的形式记录了这场平叛战争。除《盎格鲁－撒克逊年鉴》中9世纪以后的部分外，这是英国历史上第一部"当代史"。但它并非严格意义上的历史著作，而更像一部"纪实文学"作品。凡托斯默的创作深受具有史诗性质的法语武功歌（chanson de geste）[1]和正在兴起的浪漫传奇影响，他以史诗和浪漫传奇的风格描写了在他眼前发生的这场错综复杂、起伏跌宕的战争。阿舍所关心的不是诗作的内容和战争的进程，而是诗人在叙述中所流露出的立场和思想意识，她认为《编年史》在这方面显示出英格兰"新生的民族主义"（nascent nationalism）、展示了"新英格兰人"的形象。

阿舍认为，凡托斯默在书中表现出鲜明的民族立场。诗人把敌我双方截然分为英格兰和"外国"两大阵营。他甚至从未使用叛乱一词，他把"战争的根源"归结于"外国影响"（92）；亨利二世或者说英格兰的真正敌人是苏格兰人、佛兰德人和法国人。于是，亨利二世的平叛战争在诗中被描写成反侵略战争，从贵族、骑士到下层民众，英格兰所有各阶层在战争中为保卫祖国同仇敌忾、一致对外，而亨利二世则成为英格兰民族的代表或象征。

阿舍着重指出，民族主义的基础，或者说"民族性后面的凝聚核心（binding principle）"，是土地（94），是对自己国土的热爱。因此，是英格兰这片国土使居住在英格兰的人成为英格兰民族。在《编年史》中，诗人在许多地方突出描写了入侵者对英格兰国土的肆意破坏和英格兰人

---

1 著名法语史诗《罗曼之歌》（*Chanson de Roland*）可算这类体裁的代表作。

对土地的热爱；她认为，这形象地体现了英格兰人和外国人的根本区别。由于意识到亨利统治下的安茹帝国还拥有英格兰之外的广阔领土，阿舍还细致分析了诗人对亨利二世阵营内的英格兰人和英格兰的"盟友"的描写上的区别，并引用另一位学者的话说，凡托斯默使用的"英格兰人"（Engleis）一词是指"在英格兰的英格兰人"（94）。

由于该《编年史》并非严格意义上的史书，因此诗中的叙事在多大程度上与历史相符，那并不重要；在阿舍看来，重要的是诗作所表现出的英格兰民族性，而诗人的民族主义立场往往正是表现在对历史的歪曲上。应该说，就阿舍对《编年史》文本的分析而言，的确慧眼独具，阐释深刻。然而问题是，她并不仅仅是在进行文学批评，她是在通过文本分析来探寻英格兰民族的形成，也就是说，她真正的着眼点是在书外。因此，尽管她的文本分析十分精到，但她的结论却值得商榷，因为凡托斯默的这样一部在宫廷娱乐场合吟诵的诗作所表现出的立场很难说一定能代表广大英格兰民众的思想意识。另外，仅就亨利自己的儿子和大批盎格鲁-诺曼贵族同外国结盟反对国王这一历史事实就可以看出，那并不真正是一场"民族"战争。其实，诗人在关于小亨利和盎格鲁-诺曼贵族们的反叛问题上令人吃惊的沉默就解构了阿舍的"英格兰民族主义"（English nationalism）观，因为对于真正的民族主义者来说，与外国勾结谋反显然是叛国。诗人的模糊态度表明，在对待内部冲突方面他似乎更受传统观念影响，完全是把小亨利及其追随者的叛乱看作是自英雄时代（指4-6世纪日耳曼民族大迁徙时期）以来西欧各地十分普遍的王位或权力争夺，而没有因为他们勾结外敌入侵英格兰而将他们上升到"民族叛徒"的高度加以谴责。

阿舍的第三章《历史传奇：正在出现的体裁》（Historical Romance: A Genre in the Making）分析的是新出现的浪漫传奇。其实，阿舍在前两章中重点关注的《卢之传奇》和《编年史》已经具有明显的传奇文学色彩，但它们毕竟还主要是中世纪人眼中的"历史"著作。她在第三章里比较分析的两部文本《埃涅阿斯传奇》（*Roman D'Eneas*，约1160年）与《霍恩传奇》（*Romance of Horn*，约1170年）在本质上明显是虚构文学作品，虽然它们也带有一定历史色彩。

浪漫传奇是中世纪欧洲最重要的叙事体裁，是现代小说的先驱。但浪漫传奇（romance）最初并非文学术语，而是指中世纪时期在原罗马帝国一些地区（相当于现在法国、意大利、西班牙等国），出现的与拉丁语不同的俗语（vernacular），或者说民族语言，如法语、意大利语等。这些俗语由各地罗马人的口语发展而来，因此被统称为"罗曼语"（Romances）。后来，用俗语翻译或写作的书籍被称为romance。随着用各种俗语创作的浪漫传奇这种新兴文学体裁在12世纪风靡西欧各地，这个术语又被用来指称这类文学作品。罗曼语和浪漫传奇在中世纪盛期出现并非偶然，它们的发展与西欧一些现代民族的形成过程基本同步。因此，阿舍选择浪漫传奇作品来揭示英格兰民族性的发展的确很有眼光。

第三章可能是该书最精彩的部分。这一章不仅观点新颖、文本分析严谨，而且思路设计也很有匠心。阿舍通过探讨浪漫传奇的产生揭示了这一重要体裁的基本性质，然后梳理浪漫传奇在欧洲大陆和英格兰两地不同的发展方向，进而在大陆传统的文本《埃涅阿斯传奇》和岛国（insular）传统的文本，托马斯（Thomas，生卒年不详）的《霍恩传奇》的对照中，指出盎格鲁－诺曼语浪漫传奇的根本性特点。她认为，这些特点体现了英格兰民族性。

浪漫传奇的最早文本于12世纪中期在法国北部（属安茹帝国）出现，它们是用俗语（法语）对一些古典拉丁文本的翻译、改写和虚构性扩充。阿舍选择《埃涅阿斯传奇》来分析，是因为它"也许是最早具有这个体裁的典型形式"的作品（125）。《埃涅阿斯传奇》是对罗马诗人维吉尔的著名史诗《埃涅阿斯记》（*Aeneid*）的"十分奇特"的"翻译"。正是这种"奇特性"将那部罗马史诗演化为中世纪浪漫传奇。阿舍指出维吉尔，特别是奥维德的爱情诗，在12世纪的巨大影响，并通过对《埃涅阿斯传奇》，特别是其中关于埃涅阿斯与狄多的爱情的描写的分析认为，这种奇特性产生于奥维德抒情诗传统对维吉尔史诗传统的挑战、解读或解构。

阿舍认为，"史诗的意义在于它的历史性（historicity）"，而"抒情诗是一种深刻的非历史性体裁（profoundly ahistorical genre）"。她的"观点的核心"是，"《埃涅阿斯传奇》是抒情诗与史诗的结合"，它们本是"两种独立而且相互竞争的话语"，但它们的结合"创造出了对话式的非历史性'浪漫传奇'"（134）。她特别强调，她所说的"非历史性"不是像12世纪的编年史那样"剥夺过去与现在的差异"而将其用来支持现在，而是指将"文本从历史中抽象出来"，使之"失去指涉"（135），也就是说，割断它与现实的联系。因此，史诗的指涉性变成了浪漫传奇的互文性。以史诗和抒情诗的结合而产生的《埃涅阿斯传奇》具有"深刻的非历史性"，因为它"为互文性所建构"，而"缺乏对文本外的世界的指涉：它归根结底是虚构"（143）。

这种非历史性在法国浪漫传奇，特别是在特鲁瓦（Chretien de Troyes, 1135? -90）那些著名的亚瑟王传奇系列作品中得到进一步发展，成为大陆浪漫传奇的本质。然而在英格兰，阿舍认为，浪漫传奇却朝不同方向发展，而且与法国浪漫传奇的差异大得"令人吃惊"（146）。她说，它们的差异可以用"《霍恩传奇》体现出的地域性（territoriality）和历史性来概括。在不同程度上，这一性质是所有岛国浪漫传奇的特点"（146）。同许多学者一样，阿舍也强调了"岛国浪漫传奇"对"家族、继承权和时间发展"的特殊兴趣（151），它确信"现在是过去理想的继承者"（154）。霍恩王祖孙三代的业绩，他们对自己领地的认同反映出盎格鲁–诺曼语浪漫传奇对地域性和历史性的极度关注。阿舍认为，"托马斯将其文本牢牢定位在历史时间与熟悉的地域这两维之中"（158）。

阿舍对《霍恩传奇》和岛国浪漫传奇的分析揭示了这一重要文学体裁的本质性特点，可以得到学者们大量研究成果的支撑。她所强调的岛国浪漫传奇与大陆浪漫传奇不同的那些突出地域性和历史性的特点以及与之相关的对现实、政治和道德探索的特别关注，后来在13世纪开始出现的中古英语浪漫传奇中得到进一步发展。很有意义的是，现存最早的英语浪漫传奇恰恰是根据盎格鲁–罗曼语《霍恩传奇》改写的《霍恩王》（*King Horn*，约1225年）。把这两部霍恩传奇进行比较，我们能明显地看到阿舍指出的岛国浪漫传奇的那些特点的进一步发展。到14世纪，英语浪漫传奇的成就已超出它们的盎格鲁–诺曼语前辈，而后者具有的那种对"文本外的世界的指涉"不仅已成为英语浪漫传奇的一个重要传统，而且还是当时英语文学中正在发展的现实主义的一个重要因素或源泉。

这些似乎都表明，阿舍所指出的《霍恩传奇》以及盎格鲁–诺曼语浪漫传奇的重要特点的确体现了英格兰民族性，因此随着英格兰民族形成的进程加快，体现和弘扬英格兰民族性的文学传统也在迅速发展。但这些特点似乎还很难证明，早在12世纪70年代英格兰民族就已经形成。或许更令人信服的观点是，在英格兰特定的社会文化语境中，盎格鲁–诺曼语浪漫传奇这种虚构性很强的文学作品在出现之后不久就开始具有了一些独特之处，而这些特点也许表明现代英格兰民族性形成的历史进程已经开始，而不是已经结束。要研究英格兰民族性是否已经形成还需要在更多领域进一步探讨。

至于阿舍认为，以特鲁瓦的作品为代表的大陆浪漫传奇只有互文性而没有指涉性，似乎更值得商讨。如果用盎格鲁–诺曼语创作的岛国浪漫传奇具有指涉性，那么为什么用法语创作的大陆浪漫传奇就一定没有指涉性呢？其实它们都具有指涉性，只是指涉的方向、内容或者程度上不同。虽然大陆浪漫传奇比岛国浪漫传奇的确具有更明显的虚构性，但即使在阅读特鲁瓦那些传奇故事时，为什么读者首先强烈感到的还是它浓郁的中世纪氛围，而不会错把它当成任何其他时代的作品？威尔逊指出，浪漫传奇"最大的吸引力之一似乎正是它的现代性"。[1]也就是说，不论浪漫传奇叙述的故事发生在多么遥远的过去，它真正表达的还是当时的时代精神，它所呈现的还是当时人们的风俗习惯、思想观念和心理特点。比如，浪漫传奇里的亚历山大大帝显然更像一位中世纪骑士而非古希腊国王。所以，在深层次上，浪漫传奇那种看似脱离现实的虚构世界所体现的实际上还是中世纪的精神实质和生活氛围，还是中世纪人的向往和追求。[2]

其实，阿舍把浪漫传奇仅仅看作是维吉尔和奥维德所分别代表的史诗传统和抒情诗传统的结合本身就有值得商榷之处。因为，虽然那两大传统的并存与碰撞自罗马时代起就一直存在，但为什么浪漫传奇却只是在12世纪那特定的历史文化环境中才产生？所以严格地说，浪漫传奇是维吉尔和奥维德所代表的拉丁精神与12世纪的社会文化现实（包括"十字军"东征）和文学思潮（特别是正在迅速繁荣的法国新型爱情诗）相结合的产物。换句话说，浪漫传奇并不仅仅"为互文性所建构"，它的根还延伸到"文本外的世界"；因此它不可避免地具有指涉性，从而也因此具有了不容置疑的"现代性"。当然，如果参与互文的文本包括社会文本，那么浪漫传奇"为互文性所建构"，则无疑是对的；然而那显然会颠覆阿舍关于法国浪漫传奇不指涉"文本外的世界"之观点。

虽然民族性在本质上是一种内部认同，但它往往更突出更明显地表现在对外关系中。阿舍在最后一章《在爱尔兰的英格兰人：种族意识形态》(The English in Ireland: Ideologies of Race) 中把目光投向英格兰境外，在近邻爱尔兰探寻英格兰民族性的表现。她所关注的中心是大约产生于12世纪90年代的两个文本，威尔士的吉拉德 (Gerald of Wales, 1146？-1223？) 的拉丁文《征服爱尔兰》(*Expugnatio Hibernica*) 和无名氏的盎格鲁–诺曼语《德尔玛与伯爵之歌》(*The Song of Dermot and the Earl*)，对亨利二世时期盎格鲁–诺曼王朝征服爱尔兰的战争（1169-70年）的记述。另外，阿舍还对一部拉丁文著作《圣帕特里克之炼狱论》(*Tractatus de*

1　Wilson, p. 193.
2　关于浪漫传奇与中世纪社会现实之间的内在联系，可参看拙文《中世纪浪漫传奇的性质与中古英语亚瑟王传奇之发展》（《四川师范大学学报》，2008年第1期。

Purgatorio Sancti Patricii）和女诗人法兰西的玛丽（Marie de France，生卒年不详）对该书的译作《圣帕特里克之炼狱传奇》（*L'Espurgatoire Seint Patriz*）进行了分析比较。

　　吉拉德的《征服爱尔兰》自中世纪起，就一直很有影响。作者在书中把爱尔兰人描写为野蛮的异教徒。阿舍就书中对爱尔兰人的歧视性描写进行了深刻分析，认为吉拉德的叙事以民族划线来进行是非判断，那是出自吉拉德的"种族优越意识形态"（164），他突出爱尔兰人的野蛮是为英格兰入侵和统治爱尔兰辩护。她还引用或列举当时其他一些宗教人士的类似著作或言论来证明这种"种族优越意识形态"远非吉拉德的个人看法，而是"12世纪英格兰人对不列颠群岛上所有凯尔特人的评价"（175）；这些观点"形成一种强大的，的确是难以抑制的关于征服和道德正义的意识形态。英格兰人必须征服爱尔兰，因为他们给教会施以援手，从而给那邪恶而绝望的社会带去文明"（177）。如果爱尔兰是异教蛮荒之地，爱尔兰人是未受教化的野蛮人，那么在上帝旗帜下向爱尔兰进军的英格兰军队，如同东征的"十字军"一样，自然是"正义"之师，英格兰对爱尔兰的征服和统治自然也就理所当然。

　　但阿舍发现，《德尔玛与伯爵之歌》这部很少有人注意的诗作对这场战争的叙事却包含了几乎完全不同的信息。这部世俗性质的浪漫传奇既没有"教士意识形态"（clerical ideology），也没有对爱尔兰人低劣野蛮而英格兰人优越文明的描写。如果说《征服爱尔兰》的叙事和价值判断是以"民族差异"为基础的话，这部浪漫传奇"最显著最令人意想不到[的特征正]是对民族差异的消除"；诗中对"人物行为进行评判的唯一标准是参战人员的忠诚或背叛"（180），至于忠诚或背叛的对象是英格兰还是爱尔兰领主，却并不重要。但那并不意味着该传奇没有"征服意识形态"（ideology of conquest），只不过它更为"巧妙"，它"发挥作用的方式不同"（191）而已。

　　阿舍对《德尔玛与伯爵之歌》暗含的那种不动声色的"征服意识形态"的分析细致、深入得令人佩服。她认为，这部诗作的意识形态其实也是建立在差异之上，只不过这种差异是在民族之间而非在教会之间，而且这种差异还被有意掩盖。诗中宣扬的对领主忠诚的"古老法则"的核心实际上是对土地的占有，即谁占有土地并能赏赐土地。在英格兰，土地已经瓜分完毕，而爱尔兰却被描绘成"还没有被占有仍可供人获取的边疆"（191）。换句话说，诗人是在有意掩盖或者忽略爱尔兰民族和英格兰民族之间的差异而突显两个地区（仅仅是地区）之间的区别只是是否还有多余的土地供人获取。所以诗人在消除英格兰人与爱尔兰人之间的民族差异或者说在民族差异上保持沉默的同时却非常巧妙地以这种土地上的"差异"来"避免""侵占爱尔兰领土会造成的困难与非法性"(191)。既然英格兰人和爱尔兰人没有差异,而爱尔兰还有可供人获取的多余土地,那么谁来抢占自然都一样。诗里的主要人物,不论是英格兰人还是爱尔兰人,都同样致力于占领土地,胜出的英格兰人自然不应受指责。所以这种隐晦的"征服意识形态"同吉拉德等教士们旗帜鲜明的民族主义并没有本质上的不同,它们都是为英格兰民族侵略爱尔兰服务。

然而这种论证方法存在一个致命问题:循环论证。它首先假定英格兰民族性已经形成,然后以此为前提认为诗人是在有意掩盖两个民族之间的差异来为英格兰侵略爱尔兰服务,从而证明英格兰民族性已经形成!其次,作者起码应该证明诗人不仅已经意识到而且的确是在"有意"掩盖民族差异,而不能因为他没有提到民族差异就断定他是在有意掩盖。实际上,自原始社会以来,不同部落、族群之间就在不断地侵占土地抢劫财富,而那与民族性没有关系。在这样的冲突中,往往不需要"掩盖"什么"差异"来取得"合法性",因为势力就是"合法性",比如700多年前盎格鲁-撒克逊人对不列颠的入侵就是如此。英格兰在12世纪对爱尔兰的入侵所遵循的也正是这种"古老的法则",只不过爱尔兰内部的叛乱为英格兰提供了借口和机会,而罗马天主教会又赐予了它上帝的旗帜。

在比较了上述两部作品后,阿舍转向《圣帕特里克之炼狱论》和玛丽的译作。前者作者不详,人们猜测可能是一位修士。玛丽出生在法国,但主要生活在英格兰,是12世纪后期重要的盎格鲁-诺曼语女诗人。在这两部作品中,阿舍的重点在前者,她着重指出作品中对爱尔兰人的种族歧视,认为《炼狱论》与《征服爱尔兰》和其他一些"教士们的著作"一样,宣扬"爱尔兰人的野蛮以及人们教化他们的虔诚努力"是"参与了政治征服和教会改革的教士意识形态预谋"(198)。对于玛丽的译作,阿舍主要是强调女诗人在翻译中消解原作中的种族和宗教意识形态,"几乎完全清除了拉丁文本里的政治价值"(199),使之成为一部"世俗化"的"骑士冒险"传奇作品(200)。

同前面各章中一样,这一章里也有一些很好的观点,特别是对《德尔玛与伯爵之歌》的独到分析,令人叹服。但值得注意的是,在前几章里,作者虽然也使用了当前流行的理论,如新历史主义和巴赫金理论,但她主要是把这些理论的基本观念和分析方法运用于研究之中,而且往往用得不露痕迹;因此那几章可以说是使用理论的典范之作。从第四章的标题可以看出，她在这部分主要使用的是后殖民理论，并强调以"差异意识形态"为核心的现代"帝国主义和殖民主义的理论与模式"（201）。至于后殖民理论能否用于中世纪研究的问题，学界一直有争论。阿舍旗帜鲜明地认为，12世纪英格兰对爱尔兰的殖民是建立在差异之上，因此这一理论完全适用。她的最终结论是"英格兰性在海外变成了殖民性"（204）。

后殖民理论能否用于中世纪研究，这完全可以争论；但问题是，阿舍似乎为了证明后殖民理论完全适用于中世纪的殖民活动而在有意识地用理论去套作品，而不是像她在前几章里那样从文本出发并运用理论去加深对文本的理解与分析。她对吉拉德等宗教人士的文本和言论的分析实际上就是以后殖民理论去进行强行解读，从而得出吉拉德等人是用以"民族差异"为基础的"征服意识形态"为英格兰征服和殖民爱尔兰进行辩护的结论，同时也以此来证明英格兰民族已经形成的观点。然而这一结论很难令人信服。比如，她所引证的那些人无一例外都是宗教人士而她所分析的两部世俗作品却都没有对爱尔兰人进行诬蔑这一事实，其实已经颠覆了她的观点。因为严格地说，不论是吉拉德还是阿舍所引证的其他所有宗教界人士，如教皇亚历山大三世和法国的圣伯纳德，都显然不是站在所谓英格兰民族的立场上，而是从罗马天主教会的角度来谴责爱尔兰人。其实，威尔士的吉拉德本人都很难说是英格兰人，他父亲是威尔士的盎格鲁－诺曼贵族，母亲是威尔士人。正如他名字前的地名所标明，他主要是被看作威尔士人，而威尔士人同爱尔兰人一样，都是凯尔特人的后裔。他曾先后遭到坎特伯雷大主教、亨利二世和约翰国王的反对而没能当上大主教，他对此一直耿耿于怀，并抱怨说那是因为他的威尔士身份（Welsh heritage）。[1]

其实，爱尔兰人并非异教徒。相反，爱尔兰教会曾在罗马帝国崩溃后的时代里经历了无与伦比的辉煌，而且苏格兰人、半个英格兰的盎格鲁－撒克逊人乃至北欧大量日耳曼人还是经他们传教才皈依了基督教。只不过爱尔兰教会发展起来的修道院体制与罗马教会的主教管区制大为不同，而且双方在一些神学观点上也自7世纪以来一直存在分歧。因此罗马教廷将其视为异端，甚至斥为异教徒。就在阿舍所引圣伯纳德的话中，有他们"名义上是基督徒，实际上是异教徒"（175）一说，恰恰证明了这一点。所以从根本上讲，这些宗教人士同爱尔兰人的争端并非民族因

1　关于吉拉德的生平，可参看各种百科全书，比如 *The Catholic Encyclopedia*（2003）。

素，更主要的是教派之争，罗马教会只不过是想利用英格兰军队来实施对爱尔兰教会的改革而已。

由于阿舍主要是分析盎格鲁–诺曼语（和少数拉丁语）文本以证明"英格兰身份表现和体现在外语中"（209），她在书中一直有意无意地忽略民族语言（英语）在民族意识发展中至关重要的意义。然而为了支撑建立在"差异意识形态"之上的英格兰民族对爱尔兰的殖民征服的观点和英格兰民族性不仅已经形成而且对外已经成为"殖民性"的假说，她竟然令人惊讶地引用了13世纪初一位名叫斯蒂芬的修道院院长关于不能用法语或拉丁语进行忏悔的爱尔兰人不能成为修士的说法，然后评论说，"语言，作为差异的最明显标志，被用作整个文化的换喻（metonymy）"，并以此来歧视和排斥爱尔兰人（203）。斯蒂芬的话语中，歧视性和排他性显而易见；然而阿舍似乎忘记了或者没有想到，这一说法本身首先歧视而且排除的恰恰是在英格兰占人口绝大多数讲英语的广大民众。因此他的话语只能说是代表了使用拉丁语的罗马教会和使用法语的盎格鲁–诺曼贵族，而很难说代表了英格兰"民族"。

不仅如此，斯蒂芬还把不能讲法语或拉丁语同未受教化的野蛮性相联系，流露出盎格鲁–诺曼贵族（在那时期，英格兰修道院和教会上层一般都来自盎格鲁–诺曼或大陆贵族世家）的傲慢，他们在13世纪仍然不屑于讲英语，仍然歧视英格兰本土的风俗习惯。这种傲慢反映出坚持讲法语和保持大陆风俗习惯的王室和贵族上层与广大英格兰民众之间仍然存在巨大差异。虽然阿舍在书中的论证令人信服地表明，盎格鲁–诺曼语文本反映出英格兰民族性在12世纪已经在发展之中，但似乎并不能证明在12世纪的英格兰已经形成了统一的英格兰民族。[1]

探索一个民族的形成和民族性的发展是一个十分复杂的研究领域，而且难有定论。阿舍的《虚构与历史》一书提出了许多很有见地而且富有启发性的观点。但该著作最重要的价值也许还不在书中的观点和结论，而在于作者的探索精神和学术功底，在于她研究问题的思路，也在于她扎实的文本功夫和分析复杂问题的深刻性。所以，尽管我们不一定同意她书中的结论和一些观点，但《虚构与历史》的确是一部很有学术价值也很值得一读的好书。

---

1 严格的说，在英格兰的王室和贵族要到14和15世纪的百年战争中才会最终成为真正意义上的英格兰王室和贵族，而那也才是统一的英格兰民族形成之时。

乔叟文学思想初探

　　杰弗里·乔叟（1343?-1400）丰硕的创作不仅取得了令历代英格兰人深感骄傲的成就，而且大体奠定了英语诗歌数百年发展的传统，被尊为英诗之父。在文学理论方面，虽然乔叟没有像后世许多英语文学家那样留下阐述其文学思想的文章论著，但他也在诗作中以各种方式表现了他对文学的思考和他基本的文学观。乔叟的文学思想涉及到文学本质、文学与生活、文学与语言、人物塑造、叙述者、悲剧以及文学的功能与接受等许多方面。这些散见于他作品中的观点，由于诗人在英语文学史上的崇高地位和广泛影响而成为英国文学理论的源头之一。

　　乔叟的文学思想既是他卓有成效的创作实践的总结和他毕生对英语诗歌发展所做的思考，同时也深受中世纪主流文化文学思想传统以及社会现实的影响。同其他中世纪文学家一样，乔叟的文学思想主要根源于当时的传统文学观，但同时也有重大发展。中世纪文学理论的核心是模仿。这是从古希腊罗马流传下来又经过基督教神学改造过的文学理论。柏拉图继承并发展了古希腊传统的模仿说，但他认为物质世界是理念世界的摹本或影子，而模仿物质世界的文学艺术则被贬为"摹本的摹本"。亚里士多德否认独立存在于具体事物之外的理念，肯定现实世界的真实性，认为本质存在于具体事物之中。他继承、改造和发展了模仿说，使之成为自己诗学思想的核心。他在《诗学》里系统阐述了模仿说，认为各种文学艺术"实际上都是模仿"，是对自然和生活，特别是对"行动中的人"的模仿。[1]他同时认为，模仿具有创造性，能深入到事物本质，揭示"普遍性"，而"诗人的职责"就"在于描述""按照可然律或必然律

1　亚里士多德：《诗学》，罗念生译，载《罗念生全集》（一），上海人民出版社，2004年，第21、25页。

可能发生的事"，"所以诗所描述的事带有普遍性"。[1]因此，文学作品可以比它所模仿的事物更高更美更具本质性。

　　虽然亚里士多德的《诗学》一般不为中世纪人所知，但是模仿论通过古罗马文学、新柏拉图主义以及12世纪兴起的与亚里士多德哲学密切相关的经院哲学而影响到中世纪。在古罗马时代，后来深受中世纪人尊崇的诗人贺拉斯继承模仿说，强调对生活的模仿。他说："我劝告已学得模仿技巧的人将生活和真实的风俗习惯作为模仿的对象。"[2]他还把模仿的对象推及到权威作家及其作品。他说："把《伊利亚特》改写成剧作远比写一个从未听说过和从未演唱过的题材为好。"[3]这种观点在模仿论的发展史上具有重大意义，他这个忠告特别为中世纪欧洲文学家们所遵从。中世纪是尊重传统崇尚权威的时代。权威作家创作的权威作品既是令人赞叹的成就，也代表人们尊崇的传统，因此很自然成为文学家们广泛而且反复模仿的对象。所以在中世纪，对权威作品的反复模仿和改写是文学创作极为普遍的方式。

　　在中世纪，模仿说经基督教"洗礼"成为主流文学理论。建立在基督教神学基础上的中世纪美学思想认为，世界上一切美都来自上帝，都是上帝之美的"流溢"。9世纪人埃里根纳说，美是"神的显现"。[4]圣奥古斯丁把世界看作一首"美丽的诗"，就因为在他眼里，上帝创造的世界体现了造物主的美。因此归根结底，文学艺术不是创造美，而是通过模仿来揭示和表现上帝的美。不过中世纪人认为，上帝之美显然不能直接模仿，文学家们能模仿的只能是上帝创造的世界和因为模仿世界而体现了上帝之美的优秀文学艺术作品。由于上帝之美存在于两者之中，正如蒲伯（1688-1744）在谈及对它们的模仿时说，"自然与荷马相同"，"因此，要尊重那些古老原则，/对自然之模仿就是对它们的摹写"。[5]他要求文学家们"尊重"和"摹写"的"古老原则"就是以荷马为代表的西方古老而优秀的文学艺术传统，而那些为人称颂的作品由于是间接体现上

1　亚里士多德：《诗学》，第45页。

2　Horace, "Art of Poetry," in Hazard Adams, ed., *Critical Theory Since Plato*, rev. ed. (New York: Harcourt Brace Jvvanovich, 1992), p. 72.

3　Horace, "Art of Poetry," p. 70.

4　转引自沃拉德斯拉维·塔塔科维茈：《中世纪美学》，褚朔维等译，社会科学出版社，1991年第121页。

5　Alexander Pope, "An Essay on Criticism," in M. H. Abrams, at al, eds., *The Norton Anthology of English Literature*; 3rd ed. Vol. 2 (New York: Norton, 1974), ll. 135, 139-40.

帝之美的典范，自然为历代文学家们竞相模仿。

乔叟关于文学的本质和文学创作的各种观点归根结底都根源于中世纪的模仿论。同中世纪大多数文学家一样，乔叟模仿的主要对象首先是他所说的"权威"（auctour 或 auctoritee），也就是欧洲历代权威作家和权威作品，包括那些享有盛誉的拉丁诗人和 12 世纪文艺复兴以来引领西欧文坛的法国和意大利文学家及其著作。乔叟在许多作品里反复强调书籍的权威。《贞女传奇》一开始，他就说：没有人"去过天堂或地狱"，人们只能通过书籍获知"天堂的幸福和地狱里的痛苦"。他进一步说："如果所有书籍被遗失，/ 我们将失去记忆的钥匙。"（*Legend*, ll. 1-28）[1] 在《百鸟议会》里，他歌颂书籍说："从古老的田野，/ 年年产出新谷，/ 从先前的典籍，/ 人们必将获得新知。"（*Parlement*, ll. 22-24）在他现存著作中，乔叟不下 13 处谈及和称颂他所尊崇的"权威"。[2] 不过乔叟不只是尊崇"权威"，后面将谈到，他也十分注重"经验"，即生活体验。在很大程度上，他的文学思想和创作成就正是这两方面的结合。

作为文学家，乔叟敬重书籍，把书籍看作素材来源、创作灵感和模仿对象。虽然他被认为是最具原创性的英语文学家之一，但学者们经过长期研究，早已令人信服地指出，乔叟的每一部作品里都有大量内容来自古代、前辈或同时代的诗人作家。他"拿来"的从诗行段落到情节内容乃至整个故事，几乎无所不包。他广泛模仿历代作家作品和各种体裁风格。他"模仿"的方法包括改写、翻译、缩减、扩展、组合、戏仿等，可谓全方位推进。比如，有专家统计，他的第一部重要著作《公爵夫人书》全诗 1,333 行，竟有 914 行程度不同地来自其他作品；[3]《声誉之宫》由于在内容、结构和诗行各方面突出模仿但丁，在 15 世纪甚至被称为《英语之但丁》（*Dante in Inglissh*）；他的名著《骑士的故事》和《特罗伊洛斯与克瑞茜达》则主要是分别以薄伽丘的《苔塞伊达》和《菲拉斯特拉托》为基础改写而成。按当今标准，乔叟显然难逃剽窃指控。

然而，模仿"权威"是中世纪文学创作的通行做法。中世纪诗人们从古代作品或相互之间借用材料，不仅司空见惯，而且被视为理所当然，

1　F. N. Robinson, ed., *The Complete Works of Geoffrey Chaucer* (Boston: Houghton Mifflin, 1957). 文中对乔叟诗作（《坎特伯雷故事》除外）的引用均由本文作者译自这部全集，英文诗名和引文行码随文注出，不再加注。

2　参看 Norman Davis, at al., eds., *A Chaucer Glossary* (Oxford: Oxford UP), 1979.

3　参看 John H. Fisher, ed., *The Complete Poetry and Prose of Geoffrey Chaucer* (New York: Holt, Rinehart and Winston, 1977), p. 543.

是学识渊博的表现，并增加自己作品的权威。文学大师如但丁、彼得拉克、薄伽丘、卡普拉努斯、特鲁瓦、洛里斯，以及乔叟大量借用过的同时代法国诗人如马肖和福洛萨等，全都把同时代或古代，欧洲或中亚、印度的文学作品的故事情节、行文结构、修辞手法乃至大段现成诗行用于自己的创作。对于互文性研究，恐怕没有比中世纪文学更为丰富多彩的领域。

很显然，乔叟正是中世纪这种文学思想和创作传统的集大成者。但即便是对广为推崇的权威与典籍，乔叟也决非亦步亦趋。他从自己的创作目的出发，广泛借用，精心选择；他拿来的是建筑材料，而非艺术品。实际上，中世纪的文学模仿并非表层上的复制，而是像亚里士多德所说的那样，要深入到精神层面，揭示普遍的真理和模仿上帝的美与善。文学家们可以从权威处获得灵感，也可以从其他作品借用材料，但他要探索何种问题，表达什么思想和情感，如何体现上帝的美与善，则需要依靠自己的天分、修养、洞察力、想象力和创造性。

乔叟对权威的运用和改写特别令人信服地表现出他独特的创造性。比如在《声誉之宫》这部在乔叟的文学思想和创作实践的发展上都有里程碑意义的作品里，我们不仅能看到意大利、法国、拉丁以及英国本土诗歌在艺术手法方面对他的影响和基督教、古典哲学以及自然科学在思想上对他的熏陶，而且也能看到诗人对权威的创造性运用。在这首梦幻诗里，叙述者梦见自己在维纳斯神庙里一块铜匾上阅读维吉尔的诗句，这些诗句竟然变成活的人物，宏伟的史诗直接在他面前展现。更妙的是，他明明是在读《埃涅阿斯记》，但他所"观看"的关于狄多和埃涅阿斯的爱情故事却显然出自奥维德的《女杰书简》和《变形记》。这样的非理性混乱是神来之笔，使作品更像梦境。特别有意义的是，乔叟把奥维德的爱情故事放到维吉尔史诗里，无形中颠覆了埃涅阿斯的形象；因为在维吉尔史诗里，他是创建罗马的英雄，然而到了奥维德那里，他却成了背信弃义的负心汉。

但乔叟不仅仅颠覆了埃涅阿斯的名声；更重要的是，他还巧妙地暗示和表现文学的虚构性：埃涅阿斯是什么样的人完全取决于他由谁塑造。如果说身处梦幻中的杰弗里或许有可能是无心"弄错"的话，作为诗人的乔叟，在《贞女传奇》里竟然也明目张胆地篡改"历史"，把中世纪人眼里的"荡妇"埃及艳后克勒帕特拉动人地塑造成安东尼忠诚的合法妻子和使"虚情假意"的男人们羞愧的"贞洁"典范（*Legend*, ll. 666-68）。乔叟把一些在中世纪人看来显而易见的"事实"一再"弄错"，表明他是在有意识地揭示文学本质上的虚构性。但这并不等于说，他认为文学家可以随意编造，不必顾及真实。只不过他和中世纪文学家们一样关注的是精神层面的真实而非叙事层面的事实。他相信文学的虚构是为了更准确表达建立在基督教思想和道德观念之上的关于人、关于人性、关于人类社会的真实。

情节的虚构和它所指向的精神层面的真实之间的关系涉及到中世纪文学极为突出的寓意性。受基督教思想影响，中世纪人认为，文学艺术归根结底是要揭示、模仿和颂扬上帝的美，表达基督教的精神和道德观念。这就决定了以基督教思想为核心的中世纪文学艺术本质上的寓意性质。本尼特说，象征寓意"是体现精神真实（spiritual truth）的方式"。[1] 而塔塔科维兹也指出，"中世纪的思想方法是象征性的，这时期的艺术则是这一思想方法的表现。"[2]但丁对《神曲》的阐释也表明，象征寓意能最好地模仿和体现精神上的真实。[3]从本质上看，乔叟的诗歌艺术也是这一思想方法的表现。从第一部重要诗作《公爵夫人书》到他的巅峰之作《坎特伯雷故事》，乔叟大量使用了象征寓意手法，而且还创作了一些像《百鸟议会》、《修女院教士的故事》那样的寓意作品。在《坎特伯雷故事》里，他用最后一个故事点明主旨："指出一条完美而光明的路途，/也即去天国的耶路撒冷之道"。[4]在基督教看来，一部人类历史就是人被赶出伊甸园后，在充满罪孽的尘世中历经磨难与考验，在上帝指引下向真正的家园"天上的耶路撒冷"[5]回归。《坎特伯雷故事》里香客们的朝圣旅途寓意人类寻找家园的精神之旅，是"去天国的耶路撒冷之道"。诗人在这部全方位反映当时英格兰社会的杰作中现实主义地把展示社会万象、百味人生同象征人类寻找精神家园的朝圣旅程结合起来，创作出一部寓意人类回归上帝的"神圣喜剧"。

当然，故事层面的可信性能更好地体现精神层面的真实性。在英语文学史上，乔叟是第一个全方位注重叙事层面的真实性或可信性的作家，

1　转引自 Elizabeth Salter, *"Piers Plowman": An Introduction* (Cambridge: Harvard UP, 1963), p. 81.

2　塔塔科维兹：《中世纪美学》，第75页。

3　参看 James I. Wimsatt, *Allegory and Mirror: Tradition and Structure in Middle English Literature* (New York: Western, 1970), p. 24.

4　杰弗里·乔叟：《坎特伯雷故事》，黄杲炘译，南京：译林出版社，2007年，第650页。本文下面对该书的引用，如无说明，均出此版本，书名略写为《坎》，页码随文注出，不再加注。

5　《圣经·希伯来书》12：22。

也是第一个不仅具有明显的现实主义倾向而且直接表达了一些现实主义创作思想的诗人。在中世纪文学语境中，这尤为可贵。乔叟的现实主义文学思想在很大程度上根源于中世纪模仿理论和意大利文艺复兴新文学的影响。贺拉斯关于诗人应该"将生活和真实的风俗习惯作为模仿的对象"的观点得到基督教神学思想的支持。有学者指出，"奥古斯丁对文学'模仿'的理解和古希腊苏格拉底－柏拉图的模仿论相似。他将文学视为对社会生活的虚构性模仿。"[1]只不过在中世纪文学家们看来，模仿生活是手段而非目的。温萨特指出："在中世纪,认识这个世界的现象就是阅读上帝的第一本书，即创世之书。"[2]"创世之书"（the book of Creation）指上帝创造的世界。中世纪人认为，要认识上帝，需要阅读上帝的两本书，即《圣经》和上帝创造的世界。上帝的真理就在这两本书里。上帝创造的世界包括人类生活，因为人类社会是一出由上帝的天命（Providence）导演的关于人类被赶出伊甸园后向上帝回归的"神圣喜剧"。因此，正确认识现实世界和模仿人们的生活，归根结底，就是认识和表现上帝的善和美。

　　另外，正在蓬勃发展的意大利文艺复兴新文学也对乔叟产生了深刻影响。乔叟多次奉王命出使外国，至少两次前往意大利，并在当时新文学中心佛罗伦萨停留数月之久。他在意大利亲身体会到但丁、彼得拉克和薄伽丘等具有现实主义倾向的文学家享受的崇高声誉，加深了对文学的性质和意义的认识。所以，他在《声誉之宫》里把荷马、维吉尔、奥维德以及12世纪一位与他同名的"英国的杰弗里"等一批承传人类文明的杰出文学家放到青铜柱上，享受永恒的景仰。诗人能享受这样崇高的声誉，在把虚荣视为"七大重罪"之首的中世纪的确史无前例。由于受意大利新文学影响，他的文学思想和创作风格在70年代中期之后也产生重大变化，并更为关注英格兰社会现实和现实生活中的英格兰人。

　　与他的现实主义倾向发展相关，乔叟努力把现实生活中的语言，特别是生动活泼的英语口语，用于诗歌创作。其实，模仿生活中的语言也是文学模仿社会生活的重要方面。文学是语言的艺术，世界各国许多大的文学运动都是从语言开始。同样，英语文学在14世纪后半叶大繁荣也是以中古英语的迅速发展为基础。对英语的重视和对英语文学语言的探索与实验是乔叟文学思想的重要组成。虽然中古英语在当时还不是成熟

1　董学文主编：《西方文学理论史》，北京：北京大学出版社，2005年，第47页。
2　James I. Wimsatt, *Allegory and Mirror*, p. 17.

的书面和文学语言，但在当时欧洲所有重要文学家中，唯有乔叟一生坚持使用民族语言从事任何体裁的创作。他如此重视英语，因为只有英国人自己的语言最能描绘英国社会和表现英格兰人的生活、思想与情感。他在《声誉之宫》里说："所有/能懂英语的人，/听我来把我的梦描述。"（*Fame*, ll. 509-511）这是自诺曼征服之后，一个英国诗人第一次在诗里直接宣布自己是为"懂英语的人"创作。乔叟还是英国第一位大量运用口语的大师。《声誉之宫》在这方面已相当成功。在《百鸟议会》里，自然女神和鸟儿们的对话表现出他驾驭日常生活语言的能力已有新的飞跃，说话者的语言风格因其社会地位、教养、性格和观点上的差别而不同。到了《坎特伯雷故事》，这已经升华为作品的基本性质。

　　乔叟一生致力于英语发展。在长期创作中，他大量从法语、拉丁语和意大利语吸收词汇，丰富英语的表达法。他还以实际生活中的语言为基础，孜孜不倦地探索和实验各种适合英语的韵律和诗节形式。乔叟成功地使英语胜任于任何体裁的创作。毫无疑问，在英语文学语言的发展上，乔叟的贡献无与伦比。他的文学成就在很大程度上正是体现在他对英语语言发展的巨大贡献上。英国文艺复兴早期的重要诗人，《仙后》作者和"乔叟语言"的受益者斯宾塞（1552-1599）高度赞扬了乔叟对英语发展的贡献，称他为"纯净英语的源泉"。著名美国学者布鲁姆进一步说："莎士比亚被……巧妙地比喻为'泉边天鹅'，畅饮着乔叟语言的独特甘醴，塑造新型的文学人物。"[1]

　　当然，乔叟的现实主义文学思想并不仅仅体现在他对生活中的语言的重视上。前面提到乔叟对权威的尊崇和在运用传统上的创造性，而他对传统的创造性运用最突出地体现在他给传统注入现实主义灵魂，从而使古老的故事、权威的体裁和传统的表现手法充满活力并使他创造的虚构世界接近和反映 14 世纪的英格兰现实。乔叟尊崇权威，但也一直注重"经验"（experience）。在中古英语里，"经验"大体相当于与权威或书本相对的生活体验。比如，巴思妇人在其《引言》一开始就根据她 5 次婚姻的丰富经验宣称："要说到婚姻生活的可叹可悲，/那么即使世界上没别的权威，/我凭我经验也有足够的发言权。"（《坎》358）在乔叟现存诗作里，他至少提到或阐述经验达 9 处之多，[2]在文学创作中如此强调生活经验在中世纪作家中是空前的。乔叟不一定都同意巴思妇人的各种激进观点，但

---

1 哈罗德·布鲁姆：《西方正典》，江宁康译，南京：译林出版社，2005年。
2 参看 Davis, at al., eds., *A Chaucer Glossary*, p. 51.

他在尊崇权威的同时也注重经验并往往从实际生活的角度观察和思考问题则是不争的事实。正因为乔叟一直注重"经验"或者说生活现实，所以他能迅速而敏锐地领悟意大利新文学的意义。在同时代文学家中，没有任何人在广度和深度上像他那样在文学作品中突出表现社会现实和塑造个性化人物。

奎恩认为，由于乔叟在创作中关注和表现现实，他甚至发展出独特的诗歌艺术来保护自己。她系统研究了乔叟如何运用中世纪人"所熟悉的各种文学形式来反映[他的受众]和他自己所关注的事情"，认为乔叟的"诗学""既表达又掩盖"诗人自己的思想以及他对现实和周围的人进行的表现和评述。她将其称为乔叟的"掩盖诗学"（poetics of disguise）。[1]这种诗学使作者隐藏在作品人物之后，由人物出面讲述或评论。也有乔叟学者将其称为"扮演艺术"（art of impersonation）。[2]在政局变幻莫测的中世纪，这种诗歌艺术有利于宫廷诗人在讲述在某些场合或许不太适宜的故事和表达与受众相左的观点时掩护自己；而诗人对自己的思想和对现实的评述不论是表达还是有意识的掩盖其实都反映出他对现实的关注。不过，"掩盖诗学"不仅具有政治上的意义，它更重要的意义还在文学艺术上，这在《坎特伯雷故事》里尤为明显。

在英国文学史上，《坎特伯雷故事》的文学成就和它所体现的现实主义思想都具有里程碑意义。它是英国第一部直接以作者时代的英格兰社会为背景和直接描写他同时代各阶层的英格兰人的重要作品。在这部文学巨著里，乔叟生动地塑造了一群前往坎特伯雷朝圣的香客和描写了他们充满戏剧性冲突的朝圣旅程。香客中有骑士、修士、修女、修道院长、托钵僧、教士、商人、海员、学士、律师、医生、地主、磨房主、管家、店铺老板、伙房采购、农夫、厨师、差役、卖赎罪卷教士、各大行会成员，也包括乔叟自己。他们来自当时英国几乎所有阶层和主要行业，形成了中世纪后期英国社会的缩影。乔叟对香客们，对他们的言谈举止，他们的思想性格，特别是他们之间大量的交往与冲突，进行了生动细致、妙趣横生的描写，把他们塑造成既代表各社会阶层，又独具特征的个性化艺术形象。他们是英国文学史上第一组形象生动、个性鲜明的现实主

---

1 Esther C. Quinn, *Geoffrey Chaucer and the Poetics of Disguise* (New York: UP of America, 2008), p. 2.

2 参看 Marshall Leicester, The Art of Impersonation: A General Prologue to the *Canterbury Tales*, in V. A. Kolve and Glending Olson, eds., *The Canterbury Tales: Nine Tales and the General Prologue* (New York: Norton, 1989), pp. 503-518.

义群像。学者们研究发现，香客们之间纷繁复杂乃至难以调和的矛盾冲突并不主要出于个人恩怨，更多的还是根源于社会现实，反映了当时英格兰的社会矛盾。

更有意义的是，乔叟的香客们并非仅仅是个性化人物，而且还是与他们讲述的故事具有内在统一性的叙述者。对于乔叟塑造的这些人物形象，英国第一位桂冠诗人德莱顿（1631-1700）的观点特别有见地。他说："所有的香客各具特色，互不雷同"，"他们的故事的内容与体裁，以及他们讲故事的方式，完全适合他们各自不同的教育、气质和职业，以至于把任何一个故事放到任何另外一个人口中，都不合适。"[1]正是因为这些香客-叙述者是个性化人物，他们与自己讲述的故事具有内在统一性，他们的性格决定了他们用什么样的语言讲什么样的故事。[2]虽然文学中关于"得体"（decorum）的观点并非起源于乔叟，但在英国乃至欧洲文学史上，乔叟第一个塑造出一群如此个性化的叙述者人物并突出表现他们与他们讲述的故事之间的有机统一。如果我们将《坎特伯雷故事》和薄伽丘的《十日谈》里的故事叙述者同他们的故事之间的关系相比较，就可以看出两位作者在这方面明显不同；因为在《十日谈》里，任何一个故事放到任何一个叙述者口中都没有区别。

乔叟还因此创造出一种新的文学体裁：戏剧性独白。戏剧性独白的核心不在于说话者说什么，而在于他所说内容与说话方式揭示出他自己是什么样的人。因此，香客们的故事和语言风格反过来又戏剧性地揭示出他们各自的身份、性格、教养和内心世界，把他们塑造成个性鲜明的人物。戏剧性独白后来在莎士比亚、玄学派诗人那里进一步发展，在19世纪诗人勃朗宁那些脍炙人口的诗作里达到顶峰。乔叟创造戏剧性独白是他对英国文学的又一重大贡献，也是他的现实主义创作思想在中世纪特定文学语境中的体现。

乔叟的现实主义文学思想和个性化人物塑造并非是他诗人的天才在创作中的无意识显露，他在作品中一再明确表达了自己的创作思想。在《坎特伯雷故事》的《总引》里，他强调要在"细述这故事之前"揭示香客-叙述者们是"什么人，属于哪个阶层"：

1　转引自 C. F. E. Spurgeon, ed., *Five Hundred Years of Chaucer Criticism and Allusion, 1357-1900,* vol. I (New York: Russell, 1960), p. 278.
2　比如《海员的故事》原来是由巴思妇人讲，但这个故事与她的经历、性格和思想都不太合适，于是乔叟改变初衷，让她讲适合她的故事。

> 我觉得比较合情合理的做法
> 是根据我对他们各人的观察，
> 把我看到的情况全告诉你们：
> 他们是什么人，属于哪个阶层，
> 甚至还要说说他们穿的衣裳——（《坎》5）

只有在揭示和确定其身份特点后，诗人才能使香客–叙述者们表现其个性化行为举止和用个性化语言讲述那些"完全适合他们"各自本性、利益和教养的不同风格体裁的故事。比如，磨房主之流使用粗俗语言讲市井故事，正如骑士、修士和牛津学士等香客使用高雅的英语讲骑士传奇和悲剧一样，显然更符合实际，而且他的语言能更生动地反映他所在阶层和他的故事所表现的下层社会的真实生活。

香客中许多人来自社会下层缺乏教养，往往使用脏话俚语，讲述粗俗故事。在中世纪文化氛围里，考虑到受众主要是宫廷成员，许多还是上层社会的女士，而且故事中表达的一些思想可能不为受众同意，因此乔叟专门在《总引》里用21个诗行（第725-45行）来"掩盖"自己。他强调，那是香客们自己的语言，讲的是他们的故事，作为诗人，他仅仅是"照直说出"，因此与他无关。他说：

> 但我要先请你们别说我放肆：
> 我告诉你们他们的言谈举止，
> 这就要求我把情况照直说出，
> 所以别认为这是我为人粗鲁。（《坎》27-28）

他认为，"任何人要复述别人讲的故事，/就得尽量复述原话的每个字"，"要不然他就使那些故事走样"。他甚至借用耶稣和柏拉图的权威为自己辩护：

> 《圣经》里基督说话也很随便——
> 而你们知道这不算粗鄙下贱；
> 能读柏拉图作品的人还清楚：
> 他说语言必定是行动的亲属。（《坎》28）

也就是说，根据柏拉图，人物的言与行是性格的体现，必须一致。后来在磨房主故事的《引言》里，乔叟又用了16个诗行（第3171-86行）再一次强调自己只是原文照录："故事得照录，不管是坏还是好，/要不然，就是我对材料掺了假"（《坎》111）。乔叟如此反复声明自己忠实于人物，忠实于人物的性格、语言和故事，除了掩盖自己，也是在强调诗人要忠实于现实生活和现实中的人。这在寓意模式和浪漫传奇占主导地位的中世纪英格兰文坛无疑是空谷足音。他这样清楚表达他的创作思想，可以说是英语文学史上现存记录中最早的"诗辩"。

其实乔叟的现实主义倾向在他文学生涯初期已现端倪。乔叟深受法国宫廷诗歌熏陶，其文学生涯以翻译《玫瑰传奇》开始，因此他前期的文学创作遵循法语宫廷爱情诗歌传统。但如果我们把他的第一部作品也是英语文学史上第一部真正的宫廷爱情诗《公爵夫人书》与《玫瑰传奇》及其类似诗作进行比较就会发现，乔叟在运用传统的同时也超越传统。他对宫廷爱情传统最大的超越就是把眼光投向现实生活和表达真情实感。宫廷浪漫传奇极为突出的特点是，故事往往发生在遥远过去或异国他乡，甚至是在虚无缥缈的虚构时空里，它表现的情感通常高度程式化。与之相反，《公爵夫人书》表面上以古罗马为背景，它实际上直接取材于作者身边的生活，而且是以安慰失去爱妻的兰开斯特公爵为创作目的。更重要的是，与《玫瑰传奇》等梦幻诗大多使用拟人化寓意人物不同，乔叟笔下有血有肉的黑衣骑士显然是以兰开斯特公爵为基础塑造的。另外，叙述者卧室里出现马匹和引路的小狗未经交代就神秘消失等非理性场景实际上也增强了梦境的真实性，与传统的宫廷爱情诗里高度理性化的梦境相去甚远。这也表明诗人一开始就注重作品细节上的真实性和可信性。

1370年代中期，在意大利新文学影响下，乔叟在《声誉之宫》里对文学创作进行了比较系统的探讨。在一定程度上，这部作品可以说是关于诗歌创作的诗歌。他在诗中表示，脱离生活现实的宫廷文学是一片没有生机的"沙漠"（*Fame*, l. 489），诗人应该到现实生活中收集创作"信息"。他说自己在工作之余，只闭门读书写作，"过着隐士般的生活"，从不东走西串，也不听闲言碎语，因而写作"信息"（tydyngs）告罄，所以朱庇特派雄鹰前来，带他去收集"信息"，也就是创作材料（ll. 642-60）。后来在《百鸟议会》里，诗人梦中的带路人也对他说："你能观察"，"我将带你去把写作材料获取"（*Parlement*, ll. 158-68）。《声誉之宫》和《百鸟议会》这两部作品的主要部分就是表现梦中的诗人对寓意现实生活的"声誉之宫"、"谣言之宫"和"百鸟议会"的"观察"。乔叟探讨文学创作与现实生活之间的关系，强调来自现实生活的"信息"是文学创作的

"写作材料"，对中世纪英语文学向近现代文学发展具有革命性意义。

在欧洲文学发展史上同样具有革命性意义的是乔叟复活了悲剧精神。乔叟毫无疑问是中世纪欧洲第一位既比较准确理解悲剧的性质，同时又有意识地创作悲剧性作品的文学家。在《坎特伯雷故事》里，乔叟为悲剧下了一个定义：

> 悲剧是某一种故事……
> 其主人公曾兴旺发达，
> 后从高位坠落，掉入苦难，
> 最终悲惨死去。（第 1973-77 行）[1]

这个定义至今广被学者们引用来说明中世纪后期人们对悲剧的理解和分析那时期的悲剧故事同古典悲剧以及文艺复兴以来的近现代悲剧之间的异同。乔叟的定义不仅是中世纪上千年历史中为悲剧下的第一个定义，而且在那之后相当长时期内也仍然是欧洲人对悲剧最准确的理解。在中世纪，古希腊悲剧和亚里士多德的《诗学》早已失传，就连大诗人和学者如但丁也在《俗语》（*De vulgari eloquentia*）一书中把悲剧看作是关于高雅主题的高雅诗体，并且把自己的抒情诗也算在其中；另外他还在《神曲》里把维吉尔的史诗《埃涅阿斯记》也称为悲剧。

乔叟对悲剧的理解在当时是独一无二的。关于这一点，克利强调指出，"没有任何迹象表明，在乔叟同时代以及在他之后直到约翰·莱德盖特 [John Lydgate, 1370-1450] 接受其观点之前，有哪一位作家与他看法相同或受其影响。"[2] 乔叟的悲剧思想主要来自他翻译过的波伊提乌的《哲学的慰藉》里对悲剧的简短说明和关于命运变化无常的观点。[3] 乔叟在生前就已被尊为"哲学诗人"，就因为他一直在对天道，对处在中世纪无休止的社会动荡中人的命运进行思考。在70年代中后期，也正是在他受意大利人文主义思想影响的时期，他认真阅读《哲学的慰藉》，并大概在80年代初翻译了这部著作。于是，他长期对天道和命运的思考，波伊提乌关

1　引文译自 Geoffrey Chaucer, "The Prologue of the Monk's Tale," in Robinson, ed., *The Works of Geoffrey Chaucer*. 译文参考了黄杲炘译：《坎特伯雷故事》，第299页。

2　H. A. Kelly, "The Non-Tragedy of Arthur," in Gregory Kratzmann and James Simpson, eds., *Medieval English Religious and Ethical Literature* (Cambridge: D.S. Brewer, 1968), p. 96.

3　参看 Boethius, *The Consolation of Philosophy*, tr. by W.V. Cooper (London: J.M. Dent, 1902), p. 30.

于命运和悲剧的观念，以及人文主义思想这三个方面在他思想中的碰撞终于促使了悲剧精神在中世纪的复苏。他在那期间根据他对悲剧的理解创作出《修士的故事》、《帕拉蒙和阿赛特》（即《骑士的故事》）、《特罗伊洛斯与克瑞茜达》和《贞女传奇》等一系列具有悲剧色彩的作品。他还把长篇诗作《特罗伊洛斯与克瑞茜达》称为他"小小的悲剧"（*Troilus*, V, l. 1786）。当然乔叟所说的"悲剧"实际上都是"故事"而非戏剧，但他的定义和他的悲剧性作品表达出悲剧的基本精神。乔叟关于悲剧的观点不仅是他的文学思想的重要组成部分，而且后来都融入莎士比亚的悲剧观。[1] 在文艺复兴时期，英国悲剧的成就远高于其他任何欧洲国家，这或许同英诗之父在这一领域的开拓不无关系。

　　乔叟文学思想中另外一个重要方面是关于文学的功用。他认为文学能给人以教益、乐趣和心理慰藉。他第一部重要诗作《公爵夫人书》就表现了文学在精神和心理上的安慰作用。诗中叙述者在经历八年痛苦和失眠之后，阅读了塞克司和亚克安娜的故事，终于成眠，这暗示他在恢复正常，而黑衣骑士也通过再次体验爱情而振作起来，回到生活中去。在《坎特伯雷故事》的《总引》里，乔叟指出，最好的故事必须"最有意义最有趣"（of best senténce and most soláce）（《坎》30），它既给人"教益"也让人"消遣"找"乐趣"。文学应该给人以教益和愉悦的思想根源于贺拉斯。他在《诗艺》里说："诗人之愿望应该是给人以教益和愉悦，其著作应该既给人以快感也可用之于生活。"[2] 但在中世纪，基督教强调文学的教育意义，其愉悦作用充其量只服务于文学的教化功能。基督教甚至还认为，感官愉悦有可能使人忘情于快感而忽略教益，从而阻碍人向上帝皈依。因此，中世纪文学特别强调文学的寓意性质与教化功能而弱化其艺术性和愉悦作用。所以但丁专门用《出埃及记》的象征意义来强调《神曲》的寓意性质。提升文学的艺术价值和愉悦作用、强调教与乐并重是文艺复兴文学思想的重要组成，也是对古典文学思想的复兴，在本质上是人文主义的表现。乔叟把文学的愉悦作用提高到几乎与教益等同的地位在英国文学思想的发展上很超前也很有意义。

　　同样也很有意义的是，在《贞女传奇》的引子里，乔叟还以艺术的方式对文学作品的接受表达了极为超前的看法。在这部分，诗人与女王阿尔刻提斯和爱神之间有一段关于《特罗伊洛斯与克丽茜达》的十分戏

1　参看安·塞·布雷德利：《莎士比亚悲剧》，张国强等译，上海：上海译文出版社，1992年。

2　Horace, "Art of Poetry," p. 72.

剧性的对话。爱神谴责他这部作品违背其教义，诽谤女子；阿尔刻提斯则说他愚昧昏聩，不知所云；而诗人则声明他的诗作推崇真情，谴责背信弃义，并说："这才是我本意"（G本，241-464）。同一部作品，引出如此不同的观点和解读，在世界文学史上，这也许是最早的"读者反应"批评，也是一位诗人最早在自己的诗作中有意识地运用艺术的形式来探讨作品的接受情况，表现作者的创作目的同读者的解读之间往往存在巨大差异等重要文学问题。

　　作为"哲学诗人"，乔叟在欧洲传统文学思想的基础上，在中世纪英格兰的历史和文学语境中，深入研究欧洲古典和同时代的文学成就，努力探索和总结自己的诗歌创作，对文学和创作进行了理论上的思考，提出了一些开拓性的文学思想和观点。乔叟文学思想的基础是模仿，现实主义的不断加强是其发展的主要倾向，而教育意义和艺术性是他关注的重点。他在诗歌艺术和文学创作上为英语文学的发展做出了巨大贡献，而他表达的文学思想对英国文学理论的发展也有重要意义。

乔叟性与"作者之死"

作为英诗之父，杰弗里·乔叟（Geoffrey Chaucer, 1342?-1400）保持着几项记录，其中之一是他拥有英国历史上最长久而且持续不断的学术研究和文学批评。他虽然早在15世纪就已被英格兰诗人们尊为"大师"（mayster）和"父亲"（fadir），自他生前至今的600多年里，其形象一直不断变化，在不同时代或不同人眼里，他呈现出很不同甚至相互对立的形象。在一定程度上，一部乔叟学术史就是一部乔叟的形象越来越丰富然而他作品里那独特的乔叟性同时也越来越清晰的历史。

自同时代法国著名诗人德尚（Eustache Deschamps, 1346?-1406）于14世纪80年代赞颂乔叟的诗作起，在诗人们笔下，在学者们的研究中，乔叟的形象一直在发展变化。他被看作"伟大的翻译家"、"英语语言之父"、"哲学诗人"、"雄辩的修辞家"、"英语诗歌之父"、"英格兰的荷马"、"索福克勒斯"和"维吉尔"。在宗教改革运动中，他被尊为"虔诚的神学家"、"新教徒"诗人、宗教改革运动的先驱和"当之无愧的威克里夫派"。改革派说他的作品"寓教于乐最富成效"，"清除我们的罪孽"并用"美德之火/点燃我们的心灵。"1542年，英国颁布法案以"清除王国内所有异端邪说"，结果绝大多数书籍遭禁，在文学界只有乔叟和高尔两位诗人的著作被容许阅读。[1]另一方面，也有人谴责乔叟，说其诗作"与基督及其使徒们的教义直接对立"，教唆"淫乱"、"毒害青年心灵"；应列为"禁书"。还有人认为阅读《坎特伯雷故事》如同"亵渎神灵、骂脏话、玩纸牌、掷色子"一样使人堕落，而《修女院教士的故事》中关于爱情的动物寓言更"是彻头彻尾的无聊、有毒的引诱和甜言蜜语的虚

---

1 请参看James Simpson, "Chaucer's Presence and Absence, 1400-1550," in Piero Boiyani and Jill Mann, eds., *The Cambridge Companion to Chaucer*, 2nd ed., (Cambridge: Cambridge UP, 2003), p. 266.

荣。"关于他的诗歌语言，有人说那是"清纯英语之源泉"，其韵律"自然流畅"；与之相反，有人认为他使用"未经提炼的粗俗语言完全不符合我们时代对高雅的要求"，而他的韵律更是"别扭粗俗"。有人赞扬他创造了"上帝的丰富多彩"，而有人则责备其作品杂乱无章、良莠不齐，完全不符合"得体"原则。到了20世纪，对乔叟的研究全方位展开，有学者深入探讨乔叟所受影响，认为他是欧洲大陆各种传统的传人，另有学者则认为他是英格兰本土传统的承前启后者。有人认为薄伽丘对他影响最大，而有人认为他根本不知道薄伽丘其人，其代表作《坎特伯雷故事》也未受《十日谈》影响。有学者认为他的创作生涯分为法国时期、意大利时期和英国时期3阶段，另有学者持相反观点，认为他自始至终都是地道的英格兰诗人。有人认为他难能可贵地在中世纪突出地表达了女权思想，相反却有人批评他贬低和丑化女人。还有人赞扬他为9·11后的美国指出了一条同穆斯林国家建立正确关系的道路。[1]他们说的是同一个乔叟吗？

另外，中世纪没有著作权观念，作品往往不署名；所以，大量中世纪文学作品至今不知出自何人之手，历史文献中更少留下关于文学家的记载。但由于乔叟与王室关系密切，是比较重要的官员，有相当知名度，其经历也可谓丰富多彩，所以我们对其生平了解较多，甚至超过了我们对晚他约二百年的莎士比亚的了解。学者们经长期搜寻，在各种档案材料（不包括文学作品）中，共找到492条在乔叟生前留下的关于他的记载，它们全被收入由克洛（Martin M. Crow）和奥尔森（Clair C. Olson）编纂的《乔叟生平记载》（*Chaucer Life-Records*, 1968）。[2]一个诗人留下这么多确凿的文字记载，不仅在中世纪英国绝无仅有，即使到文艺复兴时期，在英国文学家中，除非出身显贵，也不多见。

但乔叟能为后世留下那么多关于他的记载，其实与他是一位诗人和他对英国文学的杰出贡献，都不沾边。那492条记载大多涉及其公务、年金、职务、诉讼、所受赏赐和出使外国等情况，而没有一条哪怕是暗示他是一位诗人，自然更没有一条提到其文学作品。仅就这些记载而言，我们看到的是一个王府童仆、随主出征的扈从、多次出使外国的外交官、

---

1 对于乔叟的这些评价散见于自14世纪以来的历代诗人、学者的著作中。为节约篇幅，这里不一一注出，1933年之前对乔叟的评论，可参见 Derek Brewer, *Chaucer: The A Critical Heritage 1385-1933*, 2 vols. (London: Routledge and Kegan Paul, 1978.)

2 该书一共收录493条记载，但最后一条是他死后关于他墓碑的记载。

以及海关官员、国会议员、郡治安官、王室工程总管和森林管理人，我们无论如何也猜想不到，他竟然是一位诗人。人们不禁会问，这位在生前有幸留下这么多记载的官员与那位6个多世纪来在英语世界享有崇高盛誉的英诗之父是同一个人吗？

如果是的话，看来比较令人信服的解释是，诗人在中世纪似乎不是值得记下一笔的人物。这或许也表明，中世纪似乎没有"作者身份"(authorship) 的观念。这种状况，以及上面所说乔叟形象的变迁，似乎很符合罗兰·巴特关于作者之死的观点。巴特该观点的基础是，所谓作者只不过是现代社会的虚构。他说：

> 在氏族社会，叙事从来不是由一个人 (person)，而是由一个中介 (mediator)、一个巫师 (shaman) 或者一个演唱者 (relator) 进行，是其"表演"——即他对叙事规则的熟练掌握——而非他的"才智"能获得赞赏。作者是一个现代人物，他毫无疑问是我们社会的产物；那是因为在中世纪终结之时，在英国经验主义、法国理性主义和宗教改革运动对个体之信念的影响下，我们的社会发现了个体的特殊价值。[1]

巴特这个说法值得商榷。首先，巴特将游吟诗人的身份同他这个人完全分离，认为他只是机械地"表演"，没有也不可能有任何创造。然而这与古代文献的记载和学者们的研究并不完全相符。[2] 的确，游吟诗人是在传统中按"叙事规则"演唱，是在大量利用历代前辈和自己积累的程式化 (formulaic) 语言和技巧进行表演，演唱内容也往往为听众熟知。但这并不妨碍更不禁止游吟诗人即兴发挥和创造。比如，在《贝奥武甫》里，就在贝奥武甫杀死魔怪凯旋而归的路上，一位"极富诗才"的"歌手"运用传统曲子"即兴填词"，将贝奥武甫诛杀魔怪的英雄事迹创作成"一篇动人的故事"。[3] 这是关于氏族社会里英雄歌谣产生的宝贵记载。难道这位武士歌手的创作仅仅是与"才能"完全无关的"表演"？

其次，巴特从氏族社会跳到中世纪终结之时（从巴特提及英国经验

1　Roland Barthes, "The Death of the Author," in Roland Barthes, *Image, Music, Text: Essays*, select. and tran. by Stephen Heath (London: Fontana Press, 1977), pp. 142-43.下面该文的引文，页码随文注出，标题缩为 "Death."

2　请参看 Albert B. Lord, *The Singer of Tales* (Cambridge: Harvard UP), 1964.

3　详见《贝奥武甫》，冯象译，北京：三联书店，1992年，第868-74行。

主义、法国理性主义和宗教改革运动来看，他是指 16、17 世纪），从氏族社会的演唱一下跳到中世纪终结之后的书写，正是为了支撑他关于作者是现代社会产物的观点。我们可以暂不考虑古希腊罗马，但创造了很高文明的上千年的中世纪为什么被轻松抹去？特别是 12 世纪文艺复兴之后到巴特所说的中世纪终结之时那四五百年里西欧各国书面民族语言文学的繁荣为什么被忽略不计？下面我们将谈到，关于作者的现代观念正是产生于这一时期。

但巴特的主要问题是，他把作者等同于关于作者的观念。作者是作家在创作作品的同时创造的。只要作品被创作出来，不论我们是否认识到，甚至不论我们是否知道作家的名字，作者就已经存在。所以，现代社会建构的不是作者，而是关于作者的观念，更准确地说，是关于作者的现代观念；本文下面将谈到，即使在中世纪也有关于作者身份的相当明确的观念。

近几十年来，特别是自 20 世纪 80 年代以来，学者们的研究表明，关于作者的观念一直存在于中世纪，并一直处于发展之中。在 12 世纪文艺复兴之后，恰恰是在巴特所给出的作者被虚构出来的时间上限之前的四五百年里，随着人文主义和经院哲学的兴起和发展，同时也随着这时期书面民族语言文学的发展与繁荣，关于作者身份的观念和理论获得重大发展，而关于作者的现代观念也正是在这一时期在中世纪原有的关于作者的观念之基础上逐渐发展并在文艺复兴时期形成。这时期西欧社会、文化和文学发展中的一个核心因素是人文主义的发展。巴特认为，作者的出现与人的个体价值的提高相关；如果他将作者的出现改为关于作者身份的现代观念的发展，则是正确的。

对中世纪的作者身份，明尼斯（A. J. Minnis）做了广泛研究，他在专著《关于作者身份的中世纪理论》（*Medieval Theory of Authorship*, 1984）中首先界定了中世纪有关作者的两个术语：作者（auctor）和权威（auctoritas）。他说："在 [中世纪] 文学语境中，'作者'这个术语指作家和具有权威的人"；因此，"一个作家的著作（writings）包含或者说拥有抽象意义的'权威'，它具有强烈的真实性和睿智的含义"；另外，"在具体的意义上说，一个'权威'是来自一个作者之作品的引文或节选"。一个作家（writer）要被尊为"作者"，他的著作必须符合"两条标准"："内在价值（intrinsic worth）和真实性（authenticity）"。在中世纪，"内在价值"必须"以某种方式符合'基督教真理'"；而要"具有'真实性'，一种说法或者一个作品必须是一位有名有姓的作者的真实著作"。[1]明尼斯随即引用13世纪一位多明我神学家的话说：有些著作"因为作者不明被称为伪经（apocryphal）。但它们毫无疑问包含真理，所以为教会所接受。"这位神学家继续说："如果它们既无作者也无真理，它们就不可能被接受"。[2]由此可见，中世纪不仅有关于作者的观念，而且把作者看得极为重要。

更重要的是中世纪人认为作者在作品生产中所起的作用。随着12世纪经院哲学的兴起，亚里士多德关于因果关系的思想被运用于研究作者与作品的关系，并以此揭示作品产生的各种因素。中世纪人往往在著作前面的"引言"（prologue）中说明著作产生的因素、意图和内容。明尼斯将其称之为"亚里士多德式引言"（Aristotelian prologue）。他通过研究这些引言，归纳出使作品产生的4种原因：直接原因（causa efficiens）、材料原因（causa materialis）、形式原因（causa formalis）和最终原因（causa finalis）。直接原因就是作者本人；材料原因指作者所用材料之来源；形式原因指作者的写作手法，如篇章结构等；而最终原因则指作者撰写该书要达到的最终目的。[3]在这4个原因中，作为直接原因的作者无疑占据核心地位，其他3个原因也都与他相关。明尼斯还进一步指出，在13世纪出现的"对个体作者（individual auctor）节操的新强调产生了两个结果：在各种写作手法的运用方面对作者的兴趣和对'作者生平'的表率作用的兴趣。在13和14世纪，所有各种作者，不论属于基督教还是异教，都在道德和创作层面受到考察。"[4]

尽管这里主要涉及宗教领域的作者，但明尼斯指出，同样的作者观念也适用于波伊提乌、奥维德、西塞罗、维吉尔、贺拉斯等古典思想家和诗人，同时也深刻影响了中世纪文学家如意大利的彼得拉克、薄伽丘和英国诗人高尔、乌斯克和乔叟等。不过在作者意识的发展方面，明尼斯没有谈及那个时代的法国诗人们，他们的作者意识甚至领先于并影响了包括乔叟在内的欧洲许多国家的诗人。

然而具有悖论意义的是，正因为中世纪人如此重视作者的作用，那些并非直接阐释《圣经》和基督教神学的文学家们，其身份和声誉往往受基督教压制。其原因是，基督教认为，声誉十分危险地接近基督教所

1　A. J. Minnis, *Medieval Theory of Authorship* (London: Scolar P, 1984), pp. 10-11.

2　转引自 Minnis, *Medieval Theory of Authorship*, p. 11.

3　详见 Minnis, *Medieval Theory of Authorship*, pp. 112-13.

4　Minnis, *Medieval Theory of Authorship*, pp. 28-29.

谴责的所谓"七大重罪"(Seven Deadly Sins)之首的"虚荣"(Vanity)。但尽管如此,中世纪诗人仍然以不同方式表现其作者身份。早在英语文学产生之初,大约生活在八、九世纪之交的古英语诗人基涅武甫(Cynewulf)在其诗作《基督之二》(*Christ II*)快结束时,将自己的名字用与诗文完全无关、来自古日耳曼部落当时极少人能懂的如尼文字母(runic letters)分散安插在一些诗行里,那似乎表明,这位有可能是一位主教的诗人既想使自己的声名与诗作永存,又怕被人斥责为虚荣。[1]

　　大约在12世纪末,中古英语第一部长篇叙事诗《布鲁特》(Brute)的作者拉亚蒙(Layamon)在作品中简略谈到自己的创作目的,以及他如何广泛游历和收集材料,表现出这位英国诗人的作者意识。到了14世纪,英国文学家的作者意识得到进一步发展与表达,更多作家有意识地把自己的个人信息带入作品,比如《农夫皮尔斯》的作者威廉·朗格伦就是如此,而长期与乔叟齐名的诗人约翰·高尔更是在其代表作《情人的自白》的结尾,认真介绍自己的3部拉丁文著作。

　　当然,在中世纪英格兰文坛,作者意识最突出的显然是乔叟。他在多部作品中塑造了一个与自己同名的第一人称叙述者,并通过他多次列出自己的主要作品目录,甚至还多次对自己的作品进行评论和表达自己的创作思想。在《声誉之宫》里,叙述者杰弗里还借雄鹰之口述说自己的文学创作、海关工作以及算清账目下班后闭门夜读直到"两眼发直"的生活。[2]他对自己海关工作的叙述也是学者们确认诗人乔叟与那位留下492条记载的政府官员乔叟为同一人的有力证据之一:在当时人口不到10万、知识分子更是凤毛麟角的伦敦,同时生活着两位同名同姓、同在伦敦海关工作[3]而在薪酬记载中却只有一人,实在令人难以置信。

　　同样在《声誉之宫》里,乔叟描写声誉之宫门前竖立着"肩负"各自民族"声誉"的荷马、斯塔提乌斯、维吉尔、奥维德等伟大诗人,显然是为文学家的声誉正名,而他用来代表英格兰的诗人恰恰是与他同名的"英国的杰弗里"。另外,寻找创作"信息"的杰弗里在观看了声誉如何产生的戏剧性场面后,他身旁一人问他,是否也是来寻求声誉;他以

1　希望自己声名永存是古日耳曼和盎格鲁-撒克逊文化的重要组成,这在基涅武甫同时代那些受日耳曼文化传统直接影响的古英语英雄诗歌,比如《贝奥武甫》,里有大量表现。

2　详见 Geoffrey Chaucer, *The House of Fame*, in F. N. Robinson, ed., *The Works of Geoffrey Chaucer* (Boston: Riverside P, 1957), ll. 614-659. 下面对该诗的引文行码随文注出,诗歌标题缩写为 *Fame*。

3　《声誉之宫》创作于70年代后期,乔叟在伦敦海关的工作从1374年到1386年。

"脑袋起誓",矢口否认,并说:

> 如我死后,没人瞎糊弄
> 我的名声,我就心满意足。
> 我最了解我是什么样的人。
> 对自己的行为和思想,
> 我自作自受,别无他图,
> 重要的是,我只需
> 弄明白我的诗歌艺术。(*Fame*: ll.1876-82)

有谁能相信写出这样诗行的乔叟竟然可能会没有作者意识?

在《特洛伊罗斯与克瑞西达》这部作者十分满意的诗作的结尾,乔叟很"谦虚"地将这部8000多行的诗作称为"我小小的悲剧",[1]并说:

> 我的小书,不要去招人妒忌,
> 要向所有的诗歌表示谦卑,
> 步维吉尔、奥维德、荷马、卢坎
> 和斯泰斯后尘,亲吻他们的足迹。(*Troilus*: ll. 1789-92)

诗人虽说要"表示谦卑",他显然也渴望因这部著作而像荷马等伟大诗人一样百世流芳。

或许正因为中世纪文学作品一般不署名,乔叟才一再列出自己的主要诗作目录,以求流传后世。在《贞女传奇》的"引言"里,他不仅列出自己的著作目录,而且还虚构了一个很富戏剧性的场景,说是因为他翻译了《玫瑰传奇》和写了《特洛伊罗斯与克瑞西达》,得罪了爱神,遭受"处罚",责令他必须传诵"节妇、贞女、贤妻"。其实,在《特洛伊罗斯与克瑞西达》的结尾,乔叟就已经在"恳求美丽的女士,/和高贵的夫人",不要因为该书揭露了"克瑞西达的不忠/和罪孽而对我发怒"(*Troilus*: ll. 1772-78)。另外,在这部悲剧的结尾,乔叟还希望上帝赐他力量,"写出一些喜剧"(*Troilus*: l. 1788)。学者们一般认为,这表明乔叟已经有了创作被称为"人间喜剧"的《坎特伯雷故事》的一些最初想法。

---

1 Geoffrey Chaucer, *Troilus and Criseyde*, in F. N. Robinson, ed., *The Works of Geoffrey Chaucer* (Boston: Riverside P, 1957), V, l.1786. 下面对该诗的引文卷码行码随文注出,诗歌标题缩写为 *Troilus*。

作者在作品中直接给出这些重要信息，透露出未来15年中他大致的创作计划、内容和体裁，而且还表现出他试图将他中后期几部主要作品的创作整合成多少相关联的艺术统一体的意图，反映出他作为一个完全成熟的文学家驾驭创作的强烈的作者意识。

乔叟的作者意识特别明显地表现在《坎特伯雷故事》里。在这部著作中，乔叟也塑造了一个同名叙述者（学者们通常将其称为"香客乔叟"或"叙述者乔叟"）。诗人通过他在诗中一再表明，自己只不过是客观描写香客们的行为举止和忠实记录他们的言谈和故事，他们的言行和故事都与自己无关。[1]他甚至还搬出柏拉图和耶稣这样的权威来支撑自己的创作思想。更重要的是，在诗作结尾，感到已临近生命终点的老诗人再一次列出自己的作品目录，对它们做了简单评判，认为其中许多译著和诗作不符合基督教观念，宣布将它们收回。不论他是真心还是假意，这都证明乔叟清楚意识到自己的作者身份，否则他不会甚至无权将其收回。

巴特特别反感作者的一个原因是，由于作者的出现，"文学的形象被强制性地以作者，以他的性格、生平、趣味、情感为中心；在绝大多数情况下，文学批评就是这样：谈论波德莱尔的作品意味谈论波德莱尔这个人的失败，谈论梵高的作品就是谈论他的疯癫，谈论柴可夫斯基的作品就是谈论他的恶习"（"Death": 141）。然而这并不符合大多数承认作者存在的批评家们的批评实践，而六个多世纪的乔叟学术史也显然不支持这种说法。首先，专门研究乔叟生平的著述在研究乔叟及其文学成就的汗牛充栋的成果只占少数。其次，即使在《乔叟生平记载》这部使人们更加了解诗人生平的著作出版后，呈爆炸式增加的恰恰不是对乔叟生平，而是对乔叟作品以及它们与乔叟时代的社会文化的关系的深入探讨；该书中的档案材料主要是为学者们多角度研究乔叟及其作品提供了启发、线索、旁证和丰富的社会文化信息。在20世纪，乔叟的全部作品，不论长短，都被系统深入研究，而在这些研究中，所谓"强制性地以作者"为"中心"显然与实际情况不符。就绝大多数批评家而言，他们关注的中心是他的创作，他的文学成就，他的艺术手法，他的主题思想和人物塑造，他作品中的文化意蕴和历史信息，他对英格兰和欧洲大陆文学传统的继承与创新，他对包括莎士比亚在内的后代英国文学家的重大影响和对英国文学发展的贡献。

1　详见杰弗里·乔叟《坎特伯雷故事》，黄杲炘译，南京：译林出版社，1998年，《总引》第725-45行，《磨坊主的故事》第3167-86等处。

如果巴特只是反对以作者为中心的文学批评并以强调作者隐退来为以作品为中心的文学批评打开更广阔的空间，那么作为一种批评原则，那自然无可厚非。其实在他之前，现代主义文学家以及俄国形式主义者和英美新批评派在这方面，在对旧历史主义纠偏上，已经做了大量卓有成效的努力。从表面上看，巴特似乎是20世纪文学批评领域"去作者化"这一重要传统的继承者，然而在本质上并非如此。对于现代主义文学家和新批评派，"去作者化"或者说"作者隐退"是方法论（methodogical）而非本体论（ontological）问题。也就是说，他们并没有否定作者的存在，而是如新批评派著名的"意图谬误"论所说，文学批评要以作品而非作者意图为根据或标准。

乔伊斯在《一个青年艺术家的画像》里说："一个艺术家，和创造万物的上帝一样，永远停留在他的艺术作品之内或之后或之外，人们看不见他，他已使自己升华而失去了存在，毫不在意，在一旁修剪着自己的指甲。"[1]这段被广为引用的话表明，在现代主义作家看来，艺术家并非真的不存在，只是"人们看不见他"而已。不仅如此，这种作者隐退的非个性化创作不仅不表明作者不存在或者死亡，相反对作家的要求反而更高。福克纳在创作《喧哗与骚动》时，不断查看笔记本；后来在创作《寓言》时，他干脆把小说中那一个星期里发生的主要事件逐日写在书房的墙上，好随时查对，以免出错。那个精心选择每一个词，对手稿反复修改、大段重写甚至为是否使用标点或是否使用斜体而大费苦心，并因此而不可避免地将自己投射进作品之中但还得费尽心机使"人们看不见他"的福克纳显然不仅仅是"语言网络"或"社会能量"。

这些成就辉煌创作丰富的作家似乎更能触及创作的本质，似乎也更能认识到作者的作用，这其中也包括巴特在《作者之死》里推崇的保罗·瓦莱利（Paul Valery）。巴特说，瓦莱利"从未停止过质疑和嘲笑作者"。("Death": 144) 然而，瓦莱利也强调作者的存在和作用："艺术的目的和创作手法的原则恰恰是表达对一种理想状态的印象，在那样的状态中，那个拥有它的人能够自发、轻松自如并毫不费劲地创作出对他的本性和我们的命运的壮丽而结构精美的表达。"[2]瓦莱利在这里不仅没有"嘲笑和质疑"作者，而且还把作者表达其"本性"和"一种理想状态的

---

1 詹姆斯·乔伊斯：《一个青年艺术家的画像》，黄雨石译，北京：外国文学出版社，1983年，第253页。

2 Paul Valery, "Remarks on Poetry," in T. G. West, trans. and ed., *Symbolism: An Anthology* (London: Methuen, 1980), pp. 59-60.

印象"作为"艺术的目的"。这似乎很难支持巴特对他的"推崇"。

当然,不同的作家与其作品之间的关系也不尽相同。当代著名乔叟学者皮尔索尔说:作家"'生平'与'作品'的关系可能有多种形式。它可能非常明显,如拜伦、奥斯卡·王尔德和西尔维娅的情况那样,在那里作品几乎就是生平的附录;它或者非常微妙,如在艾米丽·狄金森等19世纪很低调的女诗人那里,就是如此。在乔叟那里,这种关系似乎出乎意料的紧密:虽然他很少谈及自己,很少谈及他对同时代重大事件的态度,但他在其诗歌中存在的状况却在我们心中激发出非同寻常的欲望,想去了解他'究竟'如何。"皮尔索尔随即指出,我们真正想探寻的并非生活中"真实"的乔叟那个人,而是"他建构其诗歌自我(poetic self)的方式"。[1]虽然乔叟的诗歌自我或者说他在创作作品的同时所创造的作者与在海关工作甚至坐在书桌前的乔叟不能等同,但也密切相关。

巴特显然不会同意这个观点。他认为,作品与书桌前那个人没有关系,他充其量只能像游吟诗人那样模仿前人:

> 我们现在知道,文本并非只是释放唯一"神学"意义(作者-上帝的"神示")的一串单线的文字,而是一个多维空间,在里面各种各样的作品——它们中无一独创——混合和碰撞。文本是由来自无数文化中心的引语组成的网。……作家只能模仿先前的姿态,绝无创新。他唯一的能力是以这样的方式混合作品,用一些作品对抗其他作品,以致绝不会停留在其中任何一个作品之上。他如果想表达自己,他至少应该知道,他想"翻译"的那个内在的"东西"本身就仅仅是一部已经成形的字典,它里面的字只可能用其他的字来解释,如此这般,以致无穷。("Death": 146)

这段关于文本之间互文关系的论述有一定道理。但如果以互文关系来否定作者的作用和存在似乎走远了。首先,如果作家想表达的"东西"是一部"字典",那么它与通常那种"死"的字典不同,因为没有也绝不可能有两部这种内在的"字典"完全等同,而里面收录的"字"和相互"解释"的方式更不可能完全一样。其次,互文碰撞的确为文本的产生发

---

1 Derek Pearsall, *The Life of Geoffrey Chaucer: A Critical Biography* (Oxford: Blackwell, 1992), p. 5.

挥着重大作用，也为文本永不停息的发展与生长或者巴特所说的书写注入永恒生命力。但作者为什么就不能在决定与那些作品碰撞、如何碰撞、碰的程度、角度、维度上有意无意地起作用呢？

早期的乔叟和他的朋友高尔都主要在法国宫廷诗歌传统中创作，他们的作品里都广泛存在与同时代法国诗人以及奥维德等古典作家的大量作品的互文碰撞，但为什么在乔叟那里"撞出"的是《公爵夫人书》而在高尔那里"撞出"的却是显著不同的《情人的自白》？乔叟批评家们广泛注意到，一直在法国诗歌传统中创作的乔叟，其作品在14世纪70年代后期，几乎是突然而且突出地呈现出在那之前英格兰文学中没有而且在乔叟之后一段时期内也不会再现的意大利新文学的重大影响，而这种影响为什么就没有出现在高尔或任何其他英格兰诗人的作品里，那难道仅仅是因为文本之间的误打误撞？英诗之父的个人经历、他的两次意大利之行、他的眼界和学识、他多年对英语诗歌艺术的实验与探索、他对意大利新诗的敏锐感悟和他诗人的艺术匠心全都无济于事？人们还可以进一步问，同住在人口不到10万、诗人屈指可数的伦敦城里，为什么乔叟时代的三位大师，乔叟、高尔和朗格伦（前两者还是相互唱和的诗友），却分别走出三条不同的道路：朗格伦主要在古英语头韵体诗歌传统中创作，高尔从未走出法语宫廷诗歌传统，而乔叟却创造性地融合法语宫廷诗传统、意大利新文学传统和英格兰本土诗歌传统开拓出未来600余年的英诗发展道路？美国学者哈罗德·布鲁姆将"作者之死"斥之为"神话"。他反问道："如果《李尔王》和《哈姆雷特》是由'社会能量'所写成的，那为什么这些能量恰恰在斯特拉福工匠之子的身上比在强壮的泥瓦匠本·琼生身上更具艺术生产性？"[1]

乔叟的杰出成就在很大程度上的确来自巴特所说的同各种传统的文本碰撞。但越杰出的诗人越具有独特性，在真正杰出的诗人那里，丰富的互文性只会增加其独特性，而不会将其消解。下面将谈到的乔叟作品中那种独特的乔叟性，正是乔叟在乔叟时代特定的文化语境中同大量文学前辈和同时代诗人碰撞出来的。在与乔叟"碰撞"过的文学家中，学者们一般认为，对他影响最大的是薄伽丘。乔叟大多数主要著作，特别是1380年后几乎全部重要诗作都广受薄伽丘影响。他对薄伽丘作品的"借鉴"包括改写、扩展、缩写、成段翻译、情节模仿、意象借用等。比

---

1 哈罗德·布鲁姆：《西方正典——伟大作家和不朽作品》，江康宁译，南京：译林出版社，2011年，第44页。

如，乔叟中后期3部杰作中，《特洛伊罗斯与克瑞西达》大幅度扩展《菲拉斯特拉托》，《骑士的故事》却将12大卷的史诗《苔塞伊达》的征战情节大规模删减，仅突出其中的爱情故事，而《坎特伯雷故事》对《十日谈》的借鉴主要是框架结构，但也对此做了创造性改进。难道所有这些都仅仅是模仿或者文本间漫无目的的碰撞而没有英诗之父根据自己的创作意图的精心操控匠心独运？

意大利之行不一定是乔叟生平一个特别重要的事件，但却是他创作生涯的转折点。关于他意大利之行的几条记载在乔叟及其作品之间建立起更为紧密的关系；它们是学者们解释乔叟创作发展的重要佐证，也为解读乔叟中后期作品拓宽了视野。然而巴特不会这样看。相反，他认为作者或者说"作者–上帝"限制甚至窒息作品的意义。他说："给文本一个作者就是给文本强加一个限定，给它一个最终的所指，将书写终结。"而"通过拒绝给一个文本（以及作为文本的世界）指派一个'秘密'，一个终极意义，文学解放出可以被称为反神学的行动，一个真正革命性的行动，因为拒绝禁锢意义归根结底就是拒绝上帝及其位格（hypostases）——理性、科学、律法"（"Death": 147）。对于信奉解构与多元的后现代，这个很雄辩的论断特别有吸引力。然而，同《作者之死》一文里许多其他说法一样，这个以"解放"和"革命"的名义下的论断似乎也缺乏事实依据。

首先，将作者视为上帝那本身就是一个没有根据的伪命题。乔伊斯在上面引用的那段话里，也将作者比喻为上帝，但那是就作者的"隐身"而言。相反，如伯克在《作者之死与复活》一书中所指出，巴特将作者拔高来与上帝类比，那本身就是"歪曲"。上帝被认为全知全能，他的意志不容质疑，否则他就不是上帝；然而除了巴特为了达到以尼采著名的"上帝之死"的宣言来类比"作者之死"从而为他的文章增添宏大意义的目的外，谁赋予过作者这样至高无上的神圣属性？伯克举例说，巴赫金所说的复调小说的作者就绝非神一样统管一切。[1]不仅如此，早在巴特之前，启蒙思想家们就以基督教《圣经》是人而非上帝书写为由指出其中的谬误与迷信。如果连长期以来被视为至高无上的《圣经》都因为是由人——尽管是像摩西和马太那样拥有先知和圣徒光环的权威——所书写而失去神圣，那还有什么书的作者可以享有上帝的权威？如果作者没有

---

[1] 详见 Sean Burke, *The Death and Return of the Author: Criticism and Subjectivity in Barthes, Foucault and Derrida*, 2nd. ed. (Edinburgh: Edinburgh UP, 1998), p. 25.

上帝那样决定一切的权威，也就是说，文本本来就没有被禁锢，那又何来"解放"一说？

其次，这种作者－上帝禁锢作品意义的说法也与文学批评的实际情况、特别是与乔叟这样的经典作家的学术史发展不符。尽管在19世纪后期，旧历史主义批评曾有过分强调作者的倾向，然而人们对任何文本的解读从来也没有真正完全受控于所谓作者"指派"的意义；况且就那种过分强调作者的倾向而言，其问题出在批评家，而非出自作者的存在。实际上，在巴特以宣布作者死亡来解放文本之前，没有任何一部作品的意义因其作者而被窒息，即使以上帝无上的权威也从未能阻止人们对任何神学经典，包括对《圣经》本身进行各种解读的无限可能性。比如从基督教创建之初到宗教改革运动那一千多年里，尽管基督徒们坚信上帝是《圣经》的真正作者，但他们对《圣经》的不同解读不论在数量上还是在意义的矛盾冲突方面都超出了人们对任何文本的解读，[1]而且还不幸造成大量流血冲突。如果作者（包括上帝这样的作者）并没有或没能"禁锢意义"，那么以"作者之死"来"解放"作品似乎也就无从说起。所以，如伯克所说："巴特与之斗争的那种作者中心论本身在很大程度上就是虚构的。"[2]也就是说，巴特自己虚构出一个窒息文本意义的大写的"作者－上帝"，然后加以讨伐。其实，远在巴特建构"作者－上帝"的伪命题之前，"有一千个读者就有一千个哈姆雷特"这类可用于几乎所有经典文学形象的似乎很俗的"老生常谈"实际上早已提前颠覆了巴特试图强加给作者的那种能"强加"给作品一个"唯一"意义的霸权。老生常谈虽然很俗，但它之所以能成为老生常谈，恰恰因为它多少有一些根据，因此自然也就比缺乏事实依据的理论推导更有说服力。

同样，乔叟学术史也不支持作者终结作品研究的观点，《坎特伯雷故事》六百年的批评史证明，这部英语文学传统的奠基之作并没有因为有乔叟这样一位被尊为英诗之父的强力作者而影响其获得汗牛充栋般而且往往非常不同甚至相互对立的解读。乔叟学术史上的一个重要发展是1968年《乔叟生平记载》的出版。现在，可以说没有一个认真研究乔叟的学者不参考这部著作。然而自它出版以来的约半个世纪，乔叟作品的研究向各个方向发展，呈现出前所未有的繁荣。当然，这绝非说乔叟学术研究的新发展全得力于这部著作，但关于乔叟生平的研究没有禁锢乔

1　在《农夫皮尔斯》里，朗格伦对基督教上千年的历史中激烈对立的各种神学争论和引用《圣经》来打"《圣经》仗"的状况做了精彩表现。

2　Burke, *The Death and Return of the Author*, p. 26.

叟作品，没有终结反而促进了乔叟作品的研究，却是不争的事实。

前面提到，历代学者在各个时代特定的社会、政治、思想和文化文学语境中对乔叟及其作品进行研究，塑造出无数乔叟的形象。我们通过研究乔叟学术史发现，虽然这些形象无不闪现着批评家自己及其时代的影子，但它们也都直接或间接来自对乔叟作品的解读，也都带有那种神秘而独特的"乔叟性"。正是这种乔叟性使它们不可能出现在高尔或者莎士比亚的作品中。

乔叟性是乔叟在创作时不可避免地投射进作品的那部分诗人自我。它不等同于伦敦海关那位税收官或者肯特郡的治安官，但与他们血肉相连。在作品中，它是一个复杂的综合体，从创作意图、谋篇布局、情节安排、人物塑造到遣词用句、韵律使用等所有层面上，都发挥着作用。虽然乔叟性在乔叟不同的作品中不完全相同，但它具有相对稳定性，可以被专家们识别。正是这种乔叟性使乔叟作品有别于任何其他作家的作品。比如，同许多后辈文学家一样，莎士比亚也深深受惠于乔叟，而且他的一些剧作直接取材于乔叟诗作。但即使他们的同名作《特洛伊罗斯与克瑞西达》也非常不同。伍尔夫以其杰出作家特有的敏锐与深邃，在英国文学史上第一个明确指出乔叟作品中那种只有乔叟才有的乔叟性或她所说的"统一性"。她相信，如果乔叟人物闯入莎士比亚的领域，人们立即就能认出这个不速之客：

> 《坎特伯雷故事》具有无限的多样性，但在这种表面之下却是一种突出的统一性。乔叟拥有他的世界；他有他那些年轻的男人；他有他那些年轻的女人。如果我们发现他们漫步进入莎士比亚的世界，我们知道他们是乔叟的而非莎士比亚的人物。[1]

当然，这种"统一性"并非乔叟作品才有，所有作家的作品都必然带有该作者的特性，它可以成为学者们鉴别作品的密码。比如，学者们经研究发现，在有幸留存下来的许多中世纪佚名手抄稿中，有4部优秀作品具有共同特性，被认为出自同一人之手。在这些作品中，《高文爵士与绿色骑士》和《珍珠》属于最杰出的中古英语诗作之列。由于对作者一无所知，学者们根据自己对作品的喜好将这4部诗作的作者称为《高文》

---

1 Virginia Woolf, "The Pastons and Chaucer," in *The Common Reader* (New York: Harcourt, Brace and Company, 1925), pp. 26-27.

诗人（the *Gawain* poet）或《珍珠》诗人（the *Pearl* poet）。同样，学者们也是通过对乔叟性的研究，剔除了自 15 世纪以来托附在乔叟名下的大量伪作。

由于英诗之父日益显赫的声名，也由于乔叟在宗教改革运动中是被容许阅读的两位英语文学家之一，因此自 15 世纪始，越来越多的作品托附在他名下得以流传，并被收集在文艺复兴时期以及后来的各种乔叟文集里。在维多利亚时代，有一些伪作开始被识破，但剔除伪作这一需要渊博学识、敏锐鉴别力与耐心的工作直到 19 世纪末才在著名乔叟学者斯基特（W. W. Skeat, 1835-1912）手中完成。斯基特通过长期研究，总结出乔叟创作的特点，特别是作为语言艺术的诗歌所特有的语法特征、语言风格和节奏韵律等深层次特点，揭示出他作品中那种如同一个人的指纹一样无法复制的乔叟性，并以此为标准进行分析，判别真伪。他将鉴别出的大量伪作收集在一起，作为他编辑的乔叟全集的第七卷《乔叟派和其他作品》（*Chaucerian and Other Pieces*, 1897）出版，并于 1900 年出版专著《乔叟正典》（*The Chaucer Canon*），系统分析乔叟创作的特点和他排除伪作的根据。

剔除伪作是乔叟学术领域重要的基础工程，为现代乔叟学术研究的繁荣打下了基础。如果作者在创作中不起作用，其作品没有其独特性，学者们又如何能剔除那些伪作，确定"乔叟正典"？乔叟学术史表明，与对乔叟作品日益丰富的解读和乔叟不断变换的形象大体上同步发展的正是乔叟作品中被揭示出来的乔叟性越来越清晰，并成为区分他的作品与其他作家的作品的标志。无论学者们对他的作品的解读差异有多大，也无论他们的观点如何对立，他们都不会认为《坎特伯雷故事》或小诗《真理》有可能是他人之作。

乔叟学术史为乔叟的作者身份或者说乔叟性提供的另外一个有力而且特别有意义的证据是长达 150 年的试图将乔叟"现代化"的运动的失败。由于乔叟去世后，特别是在文艺复兴时期，英语经历了从中古英语到现代英语的巨大变化，人们越来越感到难以阅读乔叟诗作。所以，从 17 世纪末到 1841 年的一个半世纪里，一些特别喜爱和推崇乔叟的英国诗人、学者持续不断地努力，用现代英语将乔叟作品翻译出版。这个被称为"现代化乔叟"（modernize Chaucer）的运动由桂冠诗人、英国文学批评之父约翰·德莱顿揭幕，随即许多诗人学者陆续参与，其中包括杰出的新古典主义诗人蒲伯，该运动一直持续到 1841 年。那一年，包括浪漫主义大师华兹华斯在内的一批诗人翻译出版了一卷乔叟作品。华兹华斯此前已翻译出版一些乔叟故事。在1841年版乔叟译作出版后，华兹华斯等人余兴未尽，他们联系丁尼生、勃朗宁等大诗人，准备出第2卷，但这个计划却无疾而终，没有下文。这个由一位桂冠诗人开启的运动终于在另一位桂冠诗人手里落幕。

在那150年里，许多乔叟作品，特别是《坎特伯雷故事》里的故事，被诗人们反复翻译出版。尽管德莱顿和蒲伯等人的译作也曾获时人赞赏，但严格地说，这些数量不小的译作没有一部真正成功，现在除了有学者出于研究目的外，没有人会阅读这些译作。这些译作或许保持了原作的内容，甚至在蒲伯等大诗人笔下获得更为华丽的风格，然而在本质上，它们损害了原作最宝贵的品质，即使原作之所以那样杰出的那种不可取代的乔叟性。

这些"译作"之所以失败，一个重要原因是，它们并非严格意义上的翻译作品。诗人们实际上是在按他们个人的理解，按他们时代的主流文学风格对乔叟诗作进行比较随意的改写。他们试图复制乔叟，但又不可能真正成为乔叟。这些译作程度不同地都成了平庸的模仿作。比如，蒲伯笔下的巴思妇人低下庸俗，完全失去了乔叟原作中那个杰出形象身上那种蔑视权威挑战主流意识形态的庄严美。中国成语"邯郸学步"恰到好处地说明了问题的本质。

其实，就在现代化乔叟的运动风靡之时，就有一些有识之士拒绝参与或提出批评。桂冠诗人和重要的文学批评家、文学史家沃顿（Thomas Warton, 1728-90）对蒲伯的译作《声誉殿堂》（*The Temple of Fame: A Vision*, 1711）给予了批评：

> 蒲伯以他通常的典雅风格与和谐诗律模仿[乔叟的《声誉之宫》]。但正因为如此，他既没能正确表现这个故事，也损坏了它的特色。……试图将整齐划一的形式和意象的精确同按如此浪漫如此不合常规的原则建构的作品结合起来，就犹如将柯林斯廊柱[1]放入哥特式殿堂一样。当我阅读蒲伯对[乔叟]这部作品的典雅模仿之作时，我感到我是行走在一些被不合时宜地放入西敏寺大教堂的现代纪念物之中。[2]

1　柯林斯廊柱是希腊式建筑的典型标志。

2　Thomas Warton, *The History of English Poetry from the Close of the Eleventh Century to the commencement of Eighteenth-Century* (London: Printed for Thomas Tegg, 1840), p. 170.

　　同样，对于华兹华斯的乔叟故事译作，同时代诗人兰多（Walter Savage Landor, 1775-1864）也给予了中肯批评。他直截了当地说，"他不可能写出《坎特伯雷故事》，正如他不可能写出《失乐园》、《斗士参孙》……一样。"[1]兰多与华兹华斯颇多交往，对他十分了解。其实，兰多也被霍恩和华兹华斯邀请参加第2卷乔叟作品的翻译，但他在给霍恩的回信中对这种徒劳无益的所谓翻译断然拒绝。他说："的确，我非常赞赏[乔叟]，"但"为了换上极薄（哪怕更加清澈透明）的玻璃片而打碎他那幽暗但描绘丰富的玻璃，我绝不会参与。"[2]

　　在那150年里，不是少数诗人偶然不成功，而是包括各时期最杰出的英国诗人在内的所有那些试图现代化乔叟的诗人全都不成功。他们持续不断的努力最终归于失败的历史事实充分证明了乔叟的作者身份或者说乔叟作品的乔叟性不可复制。不论是不是碰巧，就在兰多发出那封信之后，现代化乔叟的运动终于结束。它不一定是因为兰多的信而终结，但兰多的批评可以说为这一运动做出了恰当的总结，也揭示了它不可能成功的根本原因。

1　转引自 John Forster, *Walter Savage Landor: A Biography*, Vol. 2 (London: Chapman and Hall, 1869), p. 506.

2　Walter Savage Landor, "From a Letter to Horne," in John Anthony Burrow, ed., *Geoffrey Chaucer: A Critical Anthology* (Baltimore: Penguin Books, 1969), p. 89

没有终结的旅程——《坎特伯雷故事》的多元与复调

　　600多年来，英语文学的发展在很大程度上受惠于乔叟的《坎特伯雷故事》。乔叟是英语文学传统的奠基者，被尊为英诗之父，而《坎特伯雷故事》集乔叟一生探索与实验之大成，被誉为英语文学传统的奠基之作。这部杰作从音步、节律到韵式，从诗行到诗节，都为英诗诗艺打下了基础，为英语诗歌未来的发展指明了方向。在体裁的多样、形式的变化、内容的丰富、思想的复杂和反映社会现实的全面等方面，中世纪欧洲没有一部作品能与之相比，甚至至今也没有任何一部英语文学作品能超越其上。它不仅包含了当时欧洲几乎所有文学体裁，诗人还创造了一些新体裁，极大地丰富了英国文学。在全方位反映英国社会和思想意识方面，它更是无与伦比。当时英国几乎所有的阶层以及它们的利益追求和矛盾冲突都包容在内，使《坎特伯雷故事》成为一部中世纪后期英国社会百科全书式的文学巨著。

　　在很大程度上，这部杰作是当时英国各社会阶层、各种政治力量、各种利益集团、各种新旧思想之间以文学艺术的形式表现的对话。乔叟是乔叟时代的物质和文化现实造就的诗人，《坎特伯雷故事》的对话性质是时代的产物。14世纪的英国正经历深刻的历史性变革。随着城市经济和对外贸易的发展，中产阶级的经济势力大为增强，因而也成为英国社会和政治生活中举足轻重的力量，开始挑战封建等级制度。开始于14世纪上半叶的英法百年战争、反复暴发并使人口锐减的黑死病、英国政坛空前血腥的斗争、广泛的社会骚乱和农民起义等等，都沉重打击了英国封建秩序、加剧了社会变革和加速了阶级结构的重组。在宗教领域，欧洲宗教改革运动的先驱威克里夫（John Wycliffe, 1330?-1380）及其追随者猛烈抨击天主教会，要求进行教会改革，并表达了许多对未来欧洲的发展具有深远意义的思想。英国社会、政治、经济、宗教上的深刻变革带来了价值观念和思想文化方面广泛而深刻的矛盾与冲突，并促进了新思潮的产生和新观念的引进。因此在14世纪后半叶，英国社会最显著的特点就是社会的变革、各种势力的斗争、不同利益集团的较量和各种新旧思想的冲突。这些矛盾和冲突深入到乔叟的创作中，造成了《坎特伯雷故事》的复调性质和意义上的多元。

乔叟能取得那样高的文学成就、能为英语文学的发展做出那样杰出的贡献，除了他非凡的才能和他有幸生活在能使他的才能得以充分发挥的时代外，他丰富而特殊的经历也是他能奠定英语文学传统和未来英国文学发展方向并创作出多元与开放性作品的关键因素。乔叟出身于正在兴起的中产阶级，父亲是伦敦著名酒商，与王室贵族和欧洲各地商人联系广泛。当时的伦敦是一座主要由"商人和手工业者治理的"自治城市，[1]而乔叟一家居住的地方正是国内外商人云集的泰晤士街。工商阶级是当时最具活力、思想最活跃、与上下各阶层都联系密切、同时也最复杂的中间阶层。在《坎特伯雷故事》里，香客们的主体就来自中产阶级，而且"故事会"的主持人不是地位最高的骑士或教会神职人员，而是属于工商阶级的旅店老板。这些都反映了中世纪后期英国，特别是伦敦的社会状况。

乔叟青少年时期进王府做童仆，后在爱德华三世和理查德二世的王宫当差，多次肩负王命，出使外国，并长期担任海关税收官员、国会议员、郡治安法官、王室工程总管等职，对当时西欧各国的状况、英国的社会现实和各阶层的生活都十分熟悉。他丰富的经历是其文学创作的生活基础。虽然他没有受过多少学校教育，但他学识渊博，视野开阔，勤于思考，并且十分了解当时英国和欧洲各种文化、文学思潮。他的作品反映出，他从古希腊罗马和中世纪欧洲各国的文化和文学获取了丰富的知识，不仅在文学上，而且在哲学、神学乃至自然科学等方面都很有造诣。[2]他两次出使意大利，熟读但丁、彼得拉克和薄伽丘的作品，深受意大利文艺复兴影响，成为具有一定人文主义思想的文学家，所以他能超越英国的历史阶段，从新的视角、用新的观点来考察和表现中世纪后期的英国社会，并能在英国文学史上首开先河，在创作中以表现现实中的人和人的现实追求为主旨。

---

1 Valma Bourgeois, *Geoffrey Chaucer* (New York: Continuum, 1992), p. 30.
2 乔叟写的一篇关于天文仪器的论文至今是研究中世纪科技发展的重要资料。

　　乔叟文学创作的最高成就，同时也是中世纪英国最杰出的文学作品，无疑是《坎特伯雷故事》。据学者们考证，这部作品的创作大约开始于1387年，到1400年诗人去世时，它虽未能最终完成，但已经是一部既有叙事框架又有故事主体，包括《总引》、21个完整故事、3个残篇、全书结语，以及故事之间大量引言和尾声，长达2万多行，大体完整的文学巨著。

　　故事集是中世纪后期比较流行的文学体裁，具有一定叙事框架的故事集也不少见，薄伽丘的《十日谈》和乔叟的朋友，英国诗人约翰·哥尔（John Gower, 1330?-1408）的《情人的自白》（*Confessio Amantis*），都是著名例子。但《坎特伯雷故事》不仅包含许多脍炙人口的故事和叙事框架，在中世纪文学中，它最具特色的也许还是诗人对故事讲述者的塑造和对那既洋溢着欢声笑语又充满矛盾冲突的朝圣旅程的生动描写。正是讲故事的香客们和他们的朝圣旅程把这些本无关联的故事连接成有机的艺术整体，赋予它们更为丰富的意义，同时也正是这些既代表各社会阶层又个性鲜明的人物在他们那狂欢化的朝圣旅程中的互动，特别是他们之间的矛盾与冲突，使《坎特伯雷故事》在本质上成为多种声音对话的复调作品，从而极为深刻地表现中世纪后期英格兰社会现实。[1]

　　总的来说，中世纪文学首先重视的是教益，是传达基督教思想和道德观念，其次是关注情节，但几乎从不重视人物形象的塑造。人物往往只是观念的体现，而故事讲述者更仅仅是影子性人物或作者的传声筒，即使在《十日谈》里，薄伽丘笔下那些青年男女也不例外。但乔叟的香客们大为不同。乔叟的香客，也就是故事的叙述者，多达32人（包括路上碰到的2人），他们来自各社会阶层，职业不同，背景复杂，经历迥异，思想意识和价值观念自然也大相径庭。他们中有骑士、修士、修女、修道院长、托钵僧、教士、商人、海员、学士、律师、医生、地主、磨房主、管家、店铺老板、伙房采购、农夫、厨师、差役、卖赎罪卷教士、各大行会成员和工匠，等等。他们来自当时英国大多数阶层和几乎所有

1　国内有人认为，巴赫金的复调小说理论不能用来分析诗歌。这是不对的，因为巴赫金更注重的是作品的内在本质，而非外在形式。比如他说："有些杰出的小说是用诗体写成"（Bakhtin, *The Dialogical Imagination: Four Essays*, p. 9）。在该书第287页他还专门加注说明："不用说，我们一直是把诗歌体裁想达到的极端形式作为典型来看待，但在具体诗作中有散文的根本特征和各种体裁的混合是可能的。这在历史变革时期的文学诗歌语言中，尤为普遍。"换句话说，在诗体作品中，特别是在"历史变革时期的文学诗歌语言中"，多种声音的对话或复调不仅可能，而且还相当"普遍"。

主要行业，形成了中世纪后期英国社会的缩影。实际上，乔叟正是要把英国社会浓缩在书中，把各阶层的人放到这个流动的社会里和他们的互动关系中一一展现。布莱克（William Blake, 1757-1827）在1809年对此做出高度评价，他说，"正如牛顿将星星分类，林奈将植物分类一样，乔叟也把各阶层的人做了分类。"[1]

但乔叟并不仅仅是在对各阶层的人进行分类，他对香客们，对他们的言谈举止，他们的思想性格，以及他们之间的大量冲突，都进行了生动细致、妙趣横生的描写，把他们塑造成既代表各社会阶层，又独具特征的个性化艺术人物。他们是英国文学史上第一组形象生动、个性鲜明的现实主义群像。如德莱顿（John Dryden, 1631-1700）所说，乔叟"所有的香客各具特色，互不雷同"，"他们的故事的内容与体裁，以及他们讲故事的方式，完全适合他们各自不同的教育、气质和职业，以至于把任何一个故事放到任何另外一个人口中，都不合适。"[2]换句话说，这些叙述者是个性化了的人物，所以才同他们所讲述的故事具有内在统一性。相反，在《十日谈》里，任何一个故事由那十个青年男女中的任何一个人来讲，都没有什么区别，因为他们自己就没有真正成为独具特色的个性化人物。

正因为香客们是个性化了的各社会阶层的代表人物，既代表各自的阶级利益，又具有充分独立的主体意识和独立的声音，所以他们之间的对话才成为可能，而他们的故事在很大程度上也是他们的思想意识的艺术性表达，是他们参与对话的方式。借用巴赫金的话说，他们"已不再是作者言论所表现的客体，而是具有自己言论的充实完整、当之无愧的主体。"[3]也就是说，他们不是作者的传声筒，不是作者随意摆动的棋子。相反，乔叟把自己也作为一个普通香客置身其中，并一再声明，他仅仅是记录别人的故事而不加修改（31, 117）。[4]当轮到他讲故事时，他的浪漫传奇甚至被斥之为"无聊的""打油诗"（259），他也因此而被轰下台。当他只得另讲一个故事时，他还得恳求香客们听他"把故事讲完"

---

1 转引自 F. E. C. Spurgeon, ed., *Five Hundred Years of Chaucer Criticism and Allusion, 1357-1900*, II (New York: Russell, 1960), p. 43.

2 转引自 Spurgeon, ed., *Five Hundred Years of Chaucer Criticism and Allusion*, p. 278.

3 巴赫金：《陀思妥耶夫斯基诗学问题》，白春仁、顾亚铃译，三联书店，1988年，第26页。

4 乔叟：《坎特伯雷故事》，黄杲炘译，译林出版社，1998年，第5页。下面对本书的引用，若无另外说明，均出此译本，页码随文注出。

（260）。当然，这表现出乔叟特有的幽默，但他也是在象征性地巧妙暗示，他并没有把自己放在权威的地位，把香客们置于自己的思想意识控制之下。关于这一点，后面将进一步讨论。

由于香客们是作品里的主体，乔叟没有用自己的思想去统一他们的观点，于是他们在旅途上讲述着各自的故事，不受约束地阐发各自的思想。所以归根结底，我们在《坎特伯雷故事》里看到的是"有着众多的各自独立而不融合的声音和意识，由具有充分价值的不同声音组成"的"真正的复调"，这些"地位平等的意识连同它们各自的世界"不是统一于诗人的思想，而是"结合在"朝圣旅途"之中"，[1] 并用故事进行平等的对话。

乔叟对故事的安排正体现了这种对话原则。虽然他没能完成全书，也没来得及最终敲定所有已经写出的故事的顺序，但从能大体确定的顺序和分组情况看，《坎特伯雷故事》绝不是一般意义上的故事集，因为作者不是简单地把众多的故事堆放在一起，而是按主题和香客们的关系，特别是他们之间的冲突，精心设计，把这些本无关联的故事建构成关系密切的艺术整体。从本质上看，香客们的关系就是巴赫金所说的对话关系。他们并非简单地在讲故事，而是往往为了一定目的或利益，就某个问题，用故事表达自己的观点，回答甚至攻击别人。

《坎特伯雷故事》的第一组故事的顺序无疑是乔叟原意。这组故事的安排明显反映出这部著作结构上的对话原则。根据抽签结果，骑士领头讲了一个典型的宫廷爱情浪漫传奇，随后，作为主持人的旅店老板本打算按地位高低，让出身贵族的修士接着讲，没想到醉醺醺的磨房主偏不买账，强行要讲"一个精彩的故事"来"回应"骑士（115）。他的故事是对骑士的浪漫传奇的滑稽模仿，但却得罪了管家。于是愤怒的管家"要对磨房主回敬一下"，说"这是天经地义的以牙还牙"（145），所以他也讲了一个故事来攻击磨房主。

这些故事反映出讲述者们的冲突，而他们的冲突正是当时英国深刻的社会矛盾的反映。磨房主对骑士的"回应"是要颠覆骑士所表达的主流思想。首先，他不理会旅店老板要出身高贵的修道士先讲的安排，强行讲述自己的故事，那本身就是对封建等级制的颠覆。这反映出，在14世纪中产阶级地位日益上升，已经在破坏着封建等级制度。

至于磨房主的故事，那也是对骑士的故事的颠覆。在体裁上，骑士的故事是带有史诗特点的骑士浪漫传奇，属于高雅体裁，由骑士来讲正

1　巴赫金：《陀思妥耶夫斯基诗学问题》，第29页。

好合适。骑士浪漫传奇是中世纪后期的主流叙事文学体裁，它代表了权威意识形态，体现了封建贵族的价值观念和理想，表现出统治阶级稳定封建等级制度的意愿。骑士所讲的是两个高贵骑士爱上同一个女郎的故事。两个骑士虽然势不两立，但都完全遵照封建骑士精神和价值观念来处理他们之间的冲突，他们的生死搏斗，正如故事结尾所表明的，不是削弱而是加强了现存秩序。这个故事从内容到形式都体现了权威意识形态和封建贵族对秩序的追求。

相反，磨房主所讲的是一个市井故事（fabliau）。这是中世纪后期首先出现在法国的一种比较流行的喜剧性通俗诗歌，是乔叟首先把这种体裁引入英国文学。市井故事的主要内容有关男女关系、欺诈、捉弄与复仇，而它最通常的主题是"骗子被骗"（the trickster tricked）。市井故事的语言和内容都比较粗俗，但深得各阶层喜爱。同薄伽丘在《十日谈》里一样，乔叟也敏锐地意识到市井故事在表现现实生活、暴露道德堕落和抨击社会丑恶方面具有独特的艺术效果。所以他把市井故事加以改造和发展，并以牛津、剑桥、伦敦等英国城市为背景来表现当时中下层的英国人和英国社会。这在同时代的英国文学中绝无仅有。《坎特伯雷故事》里包括5个这样脍炙人口的故事，其中《磨房主的故事》和《管家的故事》被认为属于乔叟的最佳故事之列。这些故事具有明显的现实主义性质，是英国文学中现实主义叙事文学的开端，在英国文学的发展史上占有重要地位。

有专家认为，与代表贵族文学的浪漫传奇相对，这一体裁属于新兴的资产阶级文学，[1] 它反映了市民阶级的生活和价值观念。这种粗俗的体裁本身就是对骑士故事的高雅体裁的颠覆。值得指出的是，《坎特伯雷故事》包括了当时欧洲大多数文学体裁，如骑士浪漫传奇、市井故事、悲剧故事、喜剧故事、圣徒传、历史传说、寓言、宗教奇迹故事（miracle）、寓意故事（allegory）、布道词等等。在体裁的多样性方面，它超过了中世纪欧洲任何一部文学作品。每一种文学体裁的背后都有其深厚的文学传统。《坎特伯雷故事》里的这些体裁在相当程度上分别体现了不同的文化文学传统和思想观念，它们不可避免地把这些传统和观念带进了作品。因此它们实际上也在微妙地进行着巴赫金所说的"宏观对话"。

在内容上，磨房主的粗俗故事是直接对骑士的浪漫传奇的滑稽模仿，而任何滑稽模仿在本质上都暗含着两种往往是对立的声音（即模仿者和被模仿者的声音）的对话。磨房主讲的也是两个男人（一个牛津学生和

1　请参看 Joseph Bedier, *Les Fabliaux*, 6th ed. (Paris: Champion, 1964).

某一教堂管事）爱上同一个女人，一个木匠的妻子。但这里完全没有高尚的骑士理想，没有为爱情献身的精神，更没有关于社会秩序的哲学思考，有的只是欲望的追求、狡猾的伎俩和浓郁的生活气息。磨房主的故事属于巴赫金所说的"双重指向"话语：它"既针对言语的内容"，"又针对另一个语言（即他人的话语）"。[1]换句话说，磨房主既在讲述他的市井故事，也在把矛头指向别人，指向骑士的故事，颠覆骑士所代表的意识形态。实际上，任何滑稽模仿在本质上都是"双重指向"或"双声"话语。不过磨房主并非仅仅是指向骑士，他还暗中把矛头指向了木匠出身的管家，讥讽他戴上了绿帽子。愤怒的管家于是"以牙还牙"，随即讲了两个剑桥学生如何在某一磨房主的老婆和女儿身上报复的故事作为"回敬"。管家的故事自然也是双重指向，而且同时还在间接地颠覆着骑士的传奇故事和传统价值观念。所以，骑士、磨房主和管家实际上是处于一场激烈的对话冲突之中。

需要特别指出的是，磨房主和管家之间的冲突并不仅仅根源于他们的个人恩怨。有学者指出，在中世纪，因受利益驱使，磨房主和封建贵族庄园里管粮食的管家往往是对头。所以不是香客中那个木匠，而是曾经当过木匠的管家，出面来愤怒"回应"磨房主。他们的冲突还表明，他们与骑士的矛盾还没有那么直接和尖锐。另外，这样处于尖锐对立中的香客还有商人和海员（实际上是船长），厨师和伙房采购，宗教法庭的差役和托钵修士，都在开餐馆的旅店老板和厨师，旅店老板和那个揭露他不择手段赚钱但自己同样甚至更为贪婪的卖赎罪券教士等等。他们之间的冲突和相互攻讦反映出当时英国社会的各种利益冲突和其他矛盾。特别有意义的是，香客们之间的冲突并不主要发生在贵族（比如骑士或贵族出身的修道士）与平民之间，也不是发生在乡村地主和农民之间，而主要是发生在当时正在崛起的中产阶级内部和不同派系的中下层教士之间，因为他们的社会地位接近而经济利益交织在一起，因此特别难以相容。他们之间的激烈竞争和利益冲突是当时以及随后相当长时期内英国社会十分突出的社会现象。乔叟本人出身于中层阶级，而且自他在海关任职到出任王室工程总管期间，和他打交道的也主要是中间阶层的人，所以他对这个阶层特别熟悉。由此可以看出，朝圣旅途中纷繁复杂乃至无法调和的矛盾冲突实际上深深植根于当时的社会现实。

除了这种直接利益上的矛盾之外，《坎特伯雷故事》还利用观念上的

1　巴赫金：《陀思妥耶夫斯基诗学问题》，第225页。

冲突来安排故事。思想观念上的冲突在香客们之间和他们的故事之间都十分突出。比如世俗观念和宗教观念，人文主义的现实关怀和基督教的精神追求之间的冲突一开始就出现，并一直贯穿整个旅途，或者说整部作品。关于这一点，后面在讨论朝圣旅程时将具体谈到。这里打算先考察一下香客们就婚姻问题发表的观点。

《坎特伯雷故事》里有一组专门探讨婚姻问题或者夫妻关系的故事，[1]它们主要包括《巴思妇人的故事》、《学士的故事》、《商人的故事》和《平民地主的故事》。除此之外，其他还有 10 多个故事，如《梅利别斯的故事》、《修女院教士的故事》、《律师的故事》、《海员的故事》和《堂区长的故事》等，也都涉及婚姻和夫妻关系问题。基督教历来对婚姻和男女之间的地位十分关注，《圣经》和历代神学家都对此有大量论述。但不论《圣经》还是基督教传统，都把妻子看作丈夫的附属物。在《创世记》里，夏娃只不过是用亚当的一根肋骨所造，这就在宗教的意义上界定了女人的地位。《圣经》还说："你们作妻子的，当顺服自己的丈夫，如同顺服主。因为丈夫是妻子的头，如同基督是教会的头"（《以弗所书》5：22-24）。在一定程度上，人类的原罪正是因为丈夫反过来"顺服"于妻子，所以亚当听从夏娃以至违背上帝禁令偷吃禁果。

《坎特伯雷故事》里那些婚姻故事的核心就是谁在做"头"和谁应该做"头"。关于这个问题，香客们以不同方式直接或间接地进行了广泛而深入的辩论。这场辩论的始作俑者是巴思妇人，她具有激进的女权思想，大力宣扬女人的权力并激烈主张家庭应由女人主宰。她引经据典，表达了不少很有见地但在中世纪显然是离经叛道的观点。比如她在驳斥古书和典籍里对女人的污蔑时说：

> 狮子是谁画的？是狮子还是人？
> 读书人高谈阔论中用的典故，
> 凭天主起誓，若是女人的记述，
> 那么她们记下的男人的罪孽，
> 亚当的子孙将永远无法洗涤。　（424）

这个精彩的观点十分雄辩而且一针见血，她随即又在她接下来所讲的发

1　20 世纪初，乔治·基特里奇（George Kittredge）最先在论文《乔叟对婚姻的讨论》（"Chaucer's Discussion of Marriage"）中对这组故事进行了分析。本文观点受其启发，但与之不尽相同。

生在亚瑟王时代的故事中进一步表达了女权思想。尽管乔叟不会同意由女人主宰家庭，但他还是让她大胆表达思想。巴思妇人这样挑战男权传统，为女人辩护，在近世获得了女权主义者的喝彩。

巴思妇人的激进观点引起香客们对婚姻和男女地位的浓厚兴趣。他们不仅直接发表了一些看法，而且用故事来表达自己的意见。同巴思妇人的观点直接对立的是学士和商人的故事，它们都讲男人应做主宰。在学士的故事里，侯爵滥用丈夫作为"头"的权威，长期折磨妻子格里泽尔达，无端对她进行所谓考验。他甚至下令处死她的儿女（当然只是藏起来），接着把她几乎是裸身赶走，最为"残忍"的是，他甚至还把她召回为他操办新婚。格里泽尔达无端受折磨的故事明显影射《圣经》里约伯的故事。但侯爵不是"为了使我们能好好做人"而"挥动苦难这厉害的皮鞭"的上帝（528），而是满脑子男权思想的暴君。与之相反，商人则以攻击女人的淫荡和堕落来从反面表现男权思想。刚结婚两个月的商人抱怨，他娶了一个"又是凶悍又是泼辣"连魔鬼"也不是她的对手"的老婆，受尽了"痛苦酸楚"（533-34）。他于是讲了一个年轻的妻子如何耍弄花招，竟然在年老的瞎子丈夫面前爬到树上同仆人私通的故事，以此表明女人的狡诈和堕落。这正是巴思妇人的第五任丈夫最喜欢的那本书里所记载的那种历来对妇女的污蔑和攻击。巴思妇人在愤怒中撕掉了那本书，而商人则用他的故事来反击巴思妇人。

平民地主显然不同意前面几种极端观点，他于是讲了一个关于一对青年夫妻真诚相爱，相互尊重的故事。在故事里，丈夫保证只"保持表面、名义上的夫权"，决不强迫妻子，而要像情人那样"听从她的话并尊重她的愿望"。妻子则向他保证，永远对他"卑顺而忠诚"，"至死不渝"（609）。平民地主还直接表达了他对爱情的看法：爱情"不能靠压力来维系，/你一用压力，爱神就拍动翅膀，/立刻飞走，再不回你这个地方！/爱情这东西同灵魂一样自由"（609）。他认为，只有建立在爱情和相互尊重基础上，才会有理想的婚姻。

这种保持"表面、名义上的夫权"的观点同传统的基督教教义显然有相当距离，已具备一定的人文主义思想。不仅如此，乔叟在他亲自出面讲的《梅利别斯的故事》里，[1] 更向前走了一步。梅利别斯在妻女遭人

1　在15世纪留下的各种手抄稿里，《梅利别斯的故事》的位置不同，有些放在第2组，因此在《巴思妇人的故事》（第3组）之前（中译本采用这种分法）；但多数手抄稿把它放在第7组，因而在《巴思妇人的故事》（第4组）之后，著名的Ellesmero手抄稿和乔叟学会都采用这种分法。

毒打后，急于报仇，是妻子根据基督教精神，旁征博引，对他循循善诱，要他忍耐、谨慎、宽宏大量，要学习耶稣的"忍耐心"，要像耶稣教导的那样宽恕自己的敌人，终于使丈夫同仇敌忾归于好。这个故事似乎表明妻子比丈夫更有头脑，以至妻子反而成了丈夫的"头"。乔叟可能是在暗示，具有决定意义的不是性别，而是正确的思想。故事从基督教教义出发，却得出与基督教的传统规定不同的结论。乔叟亲自讲这个故事，表明他受到了意大利文艺复兴思想的影响。

当然巴思妇人也明显表达了人文主义思想。她极力为婚姻和性生活辩护，大量引经据典，用许多《圣经》故事来驳斥教会大力宣扬的禁欲观。她甚至反问道："上天造繁殖的器官为了什么？"她关于童贞的长篇大论尤为犀利。人们的确很难反驳她的这一说法："如果没有种子播下去，/哪里会生出守住童贞的处女"（403）。她甚至宣布："我愿把我这一生的生命花朵/奉献给婚姻行为和婚姻之果"（405）。在一个应该把一切献给上帝的时代，这是一个大胆的人文主义宣言。

巴思妇人的激进观点显然不能被教会认同。于是第二位修女用中世纪十分流行的体裁圣徒传讲了圣徒塞西莉亚的故事来间接回答。塞西莉亚是古罗马时代基督教正受到残酷迫害时的圣徒。她把一切献给上帝，即使在婚后，仍然坚持为上帝保守童贞。在新婚之夜，她说服了丈夫，而且使他也皈依了基督教，最后夫妻俩都为上帝献出了生命。虽然第二位修女没有提到巴思妇人，但她的故事明显是双重指向：她既在讲述故事，也在"回应"巴思妇人。

从上面分析可以看出，香客们各抒己见，就婚姻问题讲的故事和发表的观点如此不同，实在难以把它们统一起来，而乔叟也只是用故事表达自己一家之言，没有试图把自己的看法强加于人。所以，这些香客实际上是在进行一场没有结论的对话。不仅如此，具有讽刺意义的是，他们的话语和故事的内部也往往存在颠覆其主导思想的因素，也就是说，在他们的故事内部也存在对立的因素，或者说不同的声音，进行着巴赫金所说的"微观对话"，从而使其难以形成或表达统一的观点。之所以出现这种情况，往往是因为现实生活中的语言远非"清白"，它在使用过程中已经不可避免地吸附了各种思想，有些思想在叙述者没有意识到的情况下进入了他的叙述。所以各种思想在故事中的对话与冲突在不知不觉中颠覆着他极力想表达某种思想的主旨。

比如《学士的故事》表达的究竟什么思想，就实在令人难以捉摸。它可以从不同层面上进行解读，得出不同意义。这种意义上的多元，加之这些意义之间和这些意义本身的矛盾，颠覆了任何试图从故事中得出一个统一或者终极意义的企图。从表面上看，学士是在表现丈夫的绝对权威，但侯爵对妻子毫无道理地残酷折磨，那本身就是对这种权威的合理性的否定。另一方面，故事明显是在颂扬侯爵妻子的美德；学士也指出，他"讲这个故事"是要让人们"在逆境中像她那样坚定无悔"（527）。然而他又承认，上帝挥动苦难的鞭子是"为了使我们能好好做人"（528），但侯爵考验妻子则毫无道理，而他妻子对毫无意义的暴行完全逆来顺受，那很难说是美德。学士自己随即也告诉人们不要对妻子进行考验，但那又并不是因为那种考验本身不对，而是因为现在的女人们已经失去了美德，经不住考验。由于故事包含多种观点，而每一种观点都被颠覆，所以很难确定，这个故事主要表达什么思想，以致读者可以从不同角度进行解读和阐释。

　　同样，这种意义上的不确定也是《商人的故事》的突出特点。商人因为娶了一个比魔鬼还厉害的老婆而感到"忧愁与烦恼"，因此讲了一个妻子背叛丈夫的市井故事来泄愤和攻击女人，并且回应巴思妇人。然而在故事里，与商人的意愿相反，真正值得同情的却并非戴上绿帽子的那位名叫一月的老爵士。此人一生荒唐，到60岁时，已是生命的"严冬"，却花钱娶了年轻的五月女郎。在他眼里，五月是他的私有财产，是他用钱买来泄欲的工具。他眼瞎之后，总怕"老婆落进人家手"，所以想尽办法管着她，甚至"宁可有人来杀他们夫妻"。这个用金钱买来的婚姻本无爱情可言，而老爵士的猜忌更使五月难以忍受，她"宁愿立刻就死掉，一了百了"（564）。所以她红杏出墙，也是另有缘由。至于故事里表现出的金钱万能的观点，那也许正是商人自己的信念的无意流露，而恰恰是这个错误信念造成了一月和五月不幸的婚姻。因此，这个故事并不能达到商人的目的，它甚至有可能反过来暴露商人自己婚姻中的问题的真正根源。

　　在这些香客中，最雄辩的或许是巴思妇人。她为女人的权力大声疾呼，她那长达850多行的引子是英国文学史上第一篇精彩的女权主义宣言，而她的故事也旨在说明女人"最大的愿望""是能控制她们的情人或丈夫"（437）。但如果仔细分析，我们就会发现，她的话语和故事中存在许多颠覆她的女权思想的因素。首先，她思想偏激，她要求的不是男女平等，而是女人的控制权。但同时，她又不能否定基督教传统和权威意识形态。她大量引用典籍，而这些典籍归根结底都是在表达男权思想，所以她对一些特别不利于自己观点的教义和论述要么保持沉默，要么进行曲解。更重要的是，她对付几任丈夫的那些难以令人接受的手段正好可以被用来作为反对女权的口实。另外，在她讲的故事里，她除呼吁女人应成为主宰外，还借那个丑陋的老妇人之口，长篇论述"高贵的品行"完全是个人的德行，同财产和高贵的出身"全然无关"（当然也与性别无关）。虽然《圣经》里也多少有一些这样的思想，但在财产和出身高于一切的中世纪封建等级社会里，巴思妇人强调个人价值的思想的确是空谷足音。然而，最后为老妇人真正赢得武士的爱情的却并非她的高谈阔论，也不是她试图表现的高贵品行，而是因为她突然变成了一个年轻美貌的姑娘。这实际上表明，女人最后还是得向男人的价值观念投降，这恐怕是巴思妇人始料不及的。在巴思妇人的独白里，我们可以听到人性的声音，压抑人性的宗教意识形态的声音，人本主义的声音，封建传统观念的声音，女权主义的声音，男权主义的声音，以及其他一些声音。于是她的独白成了《坎特伯雷故事》里最丰富多彩的多声复调。

这种故事内部多种声音的对话并不仅仅存在于有关婚姻问题的故事里，它也是其他许多故事的特征。这方面特别有意思的是卖赎罪券教士的故事。卖赎罪卷教士使用的是典型的布道词体裁。布道词体裁在中世纪十分普遍，形成了一个特点明显的传统。这种体裁要求形式、内容和思想高度统一。教士从引用《圣经》(quotation) 开始，提出他的观点 (thesis)，接着进行阐述 (demonstration)，然后以故事为例证 (exemplar)。他所引经文是"贪婪钱财是万恶之本"。他以传教士特有的雄辩，引经据典，并毫无保留地暴露自己如何用说教和所谓"圣物"欺哄信徒，骗取钱财，来阐明"贪婪钱财是万恶之本"，而他那篇寓意深刻的故事也恰到好处地体现了这一教义。他甚至说，他的现身说法"可以使别人同贪婪脱离关系"(p. 378)。但令人迷惑不解的是，他竟然对自己的无耻行为津津乐道，洋洋得意。他显然不是在悔罪，而是在宣扬。而且讲完故事后，他立即就向香客们兜售赎罪券和"圣物"。当然，由于他已经暴露了自己的伎俩，他的企图自然没有得逞。所以他的说教只是进一步暴露了他的丑恶，而没能欺骗他的听众。评论家们一直感到不可理解，他为什么要这样自暴丑陋。实际上，那是他的本性的自然流露。在他的话语中，我们可以听到两种声音：教士的声音和他那难以掩饰的骗子本性的声音。他的本性的声音最终颠覆了他的说教。

从这些例子似可看出，在《坎特伯雷故事》里，不论是相同主题的故事之间，还是单个故事内部，都存在着不同思想和价值观的矛盾和冲突，这种矛盾和冲突甚至连讲述者们自己也可能没有意识到。讲述者们

（自然也包括诗人）把现实中存在的各种矛盾和冲突、各种不同的思想观念有意无意地带进故事或他们其他形式的话语如引言、尾声中，而没有刻意把它们有意识地统一起来，造成了故事或引言明显的开放性和多元性，并使其"终极意义"难以确定。作品的这一重要特征也有其深厚的社会和思想根源。在乔叟时代，英国已进入社会变革时期，封建等级社会和主流意识形态已开始解体，形成了不同的思想观念多元并存的局面，14世纪后半叶也因此而成为文艺复兴之前英国历史上各种思想最活跃最繁荣的时期。这种不同思想多元并存的状况是复调作品产生的最根本的社会和文化根源。巴赫金曾指出，文学作品中的复调性质不仅存在于小说，而且也存在于诗歌，并"在历史变革时期的文学诗歌语言中，尤为普遍"。[1]《坎特伯雷故事》的开放性和多元性正是植根于这样的社会现实并且是这种现实的反映。诗人把各种思想和矛盾以及人的复杂性全都包容在内，而没有对它们进行强制性的整合和统一。

在《坎特伯雷故事》里，这种开放性和多元性还突出地表现在朝圣旅途上。乔叟在《总引》里告诉读者，30个香客（包括叙述者乔叟自己）集聚在伦敦南部的泰巴旅店，准备去坎特伯雷（圣托马斯的神龛所在地）朝圣。他们决定在途中讲故事消遣，最佳故事的讲述者将获得一顿饭作为奖赏。于是，香客们在朝圣旅途上，在他们自己组成的动态社会中，讲述各自的故事。如果我们仔细一想，就可能发现，这部著作同时包含宗教精神和世俗追求：这个旅途既是讲故事"消遣"的娱乐场合，又是寻找精神归宿的神圣历程；香客们讲的故事必须是既"有趣"又有"教育意义"；他们有两个目标，一是去坎特伯雷朝圣，另一个则是为那顿饭的奖赏而竞争。这两个目标可以说是分别由圣托马斯和旅店老板为代表。同时，坎特伯雷和伦敦则分别象征精神世界和世俗世界，或者说象征着奥古斯丁所说的"上帝之城"和"世人之城"。圣托马斯引导香客们从伦敦去坎特伯雷，而旅店老板自告奋勇同香客们一道去坎特伯雷并不是为了朝圣，而是为了确保这批人返回伦敦并到他那里住店就餐。这样，世俗生活和精神旅途的矛盾，人文追求和宗教意义的冲突，一开始就出现，并贯穿全书。

乔叟把朝圣旅程作为讲故事的场合，既自然，又妥帖，既具有象征意义，又突出现实性质，既为那些形形色色的故事提供了一个建构艺术

---

1 M. M. Bakhtin, *The Dialogical Imagination: Four Essays* (Austin: U of Texas P, 1981), p. 287.

整体的框架，也为乔叟的想象力开拓了广阔的空间，的确匠心独具。在中世纪等级森严的封建社会里，朝圣旅程也许是唯一能把几乎所有不同阶层、不同教养、不同背景的人聚集在一起的场合。这样，乔叟就能够不受束缚地讲述各种体裁、各种题材、各种思想、各种风格的故事，同时也把香客们的各种矛盾和冲突都包容在内。更重要的是，由于朝圣旅程所特有的宗教意义，不同阶层的人能或多或少把身份和等级观念暂放一旁，多少拥有在其他场合所没有的相对平等的话语权。

另外，乔叟的香客们之所以能拥有在其他场合所没有的相对平等的话语权，还因为这个旅途明显具有狂欢节的性质。从《总引》里对香客的滑稽描写，到旅途上香客们大量的插科打诨、喜剧性冲突和粗鄙的市井语言，以及故事里许多情节和场面，比如差役的故事中成千上万托钵修士拥挤在魔鬼的肛门里的情景，等等，都具有显著的狂欢节特征。至于那些对《圣经》故事的滑稽模仿，比如《磨房主的故事》里用诺亚方舟的故事来为通奸创造条件，《商人的故事》里影射亚当和夏娃堕落的故事，让一月爵士突然复明后竟然看到妻子同仆人正在树上"偷吃禁果"，等等，也都具有巴赫金所强调的狂欢节特别突出的那种颠覆权威意识形态的意义。

狂欢节的文化意义在本质上就是颠覆不平等的"规矩和秩序"。用巴赫金的话说，它"首先取消的就是等级制"以及"由于人们不平等的社会地位""所造成的一切现象"。所以，"在狂欢中，人与人之间形成了一种新型的相互关系。"[1]狂欢精神是对权威的蔑视，对压抑人性的主流文化的嘲弄，和对占统治地位的意识形态的颠覆。因此从本质上看，狂欢精神也就是对人性的尊重，对世俗生活的肯定和颂扬，是人文主义的表现。在封建等级制和天主教会双重控制下的中世纪社会，狂欢文化具有解放人性的意义。在《坎特伯雷故事》里，香客们暂时从封建等级和主流意识形态的束缚下解放出来，暂时享有平常所没有的那种程度的平等，在朝圣旅途中上演了一出人间喜剧。他们基本上能够平等对话，各抒己见，大胆发表各种观点，不必屈从于任何权威，包括作者的权威。实际上，乔叟也仅仅是香客中的一员，他从没有使用作者的特权，把自己的观点强加给香客们，清除他们的矛盾，统一他们的思想，取消他们的独立，用一个唯一、终极的观念整合这部作品。正因为如此，《坎特伯雷故事》成为特殊鲜明的对话式开放性作品。

---

1 巴赫金：《陀思妥耶夫斯基诗学问题》，第176页。

还有一点需要特别指出，那就是在全书快结束时，《堂区长的引子》反复指明，堂区长的故事是最后一个故事，是这个"故事会"的"结束语"（第16-19、46-47、63-64、72行）。香客们也认为："我们觉得这样做非常有意义：/让他讲些含道德教训的事情，/我们可以当作结束语来听听"（717）。这似乎在说，堂区长在他的故事里用正统的基督教思想为全书做了总结。但他的观点也只是一家之言，书中没有任何证据表明，他代表作者把整部作品在思想观念上统一起来，或者香客们真正接受了他的观点。比如在婚姻和夫妻关系的问题上，乔叟在《梅利别斯的故事》里表达的看法，同堂区长按正统的基督教教义对这个问题的阐释，就不尽相同。不仅如此，在宣告"坎特伯雷故事到此结束"之前，乔叟特意对自己一生的创作做了简单总结，并宣布"撤回"一些他认为不符合基督教精神的作品，其中就包括"《坎特伯雷故事》中带有犯罪倾向的部分"（785）。姑且不论乔叟的"宣布"有多少认真成分，但他实际上等于"宣布"他清楚知道这部作品并没有用传统的基督教思想统一起来。

但这并不等于说《坎特伯雷故事》不是统一的艺术整体，而是说它不是独白式的统一。如同"陀思妥耶夫斯基笔下世界的完整统一"一样，它"不可以归结为一个人感情意志的统一"。[1] 也就是说，《坎特伯雷故事》不是作者思想的独白，而是各种声音的对话。它包容各种矛盾和冲突，具有"上帝的丰富多彩"（德莱顿语），是多种声音的复调式统一，是巴赫金所说的那种"独立的声音结合"在一起的"统一体"。[2] 它没有一个终极意义，并不等于没有意义，相反它因此而包含更为丰富的意义。它是一部思想多元的开放性作品，为人们的创造性解读提供了无限可能性。具有象征意义的是，香客们并没有进入圣地，朝圣旅程并没有终结。《坎特伯雷故事》在香客们进入圣地之前结束是诗人的神来之笔。[3] 一方面，它象征寻找精神家园的朝圣之路永远没有终点，同时它也增强了这部作品在创作艺术上所特有的开放性，为读者提供了无限的想象空间：香客们是否会完成朝圣旅程？他们是否会返回伦敦？他们是否会讲完他们的故事？谁将得到被宴请的殊荣？这些都成了不解之谜。朝圣旅途的不确定性正好象征性地突显了这部作品结构上的开放与意义上的多元。

1　巴赫金：《陀思妥耶夫斯基诗学问题》，第50页。
2　巴赫金：《陀思妥耶夫斯基诗学问题》，第50页。
3　需要指出，这部作品的结尾是完整的。作品没有完成，并不是因为没有结尾，而是因为里面有3个故事没写完，或许还有一些故事没有写出；另外，一些故事的排序没有最终确定。

中世纪浪漫传奇的性质与中古英语亚瑟王浪漫传奇之发展

　　浪漫传奇（romance）是欧洲中世纪中、后期主要的叙事文学体裁。在很大程度上，它是维吉尔的史诗传统、奥维德的爱情诗传统与当时正在蓬勃发展的以宫廷爱情（courtly love，也译"典雅爱情"）为主题的新型抒情诗在12世纪文艺复兴的社会文化语境中的结合，是拉丁精神与正在发展形成中的西欧现代民族性之间的碰撞在文学领域的体现。

　　中世纪浪漫传奇最先产生于12世纪的法国北部，在法语文学中也取得特别重要的成就。但随后在中古英语文学中，浪漫传奇也同样成就辉煌，并且对近、现代英语文学发展产生了重大而深远的影响。自它产生之时起，浪漫传奇传统在英语文学中就从未间断，即使在理性时代那种最不利于浪漫传奇生存的大环境里，它也在伤感小说（the sentimental novel）和哥特浪漫传奇（the gothic romance）等体裁中突出地表现出来。在浪漫主义时代，司各特不仅仅是像其他浪漫主义文学家那样继承了浪漫传奇传统的精神，他实际上是在浪漫时代复活了并大量创作着中世纪浪漫传奇。在很大程度上，正是由于浪漫主义或者说浪漫传奇开创的传统，特别是它的理想主义和它对道德探索的极端关注在英语文学中持续不断的强大影响，维多利亚时代的英国现实主义文学（尽管它在许多方面与浪漫传奇相对立）能部分抵制或者说减轻自然主义对英语文学的"入侵"，而没有像法国和大陆上许多国家的现实主义文学那样突出地转向自然主义。

　　其实，即使在英国现实主义文学的代表作家如狄更斯、乔治·艾略特、特洛普的作品里，更不用说在勃朗特姐妹的《简·爱》和《呼啸山庄》中，都闪显着浪漫传奇的影子。至于在美国，浪漫传奇传统的影响甚至更为突出和明显。霍桑不仅公开说明自己使用的是浪漫传奇的体裁，而且还对这种体裁进行了深刻的阐述。当然，霍桑绝非例外；在美国文学史上，从查尔斯·布朗、华盛顿·尔文、麦尔维尔、霍桑、爱伦·坡到马克·吐温、亨利·詹姆斯、威廉·福克纳、托妮·莫里森以及其他许多重要作家都显然受益于甚至属于这一传统。[1]如果把在中世纪诞生的这个重要传统排除在外，上千年的欧洲文学以及英美文学都将面目全非。因此，探讨中世纪浪漫传奇的性质，研究作为浪漫传奇核心内容的骑士精神和宫廷爱情对中世纪社会和文化的特殊意义，以及考察对后世英语文学产生了深刻影响的亚瑟王浪漫传奇的发展与成就，都有特别的意义。

一

中世纪浪漫传奇能在英语文学中形成那么重要的传统，能对后世英语文学产生那么重大的影响，能拥有那么广泛的读者，自然有许多原因。其中一个原因是，浪漫传奇在中世纪产生并流传下大量作品。根据学者们统计，在现存的中世纪浪漫传奇中，法语200多部，英语100多部，西班牙语50多部，德语近60部，意大利语100多部，而且其中不少作品流传下多部手抄稿。[2]如果我们考虑到，大量中世纪手稿已经散失，甚至连乔叟的一些作品都没能流传下来，而且还有许多浪漫传奇只是口头传诵，本来就没有形成文本等诸多因素，那么其总体数量显然更为可观。克鲁格尔在列举了上面这些数据之后指出："如此大的数量不仅反映出那些动人故事持久的吸引力，而且也反映了浪漫传奇的叙事在新的语境中特强的适应能力。"[3]当然，浪漫传奇能产生那么多作品，能那么持续不断的广泛流传，首先是因为浪漫传奇内容丰富，故事动人，不断吸引和影响一代又一代的读者，培养着他们的阅读趣味和审美倾向，同时它也在不断造就能满足各时代需求的新作者。其中一些杰出作品，它们的影响甚至远远超越文学领域，成为研究中世纪历史、社会和文化的重要文本。比如刘易斯认为，产生于13世纪的法语作品《玫瑰传奇》在中世纪的影响

1　关于霍桑对浪漫传奇的阐述和他自己的作品的分析，可参看《红字》、《七尖顶之房》等作品中的序言。关于美国文学中突出的浪漫传奇传统，可参看蔡斯（Richard Chase）那部很有影响的著作《美国小说及其传统》（*The American Novel and Its Tradition*）。

2　请参看 Roberta L. Krueger, "Introduction," in Krueger, ed., *The Cambridge Companion to Medieval Romance* (Cambridge: Cambridge UP, 2000), p. 4.

3　Krueger, "Introduction," p. 4.

仅次于《圣经》和波伊提乌的名著《哲学的慰藉》。[1]浪漫传奇的影响并不局限于情节，它传达的信息，它体现的价值观念，它颂扬的理想，连同它动人的故事持续不断地影响着它日益广泛的听众和读者，积淀在人们的心灵深处，逐渐成为欧洲文化的核心组成。

浪漫传奇能在中世纪盛期产生、发展和繁荣，自有其深刻而广泛的历史、社会和文化文学根源。关于中古英语浪漫传奇的兴起，有一种观点认为，诺曼征服消灭了盎格鲁-撒克逊贵族阶级，因此以他们为听众的古英语英雄史诗迅速消亡，[2]而代之以法语诗体的浪漫传奇。这个观点值得商榷。首先，盎格鲁-撒克逊时代的古英语史诗并非像后来的浪漫传奇那样仅仅或主要以王室贵族为消费群体，它同时也在民间广泛吟唱，因此它是全民族或全部族的民间口头文学。其次，古英语英雄诗歌的没落并非根源于诺曼征服。没有证据表明，在诺曼征服之前相当长一段时期内，古英语产生过英雄诗歌，几乎所有现存的英雄诗歌都大约产生于7至9世纪。[3]即使我们接受关于《贝奥武甫》手稿产生于10或11世纪初的新观点，那也仅仅意味着我们今天看到的这个版本最终形成于那个时代；而我们有证据（比如它与其他英雄诗歌的互文关系）表明，《贝奥武甫》或者说它的许多内容早已在民间和宫廷中长期演唱流传，而10或11世纪的某个基督徒诗人只是对这部已经长期流传的史诗做了最后的修订并为之添加了许多基督教"色彩"。上述情况表明，起码早在诺曼征服之前一、两百年，古英语史诗就已经开始没落。

其实，盎格鲁-撒克逊英雄诗歌的没落有可能是根源于阿尔弗雷德国王（Alfred the Great, 849-899）及其继任者们大力发展教育和文化事业。在随后的一、两个世纪里，英格兰成为欧洲民族文化最发达的地区。我们或许可以说，是教育和高雅文化的发展逐渐造成了与民间文化密切相关的作为人类"孩提"时代的文学形式的原初性英雄诗歌的没落，但古英语时期的教育和文化似乎还没有发展到能产生《埃涅阿斯纪》或《失乐园》那样的"书斋型"史诗的高度。当然，这只是推测，关于古英语史诗没落的原因还需要在当时的社会、文化和文学各领域进行更深入的探讨。

1　C. S. Lewis, *The Allegory of Love: A Study in Medieval Tradition* (Oxford: Oxford UP, 1936), p. 157.《哲学的慰藉》是罗马哲学家和政治家波伊提乌的著作，在中世纪影响十分广泛。

2　参看 W. R. J. Barron, *English Medieval Romance* (London: Longman House, 1987), p. 63。

3　现在有确切证据的是，10世纪之后出现的古英语史诗是现存325行（开头和结尾因火灾而残缺）的《玛尔顿之战》（*The Battle of Maldon*, 991）。

不过可以确定的是，诺曼征服恰恰延缓了浪漫传奇在英语文学中的发展。从总体上看，欧洲中世纪浪漫传奇的全盛期或者说产量最高的时期是12世纪中期到13世纪中期，[1]这时期也因此而被一些学者们称为"浪漫传奇时代"(the Romance Age)。受法语浪漫传奇影响，很快西欧、南欧和北欧，比如意大利、日耳曼地区和西班牙，都产生了当地俗语，即民族语言的浪漫传奇。[2]英格兰也是浪漫传奇的核心地区，那时期产生了许多文学成就很高的作品，然而却并非英语浪漫传奇，而是取得辉煌成就的盎格鲁-诺曼语（即在英格兰使用的诺曼底法语）浪漫传奇。在盎格鲁-诺曼语浪漫传奇的全盛期（1150-1230年[3]），在其直接影响下的英格兰，令人诧异的是，英语浪漫传奇却迟迟没有出现。现存最早的英语浪漫传奇是大约出现在13世纪后半叶的《霍恩王》(King Horn)，也就是说，它出现在浪漫传奇最辉煌的时期已经过去之后，而中古英语浪漫传奇的繁荣时期也要推迟到14世纪。当然，更早的中古英语浪漫传奇作品也可能出现过，没能保存下来，但没有迹象表明中古英语浪漫传奇在13世纪中期之前曾经繁荣过。

中古英语浪漫传奇之所以姗姗来迟，其中一个极为重要的原因显然是英语语言在诺曼征服之后失去了官方书面语的资格，地位大为下降，而且它自身也处在深刻的变革之中，也就是说中古英语（Middle English）还不是成熟的文学语言。使中古英语成为成熟的文学语言是14世纪后半叶乔叟及其同时代的文学家们对英语语言和英格兰文化的重大贡献。与诺曼征服直接相关而且同样重要的另一个原因是，与原初性史诗不同，浪漫传奇是宫廷文学，其主要消费对象是王室和贵族，而诺曼征服把英格兰的王室和贵族换成了讲法语或者说盎格鲁-诺曼语的诺曼人及其来自欧洲大陆的追随者。因此，宫廷诗人们理所当然地要用盎格鲁-诺曼语来创作，而不会选用贵族们听不懂或不屑于听的"下等人"使用的英语，尽管英格兰诗人在那期间已经用英语创作出了许多作品，其中包括长达

1　请参看A. B. Taylor, *An Introduction to Medieval Romance* (New York: Barnes and Noble, 1969), p. 7。

2　请参看 "European Romance: A Selective Chronology," in Krueger, ed., *The Cambridge Companion to Medieval Romance*, pp. xiii-xix。

3　请参看Rosalind Field, "Romance in England: 1066-1400," in David Wallace, ed., *The Cambridge History of Medieval English Literature* (Cambridge: Cambridge UP, 1999), p. 154。

16,000余行的《不鲁特》和像《猫头鹰与夜莺》[1]这样的杰作，而且盎格鲁-萨克逊时代的英雄史诗故事仍然在民间流传。

因此，如果没有诺曼征服，英语浪漫传奇很可能会像德语、西班牙语和意大利语浪漫传奇一样更早出现。但英语浪漫传奇晚出现未必是坏事，因为它可以避免前期浪漫传奇中的弱点而吸取其长处，并结合本土文化传统发展自己的特色。因此在14和15世纪，中古英语浪漫传奇产生出了像《高文爵士与绿色骑士》、《情人的自白》、《骑士的故事》、《特洛伊罗斯与克丽茜达》和三部《亚瑟王之死》等特别令英格兰人骄傲的杰出作品。从文学艺术上讲，这些富有英格兰特色的浪漫传奇比12和13世纪的欧洲大陆型浪漫传奇的代表作品似乎还更胜一筹。

尽管如此，英语浪漫传奇与以法语传奇为代表的大陆传统的浪漫传奇在本质上显然是相同的。浪漫传奇（romance）最初并非文学术语，也不是用来指文学体裁，而是指在中世纪在原罗马帝国的一些行省，相当于现在的法国、意大利、西班牙等地区，由当地民众的口头语言发展而来与书面拉丁语不同的俗语（vernacular），或者说民族语言，如古法语、古意大利语等。作为帝国官方书面语的拉丁语，也就是当时的文学和学术语言以及中世纪基督教教会的语言，即使在罗马帝国时期，也已经与人们日常生活中使用的口头语言有很大差别。这种情况同盎格鲁-撒克逊时代后期古英语同英格兰人的日常生活语言之间的差异大体相似。这些俗语是由原来罗马人的口头语言发展而来，因此被统称为"罗曼语"（romances）来同书面拉丁语相区别。实际上，romance这个词最早来自古法语的说法"mettre en romanz"，[2]意思是把拉丁文书籍翻译成俗语，比如法语，进而又指用俗语写作。后来，用俗语翻译或写作的书籍被在不同的俗语里被分别称为romanz, roman, romance, romanzo等。随着用俗语或者说罗曼语创作的浪漫传奇这种新兴的文学体裁风靡各地，这个术语又被用来指称这类作品及其文学特点。于是随着这个术语的发展，在古法语里，roman的字面意思是俗语书，或者"通俗书"（popular book），而实际上是指"诗体宫廷浪漫传奇"（courtly romance in verse）。[3]

从罗曼语到浪漫传奇的发展不仅勾画出这个术语的变迁，其实在更

1　《不鲁特》（*Brute*）和《猫头鹰与夜莺》（*The Owl and the Nightingale*）都是大约创作于12世纪末或13世纪初的作品。它们都是用英语创作，但其语言都深受古英语影响，与当时英格兰人实际上使用的中古英语相去甚远。

2　Krueger, "Introduction," p. 1.

3　参看Gillian Beer, *The Romance* (London: Methuen, 1970), p. 4.

深层次上还暗含着浪漫传奇的文化承传、文化底蕴，也就是泰勒所说的"拉丁精神"，即古典文化或罗马文化。当然，那些原罗马帝国各行省的人民往往并不主要是真正的罗马人，而更多的是当地已被罗马化了的原住民与在英雄时代南迁而来的日耳曼人长期融合形成的新民族。比如，法兰西人主要是由早已被罗马化了的高卢人（凯尔特人）和南迁而来的法兰克人（日耳曼人）融合而形成的，而且作为征服者的法兰克人没有逃脱征服者往往反过来被他们所征服的地区更高的文化所征服的命运。所以，在现代法国地区，当时的主流文化在精神实质上既不是凯尔特人原来的文化，也不是法兰克人的日耳曼文化，而是强大的罗马文化，即拉丁文化，虽然它也吸收了日耳曼、凯尔特和其他文化成分。所以，浪漫传奇的一个重要源头就是拉丁文化。泰勒指出："在研究这个问题[指浪漫传奇]上，必须牢记，不管浪漫传奇那些各式各样的题材源自何处，浪漫传奇作品反映拉丁精神在 12 和 13 世纪在法国存在的状况。"[1]我们可以说，浪漫传奇所体现出的世俗倾向和人文精神实际上是拉丁精神在 12 世纪的法国和西欧正经历深刻变革的特定历史时期的重大发展，而浪漫传奇自然也是古典文化在中世纪欧洲的第一次大复兴，即学者们所说得 12 世纪文艺复兴的表现和重要组成。当然，复兴并非复旧，而是在新语境中的新发展，它体现的是新形势中的新精神。

　　但不论是浪漫传奇这个术语的历史变迁，还是它所体现的在 12 世纪文艺复兴中已经发展了的拉丁精神，都不能对中世纪欧洲文学中这个最重要的叙事体裁（genre）或模式（mode）进行界定。现在几乎所有的人都知道浪漫传奇大体上是什么样的作品以及它的一些重要特点，但尽管历代学者试图对它进行界定，然而至今也没有一个令人满意或者为大多数人所接受的定义。于是，《剑桥中世纪英国文学史》只好选用皮尔索尔给出的"最简单"的定义："中世纪主要的娱乐性世俗文学"。这个定义把落脚点从作品本身的内容和形式转移到它所起的"娱乐作用上"，那实际上等于说，浪漫传奇的内容和形式变化不定，令人难以捉摸，无法准确地下定义。[2]但即使是这样宽泛的所谓"定义"被用于具体作品时，也立即就会出问题。比如，这个定义的核心是娱乐性，然而浪漫传奇同时也具有明显的教育性，因为浪漫传奇比当时任何文学作品都更突出、更全面地体现了中世纪的理想价值观念。我们可以暂不考虑那些具有明显

1　Taylor, *An Introduction to Medieval Romance*, p. 3.
2　Rosalind Field, "Romance in England: 1066-1400," in Wallace, ed., *The Cambridge History of Medieval English Literature*, p. 152.

宗教内容的浪漫传奇如圣杯故事，即使那些世俗骑士传奇所体现的理想价值观念，它所提倡的骑士精神，无疑在起着重要而且十分有效的教育作用。下面关于骑士精神一部分将具体讨论理想的骑士价值观念在中世纪至关重要的教育作用。至于强调浪漫传奇的世俗性，也会把一些公认的浪漫传奇排除在外，比如具有圣徒传性质的浪漫传奇《亚密斯与亚密罗恩》（*Amis and Amiloun*），而那些寻找圣杯的故事也很难简单地划为世俗故事。

刘寅（音译）在回顾了历代学者的努力之后，认识到浪漫传奇这个体裁难以界定，因此建议放弃古典或者说亚里士多德式的从外面下包围圈的界定方法，而使用源于语言学的"原型"（prototype）方式，即从内部或中心最典型的作品（即所谓原型）开始，根据其特点像链条一样向外描绘。这种方法有其新颖的一面，但操作起来有一定困难，而且实际上等于放弃了界定。[1]学者们提出的另外"一个界定浪漫传奇的途径"是用"对照"或者说"否定"的方法，"即表明它不是什么"。克拉夫特举例说：

> 浪漫传奇不是历史，虽然它的故事中可能隐藏着一些历史或者它的叙事里表现了一些伪历史。它不是圣徒传，虽然它里面可能有浪漫传奇和圣徒传特点的混合形式。与浪漫传奇不同，史诗不会把它的英雄同他的宫廷和社会分开，其"历史的"或伪历史的事迹一般来说比浪漫传奇里的事迹显得更为写实或更为可信。虽然浪漫传奇里可能有一些伤风败俗的行为，但它不是市井故事[fabliau]。尽管……市井故事可能成为浪漫传奇的滑稽模仿。[2]

当然，这样的否定式或对照式"界定"还可以继续下去。比如，浪漫传奇不是寓意作品（allegory），因为它主要不是表达思想观念，但浪漫传奇具有明显的寓意特点和寓意倾向。中世纪最著名的浪漫传奇，对乔叟产生了深刻影响的作品《玫瑰传奇》就具有突出的寓意性质。这种

1　请参看Liu Yin, "Middle English Romance as Prototype Genre," *The Chaucer Review*, vol. 40, no. 4 (2006), pp. 335-353。

2　Carolyn Craft, "Romance," in Laura Cooner Lambdin and Robert Thomas Lambdin, eds., *A Companion to Old and Middle English Literature* (London: Greenwood, 2002), p. 355.

对照式界定方法实际上表明，浪漫传奇同中世纪各种主要的文学体裁都有密切联系，或者说它在几个世纪的发展中，从形式到内容，从语言风格到情节题材等几乎所有方面，都广泛吸收了当时各种文学体裁的特点。学者们的研究表明，浪漫传奇受到历史著作和年鉴，古希腊罗马的历史、神话和文学，《圣经》故事，英雄史诗，法语"武功歌"（Chansons de geste），[1]不列颠赖诗（Britain lays），[2]欧洲各地的民间故事，宗教传说，中世纪迷信故事，阿拉伯、波斯和巴比伦文学的广泛影响。泰勒指出："中世纪浪漫传奇的一个主要特点就是把大量来源不同的成分全整合在一起。"[3]正是因为浪漫传奇受到那么广泛的影响，从各种文化和文学中吸收了那么多营养，其内容那么丰富多彩，艺术形式和语言风格那么变换不定，所以它才那么难以界定。克拉夫特说，"虽然批评家们经常为这个术语到处都能使用（heterogeneous use）而深感苦恼，但浪漫传奇的优势之一正是它的模糊性（ambiguity）。"[4]这种模糊性根源于浪漫传奇从源头、影响到题材、内容、形式的丰富性。这种模糊性正是浪漫传奇为什么具有那么强盛的生命力和丰富的表现力，并在不同时代具有那么持续的吸引力和在不同的社会、民族、语言和文化环境里具有那么顽强的适应力的一个重要原因。

正是因为这种令人赞叹甚至令人无所适从的丰富性和它能适应各种文化环境和需要的变动性，使得多年来学者们试图对浪漫传奇进行界定的无数努力总是难以获得令人满意的结果。所以，对于哪些作品属于浪漫传奇这个问题，几乎没有任何两位学者看法完全相同或者说能提出两份完全相同的书单。学者们的努力表明，要想给予浪漫传奇一个明白无疑的严格定义也许是不可能的，因而也是没有必要的。我们或许只能给予它一个符合绝大多数作品特征的描述性定义：中世纪浪漫传奇是中世纪中、后期受到基督教思想和宗教文学传统深刻影响并具有突出理想主义的最重要的世俗叙事文学体裁；它主题丰富，题材广泛，情节离奇，形式不定；它最重要的叙事内容是骑士冒险经历和宫廷爱情。这显然是一个十分别扭的"定义"，但它描述了浪漫传奇的基本状况和主要特点。

1　即 songs of great deeds，是法语中歌颂英雄业迹，特别是关于查理曼大帝及其随从的征讨与武功的歌谣，其中最杰出的是法国著名史诗《罗兰之歌》。不过，这些史诗性质的英雄歌谣已具有浪漫传奇的一些特点。
2　这是一种短小的叙事诗，被一些学者认为是后来的短篇故事的前身。
3　Taylor, *An Introduction to Medieval Romance*, p. 1144.
4　Craft, "Romance," p. 355.

浪漫传奇内容上的丰富性首先体现在题材上。浪漫传奇几乎一出现就立即表现出容纳不同题材的特性。早在 12 世纪，法国最早的浪漫传奇作家之一的吉安·波德尔（Jean Bodel, ?-1210）就注意到浪漫传奇广泛的题材，并根据来源把将其分为 3 种类型：法国题材（Matter of France），不列颠题材（Matter of Britain）和罗马题材（Matter of Rome）。[1]法国题材主要是以查理曼大帝及其随从们的英雄业绩为中心，罗马题材或者说古典题材（Matter of Antiquity）则是以古希腊、特洛伊和罗马的历史或传说故事为主，而不列颠题材则主要是亚瑟王系列故事。但后来浪漫传奇的题材大大超出了这 3 类。在英格兰涌现出了一批主要关于盎格鲁-撒克逊时代英格兰人同北欧人冲突的传奇故事，按波德尔的模式，这类故事被划分为英格兰题材（Matter of England）。另外还有大量传奇故事，其中包括因为"十字军"东征的影响而出现的关于东方（比如巴比伦）的故事，由于题材庞杂，无法被划归于某一类，只好被统称为"驳杂题材"（Miscellaneous）。

这些划分清楚地表明浪漫传奇题材的广泛。但如果我们仔细分析，就会发现这些题材大都具有两个突出特点：在地点上它们往往来自异国他乡；[2]而在时间上则大多回到遥远的甚至是传说中的过去。换句话说，浪漫传奇几乎从不描写作家现实生活中的人物和事件。然而具有悖论意义的是，在阅读中世纪浪漫传奇之时，读者首先强烈感到的正是浓郁的中世纪氛围。正如威尔逊所说，浪漫传奇"最大的吸引力之一似乎正是它的现代性。……虽然那是一种理想化了的现代性"。[3]也就是说，不论浪漫传奇的故事发生在多么遥远的过去，它真正表达的还是当时的时代精神，它所呈现的那种看似脱离现实的虚构世界所体现的实际上还是中世纪的精神实质和生活氛围。所以，在浪漫传奇里，不论是亚历山大大帝还是亚瑟王或者特洛伊王子特洛伊罗斯，全都是最典型的中世纪理想中的骑士形象，而人们一眼就看出乔叟笔下的特洛伊实际上就是 14 世纪的伦敦。

---

1 波德尔的原话是 "N'en sont que trios mattres a nul home entendant;/ De France et de Bretaigne et de Rome la grant"（"对所有才俊，仅三种题材：/法国、不列颠和大罗马。"转引自 Barron, *English Medieval Romance*, p. 63.）其中"大罗马题材"实际上还包括那些关于亚历山大大帝以及特洛伊战争的著名传奇故事，所以被人们改称为"古典题材"（Matter of Antiquity）。

2 即使像英格兰题材的浪漫传奇，故事发生地虽然主要是在英格兰，但许多事件也发生其他地区，比如北欧或者威尔士。在中世纪人看来，那应该说也是遥远的地区。

3 R. M. Wilson, *Early Middle English Literature*, 3d ed. (London: Methuen, 1968), p. 193.

　　这种现象反映出浪漫传奇的一个根本性悖论。比尔指出："所有的文学虚构都包含两个最基本的倾向：模仿和超越日常生活。"[1]在文学作品中，这两个倾向所造成的反差也许很少有像在浪漫传奇里那么明显和强烈。从表面上看，在所有文学体裁中，很少有像中世纪浪漫传奇那样远离社会现实，然而即使在那些看似离中世纪现实最遥远的浪漫传奇作品里，读者也能强烈地感受到里面弥漫着的中世纪气息，人们的风俗习惯，人物的行为举止也无不传递着中世纪的信息。在更深层次上，洋溢在浪漫传奇里的理想主义最突出最集中地体现了中世纪人在那动荡不安的"黑暗世纪"里的精神追求和对社会秩序的渴望。

　　人类总是怀有梦想的，在很大程度上正是梦想驱使着人类去追求、去奋斗。梦想是人类发展和社会进步的动力。从本质上讲，文学就是人类梦想的体现，而浪漫传奇正是中世纪特定的社会文化大背景中，中世纪人的梦想的特殊而突出的表现。正因为如此，看似离现实最远的浪漫传奇也许为我们研究中世纪社会文化，特别是中世纪人的风俗习惯、思想观念和精神实质提供了最好的切入点和最全面的材料。几乎所有的评论家都注意到并强调浪漫传奇里极为突出的理想主义倾向，但许多人却仅仅致力于论证那些理想是多么脱离现实。然而，虽然从表面上看，不论什么时代的理想似乎从来就不等同于现实；但在更深的层次上，理想也是一种现实，一种发挥着巨大作用的实实在在的精神现实。任何存在的东西，不论是物质还是精神方面的，当然也包括理想，其实都是现实。浪漫传奇体现的正是中世纪人的理想，它的理想主义深深植根于中世纪特定的社会现实之中，它所弘扬的全都是中世纪理想的价值观念，它体现着中世纪人的精神实质和代表了社会发展的方向。骑士精神和宫廷爱情所体现的那些理想的价值观念，看似离现实生活十分遥远，但它们不仅产生于中世纪社会现实，而且对于中世纪社会和文明的发展，对于中世纪人的精神素质的提高都具有重大的现实意义，都发挥了巨大的作用，今天的西方社会在一定程度上就是建立在从女士优先到圆桌会议所体现的许多中世纪价值观念之上，而这些价值观念正是在中世纪浪漫传奇中得到最好最形象的表达。

　　特别重要的是，在浪漫传奇里，那种试图超越日常生活的倾向并非像有些学者认为的那样是逃避主义（escapism）。这种超越实际上是浪漫传奇所特有的理想主义的表现，即使是那种表现为"向后看"的理想主

1　Beer, *The Romance*, p. 10.

义也并非是在逃避现实。如果说20世纪文学作品里像福克纳笔下的昆丁·康普生们那样一些无法在现实中生活的"向后看"的理想主义者的确具有逃避倾向的话，中世纪浪漫传奇里的理想主义者却不是这样，甚至连堂·吉诃德那样在现实社会中无法生活的理想主义者也显然不是逃避主义者。用一个想象中的过去来体现中世纪理想观念，同时又反过来用充满中世纪理想观念的想象中的所谓过去时代来观照现实世界，并试图以此来赋予中世纪社会一种新的秩序，来促进文明的发展和人之素质的提高，这才是中世纪浪漫传奇以及它那种特殊的充满积极意义和向上精神的理性主义的真正意义之所在。因此不论它体现的理想观念是否真能实现，浪漫传奇这种从表面上看似乎是回头遥望过去的理想主义，实际上是着眼于未来，着眼于进步，所以总是充满一种积极向上的精神。虽然浪漫传奇展现了一个五彩缤纷的理想世界，但在大多数现存主要浪漫传奇中，骑士精神和宫廷爱情是其理想世界的核心组成，而它们所弘扬的忠诚、勇敢、高尚、慷慨、忠于爱情、珍惜荣誉等价值观念以及与之相关的幽雅的行为举止与和谐的人际关系，在中世纪特定的社会环境里显然具有特别重要的现实意义。

二

骑士精神和宫廷爱情是中世纪浪漫传奇的核心内容，同时也是中世纪欧洲突出的文化现象，它们密不可分，在很大程度上共同创造了中世纪中、后期（10-15世纪）欧洲文化的辉煌，被誉为"欧洲的光荣"。[1]骑士精神和宫廷爱情所弘扬的许多理想、美德和观念都早已深入欧洲社会和生活的各个方面，数百年来一直影响着欧洲的文学艺术和人们的思想意识、道德规范、风俗习惯和行为举止。虽然中世纪早已被请进了历史的博物馆，但它的许多文化遗产却被继承下来，成了西方文明的核心构成，继续发挥着重大影响。

英语的骑士精神（chivalry）一词来源于法语词chevalier（骑马的人或骑士），而这个法语词则来自拉丁文caballus（马）。所以，它最初是指"马"，进而指"骑马的人"，特别是那些全副武装的骑士，后来才逐渐发展成为"骑士制度"和包括忠诚、勇敢、慷慨、荣誉感、高强武艺和优雅举止等"美德"的所谓"骑士精神"。正如chivalry一词的含义是逐渐

---

1 Edmund Burke, *Works of the Right Honourable Edmund Burke*, vol. III (London: np, 1846), p. 98.

发展的一样，骑士精神的形成及其内容的变化也是一个漫长而复杂的历史过程。

骑士精神深深植根于中世纪历史之中，由中世纪欧洲几个世纪的社会、政治、经济、技术、军事、宗教和文化因素共同造就。欧洲骑士制最初来源于条顿骑兵的习俗。在欧洲历史上，在长时期内，军队的主力是步兵，就连几乎是所向无敌的罗马军团也不例外。骑兵不能成为有效的作战部队的一个关键因素是，那时还没有马镫，在颠簸的马背上摇摇晃晃的士兵自然难以发挥有效的战斗力。

马镫由中国人发明，至迟在4世纪出现在中国北方，7世纪时传到伊朗。[1]随着伊朗被阿拉伯人征服，阿拉伯骑兵立即采用了这一新技术。马镫增强了骑兵在马背上的稳固性，从而极大地提高了作战能力，为伊斯兰文明的拓展和强盛做出了重大贡献，并在西班牙战争中发挥了重大作用。8世纪初，受阿拉伯骑兵启发，法兰克人（在现在法国境内）和日耳曼人也为战马安上马镫，成为欧洲骑兵史上具有革命性的变革。马镫不仅提高了骑兵的战斗力，而且改变了他的形象，摇晃不定的"骑马人"终于同战马连为一体，成为挥舞利剑或长矛的威风凛凛的"骑士"；随即骑士成为中世纪盛期封建制度的象征。

其实，中世纪封建骑士本身就是封建制度的产物，骑士精神的发展同封建制紧密相连。骑士全都是封建贵族，特别是中下层贵族和大贵族家族中那些没有主要继承权的次子们。后来，随着骑士精神被大力宣扬，连国王和高等贵族也以做骑士为荣，在英国以国王为首的嘉德骑士成为英国贵族的最高封号。自罗马帝国在日耳曼民族的迁徙浪潮中崩溃后，征服者建立起无数大大小小的封建君主国。在欧洲封建社会里，小封建主在自己领地内是领主，但同时又是大封建领主（overlord）的家臣或封臣（vassal）。封臣只向自己的领主效忠，与领主上面的领主则无关系。中世纪骑士制度就是从属于这种封建制度。所以，一个骑士的首要美德就是对领主绝对忠诚。

另外一个竭力造就骑士精神、规范骑士行为、培养骑士德行和树立骑士理想的重要力量或机构是教会。中世纪骑士，特别是早期的封建骑士，几乎都是残酷、野蛮、无法无天的武夫。他们欺负弱者、抢劫农民、强奸妇女、滥杀无辜，而这些暴行并不违背当时的骑士行为规范。所以，

1　《大英百科全书》第15版（2002年）说马镫是中国人在5世纪发明的（第11卷第275-76页）。但有中国学者撰文指出，现已出土的最早的马镫实物和陶器马镫属于4世纪。

他们在封建领主保护下，可以说是为所欲为。他们那些有关勇敢、征战、荣誉和慷慨的行为准则实际上同野蛮、残忍、傲慢和挥霍没有本质区别，因此与基督教精神和道德观念直接冲突，并威胁到教会试图在欧洲建立基督教秩序的努力。

自从罗马帝国崩溃之后，天主教会凭借上帝的权威，是唯一能凌驾于各封建君主之上，使四分五裂的西欧多少具有一定统一性的力量。教廷试图在教会力量所到达的广阔地域建立起某种统一的"基督教帝国"(Christiandom)。在中世纪欧洲，教会不仅管理宗教事务和监视人们的信仰，而且在很大程度上控制着政治、经济、司法、意识形态、道德伦理以及社会生活的方方面面。可以说，在中世纪社会的所有领域，教会这个自命的上帝代理人都在毫不客气地行使着权力。因此，封建君主之间无穷无尽的战争和骑士们的无法无天不仅违背基督教精神，而且也是对教会权威的蔑视和挑战，自然难以为教会所容忍。

所以罗马教廷颁布了许多教令，制止封建主之间私下的战争和禁止对教堂、神职人员、香客、商旅、妇女、农民、孩子、耕牛和农业设施使用暴力，并规定了"休战"期，禁止在所有宗教节日期间和周末发动战争或进行打斗。[1]虽然这些教令往往没有得到认真执行，但在暴力就是法律的中世纪欧洲，教会仍然是唯一具有相当权威和力量的势力；毕竟灵魂上天堂是所有基督徒最高和最终的期望，所以即使是最肆无忌惮的封建强人对上帝在尘世中的代理人也不得不多少怀有敬畏心情。在中世纪，无休止的封建兼并战争和暴力冲突把欧洲带入空前混乱之中。在这种形势下，教会责无旁贷地肩负起重建秩序的历史重任。

由于各种强制性教令没有太大成效，教会采取了一些其他措施，其中特别重要的就是用基督教精神来驯化那些桀骜不驯的封建骑士。法国著名学者里昂·高蒂埃指出，"在这一可怕时刻——在我们历史上的关键时期——教会着手进行基督教军人的教育；也正是在这一时期，她采取了坚决的步骤，抓住强悍的封建贵族作为对象，并为他指出理想的规范。这一理想规范就是骑士精神。"[2]当然这种"骑士精神"并非日耳曼部落早先那种尚武精神，而是"被教会理想化了的日耳曼习俗"。也就是说，教

---

1 比如在990年，罗马教廷颁布了所谓"上帝的和平"(Peace of God) 令，随即又颁布"上帝的休战"(Truce of God) 令，此令后来被反复重申，而且休战期也被多次延长。
2 Leon Gautier, *Chivalry*, ed. by Jacques Levron, tr. by D. C. Dunning (London: Phinex, 1965), p. 6.

会试图用基督教道德，用被基督教精神改造过的日耳曼习俗，来驯化强悍的封建贵族和骑士，来规范他们的思想和行为。这种新骑士精神的核心是基督教精神，这种骑士理所当然是基督教骑士，或者说是"基督的骑士"。拉蒙·卢尔（Ramon Lull）在他写于 13 世纪的一部关于骑士精神和骑士行为规范的专著《骑士制》（*Libre del ordre de chevalerie*）中指出，骑士的"首要任务"就是"保卫对基督的信仰"。[1] 于是，基督教关于信仰、慈善、谦卑的基本教义、理想和美德被用来改造尚武的骑士精神。这种新的骑士不仅要忠于主人，而且必须忠于上帝，忠于教会。他必须首先为上帝、为基督、为教会而战，他还应该保护弱者和穷人，对"战斗人员和非战斗人员都应该仁慈和慷慨"。[2] 当然，这一"教育"远非一蹴而就，教会花了"好几个世纪来把粗野的封建强人们造就成为基督教骑士。"[3] 然而，这也为骑士精神造成了一个在现实中往往难以克服的内在矛盾，那就是骑士究竟应该首先忠于君主还是忠于上帝或者教会。

在驯化封建骑士、建构以基督教思想为核心的骑士精神的历史过程中，"十字军"东征发挥了重大作用。骑士精神大发扬的时代，或者更准确地说，骑士精神被大肆宣扬，骑士制和骑士文化被传播到欧洲各国的时代，正是"十字军"东征的那几个世纪，同时那也是罗马天主教会和教皇的权威最鼎盛的时期。

阿拉伯人最初对基督徒比较友好，对于香客们前往耶律撒冷朝圣，也没有什么限制。但 11 世纪土耳其人的兴起危及并最终切断了基督徒的朝圣旅途。拜占廷帝国本来是请求罗马教皇像以往那样在西欧招募雇佣军，以对抗土耳其人，但教皇乌尔班二世（Urban II）却乘机下谕令东征。1095 年，来自欧洲各地的骑士，佩戴十字标志，由各地王公贵族率领，在教皇代理人指挥下，带着从夺回耶稣的圣墓所在地到抢劫东方难以置信的财富等各种目的，涌向中东，开始了断断续续长达几百年的东征运动。[4] 东征运动对欧洲和中东人民都造成了巨大灾难，并产生了许多至今仍难以消除的负面影响，但它对欧洲的历史进程也产生了积极意义。它促进了东西方的交流，特别是西欧从当时文明程度更高的阿拉伯世界

1　转引自 Maurice Keen, *Chivalry* (New Haven: Yale UP, 1984), p. 9.

2　Raymond Rudorff, *Knights and the Age of Chivalry* (New York: Viking, 1974), p. 110.

3　Keen, *Chivalry*, p. 6.

4　"十字军"主要进行了 8 次东征，时间从 1095 年到 1291 年，但后来还组织过几次规模较小的东征。"十字军"的一些据点一直存在到 16 世纪。

获益匪浅。"十字军"东征是欧洲"12世纪文艺复兴"以及后来在14世纪开始的文艺复兴的重要根源。另外，虽然东征运动并没有也不可能消除欧洲内部的争端，但由于许多桀骜不驯的封建贵族被引向东方，西欧大量剩余的精力有了地方和机会在上帝的旗帜下肆意宣泄，欧洲进入了相对平静的时期。东征运动还使教皇地位空前提高，得以临驾各国国王之上，有几任教皇对敢于反抗他的国王甚至发动过"十字军"征讨。这自然有利于在欧洲建立比较统一的秩序。当然，"十字军"东征也使教会控制和"驯化"封建骑士的意图在相当程度上得以实现。

正是在"十字军"东征时期，特别是在12和13世纪，以条顿人的尚武传统、封建家臣制和基督教精神相结合而产生的骑士制和骑士文化以及理想中的骑士形象得以最终形成。除了前面提到的宗教内容外，骑士精神的基本成分，或者说一个理想的骑士必须具备的基本品质，主要包括武艺高超（prowess）、忠诚守信（loyalty）、慷慨豪爽（largesse）、温文尔雅（courtesy）、珍惜荣誉（honor）等等。[1]乔叟在《坎特伯雷故事》的《总引》里介绍骑士时说："他一开始骑着马闯荡人间，/就热爱骑士精神和荣誉正义/就讲究慷慨豁达与温文有礼，"[2]就是根据骑士精神赞扬他的美德。正是在"十字军"东征开始后不久，在12世纪，许多宣扬骑士高尚品德、表现骑士英雄业绩的骑士浪漫传奇，大量涌现，广为流传，成为随后几个世纪欧洲文学的主流。

需要指出的是，前面讲过，浪漫传奇的本质就是理想化，而理想化就必须在时间和空间上与表现对象保持距离。所以，浪漫传奇里的骑士一般都不是中世纪现实中那些桀骜不驯、行为粗野、本身就是骑士精神的教化对象的封建骑士。相反，文学家们把想象力投向了古代世界，所以在这期间，希腊、特洛伊、罗马和早期日耳曼的传说故事大行其道，那些早已被古典文学家们理想化了的人物被再次理想化，成为骑士美德的典范，其中亚瑟王和圆桌骑士们更成为骑士精神的化身，他们的传奇是当时最受欢迎的骑士故事。关于亚瑟王浪漫传奇的发展与成就，下面将进一步探讨。除文学作品外，这期间还出现了一些阐述和总结骑士精神、骑士行为规范、骑士品质和美德的专门书籍。

虽然这些书籍和浪漫传奇里描绘的骑士形象只是骑士精神和骑士美德的化身，是一种理想形象，与现实中的封建骑士相去甚远，但骑士文

1　Gautier, *Chivalry*, p. 8.
2　杰弗里·乔叟：《坎特伯雷故事》，黄杲炘译，南京：译林出版社，1999年，第4页。

化逐渐发展成为有理论、有行为规则、有艺术形象的文化体系。它不仅进入欧洲中世纪中、后期封建文化的主流,深刻影响了当时的社会生活和人们的思想观念,而且对后世的文化和文学也产生了重大影响,这种影响在欧美至今仍然十分明显,19 世纪出现的现代绅士的形象就根源于骑士文化。

　　然而这还只是事情的一半,骑士精神能对欧洲产生那么重大的影响,还因为它同宫廷爱情的结合。除教会之外,宫廷在驯化骑士上也发挥着极为重要的作用。其实,中世纪骑士文学主要就是宫廷文学,而骑士精神里的温文尔雅就主要来自于宫廷文化的熏陶和宫廷礼仪的要求。到了11 世纪末和 12 世纪,随着"十字军"东征运动的进行和其他一些社会、政治和经济上的原因,欧洲内部的冲突逐渐减少,社会比较安定,封建君主和贵族们有了更多闲暇,于是把更多精力放到文化娱乐方面;而赞助和收养诗人、学者、音乐家、艺术家、行吟诗人等文化人也逐渐成为国王和高等贵族宫廷中的时尚。随着宫廷文化的发展,新的理想、新的价值观念和新的行为规范也逐渐发展,风度翩翩、举止优雅、能歌善舞、能谈情说爱、知道如何向贵妇人献殷勤等社交技巧也相应成为理想的骑士所必需的"美德"。于是,出现了一种新的文学——宫廷诗歌——来赞扬和传播这些理想和美德。

　　宫廷文化,特别是宫廷诗歌的核心是宫廷爱情。宫廷爱情一出现就很快同骑士精神结合在一起,并成为驯化封建强人、造就理想骑士最突出的文化因素。通常认为,宫廷爱情(*amour courtois*,即 courtly love)这一术语是由伽士顿·帕里斯(Gaston Paris)创造的。他在 1883 年发表了一篇很有影响的论文,专门研究中世纪骑士,特别是亚瑟王及其圆桌骑士的浪漫传奇。他在文中第一次使用这一术语来指称在 11 世纪末 12 世纪初首先在法国文学中出现,进而遍及欧洲各国文学的一种新的情感主题。自那以后,宫廷爱情一词不仅在中世纪文学研究中高频率出现,而且迅速成为研究中世纪社会、历史、文化中广泛使用的术语。然而那只是现代学者第一次在研究中使用这个术语。实际上在中世纪文学中,宫廷爱情(*Amor cortese* 或 *cortesi amanti*)一词被用得相当普遍。比如,意大利诗人彼特拉克(Petrarch, 1304-1374)就多次用过。[1]虽然宫廷爱情这一观念在 20 世纪 60 年代遭到一些美国批评家质疑,认为它并不存在于现

---

1 请参看 Joan Ferrante, *Cortes' Amor* in Medieval Texts, *Speculum* 55 (1980), pp. 685-95。

实而主要是体现在文学作品中，但它至今仍然是中世纪文化文学研究中最基本的术语之一，被学者们广为使用，因为它虽然远离中世纪社会现实，但它毫无疑问是中世纪文化的核心组成，是一种当时广泛存在后来影响深远的文化现实。

在11世纪末，法国东南部的普洛旺斯（Provence）地区出现了一种以爱情为主题的新型抒情诗，那些诗人被称之为"新诗人"（troubadours）。新诗人是宫廷诗人，他们中有些人本身就是王公贵族。新诗迅速传播到法国南部、意大利北部和西班牙北部。在随后一个半世纪里，这些地区成为欧洲文学的中心，直到13世纪上半叶教皇发动对宗教异端的"十字军"征讨，从而毁灭了普洛旺斯蓬勃发展的经济和文化，但在那时宫廷爱情诗早已传播到欧洲各地，成为当时的主流文学。普洛旺斯在那期间产生了大量诗人，至今仍有400多位诗人的诗作流传于世。

普洛旺斯新诗所颂扬的并非现实生活中男女之间通常的情感，而是一种高度理想化、程式化、艺术化的"宫廷爱情"。在诗人和宫廷文人笔下，宫廷爱情逐渐演化出一整套复杂的规则（codes），具有鲜明的特点。刘易斯在他那部影响深远的著作《爱情之寓意——中世纪传统研究》里，把宫廷爱情的特点总结为"谦卑（Humility）、高雅风度（Courtesy）、私通（Adultery）和爱情宗教（Religion of Love）"。[1]

宫廷爱情，顾名思义，自然是上流社会的"爱情"。在中世纪人看来，"爱情"是上流社会的"专利"。所以，"虽然性和婚姻属于所有人，但爱情……只属于上等阶级。"[2]爱情必然而且必须同高贵的出身和宫廷内优雅的举止结合。但反过来，爱情也使人高尚，使人纯洁，使人气质高雅，彬彬有礼。刘易斯认为，在中世纪人看来，"只有高雅的人才懂爱情，但也正是爱情使他们高雅。"[3]正如"高雅"的英文词courteous所表明，"高雅的人"在中世纪是指宫廷中人，主要是王公贵族。不过爱情虽然只属于上等阶级，但在宫廷爱情诗人眼里，上等阶级的夫妻之间同样没有爱情，因为中世纪王室贵族的婚姻大都是出于政治和经济利益上的考虑，而且往往双方年龄悬殊。[4]克拉克认为，所谓"建立在'爱情上的

---

1 Lewis, *The Allegory of Love*, p. 2.

2 Donald R. Howard, *Chaucer, His Life, His works, His World* (New York: Dutton, 1987), p. 103.

3 Lewis, *The Allegory of Love*, p. 2.

4 当然这是受到宫廷爱情传统影响的看法。实际上贵族中感情深厚的夫妻也不是没有，比如在乔叟时代，爱德华三世同菲莉帕王后、兰开斯特公爵同夫人布兰茜以及理查德二世同王后安娜都感情甚笃。

婚姻'几乎可以说是18世纪后期的发明"。[1]另外，婚姻规定了义务，双方的给予或接受都是出于责任，而根据宫廷爱情的规则，"爱情"完全是自由奉献倾心付出。宫廷诗人们"直截了当地宣布，爱情和婚姻互不相容"。[2]所以，所谓宫廷爱情全是婚外恋。被诗人或骑士捧为偶像的情人都出身高贵，她们要么寡居，要么是有夫之妇，只有极个别是未嫁的公主小姐，其地位都往往比爱慕她的骑士或诗人远为高贵。比如，著名的圆桌骑士兰斯洛特就爱慕着亚瑟王的王后。宫廷爱情根本不可能产生婚姻这样的结果，婚姻不仅是爱情的坟墓，它简直就是对爱情的亵渎。至于私生子这样"粗俗"的悲喜剧，那自然也只有在后世资产阶级的市井故事里才会出现。

在新诗人的诗里，深陷爱情的骑士都是那些"冷酷"而"残忍"的情人的"奴仆"和"囚犯"，心甘情愿地忍受着她们随心所欲的"折磨"。他们视情人为"女神"，倾心伺候，顶礼膜拜。为了执行情人稀奇古怪的旨意，哪怕赴汤蹈火，涉险受辱，他们都在所不惜。他们最高的使命就是伺候和保卫情人，他们最大的心愿就是获得情人的"回报"。他们苍白无力，食不甘味，寝不能眠，常常泪流满面，倾诉痛苦，日夜期待着那似乎永远不会到来的"恩惠"；而情人的一两句甜言蜜语，一个眼神或者哪怕一点意味深长的暗示，都会立即把他们投入极乐世界。当他们最终得到"恩惠"时，他们接近情人的床，简直就像虔诚的信徒接近上帝的圣坛。如刘易斯所指出，宫廷爱情是一种"宗教"，情人就是骑士的上帝。

毫无疑问，这种高度艺术化的爱情与现实生活相去甚远，而且把女人提高到至高无上的地位，也明显与中世纪男尊女卑的现实和教会对妇女的贬低与污蔑大相径庭。但宫廷爱情的出现并非偶然，它具有深刻的历史根源和文化意义。学者们经深入研究，从社会、历史和文化文学方面，提出了许多关于宫廷爱情产生的观点。其中之一是中世纪的封建家臣制。由于骑士必须忠于领主，他们的忠诚和爱戴自然也献给领主夫人，当领主外出时，尤其如此。另外，宫廷和城堡内历来男多女少，加之领主夫妇之间几乎都是政治或经济婚姻，且往往年龄悬殊，所以家臣同领主夫人之间产生爱情并不奇怪，也不少见。

许多学者还认为，宫廷爱情从观念到游戏规则都深受古希腊罗马爱情诗，特别是奥维德（Ovid，43 B.C.-18 A.D.）那部在中世纪广为流

---

1 Kenneth Clark, *Civilization* (New York: Harper & Row, 1969), p. 64.

2 Donald R. *Chaucer,* p. 106.

传的诗作《爱之艺术》（*Ars Amatoria*）的影响。宫廷教士卡普拉努斯（Andreas Capellanus）在12世纪写了一部名为《高尚爱情之艺术》（*De Art Honeste Amandi*）的著作。他在书中系统讨论了爱情的性质，并列下了31条爱情规则。这部书既是宫廷爱情的理论，也是情人们的行动指南，可以被称为宫廷爱情之"爱经"。很明显，从书名到内容，它在相当程度上都可以说是《爱之艺术》的翻版。不过按刘易斯的观点，宫廷诗人们误读了奥维德，把这位罗马诗人的玩笑和讥讽当了真。但无论如何，奥维德的影响是显而易见的。

在宗教领域，这时期圣母玛利亚逐渐取代造成人类堕落的夏娃，成为"第一女人"。对圣母的崇拜已成为基督教的重要组成部分。在基督教历史上很长时期内，教徒们颂扬和崇拜耶稣的12门徒和其他圣徒，许多教堂以他们的名字命名，而玛利亚却几乎完全被忽视。在上千年里，因为夏娃的"过失"，神甫们在每一个圣坛上都在无休止地谴责女人的罪孽。直到11世纪，耶稣的母亲才逐渐受到重视，被尊为人与上帝之间的"中保"（mediator），许多教堂开始以她命名，颂扬玛利亚的圣歌也大量出现和流传。对玛利亚的崇拜也是对耶稣人性的强调，是基督教人性化发展的重要特征，是中世纪中后期欧洲文化的重要发展，并在一定程度上为后来文艺复兴时期人文主义思想的弘扬创造了有利条件。正是在圣母崇拜发展的同时，宫廷爱情诗也在流传。颂扬玛利亚的圣歌很轻易就被转用到宫廷爱情诗里，而宫廷爱情对女人的颂扬也促进了圣母崇拜的发展；这两方面相互影响。的确，在有些新诗人的诗里，我们很难区分他究竟是在颂扬其情人还是圣母。到13世纪后，许多新诗人陆续成为宗教诗人，虔诚地歌颂玛利亚。

另外，阿拉伯诗歌的影响也是宫廷爱情诗兴起的根源。有学者认为，"新诗人"（troubadour）一词本身就来源于阿拉伯语："Taraba的意思是'吟唱'，而且是'唱诗'；tarab是指'歌谣'，在伊比利亚半岛的阿拉伯口语里，其发音是trob；按罗曼语构词法，加后缀 –ar 来构成动词是符合规则的，"[1] 所以构成动词trobar（写诗，吟诗），即taraba。的确，在普罗旺斯新诗出现之前，爱情诗在伊斯兰世界，特别是在波斯已经繁荣了好几个世纪。阿拉伯诗人也是从男人的视觉来对情人进行颂扬、美化和崇拜。在公元7、8世纪，穆斯林征服了从印度到西班牙的广阔领域，爱情

1　Maria Rosa Menocal, *The Arabic Role in Medieval Literary History—A Forgotten Heritage* (Philadelphia: U of Penn. P, 1987), p. xi.

诗也逐渐从波斯传播到伊斯兰世界的其他地区。在这期间，阿拉伯诗歌也受到了古希腊罗马文化包括爱情诗的影响。阿拉伯人从希腊罗马大量吸收哲学、科学、文化和文学思想，是他们能创造出远比当时西欧文明更高的阿拉伯文明的一个重要因素。后来在欧洲文艺复兴时期，许多古代典籍就是从阿拉伯文、叙利亚文等中东文字回译成欧洲文字。在很大程度上，正是波斯爱情诗和古希腊罗马人文主义思想特别是奥维德的爱情诗的结合造就了阿拉伯爱情诗的繁荣。基督教和伊斯兰教两大文明的碰撞和交流，对欧洲社会、思想和文学的发展都产生了极为深刻的影响。基督教文明同伊斯兰文明的碰撞主要是在两个方向："十字军"东征的东南方向和早在8世纪就已成为伊斯兰世界一部分的西班牙地区，也就是西南方向。正是在这两个方向的交汇点上，法国南部的普罗旺斯出现了以人为中心、以爱情为主题的新诗运动，开辟了欧洲文学史的新篇章。

虽然宫廷爱情同现实之间有很大距离，主要存在于文学作品中，而且从现代人的观点看，显得十分矫揉造作，但它毕竟是自中世纪开始以来欧洲人第一次对爱情，对人的感情的高度颂扬。恩格斯认为，"中世纪的武士之爱"是"头一个出现于历史上的性爱形式"。[1]它是后来文艺复兴时期人文主义大发展的先声，对人们的思想意识、价值观念以及文学艺术都产生了深远影响，在欧洲文化和文学史上具有划时代意义。自罗马帝国覆灭以来，是它第一次在如此大的规模上把文学变成了人的文学，第一次把文学从宗教文学发展为世俗文学。因此，以宫廷爱情为核心的新诗运动可以说是现代欧洲文学的真正开端。

在这之前，中世纪文学主要是宗教文学，而所谓爱也主要是人对上帝的爱，或上帝对人的爱。根据神学家的观点，人与人的感情，特别是男女之间的欲望，归根结底来源于人类的堕落，也就是来源于亚当和夏娃偷吃禁果。男女之间的爱情和欲望产生于罪孽，所以它也是一种罪过，而且有可能超过人对上帝的爱。另外，由于爱情产生于罪孽，所以爱情总是与痛苦相伴，在获得爱情之前或之后，都是无限的痛苦，所以它实际上是对人类堕落的惩罚。卡普拉努斯在《高尚爱情之艺术》的第一章《什么是爱情》里，开篇明义地说："爱情是一种天生的痛苦（inborn suffering）"。[2]

1　弗里德里希·恩格斯：《家庭、私有制和国家的起源》，北京：人民出版社，1954年，第66页。

2　Bernard O'Donoghue, ed. *The Courtly Tradition* (Manchester: Manchester UP, 1982), p. 40.

总的来说，教会对以宫廷爱情为主题的抒情诗和骑士传奇还是比较宽容。一个重要原因就是因为它有助于"驯化"封建骑士。另外，宫廷爱情作品一般没有对性的直接描写，也没有直接表达任何神学方面的异端邪说。所以教会对宫廷爱情文学一般是听之任之。不仅如此，许多著名的宫廷爱情诗人，以及宫廷爱情最著名的"理论家"卡普拉努斯，本身就是教士。

宫廷爱情文学的一个重大发展是，爱情这个新型抒情诗的主题被迅速运用到骑士文学。其实从本质上看，宫廷爱情本身就往往是骑士和女主人之间的爱情，而在普洛旺斯新诗出现之后，骑士文学的核心就是宫廷爱情。在很大程度上，正是宫廷爱情和骑士文学的结合创造出中世纪中后期欧洲文学的主流：浪漫传奇。

在那之前，中世纪文学主要有两种：宗教文学和史诗。其中史诗与浪漫传奇有密切的关系。在中世纪，维吉尔的史诗一直享有崇高地位，为历代文学家效法模仿，形成了重要的史诗传统。在很大程度上，浪漫传奇正是对这一文学传统的继承、改造与发展。或者更准确地说，骑士浪漫传奇是古罗马史诗传统与普罗旺斯新型宫廷爱情诗这种中世纪化了的奥维德爱情诗传统在12世纪文艺复兴的社会文化语境中的结合。不过，虽然史诗与浪漫传奇都以英雄为核心，史诗英雄和传奇英雄也有许多共同点，但他们之间存在一些本质区别。比如，史诗英雄是为民族（或部族）的命运而战，而传奇英雄则主要是为主人、情人或他自己去冒险。史诗英雄出生入死，完全是为了民族利益，决无私利可言。但传奇英雄不同，即使是为主人或情人而战，他都带有直接或间接的个人利益，而他为了个人的荣誉或者为了证明个人的价值去冒险，那就带有更为明显的个体意义。所以，在一定程度上我们可以说，从史诗英雄到传奇英雄的转变是西方文学中个人主义思想（individualism）的开端。

三

虽然英格兰孤悬海外，在浪漫传奇的创作上，英格兰并不落后于欧洲大陆。诺曼征服之后，特别是在安茹（Angevin）王朝的全盛期，即亨利二世（1154-1189在位）时期，英格兰同大陆上的诺曼底以及其他大片领土组成所谓"安茹帝国"或"海峡王国"，使英格兰和大陆紧密地联系在一起，文化和文学交流自然也十分密切。所以当浪漫传奇在法国北部诞生不久，很快就出现在英格兰。特别是由于亨利二世和王后爱琳诺[1]都积极赞助文学创作，他们宫中积聚了一批当时欧洲最负盛名的文人学士，其中法国的克雷蒂安·德·特鲁瓦（Chretien de Troyes, 约1135-90）是中世纪欧洲浪漫传奇最重要的作家之一和亚瑟王浪漫传奇的奠基人。虽然亨利国王有三分之二的时间都没有在英格兰，爱琳诺也因为支持儿子的叛乱被囚禁，但在王室大力支持下的以宫廷爱情和骑士传奇为核心的宫廷文学在当时蓬勃发展，英格兰也成为新兴的宫廷文学的中心之一。大约产生于12世纪末的重要的英语寓意诗作《猫头鹰和夜莺》中反映出这种文学的发展和王室对它的支持。

当12世纪中期所谓欧洲浪漫传奇时代到来之时，英格兰也诞生了浪漫传奇，特别是其中根据凯尔特传说用盎格鲁-诺曼语创作的关于特里斯坦（Tristan）的故事对浪漫传奇的发展产生重大影响，这个系列后来还发展成为亚瑟王系列的一部分。在随后一个多世纪里，英格兰产生了大量浪漫传奇作品，而且题材广泛，包括了所有5种类型。如前面所指出，这时期的浪漫传奇全都是用法语，或者说用盎格鲁-诺曼语创作。但盎格鲁-诺曼语浪漫传奇对后来的英语浪漫传奇的创作与发展产生了重大影响。

在英语诗人开始创作浪漫传奇时，他们几乎无例外地都把盎格鲁-诺曼语原作作为蓝本。所以苏珊·克兰指出："几乎每一部盎格鲁-诺曼语浪漫传奇都有中古英语的后裔。"[2]但几乎所有中古英语浪漫传奇在内容和风格上都同他们的盎格鲁-诺曼语原作有相当大的区别。比如在内容上，盎格鲁-诺曼语作品受宫廷文化影响，更注重高雅情趣、宫廷爱情和骑士精神；相比之下，中古英语浪漫传奇，特别是其中的英格兰题材的作品，则更致力于描写冒险经历和战斗，包括血腥的厮杀场面。不过，这一点在14世纪后半期理查德时代，或者说乔叟时代，将会有相当的改变，英语浪漫传奇也将被"典雅化"。另外在语言风格方面，中古英语浪漫传奇则更为平实直接，而在细节描写上也更接近日常生活，特别是下层人的生活。比如，在属于英格兰题材的传奇作品《丹麦人哈弗洛克》（*Havelok the Dane*）里，最生动的细节是关于丹麦王子哈弗洛克在英格兰沦落为平民的生活的描写。不用说，这些差别同诗人们使用的语言媒介、

1　艾琳诺（Eleanor, 1124?-1204），第一位著名的普罗旺斯新诗人亚奎泰尼公爵的孙女，1137年继任为女公爵，先嫁给法王路易斯六世，后嫁给英王亨利二世，是中世纪欧洲最有权势的女人和著名的文学赞助人。

2　Susan Crane, *Insular Romance: Politics, Faith, and Culture in Anglo-Norman and Middle English Literature* (Berkeley: U of California P, 1986), p. 6.

作品的消费对象以及作家本人的社会和生活背景都有关系，因为使用英语进行浪漫传奇创作的诗人，特别是在13、14世纪，其中包括乔叟，大多来自平民阶层，他们自然更熟悉英格兰普通民众的生活和本土文化文学传统。

如果说英格兰题材的作品由于深深扎根于英格兰的历史、社会、地域、文化和民族心理之中而最具英格兰特色的话，那么以亚瑟王传奇故事为核心的不列颠题材的浪漫传奇对中世纪欧洲人则似乎具有最普遍的吸引力。其实，亚瑟王系列传奇故事在中世纪欧洲的广泛流传是一个很值得研究的文化现象。它"以年鉴记载、伪历史、浪漫传奇、史诗、北欧英雄传奇（saga）、民间歌谣以及民间故事"等当时几乎所有叙事体裁"出现在几乎所有欧洲语言里"。甚至早在12世纪初，也就是在第一部亚瑟王浪漫传奇出现之前约半个世纪，在意大利北部的莫德纳（Modena）大教堂上就已经出现了亚瑟王故事的浮雕。[1]

查理曼的历史还不算太长，加之他在历史上影响巨大而形象还算清晰，特别是经过11、12世纪的法语英雄歌谣的塑造，他已经有了比较固定的造型："骑士君主和宗教英雄"。[2]这多少限制了喜欢新奇的浪漫传奇作家们的想象力，使他们不能随意塑造他们笔下的人物。因此12世纪以后，文学家们逐渐对他失去了兴趣。同样，亚历山大和其他古典作品中的英雄人物虽然历史悠久，但也由于大量历史记载或长期流传而形象比较固定。另外，所谓驳杂题材虽然新奇，但却缺乏一个既能体现中世纪人的理想价值观念，又能无限刺激他们的想象力的中心人物。因此它们的确"驳杂"而难以形成一个中世纪人能寄托他们对秩序的渴望与追寻的体系。与之相反，那个似乎依托历史，挟历史权威，但实际上却主要根源于民间想象力的亚瑟王所特有的那种既模糊不清又不断丰富的形象正好适合浪漫传奇诗人们的需要。它刺激诗人们的想象力，又能被他们不受限制地随意塑造。

同时，亚瑟王传奇几乎一开始就有幸得到天才诗人克雷蒂安·德·特鲁瓦的关注，自然十分有利于它的发展。特鲁瓦很可能敏锐地意识到亚瑟王传奇最能发挥他的想象力和寄托他的理想。他所创作的

---

1 Helaine Newstead, "Arthurian Legends," in Severs, ed., *A Manual of the Writings in Middle English: 1050-1500*, pp. 38, 39.

2 参看Taylor, *An Introduction to Medieval Romance*, pp. 39-40.

浪漫传奇几乎全是关于亚瑟王、特别是他的圆桌骑士的故事。[1]其中，他的第一部作品《艾勒克与艾尼德》(*Érec et Énide*，约1165年)同时也是威尔士语之外的第一部关于亚瑟王传说的诗作。在很大程度上可以说，克雷蒂安开创了以骑士精神与宫廷爱情相结合的主流浪漫传奇的传统，是中世纪最著名也是最杰出的浪漫传奇文学家之一。他的作品成了浪漫传奇的典范，影响了好几代作家，包括13世纪的名著《玫瑰传奇》的作者。自他之后，亚瑟王系列浪漫传奇在欧洲各地迅速发展，在几个世纪里，它在各类题材的浪漫传奇中作品最多，成就最高，流传最广，影响最大，以至亚瑟王浪漫传奇就几乎等同于中世纪浪漫传奇。它不仅深刻影响了欧洲文学，而且它所体现的精神追求、价值观念、社会和道德理想也广泛地影响了欧洲的思想文化。

关于亚瑟王的传说最先根源于5、6世纪时不列顿人(Britons，即生活在不列颠的凯尔特人)抵抗入侵的盎格鲁－撒克逊人的冲突与战争，他的原型很可能是一个领导抵抗运动并取得不少胜利具有罗马人血统或者罗马化了的不列顿将领。值得注意的是，这些浪漫传奇所颂扬的不是后来胜出并成为英格兰民族核心的盎格鲁－撒克逊人而是失败了的不列顿人。不列顿人的后裔威尔士人、不列塔尼人和康沃尔人[2]把亚瑟王尊为民族英雄，那不难理解，但盎格鲁－撒克逊人的后裔同样也热衷于颂扬亚瑟王，那就不同了。实际上，亚瑟王浪漫传奇风靡欧洲以及亚瑟王和他的圆桌骑士们在传说故事中征服欧洲的辉煌胜利，同意大利人、英格兰人以及其他许多西欧民族在各种传说中竞相把自己想象成被希腊人征服了的特洛伊人的后裔颇有相似之处。继承了希腊文化的罗马人并不把自己同胜利者希腊人联系起来，而是把自己看作是失败者特洛伊人的后代；而从维吉尔到薄伽丘、乔叟、莎士比亚等几乎所有重要的欧洲文学家都歌颂特洛伊人而嘲笑希腊人，这种民族心理和文化现象很值得研究。

在历史长河中，亚瑟王的传说故事时隐时现，主要是在民间传说和

1　现存的5部公认为他的作品，即《艾勒克与艾尼德》(*Érec et Énide*，约1165年)、《克里奇》(*Cligés*，约1176)、《囚车骑士》(*Le Chevalier de la Charrette*，约1177)又名《兰斯洛》(*Lancelot*)、《骑士与狮子》(*Le Chevalier au Lion*，约1179-80)又名《伊凡》(*Yvain*)和《圣杯故事》(*Le Conte du Graal*, 1190)又名《波瑟瓦尔》*(Perceval)*全是亚瑟王浪漫传奇。

2　这些都是古不列顿人(Briton)的后裔。在盎格鲁－撒克逊人入侵时，许多不列顿人逃到威尔士和康沃尔(Cornwall)山区进行抵抗，还有一些不列顿人迁徙到海峡对岸，他们被称为不列塔尼人(Breton)，现在的法国不列塔尼(Brittany)半岛也因此而得名。

历史－文学记载两个层面上流传，同时它们也相互影响与融合。从内容上看，与亚瑟王的事迹有关的现存最早著作是吉尔达斯（Gildas）大约于6世纪中期撰写的具有明显传说性质的拉丁文"历史"著作《不列颠之毁灭》（The Ruin of Britain）。吉尔达斯在书里描绘了不列颠人在抵抗撒克逊人的进攻中所取得的12次辉煌胜利，特别是其中最后一次，给撒克逊人造成了重大打击，阻止了他们的进犯，为不列颠人带来了半个世纪的和平，其领导者也成为人们歌颂的英雄。在后来的民间传说和浪漫传奇里，这12次胜利都成为亚瑟王的功劳。另外，一首大约产生于公元600年的威尔士诗歌也歌颂了这位英雄及其业绩，但这两部作品里都没有直接提到亚瑟王的名字。最早提到亚瑟王名字的著作是9世纪一位名叫嫩纽斯（Nennius）的人所写的《不列颠史》（Historia Brittonum）。嫩纽斯称那位指挥不列颠人取得12次重大胜利的英雄为亚托琉斯（Artorius）。从这个名字看，他很可能是居住在不列颠的罗马人后裔。这个拉丁文名字很自然地被转换成英文名字亚瑟（Arthur）。在那几个世纪里，关于亚瑟王的故事在威尔士民间也在不断流传，而且日益丰富多彩。其实，那些"历史"书中的记载，很可能就取材于民间传说。同时，不列塔尼人和康沃尔人也在创作和传诵各种版本的亚瑟王故事。其中特别是不列塔尼人占地理之便，他们的行吟诗人在欧洲大陆各地广泛传唱亚瑟王的故事，为亚瑟王故事在大陆上的传播做出了最大贡献。本文前面提到意大利莫德纳大教堂墙壁上关于亚瑟王传奇的浮雕，而该浮雕上的文字表明，那是根据不列塔尼行吟诗人演唱的故事创作的。[1]也就是说，早在克雷蒂安撰写他那些广泛而深刻地影响了浪漫传奇文学之发展的作品之前，关于亚瑟王的各种传说故事就已经传遍了欧洲，那也是为什么亚瑟王浪漫传奇能那么迅速地风靡各地的一个重要原因。同时那也表明，克雷蒂安本人在创作他那些亚瑟王浪漫传奇之时，实际上也深受当时已经广泛流传的民间故事的影响。

在亚瑟王传奇故事发展史上一部里程碑式的作品是英格兰人杰弗里（Geoffrey of Monmouth）的拉丁文《不列颠君王史》（Historia Regum Britanniae, 约1136年）。虽然一直到文艺复兴时期，这部著作都被人们当作信史看待，但它显然是一部传说多于历史的著作。这部书从讲述特洛伊人后裔不鲁特（Brut）创建不列颠开始，一直讲到7世纪最后一位不列颠国王卡德沃拉德尔（Cadwallader）之死和不列颠王国的覆没。它明显

1　参看 Newstead, "Arthurian Legends," p. 39.

受到维吉尔那部在中世纪十分著名的史诗《埃涅阿斯记》的影响。维吉尔在诗作里描写了劫后余生的特洛伊人在埃涅阿斯的率领下历尽艰辛穿越地中海到意大利创建罗马的传说，杰弗里则在他的"史书"里把埃涅阿斯的孙子不鲁图斯（Brutus）描写成创建不列颠的英雄。不过这部著作的中心内容和高潮，同时也是对正在兴起的浪漫传奇以及后来的欧洲文化与文学都产生了重大影响的部分，则是关于亚瑟王朝的故事。

在杰弗里的著作里，亚瑟王生平故事的主要内容已经大体成型。亚瑟王的父亲，国王乌瑟尔（Uther）爱上了康沃尔国王哥罗伊斯（Gorlois）的王后伊格赖因（Igraine），[1] 魔术师默林（Merlin）用魔术把他变成她丈夫模样，成其好事，使之怀上亚瑟，随后又帮助他杀掉了哥罗伊斯。杰弗里主要叙述了亚瑟王一系列军事胜利。亚瑟王在打败撒克逊人后，率军跨越海峡，横扫大陆。正当他庆祝辉煌胜利之际，罗马皇帝派来使者，要他纳贡称臣。亚瑟王拒绝了罗马皇帝的要求，并挥师向罗马进军。他打败了罗马军队，杀死了罗马皇帝，然而正当他要进入罗马之际，国内传来消息，他侄儿莫德雷德（Modred）已经篡位并占有了他的王后。他只好回师不列颠，经过恶战，杀死了莫德雷德，但自己也身负重伤，由仙女们伴随，乘船前往凯尔特人神话中的极乐世界阿瓦隆（Avalon）岛养伤。[2]

杰弗里虽然吸收了不少威尔士人以及其他凯尔特人后裔的民间传说，但他的亚瑟王故事与当时正在兴起的浪漫传奇一样，却是以当时的英格兰和欧洲为背景，他塑造的亚瑟王也是以那些野心勃勃四处征战的诺曼国王为原型。[3] 也许正因为如此，那些桀骜不驯的盎格鲁-诺曼贵族们不太喜欢这样一位强有力的封建君主，也不支持创作亚瑟王故事，因此也就没有出现盎格鲁-诺曼语的亚瑟王浪漫传奇。另外，盛极一时的亚瑟王朝由于莫德雷德的叛乱而覆没，其实也反映了当时的现实状况：英格兰的封建君主与高等贵族（他们往往也是王室成员）之间长期而激烈的冲突是王国所面临的最严重的危机。

由于杰弗里的书在当时大受欢迎，一个名叫瓦斯（Wace）的诺曼人

1　又名伊格恩（Igerne）。
2　由于亚瑟王系列故事根源于在几个世纪里在不同地区的传说以及欧洲各地许多诗人的创作，形成了大量不同的版本，因此很自然包含有许多不一致的地方。比如，在不同的作品里，莫德雷德具有不同的身份：亚瑟王的侄儿（他妹妹的儿子）、堂弟（叔叔洛特的儿子）和私生子等。
3　Wilson, *Early Middle English Literature*, p. 204.

把这部用拉丁语写成的散文作品用诗歌体翻译成盎格鲁-诺曼语的《不鲁特传奇》(*The Roman de Brut*, 1155)，进一步扩大了它的影响。总的来说，在内容上瓦斯的翻译大体上忠实于原文，但也做了一些小的改动。他最大的贡献是巧妙地用圆桌的方式来解决了骑士们之间关于先后次序的争端和动人地表达了不列颠人相信亚瑟王在阿瓦窿治好了伤，仍然活着，并将在不列颠有难之时再回来拯救。也许更重要的是，他在亚瑟王故事中增强了当时正在兴起的宫廷文化的色彩。这对后来的作品，包括克雷蒂安的创作都有影响。

虽然瓦斯的《不鲁特传奇》没能激励盎格鲁-诺曼诗人们去创作亚瑟王浪漫传奇，它却对13、14世纪的中古英语浪漫传奇产生了重大影响。但它最直接也是最重要的影响是，在12世纪末拉亚蒙 (Layamon) 用中古英语翻译加创作，将该书改写成头韵体的《不鲁特》。拉亚蒙还参考了一些其他史书和传说，包括比德 (Bede, 672?-735) 的拉丁文名著《英格兰人教会史》(*Historia ecclesiastica gentis Anglorum*)，但在总体上还是比较忠实于瓦斯的作品。不过，他在描写上却发挥想象力，特别是在亚瑟王部分增加了不少细节并使情节更富戏剧性，其长度也达到1万6千余行，为瓦斯作品的两倍，其中仅亚瑟王部分就达5千多行，占全书三分之一。这部书后来成为那些以亚瑟王为中心的中古英语浪漫传奇的重要源泉之一。与瓦斯的著作相比，拉亚蒙的《不鲁特》减少了宫廷文化的色彩，而更接近英格兰本土民间传统，比如亚瑟王出生之时仙女们给他献上财富、长寿与帝王美德的礼物，那张著名的圆桌可大可小，并能收起来随身带走等许多描写都是根源于民间传说。另外，拉亚蒙还对激烈的战斗和血腥的厮杀十分感兴趣，这与那些英格兰题材的浪漫传奇相似，而与受法国传统的宫廷高雅文化影响的瓦斯原作有相当大的区别，这表明拉亚蒙更主要按当时英格兰本土传统改写瓦斯的作品。更重要的是，如纽斯特德所指出，拉亚蒙第一个把亚瑟王描写成英格兰英雄，[1] 尽管他原本是英格兰人或者说盎格鲁-撒克逊人的敌人，后来的许多英语浪漫传奇诗人同样也竞相把他英格兰化。

拉亚蒙将亚瑟王及其传说本土化和英格兰化是在克雷蒂安那些影响广泛甚至在很大程度上决定了后世亚瑟王浪漫传奇的发展方向的作品流行半个世纪之后，这是很有意义的，因为在一定程度上他可以说是"逆潮流"而动。在克雷蒂安之前，从民间传说到"史书"记载，从杰弗里

1　Newstead, "Arthurian Legends," p. 44.

到瓦斯，亚瑟王浪漫传奇都是以亚瑟王为中心。然而克雷蒂安却改变了方向。他现存的5部作品是以亚瑟王朝为背景，主要是描写兰斯洛、高文、波瑟瓦尔等亚瑟王手下几个主要的圆桌骑士的冒险经历以体现中世纪理想的骑士精神与美德。在那以后，许多浪漫传奇，特别是法国传统的那些作品，不是以表现亚瑟王朝的辉煌业绩为中心主题，而是转向歌颂某些骑士独自的冒险经历。正是在这些描写单个骑士的冒险经历的作品里，我们特别突出地看到人文主义的重要内容和个体价值观念的发展；这是欧洲思想和文学发展史上具有历史意义的一步。

在13世纪前期，亚瑟王浪漫传奇的最重要发展是出现5部规模巨大内容丰富的法语散文作品：《兰斯洛》（*Lancelot*）、《寻找圣杯》（*Queste del Saint Graal*）、《亚瑟王之死》（*La Mort le Roi Artu*）、《圣杯史》（*L'Estoire du Graal*）和《散文默林》（*Prose Merli*）。现在它们被统称为所谓"正典系列"（Vulgate Cycle）。这些著作把以亚瑟王为中心和那些以单个（或两、三个）骑士的冒险经历为主的两个系列整合在一起，而且又增加了如特里斯特拉姆和加勒哈德这样的重要骑士。[1]"正典系列"最重要或者说最具特色的内容是寻找圣杯、兰斯洛特与亚瑟王的王后格温娜维尔之间的爱情以及亚瑟王之死这三大主题。尽管这些作品是用法语写成，但这个系列对中古英语亚瑟王传奇的发展产生了重大影响，许多英语作品，包括马洛礼那部在任何时代都可以被看作是杰作的中古英语散文《亚瑟王之死》，都从其中寻找素材和灵感。

很值得注意的是，虽然盎格鲁–诺曼语浪漫传奇在那时期十分流行，而且取得了很高成就，使英格兰在12世纪就成为欧洲主要的浪漫传奇创作中心之一，而且几乎所有后来出现的中古英语浪漫传奇作品都有盎格鲁–诺曼语原本；然而，盎格鲁–诺曼语诗人们对中世纪浪漫传奇中最受欢迎的亚瑟王题材却表现了令人诧异的沉默，除了一部稍微沾边的《菲尔古斯》（*Fergus*）之外，盎格鲁–诺曼语没有流传下一部亚瑟王浪漫传

1　特里斯特拉姆的传奇根源于凯尔特人的民间故事，于12世纪中期被一个名叫不列颠的托玛斯（Thomas of Britain）用盎格鲁–诺曼语创作成浪漫传奇，是英格兰出现得最早的浪漫传奇作品之一。这个系列故事本来与亚瑟王系列传奇没有关系，在后来的发展中特里斯特拉姆也成了亚瑟王的骑士。于是，这个传奇系列也成为亚瑟王传奇的一部分。加勒哈德是兰斯洛的儿子，是唯一能找到圣杯的圣洁骑士。

奇，甚至很有可能盎格鲁–诺曼诗人根本就没有创作过这样的作品。[1]与之相反，当时经常驻跸欧洲大陆的英格兰王室，特别是亨利二世和爱琳诺的宫中，却养有一批像克雷蒂安这样欧洲最杰出的浪漫传奇诗人，用大陆法语创作出许多极有影响的亚瑟王浪漫传奇作品。对于这种现象，菲尔德解释说："这清楚地意味着，隐藏在盎格鲁–诺曼语背后的贵族们的意愿表明，他们并不想鼓励那种支持中央专制王权的传说。"[2]这种解释是有道理的，在那时期，特别是在亨利二世以后，英格兰王室同强大的贵族们之间长期存在尖锐激烈的斗争，甚至引发了全面的内战，并导致法国的入侵。因此英格兰贵族们并不青睐致力于颂扬中央王权的亚瑟王传奇故事，因为即使是克雷蒂安等法国诗人们创作的以圆桌骑士冒险经历为主要内容的传奇作品也是以强大的亚瑟王朝为背景并且以骑士们忠于亚瑟王为前提。

然而与之相反，中古英语诗人们却十分热衷于亚瑟王的故事，其中一个很重要的原因是，通过几个世纪的融合与发展，英格兰人已经本土化，已经认同了当地的文化传统，加之他们被诺曼人所征服，体验了当年不列颠人被他们征服的相同经历，因此来自本地而且正风靡欧洲的亚瑟王传说为他们提供了展示民族心理、表现民族自豪感和传达文化理想的绝好文学媒介。另外，用英语进行文学创作的诗人们大多来自平民阶层或中下层贵族，他们对亚瑟王朝的歌颂也间接表达了广大英格兰民众对强大的中央王权可能带来更为稳定和平的社会生活的期待。

所以，相对于其他题材的浪漫传奇，亚瑟王题材在中古英语中产生了特别多作品，其中流传至今的达30余部。学者们根据内容将这些作品分为8类：1）亚瑟王生平；2）默林与青年亚瑟；3）兰斯洛与亚瑟王的最后年月；4）高文；5）波瑟瓦尔；6）圣杯传说；7）特里斯特拉姆；以及8）小不列颠之亚瑟。[3]从这种分类可以看出，亚瑟王题材的中古英语浪漫传奇受到了威尔士等地的民间传说、以杰弗里–拉亚蒙为代表的"史书"记载、克雷蒂安的浪漫传奇以及"正典系列"等各种传统的影响，因此特别丰富多彩。

尽管如此，存在于所有这些类型的亚瑟王浪漫传奇之中，甚至可以

---

1 一般来说，即使是散失了的作品也往往会留下一些蛛丝马迹。对于这方面的研究，威尔逊的《散失了的中世纪英格兰文学》（R. M. Wilson, *The Lost Literature of Medieval England*, 2nd rev. ed., London: Methuen, 1970）是一部很有价值的专著。

2 Field, "Romance in England: 1066-1400," p. 160.

3 Newstead, "Arthurian Legends," p. 40.

说是其核心的，却是英格兰本土文化文学传统。首先，中古英语亚瑟王浪漫传奇的一个特别突出的特点就是，在欧洲各地所有各种语言的亚瑟王浪漫传奇中，中古英语作品最接近当地民间传统，具有最明显的民间文化特色，这种特色在亚瑟王生平、默林与青年亚瑟王、高文以及特里斯特拉姆等几类或者说几个系列故事里最为明显。第二，中古英语作家们对高文特别感兴趣。高文是亚瑟王手下最早的骑士之一，意大利莫德那教堂上的浮雕里就已经有了他的形象。[1] 现存的关于高文的中古英语浪漫传奇多达 12 部，[2] 超过总数的三分之一，其中还包括像《高文爵士与绿色骑士》这样的杰作，而且在马洛里的《亚瑟王之死》里他也是核心人物。高文那样受英格兰人喜爱，一个重要原因是，与兰斯洛具有明显的"法国血统"不同，他是"土生土长"的不列颠或者说英格兰骑士，而且一直是作为骑士精神和高尚的骑士美德的体现者而为人们所传诵；《高文爵士与绿色骑士》最突出地表现了他的美德。

在所有这些中古英语亚瑟王浪漫传奇里，除《高文爵士与绿色骑士》外，文学成就最高的是 3 部都以《亚瑟王之死》命名的作品。其中两部作品大约产生于 14 世纪后半叶，另外一部则是 15 世纪著名文学家马洛礼（Thomas Malory, ?-1471）的杰作。特别有意义的是，它们分属 3 个不同的体裁和 3 个不同的文学传统：头韵体、节律体和散文体，它们也因此而被分别称为头韵体《亚瑟王之死》（alliterative *Morte Arthure*）、节律体《亚瑟王之死》（stanzaic *Morte Arthur*）和马洛礼的《亚瑟王之死》（Malory's *Le Morte Darthur*）。虽然它们体裁不同，并分属不同传统，但它们之间关联密切，后面的作品受到前面作品的深刻影响。它们在内容和主题思想上有不少相同或相似之处，但也有许多重大的差异。在一定程度上，这 3 部《亚瑟王之死》反映出英国中世纪中、后期叙事文学的发展现状和当时文学创作的特点。

在整体上，这 3 部著作都是以亚瑟王朝为中心，虽然马洛礼的作品的中间部分也以某些圆桌骑士作为主要人物。它们都是以亚瑟王之死为标题，也都是以亚瑟王之死为结局，但实际上它们都主要是关于亚瑟王的生平和亚瑟王朝的辉煌成就。它们在一定程度上反映了饱经战乱之苦的英格兰人民对一个强大王朝统治下的稳定社会的向往。尤其值得称道的是，这 3 部作品在表现亚瑟王朝的辉煌业绩和骑士们的高尚美德的同

1　Newstead, "Arthurian Legends," p. 53.

2　参看 Newstead, "Arthurian Legends," pp. 53-54.

时，都致力于道德探索，致力于从亚瑟王朝内部的冲突、骑士精神的内在矛盾、日耳曼传统和基督教传统两套价值观念之间的不同取向来探讨亚瑟王朝最终覆没的根源。

产生于中世纪末期的马洛礼的《亚瑟王之死》是中古英语亚瑟王浪漫传奇和中世纪英语叙事文学的集大成之作，在某种意义上讲，它虽然是中世纪的一首回光返照式的挽歌，但却也是延续骑士精神的推动力。文艺复兴结束了中世纪，但却没有终结骑士精神和宫廷爱情传统，没有结束亚瑟王浪漫传奇的发展，在这方面马洛礼的杰作显然起到了重要作用。在随后的每一个时代，不论是在诗歌、戏剧还是后来的小说里，我们都可以看到骑士精神和宫廷爱情传统在发挥着重大影响，而且随后的每一个时代都在不断推出新的亚瑟王传奇故事，丁尼生的《国王之歌》和马克·吐温的《亚瑟王朝庭里的康涅狄格州美国人》只不过是无数新作中比较著名的例子，它们都从马洛礼的《亚瑟王之死》里吸取了材料和灵感。

今天，充满活力的亚瑟王传奇还在延续，除了大量戏剧、电影和电视连续剧外，据不完全统计，仅1987到1996的10年间就产生了30部长篇作品，[1] 在20世纪末的历史环境中演绎着新的故事。亚瑟王浪漫传奇已经成为各民族重要的共同文化遗产，它丰富而精彩的情节一直刺激着人们的想象力，它所蕴涵的那些曾经使中世纪人着迷的社会理想、精神追求和道德含义也必将继续激励着文学家们在新的现实中进行也许是永远没有终结的追寻与探索。

当然，骑士精神和宫廷爱情传统的意义并不仅仅局限于文学领域。更重要的是，它已经成了西方文化和西方人的价值观念的核心构成。它体现了人们对高尚的理想、优美的情操、高雅的修养和人与人之间美好关系的向往与追求。爱尔兰诗人叶芝在名诗《为女儿祷告》里满怀深情地希望他的女儿能在"高雅氛围的熏陶"（in courtesy）中成长，从而具有内在的优雅气质。他所说的"高雅氛围"就是指的这一文化传统。

---

1 见 Willem P. Gerritsen and Anthony G. van Melle, eds., *A Dictionary of Medieval Heroes*, tran. by Tanis Guest (Woodbridge: Boydell, 1998), pp. 42-43.

培根的散文与警句式写作

弗兰西斯·培根（Francis Bacon, 1561-1626）是英国杰出的哲学家、科学家、政治家和文学家，是文艺复兴运动造就的伟人之一，对近现代西方哲学和科学思想产生了重大影响。培根是一个划时代人物，被马克思称赞为"英国唯物主义和整个现代实验科学的真正始祖。"[1]他的名作《散文集》是其哲学思想和研究方法的文学表现，具有很高的文学价值，值得深入研究。

培根于1561年1月22日出生在伦敦一个显赫家庭。父亲尼科拉斯·培根（Nicholas Bacon）是伊利莎白女王的掌玺大臣；母亲为继室，是女王朝中权臣伯莱公爵（William Cecil, Lord Burghley）妻妹。她身出名门，乃英国重要清教思想家和英王爱德华六世老师安东尼·库克男爵幼女，受过良好教育，很有才识，弗兰西斯为其次子。

培根自幼聪慧过人，深受时人称赞，连女王也戏称他为"小掌玺大臣"。他12岁时同哥哥安东尼一道进剑桥大学三一学院，其导师约翰·惠特格夫特（John Whitgift）博士学识渊博，后晋升为坎特伯雷大主教。在剑桥期间，培根开始质疑亚里士多德哲学和经院哲学，特别是那种以三段论为基础的思维方式和研究方法，认为这种方法"无用"（unfruitful）。

1575年12月，培根离开剑桥，按父亲设计，于次年6月进伦敦格雷法学院（Gray's Inn）学习法律，为未来的仕途做准备。然而，正式学习尚未开始，他又被安排随英国驻法大使去了巴黎。在法期间，正值宗教改革运动如火如荼之际，他游历广泛，目睹了天主教会和改革派之间的残酷斗

---

[1] 马克思：《马克思恩格斯全集》（第2卷），北京：人民出版社，1957年，第163页。

争，这在一定程度上影响到他未来对待英格兰的政治和宗教冲突的态度。

1579年，父亲去世，他回国奔丧，随后回格雷学院学习法律。此后，他一生主要从事司法，于1582年成为律师，1586年被任命为法官。父亲的突然去世实际上使他失去了未来在仕途上发展的靠山，从而在很大程度上改变了他的命运。他由于排行第八（他父亲与前妻另有3男3女），为幼子，几无继承；加之他生性慷慨又爱讲排场，因此往往经济拮据，甚至多次因欠债而遭拘捕。

1581年，他作为康沃尔波西尼选区的代表进入国会下院，即平民院（House of the Commons），开始涉足政坛。他很快以其才干、学识和辩才脱颖而出。他任国会议员达约40年之久，但其仕途并不顺利。他虽四处奔走，多方托人，终伊利莎白女王一朝，也未获任何重要职位。

由于无法从姨父伯莱公爵等权臣处获得支持，培根转而依附艾塞克斯伯爵。伯爵刚20出头，意气风发，深得女王宠信。伯爵十分赏识培根的学识和才干，极力向女王推荐，为他谋求总检察长和副总检察长职位；但由于他曾在国会带头反对女王为西班牙战争筹款而得罪过女王，所以都未能成功。作为补偿，伯爵竟将自己私产特威肯汉姆园（Twickenham Park）慨然相赠。1601年，艾塞克斯伯爵谋反失败，女王命培根参与审判，他十分尽责，因此背上卖友求荣的骂名；为此，他在1604年专门发文为自己辩护，但这个污点至今也未能完全洗刷。

1603年，伊利莎白女王去世，苏格兰国王詹姆斯六世继位为英格兰国王，即詹姆斯一世。培根的命运终获改变，其中一个重要原因是，其兄安东尼生前是詹姆斯的忠诚支持者，为詹姆斯继位有功。培根直接给詹姆斯写信，提醒国王："我那好哥哥对陛下"的"无限忠诚"。[1] 詹姆斯继位当年，他即与300人一道受封为骑士；不过因人数太多，他略感失落。此后，他的仕途颇为顺畅，第二年就成为国王顾问。1607年，他被任命为副检察长，6年后升任总检察长。1616年，他在国王新宠白金汉伯爵（后为白金汉公爵）支持下，被任命为枢密大臣。1617年3月，他被任命为掌玺大臣，在父亲去世38年后，终于获得父亲当年的职位。为此，他身着紫色袍服，像凯旋的将军一样前往英国权力中心西敏寺。1618年1月4日，他成为大法官（Lord Chancellor）；7月12日，被授予维鲁拉姆男爵（Baron Verulam）爵位，踏入贵族阶层。他因此离开国会下

---

1 转引自 Catherine Drinker Bowen, *Francis Bacon: The Temper of a Man* (Boston: Little Brown, 1963), p. 100.

院进入上院，即贵族院（House of the Lords）。

这些年，培根可谓春风得意。1621年1月22日，培根迎来60大寿，广受朋友庆贺；其好友大诗人和剧作家本·琼生也前来献诗祝寿。5天后，他晋升为奥尔本斯子爵（Viscount St. Albans），到达仕途顶峰。然而命运似乎给他开了个玩笑；就在他志得意满之时，危险也正悄悄临近。他的政敌们在暗中收集材料，准备一举置他于死地。实际上，他们真正的目标是白金汉公爵，然而，公爵势力太大，一时难以撼动，因此他们把培根抛出来作为替罪羊，试图起到敲山震虎的作用。

3月14日，在新召开的议会中，有人首先在下院发难；此时培根正在上院出席会议。3天后，案件移交到贵族院，这时他正生病卧床在家，但对指控已有风闻。24日，他正式收到所受指控的书面材料。对他的主要指控是贪赃枉法：作为法官，他收受了他所审理案件中的受审人送的新年贺礼和其他一些钱财。一开始，培根并不太在意，因为这样的送礼当时十分普遍，而且他也不是私下收受。但对他的指控不断加码，收礼也变成受贿，不久他就感到难以招架。他终于成为160年来第一个在国会受弹劾的重要官员。[1]30日，他承认受贿，但不承认因此而枉法。5月1日，他被剥夺掌印大臣之职；3日，判决下达：4万英镑罚金，监禁于伦敦塔，从此不得担任公职，不得进入议会，并不准涉足靠近王宫12英里的区域。值得一提的是，重要人物进出伦敦塔在当时是常有之事，以致议员们和官员将其戏称为"我们的监狱"。[2]判决下达时他尚在病中，所以直到5月底，他才从泰晤士河上用船押送到伦敦塔，使他避免了穿街过巷必遭围观的羞辱。他几天后被国王释放，罚金也被取消，但他的仕途也从此终结。

培根对整个案件的评价是："我是50年来英格兰最公正的法官，但这是200年来国会中最公正的指控"（XIV, 560）。[3]同他许多著名散文一样，这一说法意义相当含混，但不无道理。一方面，他的确收受贿赂，但他也的确没有在审理案件中徇私枉法，比起其他法官来，他的确更为公正。据学者们研究，部分由于王室政府经费困难，收受礼物或贿赂在当时极为普遍，以致成为许多官员的重要甚至主要收入。连詹姆斯国王也承认，

---

1 参看Bowen, *Francis Bacon*, p. 189.

2 参看Bowen, *Francis Bacon*, p. 203.

3 James Spedding, et al. eds., *Works of Francis Bacon*, vol. XIV (London: np., 1857-74), p. 560. 本文中对培根的引用，除《散文集》外，均出此版本。下面引文卷数和页码随文注出，不再加注。

如果"惩治所有受贿之人，我很快将不剩一个臣民"。[1]塞辛指出："现代学者对这个案件进行的一项全面而彻底的研究表明，培根相对来说是无辜的。"[2]培根实际上是当时民众和王室以及各种政治力量之间剧烈斗争的牺牲品。培根在给国王的信中言辞恳切地指出了这一点，并预见到更大危机的来临。不出他所料，这一斗争后来演化成20多年后把查理斯一世送上断头台的革命运动。

不幸中的大幸是，培根现在终于能全身心投入他所喜爱的研究和学术活动。自青年时代起，培根就一直过着学者和官员的双重生活，而且对两者都十分热衷。他曾多年设法跻身官场，后又为加官晋爵全力奔走，但同时他孜孜不倦地从事学术研究和思想探索。他在两方面都取得令人骄傲的成就；但在内心深处，他更感到自己本质上是一个学者，一个思想家，更适合学术研究和思想探索，更希望与历代智者对话。他一生中多次表达了这种愿望。比如早在1597年初版《散文集》的献词中，他对身体羸弱的哥哥安东尼说，"有时我真希望您的病痛能转移到我身上；那样的话，女王陛下就会有您这么一位精力充沛而富有才干的人为之服务，而我也有理由潜心于我最适宜从事的思考和研究"（VI, 523-24）。多年后，他又说："就我本性而言，我知道我更适合手拿一本书，而非扮演一个角色。"[3]但他无法抵制功名利禄和在政治上一展抱负的诱惑，他因此常处于矛盾和痛苦之中。在受弹劾后写的祷告词里，他忏悔将上帝赋予的"才智""误用在我最不适宜之事"，"所以我可以真诚地说，在我人生旅途上，我的灵魂是一个陌路人"（VII, 229）。

尽管不断受世俗事物和官场冲突干扰，培根仍十分勤奋，笔耕不止，著述丰富。在丢官之前他已写出或出版不少文章著作，其中特别重要的有：《英格兰教派争议之我见》（*An Advertisement Touching the Controversies of the Church of England*，1589年）、《散文集》第一、二版（1597、1612年）、《论学术之进步》（*Advancement of Learning*，1605年）、《古人智慧》（*The Wisdom of the Ancients*，1609年）、《新工具论》（*Novum Organum*, 1620年）等。其中，《论学术之进步》和《新工具论》是他未能完成的宏伟巨著《大复兴》的第一和第二部，是他的代表作。爱默生曾将《论学术之进步》赞誉为英格兰"民族赖以显示其智慧的主要书籍

1　Bowen, *Francis Bacon*, p. 190.

2　W. A. Sessions, *Francis Bacon Revisited* (New York: Twayne, 1996), p. 15.

3　转引自 Bowen, *Francis Bacon*, p. 45.

之一"。[1]

1621年，他受弹劾离开官场，得以脱离纷繁复杂的世俗事物干扰。他虽已年老多病，但终于能在生命中最后5年全身心投入他最热爱的学术研究和思想探索，为后世做出远比他在高位上更为宝贵的贡献。第二年，他就出版了历史著作《亨利七世》和自然史著作《风史》。1623年他出版《生死史》（此书与《风史》一道是他计划中的6部自然史著作中的两部）和大为扩展的拉丁文版《论学术之进步》。1625年出版《散文集》第三版。这期间，他还一直忙于撰写另外几部自然史、乌托邦式科幻哲学小说《新亚特兰蒂斯》（*New Atlantis*）和其他一些著作。

1626年3月底一个风雪交加的日子，在途经伦敦北郊时，这位一生提倡科学实验的思想家突发灵感，要试验冷冻防腐，于是不顾高龄体弱，下车向一位农妇买来一只鸡，将其剖开，用雪塞满。他不幸因此着凉，被送到附近一座农庄，于4月9日在该处逝世。他因试验而去世，那象征性地表明，他将一生献给了他极力提倡的科学实验。

培根生活在欧洲社会转型期。西欧正经历罗马帝国解体以来最激烈最深刻的历史性变革，各种社会、政治和宗教势力处于极为复杂的矛盾与冲突之中，以天主教为基础的传统意识形态已经失去昔日的权威，文艺复兴和宗教改革的合力正改变着历史发展的方向，各种新思想不断涌现，许多传统或者古老的思想被赋予新的意义而"复兴"，成为解构传统思想体系打击封建制度推动历史前进的重要思想武器。培根是这个时代的产物，思想十分复杂，文艺复兴时代的新旧思想和各种矛盾大都集中存在于他身上。维克尔指出，"即使在那个充满矛盾的时代，他身上的矛盾也非同寻常。"[2]尽管如此，他在本质上是一个破旧立新的思想革新家，极力推动历史进步，即使是他从中世纪继承下来的如魔术和炼金术一类为后世所诟病的东西，在他的思想体系中的真正意义也是被用来作为推动科学发展和建立新的研究方法的材料。

培根自视甚高，从青年时代起就有一个宏伟计划：彻底改造和全面复兴人类知识，建立全新的自然哲学和知识体系。这个宏伟蓝图就是他最终未能完成的多卷巨著《大复兴》。他认为，根据《圣经》，上帝在创世之初就赋予了人主宰自然的权力和能力，但亚当因违背上帝禁令在失

1　Ralph Waldo Emerson, "Lord Bacon," in *The Early Lectures*, vol. I (Cambridge: Harvard UP, 1959), p. 331.

2　Brian Vickers, *Francis Bacon and Renaissance Prose* (Cambridge: Cambridge UP, 1968), p. 1.

去乐园之时也失去了对自然的控制。培根的雄心就是要通过彻底改造人类的知识和重组自然科学来研究自然并重新获得人对自然的掌控。他将信仰和知识、神学和科学分开，认为不能用神学的方法研究自然、社会和人类。在他看来，当时在英格兰和欧洲仍占统治地位的经院哲学如同悬在空中的"蜘蛛网"一样脱离现实，对于认识社会和自然毫无意义。人类必须使用新的研究方法和建构新的科学体系，开创历史的新纪元。为此，他称自己为新时代的"鸣锣开道者"（harbinger），爱默生也说他是"科学法则的制定者和深刻而充满活力的思想家"。[1]

　　培根思想敏锐、学识渊博，为开拓新时代，为人类知识的"大复兴"，他的研究不仅涉及到大自然的各个方面，而且深入到社会、人性、政治、宗教、历史、道德修养、人际关系乃至修房建园等几乎所有领域。他在31岁时就充满自信地宣布："我已把所有知识都作为我的领域。"[2]但培根最值得称道之处并非他广博的知识，甚至也不是他那些充满睿智的思想和观点，而是他毕生提倡的"新工具"，即那种建立在对客观世界的直接观察之上以实验为基础的认识论及其研究方法。这种思维方式和研究方法在当时的欧洲具有革命性意义。在很大程度上，正是这种新的思维方式和研究方法开启了通往现代世界之路，使他成为新时代的先驱和马克思所说的"始祖"。

　　自基督教成为西方世界的权威信仰体系之后，上帝和《圣经》就成为至高无上的真理，而经历代神学家阐释的基督教教义和价值体系成为人们认识社会、自然和人自身的出发点和检验一切"真理"的唯一标准。培根打破偶像，破除教条，旗帜鲜明地反对这种建立在亚里士多德的演绎逻辑基础之上的经院哲学式思维，极力提倡以实践为基础的新方法，强调从事实出发，对具体事物直接观察和实验，从中归纳出真理。马克思在概括培根的认识论时指出："科学是实验的科学，科学的方法就在于用理性的方法去整理感性材料。归纳、分析、比较、观察和实验是理性方法的主要条件。"[3]培根在《新工具论》中系统阐释了这种新方法，他将该书命名为《新工具论》，就是为了与亚里士多德的著作《工具论》针锋相对。这部著作在西方思想史上具有划时代意义，它一出版就在欧洲思想界得到热烈反响。

　　更重要的是，培根不仅仅从理论上系统阐释这种新方法，而是在其

1　Emerson: "Lord Bacon," p. 325.
2　转引自 Bowen, *Francis Bacon*, p. 65.
3　马克思：《马克思恩格斯全集》（第2卷），第163页。

所有著述中，把它具体运用于从自然到社会、从伦理道德到日常生活等所有方面的研究。在哲学领域之外，培根著作中流传最广影响最大的无疑是具有很高文学价值并开创了英语散文传统的《散文集》；而这部著作最值得称道之处并非里面大量脍炙人口的格言警句，甚至不是其中充满睿智的深入分析，而是对他所提倡的新方法的绝妙运用。

《散文集》是培根生前唯一出过3个版本的著作，他甚至将第三版译成拉丁文，期望它获得更多读者并流芳百世，因为拉丁文在当时欧洲学术界仍然是广泛使用的"国际语言"（拉丁文版在他去世12年后于1638年出版）。他在《散文集》第三版献词中提到该书的拉丁文版并宣布："只要世上还有书籍，我确信[这些散文]的拉丁文（此乃所有人之语言）版就不会消失"（VI, 373），足见他对这部作品之重视和充满信心。然而与作者预言相反，并非拉丁文版而是英文版《散文集》广为流传，"在随后3个世纪里影响着英语国家（和欧洲）的文化"。[1]

《散文集》历经3版，其数量、内容、涉及面和所体现的智慧和洞察力都随培根年岁的增长、阅历的丰富和思想的发展而不断增加、拓展和升华。《散文集》3个版本分别出现在他急于涉足官场却累遭挫折、任副总检察长后不断迁升、已历经世事沉浮后赋闲在家这3个他人生中的关键时期；在很大程度上，《散文集》的"成长"记录并表现了作者本人的人生轨迹[2]和思想发展。

1597年版《散文集》虽然只有10篇相对来说比较短小的散文，售价仅为20便士，但立即产生了很大影响，其读者甚至包括当时许多著名人物"如莎士比亚、琼生和多恩"。[3]这个集子随后在1598、1604和1606年3次重印，可见很受读者欢迎。1612年的第二版包括初版中9篇（其中第八篇《谈荣誉和名声》未收入）和新增的29篇，共38篇散文。第三版（1625年）在第二版基础上增加19篇新文，并把《谈荣誉和名声》也收入，一共58篇。除新增文章外，后来的版本还对以前的文章进行了程度不同甚至较大幅度的修改与充实。

为什么将这些文章称为"散文"（essays，也可译为随笔），培根在

1　Sessions, *Francis Bacon Revisited*, p. 24.

2　许多学者都已经指出，《散文集》里有大量自传性内容。比如，可参看Jonathan Marwil, *The Trial of Counsel: Francis Bacon in 1621* (Detroit: Wayne State UP, 1976), p. 88.

3　Sessions, *Francis Bacon Revisited*, p. 22.

为1612年版原来写的献词[1]中有所说明：它们是"一些短小随笔（notes），写下它们并非为好奇，而是具有深意；我把它们称为散文。这个名词刚出现，但这体裁很古老；因为塞内加写给鲁基里乌斯的书信集，如果我们留心的话，正是这种散漫式思考（dispersed meditation），它们虽然是以书信形式表达。"（X，340）他说这个名词刚出现，是指法国的蒙田不久前出版了以"散文集"命名的集子。蒙田的散文和塞内加的书信之间一个主要共同点就是，它们都是就某一主题，比如友谊、时间等，比较自由地表达作者的"散漫式思考"，即不像哲学著作那样严密论证。也正是在这个意义上，培根把自己"随笔"性质的文章称之为"散文"。实际上，从形式到内容，他的散文同前面两人的作品大为不同；特别是1597年版里那10篇散文，与塞内加和蒙田的文章更相去甚远。

　　培根与塞内加和蒙田在散文写作上最大的不同在于他突出地使用了警句（aphorism）形式和风格。这种风格实际上成为培根散文的本质性特点。虽然塞内加和蒙田也都在其散文中使用了警句格言，但他们并没有将其作为写作方式。任何读过培根《散文集》的读者都不可能不发现并赞叹其中大量语义隽永脍炙人口的格言警句。在这方面，1597年版特别明显。在很大程度上，该版中每一篇散文都是由一系列警句式小段落组成，最短的甚至不到一行。它们是关于同一主题的各种真知灼见，但作者基本上没有对这些警句进行阐释或发挥，更没有用分析说明或其他方法把它们整合成意义连贯逻辑清晰的统一体。相反，这些段落还用分段符号"¶"分开，似乎在有意凸显它们之间逻辑上的不连贯。这样，每一篇散文看起来都像是数量不等的警句的集合体。比如，培根散文中的名篇《论学习》是该版的开篇之作，该文包括8个警句式段落，用7个分段符号隔开。这些段落后来全被收在经过较大扩展的1625年版中，比如"读书可使人充实，讨论可使人敏锐"、"读史使人明智，读诗使人灵透"[2]等，都成为最广为流传的警句。虽然后来的版本去掉了分段符号，对前面版本的文章进行了程度不同的修改和充实，而且也在有些警句之间添加了一些连接性话语或例证，但这种警句形式和风格大体上得以保存，并被运用到许多新增篇章之中，成为培根散文一个特别突出的本质性特点。因此，要真正理解和欣赏培根的散文，就必须首先把握他关于格言

1　此版本原打算献给王储亨利王子，但王子在献言已写好后一个月突然去世，该献词自然也作废。
2　本文中培根《散文集》的引文出自曹明伦译：《培根随笔集》；引文页码随文注出，不再加注。

警句的独特观点和对警句形式的创造性运用。

在著述中大量使用警句格言自然不是培根的首创，而是西方和英格兰文化文学中的重要传统，同时也是文艺复兴时期特定思想文化语境中突出而普遍的现象。斯特恩指出：文艺复兴"显然是法则和格言的全盛期。"[1]这种状况其实揭示出文艺复兴的一个深刻悖论：需要权威来颠覆权威。本来，文艺复兴人"复兴"古典文化并非要回到过去，而是将其用作思想武器来颠覆现存秩序，推动历史向前发展。格言警句是历代人们智慧的结晶，具有很高权威性，文艺复兴思想家们继承这一传统，大量运用格言警句在很大程度上正是要借助其权威来对付当时的权威思想体系，如培根所说："将其用来服务于现实"（V, 94）。

文艺复兴时期是英格兰历史上流传下最多格言警句的时代，而培根则是为后代留下最多格言警句的思想家。他搜集和创作了大量格言警句，把它们写在笔记本中，并广泛运用到包括《散文集》在内的所有著作里。在初版《散文集》之前，他就已写出一本《法律格言》（*Maxims of the Law*），并在其"序言"（写于1596年）中初步表达了对警句和警句式写作的独特看法："用一系列独特而不连贯的警句来表达知识，的确能给予人的才智更多腾挪跳跃的空间，使之更有成效和多方面运用"（VII, 321）。培根所用格言警句主要来源于医学、法律、《圣经》和历代思想家等许多不同传统。[2]它们是各领域千百年来人们智慧的结晶，也有许多是他自己的创作。但培根并不仅仅继承前人智慧；像他那雄心勃勃的"大复兴"一样，他更是要以科学实验方法，对格言警句这一独特形式进行创造性发展和运用。

其实在培根看来，格言警句本身就体现了他所提倡的以事实为基础的哲学思想；因为严格地说，格言警句并非来自教义或抽象观念，而是直接来源于生活。培根说：在古代，当人们发现"任何从观察得来的知识有益于生活，他们就会收集起来，用隐晦的格言或寓意式的警句来表达"；而这种"从具体事物中获取的鲜活知识最易于返回到具体事物"（III, 453）。在他的思想体系中，"返回到具体事物"包括运用过去的智慧来指导生活和进一步认识事物。所以对于培根，格言警句的真正意义在于它们是人们对自然、社会、人和具体事物细致观察和深入思考的结果，而非抽象的教条，更非一成不变的"终极真理"，同时它们还是人们进一步

1　转引自 Vickers, *Francis Bacon and Renaissance Prose*, p. 66.
2　参看 Vickers, *Francis Bacon and Renaissance Prose*, pp. 60-70.

考察和研究自然和社会的引导和"材料"（data）。因此，我们不能对其盲目崇信；相反，我们还应该在运用中根据实际情况对它们进行考察、检验和修正。

正因为如此，比如在散文《论爱情》中，他在给出"高贵的心灵和伟大的事业均可抵御这种愚蠢的激情"这个警句之后，立即用两个实例来巧妙修正，并指出："由此可见，似乎爱情不但能钻进无遮无掩的心扉，而且（偶尔）还会闯入森严壁垒的灵台，如果守卫疏忽的话"（28）。也就是说，"高贵的心灵和伟大的事业"并不一定能抵制爱情。同样，在《论复仇》里，他在引述"基督要我们宽恕仇敌的教导"后，随即举出为恺撒报仇等3个历史上著名的例子来证明可以报"公仇"，而且说"报公仇多半会为复仇者带来幸运"（13）。

如此运用实例或生活现实来修正广为接受的观念在《论善与性善》一文中特别突出。"善"是基督教的核心观念，教会历来极力宣扬关于善的基本教义。培根在表面上似乎肯定了权威的传统观念，却运用一系列实际例证对它进行巧妙的修正。他说："在人类高尚美好的品性中，善乃至高至美，因为善是上帝的特性"，所以施善"永远不会过度"；而且"善心深深地根植于人性之中，以致善若不施于人类，也会施于其他生物，如同世人在土耳其所见那样"（37页）。然而，令人诧异的是，他随即给出的例子却是，土耳其人因对"一只长喙鸟"行善而差点把一个人愤怒地用石头砸死，这显然具有讽刺意味而且似乎正好解构了刚提出的观点。他进而以上帝为例表明自己的观点："上帝创下的先例便是最正确的榜样：他让阳光照好人，也照坏人，他降雨给善人，也给恶人。但他从不把财富、荣耀和德行平均施予芸芸众生"（38）。这实际上等于说，即使行善也得根据具体情况，不能滥施。他甚至对耶稣的教导也做了修正。他先引用耶稣名言："卖掉你所有的财产，把钱捐给穷人，然后来跟随我"，然后却说："但除非你真要跟耶稣去，或者说你真得到神召，使你用其微薄的财产也能像用万贯家财一样行善于天下，那你最好还是别卖掉你所有的财产"（38）。所以，一切须从实际出发，不能盲从教条。如此运用具体实例或生活实际来巧妙修正甚至解构权威思想或人们习以为常的观念，在《论真理》、《论友谊》、《论复仇》、《论嫉妒》、《论虚荣》等其他许多散文中也十分突出，充分表现出他尊重实际的思想和方法。

关于格言警句和警句式写作，培根还有大量精辟见解。他说："阐释性话语被砍掉、例证的说明被砍掉、连接和顺序话语被砍掉、运用性描述被砍掉，所以警句中所剩全是实实在在的观察结果（observation）"；因此"只有那些思想睿智且有根有据之人"才"敢于撰写警句"(III, 405)。最有意义的是,培根不仅仅是在著述中大量使用格言警句,而且将其作为写作方式,把许多警句或者警句式段落、权威的引言、历史事件或人物,以及大量含义丰富的各种具体例证直接并置在一起,"砍掉"它们之间的逻辑联系,在散文中创造出一种与现代主义诗歌相似的"碎片"风格。爱默生说,培根的作品具有"碎片性",犹如"没有用灰浆黏合在一起的沙"。[1]在培根的许多著述中,这些"碎片"由于没有受到逻辑阐释的强力整合而具有一定象征隐喻的特点,如同在诗歌里一样,可以从不同角度解读,含有丰富的多重意义。雪莱在《诗辨》中坚信"培根爵士是一个诗人"。[2]虽然雪莱在这里主要是赞叹其语言节奏,但这种节奏与培根的警句风格显然有内在关联。一些现代学者更明确指出培根散文风格的诗歌性质,认为培根的散文与"17世纪诗歌的手法有内在联系",因此应该像阅读多恩的"玄学派诗歌"一样来阅读和理解培根的散文。[3]虽然培根是一位思想深刻的哲学家,他的写作风格,特别是他对警句形式的运用,明显反映出他诗人般的形象思维,难怪一直有人认为莎士比亚的剧作是出自他的笔下。

培根将他这种独特的写作方式直接称为"警句式写作"(writing in Aphorisms)。他认为,这种写作能最大限度地激发思想潜能,"能给予人的才智更多腾挪跳跃的空间,"因此也才最能表达他对自然、社会特别是人的复杂性的深刻认识。他在《论学术之发展》中将这种"警句式写作"与论证严密的"条理式写作"(writing in Methods)进行比较,认为前者具有许多后者所没有的"绝妙之处"。他说:"条理式写作更适合于赢得首肯和令人信服,但却不长于引起行动;因为那是一种圆球形和首尾相接的论证,各部分间相互印证,因此令人十分信服;然而具体的论点,正因为相互间不连贯,最易于朝不同方向发展。"另外,"由于警句写作表现断裂的知识,它必然吸引人们做进一步探索;相反,论证严密的文章给人圆满完整的印象,使人安居其中,似乎已达极致。"(III, 405)在培根看来,"条理式写作"的文章因为论证严密令人信服而使读者被动接受,无意间扼杀了人们的探索精神。相反,"警句式写作"造成知识"断

1　Emerson, "Lord Bacon," p. 334.

2　Percy B. Shelley, "A Defense of Poetry," in M. H. Abrams, at al., ed., *The Norton Anthology of English Literature*, 7th ed., vol. 2 (New York: Norton, 2000), p. 794.

3　Anne Righter, "Francis Bacon," in Brian Vickers, ed., *Essential Articles for the Study of Francis Bacon* (Hamden: Shoe String, 1968), pp. 304, 317-18.

裂"，每个"警句"也因不受逻辑压制而可能产生多重含义，因此如斯特恩所说，"它们总是既表示其'本意'又表现出更多含义"；[1]这样的文章总是激励读者积极参与，深入思考，同作者一道多方向探索，去填补断裂所造成的思想空间，提供将"散沙"黏合在一起的"灰浆"。因此，警句式写作中的"知识"总是在"增长之中"（III, 292）。这种多方向探索和知识的不断增长正是根源于培根对事物的复杂性及其永存的未完成性的深刻理解。

对警句的性质和警句式写作风格如此阐释是培根根据其哲学思想在写作方面给出的最具独创性的观点，而这些观点反过来对人们阅读其作品，特别是理解《散文集》极有意义。《论文集》中有一些篇章，比如关于修房建园的那些实践性很强的文章，层次分明，条理清晰，生动具体得令人赞叹。然而，集子中更多的文章却并非如此，它们程度不同地具有作者所说的警句式写作风格。当然，它们并非像1597年版中那样仅仅把一系列警句直接放在一起。培根对以前的散文进行了修改和充实，然而他的修改并没有使它们成为论证严密的"条理式写作"文章，相反却增加了它们的复杂性和理解难度。斯坦利·费什指出："培根的修改从未取消以前的观点，而只是对其修正：有些曾经被认为正确，现在看来似乎证据不足，也没有被宣布为错误（这是应该的），而是把另外的也宣布为正确。如果这种'两者都正确'对那些习惯于逻辑思维的人造成困难的话，对不起，那就是生活。"[2]费什的研究揭示出培根的修改突出地增加了文章的包容性。这种包容性根源于培根思想的发展，反映出他阅历更丰富，眼界更宽广，目光更敏锐，看问题更全面，自然也就对人和世界的复杂性有更深刻的认识。

不过，费什指出的还只是培根修改充实其论文的一个方面。在散文的修改中，除增加新观点或者说新的"观察结果"外，培根还充实了大量历史上和现实中的例证以及来自《圣经》和历代思想家的引言。然而这却更加强了散文的培根式警句性质，因为这些例证和引言往往只是被包容在内，并放置在一起，因为没有经过逻辑整合而缺乏明显的逻辑关联，有时甚至相互矛盾和冲突。所以，培根的修改一方面极大丰富了文章内容，同时也使其更加复杂，而且如本文前面所指出的，文中一些观

1　J. P. Stern, *Lichtenberg: A Doctrine of Scattered Occasions* (Bloomington: Indiana UP, 1956), p. 262.
2　Stanley Fish, *Self-Consuming Artifacts: The Experience of Seventeenth-Century Literature* (Berkeley: U of California P, 1972), p. 111.

点甚至不断被例证或与之矛盾的观点限定、修正甚至颠覆，以致使人很难真正把握文章的观点。或许正因为如此，詹姆斯国王曾私下评论说：培根的书像"上帝的和平（the peace of God），令人费解"。[1]惠特尼认为，培根对矛盾和冲突的包容性反映出他的"现代性"。[2]也许培根的一些散文本就没有试图表达某种确切或最终观点，而是在表现人和生活的复杂性和真实性；如费什所说：那就是生活。实际上，不是某种观点而是这种复杂性本身最能表现人和生活的真实性或者说本质。或如培根本人所说，他本就不打算提供太"令人信服"因而读者可以心安理得地被动接受的观点，而是激励他们主动思考，积极参与真理的探索。所以，培根在其散文中主要不是告诉人们某种真理，而是提供探索真理的方法，鼓励人们自己去探索。

当然，培根散文这种警句性本质并非只属于那些从过去版本中修改而来的文章，1625年版中多数散文程度不同地都具有这种性质或特点。《论真理》是英语散文史上的名篇，它是培根专为该版所写的后期之作，将它放在卷首，足见对其重视。这篇散文体现了警句式风格的本质和几乎所有特点。该文的开篇4句很有代表性：

> 何为真理？彼拉多曾戏问，且问后不等回答。世上的确有人好见异思迁，视固守信仰为枷锁缠身，故而在思想行为上都追求自由意志。虽说该类学派的哲学家均已作古，然天下仍有些爱夸夸其谈的才子，他们与那些先贤一脉相承，只是与古人相比少些血性。但假象之所以受宠，其因不止于世人寻求真理之艰辛，亦非觅得之真理会对人类思维施加影响，而是源于一种虽说缺德却系世人与生俱有的对假象本身的喜好。(1)

这一段话指向《圣经》和古希腊哲学，涉及真理和假象，内容很丰富。但读这样的段落真有点像阅读现代意识流小说。虽然这里的每一句意思都很清楚，然而如果连在一起读，同《散文集》里许多篇章一样，就比较令人费解。引文中第1和第2句、第3和第4句之间都没有直接逻辑联系，而是被硬生生地并置在一起；如里特所说，"后面一句根本不是

1　参看Righter, "Francis Bacon," p. 313.

2　Charles Whitney, *Francis Bacon and Modernity* (New Haven: Yale UP, 1986), p. 181.

从前面一句发展而来"，而是像"僵硬的原木"一样被捆绑在一起。[1]特别令人困惑的是，培根在借助古希腊哲学家说明"爱假者之爱假仅仅是为了假象本身"之后，紧接着宣称："但我不能妄下结论，因上述真理（this same truth）是种未加掩饰的日光"(1)。很可能所有认真的读者都会回过头去从头再读一遍，希望弄清这里的"上述真理"究竟指什么。然而可能没有人能得到肯定的答案。因为到此为止，文章谈及彼拉多向耶稣问真理的嬉戏态度和人们为何害怕真理，但谈得最多的却是与真理相对的虚假，却没有任何对真理的直接陈述，更不用说使其像"日光"一样"未加掩饰"。正如可以被看作是真理化身的耶稣在文章开头只是被影射而没有出现一样，本文的"主角"真理被不断提到却没有在场。因此，培根令人奇怪地使用"上述真理"来指涉并未"出现"的真理，也许如同句子之间的逻辑断裂一样，是要促使读者仔细阅读，深入思考，去捕捉他的言外之意，并去进一步探索，寻找真理。

其实，对于本文开篇所提问题："何为真理？"通篇文章都没有直接回答，从而使读者的阅读预期不断受挫。文中除比较抽象地谈到真理"乃人类天性之至善"，要求人们"探究真理，认识真理并相信真理"(2)外，更多的是陈述真理之对立面虚假的各种表现。文中对真理最美好的描绘是引自古希腊诗人的优美诗行：

> 登高岸而濒水仁观舟楫颠簸于海上，不亦快哉；踞城堡而倚窗眺两军酣战于脚下，不亦快哉；然断无任何快事堪比凌真理之绝顶（一巍然高耸且风清气朗的峰顶），一览深谷间的谬误与彷徨、迷雾与风暴。(2)

然而，这也并非在陈述真理，而是在赞颂真理之美好。更重要的是，培根在引文中用括号加入"巍然高耸"的"峰顶"这个短语，从而很巧妙地将来自古希腊的诗行"基督教化"了。基督教历来用"峰顶"(hill)来象征上帝的真理或天堂，此典出自耶稣的"登山宝训"："城造在山上是不能隐藏的"（A city set on a hill cannot be hid）。[2]后来，奥古斯丁将其著名的神学著作取名为《上帝之城》（The City of God）。在中世纪文学中，峰顶常被用来象征天堂，比如中古英语杰作《农夫皮尔斯》一开头

1　Righter, "Francis Bacon," p. 319.
2　《马太福音》，5：14।

就描绘峰顶上的高塔来寓意天堂，并指出那是"真理的府邸"。[1]在培根时代，前往新大陆的清教徒移民也把他们向往的"地上乐园"称之为"峰顶之城"，并在美国沿用至今。培根在这里使用这一典故，实际上是把真理从尘世分离出去，从而把天堂里或"真理之绝顶"的"风清气朗"与尘世的"谬误与彷徨、迷雾与风暴"进行对照，以此暗示：真理高居天堂，它是人们追求的崇高目标，却不存在于尘世。所以在文章结尾，作者指出："基督重临之日，他在这世间将难觅忠信。"（3）这或许就是文章没直接回答"何为真理"之原因：它实际上是尘世中一个无法完全回答的问题。

　　但这并不等于说培根是信仰上的虚无主义者。其实，人生最宝贵的真理就是对真理的不懈追求。培根有坚定的信仰而且一生追求真理。《论真理》一文对真理的热情歌颂就是明证。培根这篇文章，如同整部《散文集》和他的其他著作一样，正是以他独特的方式在探索真理。另外，"真理"这个词的英文是"truth"，它更基本的意思是"真实"。培根在文章里巧妙运用了这个词的这两层意义。如果说这篇文章没有直接揭示真理的话，文中所论及的一切，特别是关于人对待真理的态度、对虚假的喜好以及各种背信弃义和弄虚作假的卑劣行径，却无疑全都是"真实"。虽然真实不等于真理，但真理必须来自真实，而关于人的真理必须来自对真实生活中真实的人的真实观察。培根在《论学术之进步》里强调，他所关注的是"人在做什么而非他们应该怎么做"（III, 430）。这也是《散文集》的主旨。他的文章不是从某种抽象教条出发来阐释真理，教导人们应该做什么，而是旨在通过对现实中的人（当然也包括对他自己）的细致观察和深入研究来探寻和归纳出关于人的真理。在这篇文章里，他虽然没有回答"何为真理"这个问题，但他提供了寻求真理的方式，让读者参与探索。这就是这篇文章以及整部《散文集》的真正意义。其实，由于人及其生存状况不断变化，"何为真理"是一个在尘世中永远不会有终极答案的问题。所以，正如培根所暗示的，真理的真正意义不在于告诉人们一个最终结论，而在于激励人们在现实生活中不断追求；而这部《散文集》正是这种追求的杰出范例。

　　如果说《论真理》这篇提纲挈领的文章还主要是培根对人的一般性思考的话，那么后面几乎每一篇文章都可以说是把人作为社会或者政

1　兰格伦：《农夫皮尔斯》，沈弘译，北京：中国对外翻译出版公司，1999年，第11页。

治、宗教、家庭、道德个体来从某一特定方面进行具体入微的观察，研究"人在做什么"，并进行客观描述。因此他的许多文章，比如《论伪装与掩饰》、《论嫉妒》、《论狡诈》、《论高位》、《谈求情说项》等，都入木三分地描述了生活中，特别是官场上人们屡试不爽的各种权谋伎俩，可谓详细的做官指南或英格兰的"黑厚学"。更重要的是，培根往往是在客观细致地陈述这些伎俩，分析其利弊，揭示其风险和效益；正因为如此，他的《散文集》"总是最被人误解"。[1]他的散文往往使人不禁联想到他在艾塞克斯伯爵一案中的表现和因受贿而遭到国会弹劾。不少人认为他是一个马基雅弗利主义者，《散文集》是他阴暗内心的流露。亚历山大·蒲伯说他是"最睿智、最聪慧也最卑劣之人"。[2]爱默生在谈论其散文时也表达了相似看法："在那些天使般论述的间隙中"我们会突然听到撒旦的"卑劣和狡诈"。[3]人们之所以对他如此指责，正是因为他们没能很好把握其警句式写作风格，而把他对人"在做什么"的客观描述误解为他认为人"应该怎么做"。

　　不过，培根的确受到马基雅弗利深刻影响。马基雅弗利是15-16世纪一位意大利著名的思想家和历史学家,被许多人看作是西方现代政治学创始人,其代表作《君主论》(*The Prince*)至今仍有巨大影响。他的信条是：为达目的不顾信义、冷酷无情、不择手段。马基雅弗利主义是欧洲历史上第一次对基督教传统道德体系彻底而系统的背弃和挑战。马基雅弗利在文艺复兴时期的英格兰影响广泛，培根的许多同时代人如莎士比亚和马洛等都程度不同地受其影响，而马洛笔下那个唯利是图的巴拉巴斯可以说是马基雅弗利主义最好的艺术体现。

　　培根在《散文集》和其他许多著作中多次提到这位意大利人。比如他在《论学术之进步》里不无感激地说："我们很受益于马基雅弗利和其他一些人"(III，430)。他关于研究和描述"人在做什么而非他们应该做什么"的理念正是受益于马基雅弗利。但如果把培根和马基雅弗利进行仔细比较，我们不难发现他们本质上的差别。人们可以对培根的一些做法和言论持不同甚至批评看法，但他绝非马基雅弗利那样的道德虚无主义者。他毕生歌颂真理、追求真理，不懈地推动有益于人类发展的学术

1　Brian Vickers, "Introduction," in Vickers, ed., *Essential Articles for the Study of Francis Bacon*, p. xvii.

2　Alexander Pope, "An Essay on Man," in *The Complete Poetical Works of Alexander Pope* (Boston: Houghton Mifflin, 1903), Epistle iv, l. 281.

3　Emerson: "Lord Bacon," p. 335.

和科学进步，并坚持基本的道德原则。但出生在官宦人家身处风云变幻时代的培根同时也深知，没有权位和经济基础，要实现自己的抱负有多难。他在给姨父伯莱公爵和其他重要人物的信中以及其他一些场合多次恳求，他需要得到支持来实现其"大复兴"的宏伟计划，但毫无结果。他在《论高位》中所说，"善心虽蒙上帝嘉许，但若不付之于行于人也无非只是场好梦，而要让善心变善举，就非要有权位作为有利依托"（32），既符合现实情况，也是他有感而发。在他的著述中，我们看到的更多是一位实事求是的思想家的诚实，而非某些道德家的虚伪。

实际上，他赞赏的并非马基雅弗利为达目的不择手段的信条，而是他注重实际的思想方法。毕生反对教条提倡实践的培根在思想方法上与极为实际的马基雅弗利一拍即合。正是遵循他关注"人在做什么而非他们应该做什么"这一基本理念，培根把自己对历史和现实中的人所做的观察和思考在散文中用充满睿智的警句式写作风格尽可能客观表达出来。也正因为他从实际出发，而非盲信教条，他甚至从恶中也看到益处："恶性是极大的人性之误，但却是造就高官大员的最佳材料；正如弯曲的木材适宜造须颠簸于风浪的船舶，而不适宜造须岿然不动的房屋"《论善与性善》（39）。培根在这里不是在讽刺，而是在谈他的真实看法。

博克斯认为，培根这实际上是"把个人道德从属于公众道德"，而这"并不意味着以生活进步的名义把道德牺牲掉；相反，它进一步发展了在'大复兴'里提出的关于公众生活比个人生活具有更高价值的论点。"[1]正是从这种价值观念和现实意义出发，培根在《谈追随者与朋友》里说："在人心不古的年代，积极行动（active）者比才智出众（virtuous）[2]者更为有用。"（158）即使像被基督教谴责为"七大重罪"之首的虚荣，他也认为在特定情况下可以有积极意义："虚荣心对军人来说必不可少，正如剑与剑可以互相磨砺，将士们亦可利用虚荣心互相激励"（《论虚荣》，172）。

当然，他观察和思考的对象不仅是社会和他人，显然也包括他自己、他的所作所为和他灵魂深处的方方面面。许多学者都指出他著述中有不少自传性信息，而且他著述中留下许多自省言论。其实，正如博温所说，如果没历经世事沧桑宦海沉浮，"他如何写得出像《谈厄运》、《论嫉妒》、

1　Ian Box, "Bacon's Moral Philosophy," in Markku Peltonen, ed., *The Cambridge Companion to Bacon* (Cambridge: Cambridge UP, 1996), pp. 267-68.
2　似应译为"德行优秀者"。

《论狡诈》、《谈复仇》、《谈世事之变迁》"这样的文章？[1]同样，如果没长期为仕途钻营和被朋友出卖的切身体会，他又如何能写出"少有追逐高位者不在其雄图大略中杂以阴谋诡计"（《谈贵族》，41）和"世间少有真正的友谊，而在势均力敌者之间这种友谊更罕见"（《谈门客与朋友》，160）这样的格言？

　　培根用科学家的眼光和思想家的睿智考察自然、社会和人类，也同样把自己作为研究对象，审视最深层、最隐秘的自我；所以《散文集》体现出，他对人和世事的洞察是那么深刻而真实。他在自己灵魂深处看到的并非仅仅是他个人的良善与丑恶，他自己的理想和对世俗利益的追求，同时也是人本性的善恶和复杂。正如他在1625年版的献言中说：这些散文"直面人生并深入灵魂"（VI, 373），归纳出人性的善恶和复杂。正因为如此，他对人的观察和对人性的揭示超越了个人和时代，具有特别的深刻性和普遍意义，使所有时代的人们在读到他那些真知灼见时都会引起切身的体会和震撼，使所有国度的读者都获得心灵的启迪和引导。

1　Bowen, *Francis Bacon*, p. 46.

《失乐园》中的自由意志与人的堕落和再生

　　弥尔顿是17世纪英国清教革命领袖克伦威尔的拉丁文秘书；与当时大多数英国知识分子相反，他热情鼓吹革命，是革命政权最坚定的辩护人及其政策最重要的阐释者。作为心存高远、成就辉煌的文学家，弥尔顿有幸生活在英国社会处于历史性变革、新旧思想激烈冲突、新旧势力斗争纷繁复杂、宗教变革和社会革命交织在一起的时代。深受其影响，弥尔顿的思想同剧烈变革的时代一样，也极为复杂。不仅如此，他还既继承了犹太－基督教和古希腊－文艺复兴人文主义两大传统，同时也受到由盎格鲁－撒克逊人带来并自中世纪以来一直在英格兰社会延续和发展的日耳曼文化传统的影响。因此，他的思想复杂而深刻，很难一概而论；但就本质而言，正如许多研究弥尔顿的学者所指出，基督教人文主义是他的思想核心。而他的基督教人文主义最突出地表现在他关于人的自由意志（free will）的观点上。

　　弥尔顿关于人的自由意志的观点具有深厚的基督教和人文主义的思想根源。从基督教神学传统中，不仅帕莱吉阿斯派强调人的自由意志，就连正统的经典神学家圣奥古斯丁，在其名著《上帝之城》中强调人的命运生前决定论（predestination）的同时，也系统论述了人的自由意志。他认为，高等创造物如天使和人同低等的创造物之间的根本区别就在于上帝给了他们自由意志，因此他们对上帝的忠诚和顺从不是出于"必然"（necessity），而是出于"自愿"（will）。也就是说，他们可以而且应该对自己的命运负责，自己做出选择，包括对是否崇拜和顺从上帝做出选择。而他们赖以做出选择的则是上帝所赐予的至高无上的理性。弥尔顿曾说过："上帝给了他[指人]理性，他给了他选择的自由，因为理性就是选择。"[1]在《失乐园》中，他也借上帝之口说："理性就是选择"（Ⅲ,108）。[2]
众所周知，强调理性一直是古希腊罗马和文艺复兴人文主义的核心。而
弥尔顿深受培根（他就读于剑桥时，培根还活着）的理性思想的影响并
十分推崇其"知识就是力量"的名言。在很大程度上，此时的欧洲宗教
改革正是基督教传统和文艺复兴运动相结合的产物。他强调个人与上帝之
间的直接关系，认为宗教信仰完全是个人的事，每一个人应该自由地用自
己的理性和良知来指导自己对上帝的认识和对《圣经》的理解，任何人乃
至教会都无权干预他人的宗教信仰或把自己对《圣经》的解释强加给别
人。宗教改革运动不仅改变了欧洲历史的进程，而且是欧洲思想史上的重
要里程碑。它解除了教会对人们思想的禁锢，极大地提高了个人的价值。

　　弥尔顿继承了宗教改革运动关于个人价值和信仰自由的思想。他认
为，人的"意志/本是自由的"（Ⅴ，526-527），只应接受"上帝播种于
我们心中的理性之光"的指引。[3]他说："我们拥有两种《圣经》：一种是
外在的，写在纸上；另一种是内在的，那就是圣灵，写在信徒们心上"，
而这种"内在的"《圣经》"远胜过一切"。[4]这实际上就是把人的"理性之
光"置于《圣经》之上，反对那种保守的禁锢人们思想的"本本主义"。
所以他在著名的小册子《论出版自由》中指出，如果一个人盲目信仰，
那么"他所持有的真理也会变成异端"。[5]他在各种著作中广泛论述或表
达了这种理性至上的思想，并产生了深远影响，所以恩格斯称弥尔顿为
18世纪启蒙思想家们的"老前辈"。[6]弥尔顿的自由意志观正是建立在这
种理性至上的思想基础之上。他不仅在各种小册子和文章中论证了自由
意志与理性不可分的观点，而且在许多诗作中，特别是在《失乐园》里，
反复表达了这种自由观。比如天使米加勒对亚当说："真自由/总与正确
使用理性同在，/离开她自由就不能单独生存"（Ⅻ，83-85）。同样，亚当
也对夏娃说："上帝让意志自由，因为/顺从理性的意志便是自由"（Ⅸ，
351-352）。

1 John Milton, "Areopagitica", in M. H. Abrams, et al. eds., *The Norton Anthology of English literature*, 3rd ed., vol. Ⅰ (New York: Norton,1974), p. 1354.
2 本文中《失乐园》的引文，从 Lu Peixian, ed., *A student's Edition of Milton* (商务印书馆，1990年版)译出，有些译文参考了或直接引自朱维之译本（天津人民出版社，1990年）。引文卷数及行数按英文原文随文注出，下面不再加注。
3 Milton, "Of Reformation in England", in Milton, *Prose Works*, Vol. Ⅱ (London: np., 1848), p. 101.
4 Milton, "A Treaties on Christian Doctrine", in *Prose Works*, Vol. Ⅳ, p. 447.
5 Milton, "Areopagitica," p. 1355.
6 转引自朱维之《失乐园·译本序》，第19页。

弥尔顿一生都在鼓吹和歌颂自由，而自由在他那里说到底就是意志的自由。他的伟大史诗《失乐园》的主旨是要"昭示天道的公正"（Ⅰ，26）；也就是说，他要"证明"（justify）上帝因为亚当和夏娃偷吃禁果而把他们赶出伊甸园并使他们及其后代遭受"死亡和其他各种灾祸"（Ⅰ，3）的惩罚是公正的。他的"论证"的出发点就是，因为人的意志天生自由，他的行为是自由的选择，因此他必须对自己的一切行为、对自己的命运负责。《失乐园》中几乎所有主要人物都谈到人的自由意志，其中最重要的段落主要在第Ⅲ、Ⅴ、Ⅷ、Ⅸ各卷之中。有趣的是，正是那决定人的命运的上帝比其他任何人物都要更多、更系统的谈论人的自由意志。当他第一次在史诗中出现时，就对人的自由意志以及它与人的堕落之间的关系做了长篇论述。在他那段54行的独白中，有42行是在谈论自由意志。他最后说：

> ……是他们自己的决定
> 他们自己的背叛，与我无关。
> 如果我预见到，预见
> 也不会影响他们的犯罪；
> ……
> 他们的犯罪也没有丝毫
> 命运的动机，或命运的影子；
> 更无关我不变的预见，他们
> 背叛，完全是由他们自己造成，
> 出自于他们的判断和选择。
> 因为我造成他们的自由，他们须
> 保留自由，甚至可以自己奴役自己。（Ⅲ，116-125）

这段渗透了奥古斯丁神学思想的话其实道出了这部史诗的主旨：人失去乐园的责任在他自己，与上帝无关。

然而许多评论家认为，上帝在这里以及其他一些地方的反复阐述听起来简直是在自我辩护。这实际上极大地损害了他的形象，因为上帝是不需要为自己辩护的。一些学者认为，上帝是《失乐园》中塑造得比较差的人物，这种看法不无道理。的确，上帝的本质就决定了他是最难塑造的人物，而且只要他一开口，他的全能、无限与神秘就必然会打折扣。如果他是一个饶舌的上帝，他的形象就更要大受影响。但丁的上帝以及中世纪那些"神秘剧"（mysteries）中的耶稣的形象之所以成功，在很大程度上就有赖于他们的沉默。不过这种看法在一定程度上受了对上帝形象的传统看法的影响，而这种看法的核心就是上帝的神秘性。弥尔顿的上帝不是一个总是藏在浓云后面用雷声发布命令或者以燃烧的灌木昭示其旨意的神秘的神，而是一个理性的上帝（God of reason）。实际上，弥尔顿不仅是要借上帝权威的话语，更是要借上帝权威的形象来表达他对自由意志和理性的观点。因此，应该说上帝的理性形象同作者在诗中要表达的理性至上的观点是协调的。

　　尽管如此，作为一个艺术形象，上帝在《失乐园》里的几个主要人物中相对而言的确比较单薄。当上帝因长篇大论而失去其神秘性后，他特殊的身份使他在本质上就只能是观念的化身，是一个缺乏复杂性和深度的平板人物。他既没有史诗前两卷撒旦身上那种崇高美（sublimity），也没有亚当、夏娃和后面各卷中的撒旦等艺术形象的丰满与多面。在《失乐园》所塑造的人物中，撒旦的形象历来受赞扬最多，同时争议也最大。特别是浪漫主义诗人布莱克、拜伦、雪莱等人更是对这个形象所体现的"英雄"气概和崇高美推崇备至。他们相信撒旦在史诗中被作者塑造成真正的英雄。布莱克认为，撒旦代表了情欲（passion），代表了人类富于想象的灵魂。他说："弥尔顿写到天使和上帝时，感到缩手缩脚，写到恶魔和地狱时发挥得淋漓尽致，这是因为弥尔顿乃真正的诗人，自己站在魔鬼一边而不自知。"[1]当然有许多人不同意这种看法，他们觉得"简直不可想象弥尔顿会把撒旦写成英雄"。[2]有人甚至怀疑这些浪漫派诗人是否读完过这部史诗。比如哈琴森问道："我纳闷布莱克、雪莱和拜伦是否读过第十卷？"[3]因为在后面撒旦的形象越来越渺小、猥琐，直到在第十卷中变成了一条嘴里嚼着苦灰的令人厌恶的蛇。然而哈琴森等学者的责问并不像他们认为的那样切中要害，因为严格地说，弥尔顿在《失乐园》里塑造了两个撒旦：前两卷里那个敢于挑战上帝权威、发誓永不屈服，虽然被打入地狱但精神上并没有堕落的叛逆英雄，和后面各卷中那不敢直接挑战上帝、却转而去引诱和伤害从未得罪过他的弱小人类，并以此向上帝报复的魔鬼，也就是真正堕落了的撒旦。布莱克等浪漫主义

1　格里尔逊《弥尔顿之为人与其诗》，载殷宝书选编《弥尔顿评论集》，上海译文出版社，1992年，第228页。

2　F. H. Hutchinson, *Milton and the English Mind* (New York: Collier, 1962), p. 102.

3　Marjorie H. Nicolson, *John Milton: A Reader's Guide to His Poetry* (London: Thames and Hudson, 1964), p. 186.

诗人赞叹的显然是那个在精神上与他们相通的叛逆英雄而非后来因为精神上的堕落而变得渺小猥琐的魔鬼。

需要指出的是，《失乐园》前两卷里撒旦那具有崇高美的叛逆形象并非完全是弥尔顿的创造，而是根源于盎格鲁－撒克逊社会的文化文学传统。在大约写于7、8世纪盎格鲁－撒克逊时代的古英语宗教诗《创世记》(*Genesis*)里，作者就生动地塑造了一个不愿做奴仆，决不向上帝称臣，要自己做神的颇具叛逆精神的撒旦形象。这个形象伟岸的叛逆者与其说是基督教观念上的撒旦，还不如说是在盎格鲁－撒克逊社会仍然影响广泛的日耳曼传统和价值观念的体现。很显然，他更像是在争夺王位中失败了的日耳曼英雄。[1]弥尔顿在《失乐园》里对撒旦的塑造很可能直接受到古英语诗人的影响，而且他笔下的撒旦向上帝挑战的英雄气概和使用的语言也与古英诗《创世记》里那个撒旦十分相似。[2]

但无论弥尔顿是否受到古英诗《创世记》的影响，撒旦都是一个塑造得十分成功的艺术形象。特别是在前两卷里，他被赶出天堂，被扔到地狱的火海里后，仍然充满不屈不挠的精神，发誓要继续与万能的上帝对抗。他说：

> …… 我们损失了什么？
> 并非什么都丢光：不挠的意志、
> 热切的复仇心、不灭的憎恨，
> 以及永不屈服、永不退让的勇气，
> 还有什么比这些更难战胜的呢？
> 他的暴怒也罢，威力也罢，
> 绝不能夺去我这份光荣。
> ……
> 这时候还要弯腰屈膝，向他
> 哀求怜悯，拜倒在他的权力之下，
> 那才是真正的卑鄙、可耻，
> 比这次的沉沦还要卑贱。（Ⅰ, 106-118)

---

1 关于这一点，可参看前面《从古英诗＜创世记＞对＜圣经·创世记＞的改写看日耳曼传统的影响》一文。
2 关于这一点，可参看后面关于英语文学中撒旦式人物传统一文。

　　读到这些充满豪气的语言和看到他克服一切困难去实现自己计划的不屈意志，我们不禁会感到布莱克的话不无道理。撒旦能得到具有叛逆精神的浪漫主义诗人和众多读者的赞叹，在很大程度上就在于这个叛逆形象体现了意志的自由。其实不仅在这两卷中，不仅在撒旦这个艺术形象上，凡是在体现自由意志的地方，弥尔顿的杰出诗才都能特别令人叹服地展示出来，比如亚当和夏娃偷吃禁果而堕落的那部分就是如此。

　　不论撒旦后来变得多么渺小和可憎，也不论他内心多么痛苦乃至悔恨（见第四卷），有一点他从未改变，那就是，他无论在什么情况下都没屈服。恐怕正是这种不屈的自由意志在同样具有叛逆精神的浪漫主义诗人和革命者弥尔顿的心中引起了共鸣，所以弥尔顿在塑造这个人物时有时竟"站在魔鬼一边而不自知"。不过弥尔顿并不是完全没有意识到这种倾向，他有时也利用叙述者插入一些话以便同撒旦保持距离。例如在撒旦说出上面那段著名的"豪言壮语"之后，叙述者指出，撒旦"虽忍痛说出／豪言壮语，却为深深的绝望所折磨"（Ⅰ，125-126）。然而这些插入语对撒旦的形象并没有多大影响，相反却反映出诗人自身的矛盾，即他内心里感情和理智的冲突。一方面，他对自由意志和不屈的精神总表现出难以抑制的钦佩；另一方面他又知道撒旦是恶魔，所以总希望与之保持距离。但正如布莱克所说，他是真正的诗人，他在诗中主要按自己艺术家的想象而非一些抽象的宗教思想进行创作。他要塑造的是艺术形象，而非观念的化身。如果敢于向万能的上帝挑战的是一个没有自由意志、没有不屈精神的无能之辈，那受到损害的将不仅是上帝的形象，而且还是这部试图充分展现自由意志的史诗的艺术性。

　　不过撒旦这个人物主要是在史诗的前两卷中才具有叛逆者的英雄气概。当史诗的重心从地狱转到伊甸园，从撒旦转到亚当和夏娃的时候，这个艺术形象的崇高美就消失了。在外表上，他从一个伟岸的天使军统领变成了一个卑鄙的窥视者，一只丑陋的蟾蜍，一条令人厌恶的蛇，最后在火海中"满嘴咀嚼这苦灰"（Ⅹ，556）。他的外在形象的变化实际上象征着他内在本质的堕落：他从一个敢于向万能的上帝挑战的叛逆英雄堕落为一个不敢直接去向上帝复仇而去伤害两个从未得罪过他而且永远也不会加害于他的"弱小"生灵的懦夫。

　　弥尔顿塑造撒旦这个形象，自然首先是因为撒旦是造成人类堕落的根源。但从他的形象变化和他在史诗中的作用来看，弥尔顿的创作意图似乎远不止于此。《失乐园》其实描写了两次具有内在关联的堕落——天使的堕落和人类的堕落。除了天使的堕落是人类堕落的根源和背景之外，作者的一个主要目的就是要在这两次堕落之间进行对照，用撒旦的堕落来反衬亚当的堕落。实际上，史诗中那令人称道的前两卷是作者在创作过程中后来加进去的。这或许表明，要么作者是在创作过程中才想到要在撒旦的堕落和人类的堕落之间进行对照，要么他想赋予这种对照以新的意义。没有这两卷，对撒旦的描写很难有足够的分量来同对亚当的描写进行对照。更重要的是，加上这两卷后，撒旦堕落的意义大为深化。当然，根据基督教传说，一个无法改变的事实是，撒旦的堕落是因为他的骄傲，不甘于当上帝的"奴仆"。《失乐园》自然也表现了这一点，即他不愿受制于圣子耶稣。可是在这部史诗中，如果我们仔细体会，我们感到撒旦的真正堕落似乎并不是他反叛了上帝，而在于他引诱人类犯罪从而毁灭他们。在后来加上的前二卷中，我们看到，撒旦在被赶出天堂坠入地狱之后，仍然保持着大天使的气概和叛逆者的英雄形象，只是在他实施毁灭人类的罪恶计划之时并获得成功之后，他的形象才不断变得越加丑恶。因此，在《失乐园》中，尽管撒旦和亚当的堕落都是由于他们背叛了上帝，而且都出自于他们的自由意志，但撒旦精神上真正的堕落在于它把人类作为他复仇的工具，也就是说他为了自私的目的而毁灭了他人。相反，亚当却没有伤害任何人，而是为了别人[夏娃]牺牲了自己。因此撒旦面临的只有永恒的地狱而没有获救的希望，而亚当则在灾难之后能获得上帝无边的恩惠和那比"伊甸园/更快乐的乐园"（XII，464—465）。虽然弥尔顿一生都在鼓吹和歌颂自由，但他绝不认为任何人有侵犯别人自由的自由。他曾说过："谁侵犯他人的自由，自己便首先失去自由，变成一个奴隶"。[1]因此撒旦将永远是自己罪恶的奴隶，而人类则在赎罪之后终将回到上帝那里，享受永恒的幸福。虽然《失乐园》主要是关于人类如何受到引诱而堕落和失去伊甸园的故事，作者仍然对未来保持着乐观的态度，他坚信人类终将重返乐园。

在《圣经》中，人类失去乐园的故事长度不到一页，而弥尔顿却把这个简单的故事写成了长达十二卷的史诗。但不论在《圣经》里还是在《失乐园》里，核心都是人类的祖先在蛇的引诱下，违背上帝的禁令，偷吃"知识树"上的禁果。至于上帝为什么要下这么一条禁令，为什么要禁止人类获得关于善恶的知识，似乎令人很难理解。从表面上看，这里的"知识"是指"知善恶"。由于上帝创造的世界是完美的，是绝对的

---

1 转引自鲁宾斯坦《从莎士比亚到奥斯丁》，陈安全等译，上海译文出版社，1987年，第165页。

善，没有恶，因此人类自然没有必要"知善恶"，只需遵循自己善的本性就行了。然而从另一方面看，上帝发出关于"知识果"的禁令，其实是在人出现之时就向他指出人和神之间的区别，确定了人的生活中有不能违反的规则，划定了人的自由的范围。人的自由不是无边的，它以人与神之间的区别、以人对神的忠顺为界限。人的自由与幸福必须以遵守这一界限为前提，而越过这一界限的惩罚将是堕落、苦难与死亡。夏娃在蛇的引诱下偷吃禁果，就是因为她想自己"变得和神一样"。因而在更深的层次上看，所谓"知识树"上的果子只不过是一个能指符号，其所指并非仅仅是表面意义上的"知识"，在犹太－基督教的符号系统中，它更是指上帝的旨意，指人对上帝的忠诚和对上帝的绝对顺从。正如语言符号的能指和所指之间关系的任意性一样，上帝完全可以任意指定任何其他一棵树上的果子为禁果，或者下达任何其他禁令，来要求人向他保持绝对的忠诚和顺从。所以人的犯罪和堕落并非真的因为人偷吃了禁果从而知道了善恶，而是因为人偷吃了禁果而违背了上帝的命令，也就是说因为他对上帝的不忠。或许正因为如此，在《失乐园》里，当上帝长篇谈论人的堕落时，他只字未提"知识果"或善恶，而是指责人不忠，说他"违反了我唯一的禁令，/背叛了他效忠的誓言，/他和他不忠的子孙将从此堕落"（Ⅲ，94-96）。

然而真正的忠诚决非被迫的服从，它必须出于自由的选择。所以弥尔顿在史诗中极为仔细地表达了人应该而且的确是在自由地决定自己对上帝是忠诚还是背叛的思想。首先他利用上帝的权威定出了这一根本原则。上帝说：

> 如果不给予自由，只是不得已
> 而行之，而非出于自愿；当
> 意志与理性（理性即是选择）
> 被剥夺了自由，成为被动，
> 那仅是无益与空虚，只服从于
> 必然，而非服从于我；凭什么
> 证明他们的真诚、实意、忠顺
> 和敬爱？他们又有什么值得赞扬？
> 这样的顺从又怎么会使我高兴？（Ⅲ，103-111）

正因为上帝需要的是人发自内心的忠诚和服从，所以他"不用丝毫的外力去干预/他的自由意志"（X，45-46），而让人自己根据自己的理性自由地做出选择。这是弥尔顿的宗教思想，也是基督教神学的一个极为重要的观点。弥尔顿在《基督教教义》中对此做出了系统的阐述。他认为，如果人没有选择的自由，那么他对上帝的忠顺也就不是美德。同样，如果他没有选择的自由，他违背禁令也并非真的罪孽，因而上帝的惩罚也就无公正可言。

因此亚当在违背上帝的禁令时，弥尔顿极为仔细地表明他是在没有"丝毫外力的干预"的情况下自由地做出选择。关于亚当吃禁果一事，《圣经》只是简单地说：夏娃受到蛇的引诱，"就摘下果子吃了；又给她丈夫，她丈夫也吃了"（《创世记》3：6）。我们并不知道亚当内心活动。然而在《失乐园》里，情况完全不同。亚当得知夏娃已吃了禁果，马上陷于绝望。于是作者把我们带入他痛苦的内心世界，直接观察他的内心活动，看他如何自由地做出选择。在他还没有开口对夏娃说话和吃禁果之前，他在完全知道后果的情况下，经过认真思考已在心里做出了和夏娃"同死"的决定（IX，906-916）。然后他才"死心塌地，/用平静的语言"（IX，919-920）开口对夏娃说话。他的长篇讲话从魔鬼谈到上帝，最后说："我和你是/注定同命运的；和你一同受罚，/和你相伴而死，虽死犹生"（IX，952-959）。在这之后他才接过禁果吃下去。

亚当的内心活动与《圣经》故事毫无关系，完全是弥尔顿的创作，其意图十分明显。在这里上帝没有进行丝毫的干预，撒旦也没出现，就连夏娃的"诱惑"也发生在他做出决定之后。而且在此之前，弥尔顿刚让上帝派遣天使前来向亚当警告他面临的危险和重申上帝的禁令。所有这一切都表明，亚当是在完全自由的情况下做出的决定而且清楚知道会有什么样的后果。他选择和夏娃一同堕落而不是服从上帝，这就是他犯下的罪。正如"罪孽"（撒旦的女儿）是在撒旦公开叛乱之前，即在他决定反抗上帝之时，就从他的头脑中出生一样，亚当的罪孽也产生于他决定违背上帝的禁令之时，也就是说在他吃禁果之前产生于他的意志，而他吃禁果的行动只不过是他的罪孽的象征表现而已。这也正是圣奥古斯丁的观点：一切罪孽都产生于人的意志。

亚当的内心独白之所以重要，弥尔顿之所以那样仔细地表现亚当如何自由地做出决定，因为这实际上是亚当被创造出来后第一次真正运用自己的自由意志，而正是由于他运用自己的自由意志而开启了基督教意义上的人类历史。在撒旦进入伊甸园之前，乐园由天使守卫，里面一切都完美和谐，决无可能有罪孽。上帝所有的创造物从人到鸟兽花草都沐浴在上帝的恩惠之中，而他们本身全都是上帝的善的体现，因而全都本能地爱着上帝。然而正因为如此，亚当虽然被上帝赋予自由意志，却从未有过使用它的任何可能，因为在乐园里除了热爱和赞美上帝（享受生活本身就是对上帝的热爱和赞美）外实际上没有其他的"选择"。也就是说，他对上帝的热爱是出于本性上的必然而非出于他的意志。从这个意义上讲，直到由于撒旦的出现和实施诱惑，他不得不在上帝和夏娃之间做出可怕而痛苦的选择之前，他从未有过真正意义上的自由，即意志的自由，选择的自由。

然而撒旦把罪恶带进了伊甸园，改变了这里的一切。乐园之中凝固的完善和不变的静态美被打破，从而开始了善与恶之间永恒的斗争，因而人不得不进行选择。尽管亚当做出了错误的选择，为了夏娃而违背了上帝的禁令，但这是他第一次做出选择，第一次运用自己的自由，因此真正成为具有自由意志的人。根据圣奥古斯丁的观点，人和低等的创造物之间的区别就在于人有自由意志。在这个意义上讲，亚当只有在进行自由选择时才成为真正意义上的人。因此我们或许可以说，人第一次被上帝所创造，第二次却被他自己所创造。当上帝把气吹入亚当的鼻孔时，人获得了生命；但只是在亚当选择同夏娃一同死亡时，人才获得了人性，成为真正的人。T. S.艾略特曾说过，一个人做错事也比什么都不做为好，那至少还证明他存在。在亚当做出选择之前，严格意义上的人并不存在。

但亚当选择的意义还不止于此。人类的堕落使世界也因此而堕落，从此世界上就充斥着罪恶，人类也因堕落而被赶出伊甸园来到这个罪恶充斥的世界生活，不得不面临各种各样的诱惑和遭受各种各样的灾难。因此人类必须依靠自己的意志和理性在这充满罪恶和灾难的世界上决定自己的命运。这样的磨炼并非坏事，因为他是人类成长和精神复苏的条件。弥尔顿认为，"正是磨炼使我们纯洁"，我们可以从恶中知道善，从磨炼中认识真理。所以他说："我不能赞颂逃避现实躲藏不出的美德，它没有实行过也没有生命，从而不敢出击和面对自己的敌手。"[1]这样的"美德"并非真正的美德，它"将腐烂在臭水潭里。"[2]只有经过磨炼，只有在善与恶的冲突中，人的理性才会最终真正认识到上帝的神圣、全能、仁慈和对人无边的爱。只是在真正有了这样的认识之后，人对上帝的忠诚、热爱和顺从才是出自他的自由意志，而不是出自"必然"。换句话说，只

1　Milton, "Areopagitica," p. 1352.
2　Milton, "Areopagitica," p. 1354.

　　有经过磨炼，人才能在精神上复苏和成熟起来；同样，也只有经过磨炼和精神上的复苏与成熟，人才可能真正认识上帝的真理，从而做出正确的选择，最终向上帝回归。其实在基督教看来，一部人类历史就是人被赶出伊甸园来到这个罪恶充斥的世界后，历经磨难，获得精神再生，重新找回失去的乐园回归上帝的历程。

　　亚当精神上的升华正是经历了这样的磨炼。他的认识过程，在弥尔顿看来，其实是人类认识过程的缩影。在吃了禁果而堕落之后，亚当陷入了极度的痛苦之中。在他那长达约150行的独白中，弥尔顿不仅为我们展示了亚当内心的痛苦，而且生动地刻画了一个被悔恨和痛苦所折磨的人的形象。弥尔顿极善于运用独白或内心独白塑造出生动、丰满的人物形象。在《失乐园》第四卷里，撒旦在偷看了伊甸园中那一对情侣的抚爱之后所感到的痛苦与悔恨在他的内心独白中表达出来，使他不再仅仅是罪恶的化身，而更像一个有着丰富感情的凡人。夏娃在吃了禁果之后，既想以自己获得的"知识的奇妙力量"同"亚当"平等，甚至"胜过他"，但又怕自己死去而"亚当和别的夏娃结合/和她共过快活的日子"（IX，820-830）。她的那段充满矛盾心情的内心独白是整部史诗中最精彩的段落之一，也是使她成为《失乐园》中最成功的艺术形象的重要因素。

　　在亚当的独白中，他内心的矛盾、痛苦、悔恨、乃至对上帝的抱怨都展示出来。他不仅为遭受"无休止的灾祸"感到痛苦，而且还要承担子孙世世代代的"诅咒"。他抱怨上帝说："造物主啊，难道我曾要求您/用泥土把我造成人吗?/……您的条件太难，/……您的正义似乎很难理解"（X，743-754）。他这样抱怨上帝，既表明他意志上的自由，也表明他的苦难难以忍受。他感到绝望，认为自己被"逼近何等恐怖/和战栗的深渊，没有出来的路，/只能从深处沉入更深的渊底！"（X，842-844）所以他祈求快点死，以此来结束这一切："为什么不让我快点死，/给我所渴望的一击，/结果了我呢？"（X，854-856）亚当的痛苦和绝望以及他对上帝的抱怨同弥尔顿的著名诗剧《斗士参孙》里参孙的境况和心情完全一样。参孙正是在痛苦的磨练中、逐渐建立起对上帝真诚信仰，成为精神上不可战胜的斗士，完成了上帝赋予他的使命。亚当也是在这样的磨炼中，在自己的意志和理性的引导下，终于获得精神上的再生。

　　有意思的是，参孙精神上的"上升"开始于他看到背叛了他的女人达利拉；同样，亚当精神上的复苏也开始于他同夏娃之间的对话。他们两人都对背叛了自己的女人充满了愤怒。不同的是，参孙对达利拉的愤怒使他恢复了斗士的勇气，而亚当对夏娃的愤怒则因为后者对他"真诚的爱"、"衷心的尊敬"、"苦苦的哀求"以及真心的悔恨而逐渐消失，因此他决定与夏娃共同承担灾难。于是他们互相安慰，互相鼓励，一同向上帝谦卑地"忏悔，祈求宽恕"。这充分表明他们精神上的升华，而他们"播种在悔悟心田中"的"果实"，正如耶稣所说，"比天真未失之前他[亚当]亲手/浇灌过的乐园中所有树木所结果实/更加香甜"（XI，26-30）。也就是说，人在堕落之后发自内心的忏悔远比堕落之前出于对上帝"必然"的热爱更加可贵，更令上帝满意。

正是由于他们真诚的忏悔，上帝派遣天使米加勒去"把未来的/事展示给亚当"（XI，114-115）。《失乐园》的最后两卷主要就是米加勒根据上帝的命令把人类未来充满堕落、罪恶和灾难的历史以及耶稣如何牺牲自己为人类赎罪的情景展示给亚当。在很大程度上，这是对《圣经》中记载的人类历史的复述，它显得有些冗长，而且是史诗中比较缺乏艺术创造性的部分。但它是亚当精神成长的必修课，是《失乐园》的有机整体中不可分割的组成部分，它使亚当不仅认识而且亲身"体验"到自己违背上帝的禁令所带来的灾难性后果和上帝对人类无边的慈爱和恩惠。因此在接受了这样的"教育"之后，亚当不禁"满怀欢迎和惊异地说"：

> 啊，无限的善，莫大的善！
> 这一切善由恶而生，恶变为善；
> 比创造过程中光出于暗更为奇异，
> 我满怀疑惑，究竟该为
> 自己有意无意所犯下的罪
> 而痛悔，还是该为更多的善
> 因此而涌现感到高兴——
> 更多的光荣属于上帝，
> 上帝更多的善意归于人，
> 他的恩惠无边……（XII，649-678)

亚当终于通过自己的自由意志和理性选择了上帝。他对上帝真诚的信仰和热爱就是他内心的乐园，那比伊甸园更为幸福。这正是米加勒所告诉他的："这样，你就不会不高兴离开/这个乐园，在你的内心/另有一个更为快乐的乐园"（XII，585-587）。不仅如此，在耶稣为人类赎罪并战胜撒旦之后，"整个大地都将变成乐园，/那比伊甸园更为幸福，/日子远为美好"（XII，463-465）。

　　这样看来，人类的堕落乃"幸运的堕落"（Fortunate Fall），它不仅使人成为真正意义上的人，而且还会最终为人类带来远比伊甸园更为幸福的乐园。"幸运的堕落"的观点当然不是弥尔顿的创造，它至少可以追溯到4世纪。但弥尔顿对这个观点极为欣赏，并从中看到人类的发展和进步。这是因为他不仅是基督徒，而且是革命者，是一个对英国革命乃至人类前途充满信心的乐观主义者。虽然英国革命暂时失败了，但他坚信自由事业必将最终胜利。革命遭受失败并非因为"上帝的事业"不对，而是因为领导者们的堕落。他写《失乐园》就是想探索革命失败的根源。正如希尔所指出："弥尔顿是采用人类堕落的故事来说明一场革命失败的第一人。"[1]弥尔顿相信，"善由恶而生，恶变为善"，因此英国人民在经受了革命失败的磨炼之后会像亚当一样成熟起来，获得精神上的再生，"为上帝的下一个信号做好准备"。[2]

---

1 希尔《人类的堕落》，载殷宝书选编《弥尔顿评论集》，第550页。
2 希尔《人类的堕落》，第549页。

弥尔顿的《斗士参孙》与基督教的忍耐精神

　　虽然弥尔顿的《斗士参孙》同他的《失乐园》和《复乐园》在体裁上不同，但在很大程度上，它们都是西方文学中犹太-基督教和古希腊两大传统结合的产物。《斗士参孙》是一部诗剧。尽管它不是为演出创作，[1]但却严格遵循古希腊悲剧的一些基本创作原则，比如庄严、净化、三一律等等。在艺术构思、人物刻画、情节安排和表现手法等方面，它也部分受益于索福克里斯的《俄狄浦斯在卡洛诺斯》这样的古希腊悲剧作品。另一方面，它取材于《圣经》故事，思想内容深受犹太-基督教传统的影响。大卫·戴切斯在他的《英国文学史》中说："《斗士参孙》是用英语创作的唯一成功的希腊悲剧，但其核心却并非希腊式的；一个败落的英雄取得一种新的更为微妙的英雄主义这一主题不属于索福克里斯，而属于非常典型的弥尔顿式基督教。"[2]

　　严格地说，《圣经》里的参孙[3]与其说是一个悲剧英雄，不如说是一个古代社会的部落勇士。《圣经》故事着力渲染了参孙那隐藏在头发里无与伦比的神力和他辉煌的战绩。但弥尔顿的悲剧没有直接表现参孙那些英雄事迹，它主要叙述了参孙生活中最后一天里同一些"朋友和邻居"所组成的"合唱队"以及三个来访者（他父亲、妻子和巨人哈拉发）之

1　《斗士参孙》是主要用于阅读的诗剧。英语文学中最早的诗剧是15世纪中古英语道德剧《智慧》（*Wisdom*，约1460-70）；另外，20世纪艾略特的《大教堂里的谋杀》也是一部诗剧杰作。

2　David Daiches, *A Critical History of English Literature*, vol. I (New York: Ronald, 1960), p. 457.

3　参孙的故事见《圣经·士师记》。

间的对话，就连他最后与敌人同归于尽的悲壮行为也只是通过报信人之口讲述。可以说，《斗士参孙》中没有多少通常那种戏剧性情节。或许正因为如此，18世纪著名新古典主义诗人兼文学评论家塞缪尔·约翰生在评价此剧时，运用亚里士多德对悲剧所下定义进行衡量，认为它缺乏亚里士多德所说的"中间"（middle），也就是缺乏以戏剧性冲突为动力的"发展"。作为英国文学批评史上一位很有眼光和影响的批评家，约翰生常常敏锐地触及到问题的实质，但却也不时做出错误的结论；他对《斗士参孙》的批评正是如此。的确，从戏剧情节上看，这部作品似乎没有多大发展。但这部"决不打算演出"[1]而是供阅读的剧作之真正意义恰恰在于"发展"，只不过其发展主要不在故事情节，而在戏剧人物参孙的形象。这部基督教性质的诗剧主要就是关于参孙的精神复生，关于他如何历经磨难抵制诱惑，从一个部落最终成长为基督式精神斗士的发展历程。

约翰生没看到《斗士参孙》里的"发展"，缘因他处在新古典主义时代，过分受到古典主义形式原则的影响，而没注意到，这部结合了希腊戏剧传统和犹太–基督教思想的剧作不仅基本遵循了希腊悲剧的创造原则，而且更是按照《圣经》故事的创作传统来创作的。正如埃里克·奥尔巴赫（Erich Auerbach）在其名著《模仿》（Mimesis）中指出的那样，《圣经》故事以发展人物性格见长。他说："《旧约》中那些杰出人物比荷马的人物得到远为充分的发展，他们带有更加丰富的过去经历并具有更加独特的个人特征"，就是因为"上帝选择这些人并培养他们来体现他的精神与意志——但这种选择与培养并非同步，因为后者是被选择的人在其尘世生活中一个逐渐的、历史的过程"，而"这个过程"包含"多么可怕的磨难"。[2]这个过程就是要把上帝所选中的人通过考验和磨难锻炼成能够体现神的意志、完成神的使命的圣徒或斗士。实际上，把背叛上帝的"罪人"教育或改变成上帝的忠实信徒正是《圣经》的基本主题，而整部《圣经》所呈现的正是犯下罪孽的人类在上帝指引下，历经磨难、考验而获得精神再生，最终回归上帝的历程。实际上，《圣经》里的主要人物，从犹太先知到基督教圣徒，甚至从亚当、摩西到圣保罗，都是在上帝指引下，历经诱惑、考验、磨难而获得转变、发展、成长或精神再生。西方文学中所谓的"圆形人物"主要就是根源于《圣经》和基督教文学的这一传统。《斗士参孙》也不例外，它艺术地表现了参孙被"培养"的过

---

1 弥尔顿：《斗士参孙·自序》，见《复乐园·斗士参孙》，朱维之译，上海：上海译文出版社，1981年，第122页。

2 Erich Auerbach, *Mimesis* (Princeton: Princeton UP, 1968), p. 17.

程并以此象征或体现人类向上帝的回归。参孙在苦难中、在抵制各种诱惑的过程里获得了精神上的再生，最终完成了上帝赋予的使命。

但我们并不能因此而认为弥尔顿只是简单地将《旧约》中的参孙照搬过来。实际上，弥尔顿的参孙与其《旧约》原型这两个形象相去太远。《旧约》中的参孙大体上是传说中的一位头脑比较简单、半带野蛮性但力大无穷的部落勇士，他最后的英雄行为也主要是为了"报那剜我双眼的仇"。[1] 所以，他在很大程度上体现了《旧约》里那种以眼还眼、以牙还牙的原则。而在弥尔顿笔下，参孙的神力以及与之相伴的荣耀已成为过去，他只是一个被奴役和被人侮辱的囚徒。参孙忍受着各种折磨，抵制着各类诱惑；他最后与敌人同归于尽并非为了复仇，而是为神而战，为了完成神赋予他的解放以色列人的事业。如果进一步比较这两个形象，我们会发现，弥尔顿的参孙身上不断增长的"忍耐"（patience）在《旧约》里的参孙身上根本不存在。这是他们之间最重要的差别。比较《旧约》和《新约》，我们会发现一个有趣而且十分重要的不同：在《新约》里，"忍耐"这个词至少使用了30次，而在《旧约》中它却一次也没有出现。[2] 它在《新约》里的第一次出现是在耶稣的布道中："你们常存忍耐，就必保全灵魂。"[3] 此后这个词在《新约》中频繁出现，成了基督教教义的重要组成。因此，与其说弥尔顿的参孙是个犹太英雄，不如说是个基督教圣徒，弥尔顿在其诗剧中已把参孙基督教化了（christianized）。

当然，这并不是说《旧约》中没有忍耐成分，而是说忍耐在《旧约》里还不像在《新约》里那样已经发展成为基督教的一个基本教义。忍耐可以说是基督精神的核心，而耶稣本人就是忍耐的最高体现。不过，《圣经》中体现忍耐精神最好的例子，除耶稣本人外，恐怕要算《旧约》里的约伯。《新约》中曾提到"约伯的忍耐"。[4] 这也表明不能把《新约》和《旧约》分开，《新约》里的许多思想是从《旧约》发展而来。特别要指出的是，尽管弥尔顿的悲剧取材于《士师记》，但其思想内容更接近于《约伯记》，我们甚至可以说，作者在一定程度上模仿了后者。弥尔顿的参孙同约伯一样，从光荣与幸福的顶点跌入苦难的深渊，落入"恶人的手中"。约伯说："他们向我开口，打我的脸侮辱我，聚会攻击我"，[5] "吐

1　《士师记》，16：28。
2　参看《圣经》英文版索引，本文作者还另外发现几处。
3　《路加福音》，21：19。
4　《雅各书》，5：11。
5　《约伯记》，16：10-11。

唾沫在我脸上。"[1]我们发现，弥尔顿笔下的参孙不仅遭受完全相同的侮辱，连说出的话也几乎逐字相同。另外，同《约伯记》一样，《斗士参孙》也主要是主人公和三个来访者的对话。最后，弥尔顿的参孙和《旧约》的约伯都在苦难和忍耐中获得精神上的再生。

可以说，这部诗剧的基本主题之一就是忍耐，而忍耐也是参孙精神复生过程的核心和他获得精神复生的标志。在基督教教义中，忍耐是指在任何情形中都抱着对上帝的仁慈、正确、公正与全能的完全和绝对的信仰，按上帝诫命行事，并等待上帝旨意的昭示。在《圣经》里，忍耐往往同对上帝的信仰同时出现。比如保罗在《帖撒罗尼迦后书》（1:4）中赞扬基督徒们"在所受的一切逼迫患难中，仍旧存忍耐和信心"。《雅各书》（1:3）更明确地说："你们的信心经过试验，就生忍耐。"《启示录》（14:12）界定基督徒的忍耐就是按神的旨意行事："圣徒的忍耐就在于此，他们是守神诫命和耶稣真道的。"由此可见，忍耐的核心是对上帝的绝对信心，它是正统基督教的根本信条。弥尔顿在他所有主要著作中都表达了这一观念。在《失乐园》里，亚当在偷吃禁果之后，因面临被逐出伊甸园去遭受尘世的苦难而感到绝望之时，天使向他预示了人的未来，特别是耶稣的降临和为人类赎罪的前景，亚当终于获得克服困难的"忍耐"精神；在《复乐园》里，耶稣简直可以说是"忍耐"的化身，忍耐成为他战胜魔鬼诱惑的美德和武器。在《斗士参孙》中，参孙的精神复生也是以忍耐为基础。弥尔顿通过合唱队的口讲道：

> ……忍耐更是圣徒们的实践，
> 是他们刚毅精神的考验，
> 使他们成为自己的救星，
> 并战胜暴君与厄运
> 所带来的苦难。[2]

这些诗行指出了忍耐的实质并揭示了参孙性格的核心以及他的命运。这部诗剧在一定程度上也可以说是一首忍耐的颂歌。作品的发展与参孙的成长同主人公从"不能忍耐"（impatience）变得具有忍耐精神的过程是一致的。

1　《约伯记》，30：10。
2　弥尔顿《斗士参孙》，第1287-91行，本文作者译。

　　然而，忍耐绝非产生于顺境，而是产生于苦难的考验，特别是产生于对苦难中的诱惑的抵制。《圣经》和特别体现《新约》精神的《复乐园》中所描写的撒旦对耶稣的诱惑都是开始于后者身处荒野之中忍饥挨饿40天之后。在《斗士参孙》里，苦难中的诱惑同忍耐这对矛盾之间的冲突是促进剧情发展和主人公成长的主要动因。为了使诱惑的力量增强，作者不惜笔墨表现参孙的苦难。剧作一开始，我们就看到这个曾经是以色列人的光荣和非利士人克星的参孙现在成了一个"戴镣铐的囚徒"（125），[1]"每天受欺辱，屈辱，诟骂和虐待"。他哀叹"我现在比一切卑贱的东西更卑贱，/最卑下的虫都比我强"（128）。不过，在他的所有苦难中，"最大最主要的"却是失明。他感到自己：

> ……被流放在光明之外
> 身在光天化日之下，宛如在黑暗地界，
> 过半死不活的生活，一个活死人，
> 被埋葬了；但比埋葬更为悲惨！
> 我自己就是坟道，一个走动的坟墓。（129）

　　在剧本中，参孙的失明至少被提到20次，诗人还成段成段描述他失明的痛苦。弥尔顿如此突出地表现参孙失明的痛苦不难理解，因为他本人对此有切身体会，他甚至因此遭受敌人嘲笑、谩骂和攻击。保王党人骂他失明是罪有应得，是上帝对他的惩罚。弥尔顿着力渲染参孙的苦难，除了增强诱惑的力量外，还能在他过去的光荣和现在的屈辱之间造成鲜明对比。不论是合唱队还是参孙自己或者他父亲都回忆和赞扬了参孙过去的辉煌，以反衬他现在的苦难。合唱队在历数"所向无敌的参孙"的骄人战绩之后，说他"可以征服全世界，/得到全世界最高的赞誉"（133）。虽然参孙宣称他"不愿自我吹嘘"，但他又说："事实本身虽然不能讲话，却大声宣扬/执行者的功绩。"（136）不仅如此，他紧接着就把他这个上帝意志的"执行者的功绩""吹嘘"了一番。他父亲玛挪亚一出场也高声赞颂"英名远扬的参孙"的"力气与天使们匹敌"（141）。他们在赞颂参孙过去的光荣时，都同时在悲叹他现在的屈辱，以强调"这个伟大的解放者，却在/迦萨，失去双眼，跟奴隶一样推磨"（126）这一严酷

1　弥尔顿：《斗士参孙》，见《复乐园·斗士参孙》，朱维之译。对此诗剧的所有引文，除另外注明外，均出自此版本，页码在文中注出。

现实。

　　这种强烈的对比自然会引出一个问题：究竟什么造成了这"一个可悲的变化"（141）？当然，直接原因是参孙把自己神力的秘密告诉了妻子、非利士人大利拉。他承认："为了一句话，一滴眼泪，竟把/上帝秘密交给我的礼物泄露给/一个狡诈的女人"（134）。不过，他也知道，"我今天的受难，主要原因还不在她，/却在于我自己"（135），因为"我不守信誉，把神授给我的/秘密泄露给一个女人"（143）。但如果他这一切仅仅归咎于自己"不能守口之罪"（148）是不够的。他之所以"不能守口"，不能抵挡女色的诱惑，是因为他骄傲自大。他后来终于认识到这一根本原因。他说：

> 我出了名，煊赫一时，
> 我到处行走，不怕危险，
> 像个小神明，为大众所仰慕，
> 为敌国所惊恐，没有人敢和我作对。
> 因此我自高自大，趾高气扬，落入
> 明眸皓齿、假情假意的罗网。（150）

　　在基督教所宣扬的罪孽中，特别是在所谓"七大重罪"（Seven Deadly Sins）中位处第一的就是骄傲。天使撒旦之所以反叛上帝，被逐出天堂打入地狱，就是因为骄傲，因为他不愿意处在耶稣之下。而亚当和夏娃之所以偷吃禁果被赶出伊甸园，也是因为他们受撒旦诱惑，以为吃了智慧果就会变得同神一样；[1]参孙在这里也说自己"像个小神明"。因为骄傲为重罪之首，所以骄傲的人都必须受到惩罚，被抛入苦难并在苦难中变得谦卑，然后才能获得上帝的恩典。《圣经》尤其是《新约》中有许多这样的教诲。比如《马太福音》（23:12）和《路加福音》（14:11、18:14）都讲"凡自高者，必降为卑；自卑者，必升为高。"另外《雅各书》（4:6）和《彼得前书》（5:5）里也说："神阻挡骄傲的人，赐恩给谦卑的人。"虽然参孙拥有无与伦比的力气，但他却缺乏与之相应的精神品质，所以他骄傲起来。于是他"必降为卑"，遭受苦难，并在苦难与磨炼中"升为高"，获得精神上的成长，成为能完成神的使命的基督式英雄。

　　参孙缺乏与他的神力相应的精神品质，在顺境中表现为骄傲，而在

1　见《创世记》，3：5。

逆境中则立即表现为绝望。在囚禁中，他认为自己已经"到了人生的绝境"（155），所以只求早死。他说："我日夜祈求的死亡，／加快来临结束我的全部痛苦"（152）。他告诉他父亲："我只有死路一条，让死亡的／鸦片麻痹剂，作我唯一的治疗"（154-155）。在这里，我们很难看到他原先表现出的那种叱咤风云的英雄气概。

他之所以如此绝望，归根到底就是因为他缺乏对上帝的绝对信心，所以他深感苦难无法忍受。不过，至少在理智上，他从未因为自己的苦难责怪过上帝。他说："这些灾难落在我身上没有错，／是公正的。我自作自受；／我是唯一的作孽者，唯一的祸根。"（143）但他也无意中流露出对上帝的预言和安排的怀疑和不满。他刚一出场就抱怨，他为什么"被指定成为一个献身于神，／能完成伟大事业的人。"他身受奴役，"预言却说我／将从非利士人的奴役下解放以色列！"而现在他这个"解放者自己竟在非利士人的奴役下"。但当他说到这里，他马上提醒自己："且慢，我不应该鲁莽地怀疑神圣的预言。"（126）于是他开始责备自己"软弱"，"不能守秘"。可是他很快又说："啊，软弱的心灵寓于强壮的体魄！／体力若没配上双倍的智慧，／算得什么？"无意中他又在责备上帝的安排，因为似乎是上帝只给了他"软弱的心灵"，而没有给他"配上双倍的智慧"。他甚至说："上帝给我伟力时，把它系在我的／发丝上，就显示这恩赐的轻微！"但他马上意识到这是在同上帝"争吵"，在责备上帝，于是告诫自己："且住！我不能同最高意志争吵。"（127）可是不久，他又抱怨说："体力与智力至少相匹配；／二者比例失调，使我颠沛流离。"（134）这些充分说明参孙的矛盾心情。

理智上他知道不能怀疑和责备上帝，他的灾难是"公正的"，是他"自作自受"，但他又总感到上帝对他的安排不当以及上帝的预言同他的现实不符，所以他的话语中不时表现出这两方面的矛盾。另外，他在责备自己时也无意中流露出对上帝的怀疑。他说："要不是我自己的过错，／那全部的预言不都实现吗？"（126）他或许是真诚地在责备自己，然而这种说法却表明，他的过错挫败了神意（providence），以致使上帝的预言不能实现！对一个上帝的信徒来说，这可是重罪，因为那意味着上帝的预言不准并对上帝的全能提出了疑问。当然参孙可能并没真正意识到这一点，它或许仅仅存在于他的潜意识中，不过却同他对上帝缺乏信心这一点相关联。另外，他也错误理解了他出生之时天使所传达的神意，把上帝赋予他的使命只简单看作是去获得像他用一根驴腮骨杀死一千个敌人那样的战绩，而不是首先成为一个在任何情况下对上帝都怀有绝对信心的谦卑的圣徒，成为一个能体现神意并激励以色列人起来解放自己的榜样。其实，以色列人之所以受奴役并非由于非利士人强大，而是由于以色列人自己"恶劣的癖性"，他们"宁爱奴役，不爱自由；/宁要安闲而被奴役，不爱奋斗的自由；/而且轻蔑、嫉妒、或猜忌／上帝为拯救他们而特地选派来的／解放者"（137-138）。所以要真正解放以色列人，首先必须把他们从这种奴性中解放出来。要做到这一点，仅仅杀死多少非列士人是不行的，还必须以自己为榜样从精神上思想上提高他们，使他们不论在什么情形中都对上帝怀抱不可动摇的坚定信念。这才是参孙使命的真正意义之所在。

如果上面提到的参孙对上帝的怀疑和责备主要还是存在于潜意识之中，并在无意识中表达出来的话，那么他对上帝缺乏信心、认为自己已被上帝抛弃这一点却是直接表达出来的。他对父亲说，虽然"我曾是天所宠爱的骄子"，现在"只觉得上天的遗弃"，上帝"现在抛弃我，有如陌生的路人，／并且交给那些凶残的敌人"（155）。正是这种被上帝遗弃的感觉比其他一切痛苦都更使他感到"绝望"，感到陷入了"人生的绝境"，因此他祈求"简单快速的死亡"（155）。他的精神降到了最低点。值得注意的是，正是这时，"忍耐"在剧作里第一次被提到。这不仅因为参孙在此时最需要忍耐，而且当一个人最痛苦、精神降到最低点之时，也往往是他将"上升"的时候，而上升的关键对一个基督徒来说就是忍耐。但真正的忍耐精神只有在困境里在抵制各种诱惑的同时逐渐树立起对上帝的信念才能逐步获得。现在来看看参孙所受的诱惑。

他所受的诱惑主要来自三个不同但对他来说都至关重要的方面，是由三个不同的来访者带来的。第一个来访者是他的父亲玛挪亚。父亲的来访增加了他的痛苦，对他是一个严峻考验。这不仅因为玛挪亚责备他不听劝告，娶了非利士女人大利拉为妻，更在于他打算用赎金把儿子赎出去。在同父亲的对话中，老父的关爱更使他感到自己已被上帝遗弃，因此祈求死亡"加快来临"。然而正因为他处在最大的痛苦之中，所以父亲想把他赎出去的想法对他是一个极大的诱惑，同时也是一个严峻的考验。这是他脱离当前的苦难、获得"自由"的一条捷径，但却意味着放弃自己的信念，践踏自己的尊严，向敌人投降。如果这样，他"只能回家／闭门闲坐，做一只懒散的雄蜂"或"被人可怜的对象"；因此他宁愿"在这里做苦工，自食其力，／让毒虫咬噬，做喂猪的残食"，或者让死亡来结束他的痛苦（152-53）。于是他拒绝了父亲的建议，抵制了被赎出去的诱惑。这表明他并没有完全放弃自己的信念。这是他精神复生的基础。

如果说父亲的来访和赎他出去的想法增加了他的痛苦，使他暴露出对神的怀疑，使他想到以死亡来解脱，那么，具有讽刺意味的是，他最痛恨的女人也是导致他堕落的直接原因的大利拉的来访却成了他精神复生的开始。大利拉的背叛造成了他的灾难，因此她的来访立即使他充满愤怒，而愤怒又给他带来了力量和勇气。这同他父亲来访时他表现出的沮丧和绝望形成鲜明对比。他同大利拉之间的对话实际上是一场激烈的争论。大利拉从自己的软弱、爱情、国家利益、宗教信仰等方面为自己出卖丈夫的行为辩护，可谓伶牙俐齿，不乏说服力。但参孙却对她的辩护一一驳斥，条理清楚，有论有据，使后者"无话可说"，"中气不足"（167）。于是她提出要为他说情，"让你离开这令人作呕的／牢房，今后和我同住，重温旧情。"可是参孙却没为她的诱惑所动。当这一切都失败后，大利拉想使用女人最后一招。她说："至少让我靠近你，摸摸你的手。[1]然而参孙的回答却是，如果她靠近，他将把她"撕成碎片"（169）。这样，参孙成功地抵挡了大利拉的双重诱惑：一是为他说请，让他离开牢房；二是她作为女人的魅力。前者针对他目前的不幸，后者则对准他经不住女色诱惑的老毛病。他现在能战胜大利拉的双重诱惑，说明他在精神复苏的道路上已大大进了一步。

如果说经不住女色诱惑曾是参孙最大的弱点的话，无与伦比的神力则是他最大的骄傲。弥尔顿为他安排的下一个诱惑就是来自这方面的挑战。参孙的第三个来访者是巨人哈拉发。一个勇士最难忍受的就是对手的侮辱。傲慢的哈拉发是敌方的巨人，他的来访就是为了极力侮辱参孙，这对曾经所向无敌傲视一切的参孙无疑是一种严峻的考验。他污蔑参孙打仗靠的是"邪门歪道和巫术魔法"，并嘲笑他的头发说："即使你的头发长得像野猪一样／全身芒刺，或刺猬脊上的长针，／也丝毫蕴藏不住什么力量"（178-79）；因此，"你不值得勇士来／一试高低……最好是用／理发匠的剃刀来制服你"（180）。对"这一切侮辱"，参孙一面平静地说："都是我罪有应得"，因为"上帝给我的惩罚全是正确的"；另一方面，他又一再向哈拉发提出"挑战，做一次殊死的决斗"（179）。最重要的是，他不再把这种决斗与胜利看作是个人的荣耀，而是看作为上帝而战。他要向敌人证明，"到底谁的神最强"（179）。当哈拉发说："别太信任你的神了。不管他是谁，／他现在不关心你，不要你了"（180）时，他以为会触动参孙的痛处并想以此来诱使他怀疑和背离上帝。但现在的参孙已与

---

1 弥尔顿《斗士参孙》，第951行，本文作者译。

以前不同。作为回答，他"满怀信心地再一次"向哈拉发"挑战"，"由决斗的结果判定谁的神是真神"（180）。他"满怀信心"，因为他确信上帝与他同在。这表明他通过受难和战胜各种诱惑与考验，已逐渐恢复了对上帝的信心。因此他成功地挫败了哈拉发的企图，使他灰溜溜地逃走了。正如合唱队所说，忍耐使他"成为自己的救星"，而"命运可能要把你安排在/那些以坚韧而得最后胜利的队伍里"（186）。在此之前，当参孙最为绝望的时候，合唱队第一次提到"忍耐"，说它是"真正的刚毅"，那是他精神再生的起点；现在，通过各种考验，参孙已成熟起来，忍耐则成为他获得再生的标志。所以合唱队的话表明，他已完成精神复生的过程，获得了忍耐精神。参孙真正实现上帝的旨意并非是他用驴腮骨击杀一千个敌人的战斗，甚至也不是他最后与敌人同归于尽的壮举，而是他在苦难中历经一系列考验逐渐树立起对上帝的坚定信念和获得耶稣那样的忍耐精神，从而能像奥尔巴赫所说的那样体现上帝的"精神和意志。"

在参孙和哈拉发的这场"决斗"中，我们看到一个很有趣同时也具有象征意义的戏剧性变化。哈拉发刚出现时，他"像一座/高大而傲岸的建筑物"，"举止和平，眉宇间却睥睨一切"（175）。他说起话来也像一个英雄。这时他很有点像《失乐园》前两章里的撒旦。然而在同参孙的言语冲突和精神交锋中，他的形象也同撒旦一样越来越渺小。最后，他变成一个胆小鬼，不敢接受参孙的挑战，只能用大话来掩盖自己的虚弱。相反，身带镣铐、衣衫破烂的参孙的形象却不断高大起来。随着他在精神上打败哈拉法，他恢复了他那不可战胜的斗士形象，成了精神上的巨人。这表明一个真正的强者不在于他的外在形象，也不在于他的力气和处境，而在于它内在的精神，在于他所信仰的"神"是否真神（真理），在于他献身的事业是否正义并且他是否对之抱有必胜的信心。从这两个人物的对照可以看出，弥尔顿塑造哈拉发（《圣经》中并无此人）这个巨人形象并以参孙最后在精神上战胜他来完成其精神复生，的确别具匠心。

现在，参孙已经经受了所有考验，战胜了所有诱惑，并且征服了自己的绝望；他也因此恢复了对上帝和神意的绝对信心。他现在需要的是耐心等待上帝旨意的昭示并勇敢地去执行。它终于来临了。当公差前来带他为非利士人表演时，他"开始觉得/心里有一股强烈的冲动，/想做一件极不平凡的事"（191）。于是他随公差前去，用自己再次获得的神力摧毁了以色列的敌人，完成了上帝赋予他的神圣使命，使他的内在精神在悲壮的胜利中得以体现。

　　就这样，弥尔顿把《旧约》中一个简单的故事创作成一部寓意深刻的杰出诗剧，把一个以神力为骄傲的部落英雄塑造成具有内在精神的基督教圣徒。他细腻地表现了参孙精神复生的过程，歌颂了他为以色列人的解放事业而献身的英雄业绩。通过这部作品，弥尔顿也探索了英国革命失败的原因。其实，造成参孙失败和苦难的那些原因，比如骄傲自大、经不起女色诱惑、对神意的怀疑等等，正是革命的领导阶层中的骄傲自大、争权夺利、生活腐败、自私自利、对革命前途怀疑和绝望等的艺术表现。在弥尔顿看来，正是这些原因造成了革命的失败。他认为，要使革命成功，就必须首先提高革命者的精神和道德素质。同时，在作品中，弥尔顿也表达了他对革命事业最终取得胜利的坚定信心。在革命的初级阶段，当他为革命的蓬勃发展欢欣鼓舞的时候，他在其著名的《论出版自由》一文中就充满激情地宣告："我仿佛看到一个宏伟、强大的国家宛如一个正在觉醒的壮汉，在摇摆着他那无敌的头发。"[1]那时候他就已把英国革命比喻为参孙解放以色列人民的事业，认为把英国人民从腐朽教会和封建专制下解放出来是上帝的旨意。现在，尽管革命失败了，它那无敌的"头发"被剃掉了，但他坚信英国人民在经过失败的考验之后，一定会重新奋起，革命事业一定会胜利。《斗士参孙》出版仅十多年后，历史就证明了弥尔顿的正确。

1　布什：《评弥尔顿的小册子》，见《弥尔顿评论集》，殷宝书选编，上海：上海译文出版社，1992年，第398页。

撒旦式人物——英国文学一个重要传统之探讨

　　如果对英国文学史稍加留心，人们会发现，从盎格鲁－撒克逊时期到近现代，英语文学家们塑造了一大批十分独特甚至使人敬畏的人物形象，他们具有异乎寻常的英雄气质，又体现了许多令习惯于传统观念的人们往往难以接受的思想性格和价值观念。这些人物中特别突出的有古英诗《创世记B》中的撒旦，中古英语头韵体诗作《亚瑟王之死》里的亚瑟王，马洛剧作中的巴拉巴斯、帖木耳和浮士德，莎士比亚笔下的麦克白斯，弥尔顿《失乐园》里的撒旦，拜伦塑造的曼弗里德、该隐、路西弗等所谓"拜伦式英雄"，雪莱的普罗米修斯，雪莱夫人的弗莱肯斯坦和他创造的怪物，艾米丽·勃朗特的《呼啸山庄》里的希斯克利夫等等。另外，美国作家麦尔维尔的《白鲸》里的亚哈伯，福克纳小说《押沙龙，押沙龙！》里的斯特潘也属这类人物。本文将探讨这类文学形象产生的历史社会根源及其特殊的文化道德意义。

　　在一定程度上，人类文明史是一部叛逆英雄们的历史，或者说是由叛逆者们开启和推动的历史。在西方，根据《圣经》，人类历史本身就开始于亚当和夏娃对上帝禁令的违背；而苏格拉底、耶稣、恺撒、马丁·路德、哥白尼等开创历史的伟人，也都是西方文明史上最著名的叛逆英雄。他们以无与伦比的勇气，甚至以生命为代价，挑战当时占统治地位的社会、政治、道德、宗教秩序和权威信仰体系，为人类发展打开了新领域，开创了人类历史的新时代。然而这些开拓者在他们生活的时代，往往都为占统治地位的意识形态和道德价值体系所不容。他们广受非议，几乎全都遭到打击迫害，有些甚至被作为思想或道德犯处死。

　　文学既是人类文明的重要组成，也深刻反映人类社会的变革甚至预示历史的进程，因此各国或各民族的文学往往塑造了一些这类深刻体现历史和文明发展、具有叛逆性质并令人敬畏甚至令人恐惧的异乎寻常的人物形象，他们体现了加缪所说的"永恒的反叛主题"。[1]然而在西方文学中，除德国文学在狂飙时代比较集中地塑造了一批这类文学形象外，似乎还没有一个国家的文学像英国文学那样在几乎所有历史时期都塑造出这类人物，并形成一个长达一千多年的重要传统。这一传统既深刻体现着英语文学特别注重道德探索的本质，也与英格兰的社会变迁和文化发展密切相关。

这些人物形象产生于不同历史时期，出现在不同文学体裁中，自然具有许多不同的艺术特点，他们的身份、地位、事迹以及思想观念都往往相去甚远，然而他们都表现出一些十分重要而且带本质性的共同点。他们都拥有超常的智慧和力量，不屈不挠的坚强意志和叛逆精神；他们敢于傲视一切，挑战权威，显示出大无畏的勇气。在他们眼中，没有必须服从的绝对真理、政治权威、宗教偶像、道德标准或价值体系；他们是自己的是非标准、行为准则和游戏规则的制定者。因此，他们体现出异乎寻常的英雄气质。但在另一方面，正因为他们对现存价值观念和道德标准不屑一顾，而对权力、地位、爱情、金钱、声誉、知识以及他们认为能满足其欲望或体现其自身价值的任何追求决不放弃，甚至不择手段，冷酷无情，因此如果用传统道德观念和价值体系衡量，这些文学形象明显是邪恶人物。

然而在很大程度上，他们挑战的正是这样的道德观念和价值体系，所以不能简单地用这样的道德准则来衡量他们。波依尔指出："人物与道德法则之间的冲突并不一定使之成为邪恶之人。"[2]从本质上看，他们进行的是拜伦或加缪所说的"形而上的叛逆"。加缪认为，"形而上的叛逆是对整个创世发动的抗议运动。……形而上的叛逆者抗议他生于其中的生存状态。"[3]形而上的叛逆者挑战的是为人的存在和为束缚人性的自由发展所预设的先验性规定。

由于这些文学形象同时具有突出的英雄气质和在受控于传统价值观的人们看来似乎很明显的邪恶性格，因此有评论家将他们称为"恶棍－英

1　Albert Camus, *The Rebel: An Essay on Man in Revolt*, tran. by Anthony Bower (New York: Knopf, 1957), p. 29.

2　Clarence Valentine Boyer, *The Villain as Hero in Elizabethan Tragedy* (New York: Russell, 1964), p. 6.

3　Camus, *The Rebel*, p. 23.

雄"(villain-hero)。从表面上看，这样的定位似乎不无道理，而且也在一定程度上反映出他们的复杂性。但这一划分的失误首先在于试图用这类人物所挑战的价值体系来衡量他们。其次，这样的定性也流于简单化，仅仅把他们看作是英雄与恶棍，善与恶的混合体，而没能揭示出他们身上深层的复杂性、道德上特殊的模糊性以及他们所体现出的特别深刻的具有动态性质的历史和文化意义。

正因为不能简单地用传统的善恶观念来衡量这类人物，因此本文认为，也不能简单地把这些人物称为"恶棍－英雄"。由于这类文学形象中最杰出影响也最广泛的要算弥尔顿的撒旦，而且在英语文学史上最早出现的这种形象的人物也是盎格鲁－撒克逊时代的作品《创世记B》中的撒旦，因此本文将英语文学中这类特殊的文学形象暂且称作撒旦式人物。更重要的是，自基督教被确立为西方的权威宗教并因此而成为西方占统治地位的意识形态和道德价值体系的基础之后，在很大程度上，基督教和它所信奉的上帝就直接或间接地成为西方文化发展史上几乎每一次反叛运动挑战的对象，而西方文明每一次大的发展几乎都是对基督教在当时所界定的社会、政治、思想和道德空间的超越。因此，作为上帝的第一个也是最重要的挑战者的撒旦，其形象自然具有特殊的象征意义。

然而撒旦这个形象并不仅仅具有象征意义；撒旦真正的意义在于他对上帝的反叛，正是他的反叛使他具有了他自身的价值和自己独立的身份。罗温斯坦认为，"撒旦的首要罪孽是他想独立存在，他想自己创造而非保持上帝为他创造的身份。"[1]撒旦在人类的第一个代表人物该隐的意义也是如此。关于该隐对上帝的反叛，加缪曾说："直到托斯妥耶夫斯基和尼采之前，所有的反叛都是针对一个残忍而反复无常的神灵——这个神灵毫无道理地宁愿接受亚伯而非该隐的祭献，从而导致了第一次凶杀。"[2]虽然该隐杀掉的是亚伯，他的凶杀实际上是对上帝的抗议。他向上帝说"不"是人离开伊甸园后第一次向上帝表明自身的价值和独立的身份。在一定意义上说，英语文学史上每一个撒旦式人物都是该隐的子孙。

由于撒旦式人物具有超越常人的意志和英雄气概并挑战现存道德体系，他很有点像尼采所说的"超人"，似乎超越善恶，不受现存社会体制和道德体系束缚，而仅受其"权力意志"(will to power)支配。其实也不尽然；尽管尼采那部影响广泛的著作名为《善恶之外》(*Beyond Good and*

1　David Loewenstein, "The Radical Religious Politics of *Paradise Lost*," in Thomas N. Corns, ed., *A Companion to Milton* (Oxford: Blackwell, 2001), p. 354.

2　Camus, *The Rebel*, p. 33.

Evil），尼采在书中并没有完全否认道德，而是把道德划分为所谓"奴隶道德和主人道德"。[1]他要超越的是"奴隶道德"，即以基督教为基础的西方传统的道德体系，因为他认为这种旨在保护弱者的道德体系违反和束缚权力意志，是"使欧洲人堕落"[2]的根源。相反，他鼓吹必须遵循以强者的权力意志为核心的"主人道德"，因为"生命本身就是权力意志"，[3]就是控制和征服，就是把自己的意志强加给弱者、社会和世界。

英语文学史上那些撒旦式人物遵循的正是强者的权力意志，或者说"主人道德"。波依尔认为，"马洛在对待道德秩序的态度上与尼采很相同"，而他所塑造的巴拉巴斯、帖木耳和浮士德等是"超人"。[4]的确，马洛和尼采在对待道德秩序的态度上有相似之处，但把浮士德等人物看作处于善恶之外的"超人"却值得商榷。首先，尼采所谓的"超人"（Übermensch）并非人们通常所说的那种超级强人，英语将其译为superman并不准确，而应直译为overman，即在人类之上的人。虽然尼采也曾经把耶稣和恺撒看作超人，但他后来改变了看法，认为"超人"是未来才会出现的在"级别"上高于人类的新人种。因此，作为还未出现的"新人种"，"超人"自然不应受目前人类的道德观念束缚，然而马洛式人物显然不是"新人种"。

更重要的是，包括浮士德在内的撒旦式人物并非像尼采式"超人"那样处于善恶之外。前面提到撒旦式人物身上特有的道德模糊性，这种模糊性实际上根源于他们身上一个深刻的悖论：作为形而上的叛逆者，他们超越一切时代，然而正因为他们是形而上的叛逆者，他们必然会挑战他们身处其中的任何时代的生存状况或价值体系。因此，虽然他们不能简单地用既定道德标准来衡量，他们的形象在很大程度上却必然反过来被他们挑战的对象和身处其中的生存状况所界定。随着时代的发展和他们挑战的对象不同，他们的形象也不断变化，在不同时代被赋予不同意义。他们体现着与当时占统治地位的意识形态和占主导地位的道德体系不同并往往代表新的发展方向的思想观念和道德价值。因此，他们没有也不可能真正置身于善恶之外。相反，他们形象的变化反映出时代的变迁和道德观念的发展，并具有深刻的社会根源和道德意义。那些特别

1　Friedrich Nietzsche, *Beyond Good and Evil: Prelude to a Philosophy of the Future* (Oxford: Oxford UP, 1998), p. 153.

2　Nietzsche, *Beyond Good and Evil*, p. 56.

3　Nietzsche, *Beyond Good and Evil*, p. 15.

4　Boyer, *The Villain as Hero in Elizabethan Tragedy*, p. 9.

杰出的英语文学家正是运用这类人物特有的道德模糊性进行深刻的道德
探索。这些带有悲剧色彩的人物以他们悲壮的行为挑战既定时代的道德
极限，改变善与恶的界限，为人的发展开拓更为广阔的空间。因此这类
人物形象的出现往往与社会发展，与人道主义思想的流行密切相关。

　　不过，把英语文学中这类超越常人的叛逆形象称为撒旦式人物，我
们需要特别指出，虽然撒旦在中世纪中期以后被基督教，特别是民间
"通俗"的基督教越来越"妖魔化"，他的形象并非一直那样邪恶。荣格
指出：在基督教初期，撒旦曾同基督一道被看作是上帝的左右手，而犹
太-基督教的一种观点甚至认为撒旦是上帝的大儿子，基督是小儿子；直
到11世纪，在迦他利派（Catharists）影响下，二元创世论还认为，"不是
上帝而是魔鬼创造了世界"。[1]另外，在西方文化传统中，撒旦也具有不
同身份：在叛乱之前，他是地位仅次于上帝的大天使，名叫路西弗，意
思是光明；他在天堂发动叛乱，被打下地狱，称为撒旦；此后他在地狱
受苦，在人间作恶，才被看作是魔鬼。我们将看到，古英诗《创世记B》
和《失乐园》前面部分的撒旦，都是作为反抗上帝的反叛英雄来塑造的。

　　《创世记B》可能产生于公元7或8世纪，即古英语文学发轫之时，
属于最早的英语文学作品之列。在《创世记B》里，诗人塑造了一个在
所有中世纪欧洲文学中十分特殊的叛逆英雄：撒旦。诗人用撒旦自己的
话语表现他不愿屈从神权、誓与上帝一争高下的大无畏气概：

> 我不需要主人，我的双手
> 同样能创造出各种奇迹，我拥有
> 伟大的力量，可以在天堂建造
> 更辉煌的宝座，我为什么要
> 期待他的恩赐？我和他一样
> 能成为上帝。坚定的战友，
> 勇敢的武士，他们将和我共同战斗，

1　见 C. C. Yung, "Introduction," R. J. Zwi Werblowsky, *Lucifer and Prometheus: A Study of Milton's Satan* (London: Routledge, 1952), pp. x-xi. 二元创世论认为，上帝创造天堂，魔鬼创造世界，所以世界上充满罪恶。不过，荣格似乎认为二元创世论终止于11世纪，则不太准确。实际上，在法国南部以及欧洲其他一些地区，迦他利派和二元创世论在12世纪特别流行，而且是法国南部文化繁荣的一个重要原因。迦他利派和二元创世论后来被罗马教廷宣布为异端，在13世纪初被教皇发动的"十字军"镇压。

永不背弃，我是这些无畏英雄之领袖。(ll. 278-85) [1]

即使在地狱，他仍决心继续与上帝斗争，宁愿统治地下"王国"，也"决不俯首称臣"(ll. 288-91)，充分反映出他不屈不挠的反叛性格和挑战上帝权威的无比勇气。然而这个杰出的文学形象不仅具有很高的艺术价值，他身上还蕴藏着十分丰富的历史、文化和道德信息。

实际上，《创世记B》里撒旦主要体现的并非基督教所谴责的各种罪恶，而是日耳曼价值观念和日耳曼英雄气质。撒旦与其说是罪恶的化身，不如说更像是在争夺王位中失败了的日耳曼英雄。这样的英雄和王位争夺在盎格鲁-撒克逊时代的《贝奥武甫》等古英语英雄诗歌和《盎格鲁-撒克逊年鉴》里都屡见不鲜。撒旦对上帝的反叛体现了日耳曼文化传统与基督教之间的冲突。在日耳曼价值体系中，撒旦的叛逆不仅可以接受，而且在一定意义上值得赞颂；然而在基督教看来，撒旦的叛逆是不可饶恕的罪行。

虽然盎格鲁-撒克逊人在7世纪逐渐皈依了基督教，但其先祖从北欧带来的日耳曼传统和价值观念并没有终结；在整个盎格鲁-撒克逊时代，日耳曼传统一直保持强大影响。基督教和日耳曼两大传统之间激烈的冲突竞争和逐渐融合深刻影响了英格兰社会的发展和民族文化的形成。《创世记B》这部诗作以及它所塑造的撒旦这个形象是基督教和日耳曼两大传统冲突与融合的产物。撒旦挑战上帝失败被赶出天堂，其实也象征着基督教战胜日耳曼文化传统，而撒旦决心与上帝继续战斗的反叛精神也间接反映出日耳曼传统在盎格鲁-撒克逊社会仍然保持强大影响。撒旦身上傲视一切、英勇豪迈、永不屈服、追求地位名声、与部下同生共死等品质正是日耳曼价值观念和日耳曼英雄气质的体现。在中世纪，基督教最终不得不容忍许多同基督教道德原则相冲突的日耳曼价值观念，而这些带有人文主义性质的世俗观念在很大程度上平衡了基督教的道德准则，极大地开拓了道德空间，为后来英格兰以及欧洲的社会文化发展发挥了重大作用。比如，在中世纪盛期形成、繁荣并至今影响着西方社会的骑士精神在很大程度上正是日耳曼和基督教两大传统冲突与融合的结果。

被学者们誉为"欧洲的光荣"[2]的骑士精神最广泛和最突出地表现在

---

1 Georege Philip Krapp, ed., *The Junius Manuscript* (New York: Columbia UP, 1931). 本文中对古英诗《创世记》的引文，均出此版本，引文行码随文注出。

2 Edmund Burke, *Works of the Right Honourable Edmund Burke*, vol. III (London, np, 1846), p. 98.

中世纪最主要的叙事体裁浪漫传奇里，特别是在亚瑟王浪漫传奇系列中。基督教会用了几个世纪的时间来试图把桀骜不驯的封建强人改造成为基督而战的骑士；然而尽管经过基督教"洗礼"，在对权力、地位、名声、女人和财富的追求中，骑士们往往更多地还是表现出与占统治地位的基督教意识形态和道德准则相去甚远的世俗观念乃至被基督教谴责为"重罪"的骄傲、贪婪、淫乱等罪孽。在中世纪浪漫传奇里最著名的英雄是亚瑟王，而在中古英语文学所塑造的众多亚瑟王中一个很独特的形象是头韵体诗作《亚瑟王之死》的主人公。他是马洛塑造的帖木耳之前英国文学中最伟大的军事统帅和战无不胜的征服者，而且在权力欲和征服野心方面，他也最接近帖木耳。马洛的帖木耳可以说是头韵体诗人塑造的亚瑟王的继续和发展。在许多方面，他同帖木耳一样被塑造成无视在当时占统治地位的基督教道德原则并体现出许多在基督教看来属于罪孽的英雄，然而他所体现的品质和价值取向在一定程度上反映和预示了英格兰社会的未来走向和文化的发展。

亚瑟王东征西讨，如诗人在引言里说，是要"用战争赢得无尽的声誉"（ll. 22）。[1]他辉煌的业绩造成了他日益增长的高傲，并因为不愿向罗马称臣而发动空前规模的战争，横扫欧洲。随着战争的进展，亚瑟王越来越表现出对声誉、权力、财富和领土的追求。他打败并杀死罗马皇帝，蔑视教廷和挑战教皇权威，要夺取最高权力。同时他也被自己的胜利、权势和高傲所腐蚀，肆意屠杀，变得十分残忍。他手下的"哲人"为他释梦时，指出了他失败的根源："因为你的高傲，你让各国/血流成河，毁灭了多少无辜生命"（ll. 3398-99）。

头韵体《亚瑟王之死》大约创作于14世纪后半叶，即英法百年战争时期。作者对战争的评价和对战争残酷性的描写，具有一定现实意义。有学者指出，诗作中一些情节和战争进程与爱德华三世在欧洲大陆进行的战役颇为相似。[2]特别有意义的是诗人通过表现亚瑟王朝的覆没所进行的道德探索。他一开始就在引言中揭示了以日耳曼传统为基础的世俗价值观念和基督教道德体系的并存、矛盾与冲突并以此作为道德探索的主线。另外，虽然亚瑟王朝最终覆没，亚瑟王辉煌的业绩和横扫欧洲的英

---

1 Larry D. Benson, ed., *King Arthur's Death: The Middle English Stanzaic Morte Arthur and Alliterative Morte Arthure* (Kalamazoo, MI: Medieval Institute, 1994). 后面对该诗引出此版本，引文行码随文注出。

2 请 参 看 W. R. J. Barron, *English Medieval Romance* (London: Longman, 1987), pp. 141-42.

雄气概赋予了作品和亚瑟王的形象新的时代意义。虽然诗人有时有意识地用基督教思想和道德准则对亚瑟王的性格和所作所为，特别是对他发动的战争及其目的进行道德评判，但他对亚瑟王的辉煌胜利和对圆桌骑士们的丰功伟绩的由衷赞颂实际上在一定程度上颠覆了他自己的道德评判。他的基督教思想反对这样的战争，但作为英格兰诗人，不论对于现实中爱德华三世的赫赫战功还是对传说中亚瑟王对欧洲大陆的征服，他都不由自主地流露出自豪感。他塑造的亚瑟王是英国文学史上第一个帅军到海外大规模扩张和征服的君主，体现了英格兰民族随着国力不断增强而希望对外征服的民族心理。因此在头韵体《亚瑟王之死》里，我们或许能发现未来日不落帝国的文化因子，而亚瑟王朝的毁灭似乎也反映出不列颠帝国最终没落的一些原因。

亚瑟王是英国文学史上第一个伟大的世俗君主形象，他的高傲，他对声誉、权力、财富和领土的追求，他蔑视强权的英雄气概和对部下的慷慨大度，既来源于日耳曼文化传统，也具有深厚的社会和时代基础。14世纪文艺复兴后，随着人文主义在欧洲和英格兰迅速流行，世俗思想和价值观念也日益发展，在英格兰社会和文化中发挥着重大影响。同时代那些深受意大利文艺复兴影响的文学家如乔叟、高尔等人的作品也明显表现出世俗观念，但头韵体诗人塑造的亚瑟王形象比同时代其他文学人物更集中地体现了当时正在迅速发展的世俗价值观。他成为马洛的帖木耳的先驱，预示了文艺复兴时期英格兰思想文化的发展。虽然诗人有意识地用基督教观念批评了亚瑟王对权力和世俗名声的追逐，但他对亚瑟王朝的丰功伟绩和圆桌骑士们的英雄气概不由自主的赞颂也反映了具有人文主义性质的世俗价值观念对他的影响和在百年战争时期正在迅速形成和发展的英格兰民族意识。[1]特别有意义的是，亚瑟王对罗马教廷的蔑视象征人文主义思想和世俗王权对占统治地位的宗教权威正发起强大的挑战，预示着罗马教廷长期凌驾于各封建王国之上的超级霸权即将结束。另外，强大的亚瑟王朝最终崩溃并非是受到宗教势力打击，而是因为内外冲突与叛乱，这将越来越符合未来欧洲政治斗争的主要格局，同时也表明宗教力量的衰落。

头韵体《亚瑟王之死》里的亚瑟王作为英国文学塑造的第一个强大的封建君主还具有特别的历史意义。自征服者威廉在英格兰建立起盎格

1　关于英格兰民族何时形成，西方学界有大量不同观点，从12世纪中期到亨利八世时期，时间跨度达300多年。本文作者认同英格兰民族形成于英法百年战争时期的观点。

鲁-诺曼王朝之后几百年里，如同在欧洲其他地区一样，一直困扰英国的一个主要问题是王权与强大的封建贵族之间无休止的争斗。这种争斗造成政局动荡，严重影响社会稳定，成为英格兰发展的阻力。文学中强大的君主形象的出现反映了英格兰社会和民众对强有力的中央王权所能带来的社会稳定的期待。为数众多的亚瑟王浪漫传奇大体上可以分为以亚瑟王为中心的王朝主题和以各圆桌骑士为主的冒险主题两大系列。其中王朝主题系列，特别是头韵体《亚瑟王之死》和它塑造的强大的君主形象，在一定程度上代表了加强王权的历史潮流。

如果说在英法百年战争期间英格兰民族形成之时产生的头韵体《亚瑟王之死》所塑造的亚瑟王这个形象只是比较间接地体现了中世纪后期的英格兰还处在社会变革和价值体系发展的初期阶段的话，那么马洛在文艺复兴时期所塑造的一系列具有叛逆品格的文学形象则直接表达了正经历历史性变革的英格兰社会中不断增强的新的价值体系和英格兰民族未来发展的主要追求。马洛是正致力于开辟历史新阶段的文艺复兴人的杰出代表。他在同时代人中最具叛逆精神，甚至因此而被人告密，说他是无神论者，这在当时可是难以饶恕的重罪。马洛勇敢地挑战以基督教意识形态和道德价值为核心的现存体系是为了弘扬人的精神，要把人从传统道德体系的压制下解放出来从而获得无限制的发展；因为"对于马洛"，正如波伊尔所指出，"道德律法是一种约束，是对天才或能力的限制。"[1]马洛笔下的几个主要人物都是这种叛逆精神在不同方面的艺术体现，在当时特定社会文化环境中极大地弘扬了人的精神。

同莎士比亚和许多文艺复兴时期的英格兰文学家一样，马洛在戏剧创作中所取得的杰出成就的一个主要来源是中世纪英格兰戏剧（特别是英格兰道德剧）以及包括亚瑟王传奇系列在内的中古英语浪漫传奇的影响。[2]马洛从英格兰本土传统所受到的影响也体现在他对巴拉巴斯、帖木耳和浮士德这样的撒旦式人物的塑造。在现存最早的英语道德剧《生之骄傲》（*The Pride of Life*，约14世纪后期）里，主人公"生之王"就敢于同上帝派来的使者决斗。马洛笔下的代表人物继承了这种叛逆精神，巴拉巴斯、帖木耳和浮士德也全都是敢于蔑视和挑战强大的社会、种族、政治、军事、宗教和道德势力的人物。

虽然巴拉巴斯身上那种贪婪与狡诈在自古以来的文学作品中已有大

1　Boyer, *The Villain as Hero in Elizabethan Tragedy*, p. 9.

2　关于这一点，可参看 David M. Bevington, *From "Mankind" to Marlow: Growth of Structure in the Popular Dram of Tudor England* (Cambridge: Harvard UP, 1962).

量描写,但《马耳他的犹太人》里这个为达到目的而践踏一切价值标准和道德理念的艺术形象却是一个新型人物,他代表了新的价值观,是英格兰社会世俗化和商品经济发展的产物,是一个马基雅弗利(Niccolo Machiavelli, 1469-1527)式的人物。马基雅弗利是意大利早期著名的思想家和历史学家,被许多人看作是西方现代政治学创始人,其代表作《君主论》(*The Prince*)至今仍有巨大影响。他的信条是:目的就是一切,为达目的可以不顾道义、不择手段。马基雅弗利主义是欧洲历史上第一次对基督教传统道德体系彻底而系统的背弃和挑战,而马基雅弗利可以说是现实版的"撒旦"。马基雅弗利在文艺复兴时期的英格兰影响广泛,马洛的许多同时代人如培根和莎士比亚等都程度不同地受其影响。马洛在《马耳他的犹太人》的"引言"中甚至让马基雅弗利直接出场揭示他自己同巴拉巴斯之间的关系。马洛塑造的这个犹太人是马基雅弗利的资产阶级政治思想和市侩哲学在英格兰最杰出的艺术体现,也是后世英语文学作品如萨克雷的《名利场》或福克纳的斯诺普斯三部曲所描写的那些唯利是图鲜廉寡耻精于算计的工商资产阶级的先祖。

如果说巴拉巴斯是工商界的超级强人,那么从牧羊人成长起来的帖木耳则是英语文学史上最伟大的军事统帅和政治家,他身上闪现着征服欧洲的亚瑟王的影子。帖木耳凭借卓越的才能、非凡的勇气、无比的自信和钢铁般的意志,席卷中亚,成为不可战胜的征服者。他"威胁天庭挑战神灵",[1]他的命令就是律法,他的意志就是准则。他豪迈地宣称"将战胜整个世界"并"用铁链将命运之神紧紧捆绑"(I, i, ll. 172-73)。他似乎使整个世界都停止了运转。马洛对他的超人业绩、非凡能力和气壮山河的豪气的描写表现了文艺复兴时代对人的价值、人的力量、人的精神和人的无限追求的高度肯定和歌颂。这个超级强人的形象超越了传统的善恶标准并挑战基督教历来宣扬的谦卑、忍耐、温顺和仁爱等基本道德价值;他表明人从中世纪走出后,其形象已经或者希望变得多么高大。

正如巴拉巴斯想用金钱掌控世界,帖木耳要用战争机器统治世界一样,马洛的浮士德试图用知识征服世界。这三个人物在经济、政治和知识等不同领域把人类的力量与追求推到极限。他们在很大程度上代表了西方世界未来发展的主要方向。在他们中,在形而上的层面最能体现文艺复兴精神的显然是浮士德。同几乎所有撒旦式人物一样,浮士德所追

---

1 Christopher Marlowe, *Tamburlaine the Great*, in Irving Ribner, ed., *The Complete Plays of Christopher Marlowe* (New York: Odyssey, 1963), Part I, Scene I, l. 156. 本文下面对该剧的引用均出此版本,引文行码随文注出。

求的也是权力，只不过他所追求的权力来自知识，而他挑战的对象是上帝，是基督教的基本信仰和价值体系。

浮士德代表了文艺复兴人对知识的渴求，是"知识就是力量"的信念的化身。他在似乎穷尽一切知识后，不惜以灵魂做交易，与撒旦立约，宁愿下地狱也要获取凡人所不能得到的知识。这种在基督教世界前无古人的气概表现了文艺复兴人追求知识、追求人的力量、追求人的发展的不可阻挡的决心。他和撒旦签约是自亚当和夏娃之后再一次向上帝的禁令挑战，试图摘取知识的"禁果"。如果说在《圣经》里亚当和夏娃还是因为受到撒旦引诱和欺骗的话，浮士德则主要是出自理性的选择。这是对上帝关于"智慧果"的禁令的直接挑战，是对上帝在人和神之间划下的不可超越的界限有意识的超越。特别有意义的是，浮士德公开甚至自豪地承认自己追求的知识是"巫术"（necromance），即那种似乎能使人拥有神的力量因而历来被教会严厉禁止的所谓"黑色魔术"（black magic），但他同时又欢呼那是"天堂般"的知识。那实际上等于颠覆了由基督教所界定的关于知识的善与恶的界限，向世人宣布知识无禁区。其实，他追求的是什么知识本身并不重要，重要的正是这种知识无禁区的信念和为追求知识一往无前的决心。对于刚从中世纪走出的欧洲人而言，这无疑具有革命性的意义。值得注意的是，浮士德的这种精神与被马克思称赞为"英国唯物主义和整个现代实验科学的真正始祖"[1]的培根挑战以神学为基础和指导的西方知识体系，要通过彻底改造人类的知识和重组科学来重新获得被亚当失去了的人对世界的掌控的宏伟目标，在精神实质上是一致的。实际上，不仅一些学者把培根看作是马基雅弗利主义者，美国思想家爱默生甚至在他那些著名的散文中听到撒旦的"卑劣和狡诈"。[2]从浮士德与培根在知识上的追求似也可以看出，马洛笔下的人物的确体现了文艺复兴人的精神。

当然，在英语文学家们塑造的所有撒旦式人物中，弥尔顿的《失乐园》前面部分那个形象伟岸的撒旦无疑是最杰出而且影响最大的文学形象。弥尔顿的撒旦在一定程度上是英国文艺复兴和清教革命叛逆精神的最高体现，在随后三百多年里不断引起人们的赞叹与争论。撒旦那些表现他永不向上帝屈服的英雄气概的著名诗行是英语文学史上的经典段落。

1　马克思：《马克思恩格斯全集》（第2卷），北京：人民出版社，1957年，第163页。

2　Ralph Waldo Emerson, "Lord Bacon," in *The Early Lectures*, vol. I (Cambridge: Harvard Up, 1959), p. 335.

弥尔顿有可能读过《创世记 B》；[1] 如果是这样，古英诗塑造的撒旦身上那种叛逆精神很可能在同样具有叛逆精神的这位革命诗人心中产生了共鸣，他因此以自己的革命经历和清教革命时期的革命精神为基础塑造了撒旦这一英语文学史上最杰出的叛逆形象。除此之外，《失乐园》中的撒旦这个艺术形象可以说是英语文学中撒旦式人物传统的集大成者。布鲁姆在《西方正典》中深刻洞悉了弥尔顿的撒旦在英语文学史上的这种特殊地位。他指出："撒旦无处不带有伊阿古、麦克白、哈姆雷特和爱德蒙等人物的印记。"[2]

在《失乐园》里，弥尔顿实际上描写了两次反叛，并塑造了撒旦和亚当两个叛逆者形象。特别有意义的是，他着重强调了在撒旦和亚当的叛逆中自由意志所起的决定性作用。虽然至少自奥古斯丁以降，正统基督教神学也一直强调人的自由意志，但那主要是站在上帝的角度，以证明上帝对人的堕落进行惩罚的公正性；因为如果人类的"堕落"不是由于人的自由选择，那么严格地说，人类就不应该为此负责并遭受那样严厉的惩罚。然而，弥尔顿虽然在史诗开篇也按正统神学的观点宣称他创作《失乐园》是要"昭示天道的公正"，[3] 而且上帝本人也多次为自己辩护，但史诗更主要是站在人的角度，几乎自始至终都在表现以人的理性为基础的自由意志和以理性为指导的自由选择，强调"理性即是选择"（III, ll. 105）。弥尔顿强调理性和选择不主要是为上帝辩护，而是着重表现人本质上的发展。由于弥尔顿在散文、诗歌和宗教政治论著中大量而系统地阐述和表现了理性至上的思想，恩格斯称他为18世纪启蒙思想家的"老前辈"。[4]

但在《失乐园》里，自由意志和理性都不仅仅是抽象观念；不论撒旦还是亚当都是个性化人物，他们都是根据自己的性格、身份和独自的情形运用理性做出选择。撒旦在叛乱前后以及在地狱中的言行，甚至他叛乱的主要原因（作为在天堂仅次于上帝位列第二的大天使，他高傲的本性使他无法受制于耶稣），都使他成为个性化人物，而非教会所谴责的

1　清教革命期间，古英诗《创世记》手抄稿的拥有者朱尼厄斯（Franciscus Junius, 1591-1677）在伦敦。他于1654年整理出版了这部著作。参看James Hanford, *A Milton Handbook,* rev. ed. (New York: Crofts, 1933).

2　哈罗德·布鲁姆：《西方正典》，江宁康译，南京：译林出版社，2005年，第131页。

3　弥尔顿：《失乐园》，朱维之译，天津市：天津人民出版社，1996年，第一卷第26行。本文下面对该史诗的引用均出此版本，引文行码随文注出。

4　转引自朱维之：《译本序》，载《失乐园》，第19页。

那些抽象的罪恶观念的化身。在史诗第四卷里，他甚至表现出悔恨。罪恶的化身不可能悔恨，只有犯罪的人才可能悔恨。在宗教改革运动和文艺复兴人文主义强调个人价值的历史背景中，撒旦这个个性化的人物形象反映出个性主义在欧洲的重大发展。正如荣格指出，"弥尔顿的魔鬼代表了人个性化的本质。"[1]有些评论家反对布莱克、拜伦、雪莱等浪漫主义诗人对撒旦的赞颂，嘲笑他们或许没有读过《失乐园》后面部分，竟然不知撒旦后来变得如何猥琐丑陋。他们其实既没有真正理解这些浪漫主义诗人，也没有完全读懂《失乐园》，因为史诗所塑造的撒旦并非如奥尔巴赫在《模仿论》里所指出的古希腊史诗英雄那样的一成不变的人物，而是一个如同《圣经》人物那样不断变化的形象。在《失乐园》的前面部分，作为反叛天使的领袖，撒旦即使在被打入地狱后，仍然保持他那叛逆英雄的伟岸形象，从精神实质上说，他并没有堕落。他真正的堕落是他不敢再直接向上帝挑战，而是去伤害那两个从未得罪过他而且永远不会也不能加害于他的无辜的弱小生灵，并以此来向上帝报复。正是由于他内在精神上的堕落，他再也不是那个挑战上帝的英雄，而是变得猥琐丑陋，最终成为一条在地狱中满口咀嚼着苦灰的蛇。浪漫主义诗人们赞颂的显然是同他们一样具有叛逆精神的撒旦，而非那个堕落了的魔鬼。

在《失乐园》里，更能体现理性选择和反映个性主义发展的是亚当，但很少有人把他看作叛逆英雄。实际上，他不但是史诗的主人公，也是撒旦的叛逆精神的真正传人。如果拿《失乐园》和《创世记B》相比，我们会发现，弥尔顿的撒旦与古英诗里的撒旦大体相似，而弥尔顿的亚当与古英诗里那个亚当却判若两人。后者是可怜的懦夫，在吃禁果后不敢承担责任，却完全责怪夏娃。相反，弥尔顿的亚当虽然也责骂了夏娃，但他经过认真思考，出于对夏娃的爱情做出宁愿违背上帝命令而被处死也要与夏娃"同命运""相伴而死"的勇敢决定（IX，ll. 906-916），毅然吃下禁果。在中世纪上千年历史里，天主教会因人类的"堕落"从未中断对夏娃以及所有女人的谴责，认为男女之间的爱根源于原罪，所以坚决反对把爱情置于对上帝的热爱之上，并将其视为不可饶恕的罪孽。虽然中古英语文学，特别是骑士浪漫传奇和宫廷爱情诗都有大量歌颂爱情的作品，但弥尔顿的亚当是英语文学史上第一个因为爱情而不惜下地狱，毅然决定为他所爱的女人违背上帝禁令的男人。弥尔顿高度赞扬了亚当的选择。虽然上帝赋予人理性和自由意志，但在完美而永恒不变的伊甸

1　Yung, "Introduction," pp. xi.

园，亚当只能按上帝为他创造的本性热爱和赞美上帝，没有任何使用理性和自由意志的可能。撒旦的到来才打破了这个悖论，迫使亚当运用理性，在上帝和夏娃、在生与死之间做出痛苦的选择，从而导致了加缪所说的对犹太－基督教式的上帝"创世"的"形而上的叛逆"。这是人被创造出来后，第一次使用理性和自由意志，也正是亚当这一具有决定意义的叛逆性选择开启了基督教意义上的人类历史，使人成为真正意义上的人。《失乐园》的结尾是所有英语文学作品中最动人的结尾：人类历史上第一对情侣"手牵手"地走出伊甸园，去共同面对人世中一切苦难，共同创造新的生活，使"整个大地都变成乐园，/比伊甸园更为幸福，/日子更为美好"(XII, ll. 463-65)。

　　18世纪理性时代虽然在许多方面继承了文艺复兴人文主义，但这个由光荣革命带来的平和而稳定的时代是一个分析思考的时代，它因为太理性而中规中矩，强调一切井然有序，端庄得体，却失去了文艺复兴时代气势磅礴的气概和蔑视一切挑战极限的精神。理性这个在文艺复兴人和弥尔顿那里曾是犀利无比的武器，在理性时代却极具讽刺意味地反过来成为束缚人们进行精神超越的枷锁，如蒲伯在诗中所说，"正确使用理性就是服从。"[1]18世纪人们关注的中心不是形而上的问题，而是社会伦理，因此他们认为，"不要把上帝来审视，/对人类之研究还得关注人自己。"[2]理性时代的人们运用传统价值观念进行深刻而严厉的社会伦理批判，却没有像浮士德或撒旦那样在形而上层面质询、超越和叛逆。用哲学家洛夫乔伊的话说，那是一个"正统平庸"[3]的时代。

　　相反，"狂飙突进"的浪漫主义运动挑战基督教思想体系和18世纪理性传统。浪漫主义在本质上是一场叛逆运动，而叛逆精神是任何真正英雄的本质。索斯列夫认为，浪漫主义英雄身上的主要特征是"撒旦性"(Satanism)，而撒旦性正是对基督教思想体系和18世纪理性传统的"一种反叛形式"。[4]浪漫主义者蔑视权威，他们推崇的不是基督教的谦卑和理性时代的得体；相反，"随着浪漫主义的发展，高傲成为一种美德而非重罪，对于布莱克、雪莱和拜伦那样的诗人，撒旦成为浪漫主义叛逆的象

1　Alexander Pope, "An Essay on Criticism," in M. H. Abrams, ed., *The Norton Anthology of English Literature*, 3rd ed. (New York: Norton, 1974), I, l. 164.

2　Pope, "An Essay on Criticism," II, ll. 1-2.

3　Arthur Lovejoy, *The Great Chain of Being* (Cambridge: Harvard UP, 1936), p. 136.

4　Peter L. Thorslev, *The Byronic Hero: Types and Prototypes* (Minneapolis: U of Minnesota P, 1962), pp. 188-89.

征"。[1]因此，具有叛逆精神的浪漫主义文学家很自然地塑造出一系列撒旦式叛逆英雄形象，以至于"浪漫主义时代是我们最后一个产生英雄的伟大时代"。[2]同时，浪漫主义时代还是西方文明史上个人价值得到高度肯定、个性主义获得最突出发展的时代，因此在浪漫主义叛逆英雄们身上一个特别突出的特点正是"咄咄逼人的个性主义"。[3]

在浪漫主义时代，同在文艺复兴时期一样，文学中撒旦式人物辈出。布莱克在《天堂与地狱之婚姻》里系统地颠覆了基督教关于善与恶、天堂与地狱、上帝与魔鬼的传统教义，高度赞扬了弥尔顿在《失乐园》里对撒旦的塑造，称弥尔顿为"真正的诗人，自己站在魔鬼一边而不自知"。[4]雪莱的普罗米修斯、雪莱夫人的弗莱肯斯坦和他创造的"怪物"、司各特笔下的一些英雄以及这时期出现的某些哥特式人物，特别是对西方文学影响重大的所谓拜伦式英雄（Byronic hero），都不同程度地具有撒旦的性质或特点。这些诗人和作家也因此而被学者们称为"撒旦派"（Satan's school）。

在撒旦派里，拜伦最具代表性，他塑造了一系列孤独、高傲、蔑视一切、永不屈服的叛逆英雄，其中最突出的是曼弗里德、路西弗和该隐。曼弗里德是诗剧《曼弗里德》的主人公。同浮士德一样，他不断追求"终极知识"。他在穷尽一切知识后，发现从哲学到自然科学的一切知识"并无用处"，[5]所谓科学"只不过是以一种无知/换取另外一种无知"（II, iv, ll. 62-63）。最终，也同浮士德一样，他从书本转向神灵。但与浮士德不同，他甚至没有同任何神灵签约，而是高傲地拒绝了神灵和阿尔卑斯山神巫的诱惑。他彻底的叛逆精神使他不屈从任何权威。索斯列夫认为，他同"浪漫主义英雄撒旦和普罗米修斯相似"，因为"太高傲而不会向任何人屈服"。[6]曼弗里德坚信，他的心灵就是一切善恶之根源，是非之标准，不需要任何外在权威（III, iv, ll. 129-36）。在剧作结尾，如同魔鬼将浮士德带下地狱一样，神灵前来带走曼弗里德；但与浮士德不同，曼弗

---

1 Thorslev, *The Byronic Hero*, p. 178.

2 Thorslev, *The Byronic Hero*, p. 16

3 Atara Atein, *The Byronic Hero in Film, Fiction, and Television* (Carbondale: Southern Illinois UP, 2004), p. 1.

4 William Blake, "The Marriage of Heaven and Hell," in M. H. Abrams, ed., *The Norton Anthology of English Literature*, 3rd ed., (New York: Norton, 1974), p. 68

5 George Gordon Byron, *Manfred*, in Jerome J. McGann, ed., *Byron* (Oxford: Oxford UP, 1986), Act I, Scene I, l. 17. 本文中对《曼弗里德》的引文均出此版本，行码随文注出。

6 Thorslev, *The Byronic Hero*, p. 172.

里德仍然高傲伟岸，他骄傲地对神灵宣布："你对我无能为力，对此，我毫不怀疑；/你绝不可能拥有我，对此，我深信不疑"（III, iv, ll. 125-26）。也就是说，他将永远不会屈服。如同拜伦的普罗米修斯宣布的那样，他的心灵将"在一切敢于挑战之处获胜，/并将死亡化为胜利。"[1]

在诗剧《该隐》里，路西弗也被拜伦塑造成《失乐园》里挑战上帝的撒旦那样的英雄。他说："我有一个胜利者，但他并不比我优越"（II, ii, ll. 429）。[2]他认为他和上帝是对立而不可调和的"两大原则"，发誓绝不屈服，要同上帝在无限的空间和永恒的时间里斗争到底。但《该隐》里真正的叛逆英雄是该隐本人。拜伦把历来备受谴责的《圣经》人物该隐描写成深怀爱心的叛逆英雄，在浪漫时代得到许多名人赞扬。比如歌德认为，"[《该隐》]的美，我们在这个世上再也不能第二次看到"。[3]该隐这个文学形象的叛逆性主要表现在两个层面：他本人的叛逆精神和拜伦对他的塑造挑战犹太－基督教传统。

该隐形象的变化特别能说明浪漫主义文学家们的叛逆性。该隐是亚当和夏娃的大儿子。在《圣经》里，作为农夫的该隐向上帝祭献谷物，而他那牧羊人弟弟亚伯则向上帝祭献头生羊。上帝拒绝接受该隐的谷物，却接受其弟亚伯的祭献，该隐愤而杀掉亚伯，因此受到上帝诅咒。这是人类历史上第一桩罪行，该隐也因此被认为是原罪的最初体现和恶的化身。在中古英语神秘剧里，他被塑造成小丑，然而在拜伦的剧作里，他"被赋予提坦、浮士德甚至普罗米修斯的特点"，[4]成为敢于挑战上帝的撒旦式人物。拜伦的《该隐》明显受《失乐园》影响；索斯列夫认为，它是一部"关于形而上反叛的英雄诗剧"，同《失乐园》颇为相似。[5]拜伦也在该剧"前言"中坦承，他在青年时代曾多次阅读《失乐园》。

拜伦的该隐被塑造成像浮士德和曼弗里德一样热情追求知识的人。但与浮士德不同，不论对上帝还是路西弗（即撒旦），他都采取了独立而挑战的态度。作品一开始就突出表现他对上帝禁令的质疑："那是知识之树；/那是生命之树：知识是善，/生命也是善；那它们怎么可能都是恶呢？"（I, i, ll. 36-38）正是出于对知识的追求和对上帝禁令的怀疑，他决

1　George Gordon Byron, "Prometheus," in Jerome J. McGann, ed., *Byron* (Oxford: Oxford UP, 1986), ll. 58-9.

2　George Gordon Byron, *Cain*, in Jerome J. McGann, ed., *Byron* (Oxford: Oxford UP, 1986). 本文中对《该隐》的引文均出此版本，行码随文注出。

3　转引自 Thorslev, *The Byronic Hero*, p. 176.

4　Thorslev, *The Byronic Hero*, p. 98.

5　Thorslev, *The Byronic Hero*, p. 177.

定追随路西弗，并在后者带领下遨游太空，探寻宇宙奥秘。路西弗告诉他："那致命的苹果带来一件美好礼物——/你的理性"（II, ii, ll. 459-60），要他遵循理性，不要盲从权威。正因为他遵从理性，他没有像浮士德那样向路西弗臣服。相反，该隐这个人类史上第一个罪人同路西弗这位第一个向上帝挑战的反叛者之间的矛盾成为作品主要的戏剧性冲突。他们之间冲突的一个关键问题是，路西弗只知道理性，是理性时代的象征，而该隐同时还强调爱和情感，因此他一再嘲笑和指责路西弗不懂也不能爱。该隐这个浪漫主义叛逆人物在挑战上帝和基督教传统的同时，显然也在质疑理性时代的思想观念和价值体系。

该隐在天上见到的奇景与永恒使他因自己来自尘土和自己有限的存在而倍感痛苦。正是在这种痛苦心情中，由于上帝毫无理由地拒绝接受他的祭献而愤怒地杀掉了受上帝青睐的亚伯。因此，他杀死的虽然是亚伯，他针对的却是上帝及其"创世"所体现的不公。而且与《圣经》里的该隐不同，他立即因为杀死亚伯而深感痛悔。拜伦的该隐是充满爱心的人性化人物，特别是对妻子亚达满怀深情。剧作结尾显然受《失乐园》影响，同他父母一样，该隐与妻子一道，带着孩子，选择最荒凉的地方，朝伊甸园的东面走去，表现出他的悔恨和敢于承担责任。从古英诗里的撒旦到拜伦的该隐，撒旦式人物的一个重大发展就是更为人性化，体现了人文主义思想的发展。

虽然在一些学者看来，浪漫主义时代是英国文学史上最后一个"英雄时代"，在那之后，撒旦式人物形象也大为减少，但英语文学仍然塑造出一些站在权威意识形态和主流社会对立面，具有无比勇气和超人力量的文学形象。需要指出的是，所有这些后来的撒旦式人物形象几乎都与浪漫主义传统有关，他们几乎全都带有曼弗里德身上那种孤傲的"拜伦式英雄"气质。

维多利亚时代与理性时代有一定相似之处，也是一个特别注重传统道德和社会现实的时代，但在压抑个性方面却比理性时代更为突出；这或许是维多利亚文学没有塑造多少撒旦式人物的一个原因。这时期出现的这类文学形象中最具撒旦气质的是艾米莉·勃朗特笔下的希斯克利夫。但如蔡斯指出，《呼啸山庄》与其说是维多利亚小说，还不如说是浪漫传奇。[1] 勃朗特一家深受《失乐园》和拜伦作品影响，而希斯克利夫身上也

1　Richard Chase, *The American Novel and Its Tradition* (New York: Doubleday, 1957), pp. 3-4.

显现出弥尔顿的撒旦和拜伦式英雄的影子。在保守平庸、注重虚荣与财产的维多利亚社会，他是一个孤独而无所顾忌的叛逆者，对道德伦理不屑一顾。他把爱情置于上帝之上，为他喜欢的女人不惜下地狱。加缪说，他"为获得凯瑟琳会杀掉世上每一个人，但他绝不会想到说谋杀合理或在理论上站得住脚"，[1]因为对于他，决定谋杀是否合理的"理论"或道德标准毫无意义。从根本上说，这个文学形象的社会和文化意义正在于挑战自中世纪以来英国历史上最保守的维多利亚社会的价值观念和道德伦理。

在现当代，撒旦式人物主要是以不同形象出现在通俗小说、电影和电视连续剧里。亚坦认为，从科幻故事的英雄，到美国西部牛仔和动作片里战无不胜的主人公，"似乎都是拜伦的曼弗里德的后裔"，他"被赋予超越凡人的力量"，他为自己"制定行为规范和道德原则"，坚持个性独立和自身价值至高无上。[2]在这些影响广泛的通俗作品里，现代撒旦式人物似乎继承了祖先无比的勇气、超凡的力量和挑战一切的叛逆精神，以自己独特的方式和准则往往孤身一人同各种强大的社会、政治、警察、宗教势力和科技狂人进行殊死斗争，在传统价值体系崩溃后维护着人性最基本的价值和尊严。然而严格地说，这些人物往往有其形而无其神，他们并不真正具有撒旦式人物形而上的叛逆性质。这或许是因为，撒旦式人物必须有一个值得他挑战的对象。因此，在"上帝"已经"死亡"、传统价值体系已经解体的时代，撒旦式人物似乎也失去了存在的前提。

但这并不等于说撒旦式人物将从此消失，更重要的是，英语文学家们已经塑造的众多撒旦式人物取得了非常高的艺术成就，形成了英语文学中一个十分重要的传统，并对西方文学产生了重大影响。这些艺术形象具有特殊的社会和道德意义，他们并不仅仅是文学家们想象力的产物，而是深深植根于英格兰社会和文化，以其特别的形象体现英国的历史变迁和文化发展，已经深刻影响并且一定会继续影响英国文学的发展。

---

1 Camus, *The Rebel*, p. 3.
2 Atein, *The Byronic Hero*, p. 2.

英语文学中的寓意传统

　　英语文学诞生之初，古英语文学家就创作出《贝奥武甫》那样明显带有寓意特点或内容的史诗杰作和文学成就很高的寓意诗《凤凰》，而第一部重要的中古英语诗作也是长篇寓意诗《夜莺和猫头鹰》。自那以后，英语文学家们广泛运用寓意模式或寓意手法，在英语文学史上每一个时期都创作出大量寓意性或者具有突出寓意内容使用寓意手法的传世佳作，如《农夫皮尔斯》、《高文爵士与绿色骑士》、《珍珠》、《坎特伯雷故事》、《人》、《仙后》、《天路历程》、《格列佛游记》、《古舟子咏》、《圣诞颂歌》、《好人布朗》、《骗子的化装表演》、《蝇王》、《毛猿》、《寓言》、《炼狱》、《等待戈多》、《动物园》、《天堂》等等，在英语文学中形成了一个极为重要甚至是本质性的传统。如果不了解这一传统，我们就既不可能真正深入理解大量英语文学的重要著作，也难以把握英语文学的整体性成就。

　　寓意模式和寓意手法能在英语文学中发挥那么重要的作用，能取得那么显著的成就，自有其本身优势，也有深刻的历史和文化文学根源。英语文学中的寓意传统是西方文化、文学中深厚的寓意传统的重要组成部分。尽管在致力于讴歌情感与想象力的浪漫时代，寓意文学被歌德、柯勒律治等人误解和贬低，但深深植根于西方文化文学传统的寓意文学不仅没有衰落，反而在现当代西方文学中进一步获得全面发展，出现在所有文学体裁中，形成了中世纪和文艺复兴之后又一高潮。

　　弗莱契认为，"寓意是一种丰富多彩的手法（protean device），在西方文学中，从发轫之初到现代，它无处不在。"[1]但寓意并不仅仅是文学手法，它更是一种思维方式；所以麦克奎恩指出，"寓意起源于哲学和神

1　Angus Fletcher, *Allegory: The Theory of a Symbolic Mode* (Ithaca: Cornell UP, 1964), p. 1.

学，而非文学。"[1]然而严格地说，寓意起源于神话，起源于人类对认识世界和自身的渴望和努力，可以说几乎和人类文化一样古老并同人类文化一道发展。在先民们看来，从风雨雷电等自然现象到人的生死病痛，都是超自然神秘力量的显示，同时也是他们认识神秘力量的符号和途径。所以当他们用神话解读现实世界以期认识控制他们命运的神秘力量之时，他们的寓意性思维就创造出最早的寓意"文学"。从本质上讲，所有神祇都是寓意形象，所有神话都是寓意作品，都是先民们对自然万物和人类命运做出的寓意性解释。当然，他们绝不会把神话仅仅看作"文学"，更不会认为神祇们仅仅是想象力的虚构。

物质和精神或者说自然和超自然两个世界的划分和人的寓意性思维是所有神话和宗教的核心，同时也是寓意文学的基础。西方的寓意文学主要有希腊-罗马和犹太-基督教两个主要源头。虽然古希腊文化里没有一个像犹太-基督教的上帝那样唯我独尊且与人界限分明的神忙活着仔细设计人类历史的每一个步伐的观念，但在古希腊人看来，奥林匹斯山是与人世不同的世界。由于喜欢捉弄人的宙斯和阿波罗们喜欢用神谕（oracle）预示人们的命运，因此希腊人不得不绞尽脑汁竭力解读那些神秘莫测的神谕。神谕既是寓意性思维的产物，也是新的寓意创作的源泉。更重要的是，神谕在本质上其实包含了寓意的两个相反但又相互依存的方面：寓意创作和寓意解读。在很大程度上，寓意发展的历史正是这两方面相互影响的历史。

随着古希腊社会内外矛盾冲突日益纷繁复杂，希腊神话也发展成为几乎包罗万象但又不无自相矛盾之处的复杂体系，成为智者们清理和解读的对象，而正是对希腊神话的解读反过来有助于逐渐形成拟人化寓意[2]的传统。至少在公元前8世纪，古希腊就已经在神话中形成了系统使用拟人化形象（personification）来体现思想观念的传统。比如在赫西奥德（Hesiod）的《神谱》（*Theogony*）里，从诸神的始祖"混沌"（Chaos）开始，许多神祇实际上是体现观念的拟人化人物；比如，众神之母盖亚（Gaia）是大地（Earth）的拟人化，乌拉诺斯（Uranus）意指天空，与宙斯作对的普罗米修斯（Prometheus）之名的本意是"预知"（forethought），其父之名忒弥斯（Themis）的意思是"公正"（justice），而他弟弟的名字厄庇墨透斯（Epimetheus）的意思是"后知"

1　John MacQueen, *Allegory* (London: Methuen, 1970), p. 1.
2　拟人化寓意(personification allegory) 又被称为"希腊式寓意" (Greek allegory)和"诗人的寓意" (allegory of poets)。

(afterthought)。受神话中的寓意传统影响，至少在公元前5世纪，学者们已经把拟人化寓意运用到对荷马史诗的解读中，[1]而柏拉图及其追随者们最终使其成为"阐释和教学的核心方法"。[2]

荷马史诗和赫西奥德的著作里丰富的神话成为思想家们探索宇宙人生的宝库。在很大程度上，对荷马史诗和赫西奥德的神话的阐释直接催生了古希腊哲学和古希腊寓意传统，特别是柏拉图的客观唯心主义和斯多噶学派的命定论。柏拉图的哲学对希腊、罗马和基督教的寓意思想和寓意文学的发展产生了不可估量的影响。他关于理念世界和物质世界的划分是希腊哲学中寓意思想的基础。他认为理念世界是真实和永恒的存在，而物质世界只不过是其影子而已。因此物质世界以及其中一切事物都只是供我们认识理念世界的符号或寓意文本。从这个意义上看，柏拉图主义者在本质上都是"寓意思想家"（allegorists）。

柏拉图哲学关于理念世界和物质世界的划分和它对理念世界的关注同把"上帝之城"和"人之城"分隔并将前者视为永恒真实的基督教一拍即合，被基督教化了的新柏拉图主义成为基督教神学重要的哲学基础，而柏拉图的理念世界也很容易就被"上帝之城"所取代。同时，作为深刻的思想家，柏拉图也清楚认识到，抽象思维和抽象语言的局限性。因此在其著作中，比如在《会饮篇》和《理想国》里，他大量使用各种类型的象征隐喻、神话和寓意故事来形象地表达、体现和阐明他的思想。虽然柏拉图不是这一传统的开创者，但作为寓意传统的集大成者和最有影响的古希腊哲学家，他对中世纪释经（exegesis）传统和经院哲学，产生了重大影响。

在柏拉图哲学或者说新柏拉图主义对基督教的影响中发挥了特别重要作用的是生活在亚历山大的新柏拉图主义者、犹太思想家费罗（Philo Judaeus, 30? B.C.- 45? A.D.）。他第一个将古希腊-罗马哲学思想和犹太-基督教这两大传统结合起来。费罗本人并非基督徒，他用新柏拉图主义思想对《旧约》进行系统的寓意阐释，发现上帝在《摩西五经》中所展示的和希腊哲学家们的思想惊人相似。他认为《旧约》故事充满象征隐喻，其本身并没有什么真实意义，而是用来体现神的真理和寓意灵魂发展的精神运动。他对《旧约》的创造性阐释在犹太教内部并未获得回应，但对基督教神学的发展，对早期基督教神学家如奥里根（Origen, 185?-

---

1　参看 Robert Hollander, *Allegory in Dante's Commedia* (Princeton: Princeton UP, 1969), p. 8.

2　T. K. Seung, *Cultural Thematics* (New Haven: Yale UP, 1976), p. 6.

254）和奥古斯丁等，都有重大影响；而且他"第一个运用拟人化寓意来阐释《旧约》"，[1]使希腊式拟人化寓意融入基督教释经传统并成为中世纪乃至现当代寓意文学中两个最主要的传统之一。

然而，尽管费罗以新柏拉图主义为基础的拟人化寓意观深刻影响了基督教神学和寓意文学，但正如荷兰德所指出，这种寓意观在关乎基督教神学的一个核心问题上却"与基督教的主张正好相反"，这个问题就是"道成肉身"。[2]因为拟人化寓意在本质上消解了包括人类社会在内的物质世界本身具有终极意义的可能，这自然最终会导致否认耶稣是终极真理这一基督教的核心教义。从基督教内部出现的一种寓意思想解决了这个问题。

宗教具有天生的寓意倾向，这对于像基督教那样把神和人、把"上帝之城"和"人之城"、把精神世界和物质世界截然分开，[3]并认为精神世界才是真实存在的宗教，就更是如此。在《圣经》里，经常隐藏在云雾中秘不现身的上帝往往是用雷电、火焰或洪水来表达自己的意志，耶稣本人在传道中则十分热衷于用寓言（parable）来传达思想，而《启示录》毫无疑问是西方有史以来最杰出、影响最大的寓意文本。

几乎就在费罗运用新柏拉图主义对《旧约》进行寓意解读的同时，在基督教内部出现了另外一种对《旧约》的寓意解读方式。这种方式逐渐成为中世纪释经传统的主流，自然也深刻影响了中世纪以来的包括英语文学在内的西方文学中的寓意传统。由于它产生于神学家们对《圣经》的阐释，它也因此被称为"神学家的寓意"（allegory of theologians）来与"诗人的寓意"相区别。这种解读方式用《新约》解读《旧约》，从而将《旧约》和《新约》整合成统一的基督教《圣经》。在历史上，为了意识形态或政治上的目的而对权威经典进行新的阐释，可以说在任何文化传统里都是司空见惯而且行之有效的策略。在基督教创建之初，这个生机勃勃的宗教不仅受到极为残酷的迫害和罗马传统宗教的严重挑战，而且它刚从犹太教脱胎出来，还没有建立起系统、权威的神学体系。基督教

1　Seung, *Cultural Thematics*, p. 6.
2　Hollander, *Allegory in Dante's Commedia*, p. 5.
3　相比之下，古希腊－罗马的宗教没有把人和神像基督教那样截然分开，不仅神祇们经常参加人类活动，而且乐于同人类交配，生下不少半人半神的后代；更重要的是，他们在思想和思维方式上同人类几乎没什么两样。他们除了拥有超自然力量外，与人类没有太大区别。相反基督教则完全不同，上帝和人类之间有一条除耶稣外谁也不能逾越的鸿沟，除上帝有意展示给人类的那部分外，上帝和他的意志是人类永远无法理解也不准理解的谜。

内部的神学分歧和争论显然不利于教会的发展和回应外部的迫害与挑战。因此，摆在早期教父们面前最为急迫的任务就是建立起统一的、权威的基督教神学体系。由于基督教脱胎于犹太教，它的许多基本思想和教义与之一脉相传，完成这一任务最行之有效的办法是对他们自己也信奉的犹太教神圣经典，即被他们称之为《旧约》的权威典籍，运用基督教思想和教义进行重新解读，并清除其与《新约》之间不和谐之处，将其改造为基督教圣经。

基督教对《旧约》文本的寓意性解读是西方持续时间最长、规模最大、影响最为深远的宗教和文化运动。这一传统的始作俑者正是耶稣本人。他向信徒们阐释《旧约》里约拿的故事说："约拿三日三夜在大鱼肚腹中，人子也要这样三日三夜在地里头。"[1]也就是说，在鲸鱼肚子里待了3天的先知约拿寓意将在星期五受难，星期天复活的耶稣自己。根据《路加福音》，耶稣复活之后在信徒们面前做的第一件事就是将自己同《旧约》中的先知们联系起来（24：27）。在《新约》中，圣保罗随即按这种方式对《旧约》里一些人物和事件做了意义非凡的寓意解读，开创了后来被称之为"类型"（typological）释经的传统。

与拟人化寓意用形象体现抽象观念不同，神学家的寓意强调的是文字层面与寓意层面之间的相似性。根据这种阐释，《旧约》人物和事件除了有其自身的"历史"意义，更重要的是预示《新约》人物和事件的"类型"（type）或"象征"（figure），特别是预示耶稣道成肉身、受难与复活。比如，在《哥林多前书》（10：1-4）里，保罗对《出埃及记》里摩西率以色列人逃离埃及的历史事件进行阐释，说以色列人渡红海是受"洗礼"，而那涌出泉水的"磐石就是基督"。在对亚伯拉罕的故事进行解读时，他指出：亚伯拉罕的妻子撒拉和奴婢夏甲"那两个妇人，就是两约"，即《旧约》和《新约》。保罗将自己的解读称之为"比喻"（allegory）。[2]

在保罗之后，经基督教各时期神学家，如奥里根、奥古斯丁、教皇格列高利、阿奎纳等的阐释，《旧约》中所有的历史事件都指向《新约》，寓指耶稣道成肉身为人类赎罪这个人类历史的高潮："真正有意义的事件都集中到耶稣在尘世中生活的那些年里。……全部人类史都变成了类型体现（typology）"，[3]人类历史成为以耶稣为中心、以耶稣的降临为高潮的

---

1 《马太福音》12：40-41。

2 《加拉太书》4：22-24。

3 MacQueen, *Allegory*, p. 22.

"神圣喜剧"。如玛勒所说，"所有一切都朝向基督发展，而且所有一切都在他那里重新开始"。[1]

其实，这还仅仅是神学家们阐释《圣经》的一个层面。通过中世纪上千年的理论探讨和实践，释经家们逐渐形成了包含4个层面的释经（fourfold exegesis）方式：即文字层面（literal）、类型层面（typological）、道德层面（moral）和神秘层面（anagogical）。当然，在基督教最终确立其在欧洲的权威宗教的地位之后，如此阐释《圣经》已经不主要是为了整合新、旧约以建构基督教神学，而更旨在教导人们如何阅读《圣经》和获得灵魂救赎。中世纪神学的集大成者亚奎纳在《神学大全》的第一部分里对这4个层面做了最清晰的阐释。而这四个层面的寓意传统也被运用到文学创作和文学阐释。正是根据这一传统，但丁在一封给朋友的信中谈到《神曲》时，以《出埃及记》里犹太人穿过红海为例，说明应该如何阅读他的史诗的这4层意义：

> 如果我们仅从字面上考虑，这些诗行表现的是以色列的子民在摩西时代出走；如果从寓意上（allegory）考虑，表现的则是我们因基督而获救；如果从道德意义（moral meaning）上考虑，表现的则是灵魂从罪孽的悲痛与苦难的状态中皈依上帝恩典；如果从神秘层面上（anagogical）考虑，表现的则是获救的灵魂从尘世中受腐败堕落的奴役走向天堂永恒光荣之自由。虽然这些神秘的意义有不同叫法，但一般来说它们都可以称为寓意（allegory），因为它们和字面或者说历史的意义不同。[2]

但丁所说的这些"寓意"有多种叫法，比如他说的第二层面（"寓意"）通常也叫"类型"（typological）或"基督型"（Christological）层面，因为这一层面主要指涉基督；道德层面也被称为"比喻"（tropological）层面；也就是用具体的人或事物表达抽象的道德观念，在本质上这类似于拟人化寓意；而神秘层面又被称为"末日"（eschatological）层面，因为它与天堂、与基督的第二次降临和最后审判有关。用简单的话说，第二层面教导人们如何【运用《新约》思想】理解《圣经》；第三层面教导

1　Emile Mâle, *The Gothic Image*, tran. by Dora Nussey (New York: Harper and Row, 1958), p. 176.

2　转引自 James I. Wimsatt, *Allegory and Mirror: Tradition and Structure in Middle English Literature* (New York: Western, 1970), p. 24.

人们如何生活灵魂才能获得拯救；而第四层面则指向天堂或者说人的最终归属。[1]

这里的核心是第二个层面，它既是第一个层面的意义指向，也是后面两层意义之基础。所以，但丁特地把所有深层的或隐藏在字面之下的三层意义，同第二个层面一样，合称为寓意。由于《旧约》中字面或者说历史叙事层面的人物和事件在第二层面上被认为是《新约》人物和事件的象征，所以"神学家的寓意"也被称为"象征寓意"（figural allegory）。象征寓意不仅用于阐释《圣经》，而且也成为西方和英语寓意文学中拟人化寓意之外的另一种主要模式。这两种寓意模式都被用于创作并共同成为西方寓意文学的本质。

象征寓意和拟人化寓意这两个传统来自不同的文化源流，它们之间自然有一些本质性差异；但也正因为这些差异，它们具有很强的互补性。由于它们的结合，寓意手法更加丰富多彩，其形式更加变化莫测，也更能适合各种文学体裁，从而如弗莱切所说在西方文学中"无处不在"。然而也正是因为忽略了这两种寓意之间的差别，而把所有寓意都看作拟人化寓意，以致歌德和后来的许多学者在近两个世纪中贬低寓意；然而也正因为如此，包括歌德在内的许多文学家在贬低寓意的同时实际上也在创作着寓意性或具有寓意内容的作品。

寓意的英文 allegory 来自希腊词 *allos agoreuein*，意思是"言此意彼"（saying one thing but meaning another）。它一般是指表面上在讲述某种事物但实际上是在暗示或寓意抽象思想，或者用某个人物（比如摩西）或事件（比如犹太人通过红海）来影射或寓指另外的人物（耶稣）或事件（洗礼）的文体。因此，寓意作品包含两个层面。其表层一般可以作为故事来阅读，但它同时又被有意识地安排来系统指向其深层结构，其人物、事件和意象被用来寓意某种思想观念或寓指历史或现实中的人或事物。所以阅读寓意作品，读者既要跟随叙事发展，又要不断在两个层面之间往返观照。需要特别指出的是，寓意作品的深层结构，即但丁所说的"寓意"层面，在本质上是一个先于表层叙事存在但同时也被叙事层面不断解读和界定因而并不完全等同于外在的政治、宗教、道德、思想体系或人物事件。

拟人化寓意和象征寓意之间的差别在两个层面上都表现出来。正如费罗解读《旧约》一样，从对古希腊神话和荷马史诗的解读发展而来以

1　参看 Hollander, *Allegory in Dante's Commedia*, pp. 26-27.

新柏拉图主义为哲学基础的拟人化寓意在理论上[1]认为，在寓意作品里，真正有意义的是作品要表达的抽象观念或理念世界，而表层叙事本身则没有任何实际意义，它只是被有意识地安排来系统指向或表达寓意层面，或者如歌德所说，它的"全部价值仅仅是作为抽象观念的例子而已"。[2]作品的叙事层面与其要表达的抽象观念之间，如同"外壳"同"内核"或"运载车"与"货物"一样，并没有任何内在联系。寓意作品的表层应该是透明的，以便读者看清其寓意。在中世纪，学者们运用这种方式解读维吉尔的《埃涅阿斯记》，这首关于创建罗马的艰难历程的伟大史诗变成了关于基督徒的灵魂成长的寓言，与其叙事层面毫无关系。[3]所以歌德认为寓意在美学价值上不如象征，因为后者首先"只为自身而存在"，也就是说具有自身意义，同时又在"最深层次上""总是间接""指向其他东西"；[4]所以象征具有双层意义。

　　如果将这种寓意理论运用于《圣经》阐释，不论在表层还是深层结构上，它都与基督教一些最基本的教义相冲突。首先，虽然从耶稣和保罗开始，基督教也认为《旧约》里的人物和事件都寓指《新约》人物和事件，但它并不认为《旧约》里的一切除指向《新约》外其自身并无意义。相反，《旧约》也是上帝的话语（Word of God），它记载的事件也是上帝旨意的体现，比如上帝创世、上帝与犹太人订约、上帝赐以色列人应许地，等等，都是上帝之天命（Providence）的体现，怎么可能没有意义？其次，如果寓意文本的深层结构只能是物质世界或者尘世之外的抽象观念或精神世界，那么，正如前面所指出，这一观念将直接违背基督教最核心的教义：道成肉身，因为"基督不是隐喻（metaphor）"。[5]基督是神性和人性的结合；他既是"道"也是实实在在的肉身。他就是最终的指向，而不寓意任何其他观念。

　　相反，象征寓意既承认文本叙事层面本身的意义，也不认为文本表层所指向的深层结构只能是抽象观念。这就导致象征寓意和拟人化寓意之间另外一个特别重要的区别。由于象征寓意承认叙事层面本身的意义并认为其深层指向并不一定是抽象观念而可能是"实体"，因此象征寓意

1　但实际上，在拟人化寓意文本中，文字或叙事层面也往往形象生动意义丰富，具有很高文学价值。
2　转引自 Tzvetan Todorov, *Theories of the Symbol*, tran, by Catherine Porter (Ithaca: Cornell UP, 1982), p. 204.
3　参看 Hollander, *Allegory in Dante's Commedia*, p. 12.
4　转引自 Todorov, *Theories of the Symbol*, p. 199.
5　Hollander, *Allegory in Dante's Commedia*, p. 5; p. 21.

既不认为叙事层面透明也不认为表层和深层之间毫无关系；相反，两个层面之间是以相似性紧密联系在一起。不论是《创世记》里的以撒还是《农夫皮尔斯》里的撒玛利亚人或者福克纳小说《寓言》里的下士，他们寓指耶稣，都是因为他们与耶稣明显相似。

拟人化寓意和象征寓意有这些重要的不同之处，并不说明它们中哪一个更优越。它们各有优势，它们都深刻影响了中世纪以来西方和英语文学创作，它们也都产生出许多杰出作品。比如，拟人化寓意往往将抽象观念拟人化，将人物直接命名为信仰、真理、忠诚、谦卑、慷慨或骄傲、贪婪、吝啬、挥霍等，使人一看便知他是某种观念的化身。对于教育程度极低的中世纪公众，拟人化寓意在传播基督教思想和基督教道德观念方面特别行之有效，因此被广泛用于教堂布道和宗教戏剧，并因此深刻地影响到中世纪和后来的西方和英语文学创作。在杰出作家笔下，即使拟人化寓意作品的叙事层面也十分丰富生动，因此出现了许多如道德剧、《珍珠》和《天路历程》等十分优秀的作品。而到了现当代，文学家们似乎更趋向于使用象征寓意，戈尔丁的《蝇王》、福克纳的《寓言》、奥威尔的《动物园》、米勒的《炼狱》等，都是这方面的名作。不过总的来说，文学家们往往是把两种寓意方式结合起来，使作品内容更为丰富，意蕴更为深厚，表现手法更为变化多彩，比如《农夫皮尔斯》和《仙后》便是如此。

长期以来，批评家们一般都把寓意等同于拟人化寓意。尽管但丁本人专门从4个层面上阐释了《神曲》，但从他儿子开始，几乎所有研究《神曲》的学者都把它简单看作拟人化寓意作品；而且有意思的是，他们对《神曲》的分析大都是从引用但丁那封著名的信开始。[1]这充分说明，人们先入为主的误解如何影响其观点，如何使他们对但丁信中和作品里的象征性寓意内容视而不见。歌德也主要是因为把寓意都看作拟人化寓意而将它与象征对立，认为象征优于寓意。其实，寓意和象征在本质上是相通的。歌德在文学界的崇高地位使其观点影响了随后二百年人们对寓意的误解；歌德的观点被柯勒律治接受，后来新批评进一步将其系统化。所以，到20世纪中期，弗兰克那篇教导人们如何阅读寓意作品并颇有影响的文章《阅读中世纪拟人化-寓意作品之方法》也持这种观点。就因为把中世纪英语文学中的杰作同时也是拟人化寓意和象征寓意相结合的典范《农夫皮尔斯》仅仅看作"拟人化-寓意作品"，他认为：在《农

1　参看Hollander, *Allegory in Dante's Commedia*, p. 4; p. 14.

夫皮尔斯》里，"人物和重要事件都是抽象的，仅仅只有一个意思，"读者只需要将叙事层面的人物和事件的寓意"翻译"出来就行。[1]人们不禁怀疑，弗兰克是否认真读过或者说像他所说的那样"翻译"过《农夫皮尔斯》，否则怎么会对这部作品中大量复杂的象征寓意内容、对它那令人赞叹的丰富意义和那令人困惑的不确定性熟视无睹。

将所有寓意都看成拟人化寓意仅仅是长期以来人们将寓意简单化的总体倾向中的一个突出表现而已。这种倾向的另一个突出表现是在寓意文本两个层面之间找对应点，也就是弗兰克所说的将文本叙事层面的人物和事件的寓意"翻译"出来。弗莱批评说：有些评论家"经常倾向于把所有的寓意作品都当作好像是幼稚的寓意作品来对待，或者说它们好像是把观念翻译为形象"；[2]所以他们只需要把形象翻译回观念。戴克指出："简单地说，这是一种压制意义的方法。"[3]正是因为评论家们的误解和使用这种压制意义的方法，他们往往对寓意作品丰富的意义视而不见。但有意思的是，他们因此陷入一种悖论：他们有时因为找不到他们要找的寓意"对应"而感到困惑，但反过来又因为找到了而感到了无趣味。[4]

其实，寓意文本（自然也包括拟人化寓意文本）的两个层面不能截然分开，叙事层面更非"透明"而无自身意义；两个层面之间既不像人们通常认为的如同"运载车"与"货物"那样毫无内在联系也不是像传统意义上的能指和所指那样简单"对应"。叙事层面是客观存在，如但丁所说，它自然有其自身意义。如果它没有自身意义并与文本的寓意无内在关系，它又如何能寓指寓意层面？虽然寓意文本必然包含两个或者说至少两个层面，但正如戴克所指出："在本质上寓意是将虚构话语和非虚构话语结合起来"，[5]而不是把它们分开。不过，两个层面的结合并不仅仅是单向的寓意运动。在寓意文本中，从表面上看，叙事层面是能指，寓意层面是所知。但实际情况并不这么简单，因为叙事层面也有其自身意义，有其自身的所指。所以，寓意文本中两个层面的结合，如同

1 Robert Worth Frank, "The Art Of Reading Medieval Personification-Allegory," in Edward Vasta, ed., *Interpretations of "Piers Plowman"* (Notre Dame: U of Notre Dame P, 1968), p. 217.
2 Northrop Frye, *Anatomy of Criticism: Four Essays* (Princeton: Princeton UP, 1957), p. 90.
3 Carolynn Van Dyke, *The Fiction of Truth: Structures of Meaning in Narrative and Dramatic Allegory* (Ithaca: Cornell UP, 1985), p. 45.
4 参看 Maureen Quilligan, *The Language of Allegory: Defining the Genre* (Ithaca: Cornell UP, 1979), p. 32.
5 Dyke, *The Fiction of Truth*, p. 44.

罗兰·巴特所说的"意义的运动"（movement of meaning），[1]实际上是一个非常复杂的寓意过程。这种运动在两个层面上和两个层面之间"沿着纵向和横向轴线进行，并不断相互交织"。[2]也就是说，作为文本虚构层面的人物、事件、意象和场景都是具有双重指向的能指，它们的所指既在横向的叙事层面也在纵向的寓意层面。同时，寓意层面也并非仅仅被动地被"显现"，而是反过来不仅制约而且深化和丰富叙事层面的意义。所以在寓意文本中，既双向又交织的"意义运动"特别复杂。在它们复杂的互动过程中，"能指"和"所指"这两个层面交织在一起，相互制约并相互不断赋予新的意义。

不仅如此，许多寓意作品，特别是那些文学成就特别高的杰作，如《农夫皮尔斯》和《神曲》几乎都同时使用拟人化和象征两种寓意，而且如但丁所指出，其寓意层面本身还可能含有不同层次的意蕴。所以，寓意文本的内容、手法和意义都往往比人们所设想的远更为丰富。其实，文学史上很难说有一部"纯粹"的寓意作品。比如，拟人化寓意的典范之作，公元4世纪的作品《心灵之战》（*Psychomachia*）被学者看作是"几乎纯粹"[3]的寓意诗，然而文本中有许多细节无法进行寓意解读，而另外又有一些成段的话语却因为宗教意义太"直白"而没有寓意。往往被人们忽视的事实是，几乎所有寓意文本还都使用了同时代盛行的各种文学体裁的一些形式和手法，比如斯宾塞的寓意杰作《仙后》就融史诗和中世纪浪漫传奇于一身。因此，"翻译"式解读不仅几乎不可能，而且还必然会严重地损害寓意文本。

虽然，如同任何文学体裁都产生出低劣作品一样，在西方和英语文学史上，特别是在中世纪，也出现过不少弗莱所说的那种以说教为目的的"幼稚的寓意作品"（那其实也是社会的需要），但也产生了许多意义丰富、文学价值很高的不朽之作。这些作品具有明显的寓意性质，或突出地使用了寓意手法，但同时也都显然超越了寓意作品被误以为应该具有的图解式浅显、单一与对应，表现出令人难以置信的丰富多彩和令人着迷的不确定性。它们总是指向某种或多种深层意蕴，因此特别能满足人那种倾向于探索深层意义的本能。更重要的也许是，寓意作品不仅可能包含极为丰富的意义，而且还因为它特有的"寓意"性，因此往往最能触及社会本质、深入文化核心、体现民族意识和表达时代精神。

---

1 Roland Barthes, *S/Z*, trans. by Richard Miller (New York: Hill & Wang, 1977), p. 92.
2 Dyke, *The Fiction of Truth*, p. 45.
3 Hollander, *Allegory in Dante's Commedia*, p. 6.

英语寓意文学取得了很高成就，寓意传统在英语文学中特别突出，其中一个原因是，欧洲最早的现代民族语言文学，即古英语文学，[1]诞生于基督教征服刚移民到不列颠群岛的盎格鲁-撒克逊人的过程中；因此，古英语文学大部分是宗教文学。由于宗教天生的寓意性，古英语文学一开始就有突出的寓意性质或寓意色彩。不仅如此，古英语文学家还深受以拉丁语为载体的基督教文学的直接影响，其中就包括基督教寓意文学的开山之作《心灵之战》。《心灵之战》在盎格鲁-撒克逊时代的知识界很流行，[2]盎格鲁-撒克逊时代著名的学者和历史学家比德（Bede, ?672-735）还专门以它为例讨论诗歌艺术，说《心灵之战》"用英雄史诗风格描写德行与邪恶之战"。[3]

受基督教和《心灵之战》影响，许多古英语文学作品都具有寓意性质或寓意色彩。在现存古英诗中，全长677行的《凤凰》是最著名的寓意诗名篇。诗人将拟人化寓意和象征寓意结合，运用丰富的想象力和不断变换的象征意象将凤凰拟人化并使其寓意复杂多变。于是，在烈火中死亡与再生的凤凰在诗作的寓意体系中在不同层面寓指历经考验灵魂获救的义人、背叛上帝失去乐园历经苦难最终回归上帝的人类以及道成肉身为人类受难又复活的耶稣。同样，烈火也寓意人因背叛上帝所受惩罚、最后审判、耶稣受难等。由于《凤凰》里大量复杂的寓意内容无法一对一"翻译"，有学者抱怨说：诗中"重叠的阐释有时会令读者无所适从"。[4]其实，这正是《凤凰》独到的艺术成就，它开创了英语文学中寓意变换和复杂化的传统，这一传统在中古英语时期和随后时代那些杰出寓意作品中不断发展。

在古英语文学中，甚至连一些抒情诗也明显带有寓意性质。《流浪者》和《航海者》可以同任何时代的抒情诗媲美。它们根源于盎格鲁-撒克逊人的日耳曼祖先的航海生活，诗人们用丰富意象和动人情感描绘和表现水手在无边冰海上独自航行的艰辛与孤独。对于以海为生的古日耳

1　当时的欧洲文学主要是拉丁语文学。古英语文学发轫于7世纪，比古法语文学早约400年。

2　至少10份产生于盎格鲁-撒克逊时代的《心灵之战》拉丁文手抄本保存至今，其中一些还有古英语注释；学者们认为当时英格兰主要的修道院图书馆都有收藏。参看Martin Irvine, "Cynewulf's Use of Psychomachia Allegory: The Latin Sources of Some "Interpolated" Passages", in Morton W. Bloomfield, ed., *Allegory, Myth, and Symbol* (Cambridge: Harvard UP., 1981), pp. 45-46.

3　转引自Irvine, "Cynewulf's Use of Psychomachia Allegory," p. 45.

4　N. F. Blake, "Introduction," in Blake, ed., *The Phoenix* (Manchester: Manchester UP, 1964), p. 33.

曼人和盎格鲁–撒克逊人而言，冰海航行最能寓意人生。在另一层面上，对基督徒来说，从伊甸园"流放"出来后，人类就在"陌生"世界中孤独流浪。以孤独航程来寓意基督教意义上的人生或人类命运，在古英语文学中十分普遍。基涅武甫（Cynewulf, 约9世纪）的《基督II》的结尾关于苦海航行与基督港湾的象征寓意是最著名的例子。在更深层次上，作品将冰海孤航这样典型的日耳曼生活现实和因此而形成的文化传统与基督教信仰结合起来，其实也反映或间接寓意了当时盎格鲁–撒克逊社会中日耳曼与基督教两大传统并存与融合的历史进程。

不过，在寓意日耳曼和基督教两大传统的并存与融合方面最杰出的作品是古英语史诗《贝奥武甫》。这部很可能是长期在民间游吟诗人口中传唱的英雄史诗经基督教诗人修改或再创作，融入了许多直接或间接指涉基督教的内容。于是，有学者认为它是一首"基督教拯救故事的寓意诗（allegory）"[1]或者"模仿关于赎罪的神圣奇迹的寓意诗"。[2]这虽然是对这部中世纪欧洲最杰出的英雄史诗的误读，但诗中包含的基督教思想和诗人将魔怪格伦德尔说成是"该隐的苗裔（Cain's clan）"（第108-14行）、"地狱的妖怪，人类的仇敌"（第1274行）和"上帝的对头"（第1682行），[3]并把他母亲居住的深潭特地描写成犹如燃烧的地狱，的确使《贝奥武甫》具有寓意色彩：贝奥武甫与格伦德尔的生死搏斗寓意上帝与魔鬼、善与恶的永恒冲突。诗人把贝奥武甫诛杀格伦德尔的搏斗放到上帝与魔鬼斗争的大背景中，不仅丰富和深化了史诗意义，而且在更深层次上还反映出盎格鲁–撒克逊社会的本质与变迁。在史诗产生的时代，盎格鲁–撒克逊人大体上皈依了或正在皈依基督教，但日耳曼文化传统仍然十分强大。史诗里有大量内容表现纷繁复杂的社会状况和部族冲突，也有许多内容可以从基督教和日耳曼传统两个层面上解读，反映出盎格鲁–撒克逊社会正在向基督教社会转型。所以，《贝奥武甫》里的寓意色彩不仅升华了作品的史诗精神，而且同作品里丰富的历史文化信息一道在一定程度上将这部日耳曼民族史诗变成一部盎格鲁–撒克逊社会和思想的变迁史。

诺曼征服之后，英语文学历经近3个世纪的缓慢发展，逐渐演化成中古英语文学，并在14世纪后半叶乔叟时代进入英语文学史上第一次大

---

1 M. B. McNamee, "*Beowulf*—An Allegory of Salvation?" in Lewis E. Nicholson, ed., *An Anthology of "Beowulf" Criticism* (Notre Dame: U of Notre Dame P, 1963), p. 332.

2 Gerald G. Walsh, *Medieval Humanism* (New York: McMillan, 1942), p. 45.

3 《贝奥武甫》，冯象译，北京：三联书店，1992年版。

繁荣，同时寓意文学也进入全盛期，诞生了不少传世佳作。道德剧是中世纪欧洲出现的新剧种，是中世纪寓意传统在戏剧领域的产物，是戏剧里的寓意文学。可以说，没有寓意，就没有道德剧。现存中世纪英语道德剧共6部，它们的核心主题都是灵魂救赎，其主要内容都是表现善与恶、上帝与魔鬼为争夺人或者说人的灵魂而发生的冲突。道德剧的创作深受《心灵之战》影响，把人的心灵变成善恶冲突的战场，把各种美德和罪孽拟人化，把人心灵中的善恶冲突戏剧化，搬上舞台，展示给中世纪观众，为中世纪信众指引救赎之路。在这个意义上，一部道德剧就是一场戏剧化的布道。但中世纪道德剧并非单调乏味的说教作品，它突出戏剧冲突和喜剧性，其主要人物往往比较丰满，语言大都贴近生活，诙谐生动，因此具有相当观赏性和娱乐性。剧中的善恶冲突还往往以当时人们所关注的现实问题、生老病死以及利益矛盾来体现，所以道德剧离人们的生活并不遥远，甚至具有相当现实色彩。由于道德剧出自中世纪主流宗教文化又贴近人们的生活，因此很受欢迎，而且还在文艺复兴时期进一步繁荣，出现不少新作，到16世纪共达60余部，甚至影响了莎士比亚和马洛等剧作家的创作，[1] 成为造就伊利莎白时代戏剧大繁荣的本土传统的主要戏剧源头。

　　英诗之父乔叟虽然主要是世俗作家，但他深受中世纪寓意传统以及他翻译过的两部重要著作法国著名梦幻寓意（dream allegory）叙事诗《玫瑰传奇》和波伊提乌以寓意形式撰写的著作《哲学的慰藉》影响，他的许多作品程度不同地具有寓意特色。他的第一首重要诗作《公爵夫人书》就是运用象征寓意和拟人化寓意的梦幻寓意诗。在他另一部梦幻寓意诗《声誉之宫》里，"声誉之宫"和"谣言之宫"也许是中世纪英语文学中最富想象力的寓意性创造。乔叟的代表作《坎特伯雷故事》囊括了中世纪几乎所有文学体裁，自然也包括寓意故事。诗人还运用浪漫传奇、寓意和现实主义技巧在内的各种手法，将香客们的朝圣旅途描写成一个包括英格兰几乎所有阶层的流动社会，是中世纪最全面反映英格兰社会的文学作品。同时，作品中大量宗教内容和寓意色彩也使朝圣旅程升华为寻求灵魂获救的精神之路，或者如作品在快结尾时所说，"一条完美而光明的路途，/这叫做耶路撒冷的天国之路。"[2] 圣经说："天上的耶路撒冷"就是"永生的神的城邑"（《希伯来书》12：22）。甚至连香客们还未进入

1　参看Edmund Creeth, *Mankynde in Shakespeare* (Athens: U of Georgia P, 1976)和David M. Bevington, *From* Mankind *to Marlowe* (Cambridge: Harvard UP, 1962).

2　杰弗里·乔叟著：《坎特伯雷故事》，黄杲炘译，译林出版社，1999年，第845页。

目的地坎特伯雷，作品就戛然而止这一巧妙结尾也颇具寓意。这个开放性结尾寓意人在尘世中，精神探索永无终点。《百鸟议会》是乔叟的梦幻寓意名篇。在诗中，鸟儿们被拟人化，分为高低贵贱不同层次参加由自然女神主持的会议，选择配偶。乔叟运用现实主义手法，让鸟儿们如同现实中不同阶级的人一样，使用符合其身份的语言，十分生动有趣。更重要的是，鸟儿们就爱情和选偶发生的争吵实际上寓指英格兰的社会矛盾、阶级冲突以及议会中的斗争。不仅如此，诗中3个雄鹰围绕那只高贵的雌鹰展开的争夺寓意当时英国、法国、德国以及罗马教廷关于英王理查德和安娜公主之间的婚姻展开的一场复杂的国际斗争。诗人在这场斗争中所持的爱国立场间接表明英格兰民族意识正在形成之中。[1]

中世纪最杰出的寓意作品是《农夫皮尔斯》。这是一部关于灵魂获救的梦幻寓意诗作，它探索堕落了的人类在罪孽充斥的世界里如何才能拯救自己的灵魂。然而，它并没有像人们认为寓意作品应该的那样给出确切或最终答案，相反它可以说是彻底地颠覆了这种观念，因为诗人几乎在所有方面都进行了深入探索，并通过人物塑造、寓意描写到神学论辩等各种手法间接和直接提出或表达了大量观点，但却没有提出或者说提不出最终答案。最后，作品以邪恶获胜，罪孽泛滥，灵魂重新踏上寻求真理之途来结束，表明探寻真理的道路永无止境。在一定程度上说，《农夫皮尔斯》就是一部基督教建教以来近1500年的神学辩论史的艺术表现。同时，诗人还将拟人化寓意和象征寓意结合，运用大量寓意和非寓意手法，发展了古英诗《凤凰》开启的英语寓意文学中的多重寓意传统，所以具有"变换不定的寓意构成（allegorical texture）"，[2] 从而不仅使作品意义极为丰富，而且有时还使各种意义相互矛盾难以确定。这种"变换不定的寓意构成"还在人物塑造中体现出来。

《农夫皮尔斯》中有大量拟人化人物，但他们并非都是观念的化身，有些是很个性化的人物。比如，七大死罪（Seven Deadly Sins）被兰格伦塑造得像乔叟笔下的托钵僧、差役一样栩栩如生。他们体现了他们的名字所赋予的罪孽特性，但他们性格比较复杂，身份不断改变，具有多重性。他们中一些人甚至深感痛悔，这进一步颠覆了他们的拟人化形象，因为罪孽不可能忏悔。他们一忏悔，就再不是罪孽，而是罪人。另外，

---

1 关于英格兰民族意识形成与何时，有从12世纪到16世纪亨利八世时代等多种观点，本文采形成于英法百年战争（1337-1453）之说。

2 Elizabeth Salter, *Piers Plowman: An Introduction* (Cambridge: Harvard UP, 1963), p. 80.

在象征耶稣的寓意人物中，皮尔斯的形象特别复杂。诗作以他的名字命名，而他的形象不断发展，其寓指也不断变换：上帝在尘世的代理人、上帝"花园"或者说人类灵魂的保护者、圣教会、圣彼得乃至耶稣，同时也是真理化身。

在诗作中，在一些最核心的问题上，诗人没有给予肯定答案。比如基督徒们最关心的灵魂获救的问题，究竟是所有人还是一部分人获救？决定灵魂获救的是天恩（Grace）、信仰（faith）、仁爱（love）还是善行（good deeds）？作品中有大量辩论和深入探讨，给出了许多观点，然而尽管几乎每种观点都引经据典，言之凿凿，令人信服，但由于它们相互矛盾、相互颠覆，所以没有一个是"终极真理"。特别有意义的是，甚至连权威的《圣经》也被引用来支持不同甚至相反观点，这实际上削弱了《圣经》自身的权威，更使人莫衷一是。其实，这些争论自基督教建教以来就一直存在，神学家们也一直试图把其中一些观点立为正统，把另外一些观点打入异端，但在这个基督教的核心问题上，不同观点的矛盾和冲突从未真正消除。在相当大的程度上，这个问题后来还成为使基督教分裂的宗教改革运动的重要因素之一。这也表现出这部寓意作品特别深刻的意义。

兰格伦的特别深刻之处还在于，他并非像大多数希求灵魂得救的人那样，只是眼望上苍。相反，他认为真正的精神探索必须从现实出发，而且不能离开现实生活。这部诗作大体上分为两大部分：第一部分主要生动表现英国社会的状况和严重问题，在此基础上，第二部分集中表现精神探索。兰格伦是英国文学史上第一个对英格兰社会进行全方位展现的文学家，[1]同时也是第一个将现实主义和寓意文学结合的诗人。由于《农夫皮尔斯》在进行深入的道德和精神探索的同时，真实反映了英格兰各阶层的状况、暴露了严重的社会问题、谴责了统治者和教会的腐败、表达了民众的情绪，因此作品一出现就迅速流传，在1381年还被农民起义领袖约翰·波尔引用来号召革命，后来在16世纪欧洲宗教改革运动时期还被印刷出版，以激励改革。《农夫皮尔斯》实际上开创了英语文学中寓意和现实密切结合的重要传统，为后来寓意文学的发展打开了广阔空间。

这一传统随即在文艺复兴时代得到重大发展。文艺复兴是英国社会、

---

1 乔叟在14世纪80年代中期开始创作的《坎特伯雷故事》是反映中世纪英格兰社会最伟大的作品，但在那之前的70年代，《农夫皮尔斯》的第一个版本已经在流传。

文化和思想领域全面发生剧烈变革的时代，是英格兰国力迅速强盛、民族意识和爱国热情空前高涨的时代，也是新旧思想交织、社会矛盾加剧、教派冲突经常变得十分血腥的时代。这个时代为英格兰创造了永远值得骄傲的文学大繁荣。在文艺复兴和宗教改革运动的大环境中，受古典文化特别是新柏拉图主义复兴的深刻影响，英国文学家们继承并发展了中世纪英语文学中的寓意传统，在诗歌和戏剧等体裁中广泛使用寓意模式和手法，创作了许多寓意性或具有寓意色彩的作品，其中成就最高影响最大的当数斯宾塞的《仙后》。同《农夫皮尔斯》一样，这也是一部绝不可能进行简单的"翻译式"解读的复杂作品。它杂糅各种高雅文学体裁，既是一部骑士浪漫传奇也是一部英格兰民族史诗，但在本质上也是一部寓意杰作。然而即使在寓意方面，它也极为复杂；正如戴克所指出："斯宾塞将那些相互间不能很好相容的寓意放入叙事之中，它们甚至与自身的许多意义也对立。因此，《仙后》是第一部实现了寓意乃复合文本之理论的诗作。"[1]

如同但丁在信中告诉人们应该如何解读《神曲》一样，在《仙后》的前3部于1590年面世之时，斯宾塞在给雷利爵士（Sir Walter Lareigh）的信中称《仙后》为"一部长篇寓意"（a continued allegory），并像但丁那样很详细地说明应该如何理解作品中多层次的寓意内容。这封信现在一般都作为"前言"放在《仙后》的开篇以帮助读者阅读这部十分困难同时意义极为丰富的诗作。在信中斯宾塞说，在总体上《仙后》的道德寓意是"通过道德和高雅训练培养绅士或者高尚的人"。他心目中理想的"绅士"是亚瑟王子，[2]他要"竭力将亚瑟塑造成勇敢的骑士"，因为他完美体现12种美德。[3]于是，诗人把12种美德化为12个骑士，运用中世纪浪漫传奇体裁让他们像亚瑟王的圆桌骑士那样踏上冒险旅途在各种考验中获得道德升华和精神成长。虽然这些骑士是拟人化人物，但他们都被塑造得形象丰满，像中世纪骑士一样有个性并追求爱情热衷冒险。不仅如此，如同古英诗里经历涅槃的凤凰，他们的寓意也随作品发展不断丰富。比如，第一部里的主人公"红十字骑士"是"神圣"的化身，他最后升华为象征耶稣；他身上体现了拟人化寓意和象征寓意的完美结合。

---

1 Dyke, *The Fiction of Truth*, p. 257.

2 《仙后》中的亚瑟还未登基。斯宾塞计划另外创作一部长诗来寓意表现亚瑟成为国王后体现的另外12种美德。

3 Neil Dodge, ed., *The Complete Poetical Works of Edmund Spenser* (Boston: Houghton Mifflin, 1908), p. 136.

亚瑟王也是如此，他那完美的骑士形象也逐渐带上基督色彩，往往在骑士们遭难之时奇迹般降临以施援手。

除了浪漫传奇的特点外，《仙后》还明显具有史诗性质。斯宾塞在上述信中宣称他是遵循荷马、维吉尔、阿里奥斯托等史诗诗人的榜样进行创作。"红十字骑士"得名于他盾牌上血红的十字。白底红十字本是英格兰保护圣徒乔治的标志，白底红十字旗从12世纪起就在英格兰商船上飘扬，后逐渐成为英格兰的"国旗"。[1]所以"红十字骑士"也暗指圣乔治从而寓指英格兰。关于作品标题中的"仙后"，即"光荣王后"(Queen Gloriana)，诗人在信中明说，那是寓指"最杰出最辉煌之人我们的君主"伊利莎白女王，而她统治的"神仙国度"(Fairy Land)自然寓指英格兰。[2]不过在诗作中，它被描绘为亚瑟王时代的"英格兰"。其实，亚瑟王也象征英格兰，而且他还热烈追求他心爱的仙后。斯宾塞如此将代表不列颠和英格兰辉煌"历史"的亚瑟王传奇同现实中的英格兰结合，显然是要创作一部英格兰民族史诗。

在这部未能最终完成但已经具有史诗性质的鸿篇巨制里，诗人关注的显然不是浪漫传奇中虚无缥缈的过去，而是英格兰的现实。学者们经长期深入研究，已经发现诗作中有大量内容影射或寓指英格兰现实中的人与事件，其中最突出的是波及英格兰社会所有阶层并深刻改变着英格兰社会、政治、经济、文化和思想意识的宗教改革运动。骑士们出生入死的冒险旅途可以说都是新教或英国国教同天主教、英格兰与罗马教廷和西班牙等天主教国家之间生死斗争的寓意故事，几乎所有的凶猛怪物，如呕吐书籍的怪兽"错误"(Error)，和阴险狡诈的魔术师，如"红十字骑士"的主要对手之一的"大意象"(Archimago)，都寓指天主教会或其代理人。

如同古罗马诗人维吉尔用他不朽的史诗《埃涅阿斯记》表现古罗马的艰难创业史来讴歌奥古斯都时代的罗马帝国一样，斯宾塞将浪漫传奇和史诗结合，运用寓意手法艺术地表现了伊利莎白时代英格兰在错综复杂的国内和国际斗争中的发展繁荣，歌颂了英格兰民族生机勃勃的民族精神，也表达了诗人的爱国情怀。如果如琼生所说，莎士比亚属于所有时代的话，那么没有任何其他一部作品比《仙后》更全面更深刻地表达了伊利莎白时代的精神。

1　现在的英国国旗是英格兰、苏格兰和爱尔兰的旗帜的综合。
2　Dodge, ed., *The Complete Poetical Works of Edmund Spenser*, p. 137.

如果说斯宾塞在文艺复兴全盛时期创作的《仙后》全面表现了伊利莎白时代处于剧烈变革中的英格兰社会，那么班扬在17世纪后期以自己作为虔诚的清教徒的"心路历程"为基础创作的《天路历程》则用寓意方式最深刻地揭示一个清教徒的内心世界和灵魂追求之路。《天路历程》深受《仙后》影响，同时继承和发扬《农夫皮尔斯》和道德剧为代表的中世纪英语寓意文学传统，运用梦幻寓意形式和拟人化寓意手法，将充满艰辛与危险的旅途寓意人生和精神探索之路，书中人物和地点大多以宗教观念和各种美德与罪孽命名。《天路历程》因语言生动情节曲折寓意丰富可读性强而成为西方文学史上最负盛名的宗教寓意作品之一。

在《天路历程》中，主人公"基督徒"背负沉重负担（寓意罪孽），在从尘世到天堂的旅途上艰难跋涉历经磨难和考验。这是千百年来基督徒们最熟悉的隐喻，它形象地寓意所有基督徒在寻求灵魂救赎中都必须经历的心灵之旅和在磨难与考验中获得的精神成长。其实，朝圣旅途中的磨难与考验是"基督徒"灵魂深处善恶冲突的寓意性表现。由于《天路历程》以作家本人亲身经历的信仰危机以及因此获得的精神成长和他所遭受的迫害为基础创作，[1]因此它在宗教寓意文学中表现出更强烈的个人色彩和情感因素。它以寓意情节和意象所揭示的内心冲突和心灵感受超越了任何其他同类作品，而"基督徒"在痛苦中发出的那声"叫喊"（outcry）表达出千百年来基督徒灵魂深处善恶冲突的痛苦挣扎。在一定程度上，《天路历程》可以说是《心灵之战》、中世纪道德剧和现代荒诞剧之间一个连接点。

随着清教革命结束，英格兰人的宗教热情得到释放，长达近200年的宗教改革运动和教派冲突也趋于平静。英语寓意文学同宗教之间上千年的紧密关系逐渐松弛，但寓意文学并没有因此而没落，而是开始转向更为广阔的领域。就在《天路历程》的第一部分出版仅3年之后，英国第一位由国王（查尔斯二世）正式册封的桂冠诗人德莱顿就出版了著名政治寓意诗《押沙龙与亚希多弗》。作品借用《圣经》里大卫王的私生子押沙龙在亚希多弗鼓动下发动叛乱的故事寓指查尔斯二世时期因继承人问题引发的剧烈政治动荡，表现了英格兰经历长期动乱之后的时代潮流和人心所向。

在德莱顿之后不久，斯威夫特创作了几种带有明显寓意特点的作品，

1　班扬曾两次因宗教信仰被投入监狱，《天路历程》正是他在13年的牢狱生活中创作。

其中最典型的是《桶的故事》，而他于1726年出版的《格列佛游记》则是理性时代寓意文学的最高成就，同时也是他从正反两方面最能揭示时代精神的杰作。人文主义经过文艺复兴时期的发展，以启蒙运动为体现成为理性时代的主流意识形态。在启蒙思想家看来，理性至高无上，科学可以解决一切问题。人们只要遵循理性指引，运用科学方法，就能创造培根所描绘的由科学家们领导的"新大西洋州"那样的乌托邦未来。在这样的意识形态中，人成为中心；人不应该只是眼望上苍，祈求救赎，而是需要依靠自己解决人世中的问题。如蒲伯在诗中所说，"不要把上帝来审视，/对人类之研究还得关注人自己。"[1] 所以，理性时代的文学不像以前各时期的文学那样注重形而上的问题，而主要是进行社会、政治和道德方面的探索、揭露和批判，从而完善社会和人自己。

英国理性时代文学一个极为突出的倾向是讽刺。就本质而言，讽刺（satire）是理性在文学中的运用。因此，尽管讽刺自古以来就存在于文学中，但正是在理性时代，讽刺获得全面发展，出现于所有文学体裁，理性时代也成为英国文学史上的讽刺时代（the Age of Satire）。讽刺与寓意具有某种天生的密切关系，许多寓意作品程度不同的都具有讽刺内容和色彩。[2]《格列佛游记》中讽刺和寓意相互依存。如麦克奎恩说："斯威夫特的讽刺作品《格列佛游记》的基本结构是寓意，"[3] 但该作品的寓意则主要是由讽刺来实现的。

《格列佛游记》内容丰富寓意深刻，它那想象奇异引人入胜、可以作为儿童读物的叙事层面中蕴藏着作者对社会、政治、道德、人性以及现实和未来的细致观察、深入思考和超越时代的非凡见解。作品4个部分描写主人公格列佛在小人国、大人国、飞岛和慧骃国的奇遇，实际上是作者从不同方面辛辣讽喻英格兰现状、人类社会和人性缺陷。格列佛奇特的航行把他带到的国度从表面上看与英格兰极为不同，但在本质上却十分相似。正是这种不同与相似成为作品寓意的基础，同时也使其辛辣的讽刺具有深刻的现实意义，而且也使它同许多寓意文学杰作一样，可以在不同层面上解读：小人国里的财政大臣佛林奈浦既是刻画生动的文学形象，也寓指当时的英国首相华尔普（Robert Walpole），同时还寓指一切

1　Alexander Pope, "An Essay on Criticism," in M. H. Abrams, ed., *The Norton Anthology of English Literature*, 3rd ed. (New York: Norton, 1974), II, ll. 1-2.

2　这或许是中文将allegory译为"讽喻"的原因，尽管寓意本身并不一定有讽刺之意。

3　MacQueen, *Allegory*, p. 69.

腐败的政治人物；书中两个小人国之间因极为荒唐的原因（打鸡蛋应打大的一端还是小的一端）引发的战争既引人发笑，也讽喻英法之间、天主教和新教之间以及一切宗教之间的冲突与战争。在运用理性进行社会、政治和道德讽刺与批判方面，斯威夫特与德莱顿、蒲伯和约翰逊等理性时代的代表诗人在精神上完全一致，只不过远更为辛辣。

然而斯威夫特讽刺的不仅仅是社会腐败和道德堕落，他还将矛头指向启蒙运动本身，指向理性时代顶礼膜拜的理性和科学。他书中嘲笑一群居住在飞岛上远离现实毫无实际生活能力的所谓智者和拉格多科学院里的科学家沉浸于荒诞不经的"科学研究"，显然是在讽喻培根的乌托邦"新大西洋洲"，表达出他对当时高涨的科学热情的质疑。特别值得称道的是书中第四部分对慧骃国的乌托邦式描写（实际上是隐晦的反乌托邦描写）。慧骃国的统治者是超级理性的马，受他们奴役的则是受欲望控制、贪得无厌卑劣无耻的人形耶胡。长期以来，一直有人因此指责斯威夫特仇视人类。那其实是误解，他所反对的是人性分裂，是将理性与人的情感和自然愿望对立从而压抑感情贬低情欲。小说表现出，理性对情感的奴役造成双方堕落。斯威夫特反对理性至上的极端倾向恰恰是他正确使用理性进行深入思考的结果。

斯威夫特将情感的堕落用耶胡直接体现出来，而对理性堕落的表现则比较隐晦，但也更显出作家深邃的洞察力和寓意的艺术魅力。格列佛浸淫在慧骃国理性至上的氛围中，在"美好"的慧骃和丑陋的耶胡的强烈对比之下，受到关于理性的漂亮话语的洗脑，尽管他与耶胡同类而且差点被慧骃们作为耶胡处理掉，但在侥幸逃回英格兰后，他已失去了人的情感，失去了与家人一同生活的兴趣和能力，一心渴望着成为一名"慧骃"。格列佛的蜕变表明，忽略人性完整，过分强调理性与科学会把人异化为非人。在启蒙运动如日中天之时，斯威夫特能有如此敏锐的感悟，能在理性和科学这两个核心问题上运用文学讽喻如此深刻又恰到好处地质疑启蒙运动，比起那些不无偏颇而且似乎在走向另一个极端的后现代事后诸葛亮们，看来高明不少。

从18世纪中期开始，启蒙运动过分强调理性的倾向受到正在兴起的浪漫主义挑战。在浪漫主义对启蒙运动进行的"纠偏"方面，有两点特别重要，第一是突出人身上被理性时代忽略甚至压抑的情感、直觉与想象力；第二是重新重视形而上或超自然的层面。在一定程度上说，这两方面的结合形成浪漫主义理想的基础。浪漫主义诗人对理想的不懈追求最突出地表现在济慈的诗里。济慈可以说是浪漫派理想主义的化身。济慈的理想的最高体现是美和真的完美结合。他的长篇叙事诗《恩底弥翁》以希腊神话中恩底弥翁同月神戴安娜的爱情为题材，用恩底弥翁寻求爱情之旅寓意他对理想中的诗歌艺术最高境界真与美的追求。

具有讽刺意味的是，在英国浪漫时代的寓意作品或者具有突出寓意色彩的作品中，最杰出的也许要算在理论中贬低寓意的诗人柯勒律治的名诗《古舟子咏》。航海主题在古典文学、古英诗和地理大发现后的英语文学中都十分流行，但古舟子经历的可怕航行十分神秘，充满灾难、死亡和超自然的诡异。古舟子射杀一只刚拯救他们于危难之中的信天翁，使海船和全体水手陷于绝境。在一艘突然出现的诡异船上，两个拟人化人物"死亡"和"死中之生"（Life in Death）经掷骰子决定所有水手死亡，而对古舟子的惩罚更为残酷：他永远不得死亡，必须在世界各地像鬼魂一样游荡，无休止地向人们讲述他那可怕的故事。

生不如死的古舟子寓指《圣经》里杀死弟弟亚伯而被上帝打上记号永远在世界各地流浪的该隐和因为在耶稣受难之时奚落救世主而被处罚永远流浪直到世界末日的犹太人（the Wandering Jew）。在此层面上看，古舟子毫无理由地射杀信天翁根源于人的原罪。在另一层面上，古舟子射杀前来帮助水手们的信天翁实际上违背了人与自然之间相互依存的关系并破坏了宇宙秩序因而招致天谴。因此，《古舟子咏》还寓意当时工业革命对大自然的严重破坏。在热爱自然的浪漫诗人看来，工业革命对大自然的掠夺和破坏不是为人类生存，而是出自人性中根源于原罪的骄傲和贪欲。因此，诗作也间接表达了对理想的人与自然的和谐关系的渴望。当时许多浪漫派诗人如华兹华斯、布莱克都以各种方式表达了这种观点。

不仅在英国，美国文学的浪漫时代也出现了不少寓意作品。其中霍桑的长篇《红字》和《玉石雕像》中有突出的寓意内容，而著名短篇《好人布朗》、《拉伯西尼医生的女儿》等则是典型的寓意故事。尽管爱伦·坡同歌德和柯勒律治一样贬低寓意模式而颂扬象征，然而受寓意文学传统影响，他的一些故事和诗歌同歌德和柯勒律治的一些作品一样也明显具有寓意色彩。比如，《威廉·威尔逊》寓意人格分裂，在艺术形式上属于《心灵之战》和中世纪道德剧传统，只不过坡不是从善恶斗争而是从人格分裂的角度来寓意人的内心冲突。麦尔维尔的后期小说，包括《白鲸》，寓意色彩也很明显，但《骗子的化装表演》最具寓意性。该小说的故事发生在一条从圣路易斯到新奥尔良的船上，时间是1857年的愚人节（也是小说的出版之日），游船具有讽刺意味地取名为"诚实号"。在船上，一个骗子不断改头换面，以不同面目运用巧妙伎俩和关于人性、善良、进步、天命的各种动人语言骗取人们的同情与钱财。骗子的不同面目和船上的许多人明显寓指当时美国政治圈内和文化界一些名人。如同乔叟笔下的香客们寓指14世纪的英格兰社会一样，"诚实号"轮船成为19世纪内战之前纷繁复杂的美国社会缩影。因此，《骗子化装表演》往往被解读为社会或政治寓意作品。但"诚实号"也可寓指整个人类社会，船上人是人类的缩影，因此小说可以被看作是一部具有形而上意义的道德寓意小说。

　　在美国作家们致力于创作美国式浪漫故事之时，英国维多利亚时代的小说家们总的来说更关注社会现实而不特别热衷于寓意模式。但也有一些作家使用寓意内容和手法。历来备受青少年读者喜爱的小说《爱丽丝漫游记》运用中世纪梦幻寓意形式，以丰富的想象和引人入胜的情节讽喻了维多利亚时代的政治、教育、风俗和价值观念。王尔德唯一的小说《多林·格雷的画像》构思巧妙，小说中日益堕落的主人公格雷外表永远年轻而其画像却不断衰老变丑，寓意他的堕落历程。这部作品寓意维多利亚社会的道德虚伪和道德腐败，同时也寓指唯美主义的一个悖论：如格雷毁灭其画像竟成为他自杀的结局表明，试图永远保持远离生活违背生命规律的"美"最终只会既破坏生命也毁灭美。这或许反映出王尔德本人对唯美主义的反思。另外，史蒂文森的著名小说《化身博士》受爱伦·坡的《威廉·威尔逊》影响，将人性中的善与恶分别拟人化为杰克和海德，以寓意方式探索和表现双重人格和善恶冲突。

　　维多利亚时代的诗人们与同时代的小说家不同，他们更致力于精神和道德探索，因此也更多地继承和发展了英语寓意文学传统。桂冠诗人丁尼生以亚瑟王传奇为题材的长篇诗作《国王叙事诗》（*Idylls of the King*）具有明显寓意色彩。丁尼生解释说："我总是用亚瑟王来寓指灵魂，用圆桌来寓指人之激情与能力。"[1]也就是说，寓意灵与肉的冲突是诗作主要创作目的之一，而这在追求财富与消费的维多利亚时代很有现实意义。丁尼生的《莎洛女郎》（*The Lady of Shalott*）以深爱圆桌骑士兰斯洛的洛莎女郎之悲剧寓指维多利亚时代被禁锢在家庭的妇女们之命运。勃朗宁的名诗《罗兰骑士曾来寻黑暗之塔》（"Childe Roland to the Dark Tower Came"）取材于中世纪法语史诗《罗兰之歌》，描写骑士罗兰前往黑暗之塔。这首诗意义晦涩，据作者说，它根源于一个梦，他创作该诗

1　转引自Frederick S. Boas, *From Richardson to Pinero* (London: Murray, 1936), p. 212.

时没有觉得有寓指。诗作描写罗兰在前往黑暗之塔途中的思绪和可怕经历。然而，他路途上的遭遇大多产生于他的想象或幻觉，实际上寓意他灵魂深处的困惑甚至黑暗。他前往黑暗之塔的旅程犹如康拉德那部同样具有明显寓意色彩的中篇《黑暗之心》里的非洲之行一样，实际上是深入灵魂深处的旅程。两位主人公在灵魂深处看到的都是黑暗和恐怖，而勃朗宁诗中那座神秘的黑暗之塔便是其象征。

20世纪是英语寓意文学在中世纪和文艺复兴之后又一个高潮。在传统价值观念解体，社会危机加深，政治动荡和国际冲突加剧的大环境中，寓意文学因其表现手法丰富、意义深刻而且针对性特强而备受现当代文学家青睐，从而在所有主要文学体裁中都获得全面发展。关于现代寓意，希利斯·米勒指出：其"特殊性质……并不在于引进一种独特的、在此之前从未听说过的寓意观念，而是在那种以不同形式在所有历史时代都一直存在的寓意理论与实践之内对其有效空间的特殊运用。"[1]也就是说，现代寓意的特别之处是在现代特定语境中对传统寓意的创造性运用，以便最有力也最巧妙地探讨和表达现代人最关注的问题。

叶芝是现代最重要的英语诗人之一。米勒指出了叶芝诗作中的一些寓意色彩，并认为："叶芝一生的所有诗作都是由自然意象与寓意象征之间不可调和的对立引发的。"[2]正因为如此，叶芝的诗作具有特别的深刻性和多义性。他的许多诗歌，如名诗《驶向拜占庭》，使用了象征寓意手法来表达现代人在传统价值观念解体物欲横流的世界里的精神追求。他的剧作《侯利汉的女儿凯瑟琳》（*Cathleen ni Houlihan*）将凯瑟琳塑造为爱尔兰民族精神化身，作品寓意爱尔兰反对英格兰殖民主义的斗争。另外一位重要英语诗人艾略特的《荒原》、《四重奏》等诗作里也都有寓意色彩，他的诗剧《家庭重聚》模仿古希腊悲剧之父埃斯库罗斯的《俄瑞斯忒亚》，是一出用家庭诅咒寓意人类原罪和救赎的现代道德剧。

现代寓意剧作与现代社会的文化、精神和政治生态特别密切。奥尼尔的《毛猿》寓意现代人精神上的异化，而他的另外一部剧作《大神布朗》则寓意人格的多重性以及因此而造成的人格分裂和悲剧。它们都深刻揭示了现代人的精神困境。亚瑟·米勒的名作《炼狱》以发生在17世纪末的撒勒姆审巫案为题材，用当年清教徒对所谓巫人的残酷迫害来寓指二战后美国麦卡锡主义的反共狂热，是当时最著名最有影响的政治寓

---

1 J. Hillis Miller, "The Two Allegories," in Bloomfield, pp. 361-62.
2 Miller, "The Two Allegories," p. 365.

意剧，具有特别突出的现实意义。20 世纪中期出现的荒诞剧以其独特的内容和形式极为深刻地寓意现代人的精神危机和困境，是寓意传统的重要发展。贝克特的《等待戈多》和《终局》、阿尔比的《谁怕弗吉尼亚·伍尔芙？》、《小爱丽丝》等都是英语文学中极具震撼力的寓意作品。

在现当代，具有寓意性质或内容的小说不胜枚举，且主题广泛，涉及政治、社会、道德、教育、科技、宗教、战争等现代世界的几乎所有重要方面。奥德茨的剧作《金男孩：一个现代寓意》是一部寓指美国梦破灭的社会寓意作品。著名学者兼小说家 C. S. 刘易斯的科幻作品《宇宙三部曲》以宇宙为背景，在广阔的太空演绎善与恶的永恒冲突。主人公兰塞姆（英文 Ransom 原意为赎金或救赎）是救赎的拟人化人物，寓指耶稣。威尔斯的科幻小说《时间机器》揭露和批判现代社会中严重的阶级分化和阶级剥削。海明威的著名小说《老人与海》是一个现代寓言，是存在主义寓意名篇，它寓意"上帝死亡"之后，人孤独地生活在宇宙中，只能依靠自己。康拉德的《黑暗之心》则寓意帝国主义者在殖民掠夺中的道德堕落与灵魂深处的黑暗。

英国诺贝尔奖作家威廉·高尔丁的《蝇王》在毁灭性战争的大背景中将一群天真的儿童放到伊甸园般的海岛环境里考察和表现他们在没有外部干预的情况下如何堕落，从而探讨人性中的善恶冲突。小说中孩子们的堕落过程寓意原罪观和演绎基督教意义上人类社会中恶的产生与发展史。同时，小说也可以解读为关于独裁与民主的政治寓意作品。不过，20 世纪最著名的政治寓意小说是奥威尔的《动物园》和《1984》。这两部寓意小说在现代语境中以既独特又传统的寓意手法揭露和谴责了反民主反人类的独裁统治及其危害，现实意义特别深刻。美国黑人女作家莫里森思想深邃，文学手法特别高超和丰富。她的《天堂》是一部有深刻现实意义的政治和社会寓意小说。作品通过对一个由黑人建立的乌托邦社区的描写谴责了种族主义和男权社会。特别值得赞赏的是，在莫里森看来，人性没有黑白；而种族主义，不论黑白，都必须批判。同她的另一部杰作《所罗门之歌》一样，《天堂》深刻揭露和强烈谴责了所有形式的种族主义。

同样具有特殊现实意义的是福克纳的长篇小说《寓言》。其实，福克纳在另外一些小说如《喧哗与骚动》、《八月之光》和《下去，摩西》里也使用了寓意手法，但与它们不同，《寓言》是直接作为寓意小说创作的。这部花费作者 10 年精力、创作过程极为艰难的小说虽然未被评论家们放入福克纳最杰出的作品之列，但它具有特殊意义，反映出作者对人类和现代社会特别深邃的洞察力。小说以第一次世界大战为背景，时间是耶稣受难周（the Passion Week），主人公是一个有 12 "门徒"的下士。为拯救世界于战火，他带领门徒一度在炮火连天的战场上缔造了短暂和平。同耶稣一样，他出生在马厩；也同耶稣一样，他和两个盗窃犯一道在星期五被处死。小说中另外还有大量寓指耶稣故事的内容、人物和细节。从表面上看，这是一部反战小说，但小说的意义超越了反战，它全面反映了现代人的道德堕落和现代世界的精神危机，并体现了福克纳对人性的深刻洞见：如果耶稣今天再次降临，人们会立即将他再钉回到十字架上。

从上面十分简略的追溯可以看出，自盎格鲁-撒克逊时代起，寓意文学就一直是英语文学的核心组成，它取得了不朽的成就，形成了深厚的传统，而且它总是能同各时代人们特别关注的问题和各时代的时代精神最有效地结合在一起。因此可以预见，它一定会在新的社会文化语境中不断发展，产生出更多传世佳作。同时，上面这些杰出作品思想内容上的丰富深邃和艺术手法上的精彩纷呈也反映出，它们都在特定的语境中容纳了各种文学传统，广泛采用了各种艺术手法，创造性地拓宽了寓意文学的领域并给英语寓意文学传统不断注入新的活力。不仅寓意，所有传统或流派，都必须相互借鉴包容。这实际上是文学创作和文学发展的本质性规律。没有任何一部杰作完全属于某一传统，任何时代的不朽之作都是许多文学传统共同的产物。在流芳百世的文学杰作中，我们不可能找到一部"纯粹"的现实主义小说，或者"纯粹"的寓意作品。同样，没有一个伟大的文学家只属于一个流派，否则他绝不可能伟大。只有当一个文学家广泛容纳各种传统，熟练运用不同流派的手法，他才能尽可能全面反映丰富的现实，表现时代的精神，揭示复杂的人性和进行深刻的精神探索，从而创作出真正杰出的作品。

英美文学中的戏剧性独白传统

戏剧性独白（the dramatic monologue）是英美诗歌的一种重要形式，并且几乎为英语文学所独有。[1]中世纪中后期，在现代英语诗歌传统开始形成之时，它就已经出现。在后来英诗发展的各阶段，也都有诗人运用这种独特的形式创作出许多著名诗篇。到了维多利亚时代，戏剧性独白的创作蔚为大观，成为当时最为突出最具生命力也取得最高文学成就的诗歌形式。自那以后，这种诗歌体裁因其特有的手法和艺术效果，广为英美诗人喜爱。在20世纪，不仅许多主要英美诗人都使用过这种诗歌形式，而且它对小说也产生了深刻影响。经过几百年发展，戏剧性独白已经在英美文学中形成了一个影响广泛、成就突出的传统。

不过戏剧性独白这个术语的历史并不长，甚至连这一体裁最杰出的代表诗人罗伯特·勃朗宁（Robert Browning）也从未使用过，尽管他有四部诗集的书名引人注目地使用了"戏剧性"这个定语。据学者考证，该术语第一次出现在1857年，也就是这种体裁创作的高潮期，而且首创该术语的诗人索恩伯里（George Thornbury）就深受勃朗宁影响。他把他那年出版的诗集《骑士与圆颅党人之歌》（*Songs of Cavaliers and Roundheads*）里的一些诗作称之为"戏剧性独白"。[2]在随后10多年里，这个术语被个别评论家在杂志上零星使用，但影响不大。1886年，桂冠诗人丁尼生（Alfred Tennyson）在其著作《六十年后的洛克斯勒

---

1 伊丽莎白·豪在她研究戏剧性独白的专著中说："在英美文学之外，人们只发现个别戏剧性独白的例子。在俄罗斯、意大利、西班牙和法国文学中，这种形式实际上是不存在的。"引自 Elisabeth Howe, *The Dramatic Monologue* (New York: Twayne, 1996), p. 24.

2 参看 A. Dwight Culler, "Monodrama and the Dramatic Monologue," *PMLA*, vol. 90, no. 3 (1975), p. 366.

宫》（*Locksley Hall Sixty Years After*）的献词里，称这部诗作为"戏剧性独白"。丁尼生在诗界的崇高威望使这个术语具有了权威性，评论家布鲁克（Stopford Brooke）随即在专著《丁尼生——其艺术与现代生活之关系》里，用它作为其中一章的题目。该书在 1894 年出版；3 年后，多布森（Austin Dobson）再版他的《英国文学手册》时，将这一术语收录其中。于是，"戏剧性独白"终于正式成为一个广为使用的文学术语。[1]

虽然戏剧性独白已被广为使用，而且是研究勃朗宁、丁尼生以及 20 世纪英美诗歌不可或缺的术语，但关于它的定义，在长时期内，评论家们的意见大相径庭，其涵盖范围因此也差别很大。有些人，特别是早期评论家，以勃朗宁的某些诗作，比如《我的前任公爵夫人》（"My Last Duchess"）为标准，认为戏剧性独白使用口语，有特定时间地点，第一人称说话者身份明确，并非诗人自己，其性格为自己的话语所刻画，他的独白有一个沉默但在发挥着影响的听众，读者对说话人具有一定同情，但在说话人对自己的看法和作者对他暗含的评判之间存在相当距离，等等。[2] 这些的确是许多戏剧性独白，特别是勃朗宁的一些诗作的突出特点，但如果以此为衡量标准，不仅包括丁尼生的许多诗篇在内的大量为人们公认的戏剧性独白将被排除在外（比如丁尼生就基本不使用口语），而且就连勃朗宁本人的一些戏剧性独白也难被认同（比如他的名诗《波菲利娅的情人》就没表明存在一个沉默的听众）。

另外一些批评家，受新批评"意图谬论"观点影响，割断作品同作家的联系，认为诗作里的"我"不是作者，因此任何一部诗作，包括所有的抒情诗，在一定意义上讲，都是"戏剧性"的。从这种观点出发，新批评派代表人物之一的兰塞姆甚至认为，任何一首抒情诗都"可以被说成是戏剧性独白"。[3] 显然这种观点很难让人接受。问题的关键是，抒情诗里的"我"和戏剧性独白里的"我"，在同作者的关系上，有无本质区别。

应该说，戏剧性独白的基本性质是在这两个极端之间。其实，戏剧性独白这个术语本身就很好地揭示了这种诗体的性质。戏剧的根本特征就是剧作家引退，让台上人物自己表演；而独白则是第一人称说话人直接讲述，比如抒情诗。因此，戏剧性独白实际上是"抒情与戏剧性的结

1　参看 A. Dwight Culler, "Monodrama and the Dramatic Monologue," *PMLA*, vol. 90, no. 3 (1975), p. 366.

2　参看 Alan Sinfield, *Dramatic Monologue* (London: Menthuen, 1977), p. 3.

3　John Crowe Ransom, *The World Body* (New York: Scribner's, 1938), p. 325.

合"，它是用"戏剧性的视点和客观的手法来对灵魂进行探索"。[1]勃朗宁的第一部包括重要戏剧性独白的诗集以《戏剧性抒情诗》（*Dramatic Lyrics,* 1842）命名，说明他一开始就抓住了这种诗体的独特性质。

勃朗宁是最早明确揭示戏剧性独白的性质的人。尽管他从未使用过这个术语，但没有任何一个诗人像他那样对"戏剧性"情有独中。他在四部诗集的书名中使用了"戏剧性"这个定语：《戏剧性抒情诗》、《戏剧性浪漫传奇和抒情诗》（*Dramatic Romances and Lyrics,* 1845）、《戏剧性代言人》（*Dramatic Personae,* 1864）和《戏剧性田园诗》（*Dramatic Idyls,* 1879）。勃朗宁这样突出地反复使用"戏剧性"表明，他使用这个术语决非偶然，而是对自己诗歌的性质确信无疑。早在1842年，他为《戏剧性抒情诗》的发行而写的广告词就把戏剧性独白的性质说得很明白。他说，这些诗作"虽然在表达上（in expression）大体来说是抒情的，但在本质上（in principle）却总是戏剧性的"，因为那些第一人称说话人的话语是诗中"虚构人物所说，不是我说的。"1868年这部诗作再版时，他把这段话写进了"序言"。同年，在谈到早期作品《鲍琳》（*Pauline*）时，他又引用这一段话，并说该书是他在这方面"做的第一个尝试"。[2]他一再使用这一段话，表明他确信这段话准确表达了他关于戏剧性诗歌的观点。他这个观点一直没有改变。在他创作生涯后期，在谈到《戏剧性田园诗》时，他更明确地说，"我的这些[田园诗]被认为是'戏剧性'的，因为其故事是由里面的表演者（actor），而不是由诗人自己所讲述。"[3]

所以，戏剧性独白与抒情诗之间的根本区别在于诗中说话人的身份。如果诗中有证据（比如姓名、身份、性别、时代与地点等）或起码有迹象（比如在道德观念、情况掌握等方面同作者存在距离）表明说话者不是诗人自己，那它就是戏剧性独白，否则就是抒情诗。不同时代和不同诗人笔下的戏剧性独白各有特点，而这却是它们之间"唯一的共同点"。[4]这个"共同点"正是戏剧性独白的本质，其他特点都根源于此。

戏剧性独白的首要特点是客观化。诗里的说话人以第一人称身份讲述，自然表现其主观性（subjectivity），但那不是作者的主观性。说话人与作者分离，犹如置身戏台的人物，其形象和话语，乃至他的主观性，

1　Adam Roberts, *Robert Browning Revisited* (New York: Twayne, 1996), p. 36.
2　参看 Donald S. Hair, *Browning's Experiments with Genre* (Toronto: U of Toronto P, 1972), p. 11.
3　转引自 Culler, "Monodrama and the Dramatic Monologue," p. 366.
4　Howe, *The Dramatic Monologue*, p. 3.

都被客观化了。因此戏剧化在本质上就是客观化。只要说话人为诗中人物，那么即使他在思想感情上和作者相当一致，这首诗也是戏剧性独白。比如，艾略特的《普鲁弗洛克的情歌》被公认是戏剧性独白，就因为其说话人是普鲁弗洛克。虽然作者后来在1962年承认，他就是普鲁弗洛克的原型，但那并没有改变这首诗的性质。

其次，由于在戏剧性独白里，说话人与作者存在距离，读者的理解同诗中说话人的观点自然也相应存在差距，这也是戏剧性独白一个基本特点。诚如新批评家们所说，抒情诗里的"我"不一定就是诗人自己，但抒情诗里同样也没有表明他不是诗人。伊丽莎白·豪指出，正是抒情诗里"我"的这种"模糊性"，不仅使他可以和作者等同，而且使读者也能和他认同，于是他成了具有"普遍意义的我"。[1]然而戏剧性独白里则没有这种"模糊性"。不论是丁尼生的尤利西斯，波菲利娅那没有姓名的情人，乔叟的巴思妇人，还是弗罗斯特的"仆人"，或者蒲伯的埃罗莎，显然都是诗中人物。读者可以对他们进行欣赏，甚至寄予同情，但不会像阅读抒情诗那样与之认同。

第三，由于说话人同作者分离，我们在诗中能听到两种不同的声音，即说话人的声音和隐含作者通过说话人的话语以各种方式间接但必然表达出的代表作者的声音。所以戏剧性独白里的话语是巴赫金所说的那种"双重声音话语"（double voiced word）。[2]比如在《我的前任公爵夫人》，或者罗伯特·彭斯的《威利神父的祷告》，或者罗伯特·洛威尔的《爱德华兹先生与蜘蛛》等诗里，我们不仅听到说话人自己的声音，而且还能隐约听到隐含作者对说话人的间接评判。不过需要指出，与抒情诗里不同，作者的声音不是直接表达的，也不具有那种权威性，它隐藏在第一人称说话人的话语里，在同第一人称说话人进行着巴赫金所说的那种"微观对话"（micro dialogue），并暗地里颠覆着他的话语，但又不把自己的观点强加给诗作，这样就为解读诗歌留下广阔的想象空间。所以戏剧性独白的一个显著特点就是解读的多元和意义的难以确定。从乔叟的《巴思妇人的引言》到艾略特的《普鲁弗洛克的情歌》，戏剧性独白的这个重要特点存在于各时期的作品中。罗伯特·兰邦在他那部研究戏剧性独白的名著《体验性诗歌——现代文学传统中的戏剧性独白》里把戏剧性独白意义上的不确定性归根于传统权威文化体系的解体，特别是启

1　Howe, *The Dramatic Monologue*, p. 6.
2　参看 Howe, *The Dramatic Monologue*, p. 8.

蒙运动所造成的"事实"（fact）与"价值"（value）之间的分离。[1]尽管兰邦在书里讨论的是维多利亚时代和现代的戏剧性独白，但我们下面将谈到，乔叟能在14世纪创作出特点鲜明的戏剧性独白，在一定程度上也根源于中世纪权威意识形态的解体。

戏剧性独白的第四个显著特点是人物形象的塑造。在浪漫主义抒情诗里，说话人直抒胸臆，重思想和情感表达；而在戏剧性独白里，由于说话人及其话语都被戏剧化，因此他不仅是作为说话人，而且更是作为人物出现在诗里，所以他的话语不仅在表达他想传递的信息，同时也反过来揭示、塑造他自己的性格。所以在许多独具特色的戏剧性独白里，最精彩的往往不是说话人的话语的内容，而是他的性格在无意间的暴露，他内心世界的微妙变化，以及他灵魂深处连他自己都不愿面对或者不知道的隐秘的悄然揭示。比如，正是说话人自己的话语，揭露了公爵的骄傲与残忍，清教徒爱德华兹的狂热与偏执，以及威利的虚伪与狂妄，从而实际上把他们塑造成与他们自己心目中完全不同的形象。由于戏剧性独白是通过说话人自己的话语，通过揭示他的内心世界来微妙地塑造人物性格，因此戏剧性独白特别注重心理探索和心理表现。勃朗宁曾在一封信里说，"除了与心灵发展相关的事外，其他没有什么值得研究。"[2]正因为如此，在戏剧性独白这个术语流行之前，这种诗歌通常是被称为"心理独白"（psychological monologue），而勃朗宁则被看作是"心理诗人"。[3]

这里特别强调以上几点，不仅因为它们是戏剧性独白的基本特点，而且还因为它们同现代文学思潮特别合拍，从而使戏剧性独白成为广受现代英语诗人喜爱的形式，产生了丰硕的成果，甚至还深刻影响了现代英美小说，并成为英美文学中的一个重要传统。

这样一个成果丰硕的诗歌形式和影响广泛的文学传统的产生和发展不可能是偶然的，不可能没有深厚的历史、社会、文化和文学根源。虽然戏剧性独白辉煌于维多利亚时代，但作为英语诗歌的一种形式，它的

---

1 参看 Robert Langbaum, *The Poetry of Experience: The Dramatic Monologue in Modern Literary Tradition* (New York: Norton, 1957).

2 转引自 Hugh Skyes Davis, *Browning and the Modern Novel* (np: Univ. of Hull Publications, 1962), p. 9.

3 Howe, *The Dramatic Monologue*, p. 24.

历史可以回溯到中世纪中后期现代英语文学奠基之时，[1]而它的文学之根甚至可以追溯到古希腊罗马和古英语诗歌。如果仔细考察戏剧性独白的历史，我们可以发现，它的产生和发展与社会、文化的深刻变革有一定关联。由于它特别突出人物的塑造，特别重视人物内心的展示，因此毫不奇怪，它发展史上的几个重要时期都是旧的社会秩序和意识形态处于解体之中，新的思想，特别是人文主义思想大为活跃的时代。

根据记载，古罗马学校里有一种叫"模拟"（prosopopeoia）的训练辩才的方法。受训者模拟某一特定人物进行演说。在演说时，他必须忘掉自己，而牢记模拟对象的地位、成就、性格和习惯，完全进入角色，尽可能做到惟妙惟肖。在欧洲一些学校里，这种方法一直延续到19世纪。[2]这种训练方法也影响到罗马文学以及后来的欧洲文学。另外，古典文学中的两种重要诗体：怨诗（complaint）和书信体诗（epistle），也具有明显的戏剧性。这三种形式都对后代英语文学中的戏剧性独白产生了深刻影响。

怨诗是一种很古老的诗体。它往往以某一特定人物之口表达因失恋、相思、死亡或离别引起的痛苦和哀怨。它可以回溯到古希腊时期，公元前3世纪的一些田园诗人，如忒俄克里托斯（Theocritus，301-245 BC），都写过怨诗。但在古典诗人中，维吉尔（Virgil, 70-19 BC）的怨诗最负盛名。书信体诗也是罗马时代的重要诗体。贺拉斯（Horace, 65-8 BC）的《诗简》（*Epistles*）用的就是书信体，其中一些是以别人的口吻写成。不过古典时代在书信体诗上取得最高成就，对后世影响最大的是奥维德（Ovid, 43BC-18 AD）的《女杰书简》（*Heroides*），里面全是假借古代著名女性给自己的丈夫或情人写的信，如珀涅罗珀写给尤利西斯、蒂多写给伊涅阿斯、得伊阿尼拉写给赫拉克勒斯，等等。她们在信中倾诉自己的思念、爱情、被抛弃的痛苦，或者抱怨命运的无常。这些信也反映出她们各自不同的遭遇和性格。

戏剧性抒情诗歌繁荣于古罗马，特别是所谓罗马文学的"黄金时代"，即奥古斯都时代，不是偶然。当时罗马从共和转向帝制，社会正经历剧烈变革。传统秩序的崩溃、社会的动荡、频繁的战争，都猛烈冲击人们的生活、思想和情感。在具有深厚人文主义传统中创作的罗马诗人

1　现存英语文学作品中，具有戏剧性独白特点的最早诗作可能要算古英诗《夫之书》；但该诗没有在古英语时期（7-11世纪）之后流传，所以不能被看作是英语文学中的戏剧性独白传统的源头。

2　参看Sinfield, *Dramatic Monologue*, p. 42.

们，自然会深切关怀和倾力表现生活在这样的社会现实里的人们及其思想感情。上面提到的古罗马三位最伟大的文学家都生活在这个时代，他们的诗歌创作，包括他们运用戏剧性手法对人们的思想变化和内心感受所进行的表现与探索，是罗马人文主义文学的杰出成就，而且也是中世纪中后期和文艺复兴时代的人文主义文学的典范。

在漫长的中世纪，由于封建等级制和罗马天主教意识形态的双重控制，人文主义思想在欧洲没有得到多大发展，而在 11 世纪以前，由于欧洲长期处于冲突与战乱，文学的发展也受到很大影响。到了中世纪中、后期，由于城市发展，商业经济繁荣，"十字军"东征，科学技术的进步，古典人文主义思想的复兴等因素，欧洲又开始经历深刻的社会变革。特别是开始于 11 世纪末长达数百年的"十字军"东征，促进了基督教和伊斯兰两大文明的碰撞与交流，对欧洲社会、思想和文学的发展产生了极为深刻的影响。这不仅因为伊斯兰文明在当时远高于西欧的基督教文明，也不仅因为古希腊罗马的大量典籍正是在这期间在伊斯兰世界被"发现"，从而最终引发了把欧洲带领出中世纪的文艺复兴，而且还因为受伊斯兰文学中高度发达的抒情诗影响，欧洲文学史从此揭开了新的篇章。基督教文明同伊斯兰文明的碰撞主要是在两个方向："十字军"东征的东南方向和早在 8 世纪就已成为伊斯兰世界一部分的西班牙地区，也就是西南方向。正是在这两个方向的交汇点上，法国南部的普罗旺斯在 12 世纪出现了以人为中心、以爱情为主题的新诗运动（Troubadour poetry），它是欧洲现代文学史的开端。同时，这种对人的重新关注，为沉寂千年之久的戏剧性诗歌的复兴和发展创造了有利条件。

不过新诗运动虽然以人为中心，歌颂爱情，但新诗人们笔下的人物其实大都只是骑士美德的化身或者理想化的淑女形象，他们既没有塑造出个性化的人物，更没有进行深入的内心探索和表现。之所以如此，最根本的原因就是欧洲人的个性还没有得到发展，个人意识还没有真正觉醒。具有讽刺意味的是，刺激欧洲人的个人意识觉醒和发展的一个直接而且最重要的因素恰恰是试图控制人们思想和感情的罗马天主教教会。

在"十字军"运动掀起的宗教狂热中，教会进一步加强了对社会和人的控制，并于 1215 年在罗马召开了基督教历史上意义重大的第四次拉特兰公会。会议决定，每个基督徒每年必须至少做一次忏悔。这样，教会就把它对社会生活的监控深入到对人的内心世界的控制。但具有悖论意义的是，这种对人的思想和灵魂的控制因为强调人的内心自省反而刺激了西欧人个人意识的觉醒。福柯在《性经验史》里对拉特兰公会关于忏悔的决定对欧洲社会所造成的巨大影响进行了深入分析。他认为，从医学到法庭，从恋爱到家庭关系，从日常生活到最庄重的仪式，忏悔的影响无所不在，"从此，西方社会成为一个特殊的坦白社会。"在这样的社会里，"'坦白'就是一个人确认自己的行为和思想，"因此"坦白真相已经内在于权力塑造个体的程序之中"。[1]

忏悔以上帝的名义迫使人们内省，分析自己的内心世界，考察自己的灵魂，结果却成为"塑造个体"的因素，促进个人意识的发展，这在西方思想史上具有重大意义，同时也深刻影响了西方文学的发展。在这之前的中世纪文学里，几乎没有真正的内心活动。文学因受忏悔影响而发生的重大变革就是对人内心的关注，对人无限复杂的内心世界的探索和对灵魂中难以捉摸的矛盾与冲突的揭示。福柯注意到忏悔给文学带来的这种深刻"变化"。他说："人们从以英雄叙事或'考验'勇敢和健康的奇迹为中心的叙述和倾听的快感转向了一种以从自我的表白出发无止境地揭示坦白无法达到的真相为任务的文学。"[2]也就是说，以英雄史诗、骑士传奇和宗教奇迹故事为核心的中世纪文学在那之后逐渐转向以人、以无止境地探索人的内心世界为中心的现代文学。这种"内向化"可以说是罗马帝国崩溃后西方文学最具革命性的变革。需要强调的是，忏悔对文学最深刻的影响并不仅仅表现在人物"坦陈"心扉这一表面层次上，而更在于人的自我意识的觉醒，内心的剖析，以及复杂性格的塑造。

这种变革在14世纪意大利文学中突出地表现出来，而意大利新文学随即又深刻影响了理查德二世时期乔叟的创作。在那之前，欧洲文学以法国宫廷文学为主流，而宫廷文学延续新诗运动传统，以骑士精神同宫廷爱情相结合而产生的抒情诗和浪漫传奇为核心。宫廷文学是高度程式化的文学，它虽然在使欧洲文学从宗教文学转向世俗文学的发展中功不可没，但它在相当程度上忽略了探索人的内心世界和塑造性格丰富的人物形象。宫廷文学虽然也深刻影响了意大利文学，但14世纪兴起的意大利新文学在发轫之时就有幸受到古典文化和天主教忏悔传统两方面的重大影响。在13世纪末，在佛罗伦萨等意大利城市里，都各有一小批青年知识分子非正式地聚在一起，研读和讨论古希腊罗马的典籍。但丁就是其中最杰出的人物。他们被洋溢在古代文明里的人文主义思想所激动，开始把这种以人为中心、关注现实生活的思想表达在自己的著作和艺术

---

1 米歇尔·福柯：《性经验史》，佘碧平译，上海人民出版社，2000年，第43，44页。

2 同上，第44页。

品里，[1]其主要表现就是对现实生活和现实中的人更加关注。同时，在13世纪初拉特兰公会之后，忏悔被制度化。随即，阐述忏悔的意义和指导如何进行忏悔的书籍、小册子和文章大量涌现，并程度不同地影响到意大利和其他西欧各国的文学，其影响主要表现在对人自身的关注和人物性格的内向化和复杂化。忏悔在这方面的影响之所以能在意大利文学中首先特别突出地表现出来，一个主要原因就是因为古典文学及其人文主义思想正在改变着意大利文学，使文学家们更加关注现实和现实中的人，而忏悔的影响也反过来加强了这种关注，特别是对人的内心世界的关注。

我们只要把作为宫廷文学主流的浪漫传奇同14世纪意大利文学相比较，就不难看出古典文化和忏悔传统对意大利文学的深刻影响。在法国宫廷文学的代表作品里，不论是在特鲁瓦所创作的5部（一部未完成）亚瑟王及其圆桌骑士的系列传奇（12世纪），还是在那部被刘易斯认为其影响在中世纪位列第三的《玫瑰传奇》（13世纪）里，[2]诗人都把目光投向遥远的过去和其他国度以突出其异国异时情调，也就是强调其浪漫性和传奇性，或者将人物直接投放到虚无缥缈的想象世界里。这些浪漫传奇更重视理想价值观念如骑士精神的表达，而非人物性格的塑造。它们所表达的情感是高度形式化、程式化、理想化的宫廷爱情，而非现实生活中青年男女的真情实感。

尽管但丁、彼得拉克和薄伽丘都深受宫廷文学影响，但与宫廷诗人相比，他们更关注当时当地的现实和现实中的人，包括他们自己。首先，不论是但丁的《神曲》还是薄伽丘的《十日谈》都深深植根于意大利的社会现实。其次，但丁和彼得拉克比以往的诗人更直接地表现了自己的爱情和细腻地揭示了自己的内心感受。《神曲》不仅仅描写了诗人在天堂地狱漫游，它更是诗人的内省，是诗人对自己多年的经历、感情生活和所卷入的各种社会、政治、宗教和思想方面冲突的回顾、审视和探索。薄伽丘也许是14世纪意大利最杰出的人文主义作家。他显然也受到忏悔传统影响。《十日谈》的第一个故事就是关于一个天主教徒如何利用临死前的忏悔把自己成功地塑造成一个圣徒。然而他的临终忏悔，他的话语却生动地暴露出他的奸诈。《十日谈》里大量的内心活动是拉特兰公会以

1　请参看John Learner, "Chaucer's Italy," in Piero Boitani, ed., *Chaucer and the Italian Trecento* (Cambridge: Cambridge UP, 1983), p. 25.

2　请参看C. S. Lewis, *The Allegory of Love: A Study in Medieval Tradition* (Oxford: Oxford UP, 1936)。位列第一和第二的是《圣经》和波伊提乌的《哲学的慰藉》。

前的欧洲文学作品里所没有甚至不可能有的。可以说，14世纪意大利文学在揭示人的内心世界方面的成就标志着欧洲人个人意识的重大发展，而天主教的忏悔传统在这个进程中起了关键作用。

忏悔在中世纪西方文学中造成的深刻变革在英国文学中最为突出，而现代戏剧性独白在英国产生和发展既是这种变革的标志也是后来英国文学，包括文艺复兴时代英国戏剧的辉煌成就的一个重要根源。英国现代文学传统形成于14世纪后半叶的乔叟时代，而14世纪意大利文学，同法国宫廷文学一样，对理查德二世时代的"理查德诗歌"（Ricardian poetry），特别是乔叟的创作，产生了直接而重大的影响。当时英国正处于激烈变革之中，城市工商业的发展，平民地位的提高，议会作用的增强，旷日持久的百年战争，残酷的政坛斗争，造成了英国社会的剧烈动荡，并变革着封建等级制度。同时，各种宗教思想的冲突和宗教改革活动在英国风起云涌，比在当时欧洲任何其他地区都更为激烈。宗教改革运动的先驱威克利夫（John Wycliffe）及其罗拉德（Lollard）追随者严厉抨击教会，积极翻译《圣经》，阐释教义，要求改革，对长期受控于罗马天主教会的人们的思想带来强烈震撼。他们也因此被看作是后来欧洲宗教改革运动的先驱。他们所宣扬的一个重要的方面就是强调人的信仰、内省和人与上帝的直接关系。社会和宗教领域的深刻变革为英国人接受意大利文艺复兴的新思想和创建新文学创造了有利条件。正是在这样有利的大环境中，乔叟、朗格伦、高尔和其他文学家造就了英国历史上第一次文学大繁荣。

乔叟是现代英国文学传统的奠基人。他是中世纪文化的集大成者，同时也受到14世纪意大利新思想新文学的启迪。他至少两次出使意大利（1372年12月1日至1373年5月23日和1378年5月至9月），并主持伦敦港海关达12年，与他打交道的大多是意大利商人，而薄伽丘的"商业史诗"《十日谈》的主要读者就是以商人为主体的中产阶级。另外，1373年春他在佛罗伦萨时，恰逢当地学界正积极筹备由薄伽丘主讲《神曲》的盛事。正是在他回国之后，意大利文学的影响在他的创作中开始明显表现出来。70年代中后期是乔叟实验和探索英语诗歌艺术的关键时期，而他的探索和实验主要是在意大利文学，特别是但丁、彼得拉克和薄伽丘（稍后，在80年代）的影响下进行的，所以被学者们认为那是他创作生涯中的"意大利时期"。意大利文学对他的影响，特别是在人文主义、现实主义、性格塑造和心理表现方面，成为他奠定英国文学传统的重要基石和创作戏剧性独白作品的重要因素。

　　另外，天主教的忏悔传统也直接影响了他的创作，是使他成为当时欧洲最注重心理表现和探索的诗人的一个主要因素。乔叟明显受到威克里夫和罗拉德的影响。有学者推测，他甚至有可能因为他们共同的保护人兰开斯特公爵而曾见过威克里夫。[1]另外他还有几个罗拉德骑士朋友。威克利夫的思想在《坎特伯雷故事》里也有表现，书中的正面形象堂区长甚至被旅店老板戏称为"罗拉德"，而他那篇被香客们认为是给"故事会"做"总结"的故事用了大量篇幅论述忏悔。另外书中有些"引言"也表现出忏悔传统的影响。其实乔叟早在1360年代初创作的第一部主要作品《公爵夫人书》（*The Book of the Duchess*）就已经表现出忏悔传统的影响。沙阿夫在分析这部诗作与忏悔传统的关系时，认为乔叟创造出了一种"忏悔的或悔罪性的形式（confessional or penitential form）"。[2]在诗里，乔叟在两个层次上运用了忏悔的形式。在第一个层次上，第一人称叙述者，即做梦人，通过梦中的体验，实际上也就是内省，克服了多年的痛苦，重新开始生活。第二个层次更为直接：黑衣骑士通过回顾、陈述和体验其爱情经历，重新回到现实中去。由于受忏悔传统影响，乔叟能在许多方面超越宫廷爱情诗歌传统，并能塑造出更生动的人物形象和更真实地表现人物的内心活动。

　　乔叟的中后期作品在这方面更为突出。比如在他自认为最得意的作品《特罗伊洛斯与克瑞茜达》（*Troilus and Criseyde*, 1380-85）里，乔叟绝妙地表现了女主人公克瑞茜达在面临是否接受特罗伊洛斯的爱情时如何权衡利弊的内心活动，并极其深入细致在揭示出她离开特洛伊去希腊军营之前的复杂心情。克瑞茜达可以说是中世纪文学中第一个形象鲜明、性格复杂、自我意识充分发展的艺术形象，同现代小说里的人物相比也毫不逊色。正因为如此，著名的乔叟学者基特勒奇认为《特罗伊洛斯与克瑞茜达》是"世界上第一部现代意义上的小说"。[3]具有如此心理深度的人物的出现，如果没有人的自我意识的突出发展是不可能的。另外需要指出的是，乔叟受薄伽丘《十日谈》的影响，运用现实主义手法和叙事框架，将作者与叙述者分离，把香客和他们的话语戏剧化，在他创作戏剧性独白式作品方面也具有重要意义。

1　请参看 Nicholas Watson, "Christian Ideologies," Peter Brown, ed., *A Companion to Chaucer* (Malden, MA: Blackwell, 2000), p. 81.

2　R. A. Shoaf, "'Mutatio amoris': 'penitentia' and the Form of The Book of the Duchess," *Genre*, 14 (1981), p. 169.

3　George L. Kittredge, *Chaucer and His Poetry* (Cambridge: Harvard UP, 1915; rpt. 1970), p. 109.

　　其实，在英国文学家中，乔叟并非唯一受惠于忏悔传统的文学家，其他许多同时代诗人，如名著《农夫皮尔斯》的作者朗格伦，乔叟的朋友高尔，曾担任过伦敦市镇官员的托玛斯·乌斯克等，都程度不同地运用了忏悔的形式或者在表现人物的心理活动方面受到忏悔传统影响，其中最突出的要算高尔（John Gower）的诗作《情人的忏悔》（*Lover's Confession*）。在这部故事集形式的长诗里，高尔运用忏悔形式，让第一人称叙述者对爱神坦陈爱情经历和内心感受并进行自我剖析。以乔叟为代表的理查德诗歌的成就表明，作为个体的人的自我意识在中世纪英国文学中已经有了长足发展，这为戏剧性独白的产生创造了条件。

　　但忏悔传统对文学的影响主要是作品里主观意识上的发展。前面讨论过，戏剧性独白并不是对主观意识的直接表达，而是客观地或者戏剧性地表达主观意识。也就是说，戏剧性独白的产生与发展还有赖于创作手法上的戏剧化。乔叟是具有强烈戏剧性倾向的作家，有批评家认为他是碰巧生活在中世纪和碰巧写叙事诗的剧作家。他的《坎特伯雷故事》比许多剧作还更富戏剧性。其戏剧性首先表现在香客们的冲突中，同时诗人也像在剧作中那样巧妙运用香客们自己的话语戏剧性地揭示他们的性格和内心世界。乔叟在这方面的发展和成就，除受益于《十日谈》的叙事框架外，还深受古典文学影响。前面已经讨论过古罗马诗人在创作戏剧性诗歌上的贡献，而乔叟熟读维吉尔、贺拉斯，特别是奥维德，并把他们的诗作从内容到形式广泛用于自己的创作。从《公爵夫人书》到《坎特伯雷故事》，从形式到内容，他的每一部作品都表现出古典诗人的深刻影响。他还效仿古典诗人，写过一些怨诗，而他的《贞女传奇》里有许多故事就直接取材于奥维德的《女杰书简》。在《坎特伯雷故事》里，他把古典诗人的戏剧性手法融入自己的创作，利用香客们生动的话语塑造他们的性格和揭示他们复杂而充满矛盾的内心世界，从而把一些香客的独白式引子创作成为戏剧性独白这种新诗体。《巴思妇人的引子》和《卖赎罪券教士的引子》可以说是早期戏剧性独白的典范之作。

　　卖赎罪券教士的引子和故事在体裁上属于布道词，但教士在引子中现身说法，毫无保留地揭露自己各种欺骗行径，说出自己是如何贪婪无耻，所以他的引子显然运用了忏悔的形式。然而他并不是真的在悔罪，而是在宣扬。所以他的卑劣还不主要在于他所暴露出的无耻行为，而更在于他像勃朗宁的公爵一样对此津津乐道，洋洋得意。在理智上，他肯定明白，这样暴露自己的伎俩，必然会使他向香客们兜售赎罪券和"圣物"的企图无法得逞。然而他控制不住自己，他的本性在强制性地"要求"表现自己。正如福柯所指出,"作为我们自身秘密的真相'要求'的只是展示出来。"[1]这种"要求"可以说是几乎所有戏剧性独白的共同特点。一个多世纪以来,评论家们无法满意地解释为什么勃朗宁的公爵在谈判新的婚姻时,要把自己的傲慢、狭窄和残忍暴露出来,其实那正是因为这种他无法控制的"要求"在作祟。

与《卖赎罪券教士的引子》相比,巴思妇人那篇堪称女权主义宣言的引子更为精彩地表现出戏剧性独白的性质。巴思妇人的独白展示出她大胆、泼辣、毫不畏惧的反传统性格。她颂扬人性,为人的自然欲望大胆辩护。她揭露男权传统文化对妇女的歧视和污蔑,痛快淋漓,切中要害。特别是她借用伊索寓言里关于人和狮子的对话,揭露自古以来,男人掌握话语霸权,极尽污蔑妇女之能事,那更是千古绝唱,颇为当今女权主义者所称道。但她绝没想到,她自己洋洋得意地揭示出来的那些她对待5个丈夫的令人瞠目结舌的所作所为,恰好成为男权主义者反对女性的口实。同时,那也拉大了她和作者之间的距离,更加突出了她的形象和话语的戏剧性。在巴思妇人的独白里,我们可以听到人性的声音,压抑人性的宗教意识形态的声音,女权主义的声音,男权主义的声音,以及其他声音,而诗人却引退幕后,没有直接表达观点。所以具有悖论意义的是,她的独白成了多种声音的对白,从而进一步加强其戏剧性。这个引子以其丰富的内涵、高超的艺术以及生动的口语得到历代评论家高度赞扬。麦卡伦认为,作为一个杰出的戏剧性独白,它"不得不等上四个半世纪才能找到一个旗鼓相当的对手"。[2]

麦卡伦所说的"旗鼓相当的对手"自然是指勃朗宁的作品。这一看法基本上是正确的。不过,尽管要到勃朗宁和丁尼生手里,戏剧性独白才会取得超过乔叟的成就,但由于英语诗歌之父的巨大影响,戏剧性独白在英国文学中已经占有了一席之地,在随后的所有时代,都有诗人在进行创作。乔叟之后,戏剧性独白式诗歌主要是沿古典诗人开创的怨诗和书信体诗两个传统以及"幽默性口语独白"这一形式发展。[3]维吉尔等古典诗人的影响在中世纪也未中断,而理查德时期的诗人对他们的大量借鉴,以及文艺复兴时代对古典文学的大力推崇,都是14世纪以后英国

1　福柯:《性经验史》,第44页。

2　M. W. MacCallum, *The Dramatic in the Victorian Period* (London: Oxford UP, 1925), p. 7.

3　拙文下面关于怨诗、书信体诗以及"幽默性口语独白"的讨论受惠于Alan Sinfield的著作 *Dramatic Monologue*。

诗人继续效仿罗马诗人创作怨诗和书信体诗的重要因素。但近现代英国诗人在强调戏剧性因素并用它来塑造说话人的性格和揭示其内心世界方面，则明显超过了他们的罗马前辈。其原因可能就是因为乔叟在诗歌创作中突出戏剧性而取得的杰出成就和产生的重大影响以及天主教的忏悔传统引发的人之自我意识的发展。

　　在前期英国文学中，怨诗比书信体诗取得了更突出的成就。乔叟本人就写过几首怨诗。乔叟于 1400 年去世后不久，其崇拜者之一，15 世纪前期最负盛名的诗人莱德盖特（John Lydgate）的《王公们的败落》（*The Fall of Princes*, 1438）就采用怨诗体，用王公们为说话人，哀诉自己的败落和命运。作者不仅让他们讲述自己败落的经历，而且通过他们的讲述把自己的性格和内心感受也揭示出来。一百多年后，历经半个多世纪辑成的集子《执政者之镜》（*The Mirror for Magistrates*, 1559-1610）也大体沿着这个思路，它让那些败落者现身说法，好使后来者以史为鉴。但它成就更高，而且更突出了讲述的戏剧性。作品表现出作者与说话人之间明显的戏剧性距离，而说话人的性格、悔恨、惶惑、愤懑、错误或罪恶以及悲剧命运都在说话人自己的话语中戏剧化了。在这两部作品里，那些独白者都是真实的历史人物，但他们已经被塑造成艺术形象，而塑造他们形象的正是他们自己的话语。

　　随着文艺复兴的发展，英语戏剧性独白也进入新的阶段。文艺复兴运动的核心是人文主义，而人文主义为戏剧性独白的进一步发展创造了有利条件，怨诗的数量也在增加。著名诗人斯宾塞、莎士比亚、弥尔顿、马维尔等都写过怨诗。这时期的怨诗的一个突出特点是，许多诗人往往不用历史人物为说话者，这样诗人就有了更大的想象空间和更多的表达自由。莎士比亚的《情女怨》在这方面较具代表性。在诗里，说话人是一个受骗少女，她向老牧羊人哀诉自己如何被一个"虚情假意"的骗子，一个"靠着一件华丽的外衣"掩藏的"赤裸裸的妖魔"[1]欺骗而失身的经过。少女的独白不仅表达了她内心的悲痛，而且也表现出悲惨遭遇使这个曾经天真无邪的少女更加成熟。虽然学者们一般都把这首诗看作戏剧性独白，但它并非全是独白，在少女的独白之前还有一段框架性背景介绍。

　　在 18 世纪理性时代，诗人们更关注的是普遍人性，而非具体的个人；更关心的是人的理智，而非性格和情感；更关心的社会现实，而非

1　译文为黄雨石译，见《莎士比亚抒情诗选》，人民文学出版社，1988 年。

个人的内心世界。因此，新古典主义诗人对怨诗这种突出表现个人情感和内心感受的体裁自然不感兴趣。但怨诗不仅仍在继续出现，而且数量不断增加，不过它的发展主要是伴随着在18世纪中期浪漫主义运动的出现。所以理性时代的怨诗几乎都是浪漫主义诗人或具有浪漫主义倾向的诗人们的作品，它们自然也显示出浪漫主义特色。除了突出情感的表达外，这时期的怨诗还渲染异国情调，并特别喜欢使用印第安人或者黑人作为说话人。正如辛菲尔德所指出，这种倾向也表现出理性时代对普遍人性的关怀。[1]另外，说话人的这种特殊身份有利于在诗人和说话人之间造成戏剧性距离。威廉·科林斯（William Collins）的《波斯牧歌》（*Persian Eclogues*，1742）以波斯人为独白者。其中一首的独白者哈桑正在沙漠中赶骆驼，他抱怨自己饱受辛劳与孤独，但他的讲述却暴露出他原来是为了黄金而离开未婚妻和温暖的家，从而失去了人们的同情。沃顿（Joseph Warton）的《弥留中的印第安人》（"The Dying Indian," 1747）从一个濒临死亡的印第安异教徒的角度来审视和嘲笑由西班牙殖民者带来的天主教。独白者貌似无知和愚钝，却透露出犀利的目光和睿智，在不经意间就嘲笑了像圣餐这样在天主教徒眼里天经地义的神圣仪式。这样，诗人一方面运用独白者自己的话语"客观"地塑造了一个启蒙主义思想家们所欣赏的所谓"高尚的野蛮人"（noble savage）的形象，同时也表达了一种文化相对主义。不论诗人是有意还是无意，这首诗在一定程度上很巧妙地解构了欧洲中心主义。

到了18世纪后期和19世纪初，随着浪漫主义运动逐渐达到高潮，有更多诗人在创作怨诗。浪漫主义代表诗人如考伯、彭斯、布莱克、华兹华斯、克勒律治、骚塞等都写过怨诗。这些怨诗也大都使用身份与诗人差异极大的人来讲述以突出其戏剧性，比如考伯的《黑人之怨》、布莱克的《扫烟囱的孩子》、华兹华斯的《被抛弃的印第安女人之怨》和《苏格兰女王玛丽之悲叹》等，都是突出例子。浪漫主义诗人的怨诗往往存在这样一个悖论：一方面，诗人把时间、地点和细节尽可能具体化以便在身份上尽力拉大同说话人的距离，但另一方面他却对说话人倾注理解和同情，从而又拉近了同说话人的距离。也就是说，在这种诗里，虽然主观性和客观性都有明显发展（这也是英国诗歌的一个发展），但浪漫主义诗人们并不能像勃朗宁那样"冷静"地对说话人的主观性进行客观或者说戏剧性的表达。尽管如此，谁也不能说布莱克是可怜的扫烟囱的孩子

1　Alan Sinfield, *Dramatic Monologue*, p. 43.

或华兹华斯是因年老体衰而被抛弃在荒野濒临死亡的印地安女人。所以
这些诗在本质上仍然是戏剧性独白，而且它们在主观性和客观性上的发
展为维多利亚时代戏剧性独白的繁荣创造了条件。丁尼生那首突出体现
这一悖论的名诗《尤利西斯》就是怨诗传统中的杰作。

　　戏剧性书信体独白诗在英国文学上也占有重要位置。奥维德的《女
杰书简》在1567年被图伯维尔（George Turberville）译成英文。[1]同其他
古典作品一样，它很快就为文艺复兴时期的诗人效仿。需要指出的是，
英格兰诗人们创作的书信体诗往往都具有怨诗的特色，而且一般都是以
欧洲人熟知的历代名人为写信人。在丹尼尔（Samuel Daniel）的《屋大
维娅致安东尼》（"Letter from Octavia to Marcus Antonius," 1599）里，奥
古斯都皇帝的姐姐屋大维娅写信给丈夫安东尼，既倾诉了自己的痛苦，
也表达出自己的困惑：她究竟做错了什么，以至安东尼不爱她，却要
爱埃及女王克娄巴特拉。这首诗的精彩之处就在于，她不知道她的困
惑，她在无意中流露出的平庸，恰恰是她得不到安东尼的爱情的重要原
因，而这正是这首诗戏剧性地表现她性格的神来之笔。玄学派诗人邓恩
（John Donne）也写了一首独具特色的书信体诗，他笔下的古希腊女诗人
萨福在写给情人的信中说，"抚摸我自己，就犹如抚摸你，/我拥抱自身，
亲吻我的纤指/……我望着镜中的我，轻声唤你，然而/正当我要吻你，
泪水却模糊了双眼和镜子。"[2]诗作表现希腊女诗人的同性恋、自恋和缠绵
之情，写得细腻感人。

　　在那时期的书信体诗里，最直接受《女杰书简》影响的是德赖顿
（Michael Drayton）的《英格兰贵人书信集》（*England's Heroicall Epistles*,
1619）。它里面全是情人或夫妻间的信件，写信人都是英国历史上的真实
人物。特别有意思的是，德赖顿有意使信中涉及的某些事件与史实不符。
在这点上，他或许受到乔叟的影响。在《贞女传奇》的一些故事里，乔
叟"篡改"了一些在中世纪众所周知的"史实"来解构声誉的基础，来
表明所谓名声不过是人们的虚构。而在这部书信集里，德赖顿则以此来
塑造写信人的形象和性格。其中最出色的是理查德二世的王后伊莎贝尔
在国王被囚禁后从法国写给他的信。伊莎贝尔于1397年嫁给30岁的理查
德，年仅8岁，很受宠爱。两年后理查德被亨利四世推翻。伊莎贝尔在信
中表达了对丈夫诚挚的爱，但她涉及的一些事件明显与史实不符。作者

1　见 Alan Sinfield, *Dramatic Monologue*, p. 46.

2　John Donne, "Sappho to Philoenis," in Marius Bewley, *The Selected Poetry of
　　Donne* (New York: The New American Library, 1979), p. 150. 本文作者译。

显然是有意运用她自己的话语以及她的爱情、天真和无知，来戏剧性地塑造一个年仅 10 岁，还无法理解复杂而残酷的政治斗争的女孩的形象。

在理性时代，虽然新古典主义诗人对怨诗这种以情感为主题的诗体不感兴趣，但对信体诗却并不拒绝。蒲伯（Alexander Pope）的《艾罗莎致亚贝拉的信》（"Eloisa to Abelard," 1717）是一首杰出的信体诗。蒲伯笔下的艾罗莎虽然已进修道院，但她"一半的心"仍然属于情人亚贝拉。她的信写得真挚动人，充分揭示了她那处在爱情与信仰、情感与理智冲突之中的内心世界。艾罗莎是一个虔诚的基督徒，并不想表达对宗教的怀疑或不满，但她的信展示出她的矛盾和痛苦，而蒲伯则以此间接表达了他对人性的关怀和对传统宗教（蒲伯显然是指为英格兰所反对的天主教）观念压抑人性的批评。正是诗人和艾罗莎之间的这种戏剧性距离使这首诗成为戏剧性独白，也正是通过这种距离，蒲伯对人性和宗教的关系这个理性时代的重要问题进行了探索并巧妙地表达了自己的观点。辛菲尔德认为它"是 19 世纪之前英语中最重要的戏剧性独白和《女杰书简》最重要的继承者。"[1] 它是否是 19 世纪之前最重要的戏剧性独白，是一个见仁见智的问题；但蒲伯高超的诗歌艺术和崇高的声誉使它在理性时代特定的文化环境中在继承和发扬书信体诗歌传统，特别是在突出主观性和戏剧性方面，具有了特殊的意义，而且为后来维多利亚时代戏剧性独白的繁荣做出了贡献。勃朗宁，特别是丁尼生，都创作了许多书信体戏剧性独白。

维多利亚时代戏剧性独白诗体大繁荣之前，戏剧性独白发展的第三条线是幽默性口语独白。这条线的前期代表作是乔叟的《巴思妇人的引子》。辛菲尔德把这种体裁也追溯到古希腊的忒俄克里托斯。然而本文作者还没有发现有证据表明，忒俄克里托斯的口语独白像他的怨诗那样通过古罗马诗人明显地影响了乔叟的创作。14 世纪 70 年代，乔叟在根据英语语言的特点实验和创立英诗诗艺的过程中，受到但丁、薄伽丘等文学家用意大利语（当时欧洲的书面语主要是拉丁文和法语）进行创作而取得巨大成就的启发和影响，把英语口语引进诗歌创作。他现存的作品中第一个特别成功的尝试是《声誉之宫》里声誉女神那街妇般的泼辣语言，在她的语言里我们似乎还听到后来巴思妇人的声音。正是在将口语大量运用于诗歌创作的基础上，乔叟随后在《百鸟议会》里创立了五步抑扬格这种最能体现英语节奏特点的英诗诗行的基本形式，而鸟儿们的语言

1　Alan Sinfield, *Dramatic Monologue*, p. 49.

也是富含生活气息的口语，往往十分幽默。到了《坎特伯雷故事》里，特别是在那些表现香客们的口角冲突的引子和尾声里，乔叟使用口语已经达到得心应手的境地；而巴思妇人那段长达820多行的充满激情、幽默和雄辩但同时也不无狡辩之嫌甚至有点厚颜无耻的独白可以说是幽默性口语独白的典范之作。

乔叟在英语文学中创立的这种幽默性口语独白，在语言使用和性格塑造方面，在戏剧性独白的三种形式中，具有特殊意义。维多利亚时代之前一些最富特色的戏剧性独白属于这一类型。邓恩的《跳蚤》（"The Flea"）是一个突出例子。这首洋溢着幽默和机智的独白诗，在文艺复兴时期也许最接近勃朗宁式戏剧性独白。同勃朗宁许多作品一样，它使用生动口语，创造了一个戏剧性场景，有一个沉默但发挥着重要作用的听众，而且也是从对话中截取一段，两头开放，没有传统意义上的开端和结尾。也同勃朗宁的作品一样，它没有结果，其意义不在于说话人的目的，而在于揭示其性格。虽然邓恩没有点明说话人不是自己，但诗中有迹象表明说话人同作者的距离。比如，说话人只顾自己的欲望，而不尊重情人的想法和感受；同乔叟的卖赎罪卷教士和勃朗宁的公爵一样，他与其说是在竭力说服情人，不如说更陶醉于自己的机智和雄辩。在他看来，做爱只不过像掐死一只跳蚤，这种不负责任的嬉戏态度很难让思想保守的情人接受。她掐死那只他大肆宣扬无限拔高的跳蚤，实际上等于宣告了他的失败。同乔叟的巴思妇人和勃朗宁的公爵一样，他也在无意中暴露出自己的自我中心意识。

不过在勃朗宁之前，最精彩也最具特色的戏剧性独白或许要算彭斯的《威利神父的祷词》（"Holy Willie's Prayer", 1785）。这首取材于现实的作品上承乔叟，下接勃朗宁，使用苏格兰口语，借鉴忏悔形式，让说话人在不知不觉中暴露自己的丑恶嘴脸。威利神父在祷告中自吹为上帝"庙堂里的支柱"和"全体教民的模范"，然而他的祷告暴露出他酗酒和淫乱，但他竟然把自己的罪孽推给上帝，说那是因为上帝为了"免得他以才能自持，/变得自高自大"。更有甚者，他居然求上帝"整"他的对手，"把他们摧毁"。[1]这首诗鲜明地表现出戏剧性独白特有的艺术魅力。后来勃朗宁的两首讽刺教士的名诗《西班牙修道士的独白》和《主教对坟墓的要求》与之十分接近。

---

1 彭斯：《威利神父的祷词》；引文摘自袁可嘉译《彭斯诗钞》，上海：上海文艺出版社，1959年版。

在上面讨论的三种戏剧性独白形式中，幽默性口语独白也许是英国文学中土生土长的诗歌形式。在维多利亚时代之前，它在数量上也许不及另外两种形式，但它最富生活气息，而且机智幽默，在巧妙揭示说话人性格和内心世界方面也最具戏剧性，而且由于它使用口语，读起来朗朗上口。维多利亚时代以及后来的诗人特别喜好这种形式，勃朗宁的许多代表性戏剧性独白，比如《西班牙修道士的独白》、《我的前任公爵夫人》、《利坡·利皮教兄》和《主教对坟墓的要求》等，都是成功使用并进一步发展这种形式的杰出范例。

在一定程度上，我们或许可以说，幽默性口语独白逐渐发展成为戏剧性独白的主流。但受古典文学影响而不断发展的另外两种形式也是戏剧性独白的重要组成，并为戏剧性独白的繁荣做出了贡献。维多利亚时代的戏剧性独白就主要是以这三种独白形式为基础。

但戏剧性独白能在维多利亚时代繁荣，能取得那样辉煌的成就，除了这三种独白形式历经几百年的持续发展而已经成为成熟的诗歌体裁之外，还有许多其他重要因素，其中一个是浪漫主义运动的发展。浪漫主义文学至少在两个方面为戏剧性独白的繁荣做出了贡献。第一，浪漫主义时代比以往任何时代都有更多的诗人致力于这种体裁的创作而且创作出比以往任何时代都更多的戏剧性独白作品。除了上面提到的那些诗人外，另外如拜伦、雪莱、兰多、克莱尔等都或多或少写过戏剧性独白。第二，更重要的是，浪漫主义把重心放到个人，强调性格的塑造和内心世界的展示，这实际上为戏剧性独白的进一步发展创造了条件并拓宽了艺术空间。虽然浪漫主义诗人偏好抒情，侧重思想感情的直接表达，而不注重用戏剧性手法把主观世界客观化，但由于他们强调个性化和情景的具体化，这实际上也为勃朗宁时代的诗人们突出戏剧性打下了基础。

维多利亚诗人是在浪漫主义影响下成长起来的，勃朗宁就深受雪莱影响。有批评家认为，"追寻从雪莱到勃朗宁的发展过程，我们可以看出浪漫主义诗歌到维多利亚诗歌的转变。"[1]其中最重要的转变似乎不是表现的内容，而是手法。维多利亚诗歌继承了浪漫主义诗人重视个性和内心世界的传统，但同时又受到当时在文学领域占主导地位的现实主义的影响。虽然现实主义并不等于戏剧性，但正如前面讨论过的，戏剧性在本质上是一种客观性，而现实主义对客观性的强调促进了诗歌里戏剧性手法（这一点下面将谈到）的发展。于是浪漫主义的主观倾向和现实主义

---

1 Roberts, *Robert Browning Revisited*, p. 3.

在手法上的客观化的结合，或者说抒情性和戏剧性的结合，成为维多利亚诗歌的一个主要特征，而这恰恰也正是戏剧性独白的本质，所以这时期的英语诗歌最突出的成就是戏剧性独白的空前繁荣。

戏剧性独白能在这时期繁荣，在很大程度上还受益于英国戏剧传统和维多利亚时代的戏剧观。英国戏剧在英国文学中占据特别重要的位置。文艺复兴时代的戏剧，尤其是莎士比亚的戏剧，对后来英国文学产生了巨大影响。莎士比亚特别注重性格探索和表现矛盾重重的内心。不了解他在心理探索上的成就，就不能真正认识他的伟大。他的四大悲剧在很大程度上都可以称为"心理悲剧"，若将其中许多独白抽出，使之独立成篇，稍加修改，都是戏剧性独白的杰作。所以，评论家们把他的剧作看作是维多利亚时代戏剧性独白繁荣的源头之一。

但非常有意思的是，维多利亚戏剧本身却并不注重戏剧冲突，而更重视戏剧的诗意和抒情。这就是它为什么没有取得多大成就的一个根本原因。造成这种状况的一个主要因素显然是浪漫主义美学思想的影响。浪漫主义作家兰姆改写莎士比亚的剧作，弱化情节和戏剧冲突，突出抒情性，而他的改写在维多利亚时代大受欢迎，就很说明问题。刘易斯在1850年指出：维多利亚剧作家们"认为仅诗意（poetry）就足以创作戏剧"。然而具有悖论意义的是，戏剧家们突出诗意却使诗歌和小说与戏剧接近，于是诗人和小说家们在作品中反而竭力突出戏剧性，热衷于把戏剧精神运用于他们的非戏剧性作品。因此同时代人霍恩认为，维多利亚时代的戏剧精神在小说和诗歌中比在剧作中更为突出。[1]正是在这样的文化环境中，勃朗宁在1836到1846年间致力于戏剧创作，写出了许多剧作，但和其他剧作家一样，他在戏剧上也没有取得什么成就。不过他这段经历对他的诗歌创作却大有裨益，他因此而能把戏剧精神和戏剧手法运用于诗歌，使他的戏剧性独白比其他任何诗人的同类作品都更富戏剧性。实际上正是在这期间，他逐渐把创作重心转向戏剧性独白，并创作出一批最具代表性的诗作，其中包括《我的前任公爵夫人》。

从上面的简单分析似也可看出，戏剧性独白能在维多利亚时代繁荣并非偶然，当时两位最杰出但起初互不认识的诗人丁尼生和勃朗宁的创作发展也表明了这一点。他们不约而同都在30年代开始注重戏剧性独白的创作，并开始发表这方面的诗作；他们都在1842年发表了像《我的前

---

1 关于刘易斯和霍恩的观点，请参看 Isobel Armstrong, ed., *Robert Browning: Writers and Their Backgrounds* (Athens, OH: Ohio UP, 1975), pp. 244, 247.

任公爵夫人》和《尤利西斯》这样一些代表作。在随后年代里，他们和其他许多诗人一道继续这方面的创作，写出了许多传世佳品，终于使戏剧性独白成为英诗的一个主要体裁，对20世纪的英语诗歌创作乃至小说的发展都产生了重大影响。早在1843年，美国诗人和学者爱默生一读到丁尼生的《尤利西斯》，就敏锐看出这种诗体不同寻常的意义，认为它是"一种高级诗体，并将注定成为最高级的诗体"。他预见，这种诗体"将在下一代诗人手里更加完美"。[1]20世纪英语诗歌的发展完全证明了爱默生的预见。

20世纪西方文学有两个貌似矛盾的主要倾向：一个是"内向化"，或者说是内容的"主观化"，即把文学关注的重心深入到人的内心世界；另一个是手法上的客观化，即布斯所说的从"讲述"到"显示"的转变。[2]虽然布斯是在讨论小说艺术，但这种转变同样存在于诗歌，这方面最有影响的观点是艾略特的"非个性化"理论。这两种倾向看似对立，其实相辅相成，具有内在统一性，那就是要"客观"地探索和表现主观世界。这是现代主义文学的核心，而这恰恰也是戏剧性独白的基本性质。所以戏剧性独白同现代文学观念一拍即合，成为现代诗歌的一种基本形式。因此有学者认为勃朗宁是传统文学和现代文学，特别是现代主义文学，之间的一个连接点。

在勃朗宁和其他维多利亚诗人们的影响下，从19世纪后期开始，英美几乎所有重要诗人，如哈代、吉普林、叶芝、劳伦斯、艾米·洛厄尔、阿林顿·罗宾逊、弗罗斯特、庞德、艾略特、史蒂文斯、兰塞姆、艾伦·泰特、兰斯顿·休斯、奥登、罗伯特·洛厄尔、兰德尔·杰勒尔等等，都创作过戏剧性独白，其中不少已经成为名篇。叶芝的"疯女简"系列诗，庞德的《人格面具》（*Personae*）、艾略特的《普鲁弗洛克的情歌》和《荒原》里的一些片段都是经典之作。另外罗伯特·洛厄尔（Robert Lowell）在1946年发表的两首脍炙人口的作品《爱德华兹先生与蜘蛛》和《令人吃惊的皈依之后》直接继承乔叟、彭斯和勃朗宁的幽默口语独白传统，用18世纪美国"大觉醒"时期的清教领袖爱德华兹为说话人，诗里许多语言直接引自他的布道词，十分精彩地表现了这个清教徒的偏执和狂热。由于戏剧性独白在现代英美文学中大量涌现，所以诗人兼评论家杰勒尔1950年在哈佛的一次演讲上宣称，"戏剧性独白的艺

1　转引自 K. E. Faas, "Notes Towards a History of the Dramatic Monologue," *Anglia,* vol. lxxxviii, no. 2, p. 228.

2　参看 W. C. 布斯：《小说修辞学》，华明等译，北京大学出版社，1987年。

术效果曾经是依赖于它同诗歌准则（norm）的差异，而它……现在已经成为[现代诗歌]的准则。"[1]到20世纪后半叶，戏剧性独白诗作仍然不断涌现。美国当代重要诗人理查德·霍华德一直在从事这方面的创作。他的诗集《没有标题的主题》（*Untitled Subjects*，1969）获普利策奖，里面不少是戏剧性独白。更有意思的是，他的诗集《发现》（*Findings*，1971）里的那些戏剧性独白竟然用勃朗宁作为说话人，获得很好的艺术效果。他1994年的诗集《如同大多数启示》（*Like Most Revelations*）也包括一些戏剧性独白。

其实，戏剧性独白的影响并不局限于诗歌，它对现代小说，特别是现代主义小说，也产生了重大影响。同现代主义诗歌一样，现代主义小说的主要倾向也是"内向化"和"客观化"，所以易于受到戏剧性独白的影响。在这方面，同样是勃朗宁的影响特别大，因为他在进行心理探索和在使用戏剧性手法方面特别突出。英美小说在内向化和客观化的发展道路上的一个关键人物是亨利·詹姆斯。美国文学史学家斯皮勒曾说："詹姆斯把现实主义艺术的基础从外部世界转移到内心世界。"[2]而詹姆斯就深受勃朗宁影响。戴维斯在《勃朗宁和现代小说》一书中说："勃朗宁和现代小说之间十分重要的连接点当然是亨利·詹姆斯。"[3]詹姆斯不仅就勃朗宁发表过演讲，写过论文，而且并还专门以勃朗宁为原型创作了短篇故事《隐秘生活》（"The Private Life"）。詹姆斯在小说内向化和客观化方面所进行的卓有成效的理论探索和创作实践对现代小说广泛而深刻的影响早已举世公认，而勃朗宁的戏剧性独白无疑是他的创作思想的根源之一。

戴维斯还认为，勃朗宁和詹姆斯的"杰出继承人"是康纳德。[4]康纳德小说的一个突出特点是使用叙事框架和一个戏剧化了的第一人称叙述者。在这方面他显然受到乔叟的《坎特伯雷故事》和勃朗宁的影响。同乔叟的香客和勃朗宁的第一人称说话人一样，康纳德的叙述者马洛也在自己的叙述中把自己的性格、思想感情、价值观念充分展示出来。康纳德从勃朗宁那里受到的另一个重要影响是多角度叙述。勃朗宁的那部分

1　Rendall Jerrell, "The Obscurity of the Poet," in *Poetry and Age* (New York: Knopf, 1953), p. 13.

2　Robert Spiller, *The Cycle of American Literature* (New York: The Free Press, 1967), p. 129.

3　Davis, *Browning and the Modern Novel*, p. 8.

4　Davis, *Browning and the Modern Novel*, p. 24.

为12卷、长达21，230行的叙事诗《环与书》（*The Ring and the Book*）由9个不同的叙述者（他们同时也是故事中的主要人物，如杀人犯、被害人、法官等等）分别从各自的视角来讲述同一个关于凶杀与审判的故事。诗作的重心显然并不在情节上，而是在于这9个叙述者根据各自的观点和立场对案情的所做的不同解读。《环与书》通过不同叙述者的戏剧性独白，既塑造了一群形象生动、性格复杂的人物，而且还显示出现实的复杂性和认识真理的难度。在传统价值观念解体之后的现代社会里，这正是现代作家们的深切体会。所以勃朗宁在这方面的创造性探索给了现代作家们深刻的启示。康纳德的一些作品就是使用多个叙述者从不同的角度进行叙述。在现代主义作家中，多角度叙述已经成为广泛运用的手法。这方面美国作家福克纳也许最为突出和成功。他的许多作品都是从不同的视角叙述的，其中《我弥留之际》的叙述者多达15个。其实，福克纳的许多作品都具有明显的戏剧性独白性质，比如《喧哗与骚动》里由康普生兄弟讲述的前3部分以及《押沙龙，押沙龙！》里的许多部分，除了不是诗体外，同《环与书》一样，都是典型的戏剧性独白。

经过自乔叟以来6个世纪的发展，戏剧性独白已成为英语文学不可分割的组成部分，深刻而广泛地影响了英美文学，包括现代小说，的发展，形成了一个重要的文学传统。由于戏剧性独白在人物塑造上独特的艺术效果，随着对人无限复杂的性格的认识和丰富多彩的内心世界的探索的深入，它必将继续发展并取得更丰硕的成果。

英美文学中的哥特传统

世界各民族都创作了不少情节刺激、气氛阴森的恐怖故事。这些故事不仅惊心动魄，极具吸引力，而且有特殊的文化和文学意义。同其他重要文学类型一样，恐怖故事的产生、发展和特点都深深植根于创作它的民族所特有的历史和社会背景、文化和文学传统之中，同时它也反过来以其独特方式深刻地反映和影响该民族的历史、文化与文学。但尽管各民族的文学中都有许多惊险、恐怖的故事，似乎没有哪一种文学像英美文学那样不仅创作出数量众多、质量优秀的恐怖文学作品，而且还形成了一个持续发展、影响广泛的哥特传统（Gothic tradition）。

哥特文学现在已经成为英美文学研究中的一个重要领域。对哥特文学的系统深入研究开始于20世纪20、30年代。到70年代以后，由于新的学术思潮和文学批评观念，特别是心理分析、解构主义、女性主义批评、文化批评、新历史主义等的影响，该研究出现了前所未有而且日趋高涨的热潮。当然，哥特文学研究的兴起与深入同30年代哥特小说的复兴和70年代以后哥特小说的进一步繁荣也有内在联系。根据本文作者在国际互联网上的搜索，到2000年9月（本文开始撰写之时）为止，英美等国的学者除发表了大量关于哥特文学的论文外，还至少出版专著达184部，其中1970年以后为126部，仅90年代就达59部，几乎占总数的三分之一。当然，近年来哥特文学研究的状况不仅在于研究成果迅速增加，更重要的是它在深度和广度方面都获得极大发展，并且把哥特传统同英美乃至欧洲的历史、社会、文化和文学的总体发展结合起来。

哥特（Goth）一词最初来自居住在北欧、属于条顿民族（即日耳曼民族）的哥特部落。在罗马帝国扩张过程中，罗马人同条顿民族开始接触并不断爆发冲突。但随着罗马帝国的衰落，特别是从公元3世纪起，条顿人不断向南挺进，开启了欧洲历史上的所谓"英雄时代"(4-6世纪)。

在这场改变欧洲历史的民族大迁徙中，剽悍的哥特人是同罗马人作战的重要力量。经过长达数百年的冲突与征战，条顿民族终于在5世纪摧毁了强大的西罗马帝国，而哥特人也在意大利、西班牙、法国南部以及北非建立了许多王国。然而同历史上许多征服了先进文明的民族一样，哥特人也被迅速同化，反过来被他们所征服的民族"征服"，很快失去其民族性。大约在公元7世纪以后，哥特人作为一个民族在历史上消失了。他们所遗留下来的，主要是一部由巫尔费拉斯（Ulfilas，一位哥特人主教，死于383年）所翻译、现在已经残缺不全的哥特文《圣经》。

但哥特人的英勇善战在南欧人，特别是意大利人心中留下的创伤和所造成的又怕又恨的复杂心情，并没有随之消失。西罗马帝国灭亡一千多年后，意大利人法萨里（Vasari, 1511-1574）在历史的封尘中又找出哥特一词来指称一种为文艺复兴思想家们所不喜欢甚至感到厌恶的中世纪建筑风格。这种建筑风格在12世纪到16世纪期间盛行于欧洲，主要用于建造教堂和城堡等中世纪的代表性建筑，法国的巴黎圣母院、英国的西敏寺和国会大厦以及德国的科伦大教堂等，都堪称哥特风格的杰作。这种建筑的特点是高耸的尖顶，厚重的石壁，狭窄的窗户，精美的雕刻，染色的玻璃，幽暗的内部，阴森的地道；它们甚至还有地下藏尸所，特别是大教堂内都有大量王公贵族或名人墓葬。在那些崇尚古希腊古罗马文明的文艺复兴思想家眼里，这种建筑代表着落后、野蛮和黑暗，正好是那取代了他们所喜欢的古罗马辉煌文明的所谓"黑暗时代"（the Dark Age）的绝妙象征；因此，用那个毁灭了古罗马的"野蛮"、"凶狠"、"嗜杀成性"的部落的名字来指称这种建筑风格自然就再适合不过了。这样，在文艺复兴思想家们的影响下，哥特一词逐渐被赋予了野蛮、恐怖、落后、神秘、黑暗时代、中世纪等多种含义。

到18世纪中后期，哥特一词又成为一种新的小说体裁的名称。这种小说同理性时代以宣扬人性善和中产阶级的道德观念为主旨、在当时占主流地位的"伤感小说"（the sentimental novel）虽有一定相似之处，但在许多方面却大相径庭。哥特小说通常以古堡、废墟或者荒野为背景，故事往往发生在过去，特别是中世纪；故事情节恐怖刺激，充斥着凶杀、暴力、复仇、强奸、乱伦，甚至常有鬼怪精灵或其他超自然现象出现；小说气氛阴森、神秘、恐怖，充满悬念。这种小说之所以被称为哥特小说，因其开山之作，贺拉斯·瓦尔普（Horace Walpole, 1717-1797）的《奥特龙多堡》（*The Castle of Otranto*，1764）的副标题就叫"一个哥特故事"（A Gothic Story）。

瓦尔普出身显贵，其父罗伯特·瓦尔普爵士乃辉格党领袖，于1721年当选首相，连任达21年之久。瓦尔普本人后来也当选国会议员，并受封为伯爵。他从小受良好教育，曾就读于著名的伊顿学院，专攻古希腊罗马人文典籍，深受古典文化熏陶。尽管他对罗马文明景仰有加，但他对当时在欧洲大陆和英国占统治地位的理性主义和新古典主义过分强调理性、忽视想象、贬低情感、斥责神秘和超自然现象的极端倾向，并不苟同。他对古建筑颇有研究，对哥特风格更是情有独钟。哥特建筑乃中世纪人的宗教信仰、价值观念和美学趣味之物化。在这些古老建筑或者废墟面前，瓦尔普感到一种超验的神秘，一种跨越时空的永恒。他甚至将其住所"草莓山庄园"也改造为哥特式建筑。在西方建筑史上，这是一件具有历史意义的事件，它开始了西方建筑史上的"哥特复兴"（the Gothic Revival）。这场运动的中心在英美，但也波及欧洲其他国家，它在19世纪达到高潮，一直延续到现在。英美许多著名建筑，如英国国会大厦和美国纽约圣·帕特里克大教堂（St. Patrick's Cathedral），都是其中代表性建筑。另外"哥特复兴"还影响到绘画与雕塑，极大促进了西方浪漫主义艺术的发展。

不过瓦尔普最突出的成就是小说《奥特龙多堡》。这部作品成了哥特小说的奠基之作。故事发生在中世纪，地点是意大利南部一座古城堡。小说主要有关曼弗雷德家族的败落。这个家族的祖先曾篡夺了城堡，因此有预言称，该家族将败落，合法主人将出现。于是曼弗雷德家族的子孙都生活在此预言的阴影之中。在小说里，曼弗雷德唯一的儿子在举行婚礼这天被一个巨大的头盔掉下压死。为了保住家族的财产和延续后代，曼弗雷德抛弃不能再生育的妻子，竟然试图娶儿子的未婚妻为妻。为此目的，他不惜采取任何手段，甚至误杀了女儿，搞得自己家破人亡。小说气氛阴森恐怖，情节扣人心弦，并且还有神秘的预言以及盔甲抖动、肖像叹气等超自然现象。《奥特龙多堡》从时间、地点、主题、情节、人物类型到艺术手法都为哥特小说，特别是早期的哥特小说，定下了基本模式。

《奥特龙多堡》的巨大成功使许多作家竞相效仿。到18世纪90年代，随着安·拉德克利夫（Ann Radcliffe）的《乌多芙堡之迷》（*The Mysteries of Udolpho*, 1794）和《意大利人》（*The Italian*, 1797），马修·刘易斯（Matthew Lewis）的《修道士》（*The Monk*, 1796），以及其他许多引起轰动的作品相继问世，哥特小说作为一种小说体裁在英国无可争辩地确定了自己的地位。同这些代表作品一道，在18世纪的最后10年集中出现了大量哥特小说，这10年也因此而被称为英国文学史上的"哥特十年"（the gothic decade）。同时，哥特小说在英国的繁荣和所取得的成就还影响了其他一些国家，特别是德国和美国，的文学创作。

二百多年来，不仅通俗作家热衷于哥特作品的创作，而且许多一流的诗人和作家，比如英国的司各脱、柯勒律治、拜伦、雪莱、济慈、狄更斯、勃朗蒂姐妹、康纳德、戈尔丁和美国的布朗、华盛顿·尔文、爱伦·坡、霍桑、马克·吐温、詹姆斯、福克纳、奥康纳、莫里森等人，都要么直接创作过脍炙人口的哥特作品，要么将其手法大量运用于自己的创作之中，取得了很高的艺术成就，并且使哥特小说从通俗小说这一文学领域的"边缘地位"得以进入文学的中心和文学发展的主流，从而在英美文学中逐渐形成了十分突出的哥特传统。

亨利·詹姆斯曾说过，需要大量的社会和文化沃土才能哺育出一支文学之花。哥特小说能产生于英国并在英语文学中繁荣和发展，自有其深刻的历史和文化根源。虽然哥特小说与哥特人毫无关系，但日耳曼民族中所流传的极为丰富的民间传说是哥特小说的一个重要源头。不过这些传说之所以重要，还不仅仅在于为哥特小说提供了大量素材和创作灵感，而更在于它们造就了产生和接受哥特小说的文化"心态"（mentality）。在民族大迁徙中征服了不列颠群岛的盎格鲁–撒克逊人和哥特人同属条顿部落，他们在北欧严峻的自然条件下和在长达数百年的民族迁徙的千难万险以及无休止的征战中，创作了丰富多彩的传说，其中许多是关于他们的英雄同具有超自然力的"妖怪"（monsters）之间惊险恐怖的斗争。古英语时期的英雄史诗《贝奥武甫》（*Beowulf*）和一些中世纪浪漫传奇故事就产生于这样的传说。这些情节惊险气氛恐怖的文学作品影响了英格兰民族的审美心理。

值得一提的是，或许正因为英国人和德国人同为条顿民族后裔，所以，虽然法国离英国最近，但受英国哥特小说影响最大的却是德国。英国哥特小说，特别是拉德克利夫的作品，在德国极受欢迎。在18世纪末和19世纪初，德国也出现了哥特小说（schauerroman）大繁荣的局面，甚至大量牧师也参与了哥特故事的写作，他们成了哥特故事作家中人数最多的一群，占百分之二十二。[1]这些哥特作品大量取材于日耳曼民间故事，如有关浮士德的传说。德国哥特小说反过来又影响了英美作家如司

1　请参看Marie Mulvey-Roberts, ed., *The Handbook to Gothic Literature* (New York: New York UP, 1998), p. 65.

各脱、刘易斯、华盛顿·尔文、爱伦·坡等许多人。刘易斯还把浮士德用灵魂同魔鬼做交易这一母题用于《修道士》中。浮士德成了哥特小说中的原型人物，而"浮士德式交易"（Faustian bargain）至今仍是哥特小说最突出的主题之一。

哥特小说的另一个重要源头是英国文艺复兴时期的成就辉煌的戏剧。戏剧在中世纪主要是演绎《圣经》故事和宣扬基督教教义和道德。到了文艺复兴时期，戏剧在人文主义思想和古典戏剧的影响下迅速世俗化。在欧洲其他主要国家，当时最有影响的是希腊悲剧，然而在英国，最受欢迎的却是古罗马作家塞内加（Lucius Annaeus Seneca）那些充满暴力、复仇与凶杀的剧作。英国人更倾向于接受塞内加，多半与前面提到的那种"心态"有关。在塞内加的影响下，英国第一批有影响的世俗剧作家，即所谓"大学才子"们，创作了许多"复仇剧"（revenge plays）。这些血淋淋的剧作充斥着阴谋、暴力和凶杀，甚至还有鬼魂出没。其中最有名的是托玛斯·基德（Thomas Kyd）的《西班牙悲剧》（*The Spanish Tragedy*，1580）。英国戏剧的这一重要特点在莎士比亚等人以及詹姆斯一世时期的悲剧（Jacobean Tragedies）中得到进一步发展，并且对后世英国文学或者说英语文学，尤其是哥特小说的出现与发展产生了巨大影响。

另外《圣经》和基督教传说，特别是关于地狱的传说，也是哥特小说的重要源泉。为了使广大信徒能直接阅读或者至少能听懂"上帝的教导"，开始于16世纪的宗教改革运动的一个重要组成就是把《圣经》从拉丁文翻译成各民族的语言。从此之后，《圣经》一直是读者最多、流传最广的书籍。而《圣经》里面就有许多极为恐怖的场面，比如上帝用"硫黄与火"毁灭堕落了的所多玛城和蛾摩拉城的故事[1]以及耶稣受难之时所发生的各种恐怖异象。特别是《启示录》，它涉及天使同撒旦的战争，人世间的屠杀、瘟疫、灾难和饥荒，以及大量神秘的征兆，极力渲染末日审判的恐怖。《启示录》因其生动的语言、奇异的想象、丰富的象征、鲜明的意象和震撼人心的气势，具有很高的文学成就，对西方文学产生了重大影响，从古英语和中古英语中许多关于末日审判的诗歌、弥尔顿的《失落园》到今天的许多恐怖电影都直接取材于《启示录》或者受到它的启示。另外，哥特小说中的许多典型人物类型，比如魔鬼、恶棍英雄（villain-hero）、"流浪的犹太人"（the wandering Jew）等，都能在《圣经》中找到他们的原型（撒旦、该隐等）；而兄弟相残、夺人之妻、仇杀、强

---

1 见《创世记》，19：24-26。

奸、乱伦、同性恋等等哥特小说中的通常主题，也都无不在《圣经》中反复出现，至于哥特小说最突出、最普遍、最持久的主题：善恶之间永恒的冲突，那就更是一部《圣经》从头到尾的主线。后面将谈到，哥特小说的美学基础是"壮美"（the sublime），而西方文学史上第一个壮美形象就是上帝本人，而第一个壮美行动或场面就是他开天辟地分离光明与黑暗以创造世界。

　　除了上面提到的外，哥特小说能产生于18世纪，也有其特殊的社会、历史和文化原因。其中最重要的是浪漫主义对理性主义的挑战。文艺复兴运动使人文主义得到空前发展，宗教改革运动与人文主义结盟最终得以摧毁罗马天主教的一统天下，然而人文主义的大发展却反过来沉重打击了教会势力，并且使以上帝为中心的传统的基督教意识形态处于解体之中。到18世纪，欧洲进入理性时代，启蒙运动思想家们热情讴歌、极力弘扬人的理性。为了强调理性至高无上，一切有可能削弱、威胁或者颠覆理性的因素，如情感、想象、直觉以及神秘和超自然现象，都遭到反对、忽视和压抑。在文学艺术领域，以启蒙哲学为理论基础的新古典主义强调的是教育功能，而不是愉悦作用，是道德宣传，而不是感情抒发；它的美学原则是明晰、简单、平衡、和谐，而反对复杂、隐晦、奇异和极端。

　　然而具有讽刺意味的是，尽管理性主义反对极端，它其实已经把自己推向了极端，而且正是因为它走向了极端，它反而促使了它的对立面的发展并最终造成了理性至上的意识形态的解体和理性时代的结束。其中最根本的原因就是，情感、想象、直觉以及其他各种非理性的东西在人身上不仅是否定不了的客观存在，而且是决定人的立场、思想、行为的极为重要的因素。同时，千百年来统治着欧洲的基督教文化的核心是超验的上帝和耶稣的神性，从《圣经》到基督教传说都充满了超自然现象和神秘的奇迹；因此对于长期生活在这种社会和文化环境中的人们而言，一个不能简单地用理性来解释或者否定的超验世界不仅是"现实"，而且是更深层、更本质、因而也是更真实、更重要的"现实"。

　　所以，不论是从人的本性还是从文化传统上，理性主义都遭到强有力的挑战。这种挑战也突出地表现在文化艺术上。即使在理性主义最盛行的时期，文学艺术中都一直存在着对理性至上的新古典主义的颠覆因素。浪漫主义时代的先驱，自然诗人（nature poets）和坟墓派（the Graveyard School）诗人就是这方面的突出代表。他们尽情发挥想象，抒发感情，表现超自然现象和探讨神秘体验。在建筑艺术方面，虽然自文艺复兴以来，哥特建筑就成了中世纪的"黑暗"、"野蛮"与"落后"的象征，但一直有学者对此抱有不同看法。理查德·胡尔德（Richard Hurd）反对用古典原则来衡量哥特风格。他在1762年说："当建筑学家用古希腊的原则来检验哥特建筑时，他所发现的只是奇形怪状。但哥特建筑艺术自有其原则，如果用它的原则来检验，我们就能看到它的优点，就如同古希腊建筑有其优点一样。"[1]在美学理论上，同古典主义奉行的以"秀美"（the beautiful）为基础的美学原则不同，哥特小说的美学基础是产生超验感受的"壮美"（the sublime）。而恰恰是在18世纪，对壮美的探讨最为积极，也最有成效，[2]其中布克（Edmund Burke）的论著《关于我们的壮美及秀美观点之哲学探讨》（*A Philosophical Enquiry into Our Ideas of the Sublime and the Beautiful*, 1757）至今仍然是这方面最具影响的著作。

正是在这样的文化大背景下，哥特小说应运而生并大受欢迎，因为它为"英国文化带来了它所急迫需要的激情、活力和宏大的精神"。[3]但哥特小说真正产生重大影响并且作为一种小说体裁而最终确立下来，却是在18世纪90年代到19世纪初。18世纪90年代，即所谓"哥特十年"，也许是哥特文学史上最重要的10年。在那十年里，不仅英国出版了大量哥特小说，其中包括拉德克利夫和刘易斯那些影响深远的杰作，而且在其他一些欧美国家也形成了哥特小说创作的高潮。哥特小说能在18世纪末19世纪初大繁荣也有深刻的历史、思想和文化文学根源。除了那正是英国文学史上浪漫时代开启并迅速鼎盛之时外，其中一个特别重要的因素就是法国大革命，尤其是充满血腥的雅各宾专政。这场摧毁了现存秩序，把恐怖同自由、平等的观念一起带到了欧洲每一个角落的大革命，正如布克所说，对许多人而言，那本身就是"一个哥特故事"。法国著名作家戴萨德侯爵（Marquis de Sade）曾在1800年指出，哥特小说是"全欧洲所感受到的革命震撼必然结出的果实"。[4]

从上面的讨论可以看出，哥特小说是在欧洲处于深刻历史性变革时期对已走向极端的理性主义和新古典主义的逆反，同时也是对社会大革

1　Richard Hurd, *Letters on Chivalry and Romance*, 1762 (Los Angeles: U of California P, 1963), p. 61.

2　对壮美的理论探讨开始于1674年，那一年法国诗人和评论家布瓦洛（Nicholas Boileau）把据说是希腊人朗格努斯（Longinus, 真名不详，大约生活在1-3世纪）撰写的希腊文著作《论壮美》（*On Sublimity*）翻译成法文。

3　David Punter, *The Literature of Terror* (London: Longman, 1980), p. 6.

4　转引自Mulvey-Roberts, ed., *The Handbook to Gothic Literature*, p. 83.

命的文学反映。它创造极端的情形和场景，致力于表现人的内心世界，探索神秘体验，强调情感、想象、直觉以及人身上其他各种非理性的因素。它其实就是在18世纪后期到19世纪初席卷欧美的浪漫主义运动的重要组成。所以它产生于浪漫主义流派开始兴起的18世纪中期，并繁荣于浪漫主义占统治地位的时代。

不过，哥特小说是浪漫主义运动里的一个特殊流派，被评论家们称为"黑色浪漫主义"（dark romanticism）。它的所谓"黑"，主要表现在两个方面：在情节上，它浓墨重彩地渲染暴力与恐怖；在主题上，它不是像一般浪漫主义那样侧重于正面表达其理想的社会、政治和道德观念，而主要是通过极力揭示社会、政治、宗教和道德上的邪恶，揭示人性中的阴暗来进行深入的探索，特别是道德上的探索。这两点也正是哥特小说最重要的特点。

正因为18世纪以及19世纪初的社会背景、文化艺术、文学思潮、美学理论，以及欧洲的文化文学传统，都从不同方面为哥特小说的产生和发展准备了充分条件，所以它一产生就大受欢迎。不过它大受欢迎，还在于它深刻的心理根源。哥特小说刺激了人类最基本的情感之一：恐惧。美国现代著名哥特小说作家洛伏克拉夫特（H. P. Lovecraft）说："人类最古老最强烈的情感是恐惧。"[1]当我们既感到强烈的恐惧，同时又确信自己的安全，也就是说，在阅读哥特故事时，我们既能在幻觉中置身险境，但又从心底知道危险不会真的降临在自己身上，这时，我们就能感到强烈的愉悦。

其实哥特小说的美学基础也与恐惧相关。布克在讨论壮美时，就已经谈到人类最强烈的情感是恐惧，并且把壮美同恐惧联系起来。他把美分为秀美和壮美。一般来说，秀美的事物小巧、精致、和谐，并且为人们所熟悉，它们在观赏者心中所引起的是甜蜜、温馨、热爱、安全的愉悦和激动。与之相对，当面对峻峭高山、亘古荒原、滚滚大河、莽莽林海、古老废墟或者雷鸣电闪时，我们似乎体验到一种神秘的超验力量，心中不由充满敬畏甚至恐惧。

世界上第一部讨论壮美的专著，希腊人朗格努斯（Longinus）的《论壮美》（*On Sublimity*），尽管被发现时已残缺不全，约三分之一佚失，它仍然对18世纪欧洲的美学思想，包括康德的美学思想，产生了重大影响。它对哥特小说的产生、发展乃至为公众所接受，也起了很大作用。

1　H. P. Lovecraft, "Supernatural Horror in Literature", in Cliv Bloom, ed., *Gothic Horror* (New York: St. Martin's, 1998), p. 55.

作者在书中除了主要以古希腊哲学为理论基础和以古希腊文学作为例子来进行阐述外，还特别指出，《创世记》里神说："'要有光'，就有了光；'要有地'，就有了地"，[1]是极为壮美的场面。其实，在《圣经》里，另外还有许多能在人们心里引起敬畏与恐惧的壮美场面，比如大洪水、上帝毁灭所多玛和蛾摩拉、上帝在雷鸣闪电中降临西奈山、耶稣死亡、末日审判等等。

　　如果仔细研究这些场面，我们会发现，它们全都有关光明与黑暗、善与恶的冲突。从基督教的观点看，这种冲突归根结底是上帝与魔鬼之间永恒的冲突。而这种光明与黑暗、善与恶、上帝与魔鬼的冲突正是哥特小说最突出、最普遍、最持久的主题，它贯穿了哥特小说发展的整个历史。所以，哥特小说以其特殊的形式继承和发扬了欧洲特别是英格兰文学表现善恶冲突进行道德探索的传统，在本质上属于道德文学。

　　与此相关的是一个十分重要的现象，那就是，哥特小说在英美和德国这样一些国家最繁荣、成就最高。这些国家是最主要的新教（Protestant）国家，其中英美还长期为清教主义（Puritanism）所统治。这里有着深刻的内在联系。清教主义可以说是基督教里的原教旨主义，它是新教的一个比较极端的重要流派。清教徒信奉加尔文主义（Calvinism），把《圣经》里的每一个字都看成上帝的话。他们宣扬"原罪说"，强调人性的堕落（depravity），坚信命定论（predestination），认为人只能靠上帝的恩赐才能获救。他们把一切都看作是善与恶的冲突，是上帝与魔鬼之间永恒斗争的体现。他们以"十字军"骑士般的狂热，替天行道，把一切不符合清教信仰、清教道德的东西统统看作是邪恶而进行毫不留情的打击。许多天主教徒和各种男"巫"女"巫"因此惨遭迫害，被处以极刑。当然，天主教同样也对清教徒残酷镇压。清教徒同天主教以及一切与清教信仰、清教道德相悖的东西进行的激烈而且常常是血腥的斗争本身就可以说是一个个在上帝的旗帜下演出的"哥特故事"。这就是为什么竭力渲染恐怖气氛、深入进行道德表现和道德探索的哥特小说在英美德等国特别繁荣的根本原因。

　　尽管在哥特小说兴起之时，这样的迫害已经成为过去，但其影响仍然十分明显，新教同天主教之间的斗争仍然在继续。所以特别有意义的是，早期的许多哥特小说，比如前面提到的《奥特龙多堡》、《乌多芙堡

1　Longinus, *On Sublimity*, tran. A. Russell (Oxford: Clarendon, 1965), p. 12. 此处对《圣经》的引用并不准确。其实中世纪作家对圣经的引用经常不准确。

之谜》、《意大利人》、《修道士》以及爱伦·坡的名作《陷阱与钟摆》等等，都是以意大利、西班牙或者法国南部这样的天主教国家为背景，而且大都是在暴露天主教及其教士的邪恶。很显然，这些文学作品直接或间接地服务于新教与天主教之间的政治和宗教斗争。同样，"清巫"事件也被广泛运用于哥特小说以表现善恶冲突，或者进行道德探索和道德反思。这在美国文学中特别突出，尤其是1692年在塞勒姆（Salem）发生的残酷迫害"巫人"的事件，几个世纪以来一直刺激着文学家们的艺术想象力，从约翰·尼尔（John Neal）、霍桑到现代剧作家亚瑟·米勒（Arthur Miller）、当代作家斯蒂芬·金（Stephen King）都曾以塞勒姆事件为素材创作出气氛恐怖寓意深刻的作品。

虽然哥特小说在不断发展，但它的一个突出特点却几乎没有改变。前面已经提到，哥特小说的产生是对当时占据主流地位的理性主义和新古典主义的逆反，并且它也是在同理性主义和新古典主义的冲突中发展起来的。因此，它一开始就具有边缘性、挑战性和颠覆性，尽管它后来也不时进入中心，与各时期的主流文学相结合，但它本质上的边缘性和颠覆性却并没有因此而真正改变。这是由它本身的特点所决定的。首先，由于强调刺激和趣味，从总体上看，哥特小说主要是一种通俗文学、大众文学，同占主流地位的"精英文学"总保持相当距离。第二，由于它的"黑色"性质，哥特小说主要通过突出表现暴力和堕落来强有力地揭示社会罪恶和探索人性中的阴暗，它自然就对以维护现行社会秩序和道德价值体系为目的的主流意识形态和主流文学构成颠覆的危险。

哥特小说在18世纪所特有的颠覆性，前面已经讲过。到了18世纪末和19世纪初，浪漫主义成了文学的主流，哥特小说也进入了最繁荣的时期，几乎所有主要的浪漫主义诗人和作家，如布莱克、柯勒律治、拜伦、雪莱、济慈、司各脱、奥斯丁等，都创作了哥特故事或者使用了哥特手法并且推动了哥特文学的进一步发展，但这并没有从本质上改变作为浪漫主义流派一部分的哥特小说所特有的颠覆性质。虽然在一定意义上讲，所有的浪漫主义者都是现实的叛逆者，但主流浪漫主义文学的核心在于理想化；然而哥特小说却意不在此。尽管哥特小说中也有一些理想化人物，而且也在间接表达理想的价值观念，但其重点从来就是暴露罪恶与黑暗。正是因为这种"黑色"性质，再加上浪漫主义的叛逆精神，在浪漫主义时代，最典型的"哥特"人物是"恶棍英雄"（villain-hero），或所谓"拜伦式英雄"（Byronic hero）。他集善恶于一身，具有超常意志和力量，同压抑人性、束缚个性的社会和各种体制势不两立，因而是性格孤傲的叛逆式边缘人物。其代表者是拜伦塑造的曼弗里德。后来尼采提出的"超人"观念，在很大程度上就是受了这种人物形象的影响。

当然，这种人物形象并不是拜伦或者其他哥特小说家所独创。英国文学中早就有塑造这种人物形象的传统，比如马洛的浮士德和莎士比亚的麦克白就是这样的例子。不过这方面最著名的艺术形象要算弥尔顿在《失落园》的前面部分塑造的撒旦这个不屈不挠的叛逆者。其实，正是在浪漫主义时代，也正是因为浪漫主义者们在本质上都是叛逆者，弥尔顿的撒旦受到了从布莱克到拜伦等许多浪漫主义文学家的高度赞扬。除了曼弗里德，其他许多哥特作品中的"恶棍英雄"的塑造也深受其影响，其中玛丽·雪莱（诗人雪莱的妻子）的名著《弗兰肯斯坦》（*Frankenstein*, 1818）恐怕受《失落园》的影响最深。这部小说的卷首引语就出自《失落园》："造物主啊，难道我曾要求你 / 用泥土把我造成人吗？难道我 / 曾恳求你把我从黑暗中提升出来？"[1]这是亚当在面临被赶出伊甸园，也就是被赶出"主流社会"，并将遭受死亡的处罚时，胆敢对创造他的上帝发出的抱怨。弗兰肯斯坦不负责任地创造出一个"怪物"，又不负责任地抛弃了他。亚当的话正好表达出他对弗兰肯斯坦的抱怨。正如美国著名评论家布卢姆（Harold Bloom）所指出，"《弗兰肯斯坦》的中心是维多克·弗兰肯斯坦同其怪物（daemon）之间相互仇恨的关系。"[2]这种相互仇恨的关系之根源就是弗兰肯斯坦的不负责任，而责任正是道德的基础。这部哥特文学的代表作不仅像其他浪漫主义作品那样揭露了造成人的堕落的各种根源，而且还进一步从道德上批评了浪漫主义者们关于创造完美的新人类的理想以及作者丈夫所宣扬的普洛米修斯式英雄的观点。

在维多利亚时代，现实主义在文学中成为主导，同整个浪漫主义流派一样，哥特小说的地位也大为下降；但哥特文学并没有消亡，它仍然以通俗小说拥有大量读者。而且现实主义作家们也没有拒绝使用哥特小说手法。相反，在现实主义的代表作家们手中，哥特手法正好有助于他们揭露社会罪恶、批判社会现实。如约翰·贝利所说，狄更斯等现实主义作家把"哥特恐怖小说体裁同社会谴责小说体裁结合起来"。[3]这种结合

1　弥尔顿：《失落园》，第十章，第743-745行。译文参考了朱维之译本，天津人民出版社，1996年版。

2　Harold Bloom, "Introduction," in Harold Bloom, ed., *Mary Shelly's Frankenstein* (Broomall, PA: Chelsea, 1996), p. 5.

3　John Bayley, "*Oliver Twist*: 'Things as They Really Are,'" in *Dickens and Twentieth Century*, ed. by John Gross and Gabriel Parson (London: U of Toronto P, 1962), p. 64.

在狄更斯的《雾都孤儿》、《远大前程》、《荒凉山庄》、《双城记》、《艰难时代》等作品中都十分成功。在这些作家笔下，哥特故事的背景往往从遥远的过去和古老的城堡搬到了现实中的工业化大都市。伦敦东区肮脏狭窄的街道、阴暗潮湿的地下室、无孔不入的犯罪活动、下层人民所遭受的残酷剥削和压迫以及他们的悲惨生活，在这些作家眼里，都具有明显的"哥特色彩"。于是，哥特小说那种强烈的震撼力量正好能极大地增强他们的社会批判。因此在维多利亚时代，哥特小说的一个重要发展就是相当程度上的社会化和现实化。

在维多利亚时代的主要作家中，勃朗蒂姐妹不仅创作出最具哥特色彩的小说，而且也最突出地运用哥特手法来进行道德探索，来挑战维多利亚时代的主流意识形态。自17世纪清教革命以来，维多利亚时代是英国历史上最保守的时期。这期间，福音运动反复出现，宗教势力大为增强，清教道德观念主宰着人们的思想和社会生活。一个严重的结果是，妇女的地位空前降低。小说《简·爱》里被禁锢在阁楼上的"疯女人"成了人性受到压抑的维多利亚妇女的象征，而主人公简·爱则是妇女追求人格独立和个人价值的代表人物。《呼啸山庄》可以说是维多利亚时代的杰作中哥特色彩最强烈的作品。它把人物放到极端的环境中来对感情与理智、人性与道德之间的冲突进行了深入地探索和表现。同时，凯瑟琳和希斯克利夫这对现代"亚当"和"夏娃"从窗口窥视代表维多利亚主流社会的林顿家庭使凯瑟琳受到维多利亚价值观念的诱惑而犯下造成随后一系列悲剧的"原罪"，从而也赋予了小说深刻的社会批判的意义。不过，小说中真正的"原罪"应该是山庄清教徒式的老主人恩肖先生将他捡回来的神秘男孩视为"上帝的礼物"（God's gift）而加以宠信，相反却剥夺了自己孩子特别是儿子的父爱，从而在后代子孙中造成无穷无尽的仇恨、冲突与复仇。同时，小说中还有大量对清教主义的极端宗教思想的批判。

19世纪20年代以后，哥特小说发展的中心似乎转移到了美国。哥特小说能在美国迅速繁荣、持续发展自有其深刻的历史、文化和文学根源。首先，不仅历经艰险来到美洲的早期移民经常挣扎于饥饿、寒冷、瘟疫和死亡的威胁之中，而且一部美国史可以说就是一部在一个陌生而危险的环境中不断探险、冲突和征服的历史。其次，真正意义上的美国小说兴起之时正是哥特小说在英国和德国最繁荣的时期。美国第一位有影响的作家查尔斯·B·布郎（Charles B. Brown）就是在18世纪90年代，即所谓"哥特十年"的后期，推出了几部阴森恐怖并且充满血腥的作品。

同样，第一个享有国际声誉的美国作家欧文（Washington Irving）在司各脱和德国哥特小说作家的影响下创作出《睡谷》（The Legend of Sleeping Hollow）等带有明显哥特色彩的故事。第三，现实主义不仅迟至19世纪70年代才在美国产生重要影响，而且从未像在英国和法国那样一度占据绝对优势；浪漫主义在美国一直保持着十分重要的地位。

不过，最重要的原因恐怕还是美国历史上和美国文化中极为突出的清教主义传统。美国早期移民的核心主体是清教徒，他们在新英格兰建立起政教合一的社会体制。在英国清教革命失败，清教主义势力大为削弱之后，大批清教徒为逃避迫害，来到美洲，反而进一步加强了那里的清教势力，以至在17世纪末还发生了前面提到的塞勒姆事件。到了18世纪30、40年代，当理性主义在英国如日中天之时，在美国反而出现了以爱德华兹（Jonathan Edwards）为领袖、被称之为"大觉醒"（the Great Awakening）的清教主义复兴运动。清教徒以极端的狂热，谴责人的堕落，用"地狱之火"描绘出"在愤怒的上帝手中的罪人"的可怕处境。[1]即使到了20世纪，清教主义仍然在美国，特别是在南方继续发展。美国社会和文化中强大的清教主义传统及其对善恶冲突、道德探索的极端兴趣是美国哥特小说持续发展的最根本原因。

清教主义传统的一个最为深刻的影响是促进了美国文学的道德化和内向化。它促使作家对人性、对人的内心、对人的灵魂进行探索。这其实也是自基督教在罗马帝国取得统治地位之后西方文学逐渐形成不断发展并延续至今的核心传统。在美国，即使那些批判清教主义的文学作品也同样反映出清教主义在这方面的深刻的影响。对清教主义狂热的讽刺和批判早在布郎的第一部重要小说，也可以说是美国的第一部重要的哥特小说，《韦兰》（Weiland, 1798）里就是最基本的主题。然而这样一部小说恰恰明显继承了清教主义对灵魂深处或者说人性中善恶冲突压倒一切的关注并因此而特别突出地发展和深化了西方文学的内向化传统。在小说里，作者着重表现了宗教狂热对人心灵的毒害和扭曲以及带来的灾难性后果。尽管小说气氛恐怖，场面血腥，但造成韦兰杀掉全家并最后自杀的原因并不是因为有什么他在幻觉中感到的超自然外力在作祟，而是因为他的宗教狂热使他错误地解读了他所听到的奇怪声音。如果我们把《韦兰》同18世纪的英国哥特小说相比，我们立即会发现它们之间一个极

1　Jonathan Edwards, "Sinners in the Hands of an Angry God," in Nina Baym, et al., ed., *The Norton Anthology of American Literature*, 2 ed. (New York: Norton, 1985), p. 345.

为重要的区别。虽然几乎所有的哥特小说都十分注重表现人物的内心恐惧，但在英国作品中，这种恐惧往往是由外在的恐怖事物或环境所引起，而在《韦兰》里，外在的恐怖却相反根源于人物的内心。由此可见，在美国哥特小说一开始就具有了明显的特点。到了19世纪30年代以后，哥特小说在英国日益社会化、现实化，而在美国却日趋内向化、心理化。

　　使哥特小说朝内向化方面发展最突出的作家是爱伦·坡。坡是一个唯美主义者，极为重视作品的"整体效果"（unity of effect）。他那些脍炙人口的哥特故事大都短小精干，结构严谨，情节环环相扣，步步推进，整体效果十分突出。《厄歇尔家的崩溃》、《泄密的心》、《黑猫》、《红死魔的面具》、《活埋》、《陷坑与钟摆》、《雅蒙式拉多葡萄酒》等许多故事，全是典范之作。但在哥特小说的发展上，他更为重要的贡献恐怕是把道德探索同心理探索有机地结合起来。他曾说，他作品中的恐怖是"心灵的恐怖"（the terror of the soul）。他把人物放到他所创造的特殊环境之中，利用恐惧的特殊力量，打破社会为人铸造的外壳，以便能进入到人的灵魂深处，揭示人最隐秘的内心世界，展现人最原始的本能和最基本的需求，暴露在平常连他自己都不愿或不敢面对的丑恶，并且从不同的方面探索善与恶的冲突。这方面最突出的作品当数《威廉·威尔逊》。这个故事是19世纪以描写"异己"（double）形象来深入表现和探索人物灵魂深处的善恶冲突、心理变态和人格分裂的故事中最杰出、影响最大的一篇。这个故事对后来的作家产生了很大影响，史蒂文森、王尔德、托思妥耶夫斯基、康纳德等人都先后创作了类似的作品。

　　另一个把心理探索同道德探索绝妙地结合在一起、深入表现善恶冲突的杰出作家是霍桑。他所受的清教主义影响远超过爱伦·坡，因此在道德探索、在对清教主义的表现和批判方面，他也比坡更为直接和全面。同时，正因为他深受清教主义的影响，他对清教主义的态度也十分矛盾。在《好人布郎》、《牧师的黑面纱》、《七个尖顶的宅邸》、《大理石牧神》、《艾丽丝·多恩的申诉》等许多哥特色彩浓厚的作品里，如同在其代表作《红字》里一样，他既像清教徒一样深入到灵魂深处去揭示人身上普遍存在的为恶倾向，同时又在揭露清教专政时代的黑暗和批判清教主义对人性的摧残。他认为最严重的罪孽是"对人心的践踏"（the violation of the heart）。他受清教主义的影响和对清教主义的批评同样深刻。在他同清教主义的关系上，人们很难确定他的立场或位置；相反人们强烈地感受到他自身的矛盾。其实，他身上的矛盾在很大程度上正是深受清教主义影响的美国社会的矛盾，更是那些怀揣宗教理想主义来到新大陆、从对人的极端观念出发使用极端方式试图在"极端堕落"了的人世间建造"新迦南"的清教徒们及其后裔——现代美国人——身上的矛盾。霍桑并没有试图在作品中解决自己的矛盾，而是将其包容和展示在里面。因为，正如他试图以寓意方式表现清教徒的新英格兰现实一样，他致力于以象征主义的方式揭示他所理解的人性的真实。正因为如此，霍桑可以说达到了除中世纪作品《农夫皮尔斯》的作者兰格伦之外几乎是无与伦比的深刻。除爱伦·坡和霍桑外，麦尔维尔（Herman Melville）、詹姆斯（Henry James）、梅尔（Walter de la Mare）、福克纳（William Faulkner）等杰出文学家都是美国文学中将道德探索和心理探索结合在一起这一核心传统的代表人物。

到19世纪末，西方主要资本主义国家，特别是英国，进入了帝国主义时代，而哥特小说也获得了新的繁荣，其状况与一百年前极为相似。新一代作家如史蒂文森（Robert Louis Stevenson）、王尔德（Oscar Wilde）、威尔斯（H. G. Wells）、康纳德（Joseph Conrad）、斯托克（Bram Stoker）、福斯特（E. M. Forster）等人创作了《杰基尔博士和海德先生》、《多里安·格雷的肖像》、《莫罗博士之岛》、《德拉库拉》、《黑暗的心》等许多佳作，对哥特小说的繁荣做出了贡献。

这时期的哥特小说除了在传统的主题、情节、人物形象等方面继续发展外，还出现了一个十分重要的新特点，那就是对帝国主义和殖民主义的揭露和批判。威尔斯的《莫罗博士之岛》（*The Island of Dr Moreau*, 1896）是一个很好的例子。莫罗博士与雪莱夫人笔下的弗兰肯斯坦相似。他们都像浮士德博士一样想通过知识追求神一般的力量，都试图制造出新人类。不同的是，弗兰肯斯坦是一个理想主义者，本想制造出他理想中那种完美无缺的人。相反，莫罗却是一个帝国主义者，他想制造出会心甘情愿供其驱使的奴隶，从而建立起自己的帝国。然而他却为自己的野心所毁灭，最终死在他制造出来的"人"手里。

在批判帝国主义方面，康纳德的小说特别突出。他的许多重要作品都揭露了帝国主义对殖民地人民的侵略、压迫和掠夺。不过在他看来，深受其害的还不仅仅是殖民地人民，同时也是那些在海外进行压迫和掠夺的帝国主义者的人性。因此他的小说还着重描写了帝国主义者因自己的贪欲和权力欲而堕落的故事。《黑暗的心》（*Heart of Darkness*, 1902）的主人公在临死前终于认识到，非洲丛林里的恐怖根源于帝国主义的掠夺，根源于他自己那堕落了的灵魂。他那颗"黑暗的心"才是非洲丛林里那摧毁一切的黑暗的罪恶渊薮。与康纳德不同的是，福斯特更注重从文化心理方面对帝国主义进行批判。他的名著《通向印度之路》（*A Passage to India*, 1924）揭示出真正的恐怖根源于帝国主义者的傲慢与无知，该小说是探索和表现不同文明之间以及不同种族之间的文化冲突的先驱之作。

20世纪20年代之后，由于受现代主义文学的冲击，哥特小说在英国的地位下降，这时期的哥特作品主要是一些通俗小说和发表在杂志上的故事。但到了20世纪中期，随着现代主义文学的没落和大众文化地位的上升，又出现了一些主题严肃、艺术成就比较高的哥特小说，如象大卫·林赛、梅尔文·皮克、大卫·斯托里等人的作品。在这期间，把哥特手法运用于对人性进行深刻探索的最成功的杰作要算诺贝尔奖获得者戈尔丁（William Golding）的《蝇王》（*Lord of the Flies*, 1954）。这是一部深受清教主义影响的寓言式（allegorical）作品。它通过一个个令人毛骨悚然的场面，描写了一群流落到一个孤岛上的孩子在失去文明的规范和道德的指引之后，如何一步步堕落和展示出原始的凶残本性的故事。

在20世纪，哥特小说在美国远比在英国更为繁荣。不同流派的作家如福克纳、纳波科夫、约翰·霍克斯、托玛斯·品琼、托尼·莫里森、H.P. 洛夫克拉夫特、斯蒂芬·金、托玛斯·哈里斯、安妮·赖斯等一代又一代的作家都大量使用了哥特手法或者创作了哥特小说。特别是在美国南方，哥特传统是南方文学成就不可分割的重要组成，而南方独特的社会、经济、历史和文化也使南方的哥特小说带上了鲜明的色彩。由于南方的庄园制度，清教文化，特别是血腥的奴隶制以及在南方人看来是一场大灾难的南北战争，南方具有哥特小说发展的肥沃土壤。南方文学中的哥特传统可以追溯到早期的边疆故事和奴隶故事。南方小说的主流可能要算庄园小说，而南方的第一部庄园小说，肯尼迪（John P. Kennedy）的《麻雀仓房》（*Swallow Barn*, 1832），就有浓厚的哥特色彩。随后爱伦·坡和马克·吐温也对南方哥特小说的发展做出了很大贡献。不过，南方哥特小说的真正繁荣开始于南方文艺复兴。

在南方文艺复兴时期，福克纳等一批南方作家抛弃了南方文学粉饰南方社会和历史的传统，有史以来第一次正视南方现实，深入揭示南方社会和历史中的罪恶，特别是奴隶制、种族主义和清教主义对人性的摧残和践踏。他们的作品表明，这些罪恶如此令人震惊，以至"非哥特手法不足以表现南方的现实"。[1]在南方作家中，福克纳不仅成就最高，而且

1　请参看Mulvey-Roberts, ed., *The Handbook to Gothic Literature*, p. 9。

在使用哥特手法方面也堪称典范。从著名短篇《献给爱米丽的玫瑰》到《我弥留之际》、《圣殿》、《八月之光》、《押沙龙，押沙龙！》、《坟墓的闯入者》等饮誉世界的长篇杰作，他都大量使用了哥特手法。福克纳的成就深刻地影响了美国南方文学。莱特（Richard Wright）、麦卡勒（Carson McCullers）、卡波特（Truman Capote）、珀迪（James Purdy）、奥康纳（Flannery O'Connor）、莫里森（Toni Morrison）、赖斯（Anne Rice）等后继者进一步发展了特点鲜明的南方哥特小说传统。需要说明的是，虽然莫里森出生在北方，但正如她的那些以南方为背景的作品所表明的，同她那因种族迫害而逃到北方的父母一样，她的根仍然在南方。

这里特别要提到的是黑人作家。他们把哥特手法作为谴责和批判奴隶制和种族主义的强有力的方式。来自密西西比的著名作家莱特的代表作《土生子》（*Native Son*, 1940）是第一部在全美具有影响的黑人小说。作者运用哥特式恐怖来表现种族主义造成的可怕后果，在一定程度上预示了60年代黑人民权运动中的激进派别的出现。莫里森是艺术上更为成功的作家。她的代表作《宝贝儿》（*Beloved*, 1987）也许是《押沙龙，押沙龙！》之后最出色的美国小说之一。它通过血腥的场面、神秘的气氛、闹鬼的房屋和惊险曲折的情节再现了南方噩梦般的奴隶制历史和对黑人造成的心灵伤害。她那部在文学艺术上或许更为杰出的作品《所罗门之歌》同样也运用哥特手法对美国黑人的苦难历史、文化身份乃至种族主义对黑人心灵的扭曲进行了极为系统深入的探索。这部作品思想之深刻艺术之完美，美国现代小说中除《押沙龙，押沙龙！》外，无出其右者。

与其他南方作家致力于表现南方社会和历史不同，赖斯更注重探索现代社会里人的异化。不过她的主人公不是人，而是吸血鬼。哥特小说中一直就有描写吸血鬼的传统。拜伦的医生坡里多利（John Polidori）的故事《吸血鬼》（*Vampyre*, 1819）开了吸血鬼故事的先河。斯托克（Bram Stoker）于1897年出版的《德拉库拉》（*Dracula*）是吸血鬼小说的经典之作。这部小说在20世纪30年代被搬上银幕，获得极大成功。此后，吸血鬼小说和电影层出不穷。赖斯正是这一传统的集大成者。她因《吸血鬼访谈录》（*Interview with the Vampire*, 1976）一炮走红，随即接连出版了吸血鬼系列小说，十分畅销。她在书中从吸血鬼的独特视觉出发来观察和表现现代世界，指出现代世界和道德堕落的人比吸血鬼更为可怕。

美国现当代哥特小说的繁荣除了传统方面的根源外，还与两次世界大战的血腥杀戮、冷战、科学技术飞速发展、心理研究的深入、人的异化空前严重等因素密切相关。有学者指出，"对许多美国作家来说，哥特体裁似乎已经成了表现当代体验最适当的方式。"[1]在现当代哥特小说中，除了那些有关幽灵、吸血鬼、复仇、因果报应的故事以传统形式或者结合现当代现实继续发展之外，以病态心理、幻觉、性变态等为根源的恐怖故事也大量出现，而哥特小说与科幻小说的结合更是极为突出的特点。其实，科幻小说一开始就同哥特小说结下了不解之缘。西方第一部科幻小说，雪莱夫人的《弗兰肯斯坦》，就是最著名的哥特小说之一，而爱伦·坡、史蒂文森、威尔斯等作家的许多科幻故事本身也是哥特小说。从《弗兰肯斯坦》到今天的科幻哥特小说的一个最根本的主题就是人对自己的创造物的恐惧。而在电脑时代和克隆技术迅速发展的今天，这种恐惧更是像噩梦一样压在人们心里，因此，许多当代科幻哥特作品都致力于描写人的创造物反过来威胁、控制、残害、毁灭人自己的故事。同时它们还通过谴责不负责任的科学家或者妄图征服世界的野心家的疯狂行为来表明，缺乏正确的道德原则的指导，科学技术的恶性发展将会带来什么样的灾难性后果。

从这里也可以看出，无论哥特小说怎样发展，总的来说，它都没有偏离表现善恶冲突、进行道德探索这一主线，它总是在揭露各种摧残人性、威胁人类或者使人堕落的罪恶。不幸的是，人们对这些罪恶往往视而不见，习以为常，甚至以恶为善，这在当今世界更是如此。所以，当人们问奥康纳，她为什么在作品中那样大量使用哥特手法时，她回答说："对于那些听觉不灵的人，你得大声叫喊；而对于那些快失明者，你只能把图画得大大的。"[2]也就是说，只有借助哥特小说所特有的那种震撼人心的力量，才能使人们清醒过来，认识到那些罪恶和危险。因此，只要有使人堕落或者践踏人性的罪恶存在，哥特小说就会继续发展。

---

1 请参看 Mulvey-Roberts, ed., *The Handbook to Gothic Literature*, p. 9。
2 Flannery O'Connor, *Mystery and Manners*, ed. by Sally Fitzgerald (New York: Farrar, Straus & Firous, 1969), p. 34.

内心独白并非虚幻

　　在《外国文学评论》1991年第4期上,黄希云先生发表了《判断"内心独白"的两个根本问题》一文,对"内心独白"从"内心"和"独白"两个方面进行了质疑,最后作出结论说:"在取消了内心定义,并对独白话语作出了上述限定之后,小说中'内心独白'的虚幻性质便暴露无遗。"因此,他认为,"长期以来人们对它的错误假定和沿用使有关的小说理论和批评始终迷失在一个貌似诱人、实则并无实际对象的臆想概念之上",所以"这一概念"是"不符合实际和有害的"(第8页)。[1]至于这一概念怎样"有害",黄文没有指出,我们不敢妄加臆想。但这并不重要,重要的是"内心独白"是否真的如他所断言,仅仅是"虚幻",是"不符合实际"的"臆想概念"。对于黄希云先生的这一结论,本文作者实在不敢苟同。由于内心独白,正如他所指出的,"是20世纪小说批评的一个重要概念"(第8页),而且也是现代小说,进而也是现代文学中一个极为重要的手法,是现代文学不可分割的组成部分,实际上已经形成了一个极为重要的传统,所以窃以为有必要把自己的想法讲出来,求教于黄希云先生和其他专家。

――

　　本文同意黄希云先生关于证明"内心独白"的关键在于能否证明"某一话语是内心的"的观点:"证明了某一话语是内心的就等于证明了它是独白"(第3页),因而它也就是内心独白。他正是从否定内心独白的

1　对黄文的引用均出自《外国文学评论》1991年第4期。引文页码随文注出,不再加注。

"内心"性质着手来否定内心独白的存在。他认为，"除非人物的话语被叙述者加上由'想'、'思忖'这一类表明内心活动的动词构成的引（补）述句和引号，否则读者无从判断该话语的内心特征。而人物话语一旦被加上引（补）述句和引号，就不符合'内心独白'的定义而要被看作是直接引语了"（第5-6页）。这一段话的后一句是对的，但前一句就不符合事实了。黄文指责使用内心独白这一概念的人把这一概念"一开始就建立在对实际生活现象的错误类比之上，即先验地假定了文学中内心独白的存在，而没有事先考察在具体作品中对其进行判断的根据"（第8页）。毫无疑问，任何严肃的文学批评以及文学理论或文学术语的提出都必须建立在对具体作品的认真、仔细的考察之上。然而正是现代文学中的具体作品提供了内心独白存在的大量例证以及"对其进行判断的根据"。就在黄希云先生一再提到的乔伊斯的《尤利西斯》和福克纳的《喧哗与骚动》（黄文中译为《喧嚣与愤怒》）中也是如此。

阅读《尤利西斯》和《喧哗与骚动》这类作品与阅读传统作品不同。阅读传统作品时，读者处于比较被动的状态，似乎是在接受作者的"指点"，而阅读这些现代主义作品则需要读者积极参与。虽然作者竭力想把自己隐藏起来，但他也为读者仔细安排了许多暗示和线索。读者必须把这些暗示和线索"捡"起来，才不会迷失在这些艺术的迷宫之中。所以，这类作品需要反复读。正如一位评论家指出，乔伊斯的作品"不能读，而只能重读（reread）"。[1]

黄希云先生似乎没有仔细注意这些作品中作者所给予的各种线索和暗示，所以才会断言："我们没有任何根据可以对"那些话语"是否是内心的作出判断"（第5页）。的确，要判断一段没用"想"、"思忖"等动词引导的人物的直接话语，即自由直接引语，是否是内心的，是很困难的。但一个真正的艺术家总会采用各种手段来直接或间接表明它是内心独白，如果他真想使用内心独白的话。现代小说家通常在内容和形式上，比如故事情节、上下文、语言形式、标点符号等方面下工夫，来表明这段话语是否是内心独白。只要我们留心，总会发现一些能够帮助我们作出判断的标志。另外，我们还可以运用常识来帮助做出判断。现在让我们来看一些内心独白的例子，特别是黄文提到的一些作品中的例子。

首先被黄文否定掉的是"被人们习惯视为'内心独白'经典段落的

---

1 Joseph Frank, *The Widening Gyre: Crisis and Mastery in Modern Literature* (New Brunswick: Rutgers UP, 1963), p. 19.

《尤利西斯》中莫莉·布鲁姆的独白"（第4页）。的确，莫莉的独白在几乎所有讨论内心独白的论著中都被作为经典来讨论。[1] 黄文否认它是内心独白的主要理由是：如同所有自由直接引语一样，"我们没有任何根据可以对莫莉·布鲁姆的话语（自由直接引语）是否是内心的作出判断"（第5页）。即便如此，我们也不能因此而轻率地否定它可能是"内心"的，进而否定内心独白的存在。但这并不重要，重要的是我们能找到一些"根据"来判断其"内心"性质。首先，从上下文看，这段独白是莫莉早上醒来后，躺在床上的思想活动。这段独白没有听话者（她丈夫熟睡未醒）。另外，从其人称、时态、没有加引号等语言形式上看，它是自由直接引语。黄文认为《高老头》中欧也纳的话"他疯了"是自言自语，这非常可能。然而一个人的自言自语长达40多页就难以想象了，这不符合常识，而且小说中没有任何迹象表明她神经有问题。其次，在这段独白中，作者没有用任何标点符号，而且除了专用名词和代词"我"以外，几乎没有用任何大写字母，这充分体现了内心活动的流动性。还需要指出的是，《尤利西斯》中凡是"被发出声的"话语，不论是对白还是独白，都用了标点符号。当然我们不能因此得出结论，凡是用了标点符号的话语都是被发出声的。但人们知道，使用标点符号的作用之一，在于表明说话时的停顿和换气。而人们的内心活动自然不需要这种停顿和换气，所以用不着加标点，这样更符合实际，更具有评论家们所说的"真实的特征"。相反，人们很难想象会有人能"自言自语"长达40多页而不停顿换气。

紧接着被黄文提出来否定的例子是《喧哗与骚动》的前三部分，认为它们的"内心特征都是没有判断根据的"（第5页）。的确有一些评论家把这三部分分别看作是班吉、昆丁、杰生的内心独白。黄文从整体上否定它们是内心独白，应该说是正确的。但不能因此而否定其中包含有大量的内心独白，更不能因此进而否定内心独白的概念本身。我们现在以昆丁的部分为例。这部分是关于昆丁在1910年6月2日准备自杀这一天的各种经历，他的所见所闻，特别是他的大量内心活动。为了表现他自杀的原因、他的绝望心情和康普生家族崩溃的必然趋势，福克纳大量使用了意识流和内心独白。福克纳是一个极为严肃认真的作家。在其貌似"混乱"的叙述中，他总是埋伏有一些线索和暗示，这给了我们判断

1　譬如可参看罗伯特·汉弗莱《现代小说中的意识流》，程爱民、王正文译，长沙：湖南人民出版社，1983年和Leon Edel, *The modern Psychological Novel* (New York: Crossllet & Dunlap, 1964)。

其"内心特征"的根据。昆丁部分中艺术效果最卓绝的内心独白，可能要算昆丁同施里夫、布兰特太太、吉拉德、斯波特等人坐在小车里的那一段。[1] 它主要是由于昆丁同一个意大利小姑娘在一起，引起了小姑娘的哥哥的误会，被告到法院的遭遇所引发的。那个意大利男孩为了保护妹妹而表现出的近乎野蛮的勇敢使他想起自己为了保护妹妹凯蒂的贞操而同艾密斯对抗时的软弱无能。我们不能想象这段长达数页的独白是"被发出声的"，因为昆丁这样一个生性敏感、把家族荣誉看得重于一切的南方青年不会把自己妹妹的堕落行为告诉别人。而且，像莫莉的独白一样，这段话语也没有使用标点符号和大写字母。实际上，作者紧接着就明白地向读者表示这段独白是"内心的"。开始时，昆丁的内心独白还同其他人的话语夹杂在一起，渐渐地昆丁沉浸到他的内心活动中。他回忆起凯蒂怎样失贞，他怎样去同艾密斯"打架"的往事。当这一长段独白结束后我们才知道，昆丁在回忆他同艾密斯打架时，实际上是在同车上的吉拉德打架。原来，当昆丁在回忆凯蒂与艾密斯之间的行为时，他偶然听到吉拉德在下流地大谈他同女人之间的事。于是昆丁把吉拉德错当成艾密斯。这是福克纳的神来之笔。为了进一步表明这段独白的"内心"性质，作者让施里夫事后告诉昆丁（因为昆丁自己也不知道为什么要向吉拉德动手）："我只知道你忽然跳起来，嚷道：'你有姐妹吗？你有吗？'吉拉德说没有，你就打他。我注意到你一个劲儿地瞅着他，<u>不过你像是根本没注意旁人在说些什么</u>，突然之间却蹦起来问他有没有姐妹。"（第188页，着重号为本文作者加）这再清楚不过地表明昆丁的独白是内心的。很显然，施里夫和坐在他旁边的人都没有听到他任何"自言自语"。

在一些使用意识流手法的短篇小说中，我们也往往可以从故事的上下文、语言环境、语言形式中找到判断话语的内心性质的根据。凯瑟琳·安·波特是美国南方著名女作家，她特别长于展示人物的内心活动。她的短篇《蕙特沃尔老太太之受骗》让读者直接进入这个临死之人的内心，观察她的心理活动。在故事里，凡是她讲出的话语，包括她的自言自语，甚至她想讲出，并且自以为已经讲出其实并没有讲出的话语（因为一直守护在她身旁的女儿或其他人都未听到）都放在引号中作为直接引语。而她的内心活动多半是以自由直接引语表现的，没有加引号。除了这种语言形式上的对照外，从内容上看，她的内心独白包括她想顽强

---

[1] 威廉·福克纳《喧哗与骚动》，李文俊译，上海译文出版社，1984年，第167-68页。

地活下去的愿望，她60年前在教堂等待新郎乔治前来举行婚礼而新郎却根本没有出现这件事所带来的屈辱，她后来的艰辛日子以及同丈夫的关系，她对乔治的终身愤恨以及由此而产生的对地狱的恐惧，等等，她都不可能对她女儿或其他人讲。另外，作者也排除了自言自语的可能性。她女儿很有孝心，一直守护在床前。不仅她讲出的话她女儿都有所回答，即使她嘴皮动一下，她女儿都要询问她想讲什么。其实她已处在弥留之际，说话已非常困难，只有几次开口说过话，而且都是极为简单的几个字。她根本不可能讲出她内心独白那样成段的复杂的话语。最后，当全家人以为她已经死去，她女儿大声哭喊她的时候，她的内心活动还没有停止。她一直认为自己是虔诚的教徒，死后上帝会把她接到天堂。所以她希望在临死时上帝能对她有所表示。因此她说："上帝，显示你的存在吧！"然而上帝并没有出现，就像当年在教堂中举行婚礼时新郎没有出现一样（《圣经》中耶稣称自己为新郎）。顿时，老太太心中充满悲愤，觉得自己再一次受骗，说："我决不会原谅。"然后，她才死去，停止了内心活动。她临死前的这些自由直接引语绝不可能是发出声的，而只能是内心独白。[1]

以上这类例子在这些小说和许多其他作品中不胜枚举。仅从上面的分析看，我们似乎也可以说黄文的结论："所谓'内心独白'的内心特征都是没有判断根据的"（第5页），是站不住脚的。本来，正如黄希云先生所说，"证明了某一话语是内心的就等于证明了它是独白"，换句话说，也就证明了内心独白并非子虚乌有的"主观臆想"。但是，从文学理论上看，黄文的主要错误还不在于否定内心独白的内心性质，而在于它把叙述者和人物混为一谈。

二

在否定了内心独白的"内心"性质之后，黄希云先生进而对独白进行"限制"。他说："独白只是就没有听话者的纯粹的<u>人物话语</u>而言"（第6页，着重号为原文所有），这无疑是对的。但他接着说："无论是叙述者的话语还是承担了叙述者功能的人物的话语都不能视为独白。然而这一判断小说独白的重要标准迄今却无人指出。"（第6页）这就值得商榷了。

---

[1] Katherine Ann Porter, "The Jilting of Granny Weatherall," 载万培德主编：《美国二十世纪小说选读》（上），华东师大出版社，1981年，第174页。

叙述者话语不能作为独白，这无可非议。但"承担了叙述者功能的人物话语"这一问题则比较复杂。首先，"承担了叙述者功能的人物"这一提法本身就有问题。但这一问题并不仅仅存在于黄文中。

20世纪小说理论上最重要的发展之一恐怕就是对叙述者的研究。在这方面的众多研究中，W. C. 布斯的《小说修辞学》也许最有影响。在这本美国英文系研究生的必读书中，布斯对作者、隐形作者和叙述者作了认真区分。这对作品的理解和研究意义重大。然而布斯没有进一步把第一人称叙述者和作品中以"我"出现的人物进行区分，而将他们统称为"戏剧化叙述者"。他说，如果叙述者"一旦把自己作为'我'来提及时……他也就被戏剧化了"。他接着说："许多小说把叙述者完全戏剧化，把他们变成与其所讲述的人物同样生动的人物。"[1]他举出《商第传》、《追忆逝水年华》、《黑暗之心》、《浮士德博士》等作品为例。这些作品（《黑暗之心》在一定程度上可算例外）都是以第一人称来叙述的，而且那些以"我"出现的人物都是作品中的主角。然而，只有康拉德的《黑暗之心》里的马洛在一定程度上或许可算是"戏剧化叙述者"。这部作品是所谓"框架小说"，也就是那种故事中包含有故事的小说。在这种小说中，某一人物在"框架"部分，但也仅限于"框架"部分，既是人物又是叙述者，比如那个坐在泰晤士河上边抽烟边向三个伙伴讲述他在非洲丛林中的冒险经历的马洛。而那个在非洲丛林中冒险的马洛则根本不是叙述者。尽管悠闲地坐在泰晤士河上讲故事的马洛与在非洲出生入死的马洛同名同姓，甚至是同一个人，但他们却不能等同，不能混淆。他们的身份，他们的艺术功能都不一样：一个是叙述者，另一个是人物。在讲述过程中，泰晤士河上那个马洛可以说没有什么改变，而非洲丛林中的马洛的思想、感情、性格都在其不平凡的经历中发生了极大变化。更重要的是，泰晤士河上那个马洛在讲故事时不可能同时在非洲冒险。

另一个更为明显的例子是狄更斯的《大卫·科波菲尔》。小说的第一人称叙述者是一个成年人，他在回忆和叙述自己童年时代的故事。小说以大卫的出生开始。而那个刚刚"带着一层胎膜降生"[2]的作为人物的大卫·科波菲尔怎么可能是那个既插科打诨又见解深刻的作为叙述者的大卫·科波菲尔呢？甚至在那个婴儿降生之前，叙述者已发了一通关于传

---

1 W. C. 布斯：《小说修辞学》，华明、胡苏晓、周宪译，北京：北京大学出版社，1987年，第170页。
2 狄更斯：《大卫·科波菲尔》（上），董秋斯译，北京：人民出版社，1987年，第8页。

记和财产的议论。这实际上已把叙述者和人物明显地区别开来。但这种明显的差别容易给人造成一种错觉，以为他们之间的差别主要在年龄上。其实他们之间的根本区别在于他们分别作为叙述者和人物的不同身份和不同的艺术功能。作为叙述者，他的身份和艺术功能已决定了他不可能同时以人物的身份出现在他自己正在讲述的故事之中，而他故事中的那个行动着、感受着的"我"并没有，也不可能坐在这里讲故事。把第一人称叙述者同以"我"出现的人物混为一谈是文学批评中的一个普遍错误，这正如以前人们普遍把作者同书中的"我"混为一谈一样。《追忆逝水年华》或《喧哗与骚动》的前三部分的叙述者之所以更容易同作品中以"我"出现的人物相混淆，是因为他们在年龄、性格、思想、感情上相近或相同。然而这种相同并不能改变他们之间的身份和艺术功能上的根本差别，正如在思想感情上代表作者的可靠叙述者不能同作者混淆一样。与之相反，在《大卫·科波菲尔》的叙述者与《追忆逝水年华》或《喧哗与骚动》前三部分的叙述者之间，作为叙述者，他们却没有本质上的差别。

现在让我们回过头来看黄希云先生关于"承担了叙述者功能的人物话语"的观点。从上面的讨论来看，严格地说，"承担了叙述者功能的人物"这一提法本身就是错误的。其实，黄希云先生在其论文的开始部分在分析《喧哗与骚动》的前三部分时正确地区分了"观察者（语式）和叙述者（语态）这两个基本范畴"（第5页）。这里"观察者"实际上就是作品中的人物。他批评人们把"这两个基本范畴""混淆"从而把叙述者当作人物来看待的错误。然而他犯了几乎同样的错误，不过恰好相反。他把这两个"范畴"作为"意识（语式）"和"话语（语态）"放在同一个人身上从而把人物当作叙述者来看待。换句话说，这就是叙述者把自己"观察"到的东西"讲"出来。这自然是因为他想以此来否定内心独白的存在。如果人物被看作是叙述者，那么内心独白的"内心性质"和"独白性质"都会顺理成章地成了问题，因为叙述者的话语根本不可能是内心的，而他的话语总是以听众或假想听众（读者）为对象。

所以，黄文认为："小说中唯一可能的独白是（没有听话者的）纯粹的人物话语"（第6页，着重号为原文所有）。这个看法基本上是对的，但应该指出，作品中的任何人物都应该是所谓"纯粹的人物"。因为如上面所讨论的，叙述者，作为叙述者，不可能同时作为人物进入他正在讲述的故事。当然，黄文不这样看，而认为故事中那个"我"不是"纯粹人物"，因为他同时又是叙述者。作为证据，他引用了《喧哗与骚动》中昆丁部分的开头：

> 窗框的影子显现在窗帘上，……我又回到时间里来了，听
> 见表在嘀嘀嗒嗒地响。<u>这表是爷爷留下来的</u>，父亲给我的时候
> 说……（第8页，着重号为黄文所加）

黄希云先生以"这表是爷爷留下来的"这句话说明，这是叙述者昆丁对读者讲的话，因为昆丁没有必要为自己解释这表的来历。这无疑是正确的。然而这并不能证明叙述者的昆丁就是躺在床上听表的嘀嗒声的那个昆丁。相反，叙述者的解释恰恰证明他不是床上的那个昆丁，因为床上那个昆丁怎么会抛出这么个解释来呢？另外，值得指出的是，从"我又回到时间里来"，一直到第二段的第一句的前半部分，整个是福克纳在修改时加进去的，原稿上没有。这自然是为了强调传统（由其祖父、父亲所代表）对他的灾难性影响。这一"强调"由叙述者的昆丁来表达显得更为自然、妥帖。从语言形式上看，这一部分用的是过去时态（参看英语原文），这也表明是作为叙述者的昆丁在追述自己过去的事情。至于昆丁当天傍晚就沉河自杀，从而有无可能来叙述自己这一天的经历的问题，我们似乎不必追究。

其实如果黄希云先生稍微再往下看，在同一页的第二段中，他就会发现那个躺在床上的昆丁作为"纯粹人物"的独白了：

> 我躺在床上倾听它的嘀嗒声。实际上应该说是表的声音传
> 进我的耳朵来，我想不见得有谁有意去听钟表的嘀嗒声的……[1]

在这段话语中，从"实际上"开始一直到后面这一段结束，原文用的是现在时态（除了最后几句是昆丁回忆父亲所讲的话，自然要用过去时态外），属于自由直接引语，它"无论在视角、人称、时态、句法、语气，都原封不动地保留了人物话语的本来面目"，并且"没有任何其他人物作为听话者"（第7页），完全符合黄文提出的独白的条件。它就是躺在床上那个昆丁（人物）在这一时刻正在想的，是他的内心独白。叙述者昆丁的话语用的是过去时态，而人物昆丁的话语则用的是现在时态，不能混淆。所以这两个昆丁绝不能等同。至于上面讲到的那个在汽车上突然蹦起来，把吉拉德误当成艾密斯并对其动手，然而却被打得头破血流的昆丁，与叙述者的昆丁更是明显地不相干。后者只是在讲述前者的遭

---

[1] 福克纳：《喧哗与骚动》，第85页。

遇而已，他在讲述的时候，决不会再把吉拉德错当成艾密斯。从上面的分析可以看出，"承担了叙述者功能的人物"或"戏剧化叙述者"的提法不正确，它们混淆了叙述者和人物这两个不同的"基本范畴"。故事中的"我"无疑属于"纯粹人物"，他的独白，只要我们能证明其内心性质，自然就是内心独白。

三

内心独白成为重要的艺术手法，在现代文学中广为使用，绝非偶然。同现代文学本身一样，它也是现代社会发展的产物，是人们对自身心理活动认识深化的产物，是一代又一代文学家们不断探索的产物。20世纪是文学艺术获得巨大繁荣发展的时代。与以前的文学相比，现代文学有两个重要特征与内心独白的发展密切相关。一个是所谓的"内向转移"（inward turning），也就是把描写的重心由外部世界转移到人的内心世界，由人们所作所为转移到内心活动、内心体验。另一个重要特征是所谓"显示"（showing）重于"讲述"（telling）的客观化艺术倾向，即作者尽可能地隐退，让人物像在戏台上一样用自己的话语和行动来"显示"自己的性格和事件的意义。因此，作者不直接下结论，而只是为读者作判断提供根据。

"内向转移"的艺术倾向与在"显示"手法上的探索相结合，为现代意识流小说的发展奠定了基础。而内心独白也随着意识流小说的发展而逐步成熟起来。用罗伯特·汉弗莱的话说，"内心独白是一种小说中用以表现人物的意识活动内容和意识活动过程的技巧"，[1]它企图"将意识直接展示给读者"。[2]内心独白的广泛应用，以及意识流小说的出现与成熟，不仅是文学创作技巧上的进步，更是文学观念上的更新。它真正把人放在作品的中心。人既是作品的出发点，也是其归宿。文学作品对外部现实的反映与认识也大多以人物的内心体验为基准。对人物的塑造不再主要是从其生活环境、外部特征着手，而往往是直接从人物的内心世界切入。读者能直接进入甚至参与人物的意识过程。在现实生活中，一个人永远只能生活在自己的意识里，绝不可能进入其他人的意识。而内心独白则给我们造成这么一种可能或假象，使我们在文学作品中能做到在现实生

1　汉弗莱《现代小说中的意识流》，第31页。
2　汉弗莱《现代小说中的意识流》，第32页。

活中不可能做的事，使我们能直接观察、感受和体验另一个人的内心活动。所以内心独白既是人们对自身认识的深化，也可促进人们的交流和沟通。而这正是任何有价值的文学作品的根本意义之所在。

现代小说中的"显现"手法

　　一位禅宗法师习惯在宣讲佛经时向上伸出食指。他的徒弟中有一个年轻的和尚很爱模仿他。每当法师伸出食指时，他也跟着做，常常引起师兄弟们窃窃发笑。一天，法师看到这小和尚在模仿他，他抓住这个徒弟的食指，掏出刀，将它砍了下来。正当小和尚边哭边跑出去的时候，法师将他叫住。他转过身来，看到师傅正向上伸出食指，他也本能地伸出食指；然而在他的食指的位置他什么也没有看见。顿时，他大彻大悟，参到了禅机。于是他深深地弯下腰去，向师傅道谢。如果西方现代主义代表作家詹姆斯·乔伊斯是那个青年和尚，他很可能会兴奋地叫出来："Epiphany！"他甚至很可能将其收入他所记录的70多个"epiphany"实例之中。尽管如此，作为浸淫在西方基督教文化中的乔伊斯，他所体验到的"epiphany"与那个禅宗小和尚获得的"顿悟"却不一定完全相同。

　　由于乔伊斯的重大影响，他所界定的epiphany后来成为研究现代小说，特别是现代主义小说的一个十分重要的术语。当然，它能成为一个重要的术语更是因为它本身就是体现了现代文学，特别是现代主义文学内容上主观（subjective）而形式上客观（objective）这一本质性特点的艺术手法。国内一般将epiphany译为"顿悟"。这一译法就小和尚的"顿悟"而言，大体上是可以的；但若从乔伊斯对它作为美学术语所进行的界定以及他和其他文学家们在创作中对它的使用来看，却似有值得商榷之处。

　　Epiphany一词源于希腊语epiphaneia，基本意思是appearing, revealing, manifestation（即出现、显现、展现、展示），特别是指神辉煌出现或降临（appearing in glory）以施援手或进行救赎。它后来成为一个基督教术语，指刚出世12天的的耶稣"显现"给远道赶来的东方三贤，也就是上帝向犹太人之外的世人（Gentiles）显现他是真神，这也象征性地体现了犹太教向基督教的根本性发展。因此，1月6日也成为基督徒的重要节日主显节（Epiphany，也译为显现节，莎士比亚名剧《第十二夜》即以此为时间背景）。在美国，有学者认为，Epiphany 也指耶稣死后40天重新出现在信徒面前，以他的复活向世人证明他是道成肉身的神子。除此之外，《新约》还至少5次使用了 epiphaneia 一词来特指耶稣的再次显现（即所谓第二次降临），英语钦定本《圣经》将其全译为 appearing，而中文版《圣经》则全译为"显现"。[1]可见，"显现"最准确地体现了宗教术语 epiphany 的基本意义。

与之相对，"顿悟"本是一个佛教术语，禅宗六祖慧能开顿悟法门，顿悟说遂成为禅宗南宗的基本教义。它认为"人人自心本有佛性，悟即一切悟，当下明心见性，便可'见性成佛'"（见《辞海》1979年版）。可见，其关键在"悟"，其立足点在"顿悟者"身上；相反，epiphany 的关键显然是襁褓中的耶稣或者是乔伊斯所说的那种正在"向我们闪耀"其"灵魂"的"最普通的事物"（the commonest object）。[2]除此之外，由于根源于不同的宗教传统和文化背景，epiphany 与顿悟之间还有许多不同的涵义（connotations）。虽然 epiphany 已被用为美学术语，但它所带有的基督教文化的烙印仍然存在，何况乔伊斯关于 epiphany 的美学观点本身就建立在著名的基督教神学家阿奎纳（Aquinas, 1225?-1274）所提出的美的三原则之上。因此，尽管 epiphany 和顿悟这两个来自不同的文化、不同的宗教的术语之间有一些相似之处，它们的基本意义和许多涵义都有很大差异，用顿悟来翻译 epiphany，或反过来用 epiphany 去翻译顿悟，似乎都不太妥当。其实，简单地拿一个在某一文化内已经有确定意义和涵义的术语去翻译任何其他文化中同样已有确定意义和涵义的术语，似乎都不大妥当，而且很可能会造成误解和混乱。比如，用玉皇大帝去译 Zeus 或用道去译 Logos，都不大合适。

乔伊斯第一个把宗教术语 epiphany 用作美学术语。他在1904年2月2日，即他22岁生日那天，开始创作自传体小说《英雄斯蒂芬》。在这部手稿中，他首次对这个术语进行了讨论和界定。这部小说未能完成，乔伊斯最终将其改写成名著《一个青年艺术家的肖像》出版。在《肖像》里，作者对这个术语做了进一步探讨。现在对 epiphany 这一美学术语的理解，

1　见《提摩太前书》6：41、《提摩太后书》1：10、《提摩太后书》4：1、《提摩太后书》4：8、《提多书》2：13。

2　James Joyce, "Stephan Hero," in Chester G. Anderson, ed., *A Portrait of the Artist as a Young Man: Text, Criticism, and Notes* (New York: Penguin, 1968), p. 289.

一般都首先引用乔伊斯在《英雄斯蒂芬》里所下的定义。在小说里，斯蒂芬在同一个朋友讨论美学时，乔伊斯借他的口说，显现是"一个突然的精神展现，不论它是展示在平淡无奇的话语或姿态中或在心灵中难忘的瞬间里"。[1]在乔伊斯看来，显现是那些寓意深刻的"平凡事物"的"本质"的展示，或者说是它们在"闪耀"真理（这一点下面将具体谈到）。就epiphany而言，严格地说，不论人们是否"顿悟"到真理，真理都在那里"闪耀"，正如不论人们是否"顿悟"到展现在他们面前的那个刚降临12天的婴儿就是上帝，耶稣都是上帝一样。的确，绝大多数人并没有认识到耶稣是上帝，并最终把他送上了十字架。当然，这里并没有否认或贬低"顿悟"者的意思。知道如何发现真理的人至关重要；没有能感悟真理的人，真理的显现也就失去了意义。"上帝"显现出来，总是希望能被人们认识，所以才有"东方三贤"远道赶来。但这并不能改变显现之根本在于那正在显现的事物这一基本立足点。乔伊斯关于显现的美学思想也清楚地表明了这一点。

前面提到，乔伊斯关于显现的观点是建立在阿奎纳的美的三原则之上：即integritas, consonantia, claritas。在《肖像》里，乔伊斯将它们译为"wholeness, harmony and radiance"，[2]即"完整、和谐和闪耀"，并分别对它们进行了阐释。他说："完整"是指一个美学形象"在无限的空间和时间的背景上界限分明，自我充实"，被看作是"一个整体"。他把和谐理解为美学形象内部部分与部分、部分与整体之间的"平衡"与"和谐"，是"其结构的节奏"。特别重要的是，基于新柏拉图主义和基督教思想传统，乔伊斯认为，阿奎纳在阐述其美学思想时"心里想的是象征和理念论"（symbolism and idealism）。根据这种观念，"最高性质的美是来自另一个世界的光"，而物质世界只是其"影子"或"象征"。所以，"阿奎纳可能认为闪耀是艺术地发现和再现神在所有事物中的目的，或者是一种能使一个美的形象具有普遍性，使它在其环境中格外明亮的力量"。[3]这表明乔伊斯的美学思想和显现这个术语根源于中世纪以来建立在新柏拉图主义和基督教神学基础上的西方美学思想和文学艺术中的象征寓意传统。在《英雄斯蒂芬》里，乔伊斯还对闪耀做了形象说明：闪耀是一个事物的"灵魂，它的本质（whatness）从其外部形象的装束中跳出来跃向我们。

1　Joyce, "Stephan Hero," p. 288.
2　James Joyce, *A Portrait of the Artist as a Young Man: Text, Criticism, and Notes*, Anderson, ed., p. 212.
3　Joyce, *A Portrait of the Artist as a Young Man*, pp. 212-13.

最普通的事物的灵魂……在我们看来似乎在闪耀。这个事物就是在显现（The object achieves its epiphany）。"[1] 当然，乔伊斯也同时强调了艺术家应该如何审视事物，如何一步步地观察、认识其完整、和谐和闪耀，如何捕捉其真理或美。他说，人们发现事物闪耀的那个时刻就是他所说的显现。[2]

事物"闪耀"的时刻非比寻常，它能使我们窥视"神的目的"，或隐藏的普遍真理。艺术家们必须敏锐地感悟到这些宝贵的显现时刻和显现事物所显现出的非凡意义。乔伊斯指出，"文学家们必须极为仔细地记录这些显现的事例，把它们看作是最微妙而且稍纵即逝的时刻"。[3] 根据他手稿上的编号，乔伊斯自己就仔细记录了至少71个那样的显现时刻。但到目前为止，只有其中40个被发现并分别收藏在美国布法罗大学和康纳尔大学。

虽然这些短小的记录稿对我们理解乔伊斯的作品很有意义；但严格地说，它们只是乔伊斯生活中一些"显现"时刻的私下记录，其本身并无多少文学价值。生活中的"显现"时刻只有被巧妙地安排在特定的语境中，即像乔伊斯那样将其运用到文学创作之中，才会有真正的美学价值，并体现或揭示作品的深刻意义。显现不仅会"闪耀"出它自己的意义，而且还会"照亮"整部作品，指导读者去欣赏作品，去理解人物，去发掘作品的深层意义。它们在一定意义上起到艾略特所说的"客观对应物"的艺术作用。

所以，当我们把显现作为一个批评术语时，尽管在概念上同乔伊斯的界定仍然一致，我们并非指乔伊斯所记录的那些短小孤立的片段，而是把它看作是现代小说的一种结构原则，一种艺术方法，特别是一种塑造人物形象和探索、揭示、展现和研究人的微妙的内心世界的手法。19世纪小说和20世纪小说之间的一个主要差别就在于描写中心由外部世界转向内部世界，由社会转向人的心理。内容的改变必然带来形式和手法上的变化。显现在所谓现代"心理小说"中的广泛运用正是这种小说形式和手法之变化的重要组成部分。除乔伊斯外，许多现代作家，如伍尔夫、劳伦斯、詹姆斯、康纳德、福克纳，都在他们的作品中大量使用了这种手法。他们或者将其用来展现人物在突然领悟到某种真理之时的微妙的内心活动或者用来间接而戏剧性地揭示人物的本质或作品的意义。

1　Joyce, "Stephan Hero," p. 289.

2　Joyce, "Stephan Hero," p. 289.

3　Joyce, "Stephan Hero," p. 288.

　　显现大量存在于现代小说，特别是现代主义作家们的作品中；这些显现大体上可以分为两类：抒情性显现和戏剧性显现。它们是从罗伯特·斯各勒和理查德·卡恩那里借用来的术语。两位学者主要是用这两个术语来对乔伊斯的40个现存显现片断进行分类，[1]本文则把它们用来分析小说作品中作为艺术手法的显现。抒情性显现是指那些反映作品中人物对自己或某种事物获得深刻认识的那种显现，相当于乔伊斯说的"思维过程中的凸出瞬间"。它接近人们所说的顿悟；批评家们讨论显现时往往也是指这一种。而戏剧性显现一般不反映人物的自我认识或对某种真理的认识，而是通过一个平凡但寓意深远的场面或情境把某个人物性格深处的品质或作品的主题结构间接地或者说戏剧性地表现出来，相当于乔伊斯讲的"言语或动作的卑俗化"，或者说"最普通的事物的灵魂""在闪耀"。

　　不用说，在现代作家中，乔伊斯最自觉地在他的小说中运用显现这种手法。他实际上把他所记录的许多"显现时刻"用在《英雄斯蒂芬》、《一个青年艺术家的画像》、《尤利西斯》等作品中。更重要的是，在他的短篇和长篇小说中，他都把显现作为一种重要的艺术手法。他作品中最有名的显现也许要算《一个青年艺术家的画像》中的那个女孩站在水中的形象：她"站在水流中，孤零零的，一动也不动，凝视着大海。她好像已被魔法变成了一个奇异而美丽的海鸟"。[2]乔伊斯接下去大段描写这个姑娘的美丽、纯洁、清新和富有生气。这是一个美丽和青春的形象，是生活和理想的化身。然而这个形象的全部意义，以及它对斯蒂芬强烈的震撼只有从小说的发展过程，从斯蒂芬处在生活中和精神上所受的压抑以及他对生活的渴望等各个方面深入审视，才可能真正理解。

　　斯蒂芬一生都被各种各样的力量，如家庭、学校、社会、宗教和世俗观念所压迫。他总是同这些竭力扼杀他的精神、消灭他的自我的力量处在矛盾对立之中。随着年岁增加，这些压抑的力量在加强，而他的反抗精神也在增长。最后的冲突因而不可避免。在他来到海边之前，他被告知他已被选择来做未来的牧师。这本是一种荣誉，但这种压抑人性的职位却违反他的本性。他处在人生的十字路口。他要么违背自己的本性，成为一个神职人员，与生活隔绝；要么反抗命运的安排，按自己的意愿，投身到生活中去。虽然他终于摈弃了那条违反人性的神职人员的

1　参阅罗伯特·斯格勒和里查德·卡恩编《达达卢斯的工场》，美国西北大学出版社，1965年，第3-4页。

2　Joyce, *A Portrait of the Artist as a Young Man*, p. 213.

生活道路，但却不知道该怎么办。就是在这种矛盾、痛苦的心情中，他漫无目的地走出了市区（压抑人性的世界的缩影），来到了海边（"蓬勃生命的源泉"），[1] 看到了那象征青春、生命的少女形象。这好像是"神意"的安排，他的心被震撼了。这个少女的形象在他的心里点燃了生命的火花，催促他去生活，去开创一个新的天地，并给了他勇气和力量去选择，去决定。这个少女形象是一个戏剧性显现，它体现了生活的价值和意义。而在斯蒂芬的心中，他则经历了一个抒情性显现。在这一瞬间，他顿悟到生活的真谛并对自己和未来有了进一步认识。最后，他终于离开了那毁灭了无数人的都柏林，开始了新的生活。合起来，这是一个戏剧性显现和抒情性显现的结合，正如东方三贤认识到襁褓中的婴儿是神一样。它不仅有力地增强了两者相互间的艺术效果，而且极大地升华了作品的意义。

上面是乔伊斯在其作品中运用显现来表现人物认识的升华和反映生活本质的例子。同样，亨利·詹姆斯在运用显现上也十分巧妙，颇有深意。詹姆斯主要是一个现实主义作家，但他也是现代小说的先驱，是发展所谓"客观手法"的关键人物。他对研究和展现人物的心理活动有极大兴趣，因此显现也成为他深入揭示人物内心世界的重要手法。他的短篇小说《丛林中的野兽》就使用了这种客观而巧妙的手法来探索和表现主人公的内心世界，而故事的高潮本身就是一个显现时刻。

《丛林中的野兽》的主人公马切尔是一个遇事消极、不敢进取、害怕生活的人物。虽然他的姓（Marcher）含有向前迈进的意思，具有讽刺意味的是，他从未在生活道路上迈过一步。他总是等待着，观察着，但从未搞明白他所担心的究竟是什么。他简直是难以置信的昏聩，看不见自己的问题，认不清自己的本质，也感觉不到玖·巴特兰对他的爱。实际上，只要他感到并接受玖对他的爱，开始生活，他就可以走出他自己造成的禁地，获得拯救。然而他心中只有他自己，只有他那不可名状的恐惧。对他来说，玖的存在只是为了同他一道等待、观察他那随时可能发生的可怕的事，分担他的恐惧。

玖死以后，马切尔在亚洲旅行了一年，途中的所见所闻使他逐渐认识到他从未真正生活过，他逐渐接近他问题的实质。然而他却不能再进一步，彻底认识自己。相反，他竟欺骗自己，想用他以前同玖的关系来使自己相信他曾"生活"过。他不敢面对自己的本质。为了进一步欺骗自己，他每天都到玖的墓地去，这成了他的例行公事。但正如玖还活着

---

1   Joyce, *A Portrait of the Artist as a Young Man*, p. 171.

时一样，他去她的墓地，并非为了她，而是为了他自己，为了使自己感到过去曾"生活"过而觉得好受一些。然而一件"比他在埃及的所见所闻更有力量"的小事[1]击碎了他自欺欺人的幻觉，把一束光线射进他黑暗的心灵，无情地把他的本性展现在他眼前。他最终认识到什么才是一直使他处于恐惧中的"野兽"：那就是他自己。

在为《死者的祭坛》写的《前言》中，詹姆斯谈及马切尔最后在精神上的顿悟，他的阐释与乔伊斯给显现所下的定义十分接近。他说："那么一种生存必然会引向一个高潮——一道亮光的最后闪耀，并在这闪耀中猜出自己一生之谜。"[2]这道"亮光"来自坟场中一张因悲痛而扭曲了的脸。那个人的悲痛同马切尔的"例行公事"形成鲜明对比，终于震撼了他的灵魂。马切尔痛苦地感到他身上缺少那个人所具有的某种东西。他的自我欺骗瓦解了，他不得不认识到"他从未有过感情"，而且"她正是他所错过了的……这就是他过去一切问题的答案"。[3]

在这道亮光的闪耀中，马切尔终于认识到他是一个没有感情，没有内在实体的空虚的躯壳。这就是他的内在本质的显现。这个"高潮"，这个显现的来临并非偶然。故事一直在为其做准备。正如在火山爆发以前，地下力量不断在积聚一样。如果那个小和尚的手指在他第一次模仿他师傅时就被砍掉，他也就不会悟到禅机。同样，这篇故事中，显现之前的各种事件、情节发展、对话，以及马切尔的性格的逐渐展示都为显现作了铺垫。反过来，这个显现又能帮助我们理解前面的事件和情节的真正意义，帮我们解答马切尔这个人物性格中的谜。我们终于理解了他为什么那么消极，那么昏聩，那么自私，那么害怕生活，那么害怕他自己。这样，显现就把整个故事紧密地连结成一个有机整体。

杰出的现代主义作家威廉·福克纳也是使用显现手法的大师。比如，在《八月之光》中，希陶尔在幻觉中看到无数的人脸联成一个环。这使他意识到所有的人都紧密相关，不可分离，从而认识到他从生活中退回到过去，与现实隔绝的做法实际上使他成了他妻子"绝望和自杀的根源"；[4]这无疑是一个抒情性显现。而在被一些评论家认为是20世纪最伟大的小说之一的《押沙龙，押沙龙！》里，洛莎小姐在同克莱娣相撞时所

---

1 Henry James, "Beast in the Jungle," in *Short Stories of Henry James*, ed. by by Clifton Fadiman (New York: Modern Library, 1945), p. 593.
2 Henry James, *The Art of the Novel* (New York: Viking, 1962), p. 247.
3 James, "Beast in the Jungle," pp. 595-96.
4 William Faulkner, *Light in August* (New York: Vintage, 1959), p. 465.

经历的显现更是一个绝妙的例子。

洛莎听到她所暗恋的邦恩的死讯后，不顾一切，赶到斯特潘的百里之园。当她急不可待地冲上楼梯去看邦恩的遗体时，却被斯特潘家的黑人女奴克莱娣挡住。克莱娣对她说："你不能上去，洛莎，"[1]这对她简直是当头一棒。克莱娣叫了她的名字并用手接触了她，洛莎的反应竟是如此强烈，似乎世界都坍塌了。这是因为从很小的时候起，她就受到阶级偏见和种族主义思想的毒害，从未把黑人当作人，更不能想象一个黑奴竟敢对她平等相待，直呼其名，甚至用手阻止她。所以当克莱娣用手接触她时，那实际上也是向她展示自己的人性和自己作为人的尊严。于是，洛莎似乎看到"等级和肤色之间那易碎的藩篱的坍塌"，并感到了对她那"心灵深处隐蔽的自我"[2]的威胁，使她立刻处于神志混乱的状态中。这种混乱使平常控制她、约束她的世俗观念暂时消失，从而平生第一次认识到原来黑人也是人。同时，她迸发出梦幻般但也最富有诗意的、汹涌澎湃的感情和思绪的激流，把她悲惨的经历，她所遭受的毒害，和她那禁锢在世俗偏见重压下的人性情不自禁地展示出来。也就是说，当洛莎被迫接受克莱娣的人性把她当人时，她也真正体验到自己一直被压抑的人性。

上面重点讨论了抒情性显现，这些显现都鲜明地展示出人物的自我认识。下面将着重讨论戏剧性显现。上面提到，这种显现一般不涉及自我认识，而是通过一个场面或情景向读者展示出人物的本质，揭示作品的意义，并有助于将作品在主题和结构上紧密地联系成一个有机整体。

在劳伦斯的名作《恋爱中的女人》中，吉洛德在一列呼啸而过的火车发出的撕人心肺的隆隆声中无情地驾驭着他的马，这个场面就是一个很好的戏剧性显现的例子。马因受伤而流血，然而锐利的马刺不断无情地刺进伤口。就这样，吉洛德"就像控制自己身体的一部分那样把它降服了，使它的拼命挣扎终成徒劳"。[3]这个惊心动魄的场面使古德伦女士昏迷过去，而她姐姐厄秀拉，同读者一样，却从这种毫无道理，毫无人性的残酷行为中"看透了吉洛德"。[4]这个情景有力地展示出吉洛德的不可抗拒的意志和冷酷无情的性格，同时也暗示着这种意志在一个没有感情的人的身上将会变成一种邪恶的具有破坏性的暴力。

---

1 William Faulkner, *Absalom, Absalom!* (New York: Vintage, 1964), p. 138.

2 Faulkner, *Absalom, Absalom!* p. 139.

3 D. H. Lawrence, *Women in Love* (New York: Viking, 1960), p. 104.

4 Lawrence, *Women in Love*, p. 104.

这个戏剧性显现有助于我们更好地理解吉洛德随后的许多非人性的行为，他那些有意伤人的话语，他对煤矿工人的冷酷无情，他对古德伦的占有欲和降服欲，以及最后他的死亡。同时它也使我们能把他幼年时代的一些邪恶行为同他的整个性格有机地联系起来。因此，吉洛德降服马的这个"闪耀"形象帮助我们更好地了解这个人物并弄明白与他相关的事情。反过来，弄明白了这些事情的意义又能使我们进一步认识到这个戏剧性显现并非偶然，并非他一时心血来潮的表现，而是同他的性格完全一致，是他本性的"闪耀"。

然而，这个"闪耀"的形象也暗示出吉洛德自己最终的毁灭。他骑在马上，这就意味着他依赖于马。因为这匹马有可能因为他的酷刑而把他摔下来，甚至把他摔到火车下面去。在一定意义上讲，这正是古德伦最后所做的。吉洛德成功地降服了马，成功地把它的煤矿办成用来征服地球的一架巨大的机器，并成功把煤矿工人变成了这架机器的附属物，然而他却没能降服古德伦。虽然他竭力想占有她，把她变成自己的附属物；然而他知道自己依赖于古德伦，正如他依赖于那匹马一样。这使他感到痛苦和恐惧。他不能没有她；他需要她并非他真正爱她，而是需要她来填补内心的空虚。没有她，他不可能生活下去。同时，他有一种强烈的征服欲。正如征服马或煤矿一样，他渴望从征服古德伦中得到一种快感，一种满足。正是这种自私的占有欲和冷酷的征服欲使古德伦最后离开了他，跟另一个男人走了。这实际上把他给"摔"倒了，他很快就带着被粉碎了的意志（而非一颗破碎的心）冻死在雪地上。

这样用一个场面，一个戏剧性显现来展示人物的本质和作品的意义在福克纳的作品中也相当普遍。《喧哗与骚动》里最重要的显现也许是凯蒂爬到树上从窗口看她外祖母的丧事，而她的兄弟们则从下面"看到她那弄脏了的内裤"。[1]在讨论《喧哗与骚动》时，福克纳多次谈到这个场面。他说："对我来说，这是一个形象，一个画面，一个非常感人的画面……那弄脏了的内裤象征着后来沦落了的凯蒂。"实际上整部小说就是从这个场面发展而来。作者进一步告诉我们，他本来打算以此来写"一个短篇，大约两页，一千字左右"。[2]他于是从不同的角度，用不同的叙述者讲述这个故事，来说明这个场面，但都不满意，最后就发展成了这部小说。虽然小说丰富的内容大大超出了这个场面，但其核心却已包含在

---

1 William Faulkner, *The Sound and the Fury* (New York: Vintage, 1956), p. 47.
2 William Faulkner, *Faulkner in the University*, ed. by Frederick Landis Gwynn and Joseph Blotner (Charlottesville: U of Virginia P, 1959), pp. 31-32.

其中，或者说这个场面已经显现出小说的基本意义。这个场面具有强烈的象征意义。它既象征着死亡（丧事），也象征着凯蒂的失贞（弄脏了的内裤）。小说中先后有4人死亡。而凯蒂的失贞给这个崩溃中的家庭最后的致命打击，从而使昆丁跳河自杀，她父亲用酗酒来慢性自杀，杰生因此而失去银行工作的机会，一辈子生活在愤恨之中，并给本杰一生带来无法摆脱的痛苦，同时也使她自己也因无家可归而沦落，最后成为一个纳粹将军的情妇。因而，这两个方面，死亡和失贞，实际上都是在揭示那个既不愿放弃旧的价值观，又不能适应改变了的世界的康普森家族的腐朽和败落。这样，这个戏剧性显现的场面形象地展示出这部作品的主题思想。

同样，用一个场面来戏剧性地显现作品的基本思想的手法也出现在伍尔夫的著名小说《达洛卫夫人》中。达洛卫夫人举行的晚宴本身是一个戏剧性显现，它显示出她和她圈子里的人的空虚、势利与虚伪。但在具体讨论小说中的戏剧性显现之前，让我们先看一下达洛卫夫人所经历的一个抒情性显现。

在通常意义上讲，这部小说中最重要的显现是当达洛卫夫人在晚宴过程中听到赛普迪姆斯的死讯后，退到一间无人的房间中，冥想死亡和她自己生活的意义。她竭力想象和体验她从未见过的那个青年跳楼自尽时的情景："他为什么要自杀？"她觉得难以回答这个问题。她也丢掉过东西，以前有一回，仅此而已，再没有掷掉别的东西，那青年却把生命抛掉了。这一定有比生命更为重要的东西，她终于认识到，"无论如何，生命有一个至关重要的中心，而在她的生命中，它却被无聊的闲谈磨损了，湮没了，每天都在腐败、谎言与闲聊中虚度。那青年却保持了生命的中心，"[1] 而"她逃遁了"。[2] 这样，在体验了死亡的震撼之后，她透过她生活的表面和这个晚会的盛大场面，看到了她生活的空虚和无聊，认识到自己不敢面对生活，而在逃避现实，浪费生命。这个显现可以说是整部小说的脚注，给我们指出作品的中心思想。

实际上，正如在《喧哗与骚动》中凯蒂爬树的场面起的作用一样，《达洛卫夫人》的中心思想和达洛卫夫人的本质早在作品的前面部分的一个戏剧性显现中就已经反映出来。当达洛卫夫人以前的情人彼得突然出现在她的房间时，她正在准备晚宴的礼服："她一针又一针，把丝绸轻

---

1 弗·伍尔夫《达洛卫夫人》，孙梁、苏美译，上海译文出版社，1988年，第188页。
2 伍尔夫《达洛卫夫人》，第189页。

巧而妥帖地缝上，把绿色褶边收拢，又轻轻地缝在腰带上，此时，整个身心有一种恬静之感，使她觉得安详、满足。"[1]这很具有象征意义。多年来，她就是在这样一针一针地编织自欺欺人的幻觉，用各种宴会、应酬来麻醉自己，掩盖自己的空虚，掩盖自己感情上和精神上的"荒原"，从而使自己感到"安详、满足"。彼得完全了解她这个人。这个场面既展示出达洛卫夫人的本质，也暗示了这对现在依然相爱的旧情人实质上是两种不同的人。在拒绝彼得的同时，达洛卫夫人实际上也拒绝了有意义的生活。她的宴会礼服就是她空虚的世俗生活的象征。正如小说所反复暗示的，举行聚会已成了她生活的唯一内容。

　　这两个显现，一个是戏剧性显现，另一个是抒情性显现；它们一前一后，紧密相关。可以说戏剧性显现创造出一个形象，而抒情性显现则间接对其进行阐释。它们虽然相距甚远，却相互照应，联成一根主线，把表面上看来十分混杂的情节巧妙地结合在一起，并揭示出作品的主题意义。

　　显现手法的这种结构上的作用在所谓心理小说中有其特殊的意义。因为在这种小说中，清晰的情节线索及时间顺序好像都已消失，而意识流则给作品带进一大堆似乎杂乱无章的东西。显现这种"客观"的艺术手法有助于将作品中各种看似杂乱无章的散片至少在主题意义上整合起来。这可能也就是为什么显现尤为广泛地运用在现代主义小说中的一个原因。

1　伍尔夫《达洛卫夫人》，第40页。

现代主义文学与现实主义

1931年，当欧美现代主义文学正处于高潮之时，著名评论家爱德蒙·威尔逊（Edmund Wilson）发表了《阿克塞尔的城堡》一书。这是较早的一部系统研究现代主义文学（威尔逊在书中称之为"象征主义"）的专著。威尔逊深刻地分析了现代主义文学同法国象征主义之间的渊源并重点讨论了叶芝、普鲁斯特、艾略特、乔伊斯、斯特恩等现代主义的代表诗人和作家。深受马克思主义影响的威尔逊思想进步，眼光敏锐，在书中提出了许多颇富启发性见解深刻的论点，对后来的研究很有影响。他说，如果一个作家选择了"阿克塞尔的道路"，他就会"把自己关闭在自己独自的世界里，编造自己独自的幻觉，鼓励自己独自的癖好，最终宁愿相信自己最荒诞的幻想，也不愿面对最令人震惊的现实，最终用自己的幻想来代替当前的现实。"[1]这一观点影响很大，当时许多评论家都接受了这一看法，现代主义文学也因此而往往被看作是"逃避"文学。然而这一观点很有值得商榷之处。

其实，威尔逊是从19世纪传统的现实主义关于文学和现实的观点出发来看待现代主义作家以及现代主义文学与现实之间的关系。同传统的现实主义作家一样，他把现实主要看成甚至只看成是外在的社会现实。但随着现代科学、哲学、心理学的发展，人们对现实的理解也在不断改变和深入。现代主义作家们同19世纪的现实主义文学家不仅对现实的认识而且连什么是现实的看法都大相径庭；因此，不能简单地用传统现实主义的标准来衡量现代主义文学。

如果仔细分析现代主义文学，我们会发现，问题的关键的确并不在于被威尔逊称之为"象征主义者"的诗人和作家们是直面现实还是逃避

---

1 Edmund Wilson, *Axel's Castle* (New York: Scribner's Sons, 1931), p. 278.

现实，而在于他们对现实的认识和理解，在于他们如何艺术地反映和表现他们所认识和理解的现实。如果我们不把现实主义看作一种封闭而僵化的体系，而看作文学家在创作中认真对待现实和人生的一种根本态度，是他们对生活对人的严肃探索，那么从整体上看，现代主义文学家在本质上仍然属于文学与现实密切相关的那一伟大的文学传统，现实仍然是他们的文学艺术的出发点和归宿。也就是说，他们的文学艺术不仅来源于现实，而且是对现实的表现、批评和探索。

关于这一点，现代主义文学家和研究现代主义的学者都有许多论述。T.S.艾略特说过，"所有伟大的文学作品……都是对该作者生于其中的社会的批评。如果他不批评，他就必须闭口不言。"[1]关于艾略特的创作，许汝祉先生曾指出："他从事创作的基本法则，不论他自己是否充分意识到，却往往是与现实主义的传统息息相通的。"[2]同样，对于现代主义代表作家卡夫卡，卢卡奇也有相同看法："卡夫卡属于伟大的现实主义作家之列。他确实是伟大的现实主义作家中最伟大的作家之一。"[3]在许多人眼里，荒诞派戏剧离现实似乎特别遥远，然而在研究荒诞派戏剧上最有见解的学者马丁·埃斯林却认为，荒诞派"最敏锐地反映了西方世界里他们的同时代人中最重要的一部分人所关注的问题和他们的焦虑，他们的感情和思想。"[4]著名现代主义作家加西亚·马尔克斯更是直截了当地说："现实是最伟大的作家"，而他本人则是真正的"写实主义者"。[5]也就是说，他的作品中所表现的正是拉丁美洲的现实。就连威尔逊本人在讨论乔伊斯时，也把《尤利西斯》同巴尔扎克的现实主义杰作《人间喜剧》进行比较并指出："复杂而不可穷尽的生活使《尤利西斯》的世界充满了生气。或许除了《人间喜剧》外，《尤利西斯》比任何其他小说都更创造出一种活生生的社会机体的影像。"[6]

这些论述，特别是现代主义代表作家们的论述，表明了现代主义文学同现实和现实主义的内在联系。下面，本文将从现代主义作家对内心

1　T. S. Eliot, 转引自 Sheila Sullivan, ed., *Critics on T. S. Eliot* (London: George Allen and Unwin, 1973), p. 4.

2　许汝祉：《现代主义是反理性的还是符合理性的?》，《外国文学评论》，1993年3期，第29页。

3　许汝祉：《现代主义是反理性的还是符合理性的?》，第28页。

4　Martin Esslin, *The Theatre of the Absurd* (London: Anchor, 1961), p. xviii.

5　加西亚·马尔克斯，引自柳鸣九主编《二十世纪现实主义》，北京：中国社会科学出版社，1992年，第173页。

6　Wilson, *Axel's Castle*, p. 210.

现实的探索、他们对在他们看来由于失去了价值中心而陷入混乱的现代世界的艺术表现以及他们对秩序的不懈探寻等方面来探讨现代主义文学与现实主义的内在联系。

一

从19世纪末到20世纪前期，柏格森、威廉·詹姆斯、弗洛伊德、荣格以及其他许多哲学家和心理学家对现象、对时间、对人的意识和潜意识的研究极大地改变了人们对现实的看法。首先，现实不再仅仅是外部的社会现实，它还包括人的内心世界。人们认识到，人的意识活动、人的内心体验和思想感情无疑也是客观存在。因此一个人的内心生活、内心世界也是实实在在的现实，甚至是他最本质、最重要的现实。其次，任何未被人感知的外部存在都不是人的现实。外在现实是同人发生作用的那部分存在，也就是已被人感知、进入了人的内心世界、影响着人的生活和思想感情的那部分存在；因而在一定程度上说，它同时也是人的内心现实。因此，外部现实和内部现实密不可分，它们都是现实的组成部分。特别重要的是，外部现实的真正意义并不在其本身，而在于它对人、对人的生活、对人的内心世界所产生的影响；换句话说，外在现实的真正意义取决于人对它的理解和感受。也就是说，归根结底是人的内心世界决定外部现实的意义。比如，一个人的死亡对于其家人和敌人，其意义完全不同。所以，致力于探索和表现人的内心世界的现代主义文学家们不是忽视或者逃避现实，而是在表现他们所理解的现实和探索其真正的意义。

由于现代哲学和心理学揭示了人类内心世界的奥秘，由于文学家们加深和拓宽了对现实的理解，所以许多现代作家，特别是现代主义作家，不像传统的现实主义文学家那样把重点放在外部世界，而是直接进入人的内心，直接观察人物的心理活动，直接体验人物的内心感受，直接探索和表现心理现实这一在文学家们看来更为重要的新领域并以内心世界作为"镜子"来反映外部现实、作为基础来探索其真正意义。正如福克纳在其诺贝尔奖演说中所说："唯有"人的"内心冲突才能孕育出佳作来，因为只有这种冲突才值得写，才值得为之痛苦和烦恼。"[1]当然，如前

1　福克纳：《受奖演说》，张子清译，载福克纳《我弥留之际》，李文俊等译，桂林：漓江出版社，1990年，第433页。

所说，这并不意味着他们忽视外部世界；只不过他们是通过对内部世界的探索，通过考察外部世界对人、对人的心灵的影响，来认识和表现外部世界。

在文学的关注中心由外向内转移的过程中，美国作家亨利·詹姆斯起了重要作用。詹姆斯本质上是一位现实主义作家，他那篇著名的《小说艺术》是一篇现实主义的经典文章。他在文中断言："一部小说存在的唯一理由是它试图表现生活。"[1] 但他对现实对生活的理解深受其兄威廉·詹姆斯影响。威廉是著名的哲学家和心理学家，在弗洛伊德之前已开始了对人的潜意识的研究。现在广为使用的"意识流"这一术语就是他创造的。受其兄影响，在亨利·詹姆斯看来，现实首先包括人的内心世界，而他的作品，特别是他的后期作品，深入系统地探索和表现人物的内心活动。因此，美国文学史家斯皮勒认为："亨利·詹姆斯把现实主义艺术的基础由外部世界转移到了内部世界。"[2]

同詹姆斯一样，弗吉妮亚·伍尔夫也认为，文学必须表现人物的内心生活。她抱怨传统的现实主义作家，特别是爱德华时代的作家见物不见人。她说："要是跑到他们跟前请教如何写出一部好的小说，如何创造出活生生的人物，那无异于向鞋匠请教如何制造钟表。"[3] 她预言："我们正踏在英国文学的一个伟大时代的边缘。但要想达到目的，我们必须痛下决心永远不抛弃勃朗太太。"[4] 勃朗太太就是现实中真实生活着的人。也就是说，文学必须永远以人为中心。她认为要真正做到以人为中心，必须首先"向内看"，表现人的内心生活，表现外部世界对内心世界的作用，因为这才是人真正的生活。关于人的内心生活，伍尔夫有十分生动的描绘。她说："心灵接受着无穷无尽的印象——那是微不足道的、奇异的、短暂的或者用尖利的铁器刻下的。它们来自多个方位，像无数原子一样不断地大量飘落；而它们在下降时把自己组成星期一或星期二的生活。"文学作品就是要"记录下"这些"原子""下降的秩序"和追踪每一瞥或每一个事件在意识中刻下的形象，不管它们在表面上是多么支离

1　Henry James, *The Future of the Novel* (New York: Vintage, 1956), p. 5.

2　Robert Spiller, *The Cycle of American Literature* (New York: The Free Press, 1967), p. 129.

3　弗·伍尔夫：《班奈特先生和勃朗太太》，朱虹译，载柳鸣九主编《意识流》，北京：中国社会科学出版社，1989年，第419-420页。

4　伍尔夫：《班奈特先生和勃朗太太》，第430页。

破碎。"[1]

　　当然，这不是说作家只是简单被动地记录人的内心活动。伍尔夫和所有杰出的心理现实主义作家，如乔伊斯、普鲁斯特和福克纳，都穷毕生精力孜孜不倦地创新和试验各种手法，以求不仅最准确地记录下人的内心现实而且最深刻地揭示出这种现实及其意义，使作品产生最佳艺术效果和最丰富的意蕴。意识流、内心独白、象征隐喻、意象堆砌、并列对照、时空交错等最能展示内心活动的艺术技巧也因此成为现代主义文学中广为使用的手法。它们不仅为我们描绘出起伏跌宕的内心生活，而且在内心世界这面创造性的镜子上折射出丰富多彩的外部现实。正是在这种内心现实和外部现实的交互作用中，人的形象、人的心灵和人的世界被突现出来。

　　伍尔夫的《达洛威夫人》就是这样一部心理现实主义的杰作。小说使用意识流和内心独白等手法主要表现了女主人公一天的内心活动及其内心活动与外部世界的交互作用，揭示出她"每天都在腐败、谎言与闲聊中虚度"[2]以及她这种生活的根源。同时小说也反映出英国上流社会如同她举办的盛大宴会一样空虚无聊。同样，乔伊斯在《尤利西斯》中也大量使用了意识流等手法把关注的焦点放在人物心灵的屏幕上，表现都柏林一天中三个人物——斯蒂芬、布鲁姆和妻子莫莉——的内心活动以及他们这一天的经历，丰富地展现了现代生活的方方面面，连对现代主义文学颇有微词的威尔逊也承认只有《人间喜剧》能与之相比。威廉·福克纳是另一个擅长于表现内心世界的杰出作家。他在《喧哗与骚动》的前三部分中把读者直接带入康普生家三兄弟的内心世界，从他们的内心深处观察这个处在没落和解体中的庄园主家族的困境，体验那些处于传统与变革的撞击中既不能生活在过去又不知如何对付改变了的现实的青年一代走投无路的绝望并探索这个曾经显赫辉煌的家族如何陷入绝境的根源。小说在表现这些人物的内心现实的同时，还给我们揭示了美国南方旧的生活方式和传统价值观念的崩溃。《喧哗与骚动》也因此成为一部表现内心世界与外部现实交融的杰作。同样，艾略特的《阿·普鲁弗洛克的情歌》也是这样从内心感受深刻反映现实的杰作。这首诗从

---

1 转引自彼得·福克纳：《现代主义》，邹羽译，哈尔滨：北方文艺出版社，1988年，第57-58页。

2 弗·伍尔夫：《达洛卫夫人》，孙梁、苏美译，上海：上海译文出版社，1988年，第188页。

人物的内心体验来表现现代人"好似病人被麻醉在手术桌上",[1]在一个改变了的世界中无法生存。他不仅自己失去了对生活的信心和勇气,而且感到生活本身也失去了意义。这首诗极为生动也极为真实地刻画了一个现代多余人的形象。

上面只是几个较为突出的例子。现代主义作家们创作了大量心理现实主义作品,从不同的角度全方位地探索和表现了人的内部和外部现实。他们的艺术成就表明,他们并非真的逃避现实,用自己编织的内心幻觉来代替现实,相反他们拓宽了现实的领域,并在更深的层次上认真而严肃地探索和表现现实。

二

不过,现代主义文学中的现实主义不仅仅表现在现代主义作家们对内心现实的关注,而且还同时表现在他们对处于历史变革时期的现代西方社会和西方人的精神危机的深刻洞察上。其实,现代主义文学本身就是社会变革和传统价值观解体的结果。《哥伦比亚美国文学史》认为:"现代主义是工业主义与现代技术在19世纪的发展进程中所带来的社会变革的结果。"[2]资本主义工商科技文明的发展造成了传统社会的解体并冲击着长期以来为人们视为当然和赖以生存的传统价值观念。而资本主义发展不平衡造成的第一次世界大战更是对基督教文化传统乃至文艺复兴以来人文主义对人性、对人类前途的基本观念的致命打击。于是"在第一次世界大战前的二十年中,特别在战后年代里,在欧洲各国原先被公众普遍接受的权威迅速丧失了自己的合法性。"[3]正是在这种"混乱"中,在社会和思想观念都经历着深刻的历史性变革的时期,在传统与变革的激烈冲突中,文学艺术领域产生了成就辉煌、影响深远的现代主义运动。具有讽刺意味的是,文学中的现代主义在本质上是反现代的。现代主义文学家大都是一些使用着革命性技巧的保守主义者。他们反对现代资本主义工商文明,对传统生活方式的解体和传统价值观念的沦丧感到痛心疾首。在他们看来,人因此而堕落,生活因此而变得毫无意义,世界因

1　艾略特:《阿尔弗雷德·普鲁弗洛克的情歌》,查良铮译,载未凡、未珉编《外国现代派诗集》,北京:中国文联出版公司,1989年,第272页。

2　埃·埃里奥特主编:《哥伦比亚美国文学史》,朱通伯等译,成都:四川辞书出版社,1994年,第569页。

3　埃里奥特主编:《哥伦比亚美国文学史》,第567页。

丧失了凝聚中心而陷入混乱，成为艾略特描绘的"荒原"。揭示他们眼中的现代世界的"荒原"性质，表现由于传统价值观念解体后造成的精神危机、生活的无意义、以及陷于其中的现代人的异化感，成为现代主义文学最突出的主题也是它最大的成就。

虽然人们可以不同意现代主义作家和诗人的观点，但我们恐怕很难否认在揭示现代资本主义社会中的许多问题方面、在反映资本主义工商文明和传统价值观念的解体对人们精神世界的冲击上，他们不仅直面现实（包括外部现实和人的内心现实），而且对现实有独特的洞察力并取得了卓著的艺术成就。在这方面，现代文学家中恐怕鲜有人能与之相比。由于现代主义文学家深切感受到旧的文学传统无法提供他们探索他们眼中的现实所需要的艺术语言，传统手法无法表达他们对生活的理解，无法准确地描绘他们眼中的现实，所以他们总是在孜孜不倦地探索新的表现手法和实验新的形式，总是对艺术创作精益求精。但他们并非是为艺术而艺术的唯美主义者，尽管他们显然受到自爱伦·坡以来特别注重艺术形式的唯美主义传统的深刻影响。他们对艺术手法的不倦探索，如上所说，主要为了最准确地表现他们眼中的现实。所以，他们在作品中大量而深刻地探索和表现在他们看来现代世界由于失去了精神信仰和价值中心而陷于混乱或破裂为"碎片"的"荒原性"现实。叶芝的名篇《基督重临》就是根据世界末日到来之时将发生大灾变、耶稣将再次降临并主持末日审判的基督教传说，运用象征手法，描绘了一幅两千年来以基督教为核心的西方文明解体的可怕景象。诗一开头就说：

> 在向外扩张的旋体上旋转呀旋转，
> 猎鹰再也听不见主人的呼唤，
> 一切都四散了，再也保不住中心，
> 世界到处弥漫着一片混乱。[1]

同样，庞德、艾略特和威廉斯等诗人也在他们的诗中从不同的角度探索和表现传统价值观念的解体和现实的混乱与破碎性质。庞德在《休·赛尔温·莫伯利》中主要是从资本主义工商文明对传统价值观念的破坏和对人性的扭曲方面入手，"全面地表现了一个历史阶段，全面地

1　叶芝：《基督重临》，袁可嘉译，载未凡，未珉主编：《外国现代派诗集》，北京：中国文联出版社，1989年，第256页。

表现了战后[指一战后]的幻灭"。[1]艾略特称这篇诗作"是一个时代的纪录。……是最好的'对生活的批判'"。[2]艾略特自己主要从现代人精神信仰的丧失,或者用他的话说,现代人"宗教感情的消失"、人类精神上"死亡"[3]的角度来揭示现代世界的"荒原"性质和表现现代人由于精神上的死亡而异化成那种不生不死的行尸走肉的状况。他的代表作《荒原》影响如此之大,已使"荒原"成了现代异化世界的象征。另外,威廉斯在其五卷本史诗性作品《佩特森》中,则从检讨美国的历史发展来探索资本主义工商文明对人与自然、对传统与发展之间的关系的破坏和因此而带来的严重问题。

特别需要指出,这些现代主义作品不仅在思想内容上,而且在艺术形式上也深刻体现了诗人们对现实世界的认识。或者说,他们的艺术手法也是他们的世界观的完美体现。庞德的《莫伯利》和《诗章》没有按照时间顺序或逻辑关系来发展,而是创造性地运用了意象并置的手法来把各种意象、典故、事件、场景、神话、不同的语言乃至世界各地的文明都"硬生生"地并置在一起,使之成为一堆似乎没有结合成一个整体的碎片。艾略特在《荒原》中也把大量"碎片"(比如麻木不仁的人物,卑鄙龌龊的生活片段,毫无生气的场景,以及许多神话典故)在没有任何过渡机制的情况下硬放在一起来组成一幅荒原景象。同样,在《佩特森》里,威廉斯把过去和现在打乱后交织在一起,把美国社会中的丑恶、人们的麻木不仁、美好感情的丧失同美丽的自然、印第安文化等进行对照。同时他还把一些抒情诗句、叙事段落乃至布道词、广告、剪报、历史记录和一些信件像"意象"一样并置在一起,突出表现作品形式上的不连贯性或者破碎性。这些诗作形式上的"破碎性"具有深刻的意义。它形象地表现出这些诗人眼中的现实因为缺乏精神或价值中心而造成的破碎性质。同样,小说家福克纳的作品由于大量使用了多角度叙述、意识流、蒙太奇、时空交错、场景转换、并列对照等现代主义手法也突出地具有这种破碎性。当有人提到他的作品因此而难懂时,福克纳说:一个作家"并非在竭力使作品难懂、晦涩,他不是在矫揉造作、卖弄技巧,他仅仅是在讲述一个真实,一个使他无法得以安宁的真实。他必须以某种方式讲出来,以至不论谁读它,都会觉得它是那样令人不安

---

1 埃里奥特主编:《哥伦比亚美国文学史》,第801页。
2 福克纳:《现代主义》,第85页。
3 王恩衷编译:《艾略诗文集》,北京:国际文化出版公司,1989年,第247-248页。

或那样真实或那样美丽或那样悲惨。"[1]福克纳的话说明了现代主义文学家们在艺术手法上探索和试验的目的，那就是要最准确地表现出他们眼中的"真实"。他们的作品形式具有那样突出的破碎性，正是因为他们眼中的现实本身就是混乱而破碎的。因此在现代主义作家那里，世界观和艺术手法、内容和形式达到了完美的统一。

三

我们还必须看到，现代主义文学家们并非仅仅直面现实，也并非仅仅在表现他们所理解的现实的混乱或破碎性质。真正的现代主义在本质上既是批判性的也是建设性的。现代主义文学家严肃地对待现实、暴露其问题是为了，用福克纳的话说，"把这个世界变得更美好。"[2]至于怎样才会把世界变得"更美好"和什么是"更美好"的标准，当然是见仁见智的问题。现代主义文学家们在努力揭示现代世界的"荒原"性质和表现现代人的精神危机的同时，也在探寻如何在混乱中重构秩序，如何复活人们的精神信仰，如何给现代"荒原"注入一点生气。由于他们的保守主义立场，他们探寻的方式和方向，甚至探寻的出发点和目的，自然同威尔逊等思想进步的评论家的意见相左，而且我们也大可不必同意。但我们不能说他们是在逃避现实，也不能否认他们的确在执著而顽强地探寻并取得了令人难以不钦佩的成就。

由于现代主义作家大都是保守主义者，具有强烈的向后看的历史意识，所以在探寻中他们大都眼望过去，希望在旧传统、在各民族古老的神话和传说、在世界各地古老的文明中找到"不熄的火焰"。福克纳在诺贝尔奖演说辞中说，人要"永垂不朽"就必须记住传统价值观念，也就是"记住勇气、荣誉、希望、自豪、同情、怜悯之心和牺牲精神，这些……人类昔日的荣耀"。[3]也正是为了探寻秩序的重构，叶芝驶向了"圣城拜占庭"；因为在他看来，拜占庭文明既是真诚信仰和传统价值观念的体现又是永恒艺术的象征。同样，庞德、乔伊斯、艾略特等诗人和作家也"驶"回过去并从这两个方面来重构秩序。

庞德在诗作《莫伯利》中一开始就开宗明义地说：莫伯利（即诗人

---

1 William Faulkner, *Lion in the Garden*, eds. James B. Meriwether and Michael Millgate (New York: Random, 1968), p. 204.

2 Faulkner, *Lion in the Garden*, p. 207.

3 福克纳：《受奖演说》，第433页。

的替身）"为时三年，同自己的时代不合拍，/他力图恢复已死的诗歌艺术，/想保持旧意义上的'崇高'"（第1-3行）。[1] 紧接着，诗人把莫伯利比作古希腊史诗中的英雄奥德修斯，并说以追求写作风格和艺术形式完美而著称的法国作家"福楼拜是他真正的忠贞妻子"（第13行）。这其实表明，他竭力所做的就是试图把奥德修斯所代表的那种建立在高尚的价值观念基础上那生气勃勃的古希腊文明同完美的艺术形式相结合，从而"恢复已死的诗歌艺术"和"保持旧意义上的'崇高'"。在《诗章》中，庞德更是不遗余力地试图复活过去的文化传统。他把眼光投向世界各地灿烂的古老文明和辉煌的文化成就，从东方到西方，从基督教文化到儒家思想，从古希腊罗马到中世纪，从但丁到日本俳句，从荷马到杰斐逊，从尧舜禹到康熙都在他的审视之下，都被他纳入诗中。用叶芝的话说，那简直是"大英博物馆的袖珍代替物"。[2]

很明显，庞德既是想以这些灿烂的古代文化和价值观念来反衬当今工商社会的堕落，更试图从中寻找有用的东西并将它们结合在一起来创造新的价值体系，从而给予混乱的现代社会以秩序，为堕落了的现代"荒原"注入新的精神活力。他说，这是要"从虚空中找回了活的传统/或从一只美妙的老眼里拾到了不熄的火焰。"[3] 尽管《诗章》结构松散，看起来像一堆"碎片"，但正如作者所说："它（字后面的理想世界）是前后连贯的。"[4] 也就是说，《诗章》里的一百多首诗作都有一个共同的目的，那就是重构理想的世界。

同庞德在《莫伯利》把目光投向奥德赛，投向古希腊文明一样，乔伊斯在《尤利西斯》中也把希腊神话，把奥德修斯的英雄形象作为现代都柏林生活的参照系，不仅用来反衬现代人的渺小以及现代生活的卑琐，而且也暗示出现代生活如何才能重新获得生气和意义。艾略特在论文《尤利西斯：秩序与神话》中说：神话"是一种控制的方式，一种构造程序的方式，一种赋予庞大、无效、混乱的景象，即当代历史，以形状和意义的方式"。[5] 其实，艾略特自己也在《荒原》里同样把神话作为"构造

---

1 庞德：《休·赛尔温·莫伯利》，杜运燮译，载未凡，未珉主编：《外国现代派诗集》，第83页。
2 转引自 Martin A. Kayman, *The Modernism of Ezra Pound* (New York: MacMillan, 1986), p. 111.
3 Ezra Pound, "From The Cantos: LXXXI," in Nina Baym, et al. ed., *The Norton Anthology of American Literature*, 2nd. ed. (New York: Norton, 1985), p. 1154.
4 埃里奥特主编：《哥伦比亚美国文学史》，第801页。
5 王恩衷编译：《艾略诗文集》，第285页。

秩序的方式"和赋予当代"混乱"的现实"以形状和意义的方式"。正是由于叶芝、乔伊斯、庞德和艾略特等重要诗人和作家的影响，神话作为一种"构造秩序的方式"被现代主义文学家广为运用，成为现代主义文学作品一个极为突出的特点。

不过，艾略特在《荒原》中使用的大量神话还不仅仅是起反衬和构造秩序的作用。本来，他描写现代社会的"荒原"，揭示现代人精神上的死亡，其根本目的正是为了促使人的再生。所以，他在《荒原》里精心选用的神话典故大都是再生神话。人类绝境重生的精神使他在混乱中看到了希望。他钟情于古代神话传说是因为"这也许会使世界变得统一起来"。[1]他描写现代人的精神死亡，揭示现代世界的荒原性质，是为了促使他所渴望的重生。他后来在《四重奏》中也说："我们唯一的健康是疾病……为了康复，我们的病还得加深。"正是为了使现代人"康复"，为了使破碎的世界"统一起来"，他在暴露现代世界的"病患"的同时，在作品中大量使用生殖和再生神话。这就表明了他对充满活力、充满意义的世界的渴望，同时也表明他在诗中不仅要描绘精神死亡了的现代人的荒原，更是在探寻精神再生、信仰复活的道路。

前面讲过，现代主义作家对艺术创作精益求精和孜孜不倦地探索和试验新手法，是为了最准确地表现他们对现实的认识和理解。但在更深的层次上，现代主义文学家们极为重视艺术形式还不仅仅因为它的表现价值，而且还在于它自身的内在意义。现代主义文学家们对艺术形式的观点充分表现在新批评派理论中。实际上，新批评派本身就是文学中的现代主义运动的重要组成部分，或者说是现代主义的文学理论和文学批评。不仅许多重要的现代主义文学家，比如艾略特、庞德、叶芝、乔伊斯、伍尔夫等人的艺术主张和批评理论与实践是新批评的重要组成部分，而且许多新批评派的代表人物如兰塞姆、泰特、华伦等同时也是现代主义诗人和小说家。他们的文学创作体现了他们的文学理论。其实，现代主义文学家和新批评派对现代世界、对文学艺术、对文学与现实的关系的看法在本质上是一致的。他们都是思想上的保守主义者和文学艺术上的形式主义者。他们都极为重视作品的美学价值，都试图从美学上给予生活某种秩序和意义，从艺术上构筑某种具有独立价值、自我完美的世界。他们都接受了济慈"美即真"的美学思想，试图以艺术创作或文学批评制作各种完美而永恒的"希腊古瓮"。叶芝驶向拜占庭的目的之一就

1　王恩衷编译：《艾略诗文集》，第249页。

是希望被"放进/那永恒不朽的手工艺精品","放在那金枝上唱吟"。[1] 而在福克纳的作品里,从《沙多里斯》、《喧哗与骚动》到《八月之光》和《下去,摩西》等几乎所有重要作品中,都回荡着《希腊古瓮颂》的诗句或闪耀着希腊古瓮那样的意象。他自己就说过,《喧哗与骚动》是放在床头用来"亲吻"的"瓮"。

　　不过在强调艺术想象力能重构世界、文学艺术能给予这个混乱的世界以秩序方面,最著名的恐怕是美国诗人华莱士·史蒂文斯。同其他现代主义文学家一样,他认为由于传统价值观念的解体,现代世界混乱而无意义。但当其他许多作家把探寻的目光主要投向过去投向各种古老文明之时,他却转向了文学艺术,把它看作当今的"上帝"。他说:"当人们抛弃了对上帝的信仰之后,诗歌就取而代之成为生活中获救的核心。"[2] 在他看来,艺术想象力是人"自我保护"的手段,它能把混乱或者"现实的压力""推回去","能使我们在反常中看到正常,在混乱中看到秩序",从而"帮助人们生活"。[3] 他相信真正的艺术能创造秩序和意义。他的许多诗作,比如名诗《罐子轶事》、《克威斯特的秩序之意》就突出体现了这种思想。在《一个高调老女基督徒》中,他则表达了在宗教衰落之后,诗歌能取代上帝的观点并艺术地论证了诗在建构秩序上比起基督教毫不逊色。另外,他同庞德和其他许多美国新诗运动的诗人一样深受中国文化和诗歌影响,他的许多诗里都闪现着一个睿智的中国老人的影子,表达了中国道家天人合一的思想。名诗《雪人》就深受道家哲学思想的影响。它以观雪景始,以认识宇宙真理终,告诉人们要认识世界,就必须首先成为世界的一部分,要真正生活就必须全身心投入,只有摒弃自我,"致虚极,守静笃",[4] 使自己"化为无",化为与寒冬融为一体的"雪人",才能认识真理,才能达到与道合而为一的境界。当然,在这里我们也看到超验主义和爱默生对他的深刻影响和中西文化的很好结合。在这些诗中,史蒂文斯超越了现代世界的混乱,在形而上的层面探寻最高的秩序。

　　从上面三个方面的简略讨论,我们似也可看出,现代主义文学没有

1　叶芝:《驶向拜占庭》,袁可嘉译,载未凡,未珉主编:《外国现代派诗集》,第259页。
2　转引自 Roy Harrey Pearce, *The Continuity of American Poetry* (Middleton, CT: Wesleyan UP, 1987), p. 381。
3　Wallace Stevens, *The Necessary Angel* (London: Faber &Faber, 1951), p. 36, p. 136, p. 153.
4　《道德经》,第16章。

逃避现实，而是在更深的层次上探索和表现现实。从本质上看，它同传统的现实主义文学在对待现实的态度上是一致的，不同的主要是它们对现实的看法和表现现实的方式。一个多世纪以前，著名的戏剧评论家乔治·亨利·路易斯就说过："如果他们[莎士比亚和莱辛]出生在这个世纪，他们就不会使用两个世纪以前的风格，但他们仍然会做他们那时所做的事——反映他们的时代。"[1]也就是说，不变的是文学同现实的根本关系，是文学对现实的反映和探索，而变化的是对现实的理解和反映现实的方式。布莱希特也指出："如果我们只是原原本本地重复那些现实主义的写作方式，我们就不再是现实主义者了。"[2]所以现实主义不是封闭和僵化的，它必须而且也的确总是在随着现实的变化和人们对现实认识的深入而不断发展，否则它就不能反映和表现现实，也就是说，它就不再是真正的现实主义了。从这个意义上看，现代主义文学在本质上是现实主义在20世纪前期特定的社会和文化语境中的新发展。

---

1 George Henry Lewes, *On Actors and the Art of Acting* (New York: Grove, 1957), p. 103.
2 布莱希特，引自柳鸣九主编：《二十世纪现实主义》，第239页。

文学中的异化感与保守主义

在西方现代文学中，特别是现代主义文学中，异化也许是最重要、最普遍的主题。从卡夫卡的小说到荒诞派戏剧，从欧洲文学到美国黑人和犹太人的作品，都从不同方面、在不同层次上，表现和探索了人的异化，描绘了一幅幅现代世界在异化了的人心目中的"荒原"景象，塑造了一个个为毫无意义的生活折磨得孤独而绝望的"陌生人"形象。

文学是生活的反映，如此突出的主题不可能不根植于社会现实。不仅文学评论家们对异化现象极为重视，哲学家、社会学家和心理学家们也对此做了深入的考察和大量的研究。人们普遍认为，由于资本主义工商文明的发展、科技的进步、战争的灾难以及传统价值体系的解体或者说上帝的"死亡"破坏了传统的生活方式，使人们突然失去了千百年来赖以生存的精神支柱和价值观念而被扔进了精神"荒原"之中。同时，现代社会制度和各种机构的日益复杂，对人的控制日益严密，人与人之间的关系悖论式地既紧张又疏远，人类对自然的破坏日益严重，都是导致人同社会、自然、他人以及自身全面异化的重要因素。于是有学者认为，"我们生活在异化时代，"[1] "无论人们放眼社会罗盘所指的任何方向，都将发现异化。"[2] 这一观点很有代表性，也有一定正确性，但也不无值得商榷之处。

首先，正如一些学者所指出的，异化历来存在。其次，现代的异化不一定比过去时代更为严重，在有些方面的确如此，但在有些方面则有

---

1 乌里克语，转引自许汝祉：《异化文学的历史发展与异化观》，载《外国文学研究集刊》，第七辑，北京：中国社会科学出版社，1983，第24页。

2 Lewis Feuer, "From *What Is Alienation: The Career of a Concept*," in David J. Burrows and Frederick R. Lapides, eds., *Alination: A Casebook* (New York: Thomas Y. Crowell, 1969), p. 92.

所减轻。那种认为现代社会中人日益全面异化的看法在本质上是一种倒退的、保守的观点。要弄清这一问题，我们得首先看一看异化的本质。在对异化的众多研究中，还是马克思的阐述最为深刻、最为正确。马克思指出，资本主义的生产资料私有制是工人异化的根源。正是由于生产资料为资本家占有，"工人同自己的劳动产品的关系就是同一个异己的对象的关系"。因此"工人把自己的生命投入对象，但现在这个生命已不再属于他而属于对象了"。这"意味着他的劳动作为一种异己的东西不依赖于他而在他之外存在，并成为同他对立的独立力量，意味着他给予对象的生命作为敌对的和异己的东西同他相抗"，于是"工人在劳动中耗费的力量越多，他亲手创造出来反对自身的、异己的对象世界的力量就越强大"。[1]马克思不仅在《1844年经济学－哲学手稿》中系统地阐述了这一观点，而且在《德意志意识形态》和《资本论》里也表达了相同的看法。

马克思关于在私有制社会中人创造的东西成为反过来压迫人的异己力量的观点深刻地揭示了异化的本质。这一观点不仅仅适用于工人在劳动中的异化，而且也适用于社会其他领域里的异化。马克思在讲到工人创造越多，反对自身的力量越强大，"他本身的内部世界就越贫乏，归他所有的东西就越少"时明确指出，"宗教方面的情况也是如此。人奉献给上帝的越多，他留给自己的就越少。"[2]这就是说，人把自己"内部世界"的、自己本性上的东西献给了上帝，从而使自己成为非人。在这一点上，马克思受到费尔巴哈的影响。关于宗教的异化作用，费尔巴哈有许多精彩论述。他认为，"为了使上帝成为一切，人就必须化为乌有。人在自身中否定了他在上帝身上加以肯定的东西。"[3]另外，马克思还进一步指出："不是神也不是自然界，只有人本身才能成为统治人的异己力量。"[4]也就是说，人自己创造出的各种社会组织、政权机构，如同在资本主义社会里工人创造的商品一样，也可能反过来成为压迫人的"异己力量"。

除了私有制经济、宗教和政权之外，传统观念也可能成为一种强大的异化力量。人在社会和生活实践中发展了道德伦理观念来规范自己的行为和人与人之间的关系，但它也可能成为一种冷酷无情的压迫力量，即它不仅能强迫人而且使人心甘情愿地压制自己的人性、压制自己任何

1　马克思、恩格斯：《马克思恩格斯全集》，(42)，北京：人民出版社，1979年，第91-92页。
2　马克思、恩格斯：《马克思恩格斯全集》，(42)，第91页。
3　马克思、恩格斯：《马克思恩格斯全集》，(42)，第492页。
4　马克思、恩格斯：《马克思恩格斯全集》，(42)，第99页。

同传统观念相左的思想、感情和欲望。它甚至动用家庭、社会以及政权的力量来惩罚各种越轨的思想和行为。这方面，中国的封建礼教和西方的清教道德都是极明显的例子。

在上面谈到的这些方面，异化不仅古已有之，而且往往比现代更为严重。今天，不论人们对上帝或各种神祇多么虔诚，也不会再用人当祭品来献给他们。而这在古代却极为盛行。被杀来祭祀的人不仅有俘虏，而且有本部落、甚至家庭的成员和部落首领。他们被异化为祭品，不仅心甘情愿，甚至因此感到荣耀。同样，人创造出来的社会制度和统治机器对人的异化也是如此。奴隶们被异化为陪葬品、会说话的工具或者是以相互杀戮来取悦奴隶主的角斗士。在封建专制下，统治者的喜怒同样可以决定臣民的命运。

既然现代社会的异化不一定比过去时代更为严重，那为什么异化主题在现代文学中如此普遍、如此突出、如此空前呢? 首先，这自然是因为异化在现代社会仍然十分严重，但更主要、更根本的原因却是人现在比以往任何时代都更深刻、更痛切地感知到、认识到人的异化。所以严格地说，现代文学着力表现的不仅是人的异化，而更是人的异化感。其实，异化最严重的时代往往并不是那些异化感最突出的时代，而是那些人心甘情愿被异化、而且被异化了仍浑然不知的时代。但是，没有强烈的异化感就不能创作出真正的异化文学。当然，正如一些学者已经指出的，异化文学并不开始于现代。人们在过去时代也曾感到人的异化，尽管远不及今天这么强烈和深切。

简单回顾一下过去时代的异化文学，或者文学中对异化和异化感的表现，可以帮助我们认识为什么异化文学在现代如此盛行，竟成了西方现代文学的主流。古希腊的悲剧就反映了人的异化和异化感。比如索福克勒斯的《俄狄浦斯王》和《俄狄浦斯在科罗诺斯》就是如此。前者表现了人的命运为人创造出的神决定，并因此而同自我分离、同自我异化。那个能猜破人生之谜的俄狄浦斯王却不知道自己是谁；他被命运捉弄，不知道他竭力寻找的那个杀父娶母的罪人其实正是在寻找自我。寻找自我是人性回归的表现，而这恰恰是现代西方异化文学最重要的主题之一。俄狄浦斯成了西方文学中自我异化和寻找自我的原型人物。到了《俄狄浦斯在科罗诺斯》里，年老的俄狄浦斯双眼已瞎，经过严厉的自我处罚和受尽流浪的磨难，他对自己的命运有了更深刻的认识。他已感受到人的命运并不掌握在人的手里和人的存在的荒诞：人毫无道理地被某种不可抗拒的力量所左右。这同卡夫卡和美国黑色幽默作品中的情形颇为相似。同样，《圣经》中的《约伯记》也反映了神对人的作弄和无所不在的控制以及人的异化感。约伯对上帝说："我宁可噎死、宁肯死亡，胜似留我这一身骨头。我厌弃性命，不愿永活。你任凭我吧！因我的日子都是虚空。……你到何时才能转眼不看我，才任凭我咽下唾沫呢？"[1]连咽下唾沫都不能自主！我们在现代文学中，从卡夫卡的小说到奥威尔的《1984年》，都能听到这种绝望的哭诉声的回响。

到了欧洲文艺复兴时期，文学家们对异化和异化感的表现及探索有了新的发展。莎士比亚在《麦克白斯》中深刻表现了麦克白斯夫妇被自己的权力欲异化的悲剧以及由此造成的痛苦和绝望。《雅典的泰门》则描写了金钱对人的异化。而马洛所塑造的浮士德博士这个为了终极知识和超凡力量用自己的灵魂同魔鬼作交换的人物在协议到期、即将永堕地狱之时，终于认识到自己成了自己所追逐的东西的奴隶，感到自己的欲望毁灭了自己的灵魂。不过在古代文学中，最直接地描写人对自我异化和社会异化的感知的，恐怕是生活在15世纪的法国诗人德香普。他写道：

> 为什么如今这样黑暗，
> 人们竟全然互不相识，
> 而政府则如此日益堕落，
> 一天不如一天？
> 过去那消逝的日子更为美好，
> 现在什么支配着世界？无望的阴郁和厌倦，
> 公正和法律已一去不返，
> 我再也不知道我属于何处哪边。[2]

这简直就是一幅15世纪的"荒原"景象。到了19世纪，人们的异化感进一步增强。从爱伦·坡到波德莱尔的作品里都回响着异化的调子。但特别值得一提的是俄国的陀思妥耶夫斯基；在一定意义上，他可以说是现代异化文学的先驱。他特别重视对处在剧变时代各种新旧力量撞击中的人们之绝境的探索和对他们那孤独而变态的内心世界的表现。

---

1 《约伯记》，7：15-19。
2 Eustache Deschamps, quoted in Eric and Mary Josephson, Introduction, in Josephsons, eds., *Man Alone: Alienation in Modern Society* (New York: Dell, 1962), p. 17.

　　从上面这些例子中，我们可以看出一个十分有意义的共同点。那就是，这些作家大都生活在所谓的历史的"十字路口"，也就是社会产生深刻变革的时代，比如帕里克利斯时代的希腊、文艺复兴时代的欧洲、19世纪封建农奴制崩溃时的俄国等。在这种历史的转型期，社会的本质和存在的问题比以往任何时候都表现得更为明显。特别是由于旧的意识形态和传统观念的崩溃，人们能看到一些以前视而不见的问题；而剧烈的社会变革所产生出的新思想又使人们能从新的角度来看问题，进一步加深对世界、对生活、对人自身以及人同社会、自然之间的关系的认识。于是以前认为是天经地义的东西，无论是对神的自虐性崇拜还是统治机构对人的肆意摧残，都可能失去其根据和合法性，人们不再将其视为理所当然，不再心甘情愿地顺从。人由于自我意识的提升而更能感受到自己的异化，因此，这样的时代也往往是异化感特别强烈的时代。

　　传统观念的崩溃和沦丧不仅使世界似乎变得荒诞，更重要的是使许多人感到失去了自我、失去了自身价值，因为人的自我、人的自身价值归根结底是同某种信仰相联，并植根于某种价值体系之中。结果是，正如格林尼尔所说："我们现在蹒跚于一个没有'我'的回声的宇宙之中。"[1]或者，如有些人所比喻的，人变得同洋葱头一样没有一个核心，只有一层层的社会作用。具有反讽意味的是，现代人的自我的丧失，或者更严格地说，现代人对自我丧失的感知，在很大程度上恰恰是因为近几百年来人道主义和个人主义思想的发展。严格地说，没有人道主义思想的充分发展，没有个人价值的确立，就不会有真正的人的自我意识，人也就不会真正感到自我的丧失，因而不会产生异化感。所以具有悖论意义的是，异化感是人自我意识觉醒的表现，是人道主义发展的产物。

　　除了异化的客观存在之外，异化感产生的一个重要根源是，一方面人们重视人的价值，另一方面又对人本身感到失望。随着上帝的"死亡"和宗教信仰的日益衰微，人们逐渐把希望和信心放在人的身上，试图建立起一个以人为中心的世界，相信人没有上帝的帮助也能管理好这个世界。然而各种社会罪恶依然充斥世界，甚至更为严重，特别是两次世界大战带来的空前灾难，使人们对人管理好自己和世界的能力产生了怀疑，因而对人失去了信心。同时，工业科技文明的发展，又进一步破坏着传统的生活方式和价值观念，并在一定意义上把人变成它的奴隶。于是人们看不到前途、看不到希望。正是这种看不到前途、看不到希望的精神

1　转引自威利·赛费《自我的丧失》，纽约：兰登书屋，1962年，第14-15页。

状态进一步使生活或者说人的存在失去了意义，从而进一步加强了异化感的思想和感情基础。因为从根本上说，世界显得荒诞是由于人们自己失去了生活的目的，是由于赋予生活以意义的价值体系自身失去了意义，也是由于人把失去了自我而产生的自身的荒诞感投射到世界中去。

其实传统观念的丧失，旧的意识形态的崩溃本身并不一定产生异化感，甚至对异化的感知和认识也不一定产生异化感。比如马克思不仅认识到人的异化，而且对其做出了深入研究，但他自己并没有异化感，因为他对创建一个属于人的美好世界充满信心。雨果在《悲惨世界》和《巴黎圣母院》中艺术地表现了人的异化，但无论是作者本人还是他的作品都没有表现出《审判》或《荒原》里那种孤独和绝望的异化感。为什么卡夫卡、艾略特、前期的福克纳以及绝大多数现代主义作家在表现和探索异化时都流露出强烈的异化感，而马克思、雨果、高尔基、罗曼·罗兰以及其他许多思想家和作家则并非如此？最根本的原因是后者对社会进步、历史发展、人类完善以及一个美好的未来有着坚实的信仰。他们研究和表现异化是为了克服它、消除它。他们看得见出路，而且沿着他们看见的路向前走。相反，尽管现代主义作家们在文学形式、写作手法方面积极探索、大胆创新，他们在本质上却是使用着革命性技巧的保守主义者；也就是说，文学艺术中的现代主义者在本质上是反现代的。他们反对资本主义科技工业文明，不相信社会进步，怀疑人类自我完善的能力，看不到出路，看不到未来。他们受新思想的影响，能从新的角度看问题，但却不能真正接受新的思想，建立起新的信念以取代已失去意义的旧观念。

从上面的分析可以看出，现代主义作家们的真正问题是，他们处在新旧势力、新旧思想剧烈冲突的历史的十字路口，痛苦地感受到甚至深刻地认识到各种问题，然而他们却既不能依附于那个在他们看来正处在解体中充满问题的社会，不能再信奉那已失去感召力及真理性的传统观念，但同时又不能接受新思想，跟随历史前进，促进社会变革，从而帮助消除他们痛切感受到的那些使人异化的因素。他们在新旧势力的冲突中无所依托，孤立无援。正如肯尼斯顿所指出，他们"否定社会而没有任何明确的目标或者改善它的方法，甚至没有一套清楚的赖以批判社会的原则"。[1]他们发现了问题，而不能加以解决，甚至不相信能解决。所

---

1 Kenneth Keniston, "Alienation and the Decline of Utopia," in Lapides, eds., *Alination: A Casebook*, p. 28.

以他们作品中强烈表现出孤独、无力和绝望。但他们不是虚无主义者，真正的虚无主义者不会感到绝望。他们的痛苦和绝望，他们的异化感恰恰表明他们竭力希望自己能相信点什么。陀思妥耶夫斯基的这段话说出了他们共同的矛盾和心情："直到现在，甚至（我知道这一点）到我进棺材的时候，我是时代的孩子。这种求信仰的渴望害我受过苦，并且现在还受着多么可怕的折磨，在我心中，否定的论证越多，这种渴望也就越强烈。"[1]

从这里我们可以看出现代主义文学家们问题的根源：他们既不能树立真诚的信仰，又不能够没有信仰。他们身上另一个深刻的矛盾是，尽管他们在理智上认识到传统观念已失去了权威性和真理性甚至已经解体，但在感情上他们都倾向于传统观念，他们看不到未来，因此不自觉地把眼睛转向过去。他们都深受传统文化熏陶，因此在旧传统中才感到某种宁静和安全、某种秩序和价值。他们对异化的描写其实有意无意地反映出他们对传统观念的向往，因为他们所描写的异化在很大程度上正是建构他们的自我的传统价值体系沦丧的结果，比如美国迷惘的一代在被第一次世界大战改变了的、他们感到在其中难以生存的世界里所体验的那种异化。或者反过来说，正是由于他们思想深层结构中的保守主义倾向，他们才对旧意识形态的解体、传统观念的沦丧感到如此痛苦和绝望，并在作品中表现异化时如此强烈地表现出他们自己的异化感。下面本文将简略讨论几位现代主义作家，以期表明现代文学中异化感同保守主义心态之间的内在联系。

前面讲过，陀思妥耶夫斯基是现代异化文学的先驱之一。他描写了人走投无路，最后走到地下躲藏起来的绝境。《地下室手记》的主人公既反对资本主义，又反对革命，既攻击科技文明，又不相信个性自由。他与一切格格不入，心理变态，无法生活在世界上。究其原因，他本身就是一个过去时代的代表。当然，我们不能把那个卑鄙龌龊的地下室的主人公看成作者本人。但他们在对待历史进步、社会发展方面的保守主义态度却是一致的。尽管陀氏在青年时代受过进步思想的影响，甚至参加过进步活动，并因此而遭流放，但他的思想在本质上是保守的。他反对封建农奴制，但拥护沙皇制度。他欢迎1861年的农奴制改革，然而俄罗斯并没有摆脱他所反感的资本主义，而且资本主义的迅速发展和人民革

1　转引自叶尔米洛夫：《陀思妥耶夫斯基论》，满涛译，上海：上海译文出版社，1985年，第5页。

命的浪潮使他完全感到失望。最后他只能寄希望于宗教，认为只有上帝才能拯救俄罗斯。然而他不是一个虔诚和盲目的教徒。他转向宗教，如他所说，是因为他渴望着信仰，其实"直到他生命的末日，宗教在他的灵魂中是站脚不稳的"。[1]这种既渴望信仰，又不能真诚地信仰的矛盾，极大地增强了他的异化感。

同陀氏一样，卡夫卡也处在这样一种矛盾之中，受到痛苦的折磨。许多人把他看作是现代异化文学真正的开山祖师不是没有道理的。在他的作品中，不论是统治机构还是家庭，不论是宗教还是法律都强大而专制，冷酷无情而荒诞不经。在这样的世界里，人感到软弱无力，只能任其宰割，而人和人、人和社会之间也没有沟通的可能。尽管他的作品面不甚宽，但他不仅触及而且深刻表现了几乎所有的异化现象和各种类型的异化感。从家庭到法律的异化力量，从存在主义的荒诞感、迷惘的一代的孤独到黑色幽默里令人哭笑不得的绝望在他的作品之中都有深刻表现。他能如此全面而深刻地表现异化感，自然同他的生活经历和思想分不开。他可能比任何作家都更多、更真实地把自己的内心感受写进作品。卡夫卡自己意识到他的问题的根源：他是犹太传统的产物，但又不能站在"坚实的犹太土地上"。因此，同陀思妥耶夫斯基一样，他也渴望树立起一种信仰；也同陀氏一样，他思想深层结构中的保守倾向使他企图把自己联系在旧传统之上。那格尔指出，"卡夫卡不只一次地发牢骚说，他'脚下没有坚实的犹太土地'。他想重新与犹太族的历史挂上钩。"[2]卡夫卡说："今天我开始阅读格莱茨尔的犹太史，我是多么高兴，多么急切地想了解犹太史啊……我不得不经常停下来，以便在肃静中，把身上的犹太因素聚集起来。"[3]他竭力想把自己同犹太传统"挂上钩"，但他的努力并没取得很大成功，因为他清楚地知道犹太传统本身已经处于解体之中，已经失去了他所渴望的那种生命力。因此，他的保守主义思想和不能回到过去的事实只能增加他的绝望。不过这种绝望，如他所说，成了他在文学中表现异化感的"灵感的来源"。

艾略特是另一个现代主义文学的代表人物。他大量的诗作从不同角度在不同层次上表现现代世界的异化、现代人的异化感以及对其根源的探索。他的名作《荒原》，因其影响之大，成了现代异化世界的象征。在

1　转引自叶尔米洛夫：《陀思妥耶夫斯基论》，第5页。
2　伯尔特·那格尔：《卡夫卡思想艺术的渊源》，载克劳斯·瓦跟巴赫著：《卡夫卡传》，周建民译，北京：北京十月文艺出版社，1988年，第264页。
3　伯尔特·那格尔：《卡夫卡思想艺术的渊源》，第264页。

这部作品中，他旁征博引，用了世界各地几十种神话典故来同因作为精神中心的传统观念崩溃而散为碎片的毫无生气、毫无意义的现代生活相对照，描绘出一幅精神荒漠的景象。特别值得注意的是，艾略特所引用或影射的神话典故大多为生殖、再生神话。一方面，如刚才所讲，这具有对照意义。另一方面，作者也有意无意地表现出自己对一种充满活力、充满意义的世界的渴望。正如这些神话都来自于过去时代一样，作者的渴望也同他对旧传统秩序的怀念有关。其实在所有现代主义作家中，艾略特恐怕是对传统最有感情、对传统意义理解最深、保守主义倾向最明显的作家之一。他曾公开讲自己是"文学上的古典主义者，政治上的保皇党，宗教上的英国天主教徒"。[1]正是出于这种保守的心态，他说"如果我问自己（在更高层次上比较）为什么在但丁和莎士比亚的诗中我更喜欢前者，我不得不说，因为在我看来，它似乎对生活之谜表明了一种更为合理的态度。"[2]很明显，这是因为但丁的诗呈现出一个以上帝为中心的井然有序的宇宙，而人们都怀有坚定的信仰。这恰恰是艾略特所渴望的。相反，尽管他倾心赞颂莎士比亚的诗歌和戏剧艺术，但在莎士比亚的作品中，这样的宇宙观和信仰都随着中世纪的结束而解体，世界已处于"混乱"之中，所以不能同艾略特心中的保守主义之弦共鸣。

这期间另一个重要作家是福克纳。他对异化感的描写既同第一次世界大战有关，又根源于美国南方传统社会在资本主义工商文明的冲击下解体这一历史性变革，因此更具代表性。他的第一部小说《军饷》可说是一部典型的迷惘一代型作品。而《沙多里斯》中的白亚德和贺拉斯这两个一战退伍兵也显然属于迷惘的一代。他们回到了自己的故乡，但无法在其中生活。正如作家本人在谈到自己时所说，他在战后退伍回到南方，却发现自己无家可归。最后，白亚德在自杀性冒险中结束了生命，而贺拉斯则躲在家里以制造完美的玻璃罐来逃避现实。在福克纳笔下的人物中，昆丁·康普生具有最强烈的异化感。他妹妹的失贞使他所信奉的传统观念直接遭到毁灭性打击，以致使他投河自杀；但昆丁的真正问题是他是过去时代的产物。他还生活在过去，"还在呼吸着1833年"那样

---

1 转引自戴维·洛奇编：《二十世纪文学评论》（上），葛林等译，上海：上海译文出版社，1987年，第126页。

2 T. S. Eliot, "Prefce to the 1928 Edition," in Eliot, *The Sacred Wood: Essays on Poetry and Criticism* (London: Methuen, 1960), p. x.

的空气,[1]他是一座住满过去时代的"桀骜不驯的精灵的空房"。[2]他拼命抓住传统观念不放,但又清楚地知道它在现实中已失去了意义;他知道旧时代已一去不复返了,但又无法生活在现实之中。于是死亡成了他唯一的出路。

其实福克纳同昆丁也有许多相似之处。他自己就说过,他是《喧哗与骚动》里的昆丁。同昆丁一样,他也是两眼望着过去,为传统观念的沦丧而痛心疾首。他恐怕是现代作家中谈论过去、谈论传统最多的人。他怀恋旧南方,批判资本主义工商文明,他不相信社会进步,反对激烈的社会变革。他只着眼于道德探索,认为应该用过去时代的价值观和优秀品质帮助人们在荒原般的现代社会中生活。他在接受诺贝尔奖的演说中宣称:"诗人和作家的职责就在于……提醒人们记住勇气、荣誉、希望、自豪、同情、怜悯之心和牺牲精神,这些是人类昔日的荣耀。"[3]

第二次世界大战以后,西方异化文学达到又一高潮。这时期的异化文学以荒诞为核心,以存在主义小说以及同存在主义密切相联的荒诞戏剧和黑色幽默为主要表现形式。西方异化文学的进一步发展自然与世界大战有关。战争的疯狂逻辑和人们表现出的残忍不仅摧毁了传统观念,而且毁灭了对自己人的信念和对未来的希望。因此,世界和人的存在都变得荒诞,一切传统观念、社会理想都变得虚假可笑毫无意义。荒诞成为时代的主题词。从本质上说,这时期的荒诞,或者说存在的荒诞,根源于赋予生活以意义的价值体系的解体和赋予世界以秩序的精神信仰的沦丧。

荒诞文学与存在主义哲学具有内在的关联性,它们分别是在形而上的层面对现代人的存在或者说生存状况的哲学探讨和文学表达。存在主义哲学家萨特和加缪的哲学著作和文学作品表明它们在本质上的统一。在小说《恶心》里,萨特表现了主人公洛根丁怎样顿悟到存在的荒诞、历史和现实的虚假这一存在主义命题。很有意义的是,洛根丁是一个历史学家,他打算写一位18世纪的侯爵外交家传记,然而在研究史料的过程中,他发现这些史料都是虚构伪造的。于是他对历史的真实感到幻灭,认识到现实的虚假。直到有一天他发现人、世界和一切事物都像树根一样只是赤裸裸的存在,一切都失去了必然性,只剩下"偶然性",人和世界的存在都变得

1　William Faulkner, *Absalom, Absalom!* (New York: Vintage, 1972), p. 31.

2　Faulkner, *Absalom, Absalom!* p. 12.

3　威廉·福克纳:《受演讲说》,张子清译,载福克纳:《我弥留之际》,李文俊等译,桂林:漓江出版社,1990年,第433页。

荒诞。正是这种荒诞、这种赤裸裸的存在使洛根丁感到"恶心"。

如果说在《恶心》里，萨特是从历史的角度出发来揭示人和世界的荒诞性，那么加缪则从人的伦理观念和法律这两个似乎最具理性的领域切入来揭示和表现人存在的荒诞，达到了相同的目的。《局外人》的主人公默尔索在母亲逝世后按自己的感觉而不是按传统的伦理观念行事，被人们认为麻木不仁，不合情理。当他因杀人罪受审时，对他的指控主要不是他杀人这事，而是他在母亲死后所表现的麻木不仁。小说充分表现出社会、法庭和伦理道德的荒诞，并以此来揭示人之存在的荒诞。

当然，在强大的社会和法律面前，默尔索不可能以自己的方式来生活。即使在《恶心》里，洛根丁唯一能找到的出路也只能是写一部小说。这是因为无论萨特还是加缪都不相信历史进步，不相信社会改革，也不相信人的进步和完善。萨特在其著名的《存在主义是一种人道主义》的演讲中说："我们不相信进步。进步意味着变得更好。人永远是那样。人所面临的情形在改变。"[1] 也就是说，无论社会或者说"人所面临的情形"如何改变，对人、对人的命运都没有影响，没有意义。至于加缪，他在这方面走得更远。他否定"历史的反抗"，反对革命，认为革命只能造成杀戮，加强专制，压制人性和造成暴力、憎恨和压迫。正是因为这种反对历史和进步的立场，萨特和加缪都不仅看不到而且反对人们对未来抱有希望。萨特说，荒诞的人"没有明天，不抱希望，不存在幻想"。[2] 加缪也指出："荒谬在这一点上使我豁然开朗：不存在什么明天。"[3] 他甚至说，希望是"对那些不是为生活本身，而是为某种伟大思想而生活的人的欺骗"。[4]

关于希望和欺骗性，荒诞剧作家贝克特在其名著《等待戈多》里作了最好的艺术性展示。这出剧的核心就是等待：等待是一种毫无希望的希望。但是，尽管剧作充分揭示了等待和希望的荒诞性，不论作者有意还是无意，剧作仍然流露出了对希望的希望。因为毕竟是希望多少给了他们的生活一点意义。

马丁·埃斯林说，当人们问及《等待戈多》的主题思想时，贝克特有时提到圣·奥古斯丁所讲的话："不要绝望，有一个贼获救了。不要指

1　Jean-Paul Sartre, "Existentialism," in William V. Spanos, ed., *A Case Book on Existentialism* (New York: Thomas Y. Crowell, 1965), p. 293.

2　萨特：《萨特论文选》，施康强选译，北京：人民文学出版社，1991，第58页。

3　加缪：《西西弗的神话》，杜小真译，北京：三联书店，1987年，第73页。

4　加缪：《西西弗的神话》，第8页。

望，有一个贼坠入地狱。"[1]前面已谈过，这种既渴望信仰又不能树立信仰的矛盾心情几乎是所有描写异化和异化感的作家的共同点，这也是存在主义作家和荒诞剧作家的共同点。他们表现的荒诞其实都是由于传统观念和希望的丧失以及同生活脱离而造成的。加缪就清楚地指出过："一旦世界失去了幻想与光明，人就会觉得自己是陌路人。他就成为无所依托的流放者，因为他被剥夺了对失去的家乡的记忆，而且丧失了对未来世界的希望。这种人与他的生活之间的分离，演员与舞台之间的分离，真正构成荒诞感。"[2]同样，尤奈斯库也指出："荒诞是指缺乏意义……，人与自己宗教的、形而上的、先验的根基隔绝了，不知所措；他的一切行为显得无意义，荒诞无用。"[3]他在剧作《犀牛》中也深刻地表达了这种思想：丧失了赋予世界与生活以意义的在本质上是传统性质的"根基"，人会变成野兽。

从上面的简略讨论似也可以看出，现代主义作家们对异化和异化感的探索和表现都同他们思想深层的保守主义倾向相联系。他们作品中的孤独、绝望和荒诞都是由传统价值观的沦丧而又不能树立起新的信念所造成；而他们如此之执著、深入地表现人的异化感，有意无意地反映了他们内心对传统观念、对井然有序的世界和有意义的生活的深深的渴望。正是由于这种渴望，正是由于他们对传统观念的怀念，或者用加缪的话说，"对失去的家乡的记忆"，他们对现代资本主义社会中的各种问题，对各种压迫摧残人性的异化力量和对熟悉了的生活方式的消失给人造成的精神冲击感受最深、表现最真切，因而批判也最深刻。他们通过描写现代社会的异化和表达人的异化感而把西方文明的危机和资本主义社会的问题赤裸裸地展示在人们面前，产生了前所未有的震撼人心的艺术效果。在这方面，现代文学中很少有人能与之相比。至于他们为了准确表现他们眼中那因为传统信仰和价值体系的解体而破碎、荒诞、异化了的外部和内心世界在文学形式和艺术手法上所进行的孜孜不倦的探索、试验和创新，把人类文学事业推到了一个新阶段，那也是文学史上令人称道的成就。

1　见施威荣等译：《荒诞派戏剧集》，上海：上海译文出版社，1980年，第49页。

2　见施威荣等译：《荒诞派戏剧集》，第7页。

3　Martin Esslin, *Theatre of the Absurd* (New York: Knopf Doubleday, 1961), pp. 19-20.

美国南方文艺复兴与现代主义

　　1917年美国著名学者门肯（H. L. Mencken）发表了一篇引起广泛争议但影响深远的文章《波札茨的撒哈拉》（"The Sahara of the Bozarts"）。他在文章中对美国南方社会，特别是南方的文化、文学、教育、学术状况作了全面评述，给予了相当尖刻的指责，认为南方是一片荒芜的文化沙漠。然而不仅门肯而且多半谁也没料到，仅仅大约十年后，南方突然呈现出文化、文学和学术上的空前繁荣，产生了一大批杰出的作家、诗人、戏剧家、学者、文学理论家和批评家。这就是后来被人们广为称道的美国南方文艺复兴。这样的繁荣在美国历史上，自19世纪中期爱默生、梭罗、霍桑、艾米丽·狄更生、朗费罗等新英格兰文学家群以来还没有过。著名诗人、小说家和批评家、新批评派代表人物爱伦·泰特在谈到美国南方文艺复兴的成就时说："如果说即使没有莎士比亚，伊丽莎白时代仍然是英国文学之骄傲的话，那么南方各州的新文学即使没有福克纳也依然杰出辉煌。"[1]这种群星灿烂的繁荣不可能是历史的偶然，它必然有深刻的社会、文化和文学根源。

一

　　回顾人类历史，我们发现那些最辉煌的文化和文学繁荣往往发生在泰特所说的"历史的十字路口"，发生在社会的转型期，比如先秦时代的中国，伯里克利时代的古希腊，文艺复兴时期的欧洲，伊丽莎白时代的英国，以及19世纪的俄国等等。尽管这些不同的国度和时代在社会和文化方面都存在极大的差别，但它们之间有一些极为重要的共同点，那就

1　Allen Tate, *Essays of Four Decades* (Chicago: Swallow, 1968), p. 578.

是，它们都正经历着深刻的历史性变革，都为文化繁荣提供了极为有利的条件。深刻的社会变革必然造成旧的意识形态的解体，而旧意识形态的解体使人们能看到许多在旧意识形态束缚下看不到的问题，因为意识形态的一个主要功能就是制造一些盲点，使人们对该意识形态为之服务的社会所存在的一些深刻矛盾视而不见。同时，社会变革和旧意识形态的解体必然刺激新思想的产生或者为接受外来新思想创造条件，从而造成新思想大量涌现的局面，使人们能从新的角度看待问题，用新的方法考察现实，用新的观点认识社会。但另一方面，社会变革必然会改变人们的生活方式，而旧意识形态的解体必然会使习惯于依赖传统价值观念生活的人们突然失去了依靠，从而感到一种社会和精神危机。这就促使人们对社会的前途，对生活的意义，对人的自身价值，对人的命运更加关注，并进行深刻的思考和痛苦的探索。很明显，这些因素都为文化和文学的繁荣提供了有利的社会和思想基础。

同上面提到的那些文化大繁荣一样，美国南方文艺复兴在很大程度上也是社会深刻变革的产物。要认识这一点，我们得先察看美国南方的社会性质和历史发展。早在殖民地时期，南方就和致力于发展工商业的北方走上了不同的发展道路，建立起以种植园经济为中心的农业社会。直到20世纪30年代，南方仍然是封闭的农业社会，三分之二以上的人口仍然从事农业生产，过着传统的生活方式。[1]不仅如此，它甚至保留着许多由早期移民带来的欧洲中世纪封建社会的特点，从而使它在一些方面比现代欧洲更接近于中世纪的欧洲。在宗教上，在北方衰落了的加尔文主义却在南方取得惊人进展，使南方比"清教徒的新英格兰更为清教化"。[2]这种封闭的农业社会、传统的生活方式和压抑人性的清教思想是南方文化和南方人性格中的保守主义的根源。正是由于这种保守主义，南方人对现代化，对资本主义工商文明似乎有一种本能的反感，而对各种新思想更是怀有一种怀疑而恐惧的复杂心理。著名学者卡什认为："对新思想的怀疑"是"南方固有毛病之一。"[3]甚至到了本世纪二、三十年代，南方有些州议会甚至还通过法案，禁止进化论之类的新思想在南方传播和在学校讲授；不论是中学还是大学教师都有人因为敢于讲授进化论而遭解

---

1 相比之下，美国其他地区在19世纪末就已经大体上完成了城市化进程：城市人口占了全美人口的三分之二，而大约一半的美国人居住在十来个大城市里。

2 Monre Billington, *The American South: A Brief History* (New York: Scribner's Sons, 1971), p. 304.

3 W. J. Cash, *The Mind of the South* (New York: Vintage, 1941), p. 336.

聘、驱逐，乃至审判。[1]新思想对"南方社会的影响不论在什么阶层，都在不同程度上造成恐惧和愤怒。"[2]也正是由于南方社会、南方文化和南方人性格中的这种保守主义，当第一次世界大战后资本主义现代化终于波及到南方并深刻地改变着南方的时候，它在南方社会和南方人心灵中造成的震撼远比在美国其他任何地区都更为强烈。在很大程度上，南方文艺复兴就是这种震撼的结果，是南方保守主义在文学艺术中对现代工商文明做出的复杂而且具有悖论意义的回应。

美国南方社会的另一个重要方面是奴隶制和种族主义。内战前南方有390多万黑奴，占南方总人口三分之一。南方的种植园经济就是建立在奴隶制基础之上。尽管内战之后奴隶制被废除，黑人的社会地位和白人的种族主义思想并没有多大改变。种族问题一直是触及南方的社会、政治、经济、文化、道德之本质的根本性问题。不仅如此，奴隶制和种族问题是北方和南方长期冲突的主要根源。而同北方的冲突成了决定南方历史进程和影响南方人思想乃至文学发展的关键因素。同北方冲突的最严重最直接的后果就是南北战争，它中断了南方战前短暂的经济繁荣并将其排除在19世纪中叶以后美国社会和经济迅速发展的历史进程之外，使南方大大落后于美国其他地区，以致罗斯福总统在1938年还将南方看作是美国的"头号经济问题"。另外，南北战争的失败不仅进一步增强了南方的封闭保守状况，而且使南方成为美国唯一具有向后看的历史意识和深沉的悲剧感的地区。这与南方文艺复兴的产生和繁荣有着直接的关系。由于早期移民的开拓精神和种植园生活接近大自然，南方人性格中本来就具有强烈的浪漫主义倾向；而同北方的冲突更促使他们把南方浪漫化。特别是在对待像奴隶制这样一个现代社会的肿瘤的问题上，南方人感到自己处在一种被谴责、被攻击的境地。早在奴隶制时期，南方人就从政治斗争到文学艺术各个领域全面为南方奴隶制进行辩护，创造了一系列神话，将奴隶主美化成"仁慈"的主人，"慈父"般地照看着无依无靠的黑奴，而奴隶们则对主人忠心耿耿、感恩戴德。

内战的失败不仅没结束这种粉饰南方的倾向，没有使南方人深刻检讨自己失败的根本原因和认真分析南方社会自身的弊端与严重问题，相反却更加刺激了他们的想象力和加强了他们对旧南方的浪漫情结。于是在南方文学中，特别是在庄园小说里，南方被神化成充满"甜蜜、柔情

1　其实，即使到了21世纪，几乎每年都有人在南方某些州议会里提出议案，要求在公立学校中禁止进化论的讲授或者进行祷告。

2　Cash, *The Mind of the South*, p. 439.

和阳光"的"乐土",[1]是"失去了的伊甸园",[2]甚至连"奴隶制也是上帝的恩赐"。[3]很明显,这些神话没有多少真实性可言,它们大多是同北方斗争的产物和方式。但除了直接服务于同北方的政治斗争之外,它们还为南方人在心理上构造了"几乎完美的防卫机制",使南方人能够"把自己包裹在高傲的优越感里",用自己那虚构的贵族式生活反衬出"北方佬是出身卑微、愚不可及和爱钱如命的人,甚至使他在其平庸的灵魂深处对南方人暗暗感到忌妒和敬畏"。[4]此外,这种神话还具有另一种心理上的价值。尽管南方人大声为奴隶制和种族主义辩护,他们在内心深处也暗暗感到一种负罪感;所以他们竭力用这样的神话来掩盖自己的负罪感,安抚自己的良心。

这些神话在一定程度上满足了他们政治和心理上的需要,但也使他们对南方社会和南方人自身存在的严重问题闭眼不看或视而不见。而缺乏对南方社会和历史的深刻认识和对南方人自身的认真剖析,南方自然不可能创作出伟大的文学艺术,因为这样的文学艺术显然违背真实。虽然真实不等于伟大的文学艺术,但伟大的文学艺术不可能没有真实。所以内战以后几十年间,在南方所产生的主要是一些平庸的怀旧之作。不用说,这些作品明显带有粉饰南方、反对北方的政治意义。由于南方人"把主要精力和才智都运用到政治防御之中",[5]南方成为文化沙漠就不足为怪了。

这类粉饰南方的各种"神话"和文学作品,用泰特的话说,是"雄辩型话语"(the rhetorical mode of discourse)的产物。他认为南方人从来就是"雄辩论者",他们不听甚至不容对方争辩,他们对"听众滔滔不绝,但对自己保持沉默"。[6]他们的思维是单向的,矛头直指对方。到了第一次世界大战时期,情况发生了变化,南方人的话语从"雄辩型"转为"辩证型"(the dialectical mode),终于能够批判地看待自己和南方。他们开始自我反省,进行一种"内心对话,一种自我的内在冲突"。[7]至于为

1 John P. Kennedy, 转引自 Garvin Davenport, *The Myth of Southern History* (Vanderbilt: U of Tennessee P, 1970), p. 16.

2 Lewis P. Simpson, 转引自 Thomas Inge, *Faulkner, Sut, and Other Southerners* (West Cornwall, CT: Locust Hill, 1992), p. 185.

3 Cash, *The Mind of the South*, p. 89.

4 Cash, *The Mind of the South*, p. 64.

5 Louis D. Rubin, Jr., *William Elliott Shoots a Bear* (Baton Rouge: Louisiana State UP, 1975), p. 21.

6 Tate, *Essays of Four Decades*, p. 590.

7 Tate, *Essays of Four Decades* , p. 591.

什么会出现这种意义深刻的转变，泰特解释说："南方在第一次世界大战中重新融入世界；它环视四周，自1830年以来第一次发现北方佬不应对所有的事负责。"[1]也就是说，南方人总算开始发现南方自身的问题。在这期间以及稍后，许多南方青年，包括后来成为南方文艺复兴中坚的诗人、作家、学者如福克纳、兰塞姆（John Crowe Ransom）、戴维森（Donald Davidson）、泰特、沃尔夫（Thomas Wolfe）、沃伦（Robert Penn Warren）等人都先后到了欧洲或其他地方，或者从军，或者求学，接触了新思想，开阔了眼界，第一次能从新的角度，用批评的眼光看待自己热爱的故乡，发现它并非像南方传统文化和文学所描绘的那么美好，而是存在许多严重的问题。正如后来福克纳在《押沙龙，押沙龙！》里所揭示的，即使没有南北战争，没有北方军队的入侵，旧南方也会因为自身的内在矛盾，因为它自身的罪恶，特别是因为奴隶制对人性的践踏而解体覆没。

不过，南方新一代精英能迅速接受新观点并用批评的眼光看待南方，反省自己，其根本原因在于南方社会和人们的思想正经历着深刻的历史性变革。在经过长期停滞之后，南方的社会和经济在20世纪初获得较为迅速的发展并加速了南方社会城市化的进程。在1900年以前，整个南方只有两个城市的人口超过了10万，而在随后的20年间，各城市的人口几乎都在成倍增长，出现了一大批人口超过10万的城市。工商经济的发展和城市化进程深刻地改变着南方农业社会，带来了新的思想观念，并造成传统的文化观念和"雄辩型"思维方式的解体。所以，南方一些青年知识分子能比较容易接受新思想的影响，能从新的视角审视和认真分析南方社会状况，能看清南方社会中的各种罪恶，特别是其血腥的奴隶制和根深蒂固的种族主义，总算认识到旧南方远非充满阳光与柔情的"乐土"。

对自己热爱的故乡的这种剖析在本质上也是一种痛苦的自我剖析。泰特指出，这种"自我剖析是文学艺术……的开端"。[2]他引用叶芝（W. B. Yeats）的话说："同他人争吵产生雄辩，同自己争吵则产生诗"。[3]他认为南方文学从"雄辩型"转为"辩证型"，从而产生了南方文艺复兴，带来了南方文学的空前繁荣。在解释南方文艺复兴为什么产生的众多观点中，泰特的观点无疑最具洞察力。但是，研究南方历史的著名学者伍德沃德在其论文《南方文艺复兴为什么产生？》中分析了包括泰特的看法在内的

1　Tate, *Essays of Four Decades*, p. 592.

2　Tate, *Essays of Four Decades*, p. 589.

3　Tate, *Essays of Four Decades*, p. 592.

几乎所有试图解释现代南方文学繁荣的原因的观点之后，仍然觉得这些都只是一些"必要的条件"，而"不是历史的解释"。[1]他最后"被迫"承认南方文艺复兴的产生是一个难解之谜。[2]伍德沃德认为泰特等人的解释只是"必要条件"的观点不无道理。泰特主要是从社会变革和南方人的思维方式的转变上来解释，而没从文学自身发展方面进行探讨。但作为历史学家的伍德沃德也犯了几乎同样的错误。虽然他在论文结尾间接提及乔伊斯等现代主义作家们的影响，但没有进一步分析。他和泰特一样，都没把美国南方文艺复兴放到20世纪前期西方文学中的现代主义运动和南方的文学传统中去考察。其实，除了社会根源外，美国南方的文学繁荣在很大程度上正是西方现代主义文学同南方文学传统相结合的产物。南方文艺复兴能够产生，特别是能够取得那么辉煌的成就，在很大程度上正是得力于现代主义的影响。

二

现代主义能对南方文学产生如此深刻的影响，在很大程度上是因为现代主义同一战后的南方作家们的思想倾向和艺术观是一致的，所以两者一拍即合。如果我们仔细分析，就会发现，现代主义文学运动从本质上看，同南方文艺复兴和人类历史上那些最辉煌的文化和文学大繁荣一样，也是社会转型期或者说历史的十字路口那种特定时代各种历史、社会和文化因素共同作用的产物。关于现代主义同社会变革之间的关系，已有许多专家学者做了大量论述。比如《哥伦比亚美国文学史》指出："现代主义是工业主义与现代技术在19世纪的发展进程中所带来的社会变革的结果。"[3]在法国大革命造成的震荡过去之后，欧洲进入了一个相对稳定的时期。19世纪的欧洲社会，特别是40年代以后，在本质上是传统和保守的。其中最具代表性的是英国维多利亚时代。这种相对稳定的社会为资本主义的发展提供了有利环境，但资本主义工商科技文明的发展却反过来造成了保守的传统社会的解体，并冲击着长期以来被人们视为当然和赖以生存的传统价值观念。于是，"在第一次世界大战前的年代中，

---

1 C. Vann Woodward, "Why the Southern Renaissance?" *Virginia Quarterly Review*, Vol. 51 no. 2 (Spring 1975), p. 237.

2 Woodward, "Why the Southern Renaissance?" p. 239.

3 埃狄里·埃利奥特等编：《哥伦比亚美国文学史》，朱通伯等译，成都：四川辞书出版社，1994年，第567页。

特别是战后年代里，在欧洲各国原先被公众普遍接受的权威迅速地丧失了自己的合法性。"[1]正是在这种社会和思想观念都经历着深刻变革的历史时期，在传统与变革的激烈冲突中，文学艺术领域产生了成就辉煌影响深远的现代主义运动。

现代主义文学是传统与变革相冲突的结果，是传统社会和传统观念在资本主义工商文明的冲击下崩溃瓦解这一历史时期的产物。它是传统主义对资本主义工商文明的一种特殊的反动。因此，具有讽刺意味的是，现代主义文学在本质上是反现代化的。现代主义文学家大都是一些使用着革命性技巧的保守主义者，或传统主义者。他们对传统生活方式的毁灭和传统价值观念的沦丧感到痛心疾首。在他们眼里，世界因失去了凝聚中心而面临解体和毁灭。这就是叶芝在名诗《第二次降临》中所描绘的景象。可以说，没有强烈的传统意识，没有传统价值体系的解体所造成的强烈震撼与失落感，就没有文学中的现代主义。正是由于他们的传统意识，在他们看来，在资本主义工商社会里人被异化，生活变得荒诞，世界成为毫无意义的"荒原"。但这并不是说现代主义作家们同传统之间没有距离。传统的意识并不等于僵死的传统。事实是，几乎所有现代主义作家都是从反传统开始。正是由于他们具有强烈的传统意识但同时又看到现存传统作为一种体系的僵化，无法同现代工商文明对抗，无法作为人们在现代社会中赖以生活的精神和道德支柱，所以才感到那样强烈的失落和绝望。在这一点上，乔伊斯的成长和生活经历很有代表性，而他的自传体小说《一个青年艺术家的肖像》在很大程度上描绘的正是现代主义作家的肖像。

所以，现代主义作家必须两面作战，既要批判传统，更要反对资本主义工商文明。他们不相信社会进步，两眼望着过去，但又知道历史不可能倒退；他们受新思想影响，能从新的角度看问题，但却不能建立起新的信念以取代已失去意义的旧观念。因此，他们的作品中表现出文学史上前所未有的阴郁和绝望。但在另一方面，在艺术的创新上他们却表现出极大的勇气和反传统的强烈倾向。为了准确描绘他们眼中那因失去精神中心而变得破碎荒诞的世界和表现生活在这样的世界中的人们的异化感和精神危机，他们在文学形式和写作艺术上孜孜不倦地探索和试验，创新出许多前所未有的表现手法和技巧，取得了不朽的成就。

同欧美现代主义作家一样，南方文艺复兴时期的作家、诗人和学者

1　埃利奥特等编：《哥伦比亚美国文学史》，第567页。

们也是本质上的保守主义者和文学艺术上卓有成效的探索者。正是由于他们在思想倾向和艺术观点上一致，所以现代主义思潮能那么迅速被美国作家们接受并那么深刻地影响了他们的创作。当美国南方社会正经历历史性变革的关键时期，在南方知识精英们正在进行日益深刻的自我剖析之时，西方世界方兴未艾的现代主义思潮波及到南方，为南方文学家们提供了他们所急需的思想和文学艺术上的指导。这说明南方作家们对现代主义文学家为什么如此喜爱，并认真学习，竭力模仿。许多南方作家都认真研究和模仿过法国象征主义诗人。爱略特对南方诗人也影响不小。早在20年代初期泰特还是学生之时就在逃避派中介绍和宣传爱略特，他自己的诗歌创作以及文学批评观也都深受其影响。南方文学中成就最大的无疑是小说。这方面乔伊斯、康纳德、托玛斯·曼、普鲁斯特在一定程度上可说是福克纳、沃尔夫、波特、威尔迪、沃伦以及其他小说家的楷模。福克纳甚至把《尤利西斯》推荐给他的新娘并帮助她理解。沃尔夫对乔伊斯更是推崇备至，认为《尤利西斯》是"那个时代英语中最好的作品"，并承认自己受到乔伊斯的"强烈影响"。[1]乔伊斯的影响在沃尔夫的作品中如此明显以致有些评论家认为，没有乔伊斯就没有《天使望乡》和沃尔夫的其他作品。另外，那些对现代主义文学发生了巨大影响的思想家如伯格森、休姆（T. E. Hulme）、弗洛伊德等人也同样影响了南方作家的思想和创作。所有这些影响加在一起，使那些同现代主义作家具有共同思想倾向的南方作家成为20世纪西方现代主义文学的美国南方流派。如果没有现代主义的影响，处于历史变革时期的南方文学也可能会取得相当成就，但能否开创如此繁荣的局面就很难说了。但有一点是肯定的，那就是，南方文学无论在内容或形式上都将大为不同，呈现在我们面前的将会是另一个流派。

南方文艺复兴的代表作家们虽然几乎同时出生，但他们分散在各州，没有多少直接联系。这恰恰表明这场文学繁荣不是孤立的偶然现象。不过田纳西州范德比尔特大学的逃避派诗人和后来的重农主义者倒是一个例外。他们组成一个关系密切、按时聚会的文学团体并发行自己的刊物。其中的一些人，如兰塞姆、泰特、戴维森、布鲁克斯、沃伦等不仅是南方文艺复兴的中坚，影响很大，而且他们的思想和文学艺术的发展也很有代表性。他们在1922年4月出版了一份名为《逃避派》（*The Fugitive*）

---

1 参看Nathen L. Rothman, "Thomas Wolfe and James Joyce," in Allen Tate, ed., *A Southern Vanguard* (New York: Prentice - Hall, 1947), p. 53.

的小杂志。这份每期只有二、三十页，仅存在3年，共发行19期的小杂志的创刊是南方文学史上一件大事，现在许多人都把这看作是南方文艺复兴的开端。这些青年诗人一扫南方文坛的陈腐风气，给诗歌创作带进一股清新的空气，一种新的精神。虽然这份杂志发行量极小，但它在文学圈子和批评界的影响日益增长，不久它甚至在巴黎、牛津、剑桥都颇有名气。[1]其实就在第一期发行后几天，一位有眼光但没署名的评论家就捕捉到了"南方的这种新精神"并认为这些诗人"实际上开始了现代文艺复兴"。[2]

正如现代主义作家们几乎都是从反传统开始一样，《逃避派》诗歌中表现的新精神就是要同南方文学中粉饰南方的倾向和矫揉造作的传统文风决裂。这一宗旨在杂志的名字"Fugitive"上也有体现。在创刊号的前言中，兰塞姆写道："逃避派从旧南方高级婆罗门那里比从其他任何地方都逃跑得更快。"[3]这就表明他们竭力要逃避的是旧南方遗留下来在南方文坛占统治地位的文学传统。戴维森在1923年3月10日的一封信中进一步解释说："如果说这个杂志的名字有意义的话"，那就是"要逃避极端的传统主义"。他认为，"对这一点我肯定我们所有的人都同意。"[4]不过逃避派诗人们不仅对南方文学传统，而且对整个南方文化传统和社会状况都进行了批判。他们代表了泰特所说的具有"同自己争吵"的"辩证型"思维方式的南方青年一代知识分子。在这一点上，他们同门肯的观点大体一致。到1925年10月，在《逃避派》已经停刊后，泰特还著文批判南方的过去和现在，他说旧南方忙于同北方论战，"不敢批判地看待自己"，这种情况在内战结束50年后也没什么改变。正因为如此，南方人"没有思想传统，没有道德和精神价值上的意识"。他认为，由于南方人不能抛弃"那些在现实中没有基础的早已过时的观念"，真正的文学就不可能产生。[5]另外，兰塞姆、戴维森、沃伦以及其他一些逃避派诗人也都表达了同样的观点。其实，对南方社会和传统的批判不限于逃避派诗人，这时期几乎所有重要作家、诗人，如福克纳、沃尔夫、波特（Catherine Anne Porter）、威尔迪（Eudora Welty）、威廉斯（Tennessee Williams）、格拉斯哥（Ellen Glasgow）、斯塔克·杨（Stark Young）、考德威尔（Erskine

1 Louis Cowan, *The Fugitive Group* (Baton Rouge: Louisiana State UP, 1959) , p. 47.
2 *The Jade*, Vol. III, no. 4 (April 13 , 1922) , p. 2.
3 John Crowe Ransom, "Foreword", *The Fugitive*, Vol. I, no. 1 (April 1922), p. 1.
4 Tate, 转引自 Cowan, *The Fugitive Group*, p. 44.
5 Allen Tate, "Last Day of the Charming Lady," *Nation*, Vol. 28 (Oct. 1925), p. 486.

Caldwell），以及社会学家和历史学家如奥登（Howard Odum）、戈拉哈姆和卡什等都先后从文学和学术的角度对南方的社会、历史、政治、经济、宗教，以及思想结构、文化传统、道德观念进行了全面、认真、深入地探讨和批判。正如格拉斯哥所说："南方有史以来第一次产生了……反叛文学。"[1]

　　但是1925年下半年的一个重要事件却一度改变了许多南方青年知识分子，特别是逃避派诗人们的态度。同南方其他一些州一样，田纳西州于1925年3月通过了《反对进化论法案》（俗称《猴子法案》），禁止在全州所有学校讲授进化论。但中学教师约翰·斯科普斯（John Scopes）不信邪，偏要试一试；于是他被送上法庭。逃避派诗人们本来对此事并不关心。可是随着审判的进行，南方受到全国舆论的强烈谴责。他们同其他南方人一样认为自己的故乡受到"野蛮攻击"。戴维森将其称之为一场"冷内战"。于是他们从南方的批评者变为南方的辩护士。兰塞姆在一封信中宣布："我们是为生存而战。"[2]泰特则宣称，除了工业化的"新南方，我再也不会攻击南方了。"[3]接着，他们组织发表了以"十二个南方人"署名的论文集《我将表明我的立场》（*I'll Take My Stand*）。这部文集颇有影响，可称为重农主义宣言。作者们把这看作是南北战争以来南方人第一次向北方出击。他们在书中从社会、政治、经济、宗教、生活方式、文化传统各个角度全面论证南方的农业社会优于北方的工业社会。此后兰塞姆还作为重农主义的代言人多次在专门召开的大型辩论会上同主张南方工业化的人辩论，反复阐述重农主义观点，坚持杰弗逊所提倡的南方重农主义传统。于是兰塞姆等逃避派的中心人物成了重农主义领袖。他们的这一转变不仅表现了他们对故乡的热爱，而且显示出他们思想深层结构中的保守主义倾向。他们身兼逃避派诗人和重农主义者的双重身份这一点正好表明他们身上的保守主义倾向和对艺术形式勇于探索的激进精神。而这两方面的结合恰恰是现代主义文学的根本特征。其实在他们身上，对故乡的热爱和保守主义是一致的。因为他们所热爱的"故乡"不是现实中的南方，更不是正在出现的工业化的新南方，而是被内战变为历史的旧南方。从《我将表明我的立场》里的论文的内容和文风，这部书的书名和署名以及重农主义者们在其他场合中的言论都可以看出，他们采取了一种论战的立场，把矛头指向对方而没有自我审视。这是南

1　Ellen Glasgow, *A Certain Measure* (New York: Harcourt Brace, 1943), p. 147.

2　Ransom, 转引自 Cowan, *The Fugitive Group*, p. 245.

3　Tate, 转引自 Cowan, *The Fugitive Group*, p. 244.

方传统的"雄辩型"思维方式在他们身上的复活。但是，如果我们仔细分析书中大多数文章，特别是兰塞姆、泰特等人所写的几篇比较有价值的文章，我们会发现与其说他们真正是在为南方辩护，不如说他们是在批判北方工商社会。或者说，他们是在用南方传统中的一些价值观念和他们所理想的那种30英亩土地一头驴、接近自然、人们之间关系融洽、悠闲舒适的生活方式来批判和否定现代工商科技文明。

这充分表现出他们向后看的历史意识和反现代化的保守主义本质。其实这也正是整个现代主义文学运动最根本的倾向。其表现形式之一就是把他们认为已经"堕落"了的现在同曾经"辉煌"或者说被他们理想化了的过去进行对照并用那样的过去来反观和批判现在。在《尤利西斯》里，在古希腊英雄时代的反衬下，乔伊斯充分而深刻地揭示出现代都柏林社会的肮脏堕落以及都柏林人的猥琐、渺小和空虚。在《荒原》里，艾略特更是通过借用或影射世界各地古代文明中许多充满生气的神话传说，特别是以再生为母题的渔王神话，来从不同方面观照现代西方社会，以突显其毫无生气、毫无意义的"荒原"性质。正是由于感到现代社会的堕落，叶芝在诗中试图退回到爱尔兰神话中的过去或"驶向"他所憧憬的古代"拜占庭"。

在向后看的历史意识方面，比起这些现代主义者，南方作家可以说是有过之而无不及。泰特认为正是这种向后看的历史意识"造就了南方文艺复兴"。[1]他在《南方阵亡将士颂》这首名诗里充分表达了这种历史意识。在小说《父亲们》中，他追述内战前后旧南方的生活，既暴露奴隶制的罪恶竭力探寻南方传统社会和传统观念解体的根源，也直接和间接地表达了南方人那种深沉的怀旧感。兰塞姆在许多诗作如《怀特塞德女儿的丧钟》里巧妙地将过去同现在相对照，暴露现代社会的堕落和传统观念的沦丧。韦尔蒂在《金苹果》里，正如书名所暗示的，用古代的传说，特别是希腊神话来反衬和批判现代南方。不过，在艺术地表达向后看的历史意识方面，不仅南方作家中，而且所有现代主义作家中恐怕都很难有人能同福克纳相比。他像乔伊斯、艾略特等人一样在作品中大量使用基督教典故和希腊神话来反衬现代社会。不仅如此，他还创造性地运用意识流、并置等许多艺术手法，在几乎所有作品中都巧妙地把旧南方同现代南方对照；而他塑造的几乎所有主要人物都两眼望着过去。我们完全可以说，福克纳所有的作品都在探索一个困扰了他一生的问题：

1　Tate, *Essays of Four Decades*, p. 545.

如何在过去和现在之间建立一种活的联系。用他在获诺贝尔奖时发表的演讲词中的话说，那就是要"提醒人们记住勇气、荣誉、希望、自豪、同情、怜悯之心和牺牲精神"这些"人类昔日的荣耀"，以"使人永垂不朽，流芳于世"。[1]

毫无疑问，向后看的历史意识是南方文艺复兴的代表作家们最根本的思想倾向。尽管他们在理智上对旧南方及其传统中的一些方面，如奴隶制、种族主义和清教主义，进行了批判；但他们对南方的社会和历史，对南方的生活方式、价值观念、家庭关系等传统仍然怀有深厚的感情，极为珍视。兰塞姆的学生，著名的新批评家克里昂斯·布鲁克斯说："我们是过去的产物。不论它是好是坏，我们都在其中长大，被它所造就。不管我们愿意不愿意，它的一部分就在我们身上"；所以，"认为我们可以抛弃过去是愚蠢的。"[2]福克纳的名言"过去绝没死亡，它甚至没有成为过去"，[3]可以说表达了南方人对待历史、对待传统的共同心态。萨特曾在评论福克纳的《喧哗与骚动》时打了一个生动的比喻。他说南方人像面朝后坐在飞奔的车里，过去看得很清楚，现在则十分模糊，而将来则根本看不见。研究南方文学的学者辛普森也指出这时期的作家们都"竭力在弄清过去的意义"，从而同传统再建立起某种活的联系。[4]正是在这种探索中，作为传统主义者，他们对当时正在迅速征服南方的工商势力深恶痛绝；但作为真正的艺术家，他们也揭示出旧南方崩溃的必然性。他们认识到，即使没有南北战争，旧南方也会因其本身的弊病，特别是对人性的践踏而必然灭亡。这一认识同他们的传统意识和对故乡的热爱交织在一起，使他们对南方产生了极为复杂的矛盾心情。他们本想以旧南方对抗新南方，但却发现旧南方本身就弊端丛生；他们本想以传统抵制现代化，但却发现传统本身百孔千疮，难以生存。在作品中，他们强烈地表现出对旧南方爱恨交织的感情。这是理智和情感的冲突。它是促使他们不断探索的动力，是他们的艺术成就的思想和感情基础。这正是泰特所说的"自我剖析"和叶芝的名句"同自己争吵产生诗"的真正含义。

布鲁克斯指出："一场有价值的同自己的争吵不仅是争吵，而且还

1 威廉·福克纳：《在接受诺贝尔文学奖时的演说》，张子清译，载福克纳：《我弥留之际》，李文俊等译，桂林：漓江出版社，1990年，第433页。

2 Cleanth Brooks, "Southern Literature: Past, History and Eternity," in Philip Castille and William Osborne, eds., *Southern Literature in Transition: Heritage and Promise* (Memphis: Memphis State UP, 1983), p. 9.

3 William Faulkner, *Requiem for a Nun* (New York: Vintage, 1975), p. 80.

4 Lewis P. Simpson, *The Dispossessed Garden* (Athens: U of Georgia P, 1975), p. 70.

意味着有一个值得争吵的自我"。[1]从深层次上看，南方传统造就了他们，是他们"值得争吵的自我"。在很大程度上，南方的问题就是他们自身的问题，他们对南方社会和历史的探索实际上也是他们的自我探索。所以在他们的作品中，我们能强烈地感受到作者的内心冲突和对南方爱恨交织的心情。正是因为南方作家们把对南方的探索同自我探索结合在一起，福克纳说："那种能不动声色地、以完全超然和鉴赏的态度描写其同时代的冷漠才俊不存在于我们之中。"[2]在他的名著《押沙龙，押沙龙!》里，昆丁在探索象征着南方历史的斯特潘家族的兴衰史时所表现出的对南方强烈的"爱恨"交织的心情，用鲁宾的话说，就是"来自威廉·福克纳的内心深处，并且反映了现代南方作家同南方之间的关系"。[3]正是这种内心深处的矛盾和对南方爱恨交织的感情使他们的作品具有思想的深刻性和巨大的艺术感染力；而这正是一战之前受制于"雄辩型"思维方式的美国南方作家所缺少的。这也就是为什么在南方300年的历史中除了爱伦·坡和马克·吐温这样的个别作家的成就外产生不出伟大文学艺术的根本原因。

现代南方作家们的矛盾和痛苦心情还由于他们同故乡的人们难以和谐相处而加剧。如果将南方文艺复兴的代表人物同欧美其他现代主义作家略作比较，我们会发现他们之间在生活经历和创作道路方面有许多相似之处。其中很突出的一点是，乔伊斯、爱略特、庞德、奥登（W. H. Auden）、斯特恩（Gertrude Stein）等许多人都觉得难以在故乡生活并从事创作而"自我流放"到异国他乡；同样，许多南方作家和诗人也经历了实际上或精神上的"自我流放"。尽管他们热爱南方，热爱其传统，但由于他们对南方社会、历史和文化传统的批判，他们程度不同地受到周围人们，包括家人的误解、冷遇、孤立乃至仇视。泰特抱怨说，尽管逃避派诗人的声誉已远达欧洲，"但他们在范德比尔特大学校园里却被看作是一群令人讨厌的人……这场文化运动从未得到官方任何一点承认或鼓励。"[4]结果这群诗人、作家和后来的文学批评家中除了戴维森外，其他中心人物全都离开了南方。托马斯·沃尔夫的情况更糟，他所受到的不仅

1　Cleanth Brooks, in Louis D. Rubin and C. Hugh Holman, eds., *Southern Literary Study: Problems and Possibilities* (Chapel Hill: The U of North Carolina P, 1975), p. 208.

2　William Faulkner, "An Introduction to *The Sound and the Fury*," *Mississippi Quarterly*, Vol. 26 (1973), p. 412.

3　Louis D. Rubin, "The Dixie Special," in Doreen Fowler and Ann J. Abadie, eds., *Faulkner and the Southern Renaissance* (Jackson: U of Mississippi P, 1982), p. 187.

4　Tate, "Letter to the editor," *The Alumnus*, Vol. XXVI, no. 5 (March 1941), p. 15.

是冷遇，而且是公开的敌视。当《天使望乡》发表后，这部杰作在他故乡阿什维尔遭到一致声讨和抵制，连他的同学也指责他在书中"向北卡州和南方吐了口水"，有人甚至将其比喻为"马桶"。[1]沃尔夫感到难以生活在这样的环境中，所以他在1929年离开故乡后，同他所崇敬的乔伊斯离开爱尔兰一样，几乎没有回去过。福克纳的遭遇也大体如此。尽管他很少离开奥克斯福，他却得不到人们的理解，反而受到嘲笑和攻击。他甚至由于反对种族隔离而在半夜接到恐吓电话。他的母校密西西比大学甚至拒绝接受他捐赠的作品。《飘》的作者米歇尔也同许多人一道攻击他"为了北方佬的臭钱背叛了南方，为北方提供它所需要的关于南方腐败的情况。"[2]此外，深刻揭露南方社会问题的著名学者卡什和其他一些人也处在相同境况中，卡什甚至在风华正茂之时自杀身亡。霍尔曼曾指出："一个伟大的作家同他周围的世界总是处在某种对立之中。我们从未发现伟大作家们在其环境中感到舒适、惬意、关系和谐。"[3]这不难理解，因为没有伟大作家会对他周围的世界只唱赞歌，而他们的批判总是深刻而尖锐、切中要害。更重要的是，同周围世界的这种矛盾对立，一方面使这些南方作家和诗人感到十分痛苦，增强了他们对故乡的爱恨心情，另一方面也使他们同自己描写和探索的对象，即他们热爱的故乡保持一定距离，使他们的观察更全面，思考更冷静，描写更客观。

与此相关，美国南方文艺复兴的作家和诗人们同现代主义文学家之间另外一个极为重要的共同点是他们都致力于探索和表现现代世界一个特别普遍特别突出的问题，那就是现代人强烈的异化感。从卡夫卡的小说到荒诞派戏剧，从乔伊斯的《都柏林人》到艾略特的《荒原》，现代主义文学家们无不在探索和表现这一主题。当然，严格地说，现代社会的异化并不一定比在人被视为财产，可以被作为礼物私相授受，甚至心甘情愿被作为祭品献给神并以此为荣的那些时代更为严重。不同的是，在过去那些时代，人被异化为非人而浑然不知。而今天由于人文主义思想的发展和人的自我意识的觉醒，现代人因此能痛切感受到人的异化。所以，严格地说，现代主义文学所探索和表现的不仅仅是现代社会中人的异化，而更是人的异化感。同时，现代社会中人的异化感还同社会的剧

1　参看Hugh Holman, *Three Modes of Modern Southern Fiction* (Athens: U of Georgia P, 1966), p. 56.

2　参看Louis D. Rubin, ed., *History of Southern Literature* (Baton Rouge: Louisiana State UP, 1985), p. 363.

3　Rubin and Holman, eds., *Southern Literary Study*, pp. 122-23.

烈变革有关。一方面，人的自我意识日益觉醒；另一方面，许多人由于传统社会的解体而失去了习以为常的生活方式和在生活中作为精神支柱的传统信念，但又不能建立起新的生活方式和新的价值观念，于是觉醒了的自我意识感到无所依托而产生强烈的失落感。因此人们在一个改变了的世界中成了无"家"可归的"陌生人"。

所以毫不奇怪，同大量现代主义作品里一样，在那些有着强烈向后看的历史意识同时又与他们所热爱的故乡处于矛盾对立之中的南方作家们的作品里也弥漫着强烈的异化感和充斥着一大批难以在现实中生存的"陌生人"形象。泰特笔下那个竭力想进入南军将士墓地的南方人、华伦的国王人马中那个难以从历史中走出而进入现实的青年主人公、沃尔夫书中那个遥望故乡的"天使"和"再也不能回家的人"，等等，都深受异化感的折磨。特别值得一提的是女作家奥康纳。在她那些脍炙人口的作品中，她对那些因失去宗教信仰或因既不能信仰上帝，又不能不信仰上帝而变得行为乖张、心理扭曲的人所作的艺术探索达到了少有的深度，为我们描绘出被异化了的现代人的漫画群像。当然在这方面成就最高的南方作家仍然是福克纳。他在几乎所有主要作品中，特别是前期和中期的作品里，深刻地表现了处在社会变革中的那些旧南方的飘零子弟的异化感，塑造出一战后回到改变了的南方的退伍兵白亚德和贺拉斯、在哈佛跳河自杀的昆丁、那个永远也不知道自己是白人还是黑人的乔和那个与世隔绝并把自己一生都禁锢在祖父于内战中被枪杀在马背上那一瞬间的希陶尔等杰出的艺术形象。

当然，异化感在本质上是一种内心感受，而几乎所有为异化感所折磨的人都对外部世界怀有一种恐惧；因此他们都竭力退缩到自己的内心世界，并把自己封闭在那里。另外，由于柏格森直觉哲学和弗洛伊德心理学的影响，20世纪文学的一个重要倾向就是"内向化"，也就是致力于直接表现人物的内心世界。这方面尤以现代主义文学为甚。为了表现与外部世界大为不同的内在现实，现代主义作家们需要并创造了许多新手法，比如，他们大量使用内心独白和意识流等手法来把读者直接带入人物的内心世界去观察其内心活动，去体验外部世界如何在人的内心造成混乱、痛苦和绝望。同现代主义作家一样，南方文艺复兴时期的主要作家几乎都把直接表现人物内心活动作为创作的重要内容。在这方面沃尔夫、坡特、华伦、韦尔蒂等作家都取得了很高的艺术成就，而福克纳由于在《喧哗与骚动》、《我弥留之际》、《押沙龙，押沙龙！》、《下去，摩西》以及其他一些小说中对心理活动的卓越描写而同乔伊斯、伍尔夫、普鲁斯特一起被认为是最杰出的意识流作家。

这里需要特别强调的是，虽然南方文学家们受到现代主义的深刻影响，但他们并非简单地接受乔伊斯、爱略特等现代主义作家的影响，简单地模仿他们的手法。他们的确虚心地向这些作家学习了不少写作技巧，但他们自己也总是对艺术创作精益求精，总是在探索新的表现手法。应该看到，不仅在许多手法上他们同其他现代主义作家一致，而且他们在艺术手法上的探索精神同其更是一脉相承。其实，即使在以积极探索新手法著称的现代主义作家们中，恐怕也难找到像福克纳那样一生都在不断对小说形式进行实验，对表现手法和写作风格进行创新并获得那样杰出成就的作家。对此，诺贝尔奖授奖词给予了高度评价，认为他"是20世纪小说家中伟大的实验主义者"。[1]除了福克纳外，兰塞姆、泰特、沃伦、波特、威尔迪、威廉斯以及其他许多作家都在小说、诗歌、戏剧的形式与表现手法方面进行了卓有成效的探索。正是由于他们在艺术上精益求精，由于他们对创作技巧孜孜不倦地探索和创新，才会有如此成就斐然的美国南方文艺复兴。

南方文学家对文学形式的极端关注、对艺术手法的精益求精还突出表现在他们在文学理论和文学批评实践上所取得的成就。理查德·金在《南方文艺复兴》中说，兰塞姆和他的几个学生泰特、布鲁克斯、沃伦等人"领导了一场文学批评上的革命"。[2]这场革命就是文学批评中的"新批评"。新批评派这个名字就取自兰塞姆于1941年发表的一部名为《新批评》（*The New Criticism*）的著作。在这部书中，他系统地阐述了新批评的基本理论和原则。新批评派卓有成效的批评实践以及布鲁克斯和沃伦共同编写的教材《理解诗歌》（*Understanding Poetry*）教育了整整一代文学批评家和文学爱好者，使新批评派统治美国批评界和大学文学课堂达二、三十年之久，并以不同形式深刻地影响着后来的各类"新新批评"。严格地说，作为一个批评流派，新批评开始了真正意义上的现代文学批评，它同时也是现代主义文学的理论基础。

当然，新批评并不完全是美国南方的产物。英美的其他一些前辈和同时代批评理论家，如理查兹（I. A. Richards）、利维斯（F. R. Leavis）、燕卜逊（William Empson）、爱略特、庞德等对新批评派的创立和发展也做出了极大的贡献。乔伊斯在《一个青年艺术家的画像》中表达的美学

---

1 哈尔斯特龙：《授奖辞》，张子清译，载李文俊等译，《我弥留之际》，桂林：漓江出版社，1990年，第429页。

2 Richard King, *A Southern Renaissance* (Oxford : Oxford UP, 1980), pp. 63, 66.

思想，特别是他关于作者隐退幕后的观点也是新批评理论中的重要组成部分。另外，伍尔夫（Virginia Woolf）、福斯特（E. M. Forster）、劳伦斯、斯特恩以及象征派、意象派诗人的文学主张无疑也对新批评理论的发展起了很大的推动作用。从这里我们可以看出，新批评既是西方文学中现代主义运动的重要组成部分，或者说是现代主义在文学理论和文学批评中的反映，同时也继承了西方文学中注重艺术形式的传统。

新批评和现代主义文学之间的内在关联，也就是说，它们作为同一现代主义运动中理论和创作实践两个方面的内在统一性，不仅是因为现代主义作家和诗人中许多人同时也是新批评派的代表人物，更重要的是因为现代主义作家们同新批评派对世界、对文学艺术、对文学同世界之间的关系的看法在本质上是一致的。比如，斯托尔曼指出，"精神价值混乱的主题"在所有理查兹、温沙特（W. K. Wimsatt）、布莱克姆（R. P. Blackmur）、爱略特以及南方新批评派的"批评思想潮流中表现出来"；[1]而这也正是现代主义文学的核心主题。其实，不论是现代主义作家还是新批评派都像斯蒂文斯（Wallace Stevens）在田纳西山顶上放置罐子一样企图在传统价值体系解体后从美学上给予失去意义的生活某种意义，给予失去精神中心而陷入混乱的世界某种秩序，从艺术上构筑某种具有独立价值、自我完善的世界。所以他们都极端重视作品的形式和美学价值。现代主义作家们很像福克纳笔下的贺拉斯或希陶尔，为了逃避一个因为传统观念的解体而感到难以生存其中的世界，他们精心制造着各种完美而永恒的"希腊古瓮"。

同样，新批评派的新也正是新在他们真正把文学作品看作艺术品，因此不像以前的批评家们那样把批评重点放在作家和历史背景上，而是把分析的重点放在作品本身，放在作品的艺术形式上，通过重点分析作品的艺术形式来理解作品的意义。所以新批评又被称为形式主义批评。从他们极为重视作品的美学价值这一点看，他们是真正把作品作为文学艺术来研究和欣赏。这是他们对文学批评发展的重大贡献。但他们在理论上走向了极端，把作品看作是一个自我封闭、自我完整、独立于作者

---

1 Robert W. Stallman, "The New Criticism and the Southern Critics," in Tate, ed., *A Southern Vanguard*, p. 28.

与现实的有机整体。[1]这种观点不仅表明他们受到康德的二元论和美学思想的影响，而且还反映出他们同现代主义作家一样企图在一个精神价值混乱的世界里用艺术创造一种独立的秩序和价值的愿望。新批评就像一架强有力的机器，压制和清除着作品中各种可能破坏作品的平衡、和谐与完美的矛盾冲突以构筑精美的艺术品。许多南方新批评家同时又是作家诗人，在构筑精美的艺术这一点上，他们的创作和批评这两方面达到了统一。

三

在美国南方文艺复兴为什么产生这个问题上，还有一点必须提到。南方文艺复兴不是无源之水，这样的空前繁荣绝不可能从外面引进。在过去三百年间，美国南方在其特有的社会、文化、自然环境中发展出独特的文学传统，清除其糟粕，吸取其精华，是南方文学发展的基础；南方文艺复兴的产生和成就自然也离不开这个基础。逃避派诗人们一开始就十分注重传统与现代文学潮流的结合。他们在"逃避"南方文学中的"婆罗门"的同时，也致力于吸收南方文学传统中的有益成分。戴维森在1923年就说过，他和他的朋友们"希望不断接触并在创作中运用现代诗作中的精华，同时也不会把过去遗留下来的好的东西视为无用而扔掉"。[2]正是由于南方文艺复兴时期的作家们深深植根于南方文学传统中，吸取其有益成分并把它同现代文学中的"精华"结合起来，所以才取得了那样的成就。南方文学传统，同欧美各国的文学传统一样，进一步丰富了现代主义文学。

分析南方现代文学的成就，人们不难发现，它同南方文学传统密不可分。其实南方文学历来就有重视文学形式、重视作品的美学意义和重视艺术手法的传统。成长在弗吉尼亚、被许多学者和文学史家看作主要是南方作家的爱伦·坡就是一个突出例子。[3]他的文学创作和唯美主义理论不仅直接影响了法国象征派诗人，而且对南方作家和新批评派也有深

---

1 但必须指出，新批评派，特别是他们中那些杰出的代表人物如布鲁克斯、泰特和沃伦等，在他们的批评实践中从未真正把文学作品同其社会和文化语境分隔开来。相反，他们十分注重把作家的生平和思想以及作品的社会和文化背景很好地融入到他们对作品的深刻分析之中。

2 转引自 Simpson, *Faulkner, Sut, and Other Southerners*, p. 203.

3 比如 Rubin, ed., *History of Southern Literature* 就把坡视为南方主要作家。

刻影响。他把哥特小说同侦探推理小说相结合的手法在后代作家特别是福克纳的创作中发扬光大，被运用来对人心、社会和历史进行深入而且卓有成效艺术探索。

庄园文学是南方所谓高雅文学的主流，现代南方作家们大多抛弃了庄园文学中粉饰南方、矫揉造作这些糟粕，而把它用来探索南方历史和表现南方庄园社会及其以家庭为中心的传统伦理观念，使之成为南方文艺复兴文学成就的核心组成部分。泰特、格拉斯哥、沃伦、威尔迪、波特，特别是福克纳，几乎所有南方现代小说家的主要作品都受到这一传统影响。福克纳的《喧哗与骚动》、《沙多里斯》、《押沙龙，押沙龙！》、《下去，摩西》等代表作运用庄园小说的形式对南方庄园主大家族的兴衰进行深刻地探索和表现，并以此来艺术地探讨和表现旧南方崩溃的根源和表达作家关于即使没有南北战争，建立在奴隶制基础上践踏人性的旧南方也必然会覆没灭亡的观点。这些作品是在新的历史和文化文学语境中对南方庄园小说传统的继承、改造和发展。

除高雅文学外，南方还有丰富的民间文学。在这方面，美国任何其他地区都不能同南方媲美。19世纪的俄罗斯文学、稍后的爱尔兰文学之所以取得那样大的成就，同这些地区丰富的民间文学是分不开的。几百年来，美国南方文学从民间文学中吸取了丰富的艺术营养。南方民间文学中最突出的也许要算边疆幽默，它在19世纪中后期进入美国主流文学，而且成了南方文学特别突出的本质性特色。马克·吐温的幽默闻名于世，其源头就是边疆幽默；而福克纳和现代南方作家们也是这一传统的集大成者。

另外，南方还有极具特色的黑人口头文学。黑人中不仅产生了许多文学家，包括南方文艺复兴时期的理查德·赖特（Richard Wright）和拉尔夫·埃利森（Ralph Ellison）这样杰出的作家，而且黑人口头文学也极大地丰富了白人文学家的创作。还需指出的是，文学首先是语言的艺术。南方得天独厚，有极为生动、表现力极强的方言。正如布鲁克斯所说，南方的民间传说和黑人口头文学不仅为南方文学提供了丰富的素材，而且提供了"充满生气与力量"和"民间诗歌味"的方言口语。[1] 福克纳等现代南方作家继承马克·吐温的传统，在创作中大量使用方言口语，不仅取得了极好的艺术效果，而且使之成为他们的文学成就不可分割的组

1　Cleanth Brooks, *The Language of the American South* (Athens: The U of Georgia P, 1985), p. 17.

成。从上面这些例子可以看出，现代南方文学的成就同南方文学传统有着不可分割的联系。如果从现代南方文学中去掉哥特传统、边疆幽默、庄园文学传统、方言口语，其成就显然就会黯然失色。

南方文艺复兴的产生不是一个偶然的现象，它有着广阔的历史背景，深刻的社会根源，更有文学发展上的直接因素。它受到外部强大的影响，更有蓬勃的内在活力。它产生于美国南方经历深刻变革的时代，是现代化同传统社会相撞击、现代主义文学运动同美国南方文学传统相结合的产物。它不仅是现代主义文学的重要组成部分，而且它的产生与发展也是西方现代主义文学产生和发展的缩影。现在，虽然西方现代主义文学和美国南方文艺复兴都已成为历史，但它们都取得了辉煌的成就，都为文学的进一步发展做出了不朽的贡献。

垮掉一代的反叛与精神探索

如果回顾历史，我们会发现，人类文明的发展史在一定程度上是一部由叛逆者们开创和推动的历史。在西方文化传统中，亚当和夏娃是叛逆者；苏格拉底、耶稣、恺撒、莎士比亚、马丁·路德、哥白尼、马克思等开创历史的人，在本质上也都是叛逆者。当然，一个真正创造历史的叛逆者自然绝非仅仅是反叛，更不是为反叛而反叛。他们的叛逆是建立在继承优秀传统的基础上的开拓。他们的反叛在本质上是对人类最优秀传统的最好继承。因为他们绝不故步自封，而是探索者和创造者，他们在探索新的道路，创造新的生活。他们带来的不仅是哲学、宗教、政治、思维方式和文学创作上的革命，而且也是社会制度、价值观念、行为举止乃至生活方式上的深刻变革。20世纪40年代后期出现在美国的垮掉一代在本质上也是叛逆的一代，探索的一代，开创新历史的一代。

20世纪中期是美国社会和文化经历历史性变革的时期。垮掉一代是变革时代的产物，同时也是历史变革的推动者。历史的转型期往往最能暴露社会和文化中最深刻的矛盾，而转型期的文学往往也最能触及到社会和人性里最本质的问题，为人们认识和思考社会的本质、生命的价值和人生的意义给予启示。这正是垮掉一代的优秀文学作品最重要的价值。垮掉一代以其特殊的方式介入现实，迫使生活在物欲横流的现代社会中和在世俗观念的束缚下早已忘掉了历代先贤们追寻的精神价值的人们正视那些最根本的问题和珍惜甚至进行那种使人之所以成为人的精神探索与追求。

一

垮掉一代活动的年月是美国历史上一个极其特殊的时代。第二次世界大战的硝烟还未散尽，受称霸世界的野心和冷战思维的驱使，美国不仅在世界各地与苏联一争高下，而且在国内加紧思想钳制，掀起一阵阵反共浪潮。早在 1945 年底，反共和反苏言论就开始流行；到了 1946 年，已经有人大肆渲染共产主义的威胁，提出要谨防共产党的颠覆。为此，杜鲁门政府在 1947 年成立了审查政府雇员忠诚情况的机构并编制了所谓颠覆性组织的名单。这实际上意味着迫害已经开始，不久左翼工会和左翼团体被清洗。1949 年，美共领导人被起诉。1950 年 2 月，麦卡锡参议员在国会挥舞着一份黑名单，耸人听闻地宣称：美国政府各部门，特别是国务院，已被共产党人把持。于是，这场全国规模的迫害，尤其是对左派人士和知识分子的迫害达到高潮。在那些年里，先后有 1,300 多万人遭到审查，仅政府部门就有上万人被解雇或"自动辞职"，许多与共产党毫无关系的人也莫名其妙地被传讯、解雇或监禁。著名剧作家亚瑟·米勒、诗人 W. C. 威廉斯、学者费正清、作家斯诺、记者史沫特莱、黑人歌手保罗·罗伯逊、前驻华大使司徒·雷登，甚至美国原子弹之父、曼哈顿计划的负责人、杰出的物理学家奥本海默都遭到审查和传讯，而罗森堡夫妇更是被送上了电椅。美国历史进入了自 17 世纪末新英格兰的清教徒疯狂迫害"巫人"以来最黑暗的时代。

这种大规模的迫害在美国国内外都遭到强烈谴责。法国哲学家萨特在罗森堡夫妇被处死的第二天愤怒地说："美国得了狂犬病。"[1]后来担任了美国作家协会主席的著名作家诺曼·梅勒也谴责说："一股恐惧的恶臭从美国生活的每一个毛孔中冒出来，我们患了集体精神崩溃病。"[2]而亚瑟·米勒则把这种歇斯底里比作殖民地时期撒莱姆地区清教徒的"捕巫"狂热，并专门创作了著名剧作《炼狱》来谴责麦卡锡主义。同时，一些目光敏锐的人士则尖锐指出，美国的统治者是在竭力利用冷战的恐怖气氛，利用人们对原子弹的恐惧来压制人性，消灭人的个性和独立意识，从而把美国变成纳粹德国。比如，约翰·泰特尔讽刺说："我们打败德国人好像仅仅是为了使我们自己成为很好的德国人。"[3]威廉·福克纳对这种冷战的歇斯底里也深恶痛绝。他在许多场合，包括在他那著名的诺贝尔奖演说中，都指出了这种恐惧的危害性，说这是为了剥夺人们的"个性"，把人异化为机器零件。梅勒在《白种黑人》中也认为，"当今的时

1　转引自莫利斯·迪克斯坦《伊甸园之门——六十年代美国文化》，方晓光译，上海：上海教育出版社，1985 年，第 46 页。

2　诺曼·梅勒：《白种黑人》，转引自迪克斯坦：《伊甸园之门》，第 53 页。

3　John Tytell, *Naked Angel: Kerouac, Ginsberg, Burroughs* (New York: Grove, 1976), p. 5.

代是随大流和消沉的时代","人们没有勇气，不敢保持自己的个性，不敢用自己的声音说话。"因此，"一种随波逐流带来的缓慢死亡使一切创造和叛逆的本能遭到窒息。"[1]

这样的社会和政治形势必然对美国人的生活和思想、对美国的文化和文学产生重大影响。人们变得小心谨慎，生怕与政治沾边。同时，美国社会变得十分保守，清教道德大行其道，任何不符合其规范的行为都被视为离经叛道而遭到压制和打击。占统治地位的意识形态必然会创造为之服务的主流文学艺术。因此，20世纪50年代不仅在思想上，而且在文学创作和文学理论上也成了美国历史上最保守的时期。

在文学领域，占统治地位的是以艾略特为代表的现代主义文学。它不仅保守，早已丧失了当初那种锐意创新的反叛精神，而且远离生活和美国现实，成为教授们闭门研究的学院派文学。就连现代主义的代表诗人之一的威廉斯也对此大为不满。他曾说，《荒原》的流行是美国文化和文学的一场"灾难"，而艾略特和庞德是"美国文化的叛徒"，因为他们把诗歌从人民那里抢走，封闭在学院课堂。在批评界，教导人们如何写作，如何欣赏文学作品的理论家则是重形式轻内容、试图把作品与社会和生活现实隔绝的新批评派。他们把优秀文学作品当作"精致的希腊古瓮"来闭门欣赏。他们奉艾略特的非个性化理论为圭臬，反对感情的流露、个性的张扬和主体意识的直接表达。新批评派不仅用教鞭把"粗制滥造"的大众文学赶出了课堂，而且把威廉斯和史蒂文斯这些上承惠特曼传统下启美国当代诗歌潮流的重要现代主义诗人也打入另册。

然而，美利坚民族历来就有崇尚思想自由的传统。即使在麦卡锡主义最猖獗的年代里，在冷战狂热和清教传统共同创造的高压之下，一批离经叛道的青年人也敢于对社会迫害和思想钳制提出挑战，敢于蔑视文学领域的权威。他们中影响最大、文学成就最高的就是垮掉一代的文学家们。面对麦卡锡主义的歇斯底里，垮掉一代毫不畏惧，在美国民众中率先拍案而起。二战刚结束，垮掉一代毫不畏惧的身影就开始出现在美国城乡，以其特有的方式挑战、冲击和解构着具有高压性质的主流社会和主流文化。垮掉派运动是20世纪中期美国自南北战争以来所经历的最深刻的历史性变革的先驱和重要组成。然而，垮掉一代虽然具有反叛的性格，甚至还采取了极端的行为和令许多人难以接受的生活方式，但他们并非一味反对任何价值观念。同历史上所有具有创建性的叛逆者们一

---

1 梅勒：《白种黑人》，转引自迪克斯坦：《伊甸园之门》，第53-54页。

样，垮掉一代的诗人和作家们不仅继承了叛逆的传统，而且继承了东西方文明中一些最优秀的遗产。正因为如此，垮掉一代所进行的艰苦探索才那样具有特别的意义。

垮掉一代的代表人物是美国先贤们的继承者，是超验主义和惠特曼的优秀传统的传人。美国的民主精神和自由思想孕育了他们，因此他们难以忍受他们不得不生活于其中的高压社会。当美国民主自由的传统遭到前所未有的严重威胁之时，正是他们最先也最强烈地感受到苦痛。正如陈寅恪先生在《王观堂挽词》中所说：凡一种文化值衰落之时，为此文化所化之人，必感痛苦，其表现此文化之程度愈宏，则其所受之苦痛亦愈甚。垮掉派作家们是美国优秀传统文化所化之人，他们的反叛，他们的极端生活方式正是他们内心苦痛的表现。在战后的年代里，他们深感没有发展空间；他们的自我遭到束缚、压制和摧残；他们的所作所为被社会攻击、鄙视和谴责。比如，凯鲁亚克、金斯伯格和卡尔都曾被哥伦比亚大学开除。这些青年人就像受到种族歧视的黑人一样，所以梅勒把他们称为"白种黑人"（white Negro）。而有垮掉派教父之称的巴勒斯则把他们自己比作印度种性社会中最卑贱的"不可触摸者"（the untouchable）。

垮掉一代中的一些代表人物在1944年6月聚集在纽约，尝试与众不同的生活方式，讨论哲学和宗教，从事文学创作。在随后的年代里，又陆续有人加入他们的圈子。他们中的核心人物有威廉·巴勒斯、艾伦·金斯伯格、杰克·凯鲁亚克、加利·施奈德、尼尔·卡萨迪、约翰·霍尔默斯、卢辛·卡尔等。他们的生活方式影响了整整一代美国青年，嬉皮士的形象出现在全国的城市、乡村、酒吧、地铁和飞速行驶的汽车上，当然也不时出现在各地的监狱里。这些为传统价值观念所不容的离经叛道、桀骜不驯的边缘人物逐渐形成了一个向主流社会挑战的亚文化群。有人甚至把他们比作基督教创立初期尚处地下状态的基督徒。他们虽然不断同主流文化发生冲突，受到各种压制和打击，在监狱进进出出，但他们依然我行我素，以其特有的方式冲击和解构着主流社会和主流文化。

他们抛弃世俗观念，嘲笑政治权威，在生活上放荡不羁。他们吸毒、偷窃、酗酒，纵情于爵士乐，崇尚性解放和同性恋。但垮掉一代中的优秀代表人物并没有真正沉溺于酗酒吸毒性放纵，更没有自虐性地欣赏自身的苦痛。他们读尼采，习禅宗，崇拜中国疯僧寒山，写小说和诗歌，参加反战游行，支持民权运动，致力于环保。实际上，他们的极端生活方式是他们对背叛美国民主精神的主流社会的蔑视和抗议。他们挑战主流社会及其价值体系，是因为感到它对人性的异化和对个性的扼杀。因此他们拒绝妥协，拒绝服从。正如爱默生所说，谁要想成为一个真正的人，谁就必须是一个不循规蹈矩的人（nonconformist）。垮掉派运动在本质上就是一场对压抑人性的主流社会说"不"的叛逆运动。他们的极端行为是他们对压迫他们的社会的批判和抗议。古德曼在他那部专门研究这一代青年的著作《荒诞的成长》中认为："他们是以实际行动对组织严密的体制进行批判。"[1]

所以，垮掉一代的放荡行为应该放到垮掉派运动中，放到垮掉派运动得以产生和发展的社会语境和他们的生活现实里去解读。实际上，任何一个行为都可以被看作是一个能指符号，它真正的意义往往并不在其自身，而应该放到它所属的符号系统中去理解。垮掉一代那些惊世骇俗的行为是他们这些深受压抑的社会边缘人对主流社会的拒绝，同时也是他们以一种特殊的方式对美国和人类的优秀文化传统的继承与发扬，是他们为了把自己从各种反人性的社会、政治和思想的束缚中解放出来，直接获得生命体验的极端方式，是他们以人最基本的存在为基础对新的生活方式、新的信仰、新的价值观念、新的人与人的关系的探索。垮掉一代从思想到行为，从穿着到艺术，从精神到生活方式都是叛逆者。这场运动的真正意义、真正价值就主要在于它对压抑人性的主流社会和主流意识形态的叛逆，在于它为开辟美国历史和文化的新阶段所起到的先驱作用，在于它为加强普通美国民众的社会意识和道德理念所做出的可贵努力，特别是在于它为在传统价值观念崩溃后的现代世界里探寻如何维护和发展人性所做的精神探索。

垮掉一代的中坚是著名的垮掉派作家和诗人。他们是战士，也是时代的歌手。每一个时代都有自己的文学家，而像垮掉派这样首开风气的文学家，自然更是时代的产物。亨利·米勒在他为凯鲁亚克的小说《地下人》（*The Subterraneans*）所写的《序言》中说，"我们说诗人，或者天才，总是超前于他的时代。的确如此，但那完全是因为他是那样彻底地属于他的时代。"[2] 如果一般的文学家是这样的话，那么，那些协助结束一个旧时代，开创一个新时代的垮掉派作家们就更是如此。麦卡锡主义把美国社会推向了极端，造成了各种矛盾的激化，使美国在20世纪中期进

1　转引自迪克斯坦：《伊甸园之门》，第77页。
2　Henry Miller, "Preface" to *The Subterraneans*, by Jack Kerouac (New York: Grove, 1958), p. 1.

入了自南北战争以来最为动荡、变革最为剧烈的时代。这一变革的主力和核心自然是民权运动，垮掉派运动与其在精神上一致而且同这一变革时期相始终。垮掉派作家们不仅深刻反映和极力推动这一变革，而且以其极端的生活方式和极富感染力的作品在美国现存秩序中撕开了一条裂缝，因此他们也可以说是这一变革的始作俑者和新精神的先驱。

垮掉一代（the Beat Generation）这个名称是垮掉一代的代表人物凯鲁亚克在1948年所取。关于这个称谓的意义，凯鲁亚克在《垮掉一代的来源》一文中做了解释。他说："Beat这个词最初的意思是贫困、潦倒、一无所有、垮掉、流浪、在地铁睡觉。"后来它竟成了"美国社会里行为举止上的革命口号和标签"。[1]随着垮掉派运动的发展，Beat的意义不断丰富，从打垮、厌倦、筋疲力尽、不屈不挠、到灵魂的赤裸和精神上的极乐、至福，达几十种之多，因此越来越难以界定。长期以来，人们一直在试图为这个术语下一个确切的定义，但都难以令人满意。它其实是对垮掉一代的青年们矛盾而复杂的精神状况的概括。其词义的变迁和不断丰富正好反映出一代青年人在寻求如何在现代社会中生活所进行的痛苦而值得赞扬的探索的曲折历程。它代表的是一种精神，一种向往，一种对本真的追求。

凯鲁亚克在《垮掉一代之来源》一文中还探讨了这个称谓的来源。他列举出的各种"来源"，从他祖先的独立性到印度圣哲和中国道教徒的深邃与执著，实际上都是垮掉一代的精神追求的深层含义。其中最生动、最意味深长的说法是，在一个雷电交加的夜晚，别人都畏缩在厨房里，他祖父却挥舞着煤油灯冲到外面，对闪电疯狂挑战。其象征意义十分明显：在任何恶劣的环境中，垮掉一代在精神上从未"垮掉"。他们蔑视强权，无所畏惧，体现了异乎寻常的生命冲动。这种大无畏的精神和不可抑制的生命意志是垮掉一代反叛与追求的根本。

然而，他们虽然具有叛逆性格，实际上他们大都是一些性格温和勤于思考的人。凯鲁亚克说，由于受到他那性格温和、心地善良的父亲影响，他"从来与任何暴力、愤恨和残忍无关"。[2]严格地说，他们并不反对社会，甚至也不一味反对价值观念。他们反叛是为了忠实于自我，他们抗争是为了维护自己的本性。他们所反对的是各种压制他们的个性、摧残他们的人性的现存社会力量和世俗观念。这些青年人是在以特殊的方

1　Jack Kerouac, "The Origin of the Beat Generation," in Scot Donaldson, ed., *On the Road: Text and Criticism* (New York: Penguin Books, 1979), p. 363.

2　Kerouac, "The Origin of the Beat Generation," p. 366.

式展示被压抑的自我、追求他们渴望的自由和探索实现本真生活的精神之路。正如他们在参禅和纵情于爵士乐时感到一种"内在的自由"一样，他们的吸毒和性放纵也是他们试图把他们的自我、他们的灵魂从各种束缚中彻底地、赤裸裸地解放出来的方式。更重要的是，他们一直在执著地追求新的精神信仰和价值观念。有垮掉派哲学家之名的霍尔默斯早在1958年垮掉运动正进入高潮之时所发表的论文《垮掉一代的哲学》一文中说，他们的反叛"表达出来的是对价值观念的渴望，而不是对它的仇恨"。他进一步指出，"垮掉一代中即使是最粗俗和最虚无的成员……也几乎无例外地关心着信仰问题。"[1]

　　正因为如此，垮掉派作家们特别反感美国政府大肆渲染冷战气氛和进行疯狂的军备竞赛。巴勒斯在小说《爆炸了的票证》里一开头就讽刺和谴责美国政府和媒体对苏联、中国和古巴的战争叫嚣。金斯伯格更是在诗作中发表了大量反战言论；他在名诗《美国》一开始就责问："美国，什么时候我们才能停止人类间的战争？/用你自己的原子弹去揍你自己吧。"在诗的结尾，同巴勒斯一样，他也用讽刺的语调揭露美国政府和媒体如何把苏联和中国妖魔化，从而为其战争政策服务。同样，凯鲁亚克在小说《在路上》里，也通过描写杜鲁门第二次就任总统的仪式嘲笑和谴责了美国的冷战狂热和麦卡锡主义。他说，就任仪式动用了"大量杀人机器，沿着宾夕法尼亚大道摆满了B-29轰炸机、鱼雷快艇、大炮，以及各种各样满是杀机的战争武器"。[2]如果说这部强大的战争机器是用来争霸世界的话，那么被凯鲁亚克称之为"维多利亚警察"的统治机器则被用来对付美国人民。他说："美国警察对美国人民发动了一场心理战……。这是一支维多利亚警察；他们从发霉的窗户向外窥视，什么事都探听，如果罪行不能令他们满意，他们就会炮制出罪行"（136）。当然，垮掉派作家们对美国现实的批判并不仅仅停留在冷战和政治层面上，而是全方位的。霍尔默斯是一个冷静的思考者，具有一定程度的左翼思想，一直比较关心社会改革。巴勒斯最憎恶的是思想控制，即他所说的"控制疯狂症"（control madness）。在他的代表作《裸露的午餐》里，他使用科幻的手法，描写了所谓"生物控制"（biocontrol）的恐怖情景：生物电信号被用来遥控人们的思想、行动和情感。

1　John C. Holmes, "The Philosophy of the Beat Generation," in Donaldson, ed., *On the Road*, p. 375.

2　Jack Kerouac, *On the Road*, in Donaldson, ed., *On the Road*, p. 135. 下文中《在路上》的引文均出此版本，引文页码随文注出，不再加注。

　　然而，在美国当时的政治状况、社会现实和清教文化控制的大环境中，垮掉一代所进行的从政治、社会、精神、价值观念到文学艺术各方面的探索可以说是处处碰壁。他们备受社会歧视，不断受到警察的野蛮对待，其中许多人还经常被投进监狱。尽管他们蔑视权威，行为极端，表面上桀骜不驯，其实他们都是一些生性敏感，易受伤害的人，不然他们也就不会那样痛切地感到他们的自我受到压抑和摧残，从而走上与主流社会对抗的道路。所以，在他们"疯狂"行为的外表下，他们的内心十分痛苦，其中凯鲁亚克和金斯伯格在50年代初都先后想要自杀。他们最终没有自杀，在一定程度上得归功于佛教，特别是禅宗的影响。有意思的是，当金斯伯格想到要自杀之时，凯鲁亚克建议他研读佛经；而不久当凯鲁亚克想自杀时，竟是金斯伯格反过来给他同样的建议。在学习佛经方面，他们受到加利·施奈德很大的影响。施奈德笃信佛教，而且和垮掉一代渊源极深，但他不承认自己属于垮掉一代。当然，佛教的影响不仅仅阻止了他们自杀，更不仅仅是局限于他们几个人身上。佛教和东方文化对几乎所有垮掉派作家、对六、七十年代许多美国青年、对美国当代文化和文学都产生了广泛而深刻的影响。

　　其实，在几乎所有的社会、文化和文学的重大转型期，人们往往都把眼光投向异域或异时的异质文化，从中吸取营养、获得启发乃至寻找权威。欧洲文艺复兴、启蒙运动、英美以意象主义为核心的新诗运动、中国的五四新文化运动都是极好的例证。尽管垮掉派作家对庞德很反感，但对他在介绍中国文化和文学方面所做的贡献却大为赞赏。在20世纪50年代，也就是当垮掉一代运动方兴未艾之时，新一轮佛教文化和中国文化热兴起，为垮掉派运动注入了新的精神、为其探索开辟了新的方向。这时期，大量中国古典诗歌和典籍被翻译出版，中国疯僧寒山也成了嬉皮士们的偶像，以致他的诗在美国远比在中国流行。他和王维等诗人的充满禅机佛理、歌颂大自然的诗篇，在垮掉一代看来，既是对他们所反感的资本主义工商社会的间接否定，也指出了新的精神追求和新的生活方式。

　　在垮掉一代中，钻研东方文化最勤的也许要算凯鲁亚克。他停止了包括交友、工作甚至性关系等一切活动来系统阅读《道德经》、佛经和《易经》。这期间他写出了被称为《达摩之书》的上千页手稿，还创作了许多关于道家思想的诗作。不过作为作家，他最大的收获可能是创作出版了《达摩流浪汉》、《孤独的天使》等明显受佛教影响的小说。《达摩流浪汉》的主人公加夫·莱德的原型是加利·施奈德，他在很多方面都同《在路上》的主要人物迪安相反。他没有迪安的疯狂和空虚，他平和、充实、深沉、具有内在力量，他生活在自然界，用佛教精神陶冶自己。把迪安和加夫相比，正好反映出凯鲁亚克思想和精神状态上的巨大变化。他自己也承认，他"作为一个狂热的嬉皮士终于在佛教冥想中冷静下来"。[1]

金斯伯格也深受东方文化和佛教影响，这种影响也深刻地改变了他的精神状态，而且这种变化在许多方面也同凯鲁亚克的变化相似。迪克斯坦指出，"50年代，金斯伯格作为一名怒火满腔的预言家杀上舞台，朝着当时的美国高喊'吃人的世界'，而在60年代，他却成了一个善于忍耐、富有魅力和愿意妥协的人。"[2]金斯伯格不仅在许多诗中表达了佛教思想，而且还专门写了一首名叫《释迦牟尼从山上下来》的诗来表达他关于垮掉一代的精神实质和佛教精神一致的看法。

垮掉派的文学活动是垮掉一代的精神叛逆和精神探索的艺术体现。从垮掉派的美学思想和文学作品可以看出，这些作家显然不是为艺术而艺术的唯美主义者；但他们也不是不重视艺术形式。在他们看来，形式由内容决定并为表达内容服务。他们笃信其超验主义前辈爱默生在《诗人》中提出的美学原则："不是格律，而是确定格律的内容，创作出诗。"而他们作品中的内容都是他们的亲身经历、亲身体验、亲身追求。他们的创作目的明确，那就是要表达自我、批判现实、影响读者、改革社会。就连他们中最为保守的巴勒斯后来也认为，美国作家再也不能假装对政治漠不关心，写作的目的就是要感染读者大众，影响历史发展。[3]这方面最突出的自然是金斯伯格，他在许多场合表达过他关于文学的社会意义和教育作用的观点。他相信"一种崇高的诗歌和戏剧，足以改变民族意志，唤起民众觉悟。"[4]

垮掉派作家们矛头直指重形式轻内容、远离现实的学院派传统，而以布莱克、华兹华斯、美国超验主义者、惠特曼、威廉斯这些不落俗套、具有反叛精神同时又深切关注社会现实和人类命运的文学家为楷模。他们抛弃文学中的清规戒律，师从被新批评派贬低的浪漫主义诗人，就是为解放遭到压抑的想象力，自由和直接地表达自己的情感、个性和需求，也就是说要像吸毒、参禅和纵情于爵士乐一样，在创作中解放自我，

1　Kerouac, "The Origin of the Beat Generation," p. 363.
2　迪克斯坦：《伊甸园之门》，第21页。
3　Tytell, *Naked Angel*, p. 107.
4　转引自迪克斯坦：《伊甸园之门》，第23页。

获得充分自由。所以，垮掉派作家们生活上的放荡、思想上的追求和文学上的反叛达到了高度的统一。在美国文学史上，除梭罗外，还没有人像他们那样把自己的思想、自己的探索直接化作自己的生活方式和文学创作。

为了最准确地表现他们的自我和表达他们对美国社会的抗议，垮掉派作家们对艺术形式和表现手法并非毫不重视，相反他们一直都在实验和探索，并形成了一整套独特的创作观和美学思想，其核心就是凯鲁亚克提出的"自发性写作"（spontaneous writing）观。这种观点同新批评和艾略特的非个性化原则直接对立。凯鲁亚克还在《诗歌中的愉悦》一文中严厉批评了艾略特的非个性化的客观性原则，说它是对诗人的"束缚"，使之不能"自由地歌唱"，并阉割了诗中的"男子气"。因此，垮掉派诗人和作家师从布莱克和惠特曼那样热情奔放、蔑视教条、崇尚自由的浪漫派文学家。比如，金斯伯格的诗作在很大程度上可以说是惠特曼的《自我之歌》的现代翻版。他在1986年所写的《向全世界祝福》这首诗里还借用西藏活佛钟格巴的话来表达这种美学思想："最初的思绪，最好的思绪（First thought, best thought）。"

另外，凯鲁亚克、金斯伯格等垮掉派作家还受到叶芝在下意识或催眠状态下写作的启发，认为作家必须在没有任何束缚的状态下创作，最自由最直接地表达自己的思想和情感。他们把创作看成与吸毒或参禅一样，试图摆脱一切羁绊，追求绝对自由。他们不仅反对各种文学规范和写作要求，甚至反对选材、修改或预先设计意象的意义，因为他们认为所有预先设定和事后修改都会限制思想和情感的自由表达和歪曲其真实。在他们看来，作家应该只"跟随自由联想"，忠实地记录在写作的"那一刻"涌现出来的思想、情感、意象和事件。作家甚至不应该有意识地去写什么，而应该，"如果可能的话，在一种半醒状态下'下意识'地写"，这样才不会受到意识的妨碍而真正揭示和表达本真的自我（the authentic self）。因此，凯鲁亚克把自己的写作称之为"自发性写作"。[1]他们不仅在理论上这样认为，而且在创作实践中身体力行。比如，凯鲁亚克的《在路上》和金斯伯格的《嚎叫》中许多部分都是在作家服下毒品后在迷幻状态中写出的。

在50年代，垮掉派的代表作品相继问世，引起一阵阵轰动。他们不

1　Jack Kerouac, "Essentials of Spontaneous Prose," in Donaldson, ed., *On the Road*, pp. 531-33.

讲写作规范、格律词章，而以情感迸发、张扬个性为主导，自然为统治批评界的新批评家们所不齿，因此受到尖刻的嘲笑和攻击。然而，垮掉派不落俗套的作品不仅成为寻求刺激、竭力摆脱束缚和苦闷、不甘平庸、要求表达自己心声的青年们眼中的经典，而且解构和颠覆着正在失去活力的学院派传统对美国文学界的控制，开创了美国文学的新时期，为诗人和作家们打开了新的创作空间。

二

1955年10月7日晚，在旧金山那座由原来的汽车修理棚改造而成的第六画廊里，一个略带紧张的犹太青年诗人，对着大约150个如醉如痴的听众充满激情地，甚至可以说是声嘶力竭地朗诵他的长诗《嚎叫》。这一声"嚎叫"宣告了垮掉派时代的到来和旧金山文艺复兴的开始。这首激情澎湃的诗可以说是垮掉派的宣言书。虽然他的朋友杰克·凯鲁亚克和威廉·巴勒斯等人当即就预言他会因此而一举成名，但连他们也没有料到，金斯伯格的这一声"嚎叫"不仅翻开了美国诗歌史上的新篇章，而且开辟了美国文化和社会运动史上的新时代。

就诗歌艺术而言，不论是老一辈的威廉·C.威廉斯、罗伯特·弗罗斯特、华莱士·史蒂文斯还是一些与他同代的青年诗人，看来都不比他逊色，或许还更胜一筹；但他们都没有像他那样成为时代的歌手，成为时代精神的体现。前面谈到，美国社会已经到了巨变的前夜，而金斯伯格就是当时反主流文化的主要代表诗人。他的追求正好同时代的脉搏合拍，所以他那惊世骇俗的《嚎叫》立即在美国引发了一场社会和文化地震。

《嚎叫》开门见山，一开始就暴露和谴责冷战时期的美国社会对青年一代的摧残：

> 我看见我这一代的精英被疯狂毁灭，饥肠辘辘赤身裸体歇
> 斯底里，拖着疲敝的
> 　身子在黎明时分晃过黑人街区寻求痛快地注射一针……[1]

紧接着，金斯伯格一连用了59个以"他们"（原文为who）引导的子句

---

[1] 爱伦·金斯伯格：《金斯伯格诗选》，文楚安译，四川文艺出版社，2000年版，第114页。除特别注明外，凡引自金斯伯格的诗文，均出此版本，下面引文页码随文注出，不再加注。

从各方面，特别是从他们的内心苦闷，来描写有着"天使般头脑的嬉皮士们"所陷入的——用威廉斯的话说——"地狱"般的境况。《嚎叫》那长达3000多字的第一部分实际上只是一个句子，毫无间隔，它那些长长的诗行犹如决堤的怒潮，滔滔不绝，汹涌澎湃，一波接一波，势不可挡。诗人胸中那久久压抑的愤懑也随着这样一声似乎无穷无尽的"嚎叫"倾泻而出。这种气势在美国文学史上史无前例，就连金斯伯格所崇拜的前辈诗人惠特曼恐怕也得让他三分。

当然，金斯伯格并不仅仅是在描写嬉皮士们的处境，表达他们的苦闷和愤怒；他同时也在思考，在探寻造成一代人毁灭的根源。《嚎叫》的第二部分把矛头直指美国社会，把它斥之为吞噬儿童的古代凶神摩洛克，说它是"一种史芬克斯般的怪物用水泥和铝合金铸成敲碎了他们的头盖骨吞下了他们的脑浆和想象"（124），并愤怒指出：

> 摩洛克的脑袋是纳粹的机械！摩洛克的血液流淌着金钱！摩洛克的手指是十支大军！摩洛克的胸膛是一架屠杀生灵的发电机！摩洛克的耳朵是一片冒烟的坟地！　（125）

另外在《美国》、《梵·高之耳揭秘》、《卡迪什》等大量重要诗篇里，金斯伯格对美国的拜金主义、工业资本主义、战争叫嚣、种族歧视都进行了毫不留情的揭露和批判。

不过在金斯伯格看来，摩洛克的恐怖还不完全在于它从外面对一代"精英"的"毁灭"，而且还更在于它从内部对人们的灵魂的毒害和腐蚀。他说："摩洛克早就进了我的灵魂！在摩洛克中我有意识可没有肉体！摩洛克吓得我丢失了与生俱有的痴迷！"（第124页）也就是说，摩洛克成了人身上控制一切、压制一切的"超我"，它扭曲心灵，压抑人身上的正常欲望，使人失去本性，成为非人。1948年，金斯伯格在遭受一连串打击之后，在某一天傍晚，他躺在床上，面对着摊开的布莱克诗集，内心处于灵与肉的激烈冲突之中。突然他听到布莱克用低沉的声音为他朗诵《啊，向日葵》、《病玫瑰》等诗篇。他豁然开朗，那些多日来百思不得其解的诗作顿时向他展示出现代人的病根。他后来解释说："病玫瑰就是我自己或人的自我，或者说是人的肉体，它病了，因为思想（mind)的"虫子""在毁灭它"。[1]这里的"思想"就是摩洛克化作的"超我"。

1　Thomas Clark, "The Art of Poetry, IIIV," *Paris Review*, vol. 37 (Spring 1966), p. 49.

正是在摩洛克那"幽灵般的国家"里，金斯伯格等垮掉一代的"病玫瑰们"感到自己的肉体被毁灭，自己的灵魂被吞噬，所以他们以各种为摩洛克所不容的极端方式来维护自己的人性，保持自己的灵魂。他们感到，同以摩洛克为象征的美国主流文化和主流意识形态的认同就是毁灭自己的人性和灵魂，而"一个人要想保持自己的灵魂，唯一的办法就是变成一个被社会抛弃的人（outcast）"。[1]他们的行为和生活方式自然是对摩洛克的蔑视和挑战；但更重要的是，他们也以此把自己那被窒息的人性从社会强加给他们的超我的层层束缚中解放出来。他们实际上是在追求精神上的自由和解放，在追求存在主义者的那种"真实"（authenticity）。正因为如此，他们为主流社会所不容。他们被污蔑、鄙视，成为被抛弃的人，成为美国社会中的"不可触摸者"和危险分子。1960年，美国联邦调查局局长胡佛（J. Edgar Hoover）在共和党全国代表大会上宣布，"垮掉分子"（Beatniks）是美国面临的主要威胁之一。[2]直到20世纪90年代，还有人撰文称垮掉运动是"我们社会的道德和文化堕落的一个篇章"，[3]是"一场虚无主义的冲动"和"最严重的道德、美学和思想上的灾难"。[4]

人们完全可以根据自己的立场和信念对垮掉一代的所作所为和生活方式做出价值判断，但金斯伯格等垮掉派诗人和作家绝非"虚无主义者"。恰恰相反，他们是精神上执著的探索者，他们总是在不停顿地追求建立新的信仰和价值观念。在这方面，金斯伯格最为突出。他很小的时候就"发誓要启示全人类"（《金斯伯格诗选》：187），后来又说，"趁我还年轻，我要做一个圣徒，一个真正的圣徒。"[5]他认为，做"圣徒"最根本的就是爱："爱自己并因此而爱我周围的人。"[6]他的这种爱是基于一切人、一切事物都神圣的观点。他在《嚎叫》里暴露了摩洛克对青年一代的摧残，但他一直觉得他表达的思想不够完整，还需要增加更为积极的看法。所以他后来特地为《嚎叫》加上一个所谓"注释"，作为这首诗的第四部分。这部分一开始就一连用了16个"神圣"，紧接着又在后面的诗

1　Paul O'Neil, "The Only Rebellion Around," *Life*, vol. 30 (Nov. 1959), p. 115.
2　参看 Mikal Gilmore, "Allan Ginsberg: 1926-1997," *Rolling Stone*, no. 761 (May 29, 1997), p. 38.
3　Roger Kimball, "A Gospel of Emancipation", *New Criterion* (Oct. 1997), p. 6.
4　Roger Kimball, "An Update of the Culture Wars," *New Criterion* (March 1996), pp. 10, 11.
5　转引自 Tytell, *Naked Angels*, p. 83.
6　Clark, "The Art of Poetry," IIIV, p. 50.

行里用了60多个，以表达"万物都神圣！人人神圣！处处神圣！每天都是永恒！每个人都是天使！"的观点。这种"万物都神圣"的观点源自超验主义，它既是对摩洛克的否定，也是他的精神探索的出发点和他那种乌托邦式的社会理想的基础。

其实，金斯伯格不仅一生都在谴责压抑人性的摩洛克，同时也在追求一种以"万物神圣"为基础以爱为出发点的新型的人与人之间的关系。在这方面他受到了他那曾是美共党员的母亲影响。或许正因为如此，他比其他垮掉派诗人和作家都更热心于参加社会活动。他还阅读马克思的著作并想成为一名为劳工服务的律师。当然他不是一个共产主义者，他的思想十分复杂。在他精神追求的历程中，他孜孜不倦地在人类文明的各种思想中探索，从中吸取营养。犹太-基督教传统，印度的佛教，中国的禅宗和道教，以及布莱克的神秘主义，新英格兰的超验主义和社会主义思想等等，都是他思想的重要组成。

不过，金斯伯格绝不是把自己关在书斋里的学究。他主要是在现实中，特别是在他的生活中，在他自己身上进行探索。可以说，他的探索就是他的生活。而在现实生活中探索，最需要的是勇气。与外界传言相反，金斯伯格其实生性善良，性格温和，甚至有点腼腆，然而为了探索真理，他敢于蔑视摩洛克，我行我素，按自己的方式生活，甚至面对麦卡锡的冷战歇斯底里，他也敢拍案而起。1953年6月，他直接发电报给艾森豪威尔总统，抗议对罗森堡夫妇处以极刑。他愤怒地说："罗森堡夫妇是可怜的，政府的意志肮脏，死刑卑鄙美国处于行刑机器之中野蛮人才会想烧死他们我说住手不然我们的灵魂会充满死刑室的恐怖。"[1]其言辞之激烈，一如两年后的《嚎叫》。他的大胆使他那些无所畏惧的垮掉派朋友都为他捏了一把汗，因为在50年代初的恐怖气氛中，别人躲之唯恐不及，他居然还昂然出头，自然很容易被扣上一顶红帽子或粉红帽子[2]而横遭迫害。的确，他一生中为自己的大胆付出了高昂代价。他曾被哥伦比亚大学开除，被送上法庭，还被关进疯人院，并长期被媒体描绘成卑劣可耻的形象。但这些都没能吓倒他，没能阻止他的追求，就因为他是一个真诚的探索者。而一个真诚的探索者是无所畏惧的。

到了60年代，黑人民权运动、反越战运动和其他各种社会运动结合在一起，形成了一股强大的潮流，从各方面冲击着美国社会，使之终于

1　Allan Ginsberg, *As Ever: The Collected Correspondence of Allan Ginsberg and Neal Cassady*, ed. by Barry Gifford (Berkeley: Creative Arts, 1977), p. 150.

2　粉红帽子指共产党的同路人。

解体为多元社会。垮掉一代是这场变革的始作俑者和新精神的先驱，他们中的许多人也是 60 年代的社会运动的积极参加者，其中金斯伯格无疑是最勇敢的弄潮人。他热情支持黑人民权运动，并且多次参加并领导反战游行。他十分欣赏黑人领袖马丁·路德·金从佛教、印度独立运动领导人圣雄甘地以及超验主义者梭罗那里受到启发而发展起来的非暴力思想，并将其运用到反战活动中。有一次，一大群警察冲进金斯伯格领导的游行队伍，用警棍野蛮殴打示威者。一个警察突然看见金斯伯格像打坐在莲花上的佛像那样坐在地上，就冲过去，举起警棍，对着他的脑袋，正要使劲打下去，金斯伯格抬起头，看着警察，微微一笑，说："安心去吧，兄弟"（Go in peace, brother, 也可译为"心平气和地打吧，兄弟"）。那警察一愣，没能打下去，骂了一句脏话，恨恨地离开了。1970 年，当著名的"芝加哥七人团"（the Chicago Seven）被指控组织暴乱受审时，辩护律师请金斯伯格在法庭上高声朗诵他的《嚎叫》。当他朗诵到"摩洛克战争巨人！摩洛克令人不知所措不寒而栗的政府机构！"时，他转过身去，用手直指霍夫曼法官，场面十分轰动，表现出他大无畏的精神。[1]

金斯伯格这个性格温和的人，能临危不惧，能在大是大非问题上如此勇敢，就因为他确信自己是对的。他的勇气充分表现出他坚定的信念和他内心的道德力量。不过他的勇气恐怕最主要还不是表现在反对摩洛克上，而是表现在坦诚地对待他自己。金斯伯格是一个最真诚的精神探索者，而精神探索的道路最终是在自己身上。他在诗集《卡迪什》的扉页上写道："生活的真谛最终在我们自身找到。"正因为如此，他把自己、自己的生活、自己的经历、自己的内心世界大量运用于创作之中，以至于他几十年的诗作简直就是一部自传。他自己就说过，"在一定程度上，我所写的一切都是自传性的。"[2]他在 1984 年版《诗选》的前言中指出，里面的诗全部"严格按照时间顺序安排，以便成为我的自传。"[3]

在现当代诗人中，也许还没有人像金斯伯格那样广泛地把自己作为创作对象。但作为一个诗人，作为一个精神上的探索者，他最引人注目的还不是把自己用于创作之中，而是他在对待自己上所表现出的坦率与真诚。即使在以"裸露"为特征和信条的垮掉派作家与诗人中恐怕也无人出其右。裸露就是要把自己——包括使用非常的方法——从社会、宗教、世俗观念等各式各样的束缚中解放出来，还原其"存在的真实"

1　参看 Gilmore, "Allan Ginsberg: 1926-1997," pp. 36-37.
2　引自 *New York Times* (July 11, 1965).
3　Allan Ginsberg, *Collected Poetry: 1947-1980* (New York: Harper & Row, 1984), p. xix.

(existential authenticity)。这是精神探索的基础，是垮掉派诗人与作家的根本信条。巴勒斯被尊为垮掉派"教父"，其代表作取名为《裸露的午餐》（*Naked Lunch*）。在这部以意识流和"洗牌"手法写成的书里，巴勒斯大胆地把一切最难为世俗观念所接受的东西全都赤裸裸地展示出来。其实，这部小说的名字是根据凯鲁亚克的建议而取的，而凯鲁亚克本人的代表作《在路上》则是裸露灵魂的典范。另外，金斯伯格也专门为《裸露的午餐》写了一首诗，强调毫不掩饰的裸露。垮掉派三个最重要的代表人物在《裸露的午餐》上的"合作"，充分反映出"裸露"在垮掉派的思想和创作中极为重要的位置。约翰·泰特尔那本多次再版的专著是研究垮掉一代的经典之作，其书名《裸露的天使》（*Naked Angel*）可以说最形象地抓住了垮掉派的本质，而这个书名就直接取自《嚎叫》。

　　"裸露"也许是金斯伯格诗作中出现频率最高的主题词。即使在垮掉派诗人和作家中，在裸露自己方面，也无人能同金斯伯格相比。在关于《裸露的午餐》的那首诗里，他简洁而深刻地阐明了垮掉派作家的创作宗旨和方法：

　　　　其方法必须是净肉
　　　　　　不加任何象征调料，
　　　　真正的幻想和真正的监狱
　　　　　　都是亲眼所见。
　　　　……
　　　　裸露的午餐最为自然，
　　　　　　我们吃现实的三明治。
　　　　寓意作品太多莴苣，
　　　　　　不要掩盖了疯狂。（114）

果真如此，绝非易事，那首先需要真诚和勇气，而金斯伯格一生的创作都以此为原则。文过饰非，自欺欺人，最为金斯伯格所不齿。在诗中，他把自己那些最难对人启齿的隐秘都毫无保留地揭示出来，就因为他坚信，一个真正的探索者首先必须真诚地对待自己。只有敢于进入自己最隐秘的深处，只有真诚地对待自己，只有直面自己的灵魂，才能得出关于人生和人性的真谛。他后来在谈到《嚎叫》的创作时说："我想我要写一首诗，就会毫不畏惧地把我想的写出来；发挥我的想象力，打开我的隐秘，从我真实思想中飞快地划出魔力般的诗行——总结我的生活——说出那些我不能对任何人展示的东西。"[1] 所以读金斯伯格的诗，我们不得不对他惊人的坦率感到由衷的叹服。

正因为金斯伯格在他毕生的创作中，以常人难以想象的勇气和真诚，把自己的生活，自己的灵魂，全都展示出来，说出了人们，特别是在痛苦中探索的青年们，想说而又说不出的话，所以他的诗才具有那样强烈的感染力，能够振聋发聩，在美国文化和文学史上开辟一个新时代。读金斯伯格的诗，就如同触摸一个真诚的人。有人说，金斯伯格的诗就是他的生活，他的生活就是他的诗。我们还可以进一步说，金斯伯格的诗就是他这个人，他这个人就是他的诗。金斯伯格留下了许多值得研究的遗产，其中最宝贵的也许就是现代人往往最缺乏而且越来越少的那份真诚与勇气。

三

最全面地表现垮掉一代的生活方式、最深刻也最系统地探索他们的反叛与追求的文学作品恐怕要算凯鲁亚克的小说《在路上》。这部作品发表于1957年，仅一年之后就被誉为垮掉派的《圣经》，[2] 不久后其作者也被称为"垮掉派之王"（King of the Beats）。凯鲁亚克于1922年出生在马萨诸塞州的洛威尔镇，父母都是天主教徒。他虽然只在哥伦比亚大学上学一年，但他学习勤奋，兴趣宽广，读过东西方文明的不少书籍。他经历丰富，游历广泛，当过兵，干过水手，多次横跨美洲大陆，到过很多地方，结识了不少朋友。他同金斯伯格、巴勒斯等人最初于1944年在哥伦比亚大学相遇，开了垮掉派运动之先河。他一生创作了13部长篇和许多短篇和诗歌。他所有的叙事作品在很大程度上都是以他个人的经历为基础。其中《在路上》就主要是以他几次穿越美洲大陆的经历和同其他垮掉派人物的交往为素材创作的。凯鲁亚克在书中直接表现了他的真实经历、真实感受和真实思想，表现了他和他的垮掉派同伴们的探索与追求。因此有些评论家把它看作是作家的自传体小说。

在创作中，凯鲁亚克深受浪漫派，特别是惠特曼和美国南方作家托玛斯·沃尔夫这样一些热情奔放、蔑视教条、崇尚思想解放和表现自由的诗人和作家的影响，同时也受到叶芝在下意识或催眠状态下写作的启

1　Paul Carroll, "*Playboy* Interview," *Playboy* (April 1969), p. 88.

2　1958年的西格尼（Signet Book）版《在路上》的封面上印着"这是'垮掉一代'的圣经"（This is the bible of the "Beat Generation."）。

发。他逐渐发展出所谓"自发性写作（Spontaneous writing）"的美学思想。他反对各种文学规范和写作要求，认为作家应"跟随自由联想"，记录在写作"那一刻"涌现的思想、情感、意象和事件。这种创作方式深刻影响了几乎所有垮掉派作家的创作。金斯伯格就公开承认了这种影响。

《在路上》的创作本身就是自发性写作的典范。这部小说虽然出版于1957年，但其创作于1951年4月，完成于或者说定稿于1952年春（即正式出版的第四稿），应该说是垮掉派的第一部杰作。凯鲁亚克说他服用了安非它命，在亢奋状态中用打字机在一卷长达120英尺的纸上几乎是不停顿地打出书稿，前后约3个星期。原稿没有分段，或者说整部书稿就只有一段。作者将其抱到出版社，自然立即被拒绝。几经尝试失败之后，他多次修改，最后第四稿在著名学者考利（Malcolm Cowley）帮助下，才得以出版。这部小说从内容、手法到写作的情况都体现了垮掉派的宗旨。当然，正如正式出版的版本为小说的第四稿这一事实所表明，该小说的创作不可能是完全的"自发性写作"。但尽管如此，《在路上》突出而充分地表现出迸发式的风格。

《在路上》的情节发展以主人公萨尔和迪安之间的交往为主线。小说分为5部分，除第五部分只是简单提到之外，每一部分都以一次穿越美洲大陆的旅行或流浪为中心事件。从这可以看出，《在路上》其实属于流浪汉文学传统。高速公路的发达和汽车的普及为现代流浪汉提供了前所未有的条件，并且以极快的节奏和疯狂取代了他们前辈的悠闲与伤感。流浪汉小说的性质和情节也因此有了很大改变。但尽管如此，现代流浪汉小说在根本上有一点没有变，那就是它的反传统性。流浪汉小说，从《堂吉诃德》、《哈克贝利·芬历险记》到《在路上》，都具有反传统、反主流文化和反现存秩序的性质。不仅小说的主题思想和情节，就连人物的流动性和边缘性从本质上讲也意味着对现存秩序和主流文化的挑战乃至否定。

《在路上》里的主要人物是以凯鲁亚克自己和垮掉一代的几个代表人物为原型塑造的。作者曾指出，迪安、布尔和卡罗分别是尼尔·卡萨迪、威廉·巴勒斯和艾伦·金斯伯格，而主人公和第一人称叙述者萨尔·帕拉迪斯则是他自己。可以说，这不仅是一部垮掉派作品，而且也是一部关于垮掉派的垮掉派小说，因为几乎所有最重要的垮掉派作家都包括在内。

同实际生活中的垮掉一代一样，《在路上》里的这些人物也是一些蔑视政治权威、世俗观念、传统道德和法规法纪的离经叛道的青年人。在麦卡锡时代高压而沉闷的社会里，这些青年人感到了难以忍受的压抑和束缚，总在寻求心灵和肉体的解放。他们在美洲辽阔的大陆上疯狂地开着快车无休止地往返奔波，就因为他们在寻求本能的释放、自我的表达和精神的自由。他们吸毒、放纵性行为、沉浸于爵士乐，在很大程度上也是他们寻求灵魂解放的极端表现；而在飞速行驶的汽车上脱光衣服，赤身裸体，则是他们摆脱束缚获取自由的象征性行为。

不过，《在路上》并非仅仅在反映这些青年人如何挑战主流文化，如何发泄对它的不满并竭力摆脱其束缚。也就是说，它并不仅仅是在否定；更重要的是，它还致力于表现这些青年人在痛苦地探索新的生活方式和新的信仰。它在否定的同时，也在寻求新的肯定。为了寻求新的信仰，小说在一定程度上超越甚至否定了垮掉一代自己那种极端的生活方式本身。这反映出垮掉一代追求的精神本质。在凯鲁亚克看来，垮掉一代那种离经叛道的生活并非目的，而是他们探索的开始和探索的方式。因此他说，他书中那些人物是在"疯狂地生活、疯狂地交谈、疯狂地想获得拯救"（《在路上》8）。特别有意义也特别深刻的是，《在路上》对新信仰的深入探索主要在两个方面表现出来：1）以迪安为代表的似乎是典型的垮掉派生活方式的失败；2）主人公萨尔对这种生活方式的超越。

迪安可以说是路的儿子。他出生在路上，他的生活也大多在路上度过。他漂泊不定，是一个没有根的人；但他对生活充满幻想，充满渴望，浑身洋溢着"新的美国圣徒身上那种无穷的活力"（39）。他怀有强烈的求知欲，从尼采、禅宗、道教到写作都深感兴趣。然而二战后美国令人窒息的社会环境使他这个充满向往与追求的青年难以忍受，因此他旺盛的生命力和不肯安静的本性使他同主流文化和正统价值观念对立起来。他一方面贪婪的学习，同时又酗酒、吸毒、走马灯般地换女人。他尽情地追求享乐，什么也不放在心上，生活对他好像是一首奔放的爵士乐。小说指出，"他就是垮掉——是垮掉精神的根与灵"（195）。这种生活对于萨尔这样受到社会和家庭的压抑、为异化感所折磨的青年知识分子很有吸引力。所以，当迪安在1947年闯入萨尔的生活时，马上就把他引上了路。在随后几年里，他们经常一道在路上往返奔波，体验各种与主流文化相对立的边缘人的生活方式。但随着他们交往的加深和萨尔的成熟，迪安和他所代表的生活方式对萨尔逐渐失去了吸引力。

迪安的问题在于，他只是停留在否定的阶段上。他曾有过追求，即使在少年教养院里，他还写信向人请教各种哲学和知识方面的问题，他那"在路上"的生活也曾是他的追求的努力和表现。然而他逐渐把那种生活变成了目的，完全沉浸在感官享受之中。他的天真、他的向往、他的追求最后都被他的纵情享乐所淹没。萨尔逐渐在迪安身上看到了一种危险的堕落。因此，他对迪安所代表的那种生活方式也经历了向往、热爱到失望的过程。随着时间的推移和他对这种生活方式的认识的加深，萨尔的失望也越来越强烈地流露出来。在一次观看他和他的垮掉派朋友们的照片时，他想到了子孙后代将如何看待他们：

> 我想到有一天，我们的孩子将带着好奇心观看这些照片，满以为他们的父辈们曾经过着和平安宁、井然有序、就像凝固在照片里的那种生活，早上起床后骄傲地漫步在人生的人行道上，他们连做梦也想不到我们的真实生活、真实夜晚里的破破烂烂、疯疯癫癫和恣意放荡，见鬼去吧，这毫无意义的噩梦般的路。所有这一切从里到外都是无终无始的空虚。(254)

迪安是这种生活方式的代表，同时也为这种生活方式所腐蚀，逐渐失去了精神上的追求。其实严格地说，迪安并没有执著的高尚追求，有的主要是本能的释放和感官的刺激；即使是涉猎尼采和禅宗，他也主要是出于对知识的好奇，或者说像对待爵士乐和女人一样，是为了生命的体验。任何一种生活方式，如果没有高尚的追求，都必然会堕落，当热情燃烧过后，随之而来的往往是精神的消沉。这是人的生活同动物的生活之间最根本的区别。在更深的层次上，迪安没有高尚的追求，则是因为他本质上自私而没有责任心。小说中许多人都说过，迪安是一个"没有责任心"的人。他对女人、家庭、朋友都是如此。他不只一次为了自己的利益或为了享乐而丢下女人或朋友。在墨西哥，他竟然抛下重病中的萨尔独自开车离去。

凯鲁亚克在本质上是一个人道主义者。现代人道主义认为，责任心是人的本质，是人对自己和对他人的尊重，是建立正常、真诚的人与人的关系的基础。也就是说，责任心使人成为真正的人。迪安缺乏责任心，自然不可能有对他人真正的尊重，也不可能与他人建立起真诚的关系。而任何高尚的信仰和精神上的追求归根结底都必然是以对人的尊重和以人与人的关系为出发点和归宿。由于没有高尚的精神追求，纵情声色的迪安的堕落自然不可避免，而他最终被朋友们所抛弃也就不难理解。实际上，迪安将垮掉一代追求精神探索的生活方式当作生活的目的本身就是对垮掉一代的精神追求的背叛。萨尔透过迪安充沛的精力、燃烧的激情、满头的汗水和口似悬河的谈吐看到的是一片空虚。小说暴露迪安身上的问题表现出作者对垮掉派运动中一些不良倾向的批评，同时也是为了艺术地反衬萨尔对他的超越和突出萨尔的精神追寻。

其实小说的故事是萨尔几年后的回忆。所以作为第一人称叙述者的萨尔一开头就指出，那个在精神上和知识上有所追求的迪安是过去的迪安，并说："这一切都过去很久了，那时的迪安不是今天的样子"(4)。所以，小说一开头就已经暗含了对迪安和由他所代表的生活的否定。

迪安的形象是从萨尔的眼中折射出来的。迪安的形象的变化在一定程度上也反映出萨尔自己的变化与成长。许多评论家认为迪安是小说的主人公，其实萨尔才是小说真正的主人公。《在路上》主要是关于他如何逐渐超越迪安和迪安所代表的生活方式，如何在探索的路上追寻与成长。萨尔是以作者本人为原型塑造的，而且也是一位作家。作为一个有思想的青年知识分子，萨尔在二战后那种社会气氛的高压下和在异化感的折磨下也从未放弃过精神上的探索。关于精神探索的作品往往都很突出地使用象征手法。《在路上》也是如此，就连萨尔的姓名也具有象征意义。他姓帕拉迪斯，其英文是 Paradise，即伊甸园，而他的名萨尔的英文是 Sal，则是 Salvation（灵魂获救）的缩写。作者显然是想暗示，萨尔向往的不是迪安那种感官上的享受，而是人性的复归和精神的升华，是人与人之间亲密无间的关系和伊甸园所象征的那种人的最高精神追求。

在路上，萨尔同迪安以及其他垮掉派人物一样，过着癫狂的生活。但与迪安相反，路上的癫狂不是他的目的，而是他寻求把灵魂从各种束缚中解放出来以获得精神再生的方式。如同在小说《去吧，摩西》中，福克纳笔下的艾克净化现代文明对他的"污染"去朝拜自然之神大熊老本以获得与大自然交融的超验体验，也如同在《所罗门之歌》里，莫里森笔下的奶娃抛弃现代物质文明在他身上的一切体现，回到那个不仅不知道人与人之间居然还有肤色的差异而且也不知道人和动物之间还可能有仇恨的遥远的过去以获得精神自由一样，萨尔在路上也逐渐把他的灵魂从各种束缚中解放出来以进行他的精神探索。他在路上的净化过程象征性地回应着逃离埃及的犹太人渡过红海以及由此而逐渐演化出的基督教洗礼仪式。犹太人因为渡过红海而能最终进入应许地，基督教徒因洗礼而能回到上帝的身边，而灵魂的自由与净化正是萨尔获得精神再生的必由之路。像历代真正的探索者一样，他也遭到无数挫折和经历各种身心痛苦。但他并没有放弃，这些挫折和痛苦不仅是他精神探索的代价，而且也是他精神成长的必经之路。正是在挫折与痛苦的经历中，他在精神上逐渐成熟起来。

萨尔的追求象征性地表现在他对心目中理想的女人的寻求上。他多次说，他在寻找一位他能与之结婚的女人，一个他能"将灵魂托付给她"的女人（116）。这就是说他在寻找他失去了的"夏娃"，在寻求建立人与人之间最真诚的关系。他从未放弃这种努力。虽然他同天真的墨西哥女孩特丽之间短暂的伊甸园般的爱情和生活很快就被现实所毁灭，而且他同迪安一道经过几年的奔波，在"路的尽头"最终找到的"不是伊甸园"，而是"一座妓院"，"一个色情梦"（290-91），但在小说的最后，在他与劳拉的关系中，我们看到他成功的迹象。经过几年的寻找，他终于在劳拉身上看到了他"一直在寻找而且找了很久"的"纯洁、温柔、可爱"（306）。但他能在劳拉身上发现他的理想，倒并不是因为劳拉有多么特别，而是因为他在探索的路上经过多年的失败和痛苦，已经在精神上开始成熟起来，因而终于能发现、认识和珍惜人身上那些他曾经视而不见的最可宝贵的东西。尽管他的探索或许还没有获得最终成功，但小说表明他在精神上已经成熟起来并预示了他成功的可能。

这正是《在路上》这部作品最重要的意义。凯鲁亚克的高明之处就在于，他在垮掉派运动刚兴起之时，就抓住了它的本质，也预见了它的弱点和危险。他曾说："垮掉一代在本质上是宗教的一代。"[1]也就是说，这个运动的真正意义在于精神上的探索，而非生活上的放纵。以极端的方式进行探索尽管最有吸引力，但也正因为如此，手段可能成为目的，精神上的探索可能被感官上的放纵和享乐所代替并最终被葬送。后来，特别是在二十世纪六、七十年代，垮掉一代和嬉皮士中许多人或加入反战和民权运动的斗争，或积极投身环保的行列，或在精神和文学艺术领域不断探索进取，都取得了很大成就；但也有相当多的人在声色中颓废堕落，毁掉了自己。在一定程度上，《在路上》可以说是垮掉派运动后来发展的"启示录"。

凯鲁亚克、金斯伯格和其他垮掉派作家们在20世纪中期美国历史上不平凡的年代里，以他们特有的方式反抗强权，痛苦而执著地在不同的方向探索，为美国社会、文化和文学的发展做出了贡献。他们的探索是否成功、其方式是否都能得到人们的认同，并不重要；重要的是他们敢于反抗、敢于探索的精神。在这个世界上，人的探索永远不会有最后的成功，那是一条没有尽头的路。但正如一部人类历史所证明了的，也只有在这条路上不懈地探索，人才成为真正的人。

1　转引自 Holmes, "The Philosophy of the Beat Generation," p. 369.

图书在版编目（CIP）数据

传统与发展：英美经典文学研究 / 肖明翰著. —— 北京：外语教学与研究出版社，2016.11（2018.4 重印）
（学学半丛书 / 蒋洪新主编）
ISBN 978-7-5135-8257-5

I. ①传⋯ II. ①肖⋯ III. ①英国文学－文学研究②文学研究－美国
IV. ①I561.06②I712.06

中国版本图书馆 CIP 数据核字（2016）第 279038 号

出 版 人　蔡剑峰
责任编辑　付分钗
封面设计　覃一彪　张子煜
版式设计　涂　俐
出版发行　外语教学与研究出版社
社　　址　北京市西三环北路 19 号（100089）
网　　址　http://www.fltrp.com
印　　刷　北京九州迅驰传媒文化有限公司
开　　本　650×980　1/16
印　　张　24
版　　次　2016 年 12 月第 1 版　2018 年 4 月第 2 次印刷
书　　号　ISBN 978-7-5135-8257-5
定　　价　72.90 元

购书咨询：（010）88819926　电子邮箱：club@fltrp.com
外研书店：https://waiyants.tmall.com
凡印刷、装订质量问题，请联系我社印制部
联系电话：（010）61207896　电子邮箱：zhijian@fltrp.com
凡侵权、盗版书籍线索，请联系我社法律事务部
举报电话：（010）88817519　电子邮箱：banquan@fltrp.com
法律顾问：立方律师事务所　刘旭东律师
　　　　　中咨律师事务所　殷　斌律师
物料号：282570001